KiWi
Paperback

669

**Über das Buch:**

»Klebstoff« erzählt die Geschichte von vier Jungs, die in einer Hochhaussiedlung in Edinburgh heranwachsen und die – so verschiedene Wege sie auch gehen – selbst mit Mitte dreißig noch zusammenhalten.

Vier Jungs, die zu Männern werden, und zu was für welchen. Terry Lawson, arbeitsscheuer Sexprotz, dennoch nicht ohne Charme, auch wenn er mit 30 noch bei seiner Mutter lebt. Billy Birrell, erfolgreicher Einzelgänger, ein stiller, kontrollierter Typ, der auf Distanz von seinen Freunden geht, sie aber dennoch nicht im Stich lässt, als es darauf ankommt. Carl Ewart, ein Anerkennung suchender DJ, dessen Vater die für alle Ewigkeiten gültigen zehn Gebote aufgestellt hat, deren oberstes lautet: Verpfeife niemals einen Freund. Schließlich ist da noch Andrew Galloway, die tragischste Gestalt unter den vieren, das Sorgenkind, der »Kleine«, der die Freunde auf eine harte Probe stellt und schließlich wieder versöhnt.

Ein Roman über wahre Freundschaft, Sex und das Erwachsenwerden, und darüber hinaus – Irvine Welsh in Höchstform.

**Über den Autor:**

Irvine Welsh, geboren 1958, lebt in London. Sein Debütroman »Trainspotting« wurde für den Booker-Prize nominiert und erfolgreich von Danny Boyle verfilmt.

**Weitere Titel bei K & W:**

»Ecstasy« (KiWi 442), »Der Durchblicker« (KiWi 453), »The Acid House« (KiWi 533), »Drecksau« (KiWi 559).

Irvine Welsh

# Klebstoff

Deutsch von Clara Drechsler
und Harald Hellmann

Kiepenheuer & Witsch

**Deutsche Erstausgabe**
1. Auflage 2002

Die britische Originalausgabe erschien 2001
unter dem Titel *Glue* im Verlag Jonathan Cape in London.
© Irvine Welsh 2001
Deutsch von Clara Drechsler und Harald Hellmann
© 2002 by Verlag Kiepenheuer & Witsch, Köln
Umschlaggestaltung: Barbara Thoben, Köln
Umschlagmotiv: © Karin Taylor
Gesetzt aus der DTL Documenta und der Eurostile
Satz: Greiner & Reichel, Köln
Druck und Bindearbeiten: Clausen & Bosse, Leck
ISBN 3-462-03091-4

Für Shearer, Scrap, George, Jimmy, Deano,
Mickey, Tam, Simon, Miles, Scott und Crawf,
weil sie auch zusammengehalten haben,
als sich ihre Wege trennten.

# Inhalt

# 1 Um 1970: Der Mann im Haus

# Fenster '70

Die Sonne ging über dem Waschbeton des gegenüberliegenden Wohnblocks auf und schien ihnen mitten ins Gesicht. Davie Galloway wurde von ihren hinterlistigen Strahlen so überrascht, dass er beinahe den Tisch fallen gelassen hätte, mit dem er sich gerade abmühte. Es war bereits tüchtig heiß in der neuen Wohnung, und Davie kam sich vor wie eine fremde, exotische Pflanze, die in einem überheizten Treibhaus die Blätter hängen lässt. Das warn die Fenster, die warn riesig und sogen die Sonne nur so auf, dachte er, während er den Tisch abstellte und auf die Trabantenstadt zu seinen Füßen hinabblickte.

Davie kam sich vor wie ein frisch gekrönter Herrscher, der sein Reich überblickt. Die neuen Häuser waren schon beeindruckend: Sie glitzerten richtig, wenn das Licht auf diese in die Fassade eingelassenen Steinchen fiel. Hell, sauber, luftig und warm, das brauchte der Mensch. Er dachte an die zugige, düstere Mietskaserne in Gorgie; überzogen mit dem Ruß und Dreck von Generationen, in denen sich die Stadt ihren Spitznamen »Auld Reekie«, alter Stinker, erworben hatte. Und draußen die grauen, engen Straßen, verstopft von Menschen, die frierend durch die beißende Kälte schlurften, und dann der schale Gestank des Hopfens aus der Brauerei, der reinwehte, wenn man das Fenster öffnete, und von dem ihm immer übel wurde, wenn er es am Abend davor im Pub übertrieben hatte. All das war nun vorbei, war aber auch höchste Zeit gewesen. So wie hier ließ es sich leben!

Für Davie Galloway waren diese großen Fenster der Inbegriff dessen, was so gut an diesen neuen Plattenbauten war. Er wandte sich zu seiner Frau um, die die Fußleisten wienerte. Warum musste sie in einem neuen Haus die Fußleisten wienern? Aber

Susan kniete in einem Overall auf dem Boden, und das Auf- und Abwippen ihres schwarzen, hochtoupierten Haars zeugte von hektischer Betriebsamkeit. – Das ist das Beste an diesen Kästen, Susan, versuchte Davie ein Gespräch anzufangen, – diese Riesenfenster. Lassen die Sonne rein, fügte er hinzu, bevor sein Blick zu diesem sensationellen kleinen Kasten an der Wand über ihrem Kopf wanderte. – Zentralheizung im Winter ist doch das Größte. Nur noch n Schalter anknipsen.

Susan stand vorsichtig auf, mit Rücksicht auf den Krampf in ihrem Bein, der vom Putzen kam. Sie schwitzte, als sie mit dem tauben, kribbelnden Fuß aufstampfte, um die Durchblutung wieder in Gang zu bringen. Schweißperlen standen auf ihrer Stirn. – Es ist zu heiß, maulte sie.

Davie schüttelte energisch den Kopf. – Nee, genieß es, solang's dauert. Denk dran, wir sind in Schottland, lang wird's nich so bleiben. Davie holte tief Luft, hob den Tisch wieder an und setzte die mühselige Schlepperei in Richtung Küche fort. War das ein vertracktes Biest: ein todschickes, modernes Resopal-Teil, das ständig seinen Schwerpunkt zu verlagern schien und sich nur schwer festhalten ließ. Als würde man mit nem beschissenen Krokodil ringen, dachte er, und prompt schnappte das Monster nach seinen Fingern, er musste loslassen, und es krachte auf den Boden, während er sich auf die Fingerspitzen biss.

– Sch … Scheibenkleister, schnaubte Davie. Er fluchte nie in Gegenwart von Frauen. Im Pub konnte man sich ne gewisse Redeweise erlauben, aber nicht vor einer Frau. Er ging auf Zehenspitzen zu dem Kinderbettchen in der Ecke. Das Baby schlief immer noch fest.

– Ich hab dir doch gesagt, ich pack gleich mit an, Davie. Wenn du so weitermachst, hast du gleich keine Finger mehr und dafür n kaputten Tisch, warnte ihn Susan. Sie schüttelte langsam den Kopf und blickte zum Kinderbett. – Ein Wunder, dass du sie nicht aufgeweckt hast.

Davie bemerkte, wie gereizt sie war, und sagte: – Der Tisch gefällt dir nich so richtig, oder?

Susan Galloway schüttelte erneut den Kopf. Sie schaute über den neuen Tisch weg auf die neue dreiteilige Sitzgarnitur, den neuen Couchtisch und die neuen Teppiche, die am Vortag auf geheimnisvolle Weise aufgetaucht waren, während sie bei der Arbeit in den Whiskylagern im Freihafen war.

– Was is? fragte Davie und schüttelte seine schmerzende Hand. Er spürte ihren Blick, direkt und unerbittlich. Ihre großen Augen.

– Wo hast du das Zeug her, Davie?

Er hasste es, wenn sie ihm solche Fragen stellte. Das verdarb alles, trieb einen Keil zwischen sie. Er tat doch alles nur für sie; für Susan, das Baby und den Kurzen. – Frag nicht, dann brauch ich dich nicht anzulügen, grinste er, aber er konnte sie nicht ansehen, denn er war mit der Antwort ebenso unzufrieden, wie sie es sicherlich sein würde. Stattdessen beugte er sich herunter und küsste seine kleine Tochter auf die Wange.

Aufblickend fragte er sich laut: – Wo steckt Andrew? Er schaute kurz zu Susan.

Susan wandte sich mit säuerlicher Miene ab. Er versteckte sich wieder, versteckte sich hinter den Kleinen.

Davie schob sich mit der verhaltenen Vorsicht eines Soldaten im Schützengraben, der die Scharfschützen fürchtet, in den Flur. – Andrew, rief er. Sein Sohn kam polternd die Treppe runter, ein drahtiges, agiles Energiebündel mit dem gleichen dunkelbraunen Haar wie Susan, aber zu einem minimalistischen Mecki geschoren, und folgte Davie ins Wohnzimmer. – Da haben wir ihn ja, kündigte er ihn Susan fröhlich an. Als er merkte, dass sie ihn mit Nachdruck ignorierte, wandte er sich an den Jungen und fragte: – Gefällt's dir oben in deinem neuen Zimmer noch?

Andrew sah erst zu ihm und dann zu Susan hoch. – Ich hab ein Buch gefunden, dass ich noch gar nie hatte, teilte er ihnen ernst mit.

– Das ist fein, sagte Susan, ging zu ihm und pflückte einen losen Faden vom gestreiften T-Shirt des Jungen.

Andrew sah zu seinem Vater hoch und fragte: – Wann krieg ich ein Fahrrad, Dad?

– Bald, Junge, lächelte Davie.

– Du hast gesagt, wenn ich in die Schule komm, sagte Andrew mit großem Ernst und heftete in einer abgemilderten Variante von Susans vorwurfsvollem Blick seine großen braunen Augen auf ihn.

– Hab ich, Partner, gab Davie zu, – und es dauert auch nich mehr lang.

Ein Fahrrad? Wo soll das Geld für so ein verdammtes Fahrrad herkommen? dachte Susan Galloway, und es fröstelte sie innerlich, während die grelle, glühend heiße Sommersonne erbarmungslos durch die riesigen Fenster knallte.

# Terry Lawson

### DER ERSTE SCHULTAG

Terry und Yvonne Lawson saßen mit Saft und Kartoffelchips an einem der Holztische auf der betonierten Fläche hinter dem Dell Inn, die sie Biergarten nannten. Sie guckten über den Zaun am Ende des Hofes die steile Uferböschung hinab und beobachteten die Enten im Water of Leith. Innerhalb von Sekunden war aus ehrfürchtigem Staunen Langeweile geworden; an Enten hat man sich bald satt gesehen, und Terry hatte andere Dinge im Kopf. Es war sein erster Schultag gewesen, und der hatte ihm nicht gefallen. Yvonne war im nächsten Jahr dran. Terry sagte ihr, es wär nicht so toll gewesen, und er hätte Angst gehabt, aber jetzt waren sie bei ihrer Ma, und ihr Dad war auch da, und es war alles wieder in Ordnung.

Ihre Eltern redeten miteinander, und sie wussten, dass ihre Ma sich ärgerte.

– Also, hörten sie, wie sie ihn fragte, – was hast du mir zu sagen?

Terry sah zu seinem Vater hoch, der ihm lächelnd zuzwinkerte, bevor er sich wieder an die Mutter des Jungen wandte. – Nich vor den Kindern, sagte er kühl.

– Tu bloß nich so, als läg dir was an ihnen, pflaumte Alice Lawson ihn an, und ihre Lautstärke schwoll unerbittlich an, als würde ein Düsenflugzeug starten, – hast ja auch nich lang gefackelt, sie sitzen zu lassen! Tu bloß nich so!

Henry Lawson warf einen schnellen Blick in die Runde, um zu sehen, wer das mitgekriegt hatte. Ein neugieriges Glotzen beantwortete er, indem er so lange hartnäckig zurückstarrte, bis der andere wegguckte. Zwei alte Ficker, ein Ehepaar. Lästige alte Scheißer. Durch die Zähne hindurch zischte er ihr zu: – Ich hab

doch gesagt, für die wird gesorgt sein. Das hab ich dir scheißnochmal gesagt. Verdammt, meine eigenen Blagen, blaffte er sie
an, und die Sehnen in seinem Nacken traten hervor.

Henry wusste, dass Alice immer dazu neigte, das Beste von
einem Menschen zu denken. Er meinte, genug unterdrückte Empörung, genug gekränkte Unschuld in seine Stimme legen zu
können, um mitschwingen zu lassen, dass ihre Unverschämtheit
zu weit ging, wenn sie behauptete, er (trotz all seiner Fehler, die
er sicherlich als Erster zugeben würde) wäre imstande, seine eigenen Kinder mittellos zurückzulassen, selbst wenn er ihr zugute
hielt, dass beim Auseinanderbrechen einer Beziehung immer die
Emotionen hochkochen. Tatsächlich waren es genau solche Be-
hauptungen, die ihn Paula McKay, einer jungen Dame aus der
Gemeinde Leith, praktisch in die Arme getrieben hatten.

Der reizenden Paula, einer jungen Frau von großer Tugend
und Herzensbildung, was beides mehrfach von der verbitterten
Alice in Frage gestellt worden war. War Paula nicht die einzige
Stütze ihres Vaters George, dem die Port Sunshine Tavern gehörte und der an Krebs litt? Nicht mehr lange, und Paula würde alle
Hilfe brauchen, die sie kriegen konnte, um diese harten Zeiten
durchzustehen. Henry würde ihr Fels in der Brandung sein.

Auch sein eigener Name war wiederholt in den Dreck gezogen
worden, aber Henry war gnädigerweise bereit zu akzeptieren,
dass Menschen in emotional angespannten Zeiten Dinge sagen,
die sie nicht so meinen. Tat ihm das Scheitern ihrer Beziehung
nicht genauso weh? War es nicht für ihn sogar schwerer, wo er
doch die Kinder zurücklassen musste? Henry sah zu ihnen hinüber, ließ seine Augen feucht werden und schluckte, als sei seine Kehle zugeschnürt. Er hoffte, Alice würde diese Geste mitbekommen und es wäre damit getan.

Anscheinend war es das. Er hörte gurgelnde Geräusche, wie
vom Fluss unten, überlegte er, und er fühlte sich bewogen, den
Arm um ihre zuckenden Schultern zu legen.

– Bitte geh nicht, Henry, bettelte sie bebend, während sie den
Kopf an seine Brust presste und ihr der Geruch von Old Spice in
die Nase stieg, nach dem sein Käsereiben-Kinn noch immer duf-
tete. Was bei anderen ein Dreitagebart war, bekam Henry schon

nach dem Mittagessen; er musste sich mindestens zweimal täglich rasieren.

– Na, na, gurrte Henry. – Mach dir ma keine Sorgen. Wir ham doch die Kinder, du und ich, lächelte er, streckte die Hand aus, zerzauste Klein-Terrys Lockenkopf und dachte dabei, Alice sollte öfter mit dem Jungen zum Friseur gehen. Der sah ja aus wie Shirley Temple. Nachher wurde der Bengel noch andersrum, wenn er groß war.

– Du hast dich ja nich mal erkundigt, wie er in der Schule zurechtgekommen ist. Alice richtete sich wieder auf, voll frischer Verbitterung, als sie sich darauf besann, was vorging.

– Du hast mir ja keine Gelegenheit dazu gegeben, erwiderte Henry mit gereizter Ungeduld. Paula wartete. Wartete auf seine Küsse, auf den tröstenden Arm, der gerade um Alices Schultern lag. Die heulende, verquollene, ausgeleierte Alice. Welch ein Kontrast zu Paulas jugendlichem Körper – straff, geschmeidig, noch nicht vom Kinderkriegen gezeichnet. Wirklich gar kein Vergleich.

Indem sie von seinen Worten, seinem Geruch und seinem starken Arm abzusehen versuchte und nur daran dachte, was tatsächlich vorging, und den Schmerz hart und unerbittlich in ihrer Brust pochen ließ, gelang es Alice, ihn anzuschnauzen: – Er wollte gar nicht mehr aufhören zu weinen. Er hat sich die Augen aus dem Kopf geheult.

Das ärgerte Henry. Terry war älter als die anderen in seiner Klasse, weil er durch seine Meningitis ein Jahr versäumt hatte. In dem Alter heulte man doch nicht mehr. Das war Alice ihre Schuld, die verpimpelte ihn, behandelte ihn bloß wegen seiner Krankheit immer noch wie ein Baby. Dem Jungen fehlte jetzt doch gar nichts mehr. Henry war kurz davor, etwas über Terrys Haare zu sagen, sie lasse ihn rumlaufen wie ein kleines Mädchen, also was erwartete sie denn dann von ihm? Aber Alice starrte ihn jetzt mit anklagend funkelnden Augen an. Henry schaute weg. Sie starrte auf seine Kinnpartie, seinen starken Bartwuchs, und ertappte sich dabei, wie sie Terry ansah.

Der Kleine war noch vor achtzehn Monaten so krank gewesen. Er hatte es fast nicht überlebt. Und jetzt ließ Henry sie sitzen, ließ sie sitzen wegen der: diesem dreckigen, kleinen Flittchen.

Sie ließ die grausame Erkenntnis einfach in ihrem Brustkorb hämmern und versuchte nicht, ihr auszuweichen oder sich dagegen zu wappnen.

DONG

Immer noch kerzengerade und stolz, fühlte Alice, wie sein Arm um ihre Schultern schlaff wurde. Der nächste Schwall quälender Übelkeit würde schon weniger schlimm sein als dieser

DONG

Wann würde das aufhören, wann würde dieser Alptraum enden, wann wäre sie, wären sie irgendwo anders

DONG

Er ließ sie sitzen wegen der.

Und dann war der Anker seines Arms verschwunden, und Alice ging in der Leere um sie herum unter. Aus den Augenwinkeln sah sie, wie er Yvonne durch die Luft wirbelte, die Kinder dann um sich sammelte und mit ihnen die Köpfe zusammensteckte, um ihnen wichtige, aber aufmunternde Instruktionen zuzuflüstern, wie ein Fußballtrainer, der seine Spieler in der Halbzeit neu motiviert.

– Euer Daddy hat einen neuen Job und wird jetzt viel weg sein. Seht ihr, wie traurig Mum ist? Henry sah nicht, wie Alice erst kerzengerade dasaß und dann bei seinen Worten resigniert zusammensackte, als habe man ihr in den Magen getreten. – Das heißt, ihr zwei müsst ihr unter die Arme greifen. Terry, ich will nichts mehr von diesem Quatsch hören, dass du in der Schule flennst. Das ist was für blöde kleine Mädchen, sagte er seinem Sohn, ballte eine Faust und drückte sie dem Jungen unters Kinn.

Dann kramte Henry in seinen Hosentaschen und holte ein paar Zwei-Schilling-Münzen heraus. Eine davon drückte er

Yvonne in die Hand und sah, dass ihr Gesichtsausdruck neutral blieb, während sich die Augen des Jungen in wilder Erwartung weiteten.

– Denk dran, was ich gesagt hab, lächelte Henry seinen Sohn an, bevor er ihn genauso bedachte.

– Kommst du uns manchmal besuchen, Dad? fragte Terry, die Augen auf das Silber in seiner Hand geheftet.

– Na klar, Sohn! Wir gehen zum Fußball. Gucken uns die Jam Tarts an!

Das weckte Terrys Lebensgeister. Er strahlte seinen Dad an und guckte dann wieder auf die Zwei-Schilling-Münze.

Alice stellt sich ja komisch an, dachte Henry, während er für den baldigen Aufbruch seine Krawatte zurechtrückte. Sie saß einfach so da, ganz krumm. Na ja, er hatte seinen Teil gesagt und ihr jede nötige Zusicherung gegeben. Er würde vorbeikommen, um nach den Kindern zu sehen, mit ihnen was unternehmen, ihnen einen Shake in der Milchbar spendieren. Das hatten sie gern. Oder Fritten bei Brattisanni. Aber es würde nicht viel bringen, noch länger mit Alice zu reden. Das würde sie nur gegen ihn aufbringen, und das wär nicht gut für die Kinder. Am besten, er verzog sich still und leise.

Henry schlängelte sich an den Tischen vorbei. Er fixierte erneut die alten Fotzen. Sie erwiderten seinen Blick voller Verachtung. Henry schlenderte an ihren Tisch. Er tippte sich an die Nase und sagte mit gut gelaunt klingender Kälte: – Steckt die nicht in anderer Leute Angelegenheiten, oder ich brech sie euch, kapiert?

Seine Unverfrorenheit verschlug dem alten Pärchen die Sprache. Henry starrte ihnen noch für eine Sekunde in die Augen, setzte ein breites Lächeln auf und ging dann durch die Hoftür in den Pub, ohne sich noch einmal nach Alice oder den Kindern umzusehen.

Am besten kein großes Aufsehen erregen.

– Verdammte Unverschämtheit, brüllte Davie Girvan, stand auf und machte Anstalten, Henry zu folgen. Seine Frau Nessie hielt ihn zurück. – Setz dich hin, Davie, gibt dich nich mit so was ab. Das sind doch Asoziale.

Davie setzte sich zögernd wieder hin. Er hatte zwar keine Angst vor dem Kerl, aber er wollte vor Nessie keine Szene machen.

Auf seinem Weg zur Vordertür des Pubs nickte Henry ein paar Leuten zu und grüßte. Der alte Doyle war da, zusammen mit einem seiner Jungen, das musste Duke sein, und einem anderen Bekloppten. Was für ein Verbrecherclan; der Alte, glatzköpfig, fett und gestört wie ein psychotischer Buddha, Duke Doyle mit seinem dünnen, allmählich spärlicher werdenden Haar, immer noch zur Tolle toupiert wie bei einem Teddyboy, den verfärbten Zähnen und den klobigen Ringen an den Fingern. Er nickte Henry, als der vorbeiging, langsam und hinterfotzig zu. Aye, dachte Henry, hier draußen ist die Bande gut aufgehoben; Pech für die Siedlung, Glück für die Stadt. Die Ehrfurcht der anderen Trinker vor den Männern an jenem Tisch hing schwer in der Luft, denn dort wechselte bei einer beiläufigen Partie Domino mehr Geld den Besitzer, als die anderen im Monat auf den umliegenden Baustellen oder in den Fabriken verdienten. Seitdem sie hier rausgezogen waren, war Henry Stammgast in diesem Pub gewesen. Nicht der nächste, aber seine erste Wahl. Hier kriegte man ein ordentliches Pint Tartan Special. Aber das heute würde für lange Zeit sein letzter Besuch sein. Richtig gefallen hatte es ihm in der Gegend sowieso nie, dachte er, als er durch die Tür trat; mitten im Nirgendwo, nein, hier würd er nicht mehr herkommen.

Draußen hinterm Pub fielen Nessie Girvan die gestrigen Fernsehbilder von der Hungersnot in Biafra wieder ein. Die armen Seelen, es brach einem das Herz. Und dann dieser Abschaum eben, von dem gab es mehr als genug. Sie konnte nicht begreifen, warum manche Menschen sich Kinder anschafften. – So ein Dreckskerl, sagte sie zu ihrem Davie.

Davie wünschte sich, er hätte schneller reagiert und wäre dem Mistkerl in den Pub gefolgt. Klar, der Typ war ein echter Ganove gewesen, dunkler Teint und harte, verschlagene Augen. Davie hatte es schon mit viel schwereren Kalibern aufgenommen, aber das war ein paar Jahre her. – Wenn unser Phil oder unser Alfie hier gewesen wären, hätt er das Maul nicht so weit aufgerissen, sagte Davie. – Wenn ich solchen Abschaum seh, wünschte ich, ich wär ein paar Jahre jünger. Fünf Minuten, mehr bräucht ich nich … verdammt …

Davie Girvan brach abrupt ab, er traute seinen Augen nicht. Die Kleinen waren durch ein Loch im Drahtzaun gekrochen und kletterten die Böschung zum Fluss runter. An diesem Teil war er seicht, aber er hatte ein abschüssiges Ufer und tückische, tiefe Stellen.

– MISSUS! brüllte er die Frau auf der Bank an und zeigte wild gestikulierend auf die Lücke im Maschendraht: – PASSEN SIE AUF IHRE KINDER AUF!

Ihre Kinder

DONG

In blinder Panik drehte Alice den Kopf zur Seite, sah die Lücke im Zaun und stürzte darauf zu. Sie sah sie auf halber Höhe der steilen Böschung stehen. – Yvonne! Komm her, bettelte sie so gefasst sie konnte.

Yvonne blickte hoch und kicherte. – Nee! rief sie.

DONG

Terry hatte einen Stock. Er hieb damit nach dem langen Gras an der Böschung und mähte es um.

Alice flehte: – Ihr lasst euch die ganzen Süßigkeiten und den Saft entgehen. Ich hab Eis hier oben!

Ein Glanz des Erkennens trat in die Augen der Kinder. Sie kletterten eifrig die Böschung hoch und durch den Zaun zu ihr. Alice wollte sie am liebsten schlagen, sie wollte sie windelweich prügeln

sie wollte ihn windelweich prügeln

Alice Lawson brach in Schluchzen aus und erdrückte ihre Kinder fast mit ihrer Umarmung, nestelte an ihren Sachen und an ihren Haaren herum.

– Wo ist denn das Eis, Ma? fragte Terry.

– Das holen wir gleich, Junge, stieß Alice hervor, – das holen wir gleich.

Davie und Nessy Girvan sahen zu, wie die verstörte Frau mit ihren Kindern davontaumelte, eins fest an jeder Hand, die ebenso zappelig und springlebendig waren, wie sie am Boden zerstört.

# Carl Ewart

Die abgefeilten Metallspäne hingen dick wie Staub in der Luft. Duncan Ewart konnte sie in den Nasenlöchern und in der Lunge spüren. Aber an den Geruch gewöhnte man sich; man bemerkte ihn nur, wenn ihm etwas Konkurrenz machte. Jetzt kämpfte er gegen den weitaus angenehmeren Duft von Pudding mit Vanillesoße an, der aus der Kantine in die Maschinenhalle herüberdrang. Jedesmal, wenn die Schwingtüren der Küche aufflogen, wurde Duncan daran erinnert, dass die Mittagspause näher rückte und das Wochenende bevorstand.

Er arbeitete geschickt an der Drehbank und mogelte dabei ein bisschen, indem er die Sicherheitsabdeckung leicht anhob, um an dem Metallstück, das er bearbeitete, besser ansetzen zu können. Es war pervers, dachte er, denn in seiner Funktion als Betriebsrat hätte er jeden zur Minna gemacht, der Zeit zu sparen versuchte, indem er sich so über die Sicherheitsbestimmungen hinwegsetzte. Dem Bonus einiger Aktionäre in Surrey oder sonst wo zuliebe riskieren, ein paar Finger zu verlieren? Scheiße, er musste verrückt sein. Aber das war der Job, der unmittelbare Arbeitsprozess. Es war eine ganz eigene Welt, in der man zwischen neun und halb fünf lebte. Und man bemühte sich, sie zu verbessern, in jeder Hinsicht.

Ein verschwommener Fleck am Rande seines Gesichtsfeldes nahm Gestalt an, als Tony Radden ohne Schutzbrille und Handschuhe vorüberging. Duncan warf einen Blick auf seine neue Astronauten-Uhr. 12.47. Wie zum Henker kam denn das? Beinahe zehn vor. Gleich Mittag. Duncan dachte wieder über die Zwickmühle nach, in der er sich befand; es war ihm schon an vielen Freitagmorgenden so gegangen.

Die neue Elvis-Single, *The Wonder of You*, kam an diesem Tag in die Läden. Sie war schon die ganze Woche lang vorab auf Radio One gespielt worden. Aye, der King war zurück, und wie. *In the Ghetto* und *Suspicious Minds* waren besser, hatten es aber nur auf Platz zwei geschafft. Dies hier war kommerzieller, eine Ballade zum Mitsingen, und Duncan glaubte, sie würde es bis ganz an die Spitze schaffen. In seiner Vorstellung hörte er die Menschen betrunken mitsingen, sah sie eng umschlungen dazu tanzen. Wenn man die Leute zum Mitsingen und Tanzen brachte, war man auf der Gewinnerstraße. Er hatte beschissene sechzig Minuten Mittagspause, und mit der Buslinie Eins brauchte man nach Leith zu Ards Plattenladen fünfzehn Minuten hin und fünfzehn zurück. Genug Zeit, um die Platte zu kaufen und sich ein belegtes Brötchen und eine Tasse Tee im Canasta zu holen. Die Wahl zwischen dem Singlekauf und einem geruhsamen Pie und einem Pint in Speirs' Bar, dem nächsten Pub an der Fabrik, wäre ihm sonst nicht schwer gefallen. Aber jetzt verrieten die verführerischen Gerüche aus der Kantine, dass Freitag war, und da war die große Kalorienschlacht zu berücksichtigen. Freitags gaben sie sich immer besondere Mühe, weil man sich da eher verleiten ließ, zum Mittagessen in den Pub zu gehen, was hohe Produktivität und den letzten Nachmittag vor dem Wochenende zu schlechten Bettgenossen machte.

Duncan stellte die Maschine ab. Elvis Aaron Presley. Der King. Klare Sache. Die Platte. Er guckte wieder auf seine Uhr und entschloss sich, direkt im Overall zu gehen. Ungeduldig auf die Uhr tippend rannte er los, um den Bus vor dem Fabriktor zu erwischen. Duncan hatte mit der Geschäftsführung Spinde ausgehandelt, damit die Arbeiter in »Zivil« kommen und sich in der Fabrik umziehen konnten. In der Praxis machten sich nur wenige die Mühe (das galt auch für ihn), außer, man wollte freitags direkt nach der Arbeit in die Stadt. Duncan setzte sich hinten ins Oberdeck des Busses, holte Luft, zündete sich eine Regal an und malte sich aus, wie er *The Wonder of You* am Abend mit Maria im Tartan Club auflegen würde, wenn er die Single bekam. Das Schnurren des Motors schien seine eigene Zufriedenheit wiederzugeben, während er es sich im warmen Mief gemütlich machte.

Aye, es zeichnete sich ein gelungenes Wochenende ab. Killie spielte morgen in Dunfermline, und Tommy McLean war wieder fit. Der Kleine Mann würde die Pässe schlagen, auf die Eddie Morrison und Mathie, dieser Neuzugang, angewiesen waren. Mathie und der andere Junge, McSherry hieß der, machten beide einen viel versprechenden Eindruck, und Duncan war schon immer gerne zu Dunfermline gegangen, das für ihn das Ostküstenpendant zu Kilmarnock war. Beide Teams kamen aus kleinen Bergbaustädten, hatten in den letzten zehn Jahren Furore gemacht und waren gegen einige europäische Spitzenmannschaften angetreten.

– Die Scheißbusse sind totaler Mist, rief ein alter Mann mit Hut, der eine Capstan qualmte, zu ihm rüber und riss ihn so aus seinen Gedanken, – fümunzwanzig Minuten hab ich gewartet. Hätten nie die Straßenbahnen abschaffen dürfen.

– Aye, ganz genau, grinste Duncan und ließ sich wieder entspannt in seine Vorfreude aufs Wochenende zurücksinken.

– Nie die Straßenbahnen abschaffen dürfen, sagte der alte Knabe nochmal vor sich hin.

Seit er nach Edinburgh ins Exil gegangen war, teilte Duncan seine Samstagnachmittage im Allgemeinen zwischen Easter Road und Tynecastle auf. Letzteres hatte er immer vorgezogen, nicht weil es besser zu erreichen war, sondern weil es immer die Erinnerung an den großen Tag 1964 wachrief, als die Hearts am letzten Spieltag der Saison zu Hause nur ein Unentschieden gegen Killie brauchten, um Meister zu werden. Sie hätten sogar null zu eins verlieren dürfen. Kilmarnock musste mit zwei Toren Vorsprung gewinnen, um zum ersten Mal in seiner Geschichte Meister zu werden. Niemand außerhalb von Ayrshire hatte ihnen eine echte Chance eingeräumt, doch als Bobby Ferguson so grandios vor Alan Gordon rettete, hatte Duncan gewusst, dass es ihr großer Tag werden würde. Und als er, nachdem sie gewonnen hatten, auf eine dreitägige Sauftour ging, hatte Maria sich nicht beklagt.

Sie hatten sich gerade erst verlobt, darum war es eigentlich nicht richtig von ihm, aber sie hatte es gut weggesteckt. Und das war das Phänomenale an ihr, sie verstand das, sie wusste, ohne dass er es ihr sagen musste, was es ihm bedeutete, wusste, dass er keiner war, der so was ausnutzte.

*The Wonder of You.* Duncan dachte an Maria, was für eine magische Fügung es war, was für ein Glückspilz er war, dass er sie gefunden hatte. Wie er ihr den Song heute Abend vorspielen würde, ihr und dem Kleinen. Als er an der Junction Street ausstieg, musste Duncan daran denken, wie sehr sich in seinem Leben immer schon alles um die Musik gedreht hatte, wie er sich jedesmal wie ein kleines Kind darauf freute, eine neue Platte zu kaufen. Es war jede Woche wie Weihnachten. Diese gespannte Erwartung; man wusste nie, ob das, was man wollte, auch da war oder ausverkauft oder so. Manchmal musste er sogar am Samstagmorgen zu Bandparts, um es zu bekommen. Auf dem Weg zu Ards Plattenladen schnürte es ihm die Kehle zu, und sein Herz pochte bis zum Hals. Er zog die Tür auf, trat ein und steuerte auf die Ladentheke zu. Big Liz war da, dick angemalt und mit einer hochtoupierten Betonfrisur auf dem Kopf, und ihre Miene hellte sich auf, als sie ihn erkannte. Sie hielt ein Exemplar von *The Wonder of You* hoch. – Dachte, du suchst vielleicht die hier, Duncan, sagte sie und flüsterte dann: – Hab ich für dich zurückgelegt.

– Klasse, Liz, du bist ein Genie, grinste er und rückte nur zu gerne seine Zehn-Shilling-Note raus.

– Dafür musst du mir mal einen ausgeben, sagte sie und zog ihre Augenbrauen hoch, was den ernst gemeinten Hintergrund ihrer neckischen Bemerkung unterstrich.

Duncan zwang sich zu einem unverbindlichen Lächeln. – Wenn es ne Nummer eins wird, antwortete er und versuchte, nicht so irritiert zu klingen, wie ihm zumute war. Es hieß ja, dass sie einem erst recht nachrannten, wenn man verheiratet war, und das stimmte, fand er. Vielleicht fiel es einem auch bloß mehr auf.

Liz lachte viel zu enthusiastisch über die leichtfertige Antwort, worauf Duncan es noch viel eiliger hatte, den Laden zu verlassen. Als er schon an der Tür war, hörte er sie sagen: – Ich werd dich an den Drink erinnern!

Duncan fühlte sich noch ein paar Minuten unwohl. Er dachte an Liz, aber schon jetzt, kaum aus dem Plattenladen raus, wusste er schon nicht mehr, wie sie aussah. Jetzt hatte er nur noch Maria im Sinn.

Aber er hatte die Platte bekommen. Das war ein gutes Omen. Killie würde bestimmt gewinnen, obwohl man wegen dieser Stromsperren nicht wusste, wie lange noch Fußball gespielt werden würde, weil es mittlerweile früher dunkel wurde. Aber das war ein Preis, den man gerne dafür zahlte, diesen Drecksack Heath und die Tories losgeworden zu sein. Es war grandios, dass sie die Arbeiter nicht länger verarschen konnten.

Fest entschlossen, dass er mal nicht wie sein Vater in die Zeche sollte, hatten seine Eltern Opfer gebracht. Sie hatten darauf bestanden, dass er eine Lehre machte, ein Handwerk lernte. Daher war Duncan zu einer Tante nach Glasgow geschickt worden, solange er in einer Fabrik in Kinning Park in der Lehre war.

Glasgow war verdammt groß, grell, hektisch und gewalttätig für seine Kleinstädterbegriffe, aber er war umgänglich und in der Fabrik beliebt. Sein bester Kumpel auf der Arbeit war ein Kerl namens Matt Muir aus Govan, fanatischer Rangers-Anhänger und Kommunist mit Parteibuch. Alle in der Fabrik waren Fans der Rangers, und als Sozialist war er sich peinlich bewusst, dass er, genau wie seine Arbeitskollegen auch, die Lehrstelle nur dank der Freimaurerverbindungen seiner Familie bekommen hatte. Sein eigener Vater sah keinen Widerspruch zwischen Freimaurertum und Sozialismus, und viele aus der Werkshalle, die regelmäßig ins Ibrox-Stadion gingen, waren aktive Sozialisten oder wie Matt sogar Mitglieder der Kommunistischen Partei. – Die Ersten, die es treffen würde, wären die Fotzen aus dem Vatikan, pflegte er begeistert zu sagen, – die Wichser werden alle an die Wand gestellt.

Matt steckte Duncan alles, worauf es ankam: wie man sich anzog, in welche Tanzschuppen man ging, welche der Jungs die mit den Rasiermessern und (besonders wichtig) wer ihre Freundinnen waren, mit denen man besser nicht tanzte. Und dann hatten sie mit ein paar von den Jungs den Abstecher nach Edinburgh gemacht, wo er in einem Tanzschuppen in Tollcross das Mädchen in dem blauen Kleid gesehen hatte. Jedesmal, wenn er sie ansah, war es, als würde ihm die Luft zum Atmen aus dem Leib gepresst.

Obwohl Edinburgh einen freundlicheren Eindruck als Glasgow machte und Matt behauptete, Messer oder Rasierklingen seien dort eher die Ausnahme, gab es eine Schlägerei. Ein vierschrötiger Kerl hatte einem anderen Mann eine reingehauen und wollte gerade nachlegen. Duncan und Matt gingen dazwischen und halfen, die Gemüter zu beruhigen. Glücklicherweise gehörte einer der dankbaren Nutznießer ihres Eingreifens zu derselben Gruppe wie das Mädchen, das Duncan schon den ganzen Abend wie gebannt anstarrte, das er aber nicht zum Tanzen aufzufordern gewagt hatte. Er sah Maria noch vor sich, die Form ihrer Wangenknochen und ihre Art, die Augen niederzuschlagen, die sie überheblich wirken ließ, ein Eindruck, der sich schnell zerstreute, wenn man mit ihr sprach.

Es kam sogar noch besser: Der Junge, mit dem er sich anfreundete, hieß Lenny und war Marias Bruder.

Maria war eigentlich Katholikin, auch wenn ihr Vater einen unerklärlichen Groll gegen Priester hegte und nicht mehr zur Kirche ging. Seine Frau und seine Kinder waren irgendwann seinem Beispiel gefolgt. Trotzdem machte sich Duncan Sorgen darüber, wie seine eigene Familie auf die Heirat reagieren würde, und fuhr deswegen heim nach Ayrshire, um die Sache zu bereden.

Duncans Vater war ein stiller, in sich gekehrter Mann. Seine zurückhaltende Art wurde oft als Schroffheit missverstanden, ein Eindruck, der durch seine Körpergröße noch verstärkt wurde (er war über einsachtzig groß), die Duncan, genau wie das strohblonde Haar, von ihm geerbt hatte. Sein Vater hörte sich sein Geständnis schweigend an und nickte nur gelegentlich aufmunternd. Als er dann sprach, tat er es im Tonfall eines Mannes, der sich schmählich verkannt fühlt. – Ich hasse keine Katholiken, Junge, sagte sein Vater mit Nachdruck. – Ich hab nichts gegen egal welche Religion. Aber diese Schweine im Vatikan, die die Leute unterdrücken, in Unwissenheit halten, damit die sich weiter die Taschen füllen können, das ist das Pack, das ich hasse!

In dieser Hinsicht beruhigt, beschloss Duncan, Marias Vater sein Freimaurertum zu verschweigen, da dieser Freimaurer genauso zu verabscheuen schien wie Priester. Sie heirateten standesamtlich in den Edinburgher Victoria Buildings und feierten im Oberstock eines Pubs in Cowgate. Duncan hatte Angst, Matt Muir könnte eine rot angehauchte oder gar tiefrote Rede halten, und bat darum Ronnie Lambie, seinen besten Freund aus der Schule zu Hause in Ayrshire, die Festrede zu halten. Unglücklicherweise hatte Ronnie gut getankt und ließ eine Hetzrede gegen Edinburgh vom Stapel, die einigen Gästen unangenehm aufstieß und später, als es feuchtfröhlich wurde, eine Schlägerei nach sich zog. Duncan und Maria nahmen das zum Anlass, in das Zimmer zu verschwinden, das sie in einer Pension in Portobello gemietet hatten.

Wieder in der Fabrik und an seiner Maschine angekommen, sang Duncan *The Wonder of You*, der Song lief als Endlosschleife in seinem Kopf, während das Metall unter der Schneide der Drehbank nachgab. Dann verdunkelte ein Schatten das Licht, das aus den riesigen Fenstern auf ihn herabfiel. Jemand stand neben ihm. Er schaltete die Maschine ab und blickte auf.

Duncan kannte den Mann nur flüchtig. Er hatte ihn schon in der Kantine und im Bus gesehen; er war offenbar Nichtraucher, da er immer unten saß. Duncan vermutete, dass sie in derselben Siedlung wohnten, denn der Mann stieg eine Station vor ihm aus. Der Typ war ungefähr einsfünfundsiebzig, hatte kurze braune Haare und einen lebhaften Blick. Woran Duncan sich erinnerte, war seine fröhliche, natürliche Ausstrahlung, die nicht zu seinem Äußeren passte; er war das, was man einen gut aussehenden Mann nannte, gut aussehend genug für ein wenig Narzissmus. Jetzt stand der Mann allerdings in höchster Aufregung vor ihm. Nervös und ungeduldig platzte er heraus: – Duncan Ewart? Betriebsrat?

Beide waren sich des dämlichen Reims bewusst und lächelten sich an.

– In der Tat, Ewaat, Betriebsrat. Und du bist …? ging Duncan auf den Witz ein. Er konnte die Nummer im Schlaf.

Aber der Mann lachte jetzt nicht mehr. – Wullie Birrell, stammelte er atemlos. Meine Frau … Sandra … liegt in den Wehen … Abercrombie … will mich nich weg zum Krankenhaus lassen … sin zu viele krank … die Crofton-Lieferung … sacht, wenn ich jetzt Feierabend mach, brauch ich nich wiederkommen …

Es brauchte nur Sekunden, bis die Entrüstung in Duncans Brust aufstieg wie ein Hustenreiz. Er knirschte eine Sekunde lang mit den Zähnen und sprach dann mit ruhiger Autorität. – Du haust jetzt sofort ab zum Krankenhaus, Wullie. Wenn hier einer nich mehr wiederkommt, dann Abercrombie. Verlass dich drauf, dem wird es noch Leid tun.

– Soll ich ausstempeln oder nich? fragte Wullie Birrell, und ein nervöses Zittern im Auge ließ sein Gesicht zucken.

– Mach dir deswegen keinen Kopf, Wullie, geh einfach. Nimm dir n Taxi, lass dir ne Quittung geben, ich boxe das dann bei der Gewerkschaft durch.

Wullie Birrell nickte dankbar und sah zu, dass er wegkam. Er hatte die Fabrik schon verlassen, als Duncan sein Werkzeug hinlegte, ohne Eile zum Münztelefon in der Kantine ging und zuerst den Convenor, dann den Abteilungsleiter anrief, während er im Hintergrund das Klappern der Töpfe und Bestecke beim Spülen hören konnte. Dann ging er direkt zum Betriebsleiter, Mr. Catter, und legte eine formelle Beschwerde ein.

Catter hörte sich Ewarts Anliegen schweigend, aber mit wachsender Bestürzung an. Die Crofton-Lieferung musste unter allen Umständen raus. Und Ewart – tja, der konnte jeden einzelnen Arbeiter in der Werkshalle dazu bringen, die Arbeit niederzulegen, um diesen Birrell zu unterstützen. Was um Himmels willen hatte dieser Clown Abercrombie sich bloß dabei gedacht? Sicher, Catter hatte ihm eingeschärft, dass die Lieferung auf Biegen und Brechen rausgehen musste, aber der Idiot hatte offenkundig den Verstand und jedes Gefühl für Verhältnismäßigkeit verloren.

Catter sah den hoch gewachsenen Mann mit dem offenen Blick, der ihm gegenüberstand, prüfend an. Catter hatte es schon oft genug mit harten Männern in der Position des Betriebsrats zu tun gehabt, die ihre eigenen Ziele verfolgten. Sie hassten ihn und verabscheuten die Firma und alles, wofür sie stand. Ewart war nicht von dieser Sorte. Er hatte ein warmes Funkeln in den Augen, eine entspannte Rechtschaffenheit, die, wenn man ein bisschen genauer hinsah, eher Ausdruck von Übermut und Humor war als von Wut. – Da hat es wohl ein Missverständnis gegeben,

Mr. Ewart, sagte Catter ruhig und mit einem Lächeln, von dem er hoffte, dass es ansteckend wirkte. – Ich werde Mr. Abercrombie die Sachlage erklären.

– Gut, nickte Duncan und fügte hinzu: – Besten Dank.

Duncan selbst hatte durchaus etwas übrig für Catter, den er immer als fair und gerecht erlebt hatte. Wenn er die bizarreren Anordnungen von oben durchdrückte, merkte man ihm an, dass es für ihn kein Vergnügen war. Und es konnte auch nicht allzu viel Spaß machen, Knalltüten wie Abercrombie zurückzupfeifen.

Abercrombie. Was für ein armer Irrer.

Auf dem Rückweg in die Werkshalle konnte Duncan es sich nicht verkneifen, den Kopf in das von der Halle abgetrennte Kabuff zu stecken, das Abercrombie sein Büro nannte. – Tausend Dank, Tam!

Abercrombie blickte von den Arbeitsbögen aus Pauspapier hoch, die auf seinem Schreibtisch ausgebreitet waren. – Wofür? fragte er und versuchte überrascht zu tun, wurde aber rot dabei. Er war bedrängt worden, war unter Zeitdruck gewesen und hatte nicht richtig über die Sache mit Birrell nachgedacht. Und damit hatte er dieser Bolschewistenfotze Ewart direkt in die Hände gespielt.

Duncan Ewart grinste diabolisch. – Für den Versuch, Wullie Birrell an nem Freitagnachmittag nich gehen zu lassen, wo es die Jungs doch in den Fingern juckt, die Arbeit hinzuschmeißen. Tolle Managementleistung. Ich hab's für dich ausgebügelt und ihm gesagt, dass er gehen kann, fügte er selbstgefällig hinzu.

In Abercrombies Brust platzte ein kleiner Knoten Hass, der ihm bis in die Finger- und Zehenspitzen fuhr. Ihm wurde heiß und kalt, und er zitterte. Er konnte nicht anders. Dieser Dreckskerl Ewart, für wen zum Teufel hielt der sich? – Noch leite ich diese beschissene Halle! Schreib dir das hinter die Ohren!

Duncan quittierte Abercrombies Ausbruch nur mit einem Grinsen. – Tut mir Leid, Tam, da kommt schon die Kavallerie angerückt.

Abercrombie schrumpfte in sich zusammen, nicht weil Duncan das gesagt hatte, sondern weil hinter ihm wie aufs Stichwort Catter mit versteinerter Miene auftauchte. Und was noch schlimmer war, er betrat den kleinen Kasten zusammen mit Convenor Bobby Affleck. Affleck war ein vierschrötiger Bulle von Mann, der schon bei der geringsten Missstimmung eine beängstigende Unbeherrschtheit an den Tag legte. Aber jetzt raste der Convenor vor Zorn, das konnte Abercrombie sofort sehen.

Duncan grinste Abercrombie an und zwinkerte Affleck zu, ehe er ging und die Tür hinter sich zuzog. Die dünne Sperrholztür bot kaum eine Isolierung gegen die Lautstärke von Afflecks Tobsucht.

Wie auf ein geheimes Zeichen wurden die Drehbänke und Bohrmaschinen in der Werkshalle eine nach der anderen abgeschaltet, und ihr Getöse machte einem Gelächter Platz, das sich wie plötzliches Frühlingserwachen über den grau gestrichenen Fabrikhallenboden ergoss.

# Billy Birrell

### ZWEI LANDPLAGEN ERSTER GÜTE

Duncan Ewart ließ seinen kleinen Jungen Carl zu einer Count-Basie-Nummer auf der Anrichte tanzen. Elvis war an diesem Wochenende rauf- und runtergespielt worden, und Duncan hatte ganz schön einen sitzen; er war gerade erst aus Fife zurückgekommen, wo Killie und Dunfermline sich die Punkte geteilt hatten. Er und sein Sohn waren jetzt auf gleicher Höhe, und der Junge imitierte seine Tanzbewegungen. Maria kam ins Wohnzimmer und machte mit. Sie schnappte sich den ausgelassenen Jungen von der Anrichte und wirbelte mit ihm durchs Zimmer, während sie sang: – *Real royal blood comes in real small amounts, I got two royal pests, I got Carl, I got Duncan…*

Der Junge hatte das gleiche strohblonde Haar wie alle Ewarts. Duncan fragte sich, ob sie Carl, wenn er in die Schule kam, den gleichen Spitznamen anhängen würden, den er selbst in der Fabrik hatte – »Milky Bar Kid«. Während Maria den Jungen auf dem Boden absetzte, hoffte Duncan, dass keiner von ihnen je eine Brille brauchen würde. Als er spürte, wie Maria ihre Arme um seine Taille schlang, drehte Duncan sich um, und sie gaben sich eng umschlungen einen langen Kuss. Carl wusste nicht, was er tun sollte, fühlte sich ausgeschlossen und klammerte sich an ihre Beine.

Es klingelte, und Maria ging an die Tür, während Duncan die Gelegenheit nutzte, mal wieder Elvis aufzulegen, diesmal *In the Ghetto*.

Maria sah einen leicht erschrocken dreinblickenden Mann mit kantigem Unterkiefer auf der Schwelle. Er war ihr unbekannt und hielt sich an einer Whiskyflasche und einem Bild fest, das nach einer Kinderzeichnung aussah. Er war offenkundig etwas angeheitert und in aufgekratzter Stimmung, wenn auch ein wenig unsicher. – Äh, Entschuldigung, Mrs., äh, Ewart, äh, ist Ihr Mann da? fragte er.

– Aye … einen Augenblick, sagte Maria und rief Duncan, der Wullie Birrell gleich hereinbat und ihn Maria als Freund von der Arbeit vorstellte.

Wullie Birrell freute sich über Duncans Herzlichkeit, sie machte ihn aber etwas verlegen. – Mr. Ewart, äh, Johnny Dawson hat mir Ihre Adresse gegeben … ich wollt mich nur bedanken wegen gestern, stieß Wullie nervös hervor. – Hab gehört, Abercrombie hat sich gründlich lächerlich gemacht.

Duncan grinste, obwohl er in Wahrheit wegen seiner Rolle bei Abercrombies Demütigung leise Gewissensbisse hatte. Der Mann verdiente es, von seinem hohen Ross geholt zu werden, und ja, Duncan hatte sich daran weiden wollen. Aber dann hatte er den Kummer auf Abercrombies Gesicht gesehen, als dieser bei Arbeitsschluss zum Parkplatz ging. Normalerweise ging Tam Abercrombie als Letzter, aber diesmal hatte er bei Schichtende gar nicht schnell genug verschwinden können. Eine Sache, die sein Vater Duncan gelehrt hatte, war, dass man nicht vorschnell über andere Menschen urteilen soll, selbst über die eigenen Feinde nicht. Man wusste nie, welchen Mist sie in ihrem Privatleben ertragen mussten. Abercrombie hatte so was Niedergedrücktes an sich gehabt, irgendwas, das durch die Ereignisse des Tages allein nicht zu erklären war.

Aber drauf geschissen, Wullie Birrells Frau bekam ein Kind. Für wen hielt sich dieses Arschloch Abercrombie, ihm zu verbieten, bei ihr zu sein? – Hat er auch verdient, sagte Duncan hämisch grinsend, – und nenn mich Duncan, Herrgott nochmal. Aye, der komische Kerl war nich direkt begeistert, aber lass uns den Namen nich in diesem Haus erwähnen. Wie geht's deiner Frau? Gibt's was zu vermelden? fragte er und wusste die Antwort schon, als er Wullie vom Scheitel bis zur Sohle musterte.

– Ein kleiner Junge. Siebeneinhalb Pfund. Is unser zweiter kleiner Racker. Kam brüllend und strampelnd raus und wollte gar nich mehr aufhörn, erklärte Wullie mit nervösem Grinsen. – Ganz anders als der Erste. Das is n Ruhiger. Is etwa so alt wie der hier, bemerkte er und lächelte Carl an, der diesen Fremden genau beobachtete, auch wenn er dicht bei seiner Mutter blieb. – Habt ihr noch mehr?

Duncan lachte laut, und Maria verdrehte die Augen. – Einer von der Sorte ist mehr als genug, erwiderte Duncan und senkte dann die Stimme: – Bevor er kam, wollten wir eigentlich die Koffer packen, zwei Tickets nach Amerika kaufen, da ein Auto mieten und einfach drauflosfahren. New York sehen, New Orleans, Memphis, Nashville, Vegas, das volle Programm. Aber dann hatten wir unsern kleinen Unfall hier, dabei fuhr er Carl durch die milchweißen Haare.

– Nenn ihn nicht immer so, Duncan. Er kommt noch auf die Idee, er wär nich gewollt, flüsterte Maria.

Duncan betrachtete seinen Sohn. – Nee, unseren verrückten kleinen Märzhasen hier könn wir nich zurückgeben, was?

– Leg Elvis auf, Dad, drängte Carl.

Duncan gingen die Stichworte des Jungen runter wie Butter. – Tolle Idee, Sohn, aber erst hol ich uns noch n paar Bier und Gläser, und wir begießen das freudige Ereignis. Darf's ein Export sein, Wullie?

– Aye, gern, Duncan, und bring besser noch ein paar kleine Gläser für den Whisky mit.

– Hört sich wie ein guter Vorschlag an, nickte Duncan, steuerte die Küche an und zwinkerte Maria zu, als Carl ihm folgte.

Wullie reichte Maria verlegen das Bild, das er in der Hand hielt. Es war die Kinderzeichnung einer Strichmännchen-Familie. Maria hielt sie gegen das Licht und studierte den dazugehörigen Text.

Es war eine Geschichte

ein neues baby von William Birrell, fünf Jahre, volksschule Saughton, Wendy hines elf Jahre erzählt, und aufgeschrieben von Bobby Sharp, acht Jahre.

mein name ist William aber alle sang zu mir Billy mein Dad ist Billyzwei und wir kriegn ein neues baby. ich

> mag fusball und die Hibs sind der beste ferein dad
> nimmt mich mit aber nich das neue baby weil das
> noch in einer wige is spiel sangt dschonsin mum hat
> ein Feuer und sie heist Sandra Birrell is dick vom
> baby.
>
> ich wohn in einen grosen Haus mit einem fenster ich
> hab eine freundin Sally sie ist sieben Jahre in einer gro-
> sen Klasse nebenan mister colins ist alt

– Das ist ja wirklich toll, sagte Maria.

– Die sind einmalig in der Schule. Die machen das so, dass die älteren Kinder den Lehrern mit den Kleineren helfen, erklärte Wullie.

– Das ist gut, unserer geht nämlich Ende des Sommers hin, erzählte ihm Maria. – Ihr Großer muss ja n aufgewecktes Kerlchen sein, schmeichelte sie ihm.

Stolz und Alkoholkonsum trieben Wullie eine gesunde Röte ins Gesicht. – Hat er für mich gemacht gehabt, als ich vom Krankenhaus kam. Aye, ich glaub, Billy wird der Schlaukopf und der Neue, Robert wollen wir n nennen, der wird n Kämpfer. Aye, der kam schon strampelnd und brüllend raus, hat meine Frau übel aufgerissen ... sagte Wullie und errötete Maria gegenüber, – äh, tschuldigung ... ich wollte sagen ...

Maria lachte nur herzlich und winkte ab, als Duncan mit den Getränken auf einem Youngers-Tablett zurückkam, das er an irgendeinem feuchtfröhlichen Abend im Tartan Club hatte mitgehen lassen.

Billy Birrell war im Vorjahr eingeschult worden. Wullie war stolz auf seinen Sohn, auch wenn er ständig ein Auge darauf haben musste, dass er die Finger von den Streichhölzern ließ. Der Junge war vom Feuer wie besessen. Er zündelte im Garten, auf den unbebauten Grundstücken, wo er nur konnte, und einmal hätte er nachts beinah das Haus in Brand gesteckt.

– Is aber nich schlecht, dass er Feuer mag, Wullie, sagte Duncan, bei dem der Alkohol, von dem er vorher bereits einiges intus gehabt hatte, Wirkung zeigte. – Apoll, der Feuergott, is auch der Gott des Lichts.

– Gut, denn Licht hätten wir reichlich gehabt, wenn die Vorhänge gebrannt hätten …

– Das is aber der Geist der Revolution, Wullie. Manchmal muss man alles kaputtmachen, den ganzn Mist niederbrennen, bevor man was Neues aufbaun kann, lachte Duncan, während er Whisky nachschenkte.

– Unsinn, sagte Maria verächtlich, schaute grimmig auf den üppigen Schluck, den Duncan eingeschenkt hatte, und kippte Limonade ins Glas, um den Alkohol zu verdünnen.

Duncan reichte Wullie einen neuen Tumbler. – Ich sag ja nur … Sonne bedeutet Feuer, aber auch Licht und Heilkraft.

Maria wurde es jetzt zu bunt. – Ja, Heilung, die hätt Wullie brauchen können, wenn er mit Verbrennungen dritten Grades aufgewacht wär, verklickerte sie ihm.

Wullie hatte ein schlechtes Gewissen, weil er glaubte, er hätte vor Leuten, die er kaum kannte, unbeabsichtigt seinen Sohn schlecht gemacht. – Aber er is ein lieber kleiner Kerl, ich mein, man versucht ihnen den Unterschied zwischen richtig und falsch beizubringen … sagte er mit schwerer Zunge, weil auch er jetzt den Alkohol und die Müdigkeit spürte.

– Die Welt is heute kompliziert, nich so wie die, in der wir groß geworden sind, sagte Duncan. – Man weiß gar nicht, was man ihnen beibringen soll. Klar, es gibt gewisse Grundregeln – nie Freunde hängen lassen, nie zum Streikbrecher werden …

– Nie n Mädchen schlagen, ergänzte Wullie nickend.

– Unbedingt, stimmte Duncan mit ernster Miene zu, als Maria ihm einen Blick zuwarf, der sagte: Trau dich das bloß nicht, Junge, – nie einen an die Bullen verpfeifen …

– … weder Freund noch Feind, ergänzte Wullie.

– Ich glaub, das mach ich, ich ersetz die Zehn Gebote durch meine eigenen zehn Gebote. Das wär besser für die Jungs als dieser Dr. Spock und der ganze Mist. Kauf jede Woche ne Schallplatte, das wär ein Gebot von mir … du sollst keine Woche verstreichen lassen, ohne dich auf nen guten Song zu freuen …

– Wenn du deinen Söhnen Lebensregeln mitgeben willst, wie wär's damit, dass sie nicht zu viel Geld in die Kneipe und zum Buchmacher tragen sollen? lachte Maria.

– Manche Sachen wiegen eben schwerer als andere, wagte Duncan zu Wullie zu bemerken, der bedächtig nickte.

Sie saßen fast die ganze Nacht zusammen, tranken und erzählten sich, wo sie gelebt hatten, bevor sie in die neuen Sozialwohnungen gezogen waren. Sie waren sich alle darin einig, dass sie das Beste waren, was der Arbeiterklasse passieren konnte. Maria war aus Tollcross, während Wullie und seine Frau ursprünglich aus Leith kamen, mit einem Umweg über die Plattenbausiedlung in West Granton. Man hatte ihnen zuerst Muirhouse angeboten, aber sie hatten sich für diese Siedlung hier entschieden, weil sie näher an Chesser lag, wo Sandras Mutter wohnte, die krank gewesen war.

– Wir wohnen allerdings drüben im älteren Teil der Siedlung, sagte Wullie halb entschuldigend, – so schön wie hier isses nich.

Duncan wollte sich nicht als was Besseres fühlen, aber so war hier die einhellige Meinung: Die neueren Wohnungen waren die besten. Wie andere Familien in diesem Teil waren die Ewarts froh über ihre gut gelüfteten Wohnungen. Alle Nachbarn sprachen von der Fußbodenheizung, dank der man nur einen einzigen Schalter betätigen musste, um die gesamte Wohnung zu heizen. Marias Dad war neulich an TBC gestorben, die er sich in den feuchten Mietskasernen von Tollcross geholt hatte; das gehörte jetzt alles der Vergangenheit an. Duncan liebte diese großen, warmen Fliesen unter dem Teppich. Man schob einfach die Füße unter den Kaminvorleger und schwelgte im Luxus.

Als es dann Winter wurde und die ersten Rechnungen mit der Post kamen, gingen die Zentralheizungen in der Siedlung aus; so synchron, als hätten sie alle einen gemeinsamen Hauptschalter.

# Andrew Galloway

### DER MANN IM HAUS

Es is passiert wie grad die schönste Zeit war wie ich aufm Boden knie und den Beano auf einem von den großen Stühlen liegen hab, dass mich keiner stören kann und ich hab einen Schokoladenkeks und ein Glas Milch auf dem kleinen Hocker und Dad sitzt im andern Stuhl, liest seine Zeitung und meine Ma macht den Tee und meine Ma ist der beste Koch der Welt, denn sie macht die besten Fritten und mein Dad ist der beste Dad der Welt, denn er kann jeden verkloppen, und einmal wollte er Paul McCartney verkloppen weil meine Mutter ihn mag und er wollte meine Ma heiraten aber Dad hat sie zuerst geheiratet und wenn er das nicht gemacht hätte wär ich in den Beatles.

Sheena is in ihrem Babybett … am Brüllen, mit ganz rotem Kopf. Wäh Wäh Wäh … das is sie und die ganze Zeit nur am Knatschen, wie Weihnachten, sagt mein Dad, nicht wie ich denn ich bin groß, ich geh jetzt zur Schule!

Ich war im Krieg.

Terry hat in der Schule am ersten Tag geweint. Ich wein nie aber Terry schon, Teer-ry is ne Heul-suse … sitzt auf dem Podest wo Miss Munro ihrn Tisch hat und heult und heult.

Er saß bei Miss Munro aufm Schoß und da hat Terry Glück gehabt. Ich werd Miss Munro heiraten denn sie riecht gut und is nett und ich leg meinen Arm um Terry weil er mein Freund ist und sach ihm er soll sich nich so anstellen und Terry hatte Angst, dass seine Ma nicht wiederkommt, aber ich wusste dass meine kommt, weil sie gesagt hat wir gehn Eis essen bei Mr. Whippy.

*Ilse Bilse*

Paul McCartney wird verkloppt! Der kriegt ne Tracht Prügel von mir und meinem Dad! Bäng! Paff!

Miss Munro hat gesagt schon gut Terry, Andrew is doch bei dir! Ich war richtig erwachsen.

*Keiner willse*

Haun ihm sein Kopf ein. Wenn ich richtig wütend bin kann ich alle Beatles auf einmal verkloppen.

Dennis die Nervensäge nennt mein Dad mich weil ich so einen Hund will wie der hat, aber meine Ma sagt erst wenn Sheena größer ist weil manche Hunde Babys essen. Darum riecht wohl ihr Atem auch so schlecht, weil Babys nach Pipi und Kotze stinken. Hunde sollten Gemüse und Fritten und gute Beefburger essen nicht die billigen.

*Kam der Koch*

Ich hab meinen Keks gegessen, hab ihn ganz aufgegessen weil es einer von den guten war, die nach Weizen schmecken und wo die Schokolade schön dick ist. Die billigen schmecken nie so lecker. Es hat an der Tür geklopft. Mein Dad ist gucken gegangen. Dann als er zurückkam warn zwei Männer bei ihm, weil sie Polizisten warn und einer sah böse aus, der andere war nett, weil er mich angelächelt und mir über den Kopf gestrichen hat. Mein Dad hat gesagt er muss weg, er muss mitgehen, den Polizisten helfen aber er wär bald wieder da.

Paul McCartney und Ma können kein Baby mehr machen weil Sheena schon da is und in ihrem Bettchen liegt.

*Nahm se doch*

Meine Ma ist am Weinen aber Dad sagt alles ist in Ordnung. Er sagt zu mir: – Ich muss mitgehn un den Polizisten helfen. Du passt jetzt auf deine Ma auf und hörst auf das, was man dir sagt. Denk dran, du bis jetzt der Mann im Haus.

*Schiebt ihr was ins Ofenloch*

Als er wegging, hat meine Ma sich hingehockt und mich festgehalten und ich konnte hören wie se weint, aber ich hab nicht geweint weil ich ein großer Junge bin und ich wein nie! Ich war am Anfang ein bisschen traurig weil ich meinen Comic hatte und es eigentlich die schönste Zeit des Tages sein sollte, gleich nach der Schule und vorm Tee, aber ich hab nicht geweint weil ich wusste dass mein Dad bald zurückkommt, wenn er erstmal den Polizisten geholfen hat die bösen Männer einzusperren und er ihnen hilft die bösen Männer zu verkloppen, und ich würde ihm helfen weil ich Paul McCartney verprügeln würde wenn er versucht meiner Mutter ihr Freund zu sein und selbst wenn mein Dad lange Zeit weg wär, würd mir das nichts ausmachen, weil ich dann der Mann im Haus bin.

# 2 Um 1980 rum: Das letzte Abendmahl (mit Fischgang)

# Fenster '80

Es war, als ob das komplette Mietshaus fauchte und zitterte, als die eiskalte Zugluft heulend hindurchfegte und es knarren und pfeifen ließ wie einen Hummer, den man in kochendes Wasser wirft. Diese aufdringlichen, schmutzig-kalten Windstöße von den Sturmböen draußen pfiffen unablässig herein; durch die Spalten in den Fensterrahmen und unter den Fensterbänken, durch die Lüftungsschlitze und die Lücken zwischen den Bodendielen.

Dann plötzlich, mit einem verächtlichen, peitschenden Herumschlagen, das Mülltonnenscheppern und Abfall in seinem Sog hinter sich herzog, ließen sich die Winde herab, ihre Richtung zu ändern, und gönnten Sandra ein wenig Erholung. Als sich die Fasern ihrer Seele und ihres Körpers gerade entspannen wollten, materialisierten sich draußen auf den Straßen Betrunkene, ergossen sich in die gerauschlose Leere und erfüllten sie mit ihren Rufen und Gesängen. Wind und Regen waren nun zum Erliegen gekommen, sodass sie nach Hause gehen konnten. Aber diese Boten des Elends schienen immer genau vor ihrer Tür stehen zu bleiben, und unter ihnen gab es einen besonders penetranten Typen, der ihr während der letzten Monate, ohne es zu wissen, alle Strophen und den Refrain von *Hearts Glorious Hearts* beigebracht hatte.

Früher hatte sie das nie gestört, dieser ganze Lärm. Nun war sie, Sandra Birrell, Ehefrau und Mutter, die Einzige in der Wohnung, die nachts nicht schlafen konnte. Die Jungs schliefen wie die Murmeltiere; manchmal ging sie nach hinten, um nach ihnen zu sehen, um zu bestaunen, wie fest sie schliefen und wie schnell sie erwachsen wurden.

Billy würde nicht mehr lange da sein, das hatte sie im Gefühl. Obwohl er erst sechzehn war, würde er in ein paar Jahren seine eigene Wohnung haben. Er sah seinem Vater in jungen Jahren verblüffend ähnlich, auch wenn sein Haar eher so blond war wie ihres. Billy war robust und verschlossen, er hatte sein eigenes Leben und wachte eifersüchtig darüber. Sie wusste, dass da was mit Mädchen lief, aber sie fand es schwer, mit seiner mangelnden Auskunftsfreude umzugehen, auch wenn sie seine freiwilligen Gefälligkeiten nicht nur ihr, sondern auch Verwandten und Nachbarn gegenüber bewunderte. Man konnte ihn drüben vor dem Veteranenheim den Rasen mähen sehen, um dann klipp und klar, mit einem entschiedenen Schütteln seines kurz geschorenen Schopfes, jede Bezahlung dafür abzulehnen. Und dann war da ihr Robert: Er war ein schlaksiger junger Springinsfeld, der aber schnell heranwuchs. Ein Träumer ohne Billys eifrige Zielstrebigkeit, aber genauso unwillig, ihr anzuvertrauen, was in seinem Kopf vor sich ging. Wenn er fortging, was blieb ihr und ihrem Mann Wullie, der so fest neben ihr schlief, dann noch? Und was würde dann aus ihr werden? Würde das Danach wie das Davor werden? Würde sie wieder so sein wie Sandra Lockhart?

Es kam ihr verrückt vor, aber was war aus Sandra Lockhart geworden? Der hübschen Blondine, die gut in der Schule war und die Leith Academy besucht hatte, während der Rest ihrer Familie, die Lockharts aus der Tennent Street, alle auf die D. K. gegangen waren, die David Kilpatrick's oder auch »Deppen-Kinder«, wie die Einheimischen sie gemeinerweise nannten. Sandra war die Jüngste in der Familie, das einzige Kind aus dieser Familie von altem Sozialhilfe-Adel, aus dem etwas zu werden schien. Lebhaft, temperamentvoll und verwöhnt, hatte es den Anschein, als sei sie für etwas Besseres bestimmt, und sie wirkte auch immer so, als wenn sie auf alle anderen Bewohner des Viertels der alten Hafenstadt, aus der ihre Familie kam, heruntersehen würde. Auf alle bis auf einen, und der lag neben ihr.

Die Betrunkenen waren jetzt fort, ihre Stimmen verhallten in der Nacht, aber nur, um die Rückkehr der peitschenden Böen einzuleiten. Ein neuer, wütender Windstoß, und das Fenster bog sich nach innen wie Rolf Harris' Singende Säge und gaukelte

ihr kurz die dramatische Möglichkeit des Zerspringens vor, der
einzige Vorfall, der ihren pennenden Mann neben ihr garantiert
aufwecken und dazu zwingen würde zu handeln, etwas zu unternehmen. Egal was. Nur um ihr zu zeigen, dass sie hier beide gemeinsam drinsteckten.

Sandra betrachtete ihn, während er ebenso tief schlief wie die
Jungen nebenan. Er war etwas fülliger geworden, und sein Haar
wurde dünner, aber er ließ sich nicht so gehen wie manch anderer, und er sah immer noch ein bisschen so aus wie Rock Hud-
son in *In den Wind geschrieben*, dem ersten richtigen Film, den
sie in ihrer Jugend gesehen hatte. Sie versuchte sich vorzustellen,
wie *sie* aussah, befühlte ihre Schwabbeligkeit und Zellulitis; es
tröstete und ekelte sie zugleich, ihre Hände auf ihrem Körper zu
spüren. Sie bezweifelte, dass man bei ihr immer noch an Dorothy
Malone dachte. So hatte man sie damals genannt, »die Hollywood-Blondine«.

Marilyn Monroe, Doris Day, Vera Ellen; an jede von ihnen hatte sie die Leute erinnert, je nach der neuen Frisur, doch an keine mehr als an Dorothy Malone in *In den Wind geschrieben*. Wie
lächerlich. Natürlich hatte sie damals nichts von diesem Spitznamen gewusst, der ihr im Cappy Concert und solchen Orten an-
hing. Hätte sie es gewusst, wäre sie unausstehlich gewesen, gestand Sandra sich ein. Erst Wullie hatte ihr, als sie noch nicht
lange zusammen waren, erzählt, dass er mit dem Mädchen ging,
das bei allen anderen Jungs »die Hollywood-Blondine« hieß.

Mit plötzlicher Heftigkeit prasselte der Regen wie Schotter an
das Fenster, so fest, dass ihr Herz in zwei Teile zu zerspringen
schien, von denen ihr eins in die Kehle fuhr und das andere in
den Magen rutschte. Es hatte mal eine Zeit gegeben, dachte sie, in
der das alles egal gewesen war; der Wind, der Regen, die Betrunkenen draußen. Würde Wullie doch bloß aufwachen, sie in die
Arme nehmen und festhalten, und sie lieben, wie sie es früher
getan hatten, manchmal die ganze Nacht lang. Könnte sie doch
nur die Entfernung zwischen ihnen überwinden, ihn einfach
wachrütteln und ihn bitten, sie in den Arm zu nehmen. Aber irgendwie erwartete keiner von ihnen, ausgerechnet diese Worte
aus ihrem Mund zu hören.

Wie hatte aus den wenigen Zentimetern zwischen ihnen eine derartige Kluft werden können?

Während sie im Bett lag, an die triste Decke starrte und Panik in Wellen durch sie hindurchschnitt, tat sich ein gleißend heller Spalt in Sandras Bewusstsein auf. Sie konnte beinahe spüren, wie ihr Verstand durch ihn hindurch in einen Abgrund rutschte und sie als leere, zombiegleiche Hülle zurückließ. Und sie war fast bereit, sich diesem Gefühl wohlig zu überlassen, nur um wie ihr Ehemann Wullie zu sein, der in all dem Radau durchschlafen konnte bis zum Morgen.

# Terry Lawson

## VOLL IM SAFT

Stevie Bannerman nimmt sich ganz schön was raus, die Sau. Sitzt den ganzen Tag schön im Lieferwagen, un ich darf dafür bei Wind un Wetter hinten die Kisten ausm Laster durch den Regen wuchten, erst bei den Pubs und Clubs und dann von Tür zu Tür in den Siedlungen hier. Aber eigentlich kann ich mich nich beklagen: Laufen viele Ischen vorbei, und hier an der frischen Luft sein und den Weibern nachglotzen ist doch das Salz in der Suppe. Aber hallo.

Ich hätte eigentlich auch länger machen sollen, die meinten, ich könnt die mittlere Reife packen, wenn ich bloß wollte. Aber was willste an der Schule bleiben, wenn du praktisch schon jede brauchbare Perle, die da rumläuft, genagelt hast? Totale Zeitverschwendung. Das muss ich meinem Kumpel, dem Milky Bar Kid, erst noch verklickern.

So n Rohr gehabt heut Morgen. Jedesmal dasselbe, wenn ich am Abend vorher im Classic war und mir versaute Filme angeguckt hab. Ich wollte eigentlich danach zu Lucy, aber ihr alter Herr lässt mich nich da pennen. Wir solln uns richtig verloben, was denn noch alles. Dazu habter Zeit genug, wenn ihr verheiratet seid, kommt mir die Fotze an. Aye, als ob der und Lucy ihre Ma den ganzen Tag am Einlochen wärn.

So sehn die aus.

Wir sind wieder zurück in der Siedlung, und Stevie hält mit dem Lieferwagen am Baugrundstück an. So n paar alte Schachteln kommen rüber. Die ham so zahnlose Münder, die mich an das ausgetretene Paar Clark's erinnern, das ich noch im Schrank hab, das mit den aufgeplatzten Ziernähten. Ich hab mir von der ersten Wochenlöhnung neue gekauft, aber man bringt's nich über sich, die alten wegzuschmeißen. – Zwei Flaschen O-Saft, Jungchen, sagt die eine Omi. Ich zieh zwei Flaschen Hendry's aus der oberen Kiste, nehm das Pfund und geb Wechselgeld raus. Tja, tut mir Leid, Lady, ich weiß, welchen Saft Sie dringend mal nötig hätten, un den gibt's nich in Flaschen.

Bei mir is da allerdings auch nichts zu holen, Lady!

Sie schieben ab, und dann seh ich eine, der ich's schon besorgen könnte. Dieses rosige Gesichtchen neben mir kenn ich doch, das is Maggie Orr. Sie hat ihre Freundin dabei, noch ne Pritsche, die ich nur vom Sehen kenne. Bis jetzt jedenfalls.

– Ne Flasche Limo und ne Flasche Cola, sagt die kleine Maggie. War ne Klasse unter mir in der Schule. War mehr Fleisch an nem Metzgermesser. Die hab ich immer gemästet, als ich Aufsicht bei der Schulspeisung hatte. Mein Kumpel Carl, Milky Bar Kid, is total hinter ihr her. Dachte, er wär so gut wie drin, weil er mit ihr un Topsy rumgehangen hat, dieser blöden Band oder was das sein soll, un der ganzen Bande vom Hearts-Bus. Hab gehört, er hat sich letzten Samstag vor ihr ziemlich zum Affen gemacht. Vielleicht ist er deswegen so heiß drauf, Samstag mit mir zu den Hibs zu gehn. Man weiß ja, wie dem sein Gehirn tickt.

– Hab schon gehört, dass du gern mal an ner Flasche nuckelst, hm? sag ich zu ihr.

Sie sagt nichts, hat den Witz nich richtig geschnallt, wird aber trotzdem n bisschen rot. Ihre Freundin hat's gerafft, tut aber so, als würd ihr die Sonne in die Augen stechen, und hält sich die Hand vors Gesicht. Langes schwarzes Haar, dunkle Augen und pralle, knallrote Lippen. Aye …

Nettes Paar Titten dran.

– Habt ihr jetzt nich Schule? sag ich, – wehe, wenn Blackie das hört.

Maggie verzieht das Gesicht bei der Fotze seinem Namen. Kein Wunder.

– Aye, sag ich, – weißt du, ich un Blackie halten immer noch Kontakt. Sind dicke Freunde, seit wir jetzt alle beide im Berufsleben stehn. Bittet mich immer, ihn aufm Laufenden zu halten, welche seiner Schüler aus der Reihe tanzen. Ich werd die Klappe halten, weil du es bist, aber das kost dich was, klar?

Ihre Freundin lacht drüber, aber die arme Maggie guckt mich fast so an, als ob ich das ernst mein. – Ich bin krankgemeldet. Ich bin auch nur wegen ein bisschen Limo rausgekommen, erklärt sie mir, als würd ich sie an ne beschissene Blaumacherstreife verpfeifen oder so.

– Aber klar, lache ich und gucke ihre Freundin an: Die *hat* ja vielleicht n geiles Paar Titten. – Und du bis auch krank, was?

– Nee, die ist abgegangen, war aufm Auggies, erklärt Maggie, bevor ihre Freundin antworten kann. Sie ist irre nervös und kribbelig und guckt sich dauernd um, ob sie hier draußen einer sieht.

Ihr Freundin ist viel cooler. Mir gefallen ihre großen Augen und die langen, schwarzen Haare. – Keine Arbeit, Süße? frag ich das Mädchen.

Die mit den Titten macht jetzt zum ersten Mal den Mund auf.
– Aye, in der Bäckerei. Aber heut is mein freier Tag, sagt sie.

Ach, in der Bäckerei sind wir, was? Tja, der würd ich jederzeit n Brötchen in den Ofen schieben. So viel is sicher. Die ist verdammt nich schüchtern, echt nich, die versucht nur, mich abzuchecken.

– Seeeehr schön, sage ich. – Und ihr zwei seid heute ganz unter euch? frag ich die beiden.

– Aye, mein Onkel Alec is unterwegs, und meine Ma un Dad sind nach Blackpool runtergefahren, verrät mir Maggie.

Blackpool. Echt geil da unten auf der Golden Mile, die ganzen Pubs und so. Reichlich was zu Ficken. Ich und die Braut aus Huddersfield und dann die aus Lincoln und so. Aber die aus Huddersfield, Philippa, die war die Beste. Ham's so wild getrieben, dass das Scheißbett zusammengekracht ist. Der unverschämte Wichser wollte uns das auf die Rechnung setzen, ne alte Sperrholzpofe, die eh schon halb im Arsch war. Soll sich verpissen, hab ich ihm gesagt. Malky Carson wollte ihm die Fresse einschlagen. Frühstück war auch scheiße; ich hab n Würstchen aufm Teller gehabt, das aussah wie der Schwanz vom kleinen Gally.

Der Pleasure Beach war da jedenfalls genial. Ich bin direkt den Tower hoch. War das Dritte, was ich da unten bestiegen hab! Allerdings scheißkalt da, der Seewind. Un jetzt sind die schäbigen Orrs innen Süden gefahren und ham die kleine Maggie ganz allein zu Haus gelassen. – Und dich ham se nich mitgenommen? frag ich sie.

– Nee.

– Aye, grinse ich, – die wissen, dass sie dann dauernd n Auge auf dich haben müssten. Ich hab Sachen über dich gehört...

– Von wegen, lacht sie, und ihre Freundin auch.

Darauf guck ich wieder die Schwarzhaarige an. – Und die passt also auf dich auf, was, Maggie?

– Aye.

Ich zwinkere ihrer Freundin zu und red dann wieder mit Maggie. – Tja, dann muss ich später wohl mal rüberkommen, nachher heut Nachmittach, wenn ich Schluss hab. Hausbesuch vom Doktor sozusagen. Da bring ich meine Spezialmedizin mit.

Maggie zuckt bloß die Achseln. – Wenn du willst.

– Aye, sag ich zu ihr, – aber dann wirste nochmal gründlich durchgecheckt. Wir holn ne zweite Meinung ein, sag ich und zeig auf mich: – Doktor, dann auf die Schwarzhaarige, – Schwester, dann auf Maggie, – Patientin.

Die Schwarzhaarige ist ganz aus dem Häuschen und hüpft rauf und runter, dass bei jeder Bewegung unter ihrem lila Top die Titten wackeln. – Boah, Maggie! Haste das gehört! Doktorspiele! Das machst du doch am liebsten!

Maggie guckt ganz cool zurück, die Arme noch immer verschränkt, pafft an ihrer Kippe und streicht sich ihren braunen Pony aus den Augen. – Aye, du solltest erst mal deinem Kopf was Gutes tun, sagt sie und dreht mir den Rücken zu.

Beim Weggehen tun sie erst mal ganz überlegen, aber man merkt schon daran, wie sie sich kichernd umdrehn, dass die zwei kleinen Fotzen es gar nicht abwarten können. Beiden besorg ich's später, so viel ist klar. – Aye, mach ich direkt, da brauch ich bloß an euch zwei Hübschen zu denken, lache ich. Dann ruf ich: – Also bis später, bloß auf ne Kippe und n Tässchen Tee, wa.

– Ja, klar, ruft Maggie zurück, aber sie lacht jetzt.

– Bis dann, Mädchen! Ich winke ihnen nach. Also diese Maggie, wenn die Fotzen in Biafra die in den Nachrichten sähen, würden sie den Hut rumgehen lassen, um n paar Säcke Reis rüberzuschicken. Ihre Freundin hat allerdings n astreinen Arsch; sieht aus wie zwei Babys, die sich in nem Kopfkissenbezug balgen, in ihrer weißen Hose.

Leck mich am Arsch, ist die geil.

Dieser Stevie ist vielleicht n Arschloch. Kann an keinem Buchmacher vorbei. Hat ständig die Nase in irgendner Rennzeitung. Die Fotze is von der nervösen Sorte, mit nem Riesen-Spaghettischnauz. Einer von den Jungs, die bei der Arbeit totalen Stress machen und erst locker werden, wenn Schicht ist und sie inner Kneipe sitzen. Auf so ein Gehabe steh ich überhaupt nicht, als müsste man ne Leidensmiene aufsetzen, um nen beschissenen Lieferwagen fahren zu können. Ich will den Lappen machen und mir ne Karre kaufen, schon allein wegen den Weibern. Perlen stehn immer auf Typen mit Karre, was nich heißt, dass *ich* sonst keine abkriege, im Gegensatz zu gewissen anderen Leuten. Aber n Lieferwagen kann nie schaden.

Als wir Feierabend machen, will Stevie noch auf n Pint ins Busy Bee.

– Nee, hab schon was vor, sag ich zu ihm.

– Wie du willst, meint er. Er fängt wieder davon an, dass unsere Runde nicht genug Kohle bringt. Wen juckt das? Für mich reicht's, und man kommt ne Menge rum und kann alle Weiber abchecken. Das is viel wichtiger als die Knete, Gelegenheit zu haben, die ganzen Ischen anzuquatschen und rauszukriegen, welche zu haben sind und welche nicht. Wenn du Klamotten willst, klau sie irgendwem von der Leine oder lass es irgendnen kleinen Arsch für dich machen.

Aber mir geht's in erster Linie um Muschis. Der kleinen Lucy hab ich den Ring bloß geschenkt, um sie bei der Stange zu halten. Sie ist immer am Labern wegen meim Job als Getränkefahrer, als ob das nich gut genug für sie wär. Ich weiß, aus welcher Ecke das kommt: Ihr alter Herr ist n echt versnobter Typ. Fährt nen Scheißbus für die Stadt und hält sich gleich für gehobene Mittelschicht. Sacht die Fotze doch mal zu mir: – Getränkewagen, das ist ja wohl kaum ne Perspektive, oder?

Ich hab bloß dagesessen und nix gesagt, aber insgeheim hab ich gedacht, hast du ne Ahnung, Kumpel, da gibt's massig Perspektiven bei dem Job, und deine Kleine ist eine davon. Ich weiß ja scheißnochmal nich wohin vor lauter Perspektive! Das Salz in der Suppe!

Also diese Maggie ist jedenfalls ne gute Perspektive, und als ich Schluss hab, marschier ich direkt zu ihrem Haus rüber. Ist dasselbe Treppenhaus wie die Birrells, aber einen Stock drüber, daher weiß ich von Billy immer das Neuste über ihren alten Herrn und ihre alte Dame. Totale Schluckspechte. Ich schnüffle an meinen Achseln, ob ich auch nich vom Getränkekistenwuchten stinke, und klopf an.

Sie macht die Tür auf, steht mit verschränkten Armen da und guckt mich an, als wollte sie fragen, was wills du denn hier.

Ich weiß schon, was ich will. – Kann ich auf ne Tasse Tee reinkommen? Kleine Erfrischung für nen durstigen Arbeiter?

– Okay, sagt sie und guckt dabei über meine Schulter, – aber nur ein Tee und bloß für fünf Minuten.

Wir gehen ins Wohnzimmer, und nur sie und das andere Mädchen sind da.

– Gail kennst du ja, Terry? fragt Maggie, während ich sie kurz an der Kippe ziehen lasse.

Ihr Gesicht sagt: Dich kenn ich doch irgendwoher.

– Ich hatte noch nich das Vergnügen, sag ich, nicke Gail zu und zwinkere. – Bis jetzt noch nich, ergänze ich, worauf Maggie losgackert und Gail mir nen Moment lang tief in die Augen guckt. Mädchen stehn auf Typen mit Humor, und was mich betrifft, ich hab so nen Monty-Python-Humor. Wenn ich auf der Schule mit Carl un Gally loslegte, blickte keiner von den andern Fotzen mehr durch. Die dachten, wir hätten sie nicht alle, hatten wir wohl auch nicht. Aber was Carl nicht schnallt, und deswegen kann er nie bei einer landen, ist Folgendes: Klar braucht man nen gewissen Sinn für Humor, aber bei den Weibern muss man auch mal Reife und so zeigen, nich immer nur rumkaspern. Sieht man doch an den Fotzen von Monty Python; die sind zwar völlig irre, aber nicht die ganze Zeit. Die waren alle in Scheiß-Cambridge oder so, und da kommt man nur hin, wenn man was im Kopf hat. Jede Wette, dass die so was wie ihre albernen Gangarten nich bei der Abschlussprüfung abgelassen haben. Nee, nee. Der Punkt ist: Ich bin reif und so. Ich weiß noch, wie diese eine Kunstlehrerin,

Miss Ormond, ankam und zu mir meinte: – Du bist der unreifste junge Kerl, den ich je unterrichtet habe. Ich konnte nich anders, als ihr ins Gesicht zu sagen: – Ich bin so was von reif, Miss, ich ficke schon seit Jahren und hab mehr Weiber gefickt als die ganzen anderen Fotzen hier an der Schule. Und dann hatte die nervige Kuh nichts Besseres zu tun, als mich zu Blackie zu schicken, um einen mit dem Scheißgürtel verpasst zu kriegen.

Im Fernsehen läuft das Nachmittagsprogramm, irgendwelche Wiederholungen von *Simon Templar*. Eine mit der anderen Fotze, dem, der so aussieht wie der kleine Bruder vom echten Templar. Ich mach's mir auf dem Sofa bequem, Gail sitzt in dem einen Sessel und Maggie auf der Lehne vom anderen. Ich gucke auf das Stück Oberschenkel, das unter Maggies kurzem Schottenrock rausguckt, und muss an diese Werbung von American Express denken: »Jederzeit willkommen«. – Na, dann erzählt mal von euren Abenteuern, Mädels, sag ich und ziehe genüsslich an meiner Embie Regal. – Was habt ihr so getrieben? Oder noch wichtiger, mit wem treibt ihr's so? Ich will alle schmutzigen Details wissen, klar?

– Sie war mit Alan Leighton zusammen, sagt Maggie und zeigt auf diese Gail.

– Jetzt nich mehr, ich hasse ihn, sagt Gail.

– Den Typ kenn ich nich näher, sag ich grinsend und denke dabei, Leighton ist ein Kumpel von Larry Wylie, und wenn sie mit dem seiner Clique rumzieht, ist es doppelt wahrscheinlich, dass sie dran gewöhnt ist, die Beine breit zu machen.

– Das ist ein Wichser, sagt Gail auf eine Art, dass man schon selten bescheuert sein muss, da nicht rauszuhören: Mit dem fick ich nicht mehr, aber ein schönes Stück Schwanz hätte ich dringend nötig, also komm, Großer.

Es übersetzt Terence Henry Lawson für die dringend Bumsbedürftigen.

Das Salz in der Suppe.

Das Komische an dieser Gail ist, ich weiß immer noch nicht, wo ich sie hinstecken soll. Ich mein, sie könnte eine von den Bankses sein. Ich weiß, dass sie ne Freundin von Doyle seiner Schwester ist. Ich weiß jetzt auch wieder, dass sie früher ne Brille hatte, so ne hübsche Brille mit Goldrand, mit der sie noch verdorbener und sexier aussah als jetzt, falls das überhaupt geht. Vielleicht verwechsel ich sie da auch mit ihrer Freundin. Aber was soll's, die passt, gekauft wie gesehen. Ich wende mich an Maggie, die n bisschen vernachlässigt aussieht. – Überrascht mich, dass du nich in festen Händen bis, Maggie, sage ich und beobachte, wie sie wieder ein bisschen rot wird. – Ich meine, mir soll's recht sein, sind tolle Neuigkeiten für mich. Weißt du, ich hatte immer schon was für dich übrig!

Gail wirft ihren Kopf zurück und lacht. Dann verdreht sie die Augen und macht: – Waaah-ha!

Maggie-Maus allerdings faltet quasi die Hände, schlägt schüchtern die Augen nieder und sagt beinah flüsternd: – Aber du gehst doch mit Lucy Wilson.

Leck mich am Arsch, sind wir hier in der Kirche oder was? Wem will sie denn was vormachen? Sie ist evangelisch, und die gehen nie zur Kirche. – Nee, mit der isses längst aus. Und wenn ich dich jetzt fragen würde, ob du mit mir gehen willst, würdest du ja sagen?

Sie is knallrot geworden. Sie guckt Gail an und lacht, unsicher, ob ich sie verarsche oder nicht.

– Terry hat dich was gefragt, Maggie! sagt Gail ziemlich laut.

– Ich weiß nich, antwortet sie ganz konsterniert, aber auch ne winzige Spur kokett.

Tatsache ist, es gibt mit einer gehen und mit einer gehen. Wenn man sagt, man »geht« mit einer, heißt das manchmal bloß, dass man sie bumst. Und manchmal heißt es eher so was wie »fest mit einer gehen«. Echt bescheuert, geht man vorher vielleicht flüssig? Naja, Lucy ist ein Mädchen, mit dem man fest geht, immer adrett angezogen und noch Jungfrau, bis sie mir in die Hände gefallen ist. Es gibt Weiber wie sie, mit denen man geht, und welche wie Maggie und diese Gail, mit denen man bumst.

– Tja, wenn du's nicht weißt, wer denn dann, was Terry? sagt Gail und blinzelt mir zu.

Die is naturgeil. Jetzt passt mir Maggie irgendwie gar nicht mehr so in den Kram, man nimmt immer die, die einen ranlässt, und obwohl sie mich beide ranlassen würden, ist diese Gail ne sichere Wahl. Sieht man sofort.

Problem ist nur, das is Maggies Bude, und rausfliegen will man natürlich nicht. – Vielleicht krieg ich dich ja noch rum, sag ich. – Willste dich nich auf meinen Schoß setzen?

Sie guckt voll skeptisch.

– Komm schon, sag ich. – Komm her, mit nem auffordernden Nicken.

Gail guckt zu ihr hoch und drängelt: – Der wird dich schon nich beißen, Maggie, sagt sie zu ihr. Die Kleine gefällt mir, nur Unfug im Kopf. Genau mein Typ. Obwohl sie ja *alle* mein Typ sind.

– Seid euch da mal nicht zu sicher, sag ich lachend zu ihnen. – Komm schon, Maggie, sag ich, schon einen Tick ungeduldiger. Wenn eine sich so schüchtern anstellt, ist das ja für n Weilchen ganz nett, aber dann wird's schnell öde und man will sie ausgezogen und einsatzbereit sehen. Erst aufgeilen und dann nen Rückzieher machen, das ham wir nich so gern. Sie kommt zu mir rüber, und ich zieh sie auf meine Knie und fang an, meine Beine zu bewegen, ihren schmächtigen, kleinen Körper auf und ab zu wippen. Ich küsse sie leicht auf den Mund. – Siehste, war doch gar nicht so schlimm. Das wollte ich schon lange tun, ehrlich wahr.

Egal bei welchem verdammten Mund, ehrlich gesagt. Da schlepp ich den ganzen Tag Kisten, statt Muschis abzuschleppen. Maggie steht drauf, sie legt mir den Arm um die Schultern und fährt mit den Fingern durch mein Haar. Ich guck auf den gekachelten alten Kamin mit dem Gasbrenner, den alle vergammelten alten Mietskasernen haben. Nix von der modernen Technik wie bei uns Snobs in den neuen Häusern.

– Ich mag es, wie du deine Haare hast, sagt sie.

Ich lächle, dieses schüchterne, angedeutete Lächeln, das ich jeden Tag vorm Spiegel übe, und küsse sie nochmal, diesmal länger und langsamer.

Man hört ein lautes Schnauben, als Gail aufsteht. Wir machen kurz Pause. – Wenn ihr unbedingt rumturteln müsst, geh ich lieber nach oben und hör mir das Tape an, sagt Gail ganz pampig, aber sie tut nur so, denn man kann raushören, dass sie weiß, dass ihr Stück Schwanz schon für sie reserviert ist, wenn nicht jetzt, dann später.

Wisst ihr, ich kenn jede Bäckerei in West Edinburgh. Das ist das Schöne daran, wenn man auf dem Getränkewagen arbeitet.

Maggie protestiert halbherzig, als Gail weggeht. – Geh doch Teewasser aufsetzen, bittet sie, aber Gail ist schon aus der Tür, ich hab nämlich hinterhergesehen, als ihr Knackarsch in der weißen Hose aus meinem Blickfeld verschwunden ist, und darüber nachgedacht, wie ich den später in meine Wichsgriffel kriege.

Aber immer eins nach dem anderen. Das war eins von den Dingen, die ich in der Schule gelernt hab, schon in der Grundschule. Diese doofen Sinnsprüche, die sie einem beibringen. Was du heute kannst besorgen, das verschiebe nicht auf morgen. Ich hab den allerdings abgeändert: Wer du's heute kannst besorgen, die verschiebe nicht auf morgen. – Ich setz gleich Wasser auf, sag ich, – aber nur wenn ich vorher noch nen Kuss krieg.

– Ach nee, sagt sie.

– Komm schon, nur ein kleiner Kuss, flüstere ich.

Ein kleiner Kuss, alles klar. Nach zehn Minuten Gefrickel hab ich ihr die dämliche Strickjacke, das Top und den BH ausgezogen und jongliere mit ihren kleinen Titten, und sie glotzt sie an, als hätte sie sie noch nie gesehen.

Wow, du geile Sau. Aber unter Garantie!

Ich leg sie auf das Sofa und schieb ihr n bisschen den Stinkefinger rein, lass meine Hand unter ihren Mini-Kilt und in ihr Höschen gleiten und genieß es, wie sie stöhnt und anfängt, sich gegen meinen Finger zu pressen. Ich denk an die Stiff Little Fingers und frag mich, ob die Sau, die sich den Bandnamen ausgedacht hat, dabei dran gedacht hat, wie er an nem Mädchen rubbelt. Hier haste dein Alternative Ulster, Süße! Das Salz in der Suppe!

Zeit, zum Angriff überzugehen: Ich schieb ihr Höschen über ihre Knie und über ihre Knöchel und zieh sie dann auf mich drauf. Sie zittert, als ich meine eigene Hose runterziehe und meinen Schwanz raushole. Ich hab ihren kleinen Arsch in der einen und ihre Titten in der anderen Hand, während ihre Hände auf meinen Schultern liegen. Die braucht gar nicht die kleine Jungfrau zu spielen, die ist schon früher rangenommen worden, vermutlich von Topsys halber Crew. Aber ne Latte wie die heute hat sie noch nie drin gehabt, unter Garantie. Sie ist verdammt eng, noch enger als Lucy, also ficke ich sie erst vorsichtig, bis sie nach mehr jault, dann schalt ich nen Gang höher und besorg's ihr richtig. – Aye, aye, da stehst du drauf, hm? Hm? sag ich, aber sie sagt nichts, bis sie leise aufschreit, als sie kommt. Ich fang selbst an, so blöde Kieksgeräusche zu machen wie n kleines Mädchen, tja, das passiert halt im Eifer des Gefechts und so.

Wenn sie klug ist, erzählt sie keinem was davon, dass ich so quieke. Viele Jungs glauben, dass Mädchen über so was nicht miteinander reden, immer nur Friede, Freude, Eierkuchen, aber das ist Quatsch. Die sind genau wie wir. Noch schlimmer, um ehrlich zu sein.

Ich halte sie ne Weile im Arm, denn in zehn Minuten wär ich wieder so weit, aber sie ist wie in Trance. Hat keinen Zweck, Zeit zu verschwenden. – Ich steh mal lieber auf und geh schiffen, sag ich zu ihr.

Ich steh auf und zieh meine Unterhose, meine Jeans und mein T-Shirt wieder an, sie glotzt ins Leere und rafft dann ihre Klamotten zusammen.

Ich geh nach oben, nehm dabei zwei der mit verschlissenem blauen Teppich belegten Stufen auf einmal. Im Pott liegt noch Scheiße, die nicht runtergespült wurde. Ich find es komisch, da draufzupissen, so als könnte mir die Scheiße rauf in die Harnröhre hüpfen, deswegen pinkel ich lieber ins Waschbecken und gönne meinem Lümmel danach ne kleine Wäsche. Als ich fertig bin, entdeck ich in der Wanne ne Spinne, also geb ich dem Scheißvieh aus beiden Hähnen Zunder und spül den Ficker runter, bevor ich ins Schlafzimmer nebenan gehe.

Gail liegt auf dem Bett, Gesicht nach unten. Sie hat Kopfhörer auf, von denen sich eine lange Schnur über ihren Rücken und eine ihrer hübschen Arschbacken zur Kompaktanlage schlängelt, darum kann sie mich nich ins Zimmer kommen hören. Ihr Arsch sieht in der weißen Hose klasse aus, man kann auf ihren Arschbacken den Saum ihres Slips sehen, der dann direkt in der Ritze von Arsch und Muschi verschwindet. Sie liest in so nem Buch auf dem Kopfkissen, und ihr langes schwarzes Haar hängt runter. Sie hat nen Superbody, kompakter als Maggies und viel weiblicher.

An der Wand über ihr hängt ein Riesenposter von Gary Glitter. Der Typ ist geil. Ich steh auf die eine Stelle, wo er singt: »*I'm the man that put the bang in gangs*«. Der Junge ist absolut scharf. Ich mein, heut hör ich The Jam und die Pistols, aber der und Slade sind die einzigen Fotzen von früher, wo ich noch drauf stehe.

Ich steh da, lass das Bild auf mich wirken und zwinkere Gary zu. Dem Typ zeig ich, wer in der Gang den größten Bang hat. Da steh ich und bin wieder knüppelhart. Ich geh hin und dreh die Lautstärke runter und seh zu, wie sie sich umdreht und die Kopfhörer abnimmt. Sie ist kein bisschen überrascht, mich zu sehen, aber ich bin überrascht, sie zu sehen, weil sie diese goldgefasste Brille aufhat. Normalerweise sollte einen das abtörnen, aber es macht mich nur noch geiler. – Na, du Brillenschlange, sag ich.

– Ich trag die bloß zum Lesen, sagt sie und nimmt sie ab.

– Tja, ich finde, die ist verdammt sexy, sag ich und geh zum Bett und überlege, dass wenn ich sie begrapsche und sie nen Aufstand macht, lass ich sie einfach los und sag, ich hätt nur Spaß gemacht. Aber es gibt keinen Grund zur Sorge, denn meine Zunge steckt in ihrem Mund, ohne dass sie Zicken macht, also hol ich meinen Schwanz raus, und sie nimmt ihn total willig in die Hand.

– Nicht hier … jetzt geht's nicht … macht sie, aber sie hat's nicht gerade eilig, meinen Kolben loszulassen.

– Komm schon, scheiß drauf, Maggie weiß, was Sache ist, sag ich zu ihr.

Sie guckt mich ne Sekunde lang an, aber ich schäl mich schon aus den Klamotten, und sie braucht auch nicht viel länger. Wir zack unter die Decke. Ich fühl mich spitze, und es ist irre, dass mein Schwanz immer noch hart ist, obwohl ich ne gute Ladung Saft in Maggie reingespritzt hab. Typen wie Carl oder der kleine Gally müssten schon nach einmal Wichsen ins Royal auf die Intensivstation, geschweige denn nach nem Mädchen. Ich hab da keine Probleme, ich kann rund um die Uhr.

Die Einstellung von dieser Gail gefällt mir; kein blödes Getue, direkt runter mit dem Slip und dem BH. Dass viele Ischen die Slips anlassen, ist so ne Art Versicherung, dass sie n bisschen Vorspiel abkriegen, aber nur Flachwichser würden versuchen, ihn nem Mädchen direkt reinzuschieben, wo man vorher noch so viel andern Spaß haben kann.

Da guckt also der gute Gary Glitter auf uns runter, während ich meine Zunge zwischen Gails Beine stecke. Zuerst versucht sie meinen Kopf wegzuschieben, aber dann wird daraus ein Reiben an meinem Kopf und schließlich ein Zerren an meinen Haaren, als ich sie ablecke, und sie lockert ihren Griff und kommt richtig in Fahrt. Meine Hände stecken unter ihrem Hintern und haben ihre Arschbacken gut im Griff, dann schieb ich ihr meinen Finger rein und stoße damit n bisschen in ihre Muschi. Ich versuch mich rumzudrehen, denn ihre prallen Lippen sind wie dafür gemacht, an meiner Latte zu lutschen, aber da rutscht uns die Decke runter. Der Trick ist, sie hinzuhalten und es dabei so zu drehen, dass sie meinen Schwanz in ihren Mund nehmen muss. Aber darauf steht sie, sie fährt immer noch mit der Hand an ihm lang und schiebt die Vorhaut zurück.

– Das ist so geil, Terry, das ist verrückt, wir sind wahnsinnig ... keucht sie.

– Das Salz in der Suppe, grunze ich, – ich würd dir gern meine Zunge in jedes Loch stecken, in eins nach dem anderen, sag ich zu ihr. Das hat dieser Typ in dem Porno gesagt, den Donny Ness hatte. Ich versuch immer, mir die besten Sprüche zu merken, und auch die besten Bewegungen.

Da knie ich also breitbeinig in der 69er-Stellung über ihr, und sie hat meinen Schwanz im Mund und saugt kräftig dran, und fuck, das Mädchen kann lutschen. Ich zieh ihre kleinen Schamlippen auseinander und lecke sie kräftig wie ne Briefmarke und steck ihr erst den Finger in die Fotze, dann in ihren Arsch, der ganz nass und erdig riecht, dann kümmere ich mich wieder um ihren Kitzler, der sich dick und hart wie ein Mini-Schwanz anfühlt, und da spuckt sie meinen Schwanz aus, und erst denk ich, sie schnappt nach Luft, aber nee, sie kommt in zuckenden, ruckartigen Krämpfen, während mein Finger ihren kleinen Liebesknopf gepresst hält wie den Skalenstrich von nem guten Radiosender.

Sie also am Luftschnappen, während ihre Zuckungen verebben, aber ich bin noch nich fertig mit ihr, sondern dreh mich um und leg sie mir zurecht; ihr Gesicht hat nen ganz leeren, weggetretenen Ausdruck, und ich hocke auf dem Bett, aber ihr Kopf ist an meinem Schwanz und sie bläst mir einen wie verrückt, ihre großen Augen sehen dankbar zu mir hoch, weil sie weiß, dass das nur ein Vorgeschmack war und sie in ein paar Sekunden in die Steinzeit gefickt wird. Ich hab meine Hände in ihrem Haar, wickle ihre dunklen Locken um die Finger und zieh sie zu mir hin und wieder weg und bestimme, wie schnell und wie heftig sie es machen soll, und aye, sie weiß, was sie tut, denn ihr Kopf findet den richtigen Rhythmus, und ich muss nicht mal mein eigenes Becken im Takt stoßen oder so was. Sie würgt ein bisschen und zieht sich zurück, was ganz gut ist, weil ich noch am Überlegen war, ob ich in ihren Mund spritzen und es mir für später aufheben soll, sie in ihre Möse zu ficken, und die kleine Nutte einfach aufgegeilt und unbefriedigt hängen lasse. Aber nee, ich denk, ich besorg's ihr jetzt richtig. Ich auf sie drauf und steck ihn rein, und sie sagt: – Oh, Terry, das dürfen wir nich, nich jetzt …

Die Leier kenn ich doch. – Ich soll also aufhörn? schnaufe ich.

Man muss nicht diese Fotze Bamber Gascoigne sein und *University Challenge* machen, um die Antwort zu wissen. Alles, was ich darauf zu hören krieg, ist noch ein – Oh, Terry … und das nehm ich mal als zehn Punkte für die Eingangsfrage.

Ich also obendrauf, und als ich grade meinen Rhythmus gefunden habe, da guckt diese Gail weg, verkrampft sich für einen Moment, dann lacht sie leise auf, zieht meinen Kopf zu sich ran und hat so nen komischen Ausdruck im Gesicht. Ich gucke hoch und seh, dass Maggie ins Zimmer gekommen is.

Maggie kreuzt die Arme vor der Brust. Sieht aus, als wär sie grad erschossen worden. Sie steht ne Weile mit verzogenem Mündchen da und sagt nichts. – Ihr müsst gehn, mein Onkel Alec ist da, flüstert sie schließlich und guckt ganz nervös und besorgt.

Gail dreht das Gesicht zur Wand und sagt: – Herrje, den Scheiß halt ich nicht aus! Sie rafft das Bettzeug zusammen und krallt sich dran fest, als wär sie ne verfickte Katze.

Ich hab immer noch nen verdammten Ständer, und hier geht keine Sau nirgendwohin, bevor ich nich meine Ladung abgespritzt hab. – Halt die Klappe, sag ich zu Maggie, gucke aber immer noch Gail an, während ich sie weiter ficke, – du gehst runter und passt auf Onkel Alec auf … und wir sind gleich …

Ich hör die Tür knallen, und dann legt Gail wieder los, und nach n paar Stößen macht sie diese Laute, und ich wollte gern, dass sie ne Weile oben liegt, und dann vielleicht noch versuchen, ihn zum Schluss in ihr anderes Loch zu stecken, aber das muss jetzt warten, wegen Maggie, dieser doofen kleinen Kuh, aber Scheiß drauf, so hab ich was, worauf ich mich freuen kann. Sie also am Kreischen und Stöhnen und ich am Japsen, und dann kommt sie wie ein ganzer Sturmtrupp und ich auch, und Gott sei Dank ist Maggie schon beleidigt rausgegangen, als wir explodieren, denn unsere Gail geht ab wie ne Rakete. – Oh, Terry, du bist ein echtes Tier … schreit sie.

Scheißeeeeee …

Ich keuche, und dann halte ich sie einfach fest und geb ihr jeden Tropfen, den ich noch hab. Als sich mein Atem wieder beruhigt, muss ich dran denken, dass sie aufm Auggies war und dass sie katholisch ist und so, und hoffe inständig, dass sie die Pille nimmt. Ich geb ihr einen feuchten Kuss auf die vollen Lippen, dann stütz ich mich mit den Ellenbogen ab und seh ihr in die Augen. – Zwischen uns stimmt die Chemie, Süße. So was ist nicht zu verachten. Weißte, was ich meine?

Sie nickt.

Das ist n toller Spruch aus einem der Streifen, die ich im Classic in der Nicolson Street gesehen habe. Ich glaub, es war *Percy's Progress*. Der, wo der weiße Junge den Schwanz von nem Schwarzen angenäht bekommt.

Ich steige von ihr runter und fang an, mich anzuziehen.

Dann ist Maggie wieder da: – Ihr müsst gehen, jault sie uns mit geröteten Augen an und zerrt an einer Strähne ihres Haars.

Gail sucht ihren Slip, aber ich find ihn zuerst und steck ihn klammheimlich ein. Ein Andenken. Wie bei dieser Philippa aus Huddersfield, die ich in der Pension da gebumst hab. Ein Souvenir aus Blackpool. Warum auch nicht? Jedem das seine. Lieber den Schwanz versenken, als Schiffe versenken, lieber Fotzen lecken als Zuckerstangen. Ist jedenfalls meine Devise.

Aber diese Maggie macht totalen Stress. – Komm schon, Maggie, wo ist das Problem? Dein Onkel wird uns hier oben schon nicht stören, sag ich zu ihr. – Du bist doch nicht etwa eifersüchtig auf Gail, oder?

– Leck mich, faucht sie. – Mach bloß, dass du hier wegkommst!

Ich schüttle den Kopf, während ich meine Clark's zuschnüre. Ich kann unreifes Getue bei Mädchen nicht ab, wenn es um Fragen von Schwanz und Möse geht. Wenn du ficken willst, dann fick. Wenn nicht, sag einfach nee. – Komm mir nich so, Maggie, Gail und ich haben uns nur n bisschen amüsiert, warne ich die doofe kleine Kuh. Jeder hat das Recht auf ein bisschen Spaß. Wo liegt denn das beschissene Problem? Ich hätte diesen Spruch, aus *Emmanuelle* glaub ich, war es, bringen sollen, wo der Typ sagt: Jetzt sei nich so spießig und verklemmt, Baby.

– Mehr war gar nicht, Maggie, sagt Gail, die immer noch ihr Höschen sucht, – stell dich nicht so an. Du gehst ja nicht mit Terry.

Maggie zeigt Gail nur die Zähne und wendet sich an mich: – Heißt das also, du gehst jetzt mit ihr? fragt sie mich ganz verletzt. Zankt euch nich, Mädchen, zankt euch nich, es is genug für alle da! Garantiert! Sei nich so spießig und verklemmt, Baby!

Ich dreh mich zu Gail um und zwinkere ihr zu. – Nee ... sei nicht albern, Maggie. Wie schon gesagt, das war nur n bisschen Spaß. Stimmt's, Gail? Spaß muss sein, oder? Komm her und nimm mich mal in den Arm, sag ich und klopf mit der flachen Hand neben mir aufs Bett. – Du, ich und Gail, flüstere ich. – Dein Onkel Alec stört uns schon nicht.

Aber sie rührt sich nicht und guckt uns grimmig an. Ich weiß noch, wie Carl Ewart und ich Aufsicht beim Schulessen hatten und die Fressalien an unseren Tisch brachten. Weil er auf sie stand, hat er ihr immer Milky Ways spendiert, und Carl sorgte immer dafür, dass sie reichlich was abbekam, auch vom Nachtisch. Wahrscheinlich haben Carl und ich die verwahrloste kleine Kuh am Leben gehalten, und das ist nun der Scheißdank dafür.

Wetten, unser Mr. Ewart hätte der kleinen Schlampe gerne die Portion serviert, die ich gerade ausgeteilt hab? Garantiert!

– Terry, hast du meinen Slip gesehen? fragt Gail. – Ich find mein Scheißhöschen nicht.

– Nee, hat nich meine Größe, lach ich. Das kommt heut Nacht direkt unter mein Kopfkissen! Schnüff-schnüff-schnüff!

– Versuch doch zur Abwechslung mal, es anzubehalten, dann verlierst du's auch nicht so schnell, faucht Maggie sie an.

– Aye, genauso wie du, schnauzt Gail zurück. – Komm mir nicht auf die Tour, nur weil du hier zu Haus bist, Süße!

Maggies Augen sind wieder ganz feucht geworden. Jede Sau weiß, dass Gail im Ernstfall die Scheiße aus ihr rausprügeln könnte. Die ziehen hier vielleicht ne Show ab. Ich steige in meine Hose und geh zu Maggie und nehm sie in den Arm. Sie versucht mich wegzuschubsen, aber nicht allzu energisch, wenn ihr versteht, was ich meine. – War doch alles nur Spaß, erklär ich ihr. – Komm, wir setzen uns alle hin und regen uns ab.

– Ich kann mich nicht abregen! Wie soll ich mich abregen?! Meine Ma und mein Dad sind in Blackpool und mein Onkel Alec ist da! Der ist andauernd blau und hat schon mal seine eigene Wohnung angezündet! Ich muss ihn dauernd im Auge behalten... das ist nicht fair, schluchzt sie und ist jetzt voll am Heulen.

Ich versuch sie zu trösten und sehe währenddessen dabei zu, wie Gail sich ihre Hose ohne den Slip drunter anzieht. Sie sollte vielleicht versuchen, nachher einen von Maggies zu mopsen, denn ich schatze, sonst sieht man ihren großen, schwarzen Busch durch die dünne Baumwollhose. Andererseits hat sie's bestimmt nicht weit nach Haus, vermute ich.

– Scheiß auf deinen Onkel Alec, Maggie. Gail schüttelt den Kopf. Alles, was sie interessiert, ist ihr Schlüpfer. Damit sind wir schon zwei!

Maggie hat n bisschen Angst vor ihrem Onkel Alec. Sie will nicht zu ihm runtergehen, nicht mal, um uns ne Tasse Tee zu machen. – Du kenns den nich, Gail, der is immer betrunken, schluchzt sie. Vielleicht ist das nur ne Ausrede, vielleicht weiß sie, dass ich sofort wieder auf Gail draufhüpfe, sobald sie zur Tür raus ist.

– Okay, dann geh ich runter, sag guten Tag, mach uns nen Tee und bring ihn hoch. Mit n paar Keksen, sag ich und imitiere dabei dieses Blag aus der British-Rail-Werbung. Die arme kleine Fotze, für den war's ne Riesennummer, im Zug nen Keks zu kriegen. Wahrscheinlich ist das bei denen sogar tatsächlich so, das kommt den beschissenen Hungerleidern vermutlich vor wie reines Gold. Aye, die Glasgower Schnauze, echt das Allergrößte, das erzählen sie jeder armen Sau, die blöd genug ist, zuzuhören.

Ich also die Treppe runter und hoffe, der Knabe ist nicht eine von diesen Schizofotzen. Tatsache ist, es ist nett, nett zu sein, und ich hab festgestellt, dass die meisten Typen dich korrekt behandeln, solange du korrekt zu ihnen bist.

### ONKEL ALEC

Diese Bude ist n Saustall, das muss man wirklich sagen. Meine Ma hat nicht viel Geld, aber selbst als sie noch allein war und noch nichts mit dieser Fotze von nem Deutschen angefangen hatte, sah es bei uns im Vergleich dazu aus wie in nem Palast. Maggies Zimmer ist noch das Beste in dem Laden hier, sieht aus, als ob es zu nem anderen Haus gehörte.

Komisch, aber als ich die Treppe runter ins Wohnzimmer komme, merk ich, dass ich den Knaben kenne. Alec Connolly. N echter Gauner und so.

Dieser Alec hat n richtiges Säufergesicht, würde meine Ma sagen: knallrot und Leberflecken, die den Hals hochgekrochen kommen. Trotzdem wär mir so einer für sie lieber als die deutsche Fotze, mit der sie zusammen is. Hockt die ganze Zeit zu Haus, trinkt nie und mault mich an, wenn ich hacke reinkomm. Je eher Lucy und ich ne eigene Bude haben, desto besser. – Aye, aye, macht dieser Alec, ganz frostig irgendwie.

Ich zwinker der alten Fotze bloß zu. – Hallo, Kumpel. Wie stehn die Aktien? Bin oben mit Maggie und ihrer Freundin, Platten hörn.

– Ach, so nennt man das jetzt, hm? sagt er, aber eher im Spaß. Die Fotze ist in Ordnung: Ihm ist das alles scheißegal. Ich bin sicher, das Zimmer ist noch versiffter als beim letzten Mal, als ich drin war. Meine Schuhe backen am gerissenen Linoleum und an dem muffigen Stück Teppich in der Mitte fest.

Alec sitzt in einem abgetakelten Sessel und versucht mit tattrigen Händen ne Kippe zu rollen. Auf dem Couchtisch vor ihm stehen stapelweise Dosen, ne halb leere Flasche Whisky und ein großer Glasaschenbecher. Er hat nen abgewetzten blauen Anzug mit Krawatte an, der fast dieselbe Farbe hat wie die Augen von der Fotze, die aus seiner geröteten Visage quellen. Ich zuck nur mit den Achseln. – Sie sind Alec, aye? Ich bin Terry.

– Ich weiß, wer du bist, ich hab dich aufm Lieferwagen gesehn. Bist du der Junge von Henry Lawson?

Oh-oh. Er kennt den alten Sack. – Aye, Sie kennen ihn?

– Ich kenn ihn vom Sehen, er is n paar Jahre älter als ich. Stammgast in ner Kneipe in Leith, eh. Wie geht's ihm?

Wen interessiert die Fotze einen Scheiß? – Bestens, ich mein … keine Ahnung. Anscheinend ganz gut. Wir verstehn uns nich so toll, erklär ich diesem Alec, aber ich glaub, das hat er schon gerafft, als der Name des alten Saftsacks fiel.

Alec grunzt irgendwas, hört sich an, als würde er sich räuspern. – Aye, sagt er nach ner Weile, – Familien. Da kommen die ganzen Probleme her. Aber was will man machen. Sag du's mir, meint er und kehrt die Handflächen nach oben, in einer Pfote die Selbstgedrehte.

Darauf kann man nichts antworten. Also nick ich bloß und sag: – Ich wollte Ihrer Nichte und deren Freundin grad nen Tee machen. Auch einen?

– Scheiß auf den Tee, er zündet sich die Kippe an und zeigt auf den Haufen Bierdosen auf dem Tisch. – Nimm dir n Bier. Na los, bedien dich.

– Später auf jeden Fall, Alec, n Bierchen und n Schwätzchen, aber ich will nicht unhöflich zu den Damen oben sein, erklär ich ihm.

Alec zuckt die Achseln und guckt weg, als wollte er sagen, da bleibt halt mehr für mich. Irgendwas an dem alten Sack gefällt mir, ich mag die Fotze und werd später n paar Takte mit ihm reden. Aye, besser, ich halt ihn bei Laune, damit ich hier weiter Maggie und Gail besteigen kann. Und oben im Busy sagen alle, dass er seine Finger überall drin hat. Immer nützlich, solche Jungs zu kennen. Kontakte und so weiter.

Ich geh in die Küche und brech mir fast den Hals, als ich über n loses Stück Linoleum stolper. Ich setz Wasser auf. Sie haben keinen elektrischen Wasserkocher, also muss man den Kessel auf den Gasherd stellen. Ein Weilchen später komm ich mit nem Pott Tee zurück nach oben, wo die beiden kleinen Schlampen auf mich warten. Maggie sitzt mit ner Kassettenhülle da und schreibt die Titel der LP, die sie aufgenommen hat, auf die Karte. Sie macht ne umständliche Aktion draus, alles nur, um nicht mit Gail reden zu müssen.

– Tee ist fertig, sag ich und dann, als Maggie zu mir hochsieht, – weiß gar nicht, was du hast, dieser Alec ist doch ein Supertyp.

– Aye, aber du kennst ihn nicht so gut wie ich, warnt sie mich nochmal.

Gail ist immer noch am Lamentieren wegen ihrem Schlüpfer.

– Das macht mich noch wahnsinnig, sagt sie.

Wenn sie mit mir rumhängt, wird sie eh keinen brauchen, dafür garantier ich.


### SALLY UND SID JAMES

Ich werde im Bett wach, am Schwitzen wie Sau, und merk, dass ich alleine bin. Ich guck mich um und seh, dass die beiden auf dem Boden liegen und schlafen. Dann fällt's mir wieder ein: In der Nacht hatte ich es geschafft, mich zwischen sie zu mogeln, und einen Dreier im Kopf gehabt, wie in den Filmen. Ich hab versucht, sie n bisschen zu befingern, beide gleichzeitig, aber alle beide ham n bisschen komisch reagiert. Keine wollte mich anschließend drauflassen, zu schüchtern vor der anderen. Ich werd sie mir also für ne Weile getrennt vorknöpfen müssen, und dann kommt der Dreier. Garantiert.

Aye, ich hab's die ganze Nacht versucht, aber sie wollten nicht, und nachdem sie versucht hatten, mich aus dem Bett zu schmeißen (keine Chance), ham sie aufgegeben und sich zum Pennen auf den Boden gelegt. Also hab ich mir selber einen abgekeult und bin dann eingepennt. Bisschen frustrierend die Nacht, aber ne anständige Mütze Schlaf war ganz gut, denn heute heißt es erst Fußball und abends Tanzen. Das Salz in der Suppe.

War nicht leicht, morgens aus dem Bett zu kommen bei dem Ständer, den ich hatte, und dann die zwei da pennend auf dem Boden. Ich hol mir noch nen Kleinen auf sie runter, und das meiste geht auf den Teppich, n bisschen allerdings auf den Arm von Gails Bluse. Dann schleich ich die Treppe runter und seh Alec, immer noch im selben Sessel, *Tiswas* gucken.

Die mit den Spitzentitten ist dran. – Diese Sally James, ein Superschuss, was? sag ich.

– Sally James, lallt Alec.

Könnte genauso gut Sid James sein, nach dem, was die alte Fotze mitkriegt.

Die Whiskyflasche ist mittlerweile leer und die meisten Dosen auch, schätz ich. – Willst du n Schluck Tee? fragt er.

– Tja, Alec, ich hab mich eigentlich gefragt, ob die Einladung zu nem Drink noch gilt?

– Müssn wir innen Pub, sagt er und zeigt auf den Stapel leerer Dosen auf dem Couchtisch.

– Soll mir recht sein, sag ich ihm.

Also machen wir uns auf ins Wheatsheaf. Es ist Superwetter, und ich freu mich aufs Spiel. Hat ne Menge Blabla drum gegeben, nen kleinen Mob aus der Siedlung zusammenzutrommeln, Doyle und die ganzen Jungs. Die meisten Jungs in unserer Siedlung sind Hearts-Fans, ist ja klar in dem Viertel, aber es sind auch ne ganze Reihe Hibees drunter. Wenn wir alle Hibs von hier zusammenkriegen könnten, wär das ne ziemlich gute Truppe, denn so Typen wie Doyle und Gentleman und ich und Birrell sind Hibs-Fans. Aber viel gelabert wird immer, und mehr passiert dann meistens nich. Auch egal, wir werden auf jeden Fall unsern Spaß haben. Eins muss man Doyle lassen, die Fotze hat sie zwar nicht alle, aber mit ihm erlebt man immer was. Wie einmal, als wir das ganze Kupferkabel abgezockt haben, das war echt geil. Allerdings hat mich die Fotze immer noch nich ausbezahlt. Ich sprech Alec an, als wir am Park vorbeigehen und der Pub in Sicht kommt. – Sie passen also auf, dass Maggie keinen Unsinn macht, solang ihre Ma und ihr Dad in Blackpool sind?

– Aye, und ich mach meinen Job nich besonders gut, was? lacht er voll sarkastisch.

– Ich bin ein Gentleman, Alec. Wir ham nur rumgesessen und die ganze Nacht gelabert. Ich hab sie jetzt pennen lassen. Maggie ist n nettes Mädchen, das ist nich so eine.

– Na klar, meint er und glaubt mir kein Wort.

– Nee, können Sie mir glauben. Ich glaub, ihre Freundin ist insgeheim n kleines Luder, aber nicht die Maggie, sag ich. Besser die Fotze gar nicht auf die Idee kommen lassen, man würd ihn verarschen. Er denkt wohl drüber nach, denn da ist so ne gewisse Schweigepause, als wir in den Pub gehen. Ich bestell ne Runde, und das bringt das Lächeln auf sein Gesicht zurück. In Alec erkennt man gleich den passionierten Alkoholiker. – Wie lange wollen Sie denn da bleiben? frag ich ihn.

Er glotzt vor sich hin ins Leere. – Weiß nich. Bei mir zu Haus hat's gebrannt. Die Siedlung in Dalry. Beschissen verlegte Leitungen. Der ganze Laden abgefackelt: meine Frau im Krankenhaus und so was alles, erklärt er. Dann fängt er an, giftig zu werden. – Die Scheiß-Gaswerke, die sin Schuld, die Fotzen . . . ich geh zum Anwalt und seh die Fotzen vor Gericht.

– Aber klar, Alec, dafür ist mindestens ne Entschädigung fällig. Das is dein gutes Recht, Kumpel, sag ich zu ihm.

– Aye, grinst er verbissen, – wenn ich das mit der Versicherung geklärt hab . . . dann geb ich wieder Vollgas.

# Billy Birrell

### SEX ALS FUSSBALLERSATZ

Ich hör das Klappern von Flaschen in ihren Kisten, darum geh ich zum Fenster und zieh den Vorhang zurück. Es ist Terrys Getränkewagen, und ich kann ihn labern hörn. Gerade als ich aus dem Fenster rufen oder auf nen Plausch runtergehen will, seh ich, dass er mit Maggie Orr und dieser anderen Perle redet. Das ist echt die Härte; da lass ich das lieber. Nicht dass ich was gegen Maggie hab; die ist in Ordnung, aber letzte Woche hatte ich Krach mit ihrem Alten.

Der Wichser kommt dauernd hacke mit seiner Frau aus der Kneipe, und sie ham den Riesenzoff auf der Straße. Meine Ma kann dann nicht schlafen. Mein Alter unternimmt nie was, also geh ich rüber an ihre Tür und red n Wörtchen mit ihm. Der Knabe bläst sich auf und meint, ich wär ja bloß n blöder Hosenscheißer. Ich sag ihm, er soll rauskommen und ich würd ihm zeigen, wer hier der Hosenscheißer is. Er war schon drauf und dran und so, bis seine Frau dazwischenging und ihn wieder reinzog. Als ich Maggie gesehen hab, hab ich's gelassen, denn sie war ganz durcheinander, und ich wollt sie nicht in Verlegenheit bringen; das wär nicht fair gewesen, sie hat ja nichts getan.

Terry versucht's bei ihr und ihrer Freundin mit dem üblichen Gelaber. Ich weiß, es passt ihm nicht, dass ich es mit Yvonne gemacht hab. Für ihn geht das in Ordnung, dass er alles fickt, was sich bewegt, obwohl er verlobt ist und so was alles, aber wenn seine Schwester das macht, wird er sickig. Typisch Terry Lawson: die Härte.

Yvonne ist in Ordnung, ein nettes Mädchen, dafür, dass sie Terrys Schwester ist. Terry ist mein Kumpel, aber man würd nicht mit nem Mädchen gehen wollen, dass so wär wie er. Falls es so eins überhaupt gäbe. Nicht dass ich mit Yvonne gehe. Hab ich auch versucht, ihr beizubringen.

Ich muss aufhören, mit ihr rumzumachen. Das war jetzt schon das dritte Mal und nur einmal mit Gummi und so. Grausam. Was für ne Vorstellung: Yvonne schwängern und für ewig Terry als Schwager haben. Grausam ohne Ende.

Nee, man will ja nicht gebunden sein. Nicht an ein Mädchen, dass nur n paar Straßen weiter wohnt. Vielleicht irgendne Perle in Spanien oder Kalifornien oder Brasilien. Meinetwegen sogar Leith oder so, aber nicht aus der Gegend hier.

Das erste Mal war oben bei uns im Treppenhaus, Quickie im Stehen. Davon kann sie unmöglich schwanger geworden sein, das meiste von der Suppe ist einfach wieder rausgetropft. Allerdings gibt's schon ne kleine Chance, denn man steckt ja tief drin, wenn es rausschießt. Das nächste Mal war's in Colinton Dell, wieder an die Wand gelehnt, unten in der Unterführung, und das dritte Mal in ihrem Schlafzimmer, als wir nachmittags die Schule geschwänzt haben. Da hab ich allerdings nen Pariser übergezogen. Wir hatten massig Zeit, ne Ewigkeit, aber ich hab's nur einmal gemacht, weil es heißt, das geht vorm Training voll auf die Beine.

Es ist klasse, allein zu Haus zu sein. Ich hab's gern, freitagmittags nach Haus zu kommen und die Bude ganz für mich zu haben. Rab isst in der Schule, und meine Ma und mein Vater sind auf der Arbeit. Da hat man Zeit zum Nachdenken.

Maggie und ihre Freundin gehen weg, und Terrys Lieferwagen fährt weiter. Jetzt kommen ein paar kleine Mädchen aus dem ersten Jahr vorbei. Alle platt wie Bügelbretter, außer einer, die mehr nach drittem Jahr aussieht, Titten, Arsch und so. Wenn ich die so ansehe, tut sie mir ein bisschen Leid. Sie ist eigentlich nicht anders als ihre Freundinnen, man sieht's an ihren Augen: noch ein Kind, wie die anderen auch. Aber weil sie schon die ganzen Rundungen hat, werden sich alle an sie ranmachen, dreckige Fotzen wie Terry und so, boah, willste ficken, Mädchen, sie betatschen und so was alles. Ich find das voll die Härte. Wenn ich ne Schwester hätte und irgend so n Wichser würd ihr so kommen, würd ich hingehen und ihm die Fresse polieren.

Vielleicht meint Terry, das mit mir und Yvonne wär dasselbe, denn sie ist ja erst im zweiten Jahr.

Krass! Da kommt sie tatsächlich die Straße lang und so. Ihre Haare sind zum Pferdeschwanz zurückgebunden, und sie hat diesen Rock an, der ein gutes Stück überm Knie aufhört.

Sie wechselt nicht die Seite, was heißt, dass sie zu mir will. Sie weiß wahrscheinlich, dass ich zu Haus bin – aber vielleicht guckt sie auch nur auf Verdacht vorbei. Die Härte.

Ich könnte jetzt mit ihr bumsen. Bei mir im Bett, ne Nummer in meinem eigenen Bett.

Man hört sie die Treppe raufkommen. Ich muss an ihre Beine denken, dass ich auf der Treppe ein Stück zurückbleibe und tu, als würd ich mir den Schuh zubinden, damit ich sie hochgehen sehen kann.

Die Türglocke läutet.

Morgen früh hab ich das Spiel. Ich will mir nicht die Beine kaputtmachen. Hab gehört, n Talentscout von Dundee United soll kommen.

Es läutet wieder.

Dann geht der Briefkastenschlitz auf, und ich kann hören, wie sie sich hinhockt und nach Lebenszeichen in der Diele guckt.

Es wär schön, hier mit ihr zu bumsen, sich den Nachmittag freizunehmen. Allerdings will ich nicht, dass sie denkt, wir gehen miteinander.

Aye, morgen muss ich zum Fußball.

Ich ignorier das Klingeln und seh ihr nach, als sie aus dem Treppenhaus kommt und die Straße runtergeht.

## DER SCHIRI IST NE LINKE SAU

Ich steuere auf einen Querpass von Kenny zu und versuch den Ball anzunehmen, ohne ihn ganz zu stoppen. Er kullert ein Stück zur Seite, und einer von den Fets versucht ihn zu erwischen. Wir knallen zusammen, ich steh direkt wieder, aber er bleibt liegen. Der Schiedsrichter pfeift Foulspiel, gegen mich.

Was für n Arschloch.

– Du bist mit den Stollen reingegangen, Bürschchen, und wenn ich pfeif, lässte das lieber, quakt er mich an. – Ist das klar? Ich geh weg. Der Ball war fifty-fifty. Die Härte.

– Ob das klar ist?! wiederholt er.

Ich bin drauf und dran ihm klar zu machen, dass der Ball fifty-fifty war, aber mit so Pflaumen red ich gar nicht erst. Die Wichser halten sich für was ganz Tolles, sind aber bloß alte Knacker, die keine eigenen Freunde haben und gern Jungs rumkommandieren. Die Sorte kennt man ja. Man ignoriert sie einfach; redet nich mit denen. Das hassen die. Genau wie dieser Wichsfleck Blackie in der Schule. War ja wohl voll daneben gestern, wie der mir, Carl un Gally gekommen is. Wenn McDonald oder Forbes ihn erwischt hätten, dann hätte er den Ärger gehabt, nicht wir. Die wissen, dass sie die Fresse poliert kriegen, wenn sie sich so was bei einem in ihrem Alter rausnehmen, deswegen halten sie sich an Typen wie uns, um sich groß und schlau vorzukommen.

Die Sorte kennt man ja.

Egal, der Pfiff kommt und es ist aus, wir haben sie geschrubbt und liegen jetzt sechs Punkte vorn, denn Salvy spielt erst Mitte der Woche. In der Umkleide zieh ich mich schnell an, denn heute spielen die Hibs gegen die Rangers, da kann man mit Super-Stimmung rechnen. Da kommt's zur Schlacht, falls keiner kneift, heißt das.

Als ich rauskomme, seh ich meinen Bruder Rab mit seinen Kumpels, die nach dem Spiel noch da rumhängen. Dieser Alex ist ganz schön kräftig gebaut, dafür, dass er noch zur Grundschule geht. Setterington. Ich glaub, das ist Martin Gentleman sein Cousin oder so was; liegt wohl in der Familie, dass die so Schränke werden. Die sind jetzt in dem Alter, wo sie glauben, sie hätten den Durchblick, dabei sind sie noch kleine Jungs. Ich bin froh, dass ich noch rechtzeitig von der Realschule runter bin, bevor Rab nächstes Jahr anfängt. Der kleine Bruder auf derselben Schule. Das wär voll peinlich vor den Kumpels und den Mädchen und so weiter. Kannste echt vergessen.

– Alles im Lack? sag ich zu ihm. Der kleine Wichser hat meine alte Jacke an. Allerdings hab ich, glaub ich, gesagt, er könnt sie haben. Ist ihm aber immer noch zu groß, sie schlabbert.

– Gehste heute ins Stadion? fragt er mich.

– Weiß nich, sag ich und zupfe an seinem Revers rum. Immer noch tadellos. Ich wette, ich war blau, als ich ihm die vermacht hab. – Stehst du hier rum, um die Vögel zu verscheuchen?

Seine Kumpel lachen darüber. Die kleinen Scheißer sind echt die Härte.

– Sehr witzig, meint er, dann zeigt er auf meine Jackentasche und sagt: – Wieso haste dann dein Schal mitgenommen?

– Aye ... wusste noch nicht, ob ich geh oder nicht. Den hab ich nur für alle Fälle eingesteckt. Hör mal, ich muss direkt in die Stadt, um Terry, Carl und Gally zu treffen. Kannst du meine Tasche mit nach Haus nehmen?

Rab blinzelt in die Sonne. – Carl is Hearts-Fan. Wieso geht n der zu n Hibs?

Der kann einem n Loch in den Bauch fragen. Bei dem heißt es dauernd »wieso dies« und »wieso das«. – Auswärtsspiel. Die Hearts sind in Montrose oder was weiß ich wo in der beschissenen Gurkenliga, und das kann er sich nich leisten. Also kommt er bei uns mit.

– Wir gehen auch alle Mann, oder, Rab? meint der kleine Setterington. Dann wendet sich der Hosenscheißer mir zu und fragt: – Kloppt ihr euch heute mit den Glasgowern?

Ich antworte dem sommersprossigen kleinen Asi mit nem strengen Blick. Das dreiste Großmaul steht bloß da und grinst mich an. Ich guck erst Rab an und dann wieder den kleinen Setterington. Über seine Schulter weg seh ich, wie Mackie mit Keith Syme und Doogie Wilson die Straße runtergeht, die kriechen ihm in den Arsch. Nur weil er heute zwei reingemacht hat und nen Mitgliedsausweis von den Hibs in der Tasche trägt. Ich würd der Fotze nie in den Arsch kriechen. – Wer sagt, wir würden uns beim Spiel schlagen gehen?

– Weiß nich, hat mir irgendwer erzählt, sagt Setterington, immer noch grinsend. Aye, das is ne freche kleine Ratte.

– Glaub nich alles, was du hörst.

– Wo trefft ihr euch? fragt Rab.

– Nich dein Bier, sag ich und werf ihm die Tasche zu, – bring du die einfach nach Haus. Gehst du mit Dad zum Spiel?

Rab scharrt verlegen mit den Füßen und sagt ne Weile nichts, dann: – Weiß nich, vielleicht.

Der geht weder mit meinem Vater noch mit sonst wem seinem Vater, das is mal sicher. Genauso sicher ist, dass meine Ma und mein Vater nicht mal wissen, dass er hingeht. Sie würden ihn nie allein zu den Rangers, Hearts, Celtic oder sonst nem großen Club gehen lassen. Ich weiß noch, wie sie sich früher bei mir angestellt haben, das war echt die Härte. Ich will ihn nich vor seinen Kumpels in Verlegenheit bringen, und ich werd ihn nich verpfeifen, aber ich werd mit der kleinen Flasche später mal n Wörtchen reden.

Er guckt mich ganz sickig an, weil er die Tasche nach Haus schleppen muss. Er dreht sich um und marschiert ab.

Als ich an die Bushaltestelle komme, stehn da zwei von den Fets und glotzen mich an.

– Aye, aye, sag ich.

– Alles klar, sagt einer von ihnen.

Der andere nickt mir bloß zu. Gut, dass sie nicht den Lauten machen. Gut für *sie*.

### KUPFERKABEL

Die Fet-Jungs steigen kurz drauf in ihren Bus. Die Fets sind ne komische Mannschaft, müssten eigentlich gut sein, sind aber grausam schlecht. Eine Oma an der Haltestelle sagt, den Fünfundzwanziger hätt ich grad verpasst. Naja, ist ja noch massig Zeit. Ich lass mir so den Tag durch den Kopf gehen, Doyle und die Blase. Terry sollte Doyle mal nach unserm Anteil von dem Geld für das Kabel fragen. Das ist jetzt schon mehr als vierzehn Tage her. Wir haben das ganze Risiko getragen, ein ziemlich großes Risiko, als wir das Kabel geklaut haben. Wenn der Wichser uns linken will, kann er was erleben. Der und Gentleman. Die beeindrucken mich gar nicht.

Das war allerdings ne aufregende Nacht in dieser Kabelfabrik, absolut schrill.

Komisch, aber es war Carl, der davon anfing, in die Kabelfabrik einzubrechen, und ausgerechnet er durfte dann nich mitma-

chen. Der wär stinksauer, wenn er das rauskriegt. Ist er aber selbst
schuld; erzähl nie was, wenn Terry dabei ist, jedenfalls nicht,
wenn's n Geheimnis bleiben soll. Weiß ich aus leidvoller Erfahrung. Terry hat das natürlich direkt Doyle erzählt, und dann kam
er zu mir. – Ich un du, Billy, sagte er. – Carl und Gally sind unsre
Freunde, aber im Vergleich zu Dozo Doyle un Gent sind sie bloß
kleine Jungs. Die werden sie nich dabeihaben wollen.

Man merkte, dass das eigentlich Terrys Meinung war. Ich dachte mir, aye, na schön, aber ich hab mich nich so gut dabei gefühlt,
dass Carl außen vor blieb. Er is mit dem Knaben, für den er arbeitet, da gewesen, diesem alten Lebensmittelfuzzi. Sie waren in
dem Cash and Carry in Granton gewesen, um Sachen für den
Laden zu holen. Vor allem war Carl aufgefallen, dass da in einer
Ladezone vor der Fabrik, von der Shore Road aus gerade noch zu
sehen, diese Riesenrollen Kupferkabel rumstanden, einfach so
übernander gestapelt.

Terry hatte also Dozo Doyle davon erzählt, bloß weil Dozo
sein Alter n großer Gangster oder Gauner oder weiß der Larry
was sein soll. Den »Duke« nennen sie die Fotze. Keine Ahnung,
von was er der Duke sein soll, von Broomhouse oder so. Manche
Leute machen sich gern selbst was vor. Na egal, United Wire hatte ne Menge Jungs ausbezahlt, und es war nur noch ne Rumpf-
belegschaft da. Wie sich rausstellte, ist einer der Nachtwächter
der olle Jim Pender, und der verkehrt ım Busy. Natürlich fängt
Terry direkt an, den alten Blödmann auszufragen, sich mit ihm
anzufreunden und so weiter. Er erzählt Doyle, er schätzt, dass
Pender so echt wie n falscher Fuffziger ist und bestimmt mitmachen würde, das Kupfer zu klauen. Das war natürlich voll krass,
denn dem armen, alten Knaben blieb kaum noch ne andere Wahl,
nachdem Terry ihn erstmal Dozo, Martin Gentleman und Dozos
großem Vetter Bri vorgestellt hatte. Der arme alte Sack hatte Riesenschiss zwischen den ganzen Kleinkriminellen beziehungsweise großen Kriminellen, in Gentlemans Fall. Echt die Härte,
aber was willste machen?

Von da an haben im Grunde die Doyles alles übernommen; ich
und Terry liefen eigentlich nur mit. Der Punkt ist, bei uns ist
nachts nix los, und so n bisschen Abenteuer braucht der Mensch.

Also war es Dozo Doyle, der Superverbrecher der Siedlung, der große Macker, dem Terry nacheifert, der den Plan ausgeheckt hat.

Es gab nur einen Weg in das Industriegebiet, in dem die Kabelfabrik liegt, und einen Weg wieder raus. Keine Möglichkeit, bis Silverknowes und Cramond durchzufahren, die Gaswerke von Granton schneiden die Straße am Gewerbegebiet ab. Das heißt, jeder, der da einbrechen will, muss durch die Uferstraße rein und raus. Doyle wusste, dass die Polizei auf der Straße am Gewerbegebiet Granton ständig Streife fährt und nach Gelegenheitsdieben Ausschau hält.

Doyle schlug vor, dass wir tagsüber einen Van in der Ladezone abstellen sollten. Der Van sollte da den ganzen Tag nur so rumstehen, und Pender sollte von seinem Büro aus aufpassen, dass ihn keiner anrührt. Wir wollten auf die Woche warten, wo Pender von der Tag- zur Nachtschicht wechselte und eine Doppelschicht fuhr. Dann wär er die ganze Zeit da und könnte alles im Auge behalten.

Es gab ein Riesenproblem. Pender erzählte uns, dass es Wachhunde gab, die Securicor jede Nacht auf dem Grundstück freiließ. Natürlich konnten die nicht in sein Büro, das genau auf die Ladezone rausgeht, aber wir wären mit ihnen zusammen da drin, wenn wir's auf Doyles Tour machten. Falls die Hunde anschlagen würden, sollte Pender die Polizei alarmieren. Das war allerdings unsere geringste Sorge: Die Viecher waren scharf gemacht.

Doyle beeindruckte das nicht. Als irgendwer damit ankam, fuhr er sich nur langsam mit der Hand durchs schwarze Haar und ließ es in Stufen nach vorne fallen. – Mit den Fotzen werden wir schon fertig. Die meisten Wachhunde sind feige Köter. Sie bellen, aber sie beißen nich. Da kommt das Sprichwort her.

Terry war nicht überzeugt. – Ich kenn mich mit Hunden nich aus ...

– Überlass die Scheißköter uns, grinste Doyle und guckte Marty Gentleman an, die Kante. Der gestörte Kleiderschrank guckte auf ne Art zurück, dass mir die Schäferhunde jetzt schon Leid taten. Ich hab vor keinem Angst, aber ich klopp mich lieber mit zwei Doyles als mit Gentleman. Wie groß der schon ist, ein Monster, ne echte Missgeburt. Der und fünfzehn? Niemals. In der Siedlung gibt es eine goldene Regel: Wer sich mit Doyle anlegt, hat auch Gentleman am Hals. Und das weiß dieser Wichser Dozo Doyle natürlich am besten.

Brian Doyle, der Vetter, ging mit Gentleman tagsüber Pender besuchen, und sie stellten nen weißen Transit ab. Der alte Knabe spendierte ihnen eine Besichtigungsrundfahrt auf dem Gelände, machte sie drauf aufmerksam, wo die Hunde rumliefen, und zeigte ihnen, wo die riesigen Rollen Kupferkabel deponiert waren.

Wir versammelten uns im Busy. Brian Doyle schien als Typ ganz okay zu sein. Er war älter als wir, aber selbst er schien sich vor seinem jüngeren Vetter in Acht zu nehmen. Er warnte uns vor, diese Kabelrollen wären ziemlich schwer und wir könnten von Glück reden, wenn wir zwei davon im Van wegschaffen könnten.

Pender, der ständig an seinem Ventolin-Inhalierer nuckelte, war ein fetter, unfit aussehender alter Knabe. Er machte nen ziemlich nervösen Eindruck, besonders wegen der Hunde. Er war noch nie auf dem Gelände gewesen, noch nie direkt mit ihnen in Kontakt gekommen. Sein Wagen parkte vor dem Büro, und von der Seite ging er auch rein. Allerdings konnte er sie draußen hören. Manchmal sprang einer von ihnen am Fenster hoch und jagte dem armen, alten Sack nen Heidenschreck ein, wenn er gerade fernsehen wollte. – Prachtexemplare, meinte er zu Gentleman, sagte dann aber: – Allerdings gemeine Mistviecher.

Die andere Fotze, die noch dabei war, war ein Typ namens McMurray, den aber alle Polmont nannten, weil er da im Erziehungsheim war. Der Spacken hatte was Komisches an sich. Der war früher bei uns an der Schule gewesen und hatte versucht, einen kleinen Kumpel von mir namens Arthur Breslin blöd anzumachen. Arthur war ein netter Kerl, ein ganz Harmloser. Ich knöpfte mir diesen Polmont vor, und er zog den Schwanz ein. Das ist ewig her, damals im ersten Jahr, aber so was vergisst man nicht.

Ich, Dozo Doyle, Terry und diese Fotze aus Polmont fahren also später am Abend runter nach Granton, um zu checken, wie wir reinkommen. Wir drückten uns da unten an der Frittenbude rum, dem »Jubilee«. Wir standen an der Bushaltestelle, aßen un-

sere Fritten und guckten auf das Gelände, auf dem die Fabrik
steht.

Mir gefiel das große Schild am Zaun gar nicht. Darauf sah man
die schwarze Silhouette eines Schäferhundkopfes und den Hinweis:

---

**SECURICOR WARNUNG:**
SCHARFE HUNDE FREI LAUFEND
AUF DEM GELÄNDE

---

– Der Zaun hier sieht scheißhoch aus, sagte Terry. – Und dann die
Häuser gegenüber. Die neugierigen Fotzen müssn einen ja sehn.
Die ganzen alten Rentner, die nich schlafen können.

– Aye, weiß ich, deswegen klettern wir ja auch nich drüber,
sondern gehen mitten durch, meinte Dozo Doyle, während er
seinen Backfisch aß und ein paar Jungs taxierte, die in die Frittenbude reingingen.

Ich und Terry spitzten die Ohren.

– Ich hab so ne große Industrie-Drahtschere, die schneidet da
glatt durch. Er fährt mit der Hand über den Zaun. – Das sind
Mordsdinger, die knacken sogar schwere Vorhängeschlossketten.
Man muss beide Hände dazu nehmen, grinste er und machte es
uns vor.

Ich hatte bei dem krassen Wichser so meine Bedenken, aber
irgendwie machte es auch Spaß. War mal was, das nicht so langweilig war.

– Aye, wir schneiden ihn genau hier durch, meinte er und zeigte auf eine Stelle im Zaun. – Dieses Scheißding hier, sagte er und
schlug gegen das graue Aluminium des Wartehäuschens an der
Haltestelle, – schützt uns vor Blicken aus den Häusern und vorbeifahrenden Autos. Dann nehmen wir uns die Hunde vor, brechen in das Büro ein und fesseln Pender. Als kleiner Bonus könnte da drin ja noch ne Geldkassette sein. Ich weiß, er hat gesagt
nee, aber ich trau dem alten Wichser nich. Anschließend laden
wir den Kupferdraht in den Van. Wir schneiden uns den Weg
durch das Tor am anderen Ende, knacken die Kette mit dem Vor-

hängeschloss und fahren vorn raus. Die anderen Nachtwächter auf dem Gelände sehen vielleicht nen Van wegfahren, aber das kann ja n anderer Wachmann sein, der grad Feierabend macht: nicht so verdächtig, wie ein Van, der *reinfährt*. Ist scheißeinfach.

– Wir gehen aber nich alle in den Van, sagte Terry.

Doyle guckte Terry an, als wär der ein bisschen unterbelichtet. Ich weiß noch, wie ich dachte, dass Terry sich das von keinem anderen gefallen lassen würde. – Marty kann genauso gut fahrn wie Bri, sagte er total genervt, als ob er nem kleinen Kind was erklärt. – Wir besorgen nen zweiten Van, nen kleinen, und stellen ihn da ab, sagte er und wies mit dem Kopf zu den anderen geparkten Wagen. – Dann treffen wir uns alle in Gullane am Strand wieder.

Ich guckte Terry an und wartete darauf, dass er was sagte. – Was solln wir in Gullane? fragte er.

– Weil, die schwarzen Flecken in Doyles Augen wurden riesengroß, – wir die Isolierung von dem Kupferkabel verbrennen müssen, bevor wir das Zeug verticken können, du blöde Fotze. Ein einsamer Strand ist der beste Platz dafür.

Terry nickte langsam mit vorgeschobener Unterlippe. Man sah, dass er von Doyle beeindruckt war. Terry hat sich schon immer als Meisterdieb aufgespielt, aber bei den Doyles, da liegt das im Blut. Die sind seit Generationen in dem Geschäft.

Alles lief nach Plan. Außer mit Doyle, wie der sich aufführte. Die Fotze ist echt mehr als krass.

An dem Abend, wo wir's durchziehn wollten, bin ich Terry besuchen gegangen. Wir tranken in seinem Schlafzimmer ne Dose Bier und legten die erste Clash auf. *Police n Thieves*, passte gut. Seine Ma guckte ganz misstrauisch, als wüsste sie, dass was im Gange war. Es war elf Uhr abends, und wir gingen noch weg. *Police and thieves, oh yeah-eh-eh . . .*

Wir trafen Dozo und Brian Doyle bei der Pommesbude am Cross, dann sind wir runter ins Longstone, um Gentleman und diesen Polmont zu treffen. Trägt nicht viel zur Unterhaltung bei, der Junge. Normalerweise mag ich das, ich steh nicht auf Typen, die ununterbrochen labern. Alles Sprücheklopfer. Man braucht sich bloß die Politiker im Fernsehen anzusehen und so, schön reden können die. Konnten sie schon immer. Bloß Sachen geregelt kriegen, das können sie nicht ganz so gut. Aber vielleicht kriegen sie ja nur für Leute wie uns nix geregelt.

Sie klettern hinten rein, und wir fahrn runter nach Granton. Die Gegend ist menschenleer bis auf einen Pulk Jungs, die vor der längst geschlossenen Frittenbude stehn. Sie ham was getrunken, das sind einfach bloß Jungs aus der Gegend, Jungs wie wir, die in ihrer Siedlung rumhängen, sich langweilen und noch nicht nach Hause wolln. Doyle beobachtet sie wütend vom Van aus. – Die Fotzen … gleich geh ich rüber und sag ihnen, dass sie sich verpissen solln, knurrt er und fährt sich durchs Haar. Wenn er es zurückstreicht, sieht man den v-förmigen Haaransatz, wie bei Graf Dracula.

– Vielleicht wollen die sich mit uns anlegen, meint Brian.

– Können sie jederzeit haben, faucht Doyle.

– Ich bin für nen Bruch hierher gekommen, nich um mich mit irgendwelchen Pennern zu kloppen, sagt Brian. – Wenn du hier irgendwas anfängst, haste se doch direkt alle am Hals; die Bullen, die Wichser aus den Häusern auf der anderen Straßenseite, den ganzen Haufen.

Doyle wollte gerade was sagen, als sich Terry einschaltete: – Sieht aus, als ob sie abziehn.

Stimmte, die Jungs gingen, nur zwei Typen hielten die Stellung. – Verpisst euch, verpisst euch, verpisst euch, zischte Doyle. – Na schön, meinte er, als die Jungs sich zum hundertsten Mal tschüss gesagt hatten, – die Fotzen sind jetzt fällig, und damit öffnete er die Beifahrertür.

Brian packt ihn an der Schulter. – Lass es, Mann, meint er. – Wir ham hier nen Job zu erledigen.

Dozo Doyle sah ihn mit harten Augen an und biss die Zähne zusammen. – Willst du mich anmachen, Bri? fragt er mit gepresster Stimme.

– Nee … ich sag ja nur …

– Versuch bloß nich, mich anzumachen, sagt er leise. Dann zischt er durch die zusammengebissenen Zähne: – Keiner macht mich an! Kapiert?

Brian sagt nichts.

– Ich hab gesagt: kapiert? faucht Dozo.

– Ich will dich ja gar nich anmachen. Ich sag bloß, dass wir hier sind, um nen Scheißjob zu erledigen.

– Schön, meint Dozo und dreht sich dann zu mir um, als würd er schon die ganze Zeit mit mir reden. – Hauptsache, du willst mich nich blöd anmachen, schnurrt er irgendwie ganz sanft.

– Die Fotzen sin jetzt weg, sagt Terry, – lasst uns den Scheiß jetzt durchziehn. Ich hab ja nichts dagegen, mit nem Haufen Ischen auf der Rückbank zu sitzen, aber nich mit euch Fotzen. Der hier, dabei guckt er mich an, – hat grad einen fahren lassen. Birrell, du stinkendes Arschloch!

– Leck mich, sag ich, – wer ihn hat zuerst gerochen, dem isser aus dem Arsch gekrochen. Die Fotze wird frech. Aber typisch Terry: absolut die Härte.

Wir machen die Türen auf und klettern mit unseren Werkzeugen raus. Doyle hat einen langen Handschuh und dann so ne Art gepolsterte Röhre, die er sich über einen Arm schiebt. Sie ist aus nem Absperrhütchen gemacht. Er nimmt auch so ne alte Jacke mit. Die stinkt tierisch, wie nach verfaultem Fleisch. Auch wenn die Straßen wie ausgestorben sind, muss das echt krass aussehen, wie sechs Jungs mitten in der Nacht aus einem Van in der Granton Road klettern. Mehr als krass: In Wirklichkeit sind wir nur Scheißamateure.

Das Gute war, dass wir ruckzuck durch den Zaun sind, wir müssen den Riesenseitenschneider bloß einmal ansetzen. Polmont und Brian passen in dem Wartehäuschen auf, ob Leute oder Autos vorbeikommen. Zuerst steigt Martin Gentleman durch, dann Terry, dann Doyle, dann ich. Ich nicke Brian und Polmont zu, dass sie nachkommen können.

Sie sind gerade drin, als ich nen Hund bellen höre, und dann kommt er auch schon angerannt, schießt wie aus dem Nichts direkt auf uns zu! Dann scheint er zu merken, dass wir ne ganze Gruppe sind, und bleibt abrupt stehen, als wär kurz vor uns ein Schutzschild. Terry sprang trotzdem zurück und aus dem Weg. Polmont war direkt wieder raus durch den Zaun. Doyle allerdings hatte sich kampfbereit hingehockt, mit dieser großen Plastikröhre am Arm. Der Hund ging in Stellung, etwa zwei Meter entfernt, die Ohren angelegt, und knurrte. Doyle knurrte einfach zurück, hielt ihm seinen umwickelten, gepolsterten Arm hin und wedelte mit dem alten Mantel auf dem Boden rum wie ein spanischer Matador. Das sah aus wie auf dem Poster, das mir meine Tante Lily aus Spanien mitgebracht hat, das an meiner Schlafzimmerwand, was ich eigentlich runternehmen wollte, aber meine Mutter hat gemeckert, es wär doch ein Geschenk gewesen:

PLAZA DE TORRES
EL CORDOBES
BILLY BIRRELL

– Komm bloß her, du Fotze ... knurr ruhig ... hältst dich wohl für stark ... macht Doyle.

Dann kam n Schock für uns: So ein anderer, größerer Hund kam angeschossen, einfach über den knurrenden, am Boden geduckten drüber, und stürzte sich auf Doyle. Der hielt seinen gepolsterten Unterarm hoch, und der Hund biss rein. Ich rannte auf den anderen Hund zu, und der sprang zurück, dann spannte er die Muskeln, duckte sich wieder und knurrte mit zitternden Nüstern. Doyle kämpfte immer noch mit dem großen Hund, aber dann war Gentleman da, stellte sich über ihn und ließ sich mit seinem ganzen Gewicht drauffallen. Der Hund jaulte und knickte dann unter seiner Last langsam ein.

Terry steht bei mir, und wir behalten den anderen im Auge.

– Also ich weiß nich, Billy, meint er.

– Nee, der Wichser hat Schiss, sag ich. Ich mache nen Schritt nach vorn, und der Hund weicht zurück.

Gentleman hockt immer noch auf dem anderen Hund, drückt ihn zu Boden und hält mit beiden Händen seine Schnauze fest, während Doyle seinen Arm freizerrt.

Brian, mit nem Baseballschläger in der Hand, ich und Terry halten immer noch den andern Hund in Schach. – Passt bloß auf die Schnauze von dem Vieh auf, sagt Brian. – Nur Zähne und Kiefer. Sie können nich schlagen und nich treten, nur beißen. Komm doch, du Fotze ...

Polmont ist wieder da und gibt Doyle den Seitenschneider. Gent ist immer noch auf dem Hund, hält ihm jetzt mit beiden Händen das Maul zu und biegt den Kopf zurück bis an seine Brust. Doyle nimmt einen der Vorderläufe des Hundes zwischen den Seitenschneider, und dann gibt es dieses grässliche Knacken, gefolgt von einem erstickten Jaulen. Als er dasselbe mit dem zweiten macht, gibt er ein seltsam hohles Heulen von sich. Gentleman lässt den Hund los, und der versucht aufzustehen, jault aber nur, es ist, als ob er auf glühenden Kohlen tanzt; er humpelt, winselt und fällt hin. Aber er knurrt trotzdem noch, schiebt sich mit den Hinterläufen vorwärts und versucht nach Doyle zu schnappen. – Linkes Aas, sagt Doyle, bevor er ihm fest in die Schnauze tritt. Dann tritt er ihm ein paarmal in den Brustkorb, und aus dem Knurren wird ein Wimmern, an dem man merkt, dass der Hund sich aufgegeben hat.

Gentleman fängt an, dem Hund die Schnauze mit braunem Klebeband zuzubinden, dem, das man zum Umziehen benutzt, für die Kartons und so, und macht dann dasselbe mit den Hinterläufen.

Doyle ist jetzt bei uns und dem zweiten Hund und wirft den Mantel nach ihm aus, und das Mistvieh schnappt danach. Bevor es wieder loslässt, stürzen wir alle Mann drauf zu, nehmen das Vieh in den Schwitzkasten, drücken es runter, und ich presse seinen Kopf fest in den weichen Rasen. Terry zittert wie Espenlaub, während er zusammen mit Brian den Hund runterdrückt und Polmont ihn in die Seite tritt, worauf er sich windet und fast aus meinem Griff befreit. – Tritt ihn nich, halt ihn fest! schnauze ich den Wichser an, und er kniet sich hin und packt den Köter.

Polmont steht wieder auf und tritt den zweiten Hund in den Bauch. Der jault laut, und aus einem Nasenloch kommen große Blasen. – Hat's verdient zu sterben, sagt Polmont. Dann ist Gentleman da und auf seinem Rücken, hält ihm das Maul zu und verklebt es, bindet erst die vorderen Pfoten zusammen, dann die hinteren.

– Mit euch Fotzen sind wir noch nich fertig, grinst Doyle, als wir übers Gelände gehen und die Hunde hilflos zurücklassen.

Als wir weiter von der Umzäunung weg sind, wird das Gras unter unseren Füßen ganz matschig. – Scheiße, sag ich, als ich spüre, wie die kalte Nässe in meine Turnschuhe dringt.

– Pst, flüstert Terry, – wir sind fast da.

Es war jedenfalls stockdunkel, und ich war froh, das Licht vom Büro unten am Fuß der Böschung zu sehen. Es wird steil, wo die Böschung zum Parkplatz an der Uferstraße abfällt. Plötzlich hör ich einen Schrei. Ich bleib stocksteif stehen, aber es war bloß Polmont, der ausgerutscht ist. Gentleman stellt den Volltrottel mit einem Griff wortlos wieder auf die Beine.

Wir platschen noch ein bisschen weiter durch Schlamm, und als wir die betonierte Ladezone erreichen, sind meine Füße total durchweicht. Aber es ist immer noch klasse, wie in nem James-Bond-Film oder wie wenn sie in nem Kriegsstreifen in das feindliche Hauptquartier einsteigen.

Wir kommen zu dem Büro, und Pender will Doyle nicht reinlassen. – Mach die beschissene Tür auf, alte Fotze, brüllt er durchs Fenster.

– Ich kann nich, wenn ich dich ins Büro lasse, wissen sie, dass ich mitgemacht hab, jammert er.

Gentleman geht einen Schritt zurück, stürmt dann auf die Tür zu und tritt sie mit zwei Stößen ein. – Aye, meint er, – wir lassen es besser so aussehen, als wärn wir von draußen eingedrungen.

– Ihr braucht hier gar nicht rein! meint Pender, der totalen Schiss hat. – Alles, was ihr braucht, ist draußen!

Gentleman ist aber schon drin und guckt sich um wie dieser Lurch aus der Addams Family. Polmont schmeißt einen Stapel Papiere vom Schreibtisch und versucht das Telefonkabel aus der Wand zu reißen, wie sie's in den Filmen immer machen, aber das Scheißding rührt sich nich, ein Versuch, zwei Versuche. Gentleman schüttelt den Kopf, nimmt es ihm weg und reißt es raus.

Terry durchwühlt die Schubladen. Pender geht der Arsch auf Grundeis. – Nich, Terry … du schaffst es noch, dass ich rausfliege!

– Jetzt müssen wir dich fesseln und so weiter, meint Doyle, – damit kein Verdacht aufkommt.

Der alte Knabe sieht, dass er keinen Spaß macht, und kriegt fast einen Panikanfall. – Das geht nich … ich hab n schwaches

Herz, blökt er, und ich seh, wie dieser Polmont höhnisch grinst.

Ich schaltete mich für den alten Knaben ein, weil er total verängstigt war. – Jetzt lasst ihn doch, sag ich.

Doyle dreht sich langsam zu mir um. Gent auch. Terry unterbricht sein Rumkramen und legt mir die Hand auf die Schulter. – Keiner will unserm alten Jim was tun, Billy. Wir tun das nur, um ihm Ärger zu ersparen. Wenn sie ihn so sehn, wissen sie, dass er mitgespielt hat, sagt er und wendet sich dann an Pender. – Wir machen's erst, wenn wir abhaun, Jim, und dann finden dich die Typen von Securicor, sobald sie die Hunde holen kommen.

– Aber die Tür is kaputt … die Hunde können doch rein und auf mich losgehn …

Da mussten wir alle lachen. – Nee, meint Doyle, – Hunde werden keine kommen.

Terry guckt Pender an. – Hier is also kein Geld, Jim?

– Nee, hier nich. Nur Verwaltung. Ich sag doch, hier arbeitet kaum noch einer …

Terry und Doyle scheinen das zu akzeptieren. Terry guckt auf meine Turnschuhe und unsere schlammige Spur quer über den Parkplatz bis ins Büro. – Was hab ich dir über vernünftige Schuhe gesagt, Birrell, das passende Schuhwerk für den Job? Du gehst doch auch nich in Schlappen Fußball spielen, oder, alter Junge? sagt er in diesem Oberlehrerton, den er und Carl andauernd draufhaben.

Doyle lacht darüber und dieser Wichser von Polmont auch. Die anderen haben alle Stiefel an, nur ich bin in Turnschuhen und komm mir n bisschen dämlich vor, echt die Härte. Ich weiß noch, dass mir das gar nicht passte, wie Terry da den Lauten machte und sich vor Doyle aufspielte. Die Fotze hätte sich ne blutige Nase eingehandelt, wenn er so weitergemacht hätte.

Aber wir waren drin. Wir hatten's gepackt, und nur das zählte.

Gentleman und Brian fangen an, die dicken Rollen hochzustemmen, und wir kriegen zwei davon hinten in den Van. Von einer dritten schneiden wir ein paar Stücke ab und verstauen die ebenfalls. Dann knackt Gent die Kette am Tor mit dem Seitenschneider, der voller Hundeblut ist. Wir ziehen das Tor auf. Bevor wir gehen, bringen wir den alten Jim rein.

Die arme Sau ist wie gelähmt, als wir ihn mit dem Klebeband an den Stuhl fesseln. Man ahnt, dass er sich das anders vorgestellt hatte, als er im Busy saß und von Terry und Doyle Bier spendiert kriegte. Es ist voll die Härte für den armen Kerl. Er sabbelt ununterbrochen von den Typen, die früher hier gearbeitet haben, wie viele das waren, woher sie kamen und so weiter.

– Tja, die sind jetzt alle weg, Pender, sagt Doyle, – genau wie das Kupferkabel! Stimmt's, Jungs?

Wir nicken, und Terry und Polmont lachen sich schlapp.

Polmont nimmt den Baseballschläger, schwingt ihn so Kung-Fu-mäßig durch die Luft und nähert sich langsam dem alten Jim. – Wir lassen's echt aussehen, Pender, als wärst du n beschissener Held, der sich tapfer gewehrt hat …

Ich packe den Wichser am Arm, und, um fair zu sein, auch Gentleman hat sich auf ihn zubewegt. – Willste den Schläger vielleicht selber über den Kopf kriegen? sag ich.

– Hab nur Spaß gemacht, meint er.

Von wegen. Das kleinste bisschen Ermutigung von uns, und er hätte Opa Pender den Schädel eingeschlagen. Dozo guckte uns an, als wollte er was sagen, dann sah er Polmont an, als hätte der das allein regeln müssen. Er guckte Polmont wirklich so an, als hätte der Wichser ihn in Verlegenheit gebracht.

– Jim, sagt Dozo zu Pender, – wenn die Fotzen von Securicor kommen und fragen, wo die Hunde sin, sag ihnen einfach, die wärn ausgebrochen.

– Aber … aber … wie solln die ausgebrochen sein? fragt der.

– Durch unser Loch in dem Scheißzaun, du Pfeife, erklärt ihm Doyle.

– Aber die liegen doch immer noch gefesselt da oben, meinte Brian und zeigte zur Straße rauf.

– Aye, noch ja, zwinkerte Dozo Doyle.

Ich begriff, was Doyle meinte, als wir uns auf den Rückweg machten. Terry, Brian und Polmont fuhren mit dem Kabel direkt durchs Haupttor auf die Uferstraße. Das war der riskanteste Weg, schätze ich, aber ich, Gentleman und Doyle hatten den meisten Stress, weil wir durch die Dunkelheit und den Matsch über das Firmengelände zurückgingen. Die Hunde waren noch da, wo wir sie zurückgelassen hatten, sie krümmten sich immer noch, und der fiese blutete heftig aus seinen Beinwunden. Wir konnten ihr unterdrücktes Jaulen durch das Klebeband hören.

Doyle kniete sich neben den unverletzten Schäferhund und streichelte ihn tröstend. – Ruhig, ruhig, mein Junge. Nee, was für ne Aufregung, gurrte er, und dann in so ner Art Babysprache: – Butschi-butschi-bu …

Dann kam Gentleman dazu, er und Doyle nahmen je ein Ende vom Hund, seine Vorder- und Hinterbeine, und trugen ihn durch den Zaun. Gent hatte den weißen Ford abgestellt und ließ sein Ende vom Hund los, um die Hecktür zu öffnen. Dann schmissen sie den Hund in den Van, und er jaulte vor Schmerz durch das Klebeband, als er auf dem Boden aufschlug.

Ich wartete, während sie wieder reingingen und den zweiten Hund holten. Gent hielt ihn am Halsband, um seine verletzten Vorderläufe zu schonen, und Doyle hielt die Hinterbeine. Und rein mit ihm zu dem anderen.

Darauf stand ich echt nicht. Was mich störte, war, dass einem keiner gesagt hatte, was dieser Scheiß mit den Hunden sollte. – Was zum Henker geht hier ab? fragte ich. – Das ist echt die Härte. Was habt ihr vor?

– Geiseln, Alter, zwinkerte Doyle. Dann lachte er Gent an, der mitlachte. Gentleman sah echt irre aus, wenn er lachte, wie ein verrückter Axtmörder. Doyle meint: – Die Fotzen hier wissen zu viel. Sie könnten quatschen, uns verpfeifen. Die brauchen nur so nen Doctor Doolittle auf den Fall anzusetzen, und wir gehen alle in den Bau. Na los, Birrell, du sitzt vorn bei Marty, und ich leiste meinen Jungs hinten Gesellschaft.

Ich steige ein, und Gentleman sagt zu mir: – Hab Schäferhunde nie ausstehen können. Mit denen werd ich nich warm. Wenn ich mir nen Hund zulegen würde, dann nen Border Collie.

Ich sagte nichts, denn Doyle schaltete sich wieder ein. – Nicht einfach Schäferhunde. Deutsche Schäferhunde, was, mein Junge? gurrt er erst mal, bevor er höhnt: – Aber n feiges Aas, n beschissener Rottweiler oder Pitbull hätte nich so leicht aufgegeben. Er hat Speed genommen und lässt was davon rumgehen. Ich nehm nur n kleines bisschen, wegen der Schule morgen, aber das meiste aus der Alufolie bleibt an Gentlemans fetten, verschwitzten Fingern kleben.

Wir fuhren runter nach Gullane, immer noch in astreiner Stimmung, auch wenn wir uns Doyles krankes Gelaber mit den Hunden hinten anhören mussten. Das war ein Schizo. So wie ich das sah, tickte der nicht richtig. – Wisst ihr, was die behaupten, diese Stämme in Afrika und so, fragt er mit mahlenden Zähnen und aus dem Kopf tretenden Augen, – die sagen, dass die Kraft von dem, den man tötet, auf einen übergeht. Das ist dieses Jäger-Ding. Das bedeutet, wir kriegen die Kräfte von den Hunden! Die Fotzen ham wir erledigt!

Gentleman sagte gar nichts, saß nur da und fuhr. Mir ging dieses *Police and Thieves* nicht aus dem Kopf. Es kam mir vor, als würde Doyle gar nicht erwarten, dass er was sagt, und bloß mich ansprechen, was ich gar nicht toll fand. – Du bist in Ordnung, Birrell, du redest nich viel, wie unser Marty hier. Aye, du sagst nicht viel, aber du weißt verdammt nochmal, was Sache ist. Du bist cool. Lawson allerdings, das ist n anderer Fall. Ich weiß, is dein Freund, versteh mich nich falsch, ich kann den Jungen schon leiden, aber der ist uncool. Wie heißt nochmal der kleine Kumpel von dir, der dem andern Jungen in der Schule das Messer in die Hand gerammt hat?

– Gally, sag ich. Ich würd das nicht grade ne Messerstecherei nennen. Der Kleine hat nur vor irgendnem Arschloch, das frech geworden ist, n bisschen angegeben. So Sachen werden immer furchtbar überbewertet.

– Gally, genau. Der scheint n nettes Kerlchen zu sein. Steht seinen Mann. Ich hab ihn mal beim Fußball gesehen. In n paar Wochen spielen Hibs gegen Rangers an der Easter Road. Wir sollten alle hin, n Mob mit uns aus der Siedlung und jedem, der sonst noch korrekt drauf ist. Ich kenne n paar Jungs aus Leith. Das wär doch geil, ein paar brauchbare Typen zusammenzukriegen und sich mit den Jungs aus Glasgow zu ledern.

– Aye, abgemacht, sag ich, denn das wär's bestimmt. Jeder

braucht mal ne kleine Abwechslung. Sonst wird das Leben auf die Dauer zu langweilig.

Gentleman, der immer noch schweigend fährt, reicht mir nen Kaugummi.

Dozo fängt an, nen Witz zu erzählen. – Wie nennt man es in Glasgow, wenn zwei zugedröhnte Fotzen mit dem Messer aufeinander losgehen? fragt er und nickt dann Gent zu, – sag nix, Marty.

– Keine Ahnung, sag ich.

– Nen fairen Faustkampf, prustet Doyle raus, hebt den Kopf von einem der Hunde hoch und guckt ihm ins Gesicht. – Nen fairen Faustkampf, Alter! Der ist doch echt gut, Alter. Echt zum Brüllen ...

Es war ne Erlösung, als wir in Gullane ankamen und die anderen Jungs wieder trafen. Sie luden gerade das Kupferkabel aus, Terry und Polmont rollten eine Rolle runter zum Strand.

Sie waren geschockt, als wir die beiden winselnden Hunde rauswarfen und über den Parkplatz schleiften. Einer, ich glaub der aggressive mit den gebrochenen Beinen, hatte in den Van gepisst und gekackt. Doyle tobte. – Jetzt bist du dran, du Drecksau, zischte er dicht über ihn gebeugt. Dann änderte er schlagartig den Tonfall und imitierte diese Hundetante, Barbara Woodhouse: – Gassss-iiii!

Nachdem wir die Rollen an die richtige Stelle gebracht hatten, tränkte Doyle sie mit Paraffin und zündete sie an. Als die hölzerne Trommel und die Speichen Feuer fingen, begann das Plastik zu schmelzen, und eine blendend helle, riesige Flamme loderte von dem Kupfer auf. Die ganzen giftigen Dämpfe hingen in der Luft, und alle stellten sich mit dem Wind, außer diesem Polmont, dem das nichts auszumachen schien. Die Flamme begann grün zu brennen, ein irres Bild, man hätte die ganze Nacht zusehen können. Wie in der Schule, wo sie einem erklären, dass der blaue Teil der Flammen vom Bunsenbrenner kalt ist. Man meinte, man könnte in die grüne Flamme einfach reinlaufen, und es würde ein magisches Gefühl sein. Ich versuchte, nicht dran zu denken, wie müde ich war, ich spürte es trotz Speed und Aufregung, und dass ich am nächsten Morgen zur Schule musste und meine Alte voll den Terz machen würde, wenn ich mich nachher reinschlich.

Dann ging Doyle zurück zum Van und kam mit so Stücken Wäscheleine wieder. Er zog sie erst durch das Halsband vom einen und dann vom anderen Hund und warf das andere Ende über den Ast von nem Baum. Er knüpfte sie auf, und Polmont und Gentleman halfen ihm, die Hunde hochzuziehen. Als sie in der Luft strampelten und röchelten, schlug Polmont einen davon mit dem Baseballschläger. Terry schüttelte den Kopf, grinste aber übers ganze Gesicht. Doyle kam mit dem Paraffinkanister. Ich war angewidert, aber auch gespannt und so, weil ich mich immer gefragt hab, wie es ist, wenn man dabei zusieht, wie einer bei lebendigem Leib verbrennt. Die Hunde strampelten wild, als Doyle sie mit Paraffin übergoss. Einen packte er bei der Schnauze, schlitzte mit seinem Stanley brutal das Klebeband auf und ließ das Blut spritzen, als er dabei die Lefzen anritzte. – Lass uns die Fotzen mal jaulen hören, lachte er und machte beim anderen dasselbe.

Die Hunde röchelten und heulten. Brian, der bis jetzt stumm gewesen war, trat vor und sagte: – Das reicht. Ich sag's nicht noch mal.

Dozo ging auf seinen Vetter zu, mit ausgebreiteten Armen und nach oben gekehrten Handflächen, als ob er ihm gut zureden wollte. Dann rammte er dem Jungen seinen Schädel ins Gesicht. Es knackte, und Blut spritzte. War ein sauberer, platzierter Stoß. Brian hielt sich die Hände vors Gesicht. Man konnte durch seine Finger hindurch die Furcht und den Schock in seinen Augen sehen. Es war offensichtlich, dass er keinen zweiten Versuch unternehmen würde. – Reicht das, Bri? Reicht das? Doyle lief vor Brian auf und ab, auf dem Parkplatz hin und her, und baute sich dann wieder vor seinem Vetter auf. Terry sah weg, aufs Meer, als wollte er davon nichts mitkriegen. Ich guckte zu Gentleman.

– Alles klar? fragte er unbeeindruckt.

– Aye, bestens, sag ich.

– Ist das hier okay für dich, Birrell? grinst Doyle mit Blick auf die Hunde. Einer macht keinen Mucks mehr. Seine Augen sind offen, und er atmet noch, aber er baumelt bloß verschnürt und paraffingetränkt an seinem Halsband, als wär er zu schwach, um sich noch aufzulehnen. Der andere, der mit den gebrochenen Beinen, strampelt immer noch. Eins von seinen Beinen ist total verdreht, ganz schief. Der Tod wär jetzt besser für sie. Die würde sowieso keiner mehr haben wollen, die müssten eingeschläfert werden.

Ich zuckte bloß die Achseln. Es gab eh nichts, was Doyle jetzt noch davon abhalten konnte. Er hatte auf stur geschaltet. Jedem, der es versuchen würde, blühte wahrscheinlich das Gleiche wie den Hunden.

– Terry? fragt Dozo.

– Wenn du den Tierschutzverein nich rufst – ich mach's auch nicht, grinst der und fährt sich mit der Hand durch seine Korkenzieherlocken.

Also das ist jetzt echt die totale Härte. Brian hockt im Sand und hält sich immer noch die Nase. Doyle hat sich wieder zu ihm rumgedreht. Er zeigt auf ihn runter. – Denk dran, wieso du überhaupt hier bist. Weil *ich* das geplant hab! Vergiss das bloß nich. Erzähl andern nich, was sie tun und lassen sollen. Glaub bloß nich, du kannst hier ankommen und direkt den Laden schmeißen!

Doyle zündete erst den einen, dann den anderen Hund an. Sie jaulten und strampelten, als die Flammen an ihnen hochschlugen. Nach ner Weile kann ich nicht mehr hinsehen und stell mich gegen den Wind, weg von ihnen, und guck auf den verlassenen Strand. Dann hört man ein platschendes Geräusch. Das Seil muss sich tüchtig mit dem Paraffin vollgesogen haben, denn es brennt durch, und einer der Hunde fällt runter und versucht aufzustehen und sich über den Sand zum Meer zu schleppen. War aber der fiese mit den gebrochenen Beinen, deshalb kam er nicht weit.

Der andere gab noch ein lang gezogenes Heulen von sich und hörte dann auf zu strampeln, und als sein Seil durchgebrannt war, fiel er runter und blieb still liegen.

– Ohne verfickte Hotdogs gibt's auch kein vernünftiges Strandpicknick, grinste Terry, sah dabei aber gar nicht glücklich aus.

Dann fingen er, Polmont und Doyle wie die Irren an zu lachen. Ich und Gentleman sagten nix, Brian auch nicht.

Später, als wir alle nach Haus gingen, machten Terry und ich zwischen uns ab, mit keinem über diese Nacht zu reden. Am nächsten Tag ging ich nicht zur Schule. Als meine Mutter fragte, wo ich gewesen wär, sagte ich bloß, ich wär bei Terry gewesen. Sie guckte skeptisch. Ich hatte Rab eingeschärft, er soll sagen, dass ich früher heimgekommen wär als in Wirklichkeit. Was so was angeht, kann man sich auf unseren Rab verlassen.

Ich musste noch ne Zeit lang an die Hunde denken. Es war ne Schande. Aye, diese Hunde waren Killer. Derart scharf gemacht, dass sie kein Erbarmen kannten. Aber so was darf man trotzdem nicht mit einem Hund machen. Das Vieh umzubringen, aye, na schön, aber an dem, was Doyle gemacht hat, sieht man, dass einer nicht ganz richtig im Kopf ist. Aber so ist Doyle eben. Ich wollte nach dieser Geschichte nichts mehr mit ihm zu tun haben und wünschte, ich hätte nicht gesagt, wir würden alle Mann zum Spiel gehen. Tatsache ist, ich hab den Bastard nie richtig leiden können. Und diesen verschlagenen Wichser Polmont auch nicht. Bei Gentleman wusste ich's nicht so genau. Mir hat er zwar nie was getan, aber er und Doyle sind ja ein Kopf und ein Arsch.

Aber ich bin hier in Gedanken versunken, und mein Bus kommt schon. Wegen der paar Kröten für Kupfer werd ich mich nicht mit nem Irren wie Doyle anlegen, aber trotzdem, der hört noch von mir.

Ich steig in den Bus und geh nach oben. Der Tag entwickelt sich nicht übel. Von oben im Bus hat man einen tollen Blick auf die Burg, wenn man die Princes Street runterfährt. Obwohl der Verkehr echt hart ist. Man versteht schon, wieso sich die Leute aus Glasgow so über Edinburgh aufregen, weil sie nämlich nicht so was in der Art wie ne Burg, die Parks und Geschäfte und so weiter haben. Die Leute sagen, in Edinburgh gäb's Slums, und das stimmt auch, aber Glasgow ist ein einziger Slum, das ist der Unterschied. Darum sind die so hart drauf. Knallköpfe wie Doyle fallen hier auf wie ein bunter Hund, aber in Glasgow würd sie keiner bemerken.

Ronnie Allison vom Boxclub steigt ein. Ich dreh mich weg, aber er hat mich schon erkannt und kommt rüber und setzt sich neben mich. Hat sofort den Hibs-Schal gesehen, der aus meiner Tasche hängt.

– Aye, aye.

– Ronnie.

Er deutet mit dem Kopf auf den Schal. – Du solltest lieber mal n Nachmittag im Boxclub verbringen als im Stadion. Ich bin grad auf dem Weg dahin.

– Aye, das kann bloß einer sagen, der auf die Jam Tarts steht, sag ich halb im Scherz.

Ronnie schüttelt den Kopf. – Nee, hör auf mich, Billy. Ich weiß, dass du selbst gut Fußball spielst und auch immer hingehst und so weiter. Aber dein wahres Talent liegt im Boxen. Merk dir meine Worte.

Vielleicht.

– Aye, du hast das Zeug zum Boxer, Junge. Das darfste nicht einfach wegwerfen.

Ich will aber Fußball spielen. Für die Hibs. Einmal im Trikot an der Easter Road auflaufen. Alan Mackie wird das nie packen. Der verhungert da ohne Ball. Zu pomadig, ein Sprücheklopfer. – Ich muss hier raus, Ronnie, sag ich, während ich mich erhebe, und zwinge ihn, aufzustehen, um mich vorbeizulassen.

Er guckt mich an, als wäre er ein Darsteller in *Crossroads*, die Stelle, wo sie am Schluss nochmal für einen Satz auftreten, wenn man denkt, es wär schon vorbei. – Denk mal drüber nach.

– Man sieht sich, Ronnie, sag ich, dreh mich um und flitze die Treppe runter zur Tür.

In Wirklichkeit war das gar nicht meine Haltestelle, eine weiter wär besser gewesen, aber es tat gut, wieder allein zu sein. Bei dem ganzen Verkehr auf der Princes Street bin ich zu Fuß fast genauso schnell beim Wimpy.

# Andrew Galloway

### ZU SPÄT

Eigentlich war ja Caroline Urquhart dran schuld, dass wir zu spät kamen. Gestern hatte sie in Reli den braunen Rock mit den kleinen Knöpfen an der Seite an und so ne Strumpfhose mit nem Muster aus so großen Löchern, die innen und außen am Bein langlaufen. Daran dachte ich gerade, als meine Ma mich mit Tee und Toast weckte. – Beeil dich, Andrew, die Jungs können jede Minute da sein, sagte sie, wie jeden Morgen.

Ich ließ den Tee kalt werden, weil ich dran dachte, dass wenn die Löcher in der Strumpfhose einmal ganz rumlaufen, eins davon da sein müsste, wo ihre Muschi ist, und wenn sie dann noch kein Höschen anhätte, müsste ich bloß den Rock hochheben und meinen Schwanz reinstecken und sie in Englisch ficken, quer überm Pult, ohne dass eine Sau uns sehen oder hören kann, wie in einem dieser Filme oder Träume, wo alle nur auf die Tafel starren, und dann pack ich den Lappen, den ich unter der Matratze verstecke, um meinen steifen Schwanz rum, und Caroline hat geschminkte Augen und Lipgloss drauf, und ihr Gesicht hat diesen strengen, unnahbaren Ausdruck wie damals, als wir mit den Fahrrädern nach Colinton Dell gefahren waren und sie Hand in Hand mit dieser großen, dreckigen, alten Fotze, diesem Glückspilz, gesehn haben, mindestens dreißig oder so, aber nee, jetzt is sie hier bei mir, kann's gar nicht abwarten . . .

. . . oaahhh . . .

. . . aah . . . aah . . . aah . . .

. . . der Lappen ist wieder gut getränkt.

Es dauerte nen Moment, bis ich wieder ganz da war. Ich hab von gestern Abend noch meinen neuen Ohrring drin. Ich hatte ihn im Jugendzentrum beim Tischtennis an. Letzten Freitag hab ich allerdings dran gedacht, ihn rauszunehmen, denn Miss Drew schickt einen zu Blackie, dieser Fotze, wenn man in der Schule einen trägt. Ich kram meine Chinos raus (die Fotze hat auch Levi's und so verboten), die Clark's, das blaue Fred-Perry-Shirt und die gelbschwarze Baseballjacke mit Reißverschluss.

Ich kipp mir hektisch den Tee rein, während ich schnell nach hinten renne, um mir das Gesicht zu waschen. Ich hör die Fotzen unten an der Tür, Billy und Carl. Meine Ma meckert schon wieder, also mach ich nur ne schnelle Katzenwäsche, Gesicht, Achseln, Eier und Arsch, und zieh mich an, während ich noch auf dem Toast rumkaue. – Mach hin, Junge! ruft sie. Ich sah in der Kommode neben dem Bett nach, um mich zu überzeugen, dass das Messer noch da war. Ich weiß noch, wie ich damit auf diesen Kerl von The Jam auf dem Poster an der Wand eingestochen hab. Das tat mir n bisschen Leid, denn das Poster ist gut, und der Typ ist in Ordnung. Die Fotzen von The Jam tragen geile Klamotten. Leider alles englische Schwuchteln.

Ich kann es nich lassen, das Messer rauszunehmen und anzugucken. Am Freitag war ich drauf und dran, es mit in die Schule zu nehmen, aber ich wollte nich noch mehr Ärger. Ich tat es in die Kommode zurück. Ma rief schon wieder. Als ich die Treppe runterrannte, wär ich fast über den Hund gestolpert, der mir im Weg lag und sich nicht vom Fleck rührte. – Verpiss dich, Cropley! brüllte ich, und er sprang auf, und wir warn zur Tür raus und die Straße runter.

Billy war an diesem Morgen tierisch am Hetzen und ziemlich angefressen, aber erst mal sagte er nix. Wir gingen quer über die Schnellstraße. – Könnt ihr nicht mal nen Zahn zulegen, meinte Carl zu uns, aber die Fotze kümmert es nicht wirklich, ob wir zu spät kommen, er wollte bloß Birrell aufziehen.

– Also, wenn Blackie heute die Zu-spät-Kommer kontrolliert … meinte Billy und kaute auf seiner Unterlippe.

– Blackie ist freitags nie mit Fluraufsicht dran! Er war gestern dran, als er sich Davie Leslie geschnappt hat, erklär ich den beiden.

Es war n trüber Morgen, obwohl Sommer war, und es sah aus, als würd's später anfangen zu pissen. Trotzdem war es scheißschwül, und ich war schon von dem Tempo, was wir draufhatten, voll am Schwitzen.

Wir hörten nen Lieferwagen hupen, als wir über den Zubringer liefen. Wir guckten hoch, und es war der Getränkewagen mit Terry auf dem Beifahrersitz, der seinen Lockenkopf aus dem Fenster gesteckt hatte. – Hopp, hopp, Burschen, ihr kommt noch zu spät zur Schule! rief er mit ner hohen, so pseudo-hochgestochenen Stimme.

Wir machten das V-Zeichen. – Sei du bloß morgen zum Spiel da! rief Billy. Terry zeigte ihm den Mittelfinger.

Der Gedanke an morgen gab uns Auftrieb, und auf dem Rest des Schulwegs hatten wir mehr Spaß. Morgen is Samstag! Astrein!

Aber Blackie *hatte* Aufsicht, als wir zur Schule kamen. Versteckt hinter den Hecken, die entlang des Schulzauns wuchsen, peilten wir die Lage. Da stand die Fotze, die Hände hinterm Rücken verschränkt, auf den Treppenstufen. Billy konnte sich's nich verkneifen, Carl rauszuschubsen, wodurch man ihn sehen konnte. Carl sprang zurück, aber die Fotze hatte uns entdeckt und rief: – Ihr Jungs da! Ich seh euch! Herkommen! Carl Ewart! Komm her!

Carl guckte sich zu uns um und trat dann ganz schüchtern und kleinlaut vor, wie unser Hund, wenn er ausgebüxt is und tagelang hinter den läufigen Hündinnen her war. Ich weiß, was in dem armen Kerl vorgeht, ich hoffe bloß, er hat mehr Glück als ich!

– Da sind doch noch mehr! Ich weiß, dass da noch andere stecken! Kommt raus, oder es gibt mächtigen Ärger!

Billy und ich nickten uns zu und zuckten die Achseln. Es blieb uns nichts anderes übrig, als rauszukommen und durchs Schultor und über den asphaltierten Pausenhof zum Haupteingang zu gehen, wo die Fotze wartete wie der beschissene Hitler persönlich. Dieses Arschgesicht mit seinem kleinen Rotzfänger und der Brille. Fuck sei Dank hab ich dran gedacht, den Ohrring abzumachen.

– Zu-spät-Kommen lasse ich nicht durchgehen, fing Blackie an und musterte dann Carl. – Mr. Ewart. Das hätte ich mir denken können. Er sah mich nen Moment lang an, als ob er nicht wüsste, wo er mich hinstecken soll. Dann meinte er zu Billy: – Birrell, nicht wahr?

– Aye, meinte Billy.

– Aye? Aye? Er kreischte richtig, während er ihm an die Stirn tippte. Es klang, als ob ihn einer in den Sack kneift. – Ei! Ei! Geht das in deinen Eierkopf? Wir sprechen hier Oxford-Englisch! Was sprechen wir?

– Oxford-Englisch, sagte Billy.

– Tun wir das, ach ja?

– Jawohl.

– Jawohl was?

– Jawohl, Sir.

– Schon besser. Jetzt rein mit euch, sagte Blackie, und wir folgten ihm durch die Eingangshalle in den Schulflur.

Als wir an der Fotze seinem Büro sind, lässt er uns anhalten, indem er mich mit eisernem Griff an der Schulter packt. Er betrachtet Billy und.meint: – Birrell. Birrell, Birrell, Birrell, Birrell, Birrell. Die Sportskanone, stimmt's?

– Ay ... ja, Sir.

– Fußball. Und Boxen. Fußball und Boxen, nicht wahr, Mr. Birrell? Er hält mich immer noch an der Schulter fest und bohrt mir seine Finger ins Fleisch.

Blackie sah Birrell mit nem ehrlich traurigen Blick an. Er ließ meine Schulter los. – Du enttäuschst mich. Gerade du solltest ein Vorbild sein, sagt Blackie und wirft so nen Blick auf mich und Carl, als wärn wir bloß Abfall. Dann guckt er wieder Billy an, dei einfach stur vor sich hinglotzt. – Vorbildfunktion. Sport, Birrell, Sport und Zeit sind Begriffe, die untrennbar zusammengehören. Wie lange dauert ein Fußballspiel?

– Neunzig Minuten ... Sir, sagt Billy.

– Wie lange dauert eine Runde beim Boxen?

– Drei Minuten, Sir.

– Richtig, und auch die Schule funktioniert nach dem Zeitprinzip. Ab wann habt ihr Anwesenheitspflicht?

– Ab acht Uhr fünfzig, Sir.

– Acht Uhr fünfzig, Mr. Birrell, sagt er, dann wendet er sich an Carl. – Acht Uhr fünfzig, Mr. Ewart. Dann guckt er mich an. – Wie heißt du, Junge?

– Andrew Galloway, Sir, sag ich. Die Standpauke, die er uns

hielt, war scheißenpeinlich, denn Typen aus anderen Klassen liefen vorbei, Mädchen und alles, und lachten uns aus.

– Wären Sie so freundlich, ›Sir‹ zu buchstabieren, Mr. Galloway? fordert er mich auf.

– Äh … fang ich an.

– Falsch! Ein ›ä‹ kommt nicht drin vor. Buchstabiere ›Sir‹.

– S-I-R.

– Richtig. S-I-R. Nicht S-U-R, sagt er. – Andrew Galloway … er guckt auf seine Uhr. – Nun denn, Mr. Galloway, die Anwesenheitspflicht beginnt um acht Uhr fünfzig, wie Ihre Kollegen hier schon sagen. Nicht um acht Uhr einundfünfzig. Er hält mir seine Uhr unter die Nase und klopft mit dem Finger drauf. – Und gewiss nicht um neun Uhr sechs.

Ne Zeit lang glaubte ich, die Fotze würd uns laufen lassen, ohne es uns mit dem Riemen zu geben, weil er hin und her stolzierte, als hätte er uns wunders was für ne Lektion erteilt. Einer von uns hätte jetzt wohl »Entschuldigen Sie, Sir« oder irgend so nen Quatsch sagen sollen, denn er schien drauf zu warten, dass wir irgendwie was sagten. Aber von wegen, so was würden wir nie sagen, nich zu nem Wichser wie dem. Also marschierte er mit uns in sein Büro. Da liegt der Riemen auf seinem Schreibtisch, ist das Erste, was ich sehe. Mir wurde ganz flau im Magen.

Blackie klatschte in die Hände und rieb sie aneinander. Auf seiner blauen Anzugjacke warn große Kreideflecken. Wir standen in einer Reihe. Ich legte meine Hände auf die Heizung hinter mir, um sie für das Kommende aufzuwärmen. Blackie schlägt derbe mit dem Riemen zu. Er gilt als einer von den großen Drei, hinter Bruce vom Computerkurs und vielleicht Masterton, dem Typ, den wir in Naturkunde hatten, auch wenn Carl meint, bei Blackie wär's schon mal schlimmer gewesen als bei Masterton. – Unsere Gesellschaft ist auf Verantwortlichkeiten aufgebaut. Und einer der Eckpunkte verantwortlichen Handelns ist Pünktlichkeit. Zu-spät-Kommer bringen es nie zu etwas, sagt er und guckt dabei Billy an, – weder im Sport, Birrell, noch anderswo. Eine Schule, die Zu-spät-Kommen durchgehen lässt, hat per definitionem ihre Aufgabe verfehlt. Sie hat ihre Aufgabe verfehlt, weil sie es versäumt hat, ihre Schüler auf das Berufsleben vorzubereiten.

Carl war kurz davor, was zu sagen. Der lässt sich nichts gefallen, der Sack; das muss man ihm lassen. Man konnte sehn, wie er irgendwie noch zögerte, sich vorbereitete. Dann guckte ihn Blackie mit vorgerecktem Hals und rausquellenden Augen an. – Hast du uns etwas zu sagen, Ewart? Dann sprich nur, Junge!

– Verzeihung, Sir, fing Carl an, – das Problem ist bloß, dass es zurzeit irgendwie gar keine Arbeit gibt. Also, bei Ferranti, wo mein Dad arbeitet, haben sie grad ne Menge Männer entlassen.

Blackie guckte Carl angewidert an. Schon die Scheißfresse von dem Brillenaffen; man sieht ihm an, dass er Leute wie uns für minderwertig hält. Da platzte ich auch raus. – United Wire ham Leute entlassen, Sir. Und Burton's Biscuits im Gewerbegebiet auch.

– Ruhe! schnauzte Blackie. – Du sprichst nur, wenn du gefragt wirst, Galloway! Vorlauter Bengel, sagte er und musterte mich von oben bis unten, als wär ich n Soldat, der Meldung macht. – Es gibt genug Arbeit für jeden, der bereit ist zu arbeiten. So war es schon immer und so wird es immer sein. Die Faulen und Arbeitsscheuen allerdings, die finden immer eine Entschuldigung für ihre Trägheit und ihren Müßiggang.

Komisch, aber als er von Trägheit und Müßiggang redete, musste ich an Terry denken, und das ist der Einzige, den ich kenne, der arbeitet, auch wenn's nur aufm Getränkewagen ist. Ich versuchte, Billy und Carl nicht anzusehen, als ob ich wüsste, dass Carl gleich anfangen wurde zu kichern. So was spürt man einfach. Bei mir selbst fing es auch schon an. Ich hielt den Kopf gesenkt.

– Was wäre wohl geschehen, fragte uns Blackie, der jetzt auf und ab marschierte, gelangweilt aus dem Fenster guckte und dann den Riemen vom Schreibtisch nahm und herumschwang, – wenn Jesus zu spät zum letzten Abendmahl gekommen wäre?

– Dann hätt er nix mehr zu fressen bekommen, stieß Carl aus dem Mundwinkel hervor.

Blackie drehte durch. – WAAAASSS???!!! Wer … wer hat das gesssaaagt … ihr … ihr … ihr … verkommenen Subjekte! Seine Augen traten förmlich aus seinem Kopf, wie bei diesen Fotzen in den Zeichentrickfilmen, wenn sie nen Geist sehen, wie in *Casper*. Er hetzt uns um den Schreibtisch und schwingt dabei den beschissenen Riemen. Das ist wie diese Stelle am Ende von

Benny Hill, und wir lachen uns schlapp, wir haben Schiss, aber lachen dabei, doch dann erwischt er Carl und fängt an, auf ihn einzudreschen, und Carl zieht den Kopf ein, aber Blackie rastet aus. Billy springt vor und umklammert Blackies Handgelenk. – Lass los, Birrell! Nimm die Hände weg, du dummer Junge!

– Sie haben kein Recht, ihn so zu schlagen, sagt Billy und bleibt standhaft.

Blackie starrt Billy an, senkt dann seinen Arm, und Billy lässt los. – Streck deine Hände aus, Birrell.

Billy guckt ihn nen Moment lang regungslos an. Blackie sagt: – Sofort! Billy streckt die Hände aus. Blackie gibt ihm drei, aber nicht zu feste. Billy zuckt mit keiner Wimper. Dann macht er dasselbe mit mir, aber nicht mit Carl, der sein Bein unter der eisblauen Jam Tart Sta-Prest reibt, wo ihn Blackies Riemen getroffen hat.

– Gut gemacht, Jungs. Ihr habt eure Strafe wie Männer ertragen, meint er total nervös. Der Kerl weiß, dass er zu weit gegangen ist. Er macht eine Kopfbewegung zur Tür. Als wir rausgehen, hören wir ihn sagen: – Wie Jesus sie ertragen hätte.

Und dann verpissten wir uns schleunigst in Richtung Reli-Raum, bevor wir wieder losprusten mussten. Das Erste, was ich oben sah, war, wie Caroline Urquhart aus der Tür kam. Sie hatte nicht den braunen Rock an, sondern einen langen, engen, schwarzen. Ich sah ihr nach, wie sie mit Amy Connor den Flur runterging. – Geile Weiber, meinte Birrell. Miss Drew guckte uns an und hakte unsere Namen im Klassenbuch ab. Ich hielt anerkennend den Daumen hoch, und wir verpissten uns in die nächste Stunde.

### SPORT IST MORD

Der erste Schub von ihnen kam aus dem Bahnhof Waverley. Wir saßen im Wimpy gegenüber, ohne Farben zu zeigen, abgesehn von Billy, der seinen Schal aus der Tasche geholt und ihn sich mit viel Brimborium umgeschlungen hatte. Carl war n Jambo, der hatte eh keinen dabei, aber ich und Terry machten nie unsere Schals um. – Nimm den Schal ab, Billy, die Fotzen kommen sonst noch rüber, sagte ich ihm.

– Leck mich, du Mamasöhnchen. Ich hab keinen Schiss vor den Wichsern aus Glasgow.

Birrell reißt wieder alle andern rein. So war das nich abgemacht. Ich gucke Terry an. – So war das nich vereinbart, Billy, sagt Terry zu ihm. – Die Fotzen sind uns zahlenmäßig überlegen. Wenn man die allein erwischt, Mann gegen Mann, sind's feige Arschlöcher. Da traun die sich nix.

– So macht man das, sagte Carl, – so wie die Jungs aus West Ham, die mein Vetter Dave und seine Kumpels nach dem Spiel in Wembley getroffen haben. Die haben uns erzählt, dass sie nie ihre Farben tragen, wenn sie nach Newcastle oder Manchester fahren. Und so sollten wir's auch machen: Wir mischen uns unter die Hunnen, suchen uns n paar Fotzen mit großer Fresse und klatschen sie auf.

– Nur Feiglinge zeigen nicht ihre Farben, fängt Birrell an, – man muss sie mit Stolz tragen, auch gegen ne Übermacht.

Terry schüttelt den Kopf und lässt sein Feuerzeug auf- und zuschnappen. Man kann seine Fahne riechen. Er hat gesagt, er hätte diese Maggie gefickt, und das hatte Carl erst mal die Sprache verschlagen, denn bei der hätte er selber gern einen weggesteckt. – Hör zu, Billy. Wer hat sich die Scheißregel wohl ausgedacht? Die Fotzen aus Glasgow mit ihrem ganzen Irenscheiß, ihrem beschissenen Orange und Grün. Denen passt das ins Konzept, weil sie in der Überzahl sind. Ist leicht, ne dicke Lippe zu riskieren, wenn hinter dir fünfzehntausend Wichser mit ihren Schals stehen. Kein Thema. Aber wie viele von den Fotzen würden uns gern treffen, wenn wir genauso viele sind? Sag mir das, wenn du kannst.

Da sagt Terry mal ein Mal in seinem Leben was Vernünftiges. Ich merke, dass das bei Billy ankommt. Er reibt sich das Kinn. – Okay, Terry, aber das ist nicht bloß ne irische Geschichte, das ist ne schottische Geschichte, das kommt noch von Culloden her, als die Engländer uns die Clan-Farben verboten hatten. Weißt du noch, Carl, das hat dein Alter uns erzählt.

Carl nickt, während er an dem Logo auf der Plastiktüte, die er dabei hat, reibt. Sein Alter erzählt uns immer von früher und so, wenn wir bei ihm sind. Aber das is nicht die Art von Geschichte, die sie einem in der Schule beibringen, die ganzen englischen Scheißkönige und Königinnen und so, die keine Sau interessieren.

– Aye, aber wer hält das am Kochen? frag ich. – Terry hat Recht, Billy. Das könnte denen so passen. Die Orange- un Celtic-Fotzen sehen aus wie die Beknackten mit ihren ganzen Schals, Aufnähern und Fahnen. Wie kleine Mädchen beim Festzug aufm Stadtfest in Leith. Die schubsen dich rum, weil sie wissen, dass immer andere da sind, die ihnen den Rücken decken. Da wolln wir mal sehn, wer noch erkannt werden will, wenn wir geschlossen auftreten und es mit ner gleich starken Gruppe von denen aufnehmen. Nur Mann gegen Mann, kein Verstecken in der Menge. Und das Beste daran ist, der Rest von denen wird gar nicht wissen, dass wir Hibs sind!

Billy guckte uns an und lachte. – Wir erkennen so nen Wichser aus Glasgow doch auch ohne seine Farben auf eine Meile Entfernung. Umgekehrt wird's genauso sein.

– Ich wüsste nicht, wie man auf die Entfernung Kopfläuse erkennen soll, lachte Terry, und wir lachten mit. Dann meinte er: – Apropos, ich bin sicher, die Perle in dem Film gestern hatte Läuse in ihrem Busch.

– Hör bloß auf, meinte ich.

– Ich sag's dir, Gally, du hättest die Schreckschraube sehen müssen. Der Horror. Und dann der Riesenschwengel von dem Typ, der's ihr besorgt hat …

Terry geht donnerstagabends immer ins Classic in der Nicolson Street, um sich schweinische Filme anzugucken. Einmal hab ich auch versucht, da reinzukommen, wollten mich aber nich reinlassen, weil ich zu jung aussah. – Was lief denn? frag ich.

– Der erste hieß *Hart im Nehmen*, als zweiter lief *Zwischen ihren Schenkeln*. Aber ich bin bis zur Spätvorstellung geblieben, *Das Wiegenlied vom Totschlag*. Echt klasse Film.

– Ich hab gehört, *Das Wiegenlied vom Totschlag* soll scheiße sein, sagte Billy.

– Nee, Birrell, da musst du echt rein, Alter. Die Stelle, wo sie der Alten den Kopf abschlagen und der auf die Kamera zufliegt, ich dachte echt, der landet in meinem verfickten Schoß.

– Das hätt dich ja beim Abwichsen in der letzten Reihe voll aus dem Rhythmus gebracht, sagt Carl, und wir lachen alle.

Terry bringt ihn sofort zum Schweigen, indem er ne Stelle aus diesem Stück von Rod Stewart singt: – *Oh Maggie I couldn't have tried anymo-ho-hore* … Dann zeigt er auf Carl: – *She made a first-class fool outah you* …

Jetzt lachen wir über Carl, der ein paar Hunnen beobachtet, die draußen vorm Fenster vorbeiziehen. – *Wiegenlied vom Totschlag* spielt da draußen, meint er, um das Thema zu wechseln.

Terry ignoriert Carl und macht sich jetzt über mich lustig: – Ich muss der kleinen Fotze hier ständig von den Filmen im Classic erzählen. Werd ich wohl auch noch ne Weile machen müssen, das dauert ja noch ewig, bis der alt genug aussieht, um reinzukommen.

Billy lacht über mich und Carl auch, obwohl mir einfällt, dass er noch nie versucht hat, ins Classic reinzukommen.

– Hör doch auf, Mr. Lawson, sag ich zu Terry, – ich geh dafür ins Ritz.

– Ist ja Wahnsinn, Mr. Galloway. Demnächst rasierst du dich noch. Was dann? Samenerguss?

– Samenerguss kein Problem, Mr. Lawson.

– Sucht nur noch was, wo er's reinspritzen kann, meint er, und die Fotzen lachen alle. Unverschämt, die Fotze. Wir machten das oft aus Spaß, unternander so zu reden wie die Lehrer mit uns. Dabei is mir aber das Ritz eingefallen, gute Gelegenheit zum Themawechsel. – Hat jemand Lust, diese Woche ins Ritz zu gehn? Da läuft *Zombies*. Doppelvorstellung mit *The Great British Striptease*.

– Hör mir bloß damit auf, lacht Terry und wirft einen Blick nach draußen, – ham wir doch gar nich nötig! Wir ham da draußen mehr als genug Zombies zum Verkloppen, meint er und zeigt auf ein paar vorbeikommende Hunnen. – Und heut Abend im Clouds schmeißen wir uns auf die Weiber, dann ham wir unsern großen britischen Striptease. Scheiß auf Filme, dann lieber in echt!

Das brachte mich auf Gedanken, aber dann kamen von der Straße »No Surrender«-Chöre und schlugen mir auf den Magen.

Ich wusste echt nicht, warum ich mir das antat! – Was is eigentlich mit Dozo und Konsorten, wo stecken die Fotzen? Guckt mal, da drüben! Ein großer Typ mit langen Haaren und nem V-Kragen-Trikot hatte sich in ne Ulster-Fahne gewickelt. Die Fotze sah steinalt aus. – Ich schlag mich doch nich mit einem, der beschissene vierzig Jahre alt ist, sag ich.

Ich war scheißnochmal erst fünfzehn.

– Man schlägt sich mit jedem, der Ärger sucht, Kleiner, meint Billy.

– Wie habt ihr denn heut gespielt, fragte ich ihn, um wieder das Thema zu wechseln. Ich kann es nich ab, wenn die mich Kleiner nennen.

– Vier zu eins, sagte er.

– Für wen? fragte ich.

– Was glaubst du denn? Wir haben gegen Fet-Lor gespielt. Die sind Scheiße. Ich hab eins gemacht. Alan Mackie hat zwei geschossen, sagt er und senkt dabei die Stimme.

Billy war direkt vom Samstagsspiel gekommen. Er spielte für Hutchie Vale und war Kapitän unserer Schulmannschaft. Ich glaub, er war n bisschen neidisch auf Jungs wie Alan Mackie, weil der schon vor Ewigkeiten nen Vorvertrag bei den Hibs unterschrieben hat, aber niemand Billy irgendnen Vertrag angeboten hatte. – Hat Doogie Wilson dein Zeug nach Haus gebracht?

– Nee, ich hab's meinem kleinen Bruder gegeben und bin direkt hergekommen. Wollte nichts verpassen, sagt er und weist mit dem Kopf zum Nachbartisch und dann auf Terry und Carl, die da rüberstarren.

Da saßen zwei Mädchen an nem Tisch schräg gegenüber. Eine davon sieht nich schlecht aus, Riesenzähne und langes, braunes Haar. Ziemlich hochgeschossenes Mädchen. Sie hat n rotes Kapuzenshirt von Wrangler an. Die andere ist was kleiner mit kurzem, schwarzem Haar. Sie trägt ne Kunstlederjacke und qualmt ne Kippe. Terry guckt zu ihnen rüber. Sie gucken zurück und lachen sich zu. – Ey, mein Freund hier steht auf dich, ruft er zu der einen rüber und zeigt auf Carl. Carl bleibt aber cool und wird nich rot. Hätt ich nich gebracht.

– So nötig ham wir's nich, ruft sie zurück.

Terry fährt sich mit den Fingern durch seine Korkenzieher-locken. Die sind echt dick und kringelig, sogar noch mehr als sonst, ich nehm an, die Fotze hat sich heimlich ne Dauerwelle machen lassen. Aber er sieht gut aus in seiner dunkelblauen Adi-das-Jacke und der braunen Wrangler.

Ich krieg nen Stoß in die Rippen. – Jetzt funk hier nicht dazwi-schen, Gally, sagt Birrell mit gedämpfter Stimme zu mir.

Der nimmt sich ganz schön was raus. – Mach mal halblang, Birrell. Du bist ja wohl der, der hier dazwischenfunkt ...

– Wie jetzt ...

– ... der bei dem Plan dazwischenfunkt, auf den wir uns ge-einigt ham. Wir schnappen uns n paar Großschnauzen und ma-chen sie platt. Weißt du nich mehr, wir wollten uns sogar nen Hunnen-Schal zur Verkleidung ummachen, sag ich. – Das war der Plan, auf den wir uns geeinigt ham.

Billy schüttelte den Kopf. – Ich häng mir keinen Hunnen-Schal um den Hals.

– Scheiß drauf, sagte Terry.

Carl sitzt da und wartet auf sein Stichwort. – Mir soll's egal sein. Ich will keinen Hunnen-Schal anziehn, aber ich hab die hier mitgebracht, zur Tarnung sozusagen, sagt er und zieht ne Ulster-Flagge mit der Roten Hand drauf aus seiner Plastiktüte.

Terry guckt uns an und dann Billy, der direkt aufspringt, Carl die Fahne aus der Hand reißt und sein Feuerzeug rausholt. Zwei-mal machte es klick, ohne anzugehn, bis Carl es schaffte, sie ihm nach nem etwas ungemütlich werdenden Gerangel wieder abzu-nehmen. – Du Fotze, sagt Carl, das Gesicht so rot wie die Scheiß-hand auf der Fahne.

– Wedel nicht mit ner Hunnen-Flagge vor mir rum, sagt Birrell total stinkig.

Carl faltet die Fahne zusammen und hält sie außer Reichweite von Birrell, aber er steckt sie nich weg. – Das ist keine beschissene-ne Rangers-Fahne, es ist ne protestantische. Du bist nicht mal ka-tholisch, Birrell, also was regst du dich über ne Protestanten-Fah-ne auf?

– Weil du n frecher Midlothian-Albino-Wichser bist, der gleich was auf die Fresse kriegt, deswegen.

Hier wird's n bisschen frostig; Billy kriegt mal wieder nen Rappel. Terry reißt den Blick von den Bräuten los und guckt ihn an. – Reg dich ab, Birrell, du Fotze, es gibt genug Hunnen, mit denen man sich kloppen kann, nich nötig, sich unternander in die Haare zu kriegen.

– Jam Tarts sollten gar nicht hier sein, sagt Billy. – Ich wette, Topsy und alle deine Kumpels aus dem Bus, die nicht mit den Hearts mitgefahren sind, hängen hier mit den Hunnen rum, sagt er hämisch.

– Aber ich bin ja mit euch hier, oder etwa nicht? antwortet Carl.

Als er das sagt, seh ich, wie n Pulk Hunnen, etwa in unserm Alter oder n bisschen drüber, ins Wimpy kommt. Wir waren erst mal still. Dann sehen sie uns und werden auch still und so. Ich sehe, dass sie auf Carls Ulster-Fahne mit der Roten Hand und Birrells Schal glotzen und versuchen, daraus schlau zu werden. Birrell starrt zurück. Terry ließ sich nicht stören, der guckte immer noch die Mädchen an. – Hast du nen Freund? rief er zu ihnen rüber.

Die Braut mit dem langen, braunen Haar und dem breiten Lächeln guckte rüber. – Kann schon sein. Und was interessiert dich das?

Ich versuch einen Blick auf ihre Titten zu erhaschen, kann aber unter dem Shirt nichts sehen.

– Weil ich sicher bin, ich hab dich schon mal im Annabel's mit nem Typ gesehn.

– Ich geh nicht ins Annabel's, sagt sie, guckt ihn dabei aber geschmeichelt und willig an; der Wichser hat schon gewonnen.

– Tja, dann war das eine, die dir ähnlich sieht ... Terry ist aufgestanden und quetscht sich neben sie in ihre Sitzecke. Der Typ ist echt nich schüchtern.

Ein paar von den Hunnen fangen an, *The Sash* zu singen. Die Fotzen werden so nen Hals haben, denn gestern hieß es im Fernsehn, dass der Papst nach Schottland kommt. Nicht dass mich das juckt. Bloß wenn die Wichser hier den Lauten machen, juckt mich das schon. Birrell allerdings ist zufrieden, denn ihn sehn sie nich an. – Die Fotzen ... die Fotzen machen wir fertig, meint er zu mir. Da warn ein Typ mit Iro und nem Akneausschlag an einer Seite vom Gesicht und n fetter Typ mit blonden Locken dabei.

Ich taste nach dem Messer in meiner Tasche. Ich hab mal so ne Fotze in der Schule damit verletzt, auch wenn's nich richtig tief war. Glen Henderson. Das war voll uncool, denn so frech war der Typ gar nich. Ich weiß aber noch, dass die Fotze mir damals im ersten Jahr den Arm verdreht hat, zusammen mit den Fotzen, mit denen er auf der Grundschule war, darum hatte er's verdient, aber in Wirklichkeit war ich es diesmal, der angefangen hat. Ich hab gar nich gewollt, dass das passiert. Es war seine Hand, ich hab ihm in die Hand gestochen. Ich hatte tagelang Schiss, dass die Polente, die Lehrer oder meine Ma zu Haus das erfahren würden. Aber dieser Glen sagte nix. Irgendwie war's auch geil, denn danach ham Dozo Doyle und Marty Gentleman und die anderen aus der Clique zum ersten Mal mit mir geredet. Aber ich hab mir trotzdem wegen dem, was ich getan hatte, ins Hemd gemacht. Hier allerdings wär das was anderes. Da käm nix nach, sind ja bloß n paar Fotzen aus Glasgow, die man nie wiedersieht. Ich lauf echt nicht gern mit ner Klinge rum, aber jeder weiß, dass diese asozialen Wichser Messer dabeihaben. Aber die meisten von den miesen Trittbrettfahrern sind nicht mal aus Glasgow, die sind aus Perth und Dumfries oder nem anderen Scheißkaff und äffen nur den Akzent nach. Die wollen für Glasgower gehalten werden, damit jeder denkt, sie wärn echt hart. Die wollen, dass wir glauben, sie wärn wie dieser Kerl aus der Spezialeinheit oder so. Das wüsst ich aber. Nee, ich trag nicht gerne n Messer, aber es gibt einem n gutes Gefühl, noch was in der Rückhand zu haben. Nur um den Fotzen damit Angst einzujagen. – Nimm deinen Schal ab, und ich bin dabei, ich steh hinter dir, wenn's gegen die geht, sagte ich zu Birrell.

Birrell ignoriert mich, nimmt nen Pappteller und zündet ihn mit seinem Feuerzeug an. Er hält ihn vorsichtig fest und lässt ihn runterbrennen. Eine Perle in Wimpy-Uniform, die am Aufräumen ist, hat's gesehen, scheint sich aber nicht dran zu stören.

Billy kommt immer härter drauf. Er gilt als Dritthärtester an der Schule, hinter Dozo und Gent, seit er im zweiten Jahr Topsy platt gemacht hat. Aber ich schätze, er würde Dozo in nem fairen Kampf schaffen, wo Billy doch boxt und so, aber bei Typen wie Doyle kriegt man nie nen fairen Kampf. Carl hat es angekotzt, wie Birrell und Topsy sich im Park geprügelt haben, denn er ist mit beiden gut befreundet.

– Billy, mach keinen Scheiß, deinetwegen fliegen wir noch raus, stöhnt Carl und sagt dann zu mir: – Die Fotze und Feuer …

Billy lässt das Ding abbrennen, hält es dabei so, dass er sich nich die Hand verbrennt, und lässt es dann in die Tasse fallen.
– Brennt, ihr Orange-Schweine, sagt er leise.

Eine alte Frau mit grauem Haar, Brille, Hut und gelbem Mantel guckt rüber. Sie glotzt nur. Die arme Frau sieht n bisschen belämmert aus. Muss scheiße sein, wenn man alt ist. Ich werd nie alt werden, ich nich.

Nee, ohne mich.

Dann kamen Dozo Doyle und seine Jungs rein; Marty Gentleman, Joe Begbie, Ally Jamieson und diese durchgeknallt aussehende Fotze mit dem zurückgeklatschten schwarzen Haar und den buschigen Augenbrauen. Der Kerl, der vom Auggies geflogen und dann zu uns gekommen ist. Er war erst n paar Wochen bei uns an der Schule, als sie ihn rauswarfen. Er war eine Klasse über uns gewesen. Sie ham ihn ne Weile nach Polmont gesteckt. Jamieson und Begbie sind aus Leith, aber sie kennen Dozo und Gent aus der Stadt.

Sie kamen zu uns rüber. Das war geil, denn die Hunnen hörten alle auf zu singen, bis auf einen. Sie rückten n bisschen von einander ab und taten, als wärn sie beschäftigt mit Burger bestellen und so.

Als sie merkten, was für ne Wirkung sie hatten, machten Dozos Jungs nen großen Einmarsch draus, rieben es den Rangers-Jungs mit jedem langsamen Schritt unter die Nase, dass sie hier nix zu melden hatten. Dozo fängt an: – Billy, Gally … was ist *das* denn? Er guckt auf Carls Fahne mit der Roten Hand. Carl kriegt schon Schiss. Ich schaltete mich ein. – Äh … die ham wir so nem dämlichen Hunnen am Bahnhof abgenommen. Tarnung, wie du gesagt hast. Keine Farben. Nimm den ab, Billy, stieß ich Birrell an, und die Fotze tat es, wenn auch gar nicht erfreut.

Ich stell mich immer hinter Carl, denn mit ihm hab ich vor Ewigkeiten angefangen, zum Fußball zu gehen. Sein Alter hat uns immer die eine Woche mit zu den Hibs genommen und die andere dann zu den Hearts. Damals entschied ich mich für die Hibs und Carl für die Hearts. Das war komisch, denn Mr. Ewart ist aus Ayrshire und war Anhänger von Kilmarnock. Es war Carl und mir immer peinlich, dass er den Killie-Schal trug, wenn sie in der Easter Road oder im Tynie spielten.

Mein Dad hat sich nie für Fußball interessiert. Er tat immer so, als wär er Hibs-Fan, ist aber nie hingegangen. Das war auch bloß, weil er in einer Woche mal beim Fußballrätsel in der *Evening News* gewonnen hat, als er sein Kreuz auf n Foto von der Easter Road statt vom Tynie machte. Ich weiß noch, wie alle meinten, wir würden n großes Haus kaufen, aber meine Ma kriegte ne neue Waschmaschine und ich Cropley, den Hund. Mein Dad sagte immer: – Von den Hibees hab ich wenigstens was zurückbekommen. Ich unterstütze die Mannschaft, die mich unterstützt.

Aber der hat nie wen unterstützt.

Mr. und Mrs. Ewart ham sich immer um mich gekümmert, wenn mein Dad weg war, Birrells auch und so, und mein Onkel Donald hat mit mir Ausflüge gemacht, Kinghorn, Peebles, North Berwick, Ullapool, Blackpool und da überall. Aber die Ewarts am meisten, und sie ham da nie ne große Sache draus gemacht, man hatte nie das Gefühl, dass sie einem nen Gefallen taten.

Deswegen versuch ich immer, auf Carl aufzupassen, um mich zu revanchieren. Manchmal muss man auf die Fotze aufpassen, weil er seinen eigenen Kopf hat, und manchmal kriegen das die Leute in den falschen Hals. Nicht dass er unverschämt wird, er schleimt sich bloß nich bei den harten Jungs ein. Die Fotze muss immer sein eigenes Ding durchziehn.

Egal, Dozo schien das nix auszumachen, da war ich echt heilfroh! Carl wahrscheinlich auch, denn die Fotze regierte die Siedlung. – Wo ist Juice? fragt er. So hieß Terry bei uns, weil er aufm Getränkewagen arbeitete. Ich wies mit dem Kopf zur Nische gegenüber. Terry hielt die offene Hand von dem einen Mädchen und tat so, als würde er daraus lesen. – Da drüben, sag ich. – Der

Wahrsager. Wusste schon immer, dass der Typ n verfickter Zigeuner ist.

Dozo lachte drüber, und das war n gutes Gefühl für mich, denn abgesehen von Gentleman war er der Härteste an der Schule und *so viel* hatte ich auch noch nich mit ihm geredet. Und jetzt war ich hier total dicke mit den Großen, genauso wie Terry und Billy, vielleicht sogar mehr.

Dozo sagte: – Alles klar, Terry?

Terry war so mit den Perlen beschäftigt, dass er sie gar nicht hat reinkommen sehen, oder *tut* so, als hätte er sie nicht reinkommen sehen. – Do-zo! Gent! Ally! Wie sieht's aus, Leute? Heute haun wir n paar Hunnen die Scheiße aus den Knochen, was! sagt er laut, und die Hunnen, die so lärmend in den Laden gekommen waren, verziehen sich nacheinander still und leise nach draußen. Terry hielt sich gerne für den Vierthärtesten, als er noch auf der Schule war. Das wüsst ich aber!

Dozo Doyle erwidert Terrys Grinsen, als wüssten beide, was Sache ist, und grinst dann die zwei Bräute an. – Deine Freundin, aye? fragt er Terry.

– Ich arbeite dran, Alter, ich arbeite dran … antwortete Terry, und sagte dann zu der Braut neben ihm: – Und, gehst du nun mit mir aus?

– Vielleicht, sagt sie. Sie wird n bisschen rot. Sie versucht das zu überspielen, aber es bringt nix.

Terry, diese Fotze, ist nicht zurückgeblieben, denn im nächsten Moment ist er schon mit ihr am Rummachen, und n paar von den Jungs fangen an zu johlen.

Dozo guckt allerdings nicht so erfreut. Er hat noch was vor und will nicht, dass ihm das irgendwelche Ischen vermasseln. – Wir ziehen besser los, sagt er.

Wir stehn alle auf, und selbst Terry, die versaute Fotze, löst seinen Klammergriff. Der Kerl ist dermaßen unverfroren. Ich hörte, wie er zu ihr sagte: – Unter der Uhr bei Frasers, um acht.

– Aye, da träumst du von, erwidert das Mädchen.

– Dann sehn wir uns eben im Clouds, baggert Terry beharrlich weiter.

– Aye, mal sehn, meint sie, aber der versaute Kerl wird sie heut Abend noch bumsen, so viel ist sicher.

Manchmal wünschte ich, ich wär wie Terry und würde immer das Richtige sagen und das Richtige tun. Manchmal hab ich Sorgen, dass ich, wo ich doch so jung aussch, immer im Schatten von Typen wie ihm und Billy und sogar Carl steh. Aber das macht mich nur umso entschlossener, es denen zu zeigen, denen und Typen wie Dozo und Gentleman, dass ich nicht zurückstecke, wenn wir auf die Fotzen aus Glasgow treffen.

Wir drängeln uns aus dem Wimpy, und ich spür die Stärke, die es einem gibt, wenn man zu ner Gruppe gehört. Es hat immer schon Fotzen gegeben, die sich beim Fußball in der Gruppe schlagen können, aber kneifen, wenn's Mann gegen Mann geht. Zu viele von denen dürfen nicht dabei sein. Aber zwischen den Jungs hier fühlt man sich super, denn es sind n paar von den härtesten Jungs aus der Schule und der Siedlung dabei. Man kann sicher sein, dass sie nicht kneifen, nicht mal gegen die brutalsten Fotzen aus den Gorbals oder wo immer diese diebischen, messerschwingenden Hungerleider herkommen. Auch nich gegen richtige Männer, gegen Fotzen, die über einundzwanzig und so weiter sind. Ich bin froh, dass ich meinen Ohrring nicht drin hab. Wenn den irgendwer erwischt, biste am Arsch.

Es geht los!

Mein Herz wummert bumm-bumm-bumm, aber ich versuch mir nichts anmerken zu lassen.

Ich seh, wie Doyle Billy was zusteckt, sieht aus wie n paar Scheine. Er sagt was über Einkassieren und auf Draht, da ist es vielleicht für die Kaution, falls wir eingesackt werden! Das wird's sein, der denkt auch an alles. Echte Gangster, wir und die Doyles und die!

Carl ist deswegen aber ganz unruhig, man sieht, dass er wissen will, was los ist. Aber er ist klug genug, nicht zu fragen, solange Doyle dabei ist.

Zuerst die Rose Street lang. Wir gehn in Grüppchen zu dreien und vieren. Ich bin bei Dozo und Terry und Martin Gentleman. Ich nenn ihn Marty, weil nur seine engsten Freunde Gent zu ihm sagen. Ich werf nen Blick in einen Pub und seh, dass man da

Asteroids spielen kann. – Na, da hast du wohl n Korb bekommen, Terry, was? zieh ich die Fotze auf.

– Von wegen. Die kann's gar nicht abwarten, dass ich's ihr besorge, die mit den Zähnen. Eins garantier ich dir, wenn die heute Abend im Clouds ist, macht sie Bekanntschaft mit dem rosa Riesen, meint er, und wir lachen alle.

– Diese Caroline Urquhart ist vielleicht n Schuss. Sie hatte ein paar Knöpfe an ihrer Bluse auf, und man konnte was von ihren Titten sehen. Gestern in Englisch, erzähl ich.

Ich guck in den nächsten Pub rein, und die haben Space Invaders, klasse. Allerdings würd ich da drin nie bedient werden. Ein paar alte Typen mit Hibs-Schals kommen aus dem Pub und schütteln angewidert den Kopf. Ein paar Hunnen an der Theke sind am Singen, und einer von ihnen, n hagerer Typ mit langen Haaren, um die dreißig, kommt auf die Straße und brüllt den alten Säcken nach: – Ihr dreckigen, alten, republikanischen Scheißkerle!, aber die drehn sich nicht um.

Ich gucke, ob die Jungs drauf reagieren, aber nee, wir sind hinter Fotzen in unserem Alter her.

– Caroline Urquhart … das is ne verklemmte, blöde kleine Schlampe, sagt Terry zu mir.

– Du würdest mit ihr bumsen, wenn du die Gelegenheit dazu bekämst, sag ich zu ihm.

– Nee, würd ich nich, antwortet Terry und klingt, als ob er meint, was er sagt.

– Ich würd sie sofort bumsen, meint Marty Gentleman. – Aber vorher würd ich Amy Connor ficken.

Gentleman könnte Amy Connor wahrscheinlich abschleppen, denn er sieht älter aus und ist n großer, harter Brocken. Caroline Urquhart aber nich, die ist hochnäsiger, naja, nich direkt hochnäsig, mehr so was wie *anspruchsvoller*. Aber das gibt mir zu denken, wer von beiden wohl besser im Bett ist. Dozo allerdings ist total gereizt. Er weist mit dem Kopf auf n paar Fotzen, die *The Sash* singen. Wir legen nen Zahn zu und schließen zu ihnen auf. Es sind fünf in Union Jacks gewickelte Jungs. Einer hat in weißen Buchstaben ARDROSSAN LOYAL draufgeschrieben. Er trägt Acht-Loch-Docs. Dozo tritt ihm auf die Hacken, da stolpert er über seine eigenen Füße und knallt aufs Kopfsteinpflaster. Gent stiefelt den, der am Boden liegt, und brüllt mit Glasgower Akzent: – Briktin Derry! Wenn einer *The Sash* singt, dann wir!

Es funktioniert astrein! Sie machen uns Platz, und einer verpisst sich direkt auf die andere Straßenseite. Die anderen werden plötzlich stumm. Die ganzen Trupps von Hunnen gucken unschlüssig, unternehmen aber nichts. Hätten wir Farben getragen, wärn wir platt gemacht worden. Alles in Grün würden sie in Fetzen reißen, aber sie denken, hier ging's bloß Hunnen gegen Hunnen, kleiner Bürgerkrieg. Und da halten die anderen Fotzen sich raus. Er funktioniert, der Plan, auf den wir uns geeinigt ham! Die Fotzen isolieren, deren Übermacht ausgleichen, indem man so tut, als ging's um was Privates, wir gegen die, nicht um Fußball, Hibs gegen Rangers.

An der Bushaltestelle geht's n bisschen mit uns durch. Praktisch jede Fotze in unserem Alter kriegt's jetzt drauf. Joe Begbie plättete nen Typ, der gar kein Hunne war und auch nicht zum Spiel wollte, einfach so n Punk-Typ mit Iro. – Skinheads rule, brüllt er, während der Typ geschockt dasteht und sich an seine blutig geschlagene Nase fasst. Ich hab damit keineswegs ein Problem, denn ich kann Punks nich leiden. Ich mein, ursprünglich war's n guter Spaß, alle zu schocken und so weiter, ganz am Anfang, aber nur die Typen, die eigentlich was Besseres sind, verkleiden sich gern als Penner. Das sind so deren Spielchen. Die Punks hängen am Park in der Princes Street rum, wo sie sich samstags mit den Mods prügeln. Wenn nachher noch welche von denen da sind, kaufen wir uns die.

Aber dann krieg ich nen Schreck, und mir bleibt fast das Herz stehen. Ich seh nen Typ, der uns ansieht und dann den Punk, den wir zusammengeschlagen ham. Er hat n kleines Mädchen dabei, das nur dasteht und guckt. Es ist mein Onkel Alan mit meiner kleinen Cousine Lisa. Mir fällt ein, dass er meiner Ma gesagt hat, er wollte mit Lisa in die Stadt, um ihr n Geburtstagsgeschenk zu kaufen. Ich verzieh mich hinter nen Bus. Aber ich glaub nicht, dass er mich gesehen hat.

– War das nicht dein Onkel vorhin, Gally? zieht mich Terry auf. – Geh zurück und sag schön guten Tag!

– Leck mich, sag ich, aber ich bin froh, vom Busbahnhof wegzukommen.

Als wir zur Leith Street kommen, ist richtiges Gedränge, überall Gruppen von Hunnen, die hinten am Ausgang Calton Road aus dem Bahnhof kommen und sich mit den Trupps vermengen, die schon früher gekommen sind und in den Pubs in der Rose Street waren. Auf der anderen Straßenseite stehn ein paar Grüppchen Hibs und verhöhnen sie. Wir mischen uns unter die Menge der Rangers-Fans, aber es ist zu viel Polizei da, um was anzufangen, und so wird's bleiben, bis wir im Stadion sind, also gehn wir weiter den Leith Walk lang, während die anderen Fotzen alle in die London Road einschwenken zur Gästekurve. Sie haben grad erst aufgemacht, sieht aus, als kriegten wir n volles Haus.

Wir gehn weiter den Walk runter Richtung Pilrig, und da stehn n paar Hibs rum, Jungs in unserem Alter. Es sind Begbies Bruder, Frank heißt der, glaub ich, und n paar von dessen Kumpels. Einer ist dieser Tommy, den ich aus der Boys Brigade vor Ewigkeiten kenn, der ist in Ordnung, dann dieser Renton und so n dünner, verschmuddelt aussehender Typ, den ich nich kenne.

Carl guckt auf Rentons Hibs-Schal. – Ich dachte, du bist n verkackter Hearts-Fan.

– Einen Scheiß bin ich, sagt Renton.

– Aber dein Bruder ist Hearts-Fan. Den hab ich mal im Tynie gesehen.

Dieser Renton nickt bloß. Joe Begbie meint: – Nur weil seine Fotze von Bruder n verdammter Drecksack ist, muss er ja kein Jam Tart sein, stimmt's, Mark. Der Junge kann jede Mannschaft unterstützen, die er will.

Dieser Renton zuckt bloß die Schultern, aber es bringt Carl zum Schweigen. Ist jetzt eh egal, denn Dozo erteilt die Befehle. – Nehmt eure beschissenen Schals ab, steckt sie euch in die Jacke und kommt mit. Wir gehn in die Kurve zu den Hunnen und fangen ne Klopperei an. Später stellen wir sie draußen, grinst er und fährt sich mit den Finger übers Gesicht, um ne unsichtbare Narbe anzuzeigen. Er macht n paar tänzelnde Schritte. – Erledigt, Alter, erledigt. Die Fotzen sind schon erledigt.

Begbies Bruder und Tommy gehorchen, dann auch Renton und der andere Typ, Murphy heißt der, glaub ich. Der hat schon was in seiner Jacke stecken.

– Was hat der Typ da? fragt Carl. Carl wird n bisschen kess, weil er denkt, er gehört jetzt zu Dozo und Gent, den Schlägern der Siedlung. Denkt, das wär jetzt offiziell. Der soll ja nich vergessen, dass er Hearts-Fan ist und der Fotze Topsy sein Kumpel und nur hier, weil wir für ihn garantieren.

Der Hungerhaken zieht was unter seinem Pullover raus; ne Packung tiefgefrorene Erbsen und ne Packung Fischstäbchen. – Eh, das hab ich in dem Laden da mitgehen lassen …

– Schmeiß das weg, Spud, Menschenskind, sagt Tommy zu ihm. Frank Begbie reißt ihm die tiefgefrorenen Erbsen aus der Hand, wirft sie hoch und kickt sie volley, wobei sie aufplatzen. Alle lachen, als die Erbsen auf die Straße prasseln. – Mahlzeit! ruft Franco.

Dieser Spud springt n Schritt zurück und sagt: – Die Fischstäbchen behalt ich aber, wa ey …

Frank Begbie guckt Spud an, als wär die Fotze n Freund von ihm, der ihn in Verlegenheit gebracht hat. – Verdammter Penner. Das is das Einzige, was diese Fotzen zum Abendessen kriegen. Das macht genau ein Scheißfischstäbchen für jeden von den asozialen Pennern, meint er und sagt dann lachend zu Tommy und Renton: – Da haste die Scheiß-Murphys!

Joe Begbie ist in Ordnung, aber sein kleiner Bruder hält sich für ne harte Nummer, seit er einen von den Sutherlands vertrimmt hat. Alle ham davon gehört. War eher n Überraschungssieg.

– Lass ihn in Ruhe, sagt Joe, – immerhin ist der Junge angetreten. Nich wie so viele andere Fotzen, die gesagt ham, sie kämen, und sich dann nich blicken lassen. Nelly und Larry und deren Blase. Wo zum Henker sind die Fotzen? Dann guckt er seinen Bruder an. – Wo gehen die aus Leith vorm Spiel hin?

– Peasbo meinte, sie gingen zu Middleton, sagt Frank Begbie.

Die Jungs aus Leith, die *echten* Leith-Boys, gaben sich nich mit doofen kleinen Jungs ab. Die hatten eigene Pläne für den Tag und hätten Typen wie uns nie was davon erzählt. Wir spielten uns hier bloß auf, Namedropping und so weiter.

– Wir können hier keinen brauchen, der nicht mitmachen will, sagt Dozo. – Jeder hier ist kampfbereit, meint er und guckt uns der Reihe nach herausfordernd an.

– Zu viele sind eh nicht gut, sonst wird direkt die Polizei aufmerksam und macht uns nen Strich durch die Rechnung, fügt Jamieson hinzu.

– Nur n paar kampfbereite Typen, wiederholt Doyle leise, guckt uns dabei prüfend an, nickt bedächtig und grinst vor sich hin. Manchmal kriegt man bei der Fotze ne Gänsehaut.

Wir musterten uns alle gegenseitig. Ich fühlte mich gar nich so kampfbereit, das sag ich euch. Mir wär's lieber, wir könnten einfach sagen, da oben in der Stadt ham wir n paar kleine Treffer gelandet, warum nich aufhören, solang wir vorn liegen, und das Spiel genießen. Schließlich ist George Best aufgestellt, vorausgesetzt, die Fotze bleibt nich in der Kneipe hängen. So n Scheiß, sich mit Horden halb besoffener Fotzen aus Glasgow zu prügeln, die alt genug sind, um dein Vater zu sein.

Aber Dozo, Joe Begbie und Marty Gentleman hatten schon alles arrangiert. Und um die Wahrheit zu sagen, ich renn lieber in nem Mob von Hunnen mit und lass mich übel vermöbeln, als dass ich kneife und am Montagmorgen den Irren vorm Schultor begegne. Also gehn wir mit n bisschen Proviant zu Doogie Spencers Wohnung. Hat ja keinen Nährwert, vor Anpfiff in unserem Block zu stehen. Das ist in Ordnung, wenn man ne Kurve stürmen oder verteidigen will, aber die Polizei hat das mit den getrennten Blocks mittlerweile gut im Griff. Also gingen wir zum Paki und holten Bier und billigen Wein. Wir sind alle minderjährig, aber Terry und Gent sehen aus wie fünfundzwanzig, darum wurden sie anstandslos bedient. Ist mir nur recht, denn in nem Pub werd ich nie bedient. Ich wollte mich nich großartig besaufen, aber ich musste mir definitiv n bisschen Mut antrinken.

Erst war Doogie Spencer nicht grad begeistert, uns zu sehen. Er war viel älter als wir, so Mitte zwanzig. Er hing zwar mit Dozo, Gent, Polmont und den Jungs aus Leith rum, aber man merkte, dass sie ihn für n Wichser hielten und ihn sich nur warm hielten, weil er ne eigene Wohnung hatte. Er fand's anfangs nicht so toll, dass unsere Horde auftauchte, wurde dann aber schnell mit mir,

Carl und Billy warm, weil wir uns seine Geschichten über die Schlägereien mit den Hearts in den späten Sechzigern und frühen Siebzigern anhörten, während ihn Dozos Crew einfach nur anstarrte, als wär er das Letzte. Man merkte, dass Carl gern was gesagt hätte, denn er ist n Jambo, und manchmal ist er mit nem Mob aus unserer Ecke unterwegs. Die Hearts mögen ja vielleicht heute die bessere Truppe sein, aber ich schätze, durch manche der Jungs, die sich jetzt den Hibs anschließen, könnte sich das bald ändern.

Ich musste mal pissen, und als ich in den Flur kam, stand dieser Polmont da ganz allein. Er drehte sich von mir weg, ich hatte den Eindruck, der Typ war irgendwie fertig. Als hätte er geflennt oder so was. – Alles klar, Kumpel? sag ich. Er antwortete nich, also ging ich einfach auf n Pott.

Obwohl man bei vielen Geschichten merkte, dass Spencer bloß Scheiß erzählte, hatte uns das zusammen mit dem Wein und dem Bier ordentlich heiß gemacht, als wir uns auf den Weg ins Stadion machten. Wir bewegten uns im Strom der Hibs-Fans, aber als wir zur Albion Road kamen, bogen wir dort ab, wo die Straße an der Rückseite der Tribüne entlangführt, umgingen die Absperrungen und spazierten an der berittenen Polizei vorbei. – Seid ihr Rangers-Fans, Jungs? fragte so n Riese von Polizist.

– Na klar, großer Mann, sagte Dozo mit nem Glasgower Akzent, und damit gingen wir durch die fünfzig Yards Niemandsland und dann durch den anderen Kordon, um uns unter die Hunnen zu mischen und in die Dunbar-Kurve zu kommen. Carl hatte seine Fahne mit der Roten Hand von Ulster drauf rausgeholt und sich um die Schultern gelegt. Geglotzt ham sie schon, wie wir so als Mob ohne Farben daherkamen, während die Hunnen kostümiert waren, als wenn's zu ner Schulaufführung ginge – Fahnen, Schals, Anstecker, Schottenmützen und Baseballkappen, T-Shirts –, aber man merkte, dass sie uns schlimmstenfalls für Hearts-Fans hielten, die sich auf ihre Seite schlugen.

Dozo hatte ne halbe Flasche Wodka reingeschmuggelt. Er lässt sie rumgehen, während wir in der Schlange stehen. Sie kommt zu mir, und ich nehm nen Schluck. Im Mund fühlt er sich kalt, ätzend und alkoholisch an, aber als er im Magen landet, kommt mir beinah mein Wimpy-Burger hoch. Zum Kotzen, unverdünnten Wodka zu trinken. Ich geb ihn an Tommy weiter, während wir immer noch die Fotzen um uns rum abchecken, rauszufinden versuchen, wie alt sie sind, wie gewaltbereit sie sind, ob sie mit ner ganzen Gruppe hier sind und so weiter.

Manche von denen sahen voll versifft aus; Klamotten und alles. Rollers-Star-Trikots und lauter so beschissenes Zeug, das hier seit Punk-Zeiten keiner mehr trägt. Kein Fred Perry, kaum Adidas oder was in der Art. Das Unheimliche war, dass die Fotzen alle steinalt aussahen. Schon komisch, es heißt immer, dass sich die Fotzen in Glasgow so richtig schick machen, wenn sie abends in die Stadt gehn und so. Tagsüber tun sie das jedenfalls nich, wenn man nach denen hier geht. Ich schätze, die glotzten uns irgendwie auch deswegen an, weil wir viel besser angezogen waren als sie – die meisten hatten kurzärmlige T-Shirts und Skinners oder Levi's an. Obwohl die meisten von uns aus der Siedlung und aus Mietskasernen kommen, sahn wir immer noch einen Tick besser aus als diese Siffsäcke. Die Hälfte von den Fotzen hatte noch nie Wasser und Seife gesehen, das ist mal amtlich. Ich schätze, besonders lustig ist das nicht, eigentlich war das echt bitter für sie, in Slums ohne fließend Warmwasser und Fernsehen zu hausen, aber dafür könn wir ja nix, und die sollten nich herkommen, um es an uns auszulassen.

Als wir reingehn, stimmt Dozo den Schlachtengesang *»We are the Briktin Derry fuck the Pope n the Virgin Mary«* an, und ne ganze Menge von den Hunnenfotzen singt mit. Wir lachten drüber, wie leicht man die in Fahrt bringen konnte, aufziehn wie so n beknacktes mechanisches Spielzeug. Man merkte, dass n paar von den Fotzen nich richtig wussten, was sie von uns halten sollen, und erleichtert waren, mit uns nen Protestantensong grölen zu können, während wir durch die Drehkreuze in die Dunbar und die Ränge raufgingen. Wir hatten Renton, den Jam-Tart-Bruder, und diese Fotze von Spud verloren, die hatten sich abgeseilt, wahrscheinlich warn sie in die Hibs-Kurve gegangen, die feigen Säcke. Ich konnte mich nich erinnern, dass sie mit uns durch die Absperrungen gekommen waren. Nich dass mich das juckt. Dieser Murphy ist genauso n versiffter Typ wie die Glasgow-Fotzen.

Echt peinlich, muss man schon sagen. Da wärn also ich, Birrell, Carl, Terry, Dozo, Marty Gentleman, Ally, Joe Begbie, Begbies Bruder und Tommy und dieser komische Kerl, der nichts sagt, diese Fotze aus Polmont. McMurray heißt der, glaub ich. Er ist n Jahr älter als ich, sieht aber total jung aus. Aus dem Knaben werd ich nich schlau. Die ganze Zeit guckt er nur Dozo Doyle an, das scheint der Einzige zu sein, mit dem der Knabe redet. Wir nehmen unseren Platz rechts vom Tor ein, etwa auf halber Höhe der Kurve. Die Wodkaflasche kreist wieder, und ich stecke meine Zunge in den Flaschenhals und tu bloß so, als würd ich trinken. Trotzdem muss ich schon von dem Alkoholgeruch fast kotzen. Ich reich sie weiter an Gent.

Wir sind von Hunnen umgeben. Mein Herz schlägt bumm, bumm, bumm. Ich betaste das Messer in meiner Tasche. Im Moment wär's einem am liebsten, jetzt würd hier die Hölle losbrechen, so unerträglich ist die beschissene Anspannung. Es ist irre, auf dieser Seite des Stadions zu stehen. Die Hibs-Fans heben ihre Schals hoch und fangen an zu singen, aber es sieht ziemlich scheiße aus, denn sie machen's in kleinen Gruppen statt alle zusammen. Man kann Leith, Niddrie, Drylaw, Porty, Tollcross, Lochend und so genau unterscheiden; die singen alle für sich. Ein paar von denen werden sich schon bald unternander kloppen. Manche Gruppierungen von Hibs werden sich nie vertragen, nich mal, wenn's gegen die Rangers geht. Fotzen, die sich an den meisten Wochenenden und auch einigen Wochentagen seit Menschengedenken gegenseitig die Fresse eingeschlagen haben, werden ihre Differenzen wohl kaum für n paar Stunden am Samstagnachmittag vergessen, nich mal gegen Fotzen aus Glasgow. Gegen die Hearts vielleicht. Dann fangen sie an, *His Name is Georgie Best* zu singen. Jubel, als die Hibs auflaufen, und wir alle gucken uns an. Best spielt! Der Jubel geht in den Buh-Rufen um uns rum unter, die wieder in Jubel umschlagen, als die Rangers auf den Platz kommen. *Derry's Walls* wird angestimmt. Es ist komisch, zu den Hibs-Fans rüberzugucken und sich so zu sehn, wie der Gegner einen sieht.

Das Spiel fängt an, und nach n paar Gesängen beruhigt sich die Atmosphäre. Wir werden auch n bisschen ruhiger. Wir gucken uns die Fotzen aus, die wir uns vorknöpfen wollen, und da ist ein so n Typ ungefähr in unserm Alter mit roten Haaren und weißen Skinners, der ne ziemlich große Fresse hat. Dauernd ist er am Brüllen von wegen republikanische Drecksäcke hier und IRA-Fotzen da. Man fragt sich echt, auf welchem Scheißplaneten manche von den Wichsern leben. – Der Irre ist fällig, sagt Dozo. Gentleman nickt.

Etwa zur Mitte der ersten Halbzeit gibt uns Dozo n Zeichen, und wir gehn hoch zu den Klos. Ein paar Hunnen sind drinnen am Pissen, und Gentleman nietet eine von den Fotzen um. Es war n plötzlicher, brutal harter Schlag an die Schläfe von dem Jungen, und mir wird selbst nen Moment lang übel. Der Wodka brennt mir wieder im Magen. Der Junge ist zu Boden gegangen und liegt in seiner Pisse, während wir ihn stiefeln. Ich trample gegen das Bein von dem Jungen, aber nich mit voller Wucht, weil ich ihn nich richtig schwer verletzen will. Wir ham unsern Standpunkt ja schon klar gemacht. Die Fotze von Polmont ist n bisschen zu enthusiastisch dabei, und Billy zerrt ihn weg. Dozo hat dem seinen Kumpel in die Eier getreten. – *We are the UDA*, gröhlt er dem Jungen ins Gesicht, und dann: – *Or is it-ah-thee IRA?* im Ton von Johnny Rotten. – Aye, die warn's, lacht er, und wir bepissen uns alle vor Lachen. Die arme Sau liegt zusammengeklappt da, hält sich die Eier und guckt zitternd zu uns rauf. Carl zwinkert ihm zu, aber dieser Polmont geht hin und haut ihm mit dem Handrücken auf die Fressleiste. Dann verschwinden wir aus dem siffigen Scheißhaus wieder zurück in die Menge.

Als wir gerade wieder an unserem Platz sind, schießen die Hibs n Tor, und in der Kurve gegenüber explodiert das Stadion. Das ist so geil, am liebsten würd ich einfach jaaaaahhhh schreien ... aber wir sagen nichts, bleiben ganz cool und warten auf unsern Augenblick. Dozo lacht hinter vorgehaltener Hand. Dann passiert es: Zwei Hunnen streiten sich, und der eine verplättet dem andern eine. Dem seine Freunde gehn dazwischen, und dann wird's wild!

Das ist unsere Chance. Gentleman steigt ein und verpasst dem in den weißen Skinners nen wunderschönen Hammer. Dem

Jungen seine Nase platzt echt übel auf, er taumelt zurück in die Menge und bespritzt n paar Fotzen mit Blut. Seine Freunde müssen ihn stützen, damit er auf den Beinen bleibt, und alle sind voll geschockt. Einer meint: – Mensch, Jungs, wir sind doch alle Prosdandn hier, ey!

Juice Terry schmeißt sich auf den Scheißkerl und stopft ihm das Maul, und Birrell fängt an, Schläge auszuteilen. So n stämmiger Kerl, muss so um die vierzig sein, kommt die Ränge hoch und drischt auf Birrell ein, aber der blöde Hund hält dagegen, kann sogar abwarten und dem Kerl gezielte Boxhiebe versetzen, als sich die Menge teilt. Ich hin und dem Kerl nen Tritt zwischen die Beine versetzt und dabei voll auf die Eier gezielt, und Gentleman knallt ihm die halb leere Wodkaflasche auf den Kopf. Irgendwie hat er den Typ mit dem Flaschenboden getroffen und die Flasche ist nich zerbrochen, aber klar hat die Fotze das voll gespürt und taumelt zurück.

Wir rasten jetzt total aus, Doyle ist mitten im Getümmel und stürzt sich auf so n Knäuel von Jungs. Begbies Bruder verpasst nem Jungen nen hinterlistigen Hieb mit dem Ellbogen gegen den Kopf, dass es kracht. Ein so n Sack schreit mich aus n paar Fuß Entfernung an und zeichnet sich mit dem Finger so nen unsichtbaren Schnitt ins Gesicht. Ich hör die ganzen Glasgow-Stimmen einen von »das geht zu weit« und »verdammte Tiere« rufen, und das ist n beängstigendes Gefühl, aber auch irgendwie geil, wenn man dran denkt, wie oft die einen gejagt und vertrimmt haben. Ich tanze mit der wogenden Menge rauf und runter wie n verdammtes Yo-Yo und versuch gleichzeitig zu hauen, zu rempeln und mein Gleichgewicht zu halten. In einer Sekunde biste noch zwischen fliegenden Körpern und in der nächsten mitten auf ner Insel aus Leere, die auf einmal aus dem Nichts da ist. Ich hau so ner Fotze einen auf die Fresse, und dem Blödmann seine Arme sind seitlich am Körper festgeschweißt, weil die Menge ihn nach vorn gegen den Wellenbrecher presst. Die Hunnen ham keinen Plan, keine von den Fotzen um uns rum traut sich vorzukommen, aber dadurch, dass sie bloß mit offenem Mund dastehn, halten sie n paar große, verdammt gemein aussehende Drecksäcke auf, die zu uns durchstoßen wollen. Carl rotzen sie voll ins

Gesicht, da knallt die Fotze total durch, stürmt vor und plättet einen so nen Typ. Es ist komisch, aber keiner von dem Jungen seinen Kumpels versucht ihn aufzuhalten, sie stehn bloß da und gucken zu, wie Carl ihn zusammentritt. Ich seh, was da auf uns zurollt, und um ehrlich zu sein, bin ich echt froh, dass die Bullen eher da sind. Eine Flasche fliegt an meinem Gesicht vorbei, trifft aber nen Hunnen hinter mir. Ein andere zerplatzt auf dem Wellenbrecher direkt vor Tommy, und es regnet Glassplitter auf uns. Sieht aus, als hätten die Hunnen endlich gerafft, was wir machen, und würden uns einfach mit ihrer Übermacht erdrücken. Scheiße, ein Glück geht die Bullerei jetzt dazwischen und bildet nen Keil. Ich hätt nie gedacht, dass ich mal so glücklich sein würde, die Fotzen zu sehen!

Es gibt n totales Durcheinander, in dem jeder jeden beschuldigt, und die Bullen kassieren Gentleman, Juice Terry und Frank Begbie ein. Sie werden die Ränge runtergezerrt, und n paar von den Fotzen bespucken sie oder treten nach ihnen, als sie vorbeikommen. Begbies Bruder knurrt sie an und versucht, sich aus dem Polizeigriff zu befreien, um sich auf sie zu stürzen, seine Harrington-Jacke ist am Ärmel ganz zerrissen. Gentleman brüllt: – IRA! und Terry lacht bloß und wirft den Hunnen Handküsse zu. Noch mehr Flaschen und Dosen fliegen durch die Luft, und überall brechen jetzt Kloppereien aus. Eine Flasche fliegt zu George Best aufs Spielfeld und verfehlt ihn nur knapp. Er hebt sie auf und tut so, als würde er draus trinken. Die Hibs-Fans jubeln, und n paar von den Rangers lachen und so. Es wird ja viel drüber geredet, wie Spieler das Publikum aufhetzen, aber ich glaub, dass Best nur dadurch, dass er das gemacht hat, nen größeren Aufruhr verhindert hat. Vorher war die Atmosphäre pures Gift. Wir hauen ab, Billy, Carl und ich in die eine Richtung, der Rest verdrückt sich woanders lang. Joe ist mit Dozo und diesem Polmont weg. Polmont hat überhaupt nichts gemacht, keinen einzigen Hieb ausgeteilt, sondern bloß rumgestanden, wo Platz war, und nervös ausgesehen, während alle anderen rangingen. Hat mich überrascht, wie begeistert sich Terry da reingehängt hat, denn vorher schien der Kerl ja keine große Lust zu haben. Aber typisch Terry, immer für n bisschen Sport und Spaß zu haben.

Wir kommen durch die Menge bis zu nem Platz in der Nähe der Anzeigentafel, von wo wir sehn, wie Marty Gentleman, Juice Terry und Frank Begbie durch den Innenraum abgeführt werden. Ein Riesenjubel brandet auf, denn Terry hat's geschafft, seinen Schal rauszuholen und zu schwenken, und die Hibs-Fans kriegen sich nich mehr ein. Der Polizist guckt ihn bloß an, als wär er nich ganz dicht, und nimmt ihm den nich mal ab. Dann kommt n anderer Bulle dazu und reißt ihn ihm aus der Hand. Der kleine Begbie geht großspurig wie n Gangster, wie James Cagney, als er zum elektrischen Stuhl geht und es ihm scheißegal ist, und Marty Gentleman hat ne undurchdringliche Miene aufgesetzt und alles. Aber Terry grinst wie diese Fotze Bob Monkhouse, der *The Golden Shot* moderiert.

Ein alter Knacker neben uns meint, das wärn Tiere, und ich sag: – Aye, haste Recht, Jimmy, mit Glasgower Akzent. Den Rest des Spiels gucken wir uns in zufriedenem Schweigen an.

Dann tänzelt George Best im Mittelfeld durch n paar Rangers-Spieler. Das ist nicht Hibs gegen Rangers, das ist Best gegen Rangers. Sie schaffen's nich, ihm den Ball abzunehmen. Best schlägt nen Haken, stürmt auf das Hunnen-Tor zu und versenkt den Ball im Netz! Ich steh da und fress mir die Haut von den Fingerspitzen, bis es wehtut und blutet. Es kommt einem wie ne Ewigkeit vor, bis der beschissene Abpfiff kommt. Wir ham gewonnen!

Wir haben die Fotzen geschlagen!

Carl spuckt die ganze Zeit auf den Boden und würgt, als wolle er sich zum Kotzen bringen. War zum Totlachen, zuzusehen, wie er auf diesen Jungen losging, denn vorher hat er gesagt, da hätte er gar keinen Bock drauf, er käm nur wegen der Atmosphäre mit.

Wir steuern nach draußen und marschieren mit nem Pulk echt angepisster Hunnen Richtung Bahnhof. Wir wagen es kaum, uns anzusehn. Ich hab nen Riesenschiss, dass uns eine von den Fotzen sieht, mit denen wir uns angelegt ham, und wär gern so schnell wie möglich aus diesem rot-weiß-blauen Meer raus. Sie sind stinksauer und nennen Best nen Verräter, weil er Ulster-Protestant wär und für Teams von schottischen Separatisten spielt, erst Man United, dann Hibs. Wie kommen sie drauf, Manchester United wär ne schottische Separatisten-Mannschaft? Spacken.

Die Bullen leiten alle auf die Abbeyhill um, aber wir scheren aus, die London Road hoch Richtung Leith Walk. Zuerst ist es wie ne Erlösung, aus dieser Masse blauer Gestalten raus zu sein, aber dann stellen wir fest, dass wir direkt auf nem Schlachtfeld gelandet sind. Überall oben am Walk geht's rund, lauter kleine Grüppchen, die sich kloppen. Ein paar Hibs greifen ein paar Hunnen-Busse an, die blöd genug waren, auf dem unbebauten Platz neben dem Playhouse zu parken. Dann stürmt ein Trupp beinharter Hunnen aus den Bussen den Hügel hoch, wird aber durch nen Hagel von Steinen und Ziegeln zurückgetrieben. Das ist absolut krank, direkt neben Max Bygraves, der auf nem Riesenplakat Werbung für seine große Gala im Playhouse macht, kriegt so n Typ den Schädel aufgeschlagen. Jetzt drehn die Bullen auch durch und stürmen dazwischen, und wir beschließen, für heute Schluss zu machen, und gehn zurück zu Spencer, um die andern zu treffen. Ich zittere am ganzen Körper, solange wir noch aufm Leith Walk sind. Ich hab jetzt Schiss vor jedem, der uns blöd anmacht, weil ich keine Energie mehr hab, um mich zu wehren, es ist, als wär mir jedes letzte Bisschen Mumm entzogen worden. Das Einzige, was ich fühle, ist die Säure in meinem Magen und die Angst in meinen Knochen. Gott sei Dank sind wir jetzt in Leith, und es gibt nur noch Hibs, aber man kann ja immer noch von Typen aus nem andern Stadtteil aufgemischt werden.

Carl würgt und spuckt immer noch. – Was ist los? frag ich.

– Diese dreckige Fotze aus Glasgow hat mich angerotzt, und ich hab gemerkt, wie mir was davon in den Mund und in den Hals gekommen ist. Ein widerlicher, großer Klumpen.

Ich lache, aber er meint es ernst. – Das ist verdammt gefährlich, Gally, davon kann man Hepatitis kriegen! Das ist Joe Strummer mal passiert. Er musste ins Krankenhaus und alles. Er wär beinah abgekratzt!

Carl macht sich richtig Sorgen, aber ich muss lachen, ich kann nich anders. Zum Glück gibt's auf dem Weg zu Spencer keinen weiteren Ärger. Alle sind total aufgedreht. Der Arsch von Polmont ist der Einzige, der kaum was sagt. Terry und n paar andere gehen in den Pub, in den, wo sie Space Invaders haben. Ich versuch mich unauffällig dazuzustellen, aber der Typ hinter der Theke entdeckt mich und brüllt mich an: – Ich hab's dir schon mal gesagt, du kleines Arschloch, verpiss dich hier! Wegen dir verlier ich noch meine Scheißlizenz!

Terry lacht, aber Billy geht mit mir raus. Ich geb ihm Kohle, und er kauft mir ne Flasche Cider.

Wir bleiben in Leith und warten, dass die *Pink News* erscheint. Billy und ich teilen uns die Flasche Cider, aber wir wollen wegen heut Abend nicht zu blau werden. Wir hängen bei diesem Pub rum, die Hälfte von uns drinnen, die andere Hälfte draußen. Wir holen uns n paar Fritten, um den Magen zu beruhigen. Es sind jede Menge Besoffene da, singen Hibs-Lieder und *His Name is Georgie Best*. Nach ner Weile geht Carl zum Zeitschriftenladen und kommt mit ner *Pink* zurück. Es ist geil, wir werden im Spielbericht erwähnt:

dieser Fehlpass war der Auslöser für einen ernsthaften Zwischenfall in der Gästekurve. Wie es scheint, waren einige Hibs-Fans in den falschen Teil des Stadions geraten. Die Polizei schritt rasch ein, um die Störenfriede zu entfernen.

Und unter den letzten Meldungen hieß es, es hätte acht Festnahmen im Stadion und draußen noch weitere zweiundvierzig gegeben.

– Hätte besser sein können, sagte Dozo.

Aber ich war auch so zufrieden. Ich gab sogar diesem verschissenen Hungerleider Carl was von dem Cider ab.

## IM CLOUDS

Wir fuhrn mit dem Bus zurück in die Siedlung, setzten uns auf die Macker-Sitze ganz hinten aufm Oberdeck und guckten jeden grimmig an, der einstieg. Wir fühlten uns wieder total stark, besonders, wo wir unterwegs zurück in unser eigenes Revier warn. Als wir ausstiegen, zog Birrell ab, die Avenue runter nach Hause in die alte Siedlung, aber Carl und ich mussten an Terrys Haus vorbei. Dem seine Ma muss uns gesehen haben, denn sie kam raus auf die Türschwelle und rief hinter uns her.

Als wir den Weg zur Haustür hochgehn, kommt sie uns mit vor der Brust verschränkten Armen entgegen. Terrys kleine Schwester kommt raus und bleibt hinter ihr stehen. Sie hat diese geilen himmelblauen Hotpants an, die mit dem Latz, auf die ich mir mal einen runtergeholt hab. Ich würd Yvonne ja bumsen, wenn sie Terry nich so ähnlich säh. Birrell hat das allerdings nich gestört. – Yvonne, geh wieder rein, sagt ihre Ma, und sie trottet ins Haus. – Also, was war los? Ich und Carl gucken uns an. Bevor wir was sagen können, sagt sie: – Ich hab nen Anruf von der Polizei gekriegt. Sie ham bei Mrs. Jeavons nebenan für uns angerufen. Sie werfen ihm Landfriedensbruch und Körperverletzung vor. Sagten, ihr wärt alle in der falschen Kurve gewesen. Was war da los?

– Das stimmt so gar nich, Mrs. Laws ... äh, Mrs. Ulrich, sag ich. Ich vergess immer, dass sie jetzt Mrs. Ulrich heißt, weil sie hingegangen ist und diesen deutschen Knilch geheiratet hat.

– Es war nicht die Schuld von Terry oder von den anderen Jungs. Ehrlich nicht, sagt Carl. – Wir waren spät dran und sind bloß in deren Kurve gegangen, um den Anstoß nicht zu verpassen. Wir haben unsere Schals abgenommen und nicht mal die Hibs angefeuert, oder, Andrew?

Das muss das erste Mal sein, dass er mich »Andrew« nennt. Und es ist nich mal seine beschissene Mannschaft, eigentlich ist er ja Jam Tart. Aber er meint's nur gut, darum unterstütz ich ihn. – Nee, aber die Jungs ham uns am Akzent erkannt und sind auf uns losgegangen. Mit Spucken und so. Einer von ihnen hat Terry geschlagen, und Terry hat zurückgehauen. Dann fingen die alle an. Die anderen Jungs wollten bloß Terry helfen.

Mrs. Ulrich hat ihre Kippe runterbrennen lassen, wirft sie hin und tritt sie aus; ihr Absatz bohrt die Kippe in den Gehweg. Sie zündet sich ne neue an. Ich merke, dass Carl überlegt, ob er sie um eine bitten soll, aber das halte ich jetzt grade für nich so ne gute Idee. – Der meint, alles wär in Ordnung, weil er arbeiten geht. Aber gibt er mir was zum Haushaltsgeld dazu? Und wer muss die Geldstrafen bezahlen? Ich! Immer ich! Wo soll ich das Geld hernehmen, um die verdammten Gerichtskosten zu bezahlen? Das darf doch echt ... das darf einfach nich wahr sein ... sie schüttelte den Kopf und guckte uns an, als würde sie erwarten, dass wir irgendwas sagen. – So geht das einfach nich, sagte sie, zog dabei an der Kippe und schüttelte den Kopf. – Deswegen sollte er doch grade mit Billy zum Boxen gehen, damit das aufhört, dieser ganze Blödsinn. Da sollte er Disziplin lernen, haben sie mir wenigstens erzählt. Disziplin, Herr im Himmel! Sie starrt uns an und lacht irgendwie so richtig gemein. – Ich wette, Billy ist nich einkassiert worden, oder? Hä?

– Nee, meint Carl.

– Nee, der nich, sagt sie ganz verbittert und bedeutungsvoll.

Aber das war schon komisch, dass Terry mit Billy zum Boxen ging und dann als Einziger eingelocht wurde. Das scheint seine Ma echt verrückt zu machen. Yvonne erscheint wieder hinter ihr in der Tür. Sie hat ne Strähne von ihrem Haar im Mund und lutscht und zupft dran rum. – Billy ist nich geschnappt worden, oder, Carl? fragt sie.

– Nee, der ist grade nach Haus gegangen, ham ihn eben noch gesehn.

Mrs. Ulrich dreht sich zu Yvonne um: – Ich hab doch gesagt, du sollst reingehen, Yvonne!

– Ich darf doch wohl noch hier stehn, meint Yvonne.

– Fragt nach dem verdammten Billy Birrell, wo ihr eigener Bruder im Knast sitzt, Herrgott nochmal! sagt Terrys Ma. Dann kommt Mr. Ulrich raus. – Komm rein, Alice, das macht es doch auch nicht besser, fängt er an. – Das hat keinen Zweck. So erreichst du doch nichts. Yvonne. Komm ins Haus. Komm!

Yvonne geht rein, dann fröstelt es Terrys Ma, und sie geht rein und knallt die Tür zu. Carl und ich gucken uns an und sperren die Münder so weit auf wie's nur geht.

Als ich nach Hause komme, hat meine Ma grad Abendessen fertig. Fish n Chips, das ist geil. Ich hol mir die Randscheiben vom Toast, bestreich sie mit Butter und pack das meiste von meinem Abendessen, in brauner Soße ersäuft, dazwischen. Meine Ma schimpft immer mit mir, weil ich jedesmal die unterste Scheibe aus der Brotpackung hole, aber das muss man eben, wenn man sich n ordentliches Teil machen will. Die normalen Scheiben werden von der heißen Butter immer matschig und fallen auseinander. Sheena hat ihrs schon aufgegessen, sie sitzt mit ihrer Freundin Tessa auf dem Sofa und guckt fern.

– Es gab doch keinen Ärger beim Spiel? fragt meine Ma, während sie Tee aus der Kanne eingießt.

Ich wollte schon das sagen, was ich immer sag, nämlich »Hab nix gesehn«. Das sagt man immer, egal ob's nen ausgewachsenen Tumult gab oder kein bisschen was. Dann fällt mir ein, dass im Fernsehen oder in der Zeitung vielleicht was über Terry gebracht wird! Deswegen erzähl ich ihr, dass ich Terry aus den Augen verloren hätte, und er wär dann versehentlich in die falsche Kurve geraten und einkassiert worden.

– Von dem solltest du dich fern halten, das ist n Unruhestifter, sagte sie, – genau wie sein Vater. Die taugen nichts, keiner von denen. Alan hat angerufen. Er war mit der kleinen Lisa unterwegs, und überall in der Stadt wärn die Fußballhooligans rumgerannt...

Oh, Scheiße ...

Sie riecht was in meinem Atem. – Hast du getrunken?

– Bloß Cider ...

Scheiße ... Alan, das Arschloch ...

Sie guckt mich an und schüttelt den Kopf. Dann fängt sie an, die Teller zusammenzuräumen. – Aye, sagt sie, Alan meinte, das wärn alles Tiere beim Fußball heutzutage, und er würde da selbst nich hingehen. Und Raymond will er auch nich hingehn lassen.

Schwein gehabt, er hat mich nich gesehn! Ich dachte schon, die sagt das bloß, um mir was aus der Nase zu ziehn.

Scheiß auf Alan und Raymond und Lisa mit dem gequälten Gesicht, diese versnobten Arschlöcher.

Diese Thatcher-Fotze, die die Engländer gewählt haben, ist in der Glotze. Ich kann die überhaupt nich ab, schon die ätzende Stimme. Wie konnten sie so ne Fotze wählen? Man kann doch keinen mit so ner beschissenen Stimme wählen. Immerhin, Mr. Ewart meint, die Bergleute und so würden sie bald zum Teufel jagen. Ich setz mich n bisschen dazu und mach's mir vor dem Fernseher bequem. *Starsky un Hutch* fängt an, und ich komm gerade in die Stimmung, wo's mir eigentlich egal ist, ob ich noch rausgeh oder nich, da klingelt's an der Tür und Billy und Carl sind da. Sie kommen rein, aber sie wollen, dass ich mit ins Clouds geh. Ich hab mich grad auf *Starsky un Hutch* eingestellt und hatte noch nich mal Zeit, mich umzuziehn. Sheena und Tessa wurden direkt total albern, weil sie beide auf Billy stehn, und ich beeilte mich, aus der Bude rauszukommen, bevor sie total peinlich wurden. Ich rannte die Treppe hoch, zog mich im Affentempo um und steckte mir den Ohrring rein. An meinem Kinn kriegte ich nen Pickel und hatte nicht mal Zeit, richtig nachzusehen. Pickel kann man nie gebrauchen, aber erst recht nicht im Clouds. Als wir rausgehen, schnippt mir Carl, die Fotze, gegen den Ohrring und meint: – Hallo, Matrose.

Im Bus merke ich, dass ich immer noch das Messer dabeihab. Ich wollte es gar nich mitnehmen. Scheiß drauf, heut Abend wird's keinen Ärger geben. Ich war echt froh, dass ich's beim Fußball nicht gezogen hab. Tatsache ist, ich war so mit Prügeln und Treten beschäftigt, dass ich gar nich mehr dran gedacht hatte.

Also gehn wir heut Abend ins Clouds beziehungsweise das, was früher das Clouds war. Heute heißt es The Cavendish, aber jeder sagt nur Clouds. Schon komisch, aber bei meinem Vater und meinem Onkel Donald ist mir das immer auf den Keks gegangen, wenn sie Läden, Kneipen und so bei ihren alten Namen nannten. Und jetzt mach ich's genauso. Aber egal wie man den Laden nennt, es ist klasse, denn in der Schlange werden wir wie Helden behandelt. Es war ein Trupp von diesen übellaunigen Fotzen aus Clerie da, aber die ham nix gesagt. Ich und Carl hatten uns unterwegs noch ne Flasche Cider geteilt und sind leicht von der Rolle, als wir ankommen. Man muss sich zusammenreißen, wenn man reingeht, denn die Türsteher lassen keinen rein, der knülle ist, und ich mach mir auch Sorgen, sie könnten das Messer entdecken, aber wir segeln an ihnen vorbei nach drinnen. Ein Riesenmob ist da, Dozo und seine Blase, und wir erzählen uns noch mal unsere Geschichten. Dann kommen Terry und Marty Gentleman rein, und es gibt n großes Hallo von Dozo und Polmont und n paar von den anderen Jungs. Alle wollen immer wie-

der hören, wie's bei der Polizei war. Die werden wie verdammte
Helden behandelt. Geil.

Terry machte allerdings keine große Sache draus, das muss ich
ihm lassen. Wie es aussah, hatte er den Fußball abgehakt und
konzentrierte sich jetzt ganz auf die Mädchen. – Keine Lucy heut
Abend? fragt ihn Carl.

– Nee, die hat sich angestellt, weil sie mich geschnappt haben.
Wollte sie heut Abend sowieso nich hier haben. Der Samstag-
abend gehört mir, es ist mir lieber, ich treff sie nur unter der
Woche und am Sonntag, erklärt er. Der hat vielleicht ein Leben.
Terry kommt ins Annabel's und Pipers rein und überall, der
Glückliche. Manchmal geht er sogar in den Bandwagon. Wie immer interessieren ihn nichts anderes wie Muschis. Erst seh ich
ihn mit dieser Viv McKenzie tanzen, dann knutschen sie in der
Ecke. Dann hat er eine von den Perlen aus dem Wimpy bei sich
und is am Baggern, aber es ist nich die große mit den weißen
Zähnen, sondern die Kleine mit der Lederjacke. Viv ist das egal,
sie angelt sich diesen Kumpel von Tommy aus der Boys Brigade,
diesen Typ aus Leith, Simon Williamson.

Ich und Billy und Carl gehn nach unten, weil da unten Nicky
ist, der die Blues verkauft, und kaufen ihm jeder eine ab. Sie fangen an zu wirken, als ich mit Billy am Galaxian steh, der zugegeben nich so gut is wie Space Invaders oder sogar Asteroids, aber
es is der Einzige, den sie da haben. Bald knallen die Blues allerdings richtig rein, daher heißt es nach ner Weile, scheiß auf Galaxian, wo sind die Weiber? Die Weiber sind natürlich oben, und
wir dann auch. Ich hab jetzt Bock auf Tanzen.

Wir stehn am Rand der Tanzfläche und gucken den Mädchen
zu, die unter der verspiegelten Kugel um Berge von Handtaschen
rumtanzen. Der Trockennebel kommt angewabert, und das Stro-
be geht an. Billy erzählt, dass dieser Pennertyp aus Leith, dieser
Spud Murphy, mal erwischt worden ist, wie er Handtaschen geklaut hat, als er glaubte, wegen der Nebelmaschine könnte ihn
keiner sehn. Aber es sind nich die Handtaschen am Boden, die
mich interessieren, denn hier sind n paar echte Schüsse, aber hallo. Lauter geile Ärsche, die in knackenge, knielange Röcke ver-
packt sind wie in Zellophan. Das treibt einem echt den Puls hoch,

wenn man auf Speed ist. Eins von den Mädchen, das bei den Clerie-Jungs gestanden hat, guckt zu mir rüber, aber den Ärger, den
so was nach sich zieht, muss ich nich haben. Ein paar von den
Clerie-Jungs sehn uns eh schon komisch an. Ihnen gefällt's nicht,
dass sich alles um uns dreht. Bloß weil die noch nie auf die Idee
gekommen sind, bei nem Spiel so ne Nummer abzuziehen. Nei-
dische Wichser. Diese Spacken hätten weder genug im Hirn, sich
so was auszudenken, noch genug im Arsch, um es durchzuziehn.
Die Hälfte von den Fotzen sind sowieso Jam Tarts. Ich seh diesen
Renton vom Fußball vorbeigehn. Ich nicke ihm zu. – Na, ganz gut
gelaufen heute, oder? meint die Fotze.

– Scheiß drauf, wie es gelaufen is, aber wo seid ihr abgeblieben,
du und dein Kumpel? frag ich.

Carl lacht, und Billy guckt den Typ durchdringend an. Das
muss man der Fotze lassen, wenn er nervös geworden ist, lässt
er's sich zumindest nich anmerken. – Die Bullen haben meinen
Scheißschal unten aus dem Pullover raushängen sehen und uns
zurückgeschickt. War n Glück für uns, denn ich hab's selber nicht
gemerkt, aber den Hunnen wär's bestimmt aufgefallen. Und
Spud wollte mich nicht hängen lassen, redet er sich raus.

Billy lacht und guckt, als würd er diesem Renton nich wirklich
glauben, aber im Zweifelsfall zu seinen Gunsten entscheiden. Für
mich hört sich das nach Hühnerkacke an, und an dem Blick, mit
dem Carl die Fotze anstarrt, seh ich, dass er dasselbe denkt. Ist
mir aber egal. Soll Frank Begbie Renton die Meinung sagen,
schließlich hat er die Fotze angeschleppt. – Man sieht sich, sagt er
und geht weg.

– Aye, sag ich.

Als Renton vorbeigeht, zeigt Carl ihm hinter seinem Rücken
den Finger.

Ich quatsche grad mit Billy und Carl, als ich seh, wie sie reinkommt. Sie ist es. Sie sieht so wahnsinnig spitze aus, dass ich gar
nich hinsehen kann. Caroline Urquhart. Sie geht in nem Grüppchen anderer Mädchen an uns vorbei. Ich wusste gar nich, dass
die hier hingeht, ich dachte immer, die geht in Läden für Ältere,
Annabel's oder so. Ich wende mich ab und versuch cool zu bleiben. Ich bin n bisschen zugeknallt, aber auf ne gute Art, das Speed

gibt mir Energie. Carl ist voll drauf und labert Scheiße wie immer.
– Hört mal ... Billy, Gally, hört doch mal. Äh, von den Titten von
nem Mädchen kann man doch keine Geschlechtskrankheit krie-
gen? So vom Anfassen oder so.
   Ich fang an zu lachen und Billy auch. – Du bist vielleicht n
Schwachkopf, Ewart.
   – Nee, ich meinte bloß ...
   – Du hast noch nie gebumst, stimmt's? unterstellt ihm Billy.
Carl wird n bisschen blass, bleibt aber relativ cool. – Na klar hab
ich, ich hab bloß irgendwo gelesen, ein Typ hätte davon, dass er
nem Mädchen an die Titten gefasst hat, ne Geschlechtskrankheit
gekriegt, sagt er. Schon komisch, manche Typen kriegen ne rote
Birne, wenn sie verlegen sind, andere, wie Carl, werden weiß.
   – Erzähl keinen vom Pferd. Er hat sie nich gefickt? meint Billy
ungläubig.
   – Nee, nur vom Tittenanpacken.
   – So ein Blödsinn! Verpiss dich, du Sack! Hör dir den an, Gally,
meint Billy kopfschüttelnd zu mir. Carl spielt gern den großen
Stecher, aber ich bezweifle, dass er im Leben schon mal gebumst
hat. Er hat schon mit relativ viel Mädchen rumgefummelt und
war ne Weile mit dieser Alison Lewis zusammen, aber ich glaub
nich, dass die ihn rangelassen hat. Nee, *der* hat noch nie gefickt.
Ich allerdings auch nich, aber es wird höchste Zeit, dass ich's mal
mache. Ich hab schon mal Titten angefasst, den Finger reingesteckt, einen runtergeholt und meinen Schwanz gelutscht gekriegt, also kann ich's kaum erwarten, es richtig zu tun. Die Letzte, mit der ich gegangen bin, Karen Moore, wollte aber nich so
weit gehn. Also scheiß drauf, hab ich mit ihr Schluss gemacht;
man lässt sich nich ewig hinhalten. Aber n nettes Mädchen war
sie schon, meine Ma mochte sie, die war tatsächlich stinksauer,
als ich ihr gesagt hab, ich hätte mit der Schluss gemacht. Am
liebsten hätt ich ihr gesagt, dann geh du doch mit ihr, verdammt.
Du kommst wahrscheinlich eher an ihre Möse ran als ich!
   Egal, heut Abend bin ich so weit. Da läuft grade Odyssey, *Use
it Up n Wear it Out*, und ich seh Caroline Urquhart mit ihrer
Freundin auf der Tanzfläche. Sie trägt dieses tolle rote Kleid und
ne schwarze Strumpfhose. Ihre Freundin ist in Ordnung, gutes

Paar Titten dran. Heilige Scheiße, das ist Amy Connor! Sie sieht in diesem grünen Top und mit Make-up und hochgesteckten Haaren ganz anders aus. Älter. Billy hat sie auch gesehn und so. – Ganz fickbar, meint er. Dann guckt er mich an und fragt: – Solln wir's bei denen mal probieren?

Mir ist irgendwie komisch zumute. Ein bisschen nervös. Ich reib über die Stelle, wo ich den Pickel rauskommen fühle. Scheint sogar schon nen Eiterkopf zu kriegen! Ein Pickel unterm Stroboskoplicht mit Caroline Urquhart! Wenn ich mich hier lächerlich mach und ne Abfuhr krieg, muss ich ihr jeden Tag in der Schule gegenübertreten. – Mit ner Ische von der Schule will ich nix anfangen, sag ich ne Idee zu schnell. Billy akzeptiert das, hätte Terry nich getan. Aber der ist jetzt eh mit seinen neuen Freunden weg, seinen harten Gangster-Freunden. – Wär scheiße, mein ich, hänge ich noch schnell dran.

– Firlefanz, sagt Birrell.

– Nee, guck mal da, Billy, es sind doch massig Weiber da, und zeige auf zwei andere Mädchen, die alleine tanzen. Eine hat glattes, blondes Haar. Ein echter Schuss. Die andere hat lange, dunkle Haare, und ihr Arsch sieht in dem knielangen Rock toll aus. – Guck mal die Schüsse da.

– Nich übel, stimmt Billy zu, und wir gehen rüber und tanzen direkt ihnen gegenüber. Ich nick der blonden Perle zu, und sie nickt zurück und so. Ich würd sie gern anlächeln, aber meine Kumpels könnten mich dann für n Weichei halten. Wir ham die verschissenen Hunnen heut fertig gemacht, da kann man nachher nich hingehn und sich vor einer Perle wie n Weichei aufführen und alle blamieren. Jungs wie Terry können sich so was erlauben, aber der ist eben der Typ dafür. Jetzt kommt *Atomic* von Blondie, also nehm ich das als Vorwand, die Frau anzusprechen. – He, das bist du, Blondie, die blonden Haare und so, sag ich und fass kurz ihre Haare an. Sie grinst nur, aber auf ne Art, dass ich mir wie n Wichser vorkomme. Terry, die Fotze, wenn der dasselbe gesagt hätte, wärn sie alle ganz hin und weg gewesen.

– Ich war heut beim Spiel. In der Easter Road. Ham uns die Scheißhunnen gekauft, brüll ich ihr ins Ohr. Sie riecht supergut.

– Auf Fußball steh ich nich, meint sie.

– Du bist doch nich so ne beschissene Jam Tart, oder?

– Ich steh nicht auf Fußball. Mein Dad ist Motherwell-Fan.

– Motherwell sind scheiße, sag ich. Vielleicht hätte ich an der Stelle nich so verdammt schnippisch sein sollen, aber die *sind* nun mal Nullen, und das muss sie sich auch sagen lassen.

Wir gehn von der Tanzfläche, und sie geht in die Richtung, wo ihre Freundinnen sitzen. – Bis später, sag ich.

– Aye, klar, sagt sie, geht weg und setzt sich zu ihren Freundinnen.

Billy kommt zu mir. – Und, Nummer schieben?

– Da bin ich gelandet, mein ich. – Die kann's kaum abwarten. Seine hat ihn allerdings nich rangelassen. Wirft uns zurück. Dann fängt *Start!* von The Jam an, das Stück, das Bowies *Ashes to Ashes* vom ersten Platz gekippt hat. Mir gefällt es trotzdem, und ich sing mit, aber es ist so, als sängen wir über die Hunnen ...»*if I never ever see you ... it will be a start!*« Duu duu duu duuu ... geile Nummer.

Also dieses Speed ...

... eh ich mich verseh, läuft die letzte langsame Nummer, und der DJ sagt den Jungs, sie sollen den Arsch hochkriegen und sich ranschmeißen, nicht dass irgendwer dazu extra aufgefordert werden müsste. Ich mach mich wieder an das kleine blonde Mädchen ran. Es ist n altes Stück, *Hopelessly Devoted to You*, von Olivia-Newton John aus *Grease*. Wir knutschen n bisschen, aber ich krieg nen Ständer und spüre, wie sie sich irgendwie wegbiegt. Ich komm mir hier vor wie Cropley, mein Köter.

Als die Musik zu Ende ist, lassen wir uns los, und sie lächelt. Sie drückt meine Hand und guckt mich an, aber ich werd irgendwie stocksteif und weiß nich, was ich sagen soll. – Eh, bis gleich, sagt sie und geht weg über die Tanzfläche, wo ich Billy mit Renton und diesem Matty aus Leith reden seh. Carl kann ich nirgendwo entdecken. Das blonde Mädchen steht drüben bei ihren Freundinnen.

Sie knipsen das Licht an, machen die Musik aus und schmeißen uns raus. Wir sehn uns vorm Rausgehen nach dem anderen um. Aber Carl scheint mit so ner fetten Rothaarigen abgezogen zu sein; Billy meint, er hätte gesehen, wie er sich mit ihr verdrückt hat. Muss für ihn heute ja n echter Griff ins Klo gewesen sein, dass er so abfällig drüber redet. Ich versuch, den Coolen zu geben, aber ich seh immer nach ihr, nich nach Caroline Urquhart, sondern nach dem kleinen, blonden Schuss.

Ich seh sie beim Rausgehn im Foyer. Die kleine Blondie. Ihre Freundin kommt zu mir rüber, nickt mit dem Kopf in ihre Richtung und meint: – Sie findet dich gut.

Ich blicke zu ihr rüber und seh ihr Gesicht, ganz hart, verschlossen und ernst, und wünschte, sie würd vielleicht mal lächeln wie vorher und nicht gucken, als wollte sie mir n paar vors Maul anbieten, aber ich kann ja auch nicht lächeln, denn es stehn zu viele Typen rum, die sich einen ablachen würden. Darum mach ich ne Kopfbewegung zur Tür, und wir gehen raus, um die Ecke, die Gasse runter zur Rückseite vom Clouds direkt hinter Tollcross, und als wir da sind, fummel ich an ihr rum und versuch an ihre Titten zu kommen, aber sie schiebt meine Hand weg und lässt einen nich mal an ihre Scheißtitten ran, und da hab ich ja nun echt wenig von …

… ich muss endlich mal richtig bumsen …

… ich will nich ewig Jungfrau bleiben …

– Stell dich nich wie ne Scheißlesbe an, sag ich.

– Ich bin keine Scheißlesbe, klar?

– Was zum Teufel stimmt denn dann nich mit dir?

Sie reißt sich los und macht sich auf den Weg zu ihren Freundinnen. Ich will was sagen, da dreht sie sich einfach um und sagt: – Verpiss dich einfach, Typ.

Ihre Freundin sieht ultrahart aus, gemeines Gesicht, dunkle Haare. Die Sorte mit Schizobrüdern, sieht man sofort. Die guckt mich an und sagt: – Hau ab, Bubi. Kapiert? Hau bloß ab!

Genau in dem Augenblick kommen Caroline Urquhart und ihre Freundin Amy mit Terry und diesem Simon Williamson, dem Typ aus Leith, raus. Scheint nicht nur n Freund von Renton, Tommy, Matty, sondern auch von Joe Begbies Bruder zu sein. Terry ist am Lachen und hat seinen Arm um Caroline gelegt, und die guckt durch mich durch, als wär ich Luft … als wär ich bloß Luft …

Dann hör ich so n Geschrei, und alle gucken dahin, wo die Klopperei losgeht, was mir nen guten Vorwand gibt, mich zu verpissen, darum geh ich da rüber. Billy packt mich am Handgelenk und sagt: – Lass sein, Gally, das sind Dozo und diese Clerie-Fotzen. Is nich unser Bier.

– Verpiss dich! Ich dränge mich an ihm vorbei, zieh das Scheißmesser und will hin. Dann überleg ich noch kurz: Was zum Teufel mach ich hier? Ich steh da wie Piksieben. Dozo vermöbelt einen von den Clerie-Fritzen, und die Kumpels von dem sehn das Messer und rennen weg. Das Messer hat's gebracht! Polmont steht dabei, ohne was zu machen. Der aus Clerie liegt am Boden, und Dozo stiefelt ihn zusammen. Dann nickt mir Polmont zu und nimmt mir das Messer weg, ich geb's ihm einfach, und er bückt sich und schlitzt dem andern Kerl das Gesicht damit auf. Ich krieg fast nen Herzschlag, als ich seh, wie dem Jungen seine Haut aufplatzt, dann ne Sekunde lang nichts, dann ne klaffende Wunde, aus der Blut schießt. Doyle guckt auf den Jungen runter.

– Scheiß-Clerie-Wichser!

Der Junge hält sich das Gesicht zusammen und labert irgendwelchen Schwachsinn, aus dem man nich schlau wird, und ich guck auf ihn runter. Das sollte doch n fairer Kampf sein ... Dozo gegen den Jungen ...

Ich steh bloß wie angewurzelt da, als Polmont mir das Messer wiedergibt. Ich nehm es, ich weiß auch nich, warum. Weil's mir gehört wahrscheinlich. Polmont guckt mich an und schneidet ne Grimasse, und Dozo schüttelt den Kopf. Sie lachen und spazieren weg.

Ein paar andere Jungs kommen rüber, sehn mich an, sehn den Jungen an, das Blut. Dann sind sie wieder weg. Einer sagt was, aber ich kann's nich verstehn. Der Typ drückt immer noch die Hände auf eine Gesichtshälfte, schaut hoch und sieht mich mit dem Messer. Er guckt mich angewidert an, als wär ich n Tier.

Ich dreh mich um und renn über den Parkplatz, die Gasse runter zur Hauptstraße. Ich lauf ewig weiter und halt nur an, um Luft zu holen. Dann schmeiß ich das Messer weg, in eine von den großen Mülltonnen. Ich brauch ne Weile, bis ich merke, wo ich bin. Ich bin in die falsche Richtung gelaufen. Ich geh zurück, schlag aber nen Bogen, halt mich von den Hauptstraßen fern und nehm die Seitenstraßen nach Haus.

Es fängt an zu regnen. Das Licht von den Straßenlampen spiegelt sich auf dem blauschwarzen Bürgersteig, und mir wird ganz übel und schummrig davon. Ich zieh den Reißverschluss von meiner Harrington hoch und knöpf den Kragen zu. Mein Magen brennt bei jedem Schritt, den ich mache. Jedesmal, wenn ich ne Polizeisirene hör oder nen Polizeiwagen seh, denk ich, die wärn hinter mir her. Das Herz schlägt mir bis zum Hals, und es kriecht kalt in mir hoch. Ich seh, wie sich die Stadt verändert: Aus den Geschäften werden vornehme Stadthäuser, dann kommen die Mietshäuser, dann kommt ne Ewigkeit gar nichts, dann die zweispurige Schnellstraße und die Lichter der Siedlung.

## JUNGFRAU IN NÖTEN

Am Sonntagmorgen hängen wir vor den Geschäften am Stenhouse Cross rum. Sonntage sind scheiße und werden immer scheißer, je länger sie dauern. Man hat nichts zu tun, außer übers Wochenende zu reden und zu fühlen, wie langsam Furcht und Depression in einem hochkriechen, bis dann Montagmorgen ist. Ich hab mal meinen Onkel Donald, der im Gewerbegebiet bei Rentokil arbeitet, gefragt: – Wird das besser, wenn man die Schule fertig hat und anfängt zu arbeiten? Er hat bloß den Kopf geschüttelt und gelacht, als ob er sagen wollte: Aye, schön wär's.

Aber noch isses Morgen, und die Erinnerung an die Triumphe vom Wochenende ist noch frisch. Besonders bei Terry, der Angeberfotze, der meint: – Mir tut jetzt noch der Schwanz weh von meinem kleinen Schulmädchen letzte Nacht. Ein butterweicher, geiler Fick, er hält die Hände ausgestreckt und stößt langsam mit den Hüften nach vorn. Die hat ihn nich rangelassen, nich Caroline Urquhart.

Der Wichser hat nur Scheiße im Hirn.

– Was ist denn mit dem ganzen ›Die würd ich nich anfassen‹-Müll, den du immer verzapft hast? mein ich.

– Tja, grinst Terry, – ich dachte, jetzt wo ich arbeite, wär's nich schlecht, ne kleine Maus von der Schule zu haben, um sie gelegentlich zu bumsen.

Billy lässt sich von dem verlogenen Sack voll beeindrucken, und Terry suhlt sich drin, das merkt man. Birrell hat beim Spiel richtig hingelangt und war eigentlich derjenige welcher, naja, er und Gent, auch wenn's Terry war, der dann geschnappt worden ist. Und im Gegensatz zu Terry kriecht er auch nie Typen wie Doyle in den Arsch. Ich glaub, Billy steht voll auf Caroline Urquhart und Amy Connor und so. Tut ja jeder, auch wenn sie sich rauslügen wie Terry. – Sie war doch mit diesem älteren Jungen zusammen, oder nich? fragt er.

– Nee, der Penner hat sie abserviert. Geht jetzt mit ner anderen. Da kam ich grade richtig, um ihr verständnisvoll zuzuhören ... grinst er, – ... und sie verständnisvoll zu ficken und so, lacht er und stößt dabei wieder mit den Hüften. – Ich sollte mich bei dem Großen bedanken, der hat ihr alle Tricks beigebracht. Ich hab erst erwartet, dass sie so unbeholfen und steif wär wie ne kleine Jungfrau, sagt er und spuckt das Wort »Jungfrau« aus, als ob er »Lepra« sagt, – aber von wegen, der Große muss das alles aus ihr rausgefickt haben, hat ihre Möse gut für mich eingeritten. Die kleine versaute Kuh wusste echt, wie sie's einem mit dem Mund machen muss. Aber hallo! Hätte mir beinah einen abgekaut!

Quatsch mit Soße.

Dem schmierigen Typ hätte sie bestimmt nich seinen dreckigen Schwanz gelutscht.

– Wer war der Typ, der ihre Freundin abgeschleppt hat? fragt Billy.

Terry nimmt nen Schluck von seinem Irn Bru. – Simon heißt der Knabe. Korrekter Typ. Hat bei Amy Connor nen Tittenfick rausgeholt. Er ist n Kumpel von Joe Begbies Bruder, von Franco, der Fotze, die mit mir eingefahren ist. Ich hoff bloß, ich hab mir keinen Tripper von Caroline geholt, weil ich heut Nachmittag bei Lucy zum Essen bin, und ich weiß schon, was es zum Nachtisch gibt!

– Ich dachte, die wär sauer, weil sie dich geschnappt haben? fragt Carl.

– Aye, ihr hinterfotziger Vater, der versucht sie gegen mich auf-
zuhetzen. Aber das ist zwecklos. Wenn ne Braut erstmal Terence
Henry Lawson hatte, ist sie verwöhnt, da ist ihr nur noch das
Beste gut genug. Die können gar nicht genug davon kriegen,
Alter! Aber unter Garantie!

Der Größenwahnsinnige hält mir die Flasche hin.

Ich lehne die Irn-Bru-Flasche mit ner Kopfbewegung ab, und
er gibt sie Carl, der nen Schluck davon trinkt. Sieht aus, als wär er
mit sich sehr zufrieden. Vielleicht hat sich die dicke Rothaarige
echt von ihm bumsen lassen. Ich will's verfickt nochmal nich
hoffen, denn das hieße, dass ich der Einzige hier wär, der's noch
nie gemacht hat. Billy hat's mit Kathleen Murray gemacht und
mit Terrys Schwester Yvonne und so.

Diese Maggie Orr aus Billys Haus kommt die Straße lang, zusammen mit diesem Mädchen mit der Brille. Die sieht trotzdem
echt süß aus. Sie bleiben gegenüber vor der Frittenbude stehn.

– Terry, komm mal her, sie winkt, er soll rüberkommen.

Aber Terry rührt sich nich. – Nee, kommt ihr doch rüber, meint
er frech.

– Nee, das hübsche Mädchen mit der Brille weist mit dem Kopf
auf Maggie, verzieht das Gesicht zu nem Ausdruck, als wollte
Maggie Carl oder Billy nich sehn. Billy lässt sich nich aus der
Ruhe bringen, er hat die Zeitung, und Carl guckt einfach weg,
die Hände auf die Hüfte gestützt. Billy rollt die Zeitung zusammen und haut sie ihm über den Kopf. Carl sagt so was wie:
– Wichser. Terry zuckt die Schultern und geht zu den Mädchen
rüber.

Das tolle Mädchen mit den langen, schwarzen Haaren und der
Brille guckt mich an und lächelt. Mein Herz macht bumm. Sie
macht nen total netten Eindruck, nich so wie gewisse andere
hier. Dann guckt Terry zu mir rüber und so, lacht dann mit dem
Mädchen und schubst sie, dann packt er sie, und es sieht aus, als
würd er sie kitzeln. Sie lacht und sagt ihm, er soll aufhörn. Er sollte so was nich mit nem Mädchen wie ihr machen, mit nem netten Mädchen. Ist ja okay, mit Schlampen so rumzualbern, aber
nich mit Mädchen wie der hier. Maggie passt das auch nich, und
als Terry das merkt, geht er zu *ihr* rüber und fängt an, sie zu kit-

zeln. Dann hebt er sie hoch, und sie kreischt: – TERRY! und wir
können alle ihren Slip sehen, dann lässt er sie runter, und sie hat
nen roten Kopf. Sie gehn weg, und das ältere Mädchen, die Nette,
ist am Lachen, aber Maggie ist knallrot und hat nasse Augen.
Lacht aber trotzdem so n bisschen irgendwie. Terry kommt zu
uns zurückgespurtet.

– Unersättlich, das Pärchen, sagt er lachend, während sie die
Straße runtergehn. Er sieht mich nach ihnen gucken. – Wow, sagt
er zu mir, – diese Gail, die steht auf dich, Gally. Die hat gesagt:
›Wer ist denn das süße Schnuckelchen mit den großen Augen?‹
Der Typ wird unverschämt; will mich wohl verarschen. Carl
und Billy lachen mir ins Gesicht, und Billy zwickt mir in die Backe. Ich ignorier Terry, den Wichser, ich ignorier sie alle. – Na
klar, sicher doch, sag ich.

Billy schlägt wieder die *Sunday Mail* auf. Terry, der gottverdammte Mann des Tages, die Fotze genießt das ohne Ende.
Sie machen ne Riesensache aus dem Scheiß beim Spiel. Immer
die verfickten Zeitungen aus Glasgow: Wenn die Penner von da
hier Randale machen, ist ihnen das scheißegal. Terrys saublöde
Scheißfresse und seine beschissenen, saublöden Scheißhaare.
Über ne ganze Seite. Die Fotze hält sich jetzt für nen Star. Ist doch
alles gequirlte Scheiße.

## Wir nennen Hibs-Schläger beim Namen

Der höhnisch grinsende, unbelehrbare Schläger, der am Samstag Gewalt und Schande über das Stadion an der Easter Road brachte, ist der Mineralwasserlie-ferant Terence Lawson (17). Millionen sportbegeisterter Fernsehzuschauer ver-folgten gestern die beliebte Sendung *Sportscene* und durften einen Sieg der von George Best nach vorn gepeitschten Hibs über die Rangers miterleben. Die Begegnung wurde jedoch von schweren Ausschreitungen im Stadion und Stadion-umfeld überschattet. »Diese Menschen sind keine wahren Fußballfans«, äußerte sich Inspector Robert Toal von der Lo-thian Police. »Echte Fans sollten sich von ihnen distanzieren. Sie sind auf dem besten Weg, den Sport zu zerstören.« Das unverschämte Gesicht von Lawson, als er nach den von ihm provozierten massi-ven Ausschreitungen abgeführt wurde, brachte für viele echte Sportfreunde das Fass zum Überlaufen. Bill McLean (41) aus Penicuik sagte: »Das war das erste Spiel, das ich seit Jahren besucht habe, und es wird das letzte gewesen sein. Heutzutage sind hier zu viele Hooli-gans.«

## Mafia

Lawson soll Anführer einer berüchtigten Bande von Edinburgher Fußball-Hooligans sein, die aufgrund ihrer Bindung an den Fußballverein der Hibs und ihrer extremen Rücksichtslosigkeit allgemein als »Emerald Mafia« bekannt sind.

## Gewalt

Es ist nicht das erste Mal, dass Lawson als gewalttätig auffällt. Im letzten Jahr wurde der bullige Schläger mit der Dauerwelle wegen des brutalen Angriffs auf einen anderen jungen Mann vor einer Imbissbude in der Innenstadt verurteilt. Wie wir erfahren haben, ist er außerdem mehrfach wegen Sachbeschädigung vorbestraft, einmal für das Zertrümmern einer Telefonzelle, in einem anderen Fall, weil er die Karosserie eines Luxuswagens mutwillig mit einem Schlüsselbund zerkratzte. Der Wagen gehörte dem Edinburgher Geschäftsmann Arthur Rennie.

## Überfordert

Mrs. Alice Ulrich (38), Lawsons Mutter, stellte sich gestern Abend hinter ihren Sohn. »Mein Terry macht schon manchmal Blödsinn, aber er ist kein Schläger. Er ist nur in schlechte Gesellschaft geraten. Mir reicht es langsam.« Lawson wurde gemeinsam mit zwei weiteren Jugendlichen (16 und 15 Jahre alt) festgenommen, deren Namen aus juristischen Gründen nicht veröffentlicht werden dürfen. Der Fall wird in vierzehn Tagen vor dem Edinburgh District Court verhandelt.

– Ich hab doch keine beschissene Dauerwelle, sagt Terry und fährt sich mit der Hand durch die Haare. – Da ist keine Scheißdauerwelle drin.

Der denkt, seine Scheiße würd nich stinken. Der miese Limokutscher. – Das kommt davon, dass dein Alter n Scheißnigger war, das is alles, sag ich.

Ich wünschte, das hätt ich nich gesagt. Terry kommt mit seinem alten Herrn nich gut aus. Ich denk schon, er scheuert mir eine, aber er wird nich wütend. – Tja, wenigstens hatte er echt reine Haut, kontert er und zeigt auf mein Gesicht. – So n Pizzagesicht verträgt sich nich mit Weiberaufreißen, Alter, sagt er zwinkernd, und alle bepissen sich vor Lachen. – Kein Wunder, dass du i. n. J. bist.

Er macht ein undurchdringliches Gesicht, und ich frag mich, worauf zum Henker er rauswill ...

Billy guckt Terry verständnislos an. – Was soll das heißen?

– Immer noch Jungfrau, meint Terry.

Die lachen sich total schlapp über mich; krümmen sich und halten sich aneinander fest. Als ich grad denke, sie würden auf-

hören, kommt ne zweite Salve, die losgeht, als Terry und ich nen
Blick wechseln und ich für ne Minute in seinen Augen fast so was
wie ne Entschuldigung seh, bevor es von dem Gewieher wegge-
wischt wird. Meine Hand fliegt hoch zu dem Pickel in meinem
Gesicht. Ich konnt's nich verhindern. Ich hab noch nen zweiten
gekriegt. Aye, und sie lachen noch mehr. Carl, der sich mit dieser
blöden rothaarigen Pissnelke verdrückt hat und sich jetzt für den
größten Liebhaber aller Zeiten hält, bloß weil ihn ne hässliche
Alte rangelassen hat, die sonst keiner will. Birrell, der noch nich
mal n bisschen Geknutsche...

– Verpiss dich bloß, du Fotze, hör ich mich sagen, aber ich bin
so ultrasauer, dass mir die Luft wegbleibt.

Terry.

Fotzen.

Scheiß doch auf alle. So was sind keine echten Freunde ...

– VERPISS DICH, LAWSON, DU SCHWUCHTEL!

– Oder was? fragt Terry und starrt mich an.

Ich dreh mich rum, und ich glaub, er kann sich fast denken,
dass ich mehr Angst davor hab, was ich tun könnte, als davor,
was er tun könnte. – Jetzt spiel hier doch nich die Mimose wie n
Baby, Gally. Du hast ja angefangen, mit diesem ganzen Nigger-
scheiß, meint er.

– Hab ich doch bloß im Quatsch gesagt, du Fotze.

Juice Terry. Der große Mann. Verscherbelt in Asozialensied-
lungen gottverdammtes Sprudelwasser ...

– Schön, und ich hab das von deinen Eiterpickeln auch im Spaß
gesagt, sagt er, und Ewart und Birrell sind schon wieder am Lachen.

Wichser ...

Ich mach nen Schritt nach vorn und bau mich vor Terry auf.
Vor der Fotze hab ich keine Angst. Hab ich noch nie gehabt. Aye,
die halten den jetzt alle für nen gefährlichen Schläger, aber das
weiß ich besser. Der Wichser hat vergessen, dass ich mit ihm zusammen groß geworden bin. Er bleibt so stehn, aber man merkt
ihm ne gewisse Vorsicht an.

Billy geht dazwischen. – Schluss mit der Anmache. Kapiert?
Ich dachte, ihr seid Freunde. Ihr zwei seid echt die Härte.

Wir stehn uns noch immer gegenüber und funkeln uns über Billys Schulter weg an.

– Ich hab gesagt, Schluss mit dem Scheiß. Kapiert? meint Birrell und drückt mir die flache Hand vor die Brust. Die Fotze fängt an, mir genauso auf n Keks zu gehn wie Terry. Okay, ich hätt das nich sagen sollen, aber die Fotze hätte es auch als Witz auffassen können. Ich merke, wie ich mich gegen Birrells Hand stemme, damit er mich entweder wirklich wegschubsen oder nachgeben muss. Er nickt mir zu und gibt nach. – Komm schon, Gally, sagt er bestimmt, aber vernünftig.

– Aye, kommt schon, Jungs, schaltet mal n Gang runter, sagt Carl, legt nen Arm um Terry und zerrt dann an der Fotze, womit er ihn zwingt, den Kopf von mir wegzudrehn. Terry protestiert, aber Carl rangelt im Spaß mit ihm und zwingt ihn zum Mitmachen.

– Verpiss dich, Ewart, du dämlicher Albino …

Dann sag ich: – Ich hab das echt nur im Spaß gemeint. Glaub bloß nich, du wärst hier der große Macker, nur weil du beim Spiel einkassiert worden bist, Terry. Bild dir das ja nich ein, sag ich der Fotze.

Terry schubst Carl weg und stiert mich an. – Und glaub du nich, du wärst hier der große Macker, weil du n Scheißmesser dabei hast.

Ein Messer. Dem Jungen sein Gesicht.

Mir ist irgendwie kalt. Ich hab das Gefühl, dass ich ganz allein bin, dass die mich alle hassen.

Birrell stärkt der Fotze noch den Rücken. – Aye, den Scheiß solltest stecken lassen, sonst kriegst du Riesenärger, das sag ich dir, Gally. Ich sag dir das als Freund. Dein Auftritt wird echt langsam krass.

Der will mir vorschreiben

Jeder will mir hier vorschreiben

Dem Jungen sein Gesicht. Polmont, die Fotze. Hat beim Spiel keinen einzigen Schlag ausgeteilt, die feige Sau. Hat bei Spencer in der Bude geheult wie n Pipimädchen. Hat kein Finger für Dozo gerührt, als diese Clerie-Jungs ihn aufmischen wollten, bis sie dann mein Messer gesehn ham. Was der mit dem Jungen gemacht hat, da hat er sich echt zu viel rausgenommen. Dozo hatte den Jungen schon zusammengetreten. Das hätte nich sein müssen. Und ich steh daneben und lass mir von ihm das Messer wieder in die Hand drücken. Ich nehm das auch noch, ich nehm's einfach wie der letzte Volltrottel. Jetzt krieg ich echt Schiss. Ich frag Carl: – Was willste damit sagen?

– Du baust Scheiße, Gally, sagt Carl und zeigt auf mich, – keine verfickten Messer.

Ein bescheuerter Hearts-Fan wie Ewart will mir erzählen, dass ich Scheiße bau. Na klar. Na sicher doch.

Billy starrt mich an. – Die Bullen warn gestern Abend noch da, nachdem du dich verpisst hattest. Ham alle ausgequetscht, was los gewesen wär.

Ich seh sie alle an. Die gucken mich genauso an wie Blackie und die ganzen Fotzen in der Schule immer. Und das wolln meine Freunde sein. – Aye, und was habt ihr denen verficktnochmal erzählt? Ich wette, ihr habt mich voll reingerissen.

– Ja klar, na sicher, komm mal wieder runter, meint Billy. Terry guckt mich bloß an, als würd er mich hassen. Carl steht n Stückchen weiter weg und schüttelt den Kopf.

– Ihr habt doch keine Ahnung, sag ich und lass sie stehen.

Carl ruft: – Jetzt komm, Gally!

Billy meint: – Lass ihn doch.

Ich hör, wie Lawson, die Fotze, in so nem hohen, amerikanischen Ton hinter mir herruft: – Schnuckelcheeeeen … bye, bye, Schnuckelcheeen …, und bin innerlich am Kochen.

Das wird dem noch Leid tun.

Ich geh die Straße runter, an der Kirche und Birrells Hauseingang vorbei und rüber in unsre Siedlung. Ich seh den alten Mr. Pender ausm Busy-Bee-Pub den Hügel runterkommen und ruf: – Wie geht's, aber er ignoriert mich und guckt schnell weg. Was hat der denn auf einmal? Ich hab dem doch nie was getan.

Als ich an Terrys Block vorbeikomm, guck ich rüber, ob Yvonne oder welche von ihren Freundinnen da rumhängen. Man fragt sich echt, wie Terry so n Arsch und Yvonne so nett sein kann.

Yvonne ist bezaubernd.

Aber es ist keiner zu sehen, und ich geh weiter zu meinem Block und die Treppe hoch. Gerade rechtzeitig, denn ich seh nen ganzen Hearts-Pulk, Topsy und Konsorten, in meine Richtung kommen. Topsy ist in Ordnung, das is n Freund von Carl, aber es sind n paar dabei, die garantiert frech werden, wenn sie sehn, dass ich allein unterwegs bin. Ich bin jetzt nich in der Stimmung, mich mit irgendwem anzulegen. An der Wand im Treppenhaus steht mit rotem Filzstift gekritzelt:

*LEANNE HALCROW*
*liebt*
*TERRY LAWSON*
*Und umgekehrt.*

Hat der Wichser wahrscheinlich selber hingeschrieben. Ich spuck drauf und seh zu, wie die Farbe die Wand runterläuft. Billige Scheißtinte. Der Scheißtyp von Terry kommt sich groß vor mit seiner Scheißniggerfrisur, wo seine Scheißmutter jetzt mit nem Scheißnazi bumst. Dieser saublöde Scheißvollidiot mit seiner beschissenen großen Fresse. Will jede Scheißperle gefickt und jeden Typ aus der Siedlung aufgeklatscht ham. Von wegen. Der Harte. Von wegen. Und Birrell, die Sau, und Ewart, die Sau ... halten zu ihm – Fotzen.

Ich geh in mein Zimmer und leg die erste LP auf, die ich mir je gekauft hab, *This Is The Modern World* von The Jam. Cropley kommt rein, und ich tätschle ihn mit zittriger Hand, während meine Tränen auf seinen Kopf platschen. Tränen, die keine Sau je zu sehn kriegt. Niemals.

Ich werd nie die Schule schaffen. Ich werd nie nen Job finden. Ich werd nie richtig Sex haben.

Die stecken mich in den Bau.

## ROCKFORD gegen DIE PROFIS

Der Sonntagabend ist stinklangweilig. Ich zerre an dem gelben Beißring in Cropleys Maul. Er knurrt durch seine Nüstern. Kann ganz schön fest zubeißen. Der Ring ist voll mit seinem Sabber. – Andrew, lass das! fängt meine Ma an, – du reißt dem Tier noch die Zähne aus! Ich kann's mir nich leisten, den Tierarzt zu bezahlen, wenn das Viech dritte Zähne braucht, oder was die dann kriegen. Sie fängt an zu lachen und Sheena und ich auch und so, als wir uns Cropley mit nem Gebiss vorstellen.

Also lass ich den Ring los. Jetzt hat er ihn, nur um ihn mir zurückzubringen, damit ich wieder mit ihm drum kämpfe. – Jetzt haste n, Cropley, also kusch, hau ab, sag ich. Hunde sind wirklich nich übertrieben schlau. Das ist alles Quatsch, diese Barbara Woodhouse mit ihrer Hundesendung im Fernsehn. Die könnte so nen Hund wie Cropley auch nich erziehn, oder einen von den Straßenkötern, die einen anfallen, wenn man durch n Park zur Schule will. Letzte Woche hat Birrell einen von denen in die Schnauze getreten, der dann winselnd abgehaun is. Er meinte, Hunde wärn wie Menschen, n paar davon wärn nich so hart im Nehmen, wie sie selbst gern glauben. Carl meinte, er würd ab jetzt zur Selbstverteidigung sein Luftgewehr mit zur Schule nehmen. Ich hab ihm gesagt, dass er besser nich auf meinen Hund schießt, sonst würd ich auf ihn schießen, Freund hin oder her.

Cropley isses leid, oder er vergisst es einfach und lässt den Ring fallen. Aber meine Ma muss ihm eins überziehen, weil er versucht, Sheena ins Bein zu ficken, als sie aufsteht, um aufs Klo zu gehn. Sie lacht und sagt: – Aus, Cropley! Pfui! Sheena weiß wahrscheinlich gar nich, was der Hund da macht, oder vielleicht doch. Meine Ma weiß es jedenfalls und vertrimmt ihn mit ihrem Pantoffel, und es dauert ewig lange, bis er es lässt.

Ich lach mich schlapp, und deswegen semmelt sie mir eine mit der flachen Hand voll auf die Backe. Das hat gesessen, ich spür meine Ohren knacken. – Das ist nich komisch, schnauzt sie mich an.

Es pocht an der Stelle, wo sie mich getroffen hat, und ich lach immer noch, obwohl mein eines Ohr sich ganz taub anfühlt. – Wofür war das denn?

– Dafür, dass du den Hund ärgerst, Andrew Galloway. Du machst das arme Tier noch verrückt, sagt sie.

Ja, sicher. Ich reib mir nur die Backe und schlag das Fernsehprogramm in der Zeitung auf. Das Trommelfell ploppt irgendwie zurück, und ich kann wieder richtig hören. Was ich sonntagabends am meisten hasse, ist, dass *Detektiv Rockford ermittelt* auf

BBC und *Die Profis* auf STV zur selben Zeit laufen. Die wolln einen wohl verarschen, die Fotzen, so was kann man doch wohl besser planen.

Ich merk, wie meine Ma neben mir aufs Sofa rutscht. Sie legt den Arm um mich, drückt mich und streicht mir übern Kopf, und es kommt mir vor, als wär sie fast am Heulen. – Tut mir Leid, Schatz ... tut mir Leid, mein Schätzchen, sagt sie.

– Schon gut, Ma, hat gar nich weh getan, stell dich nich so an! lache ich, bin aber auch fast am Flennen und so. Wenn sie das macht, ist das, als wär ich wieder n kleines Kind.

– Es ist manchmal nich leicht für mich, Junge ... sie guckt mich an, – ... weißte?

Ich hab nen Kloß im Hals und krieg gar nix raus, also nick ich bloß.

– Du bist n lieber Junge, Andrew, warst du immer. Du hast mir nie Schwierigkeiten gemacht. Ich hab dich lieb, Schatz, schluchzt sie wieder.

– Ach, Ma ... ich drück sie auch.

Sheena kommt vom Klo zurück, und ich und Ma auf der Couch lassen uns los wie n junges Pärchen, das grad heimlich rumgeknutscht hat und sich schnell ordentlich hinsetzen muss. – Was ist denn? fragt Sheena ganz ängstlich.

– Alles in Ordnung, Schatz, sagt sie. – Wir quasseln nur n bisschen. Komm setz dich zu uns aufs Sofa, und klopft mit der Hand auf den Platz neben sich, aber Sheena setzt sich zu ihren Füßen auf den Boden, und Ma hat einen Arm um mich und einen um Sheena gelegt, streichelt ihr übers Haar und redet so nen Blödsinn wie: – Meine kleinen Babys ..., und das ist n schönes Gefühl, aber gleichzeitig auch peinlich, denn für so was bin ich ja nun verdammt nochmal zu alt, aber naja, sie hat sich so aufgeregt, deswegen sag ich nichts, und Sheena nimmt Mas eine Hand und hält sie zwischen ihren beiden; ich bin bloß froh, dass mich die anderen Jungs nich sehn können.

Wir gucken ne Weile fern, und dann klingelt's an der Tür und Carl steht draußen.

– Haste Lust zu mir zu kommen, n bisschen *Die Profis* gucken? fragt er mit nem ganz drängenden Blick.

Ich guck zurück und zögere irgendwie so ne Zehntelsekunde. Er kann mir ansehn, dass ich keine Lust hab, mitzukommen. Aber ich will nicht, dass er denkt, das wär, weil ich jetzt grad nich von meiner Ma wegwill. Also schieb ich's auf die Sache mit Terry heut Nachmittag. – Terry hat ne große Fresse. Irgendwann kriegt der nochmal was aufs Maul.

– Ja, ja, meint Carl müde. Er weiß, dass Terry und ich die besten Freunde sind, auch wenn wir uns manchmal gegenseitig auf die Eier gehn. – Komm mit zu mir, dann gucken wir *Die Profis*.

– In Ordnung, sag ich. Eigentlich wollte ich mit Ma und Sheena *Rockford* sehn, aber drauf geschissen, ist ganz gut, mal ausm Haus zu kommen.

Ich sag meiner Ma Bescheid, dass ich mit zu Carl rübergeh, und ich hab n bisschen schlechtes Gewissen, sie und Sheena allein zu lassen, ist mir irgendwie unangenehm, dass ich nich zu Haus bleib. Aber die kommen schon klar! Frauen unter sich, wie mein Onkel Donald immer sagt. Meiner Ma macht das nix, solang es Carl oder Billy sind, da macht sie sich keine Sorgen, aber sie mag's nich, wenn ich zu Terry geh. Manchmal, wenn ich um zu schnüffeln oder was zu trinken zu Terry geh, erzähl ich meiner Ma, ich ginge zu Carl oder Billy und es wär bloß Cider. Aber ich glaub, meine Ma und Mrs. Birrell und Mrs. Ewart wissen, dass wir in Wirklichkeit bei Terry sind.

Also geh ich mit zu Carl. Ich mag deren Wohnung, denn es ist immer wärmer als bei uns zu Hause, ich glaub, wegen dem Teppichboden, der von Wand zu Wand geht. Das macht den Eindruck, es wär besser isoliert. Bei uns ham wir nur die alten Teppiche von meinem Onkel, und die gehn nich bis ganz an die Wand. Neue Möbel ham die auch und so, große bequeme Sessel mit hellem Holzgestell, in die man so richtig einsinkt. Carl meint, die sind aus Schweden.

– Guck an, da kommt ja der andere Hooligan! meint Carls Alter, aber er macht nur Spaß. Das ist das Gute an Carls altem Herrn, mit dem kann man rumalbern, und er ist nich so mies drauf wie andere alte Fotzen.

– Wir nich, Mr. Ewart, bloß Terry ist einer, oder nich, Carl? sag ich, das konnte ich mir einfach nich verkneifen.

– Der Bursche bringt sich nochmal in echte Schwierigkeiten, ihr werdet's sehen, sagt Mrs. Ewart.

Carl guckt sie an und sagt: – Ich hab dir doch gesagt, Ma, das war nicht Terrys Schuld. Er hatte eigentlich gar nichts damit zu tun.

Eins muss man Carl lassen: Er haut keinen in die Pfanne.

– Ich hab ihn im Fernsehen gesehen, wie er mit nem breiten, blöden Grinsen am Spielfeld langlief. Für die arme Alice muss das ein Schock gewesen sein, sagt Mrs. Ewart und verschwindet in der Küche.

Mr. Ewart ruft ihr nach: – Das war n bisschen dumm, aber der Junge hat nix gemacht, außer zu lachen. Wenn sie dagegen schon Gesetze machen wollen, na dann gute Nacht, sagt er, aber Mrs. Ewart antwortet nicht.

Ich seh ihn an und red n bisschen leiser, als ich ihn frag: – Ham Sie jemals Stunk im Stadion gehabt, Mr. Ewart? So ne Sachen kann man Carls Vater fragen, auch wenn ich damit rechne, dass er sagt:»Werd bloß nich frech, zu meiner Zeit gab's so was nich.«

Er grinst mich an und zwinkert mir zu. – Na klar, das hat's schon immer gegeben, sagt er, – ihr glaubt, ihr hättet das alles erfunden, aber ihr habt ja keinen Schimmer.

– Ging es bei Kilmarnock immer gegen Ayr United? frag ich.

Er schüttelt den Kopf und lacht. – Na ja, Ayr und Killie sind Lokalrivalen, aye, sie spielen aber nicht oft in derselben Liga. Darum gab's den meisten Ärger bei denen immer zwischen den Juniorenmannschaften. Ich war für Darvel, und in den Pokalspielen gegen Vereine wie Kilwhinning oder Cumnock gab's ewig Ärger, vor, während und nach den Spielen. Und da ist es manchmal sehr, sehr brutal zugegangen. Wenn sie damals mehr Leute gehabt hätten, wär Rangers gegen Celtic nie n Thema geworden!

Mrs. Ewart hat Tee gemacht und bringt ihn auf nem Tablett rein. – Sei still, Duncan, du solltest die Jungs nicht auch noch ermutigen! Aber sie lacht dabei.

Mr. Ewart grinst, als würd er sie auf den Arm nehmen wollen. – Das ist doch bloß Sozialgeschichte, mehr nicht. Ich mein, ich weiß nicht, wie das heute ist, aber das waren alles Zechenstädte. Die Arbeit war hart, und die Leute waren arm. Die Menschen brauchten was zum Abreagieren. Das hatte was mit dem Stolz auf deine Stadt oder dein Dorf zu tun, darauf, wer du bist und woher du kommst.

– Na, aber *die* brauchen nichts zum Abreagieren. Die werden noch im Kittchen landen, so wird das enden, warnte sie.

Carl grinst mich an, und ich versuch, nicht zurückzugrinsen, denn ich will Mrs. Ewart nicht verärgern. Ich weiß, man soll so was nicht über die Mutter eines Freundes sagen, aber ich steh wirklich auf Mrs. Ewart. Sie hat tolle Titten. Ich schäme mich deswegen, echt, aber ich hab mir auf sie schon mal einen runtergeholt.

*Die Profis* fing an, und wir machten es uns vor der Glotze gemütlich. Ich guckte immer wieder auf Mrs. Ewarts Beine, diese Art, wie sie die Pantoffeln wegkickte. Sie sieht meinen Blick und lächelt, und ich werd rot und guck wieder auf den Bildschirm. *Die Profis* sind toll. Ich wär Doyle und Carl wär Bodie, auch wenn Doyle ne Frisur hat wie Terry.

Doyle.

Polmont.

Das Messer.

Der Junge aus Clerie.

Ich guck wieder auf den Fernseher. Obwohl die Folge toll war, konnt ich spüren, wie sich das elende, bange Sonntagabendgefühl breit machte, dieses Mal so schlimm wie noch nie.

## KEIN MANN IM HAUS

Als ich aufwache, bin ich allerdings n bisschen besser gelaunt, ist sogar das erste Mal seit ewig und drei Tagen, dass ich mich am Montag auf die Schule freue. Ich hasse den Laden wie die Pest, ich kann's kaum abwarten, dass ich im Sommer sechzehn werd und mich da verpissen kann. Alle sagen, ich soll weitermachen, dass ich gut sein könnte, wenn ich mich mehr reinhängen würde. Aber das Einzige, was ich gern mach, ist Französisch. Wenn sie uns die ganze Zeit Französisch machen ließen oder vielleicht noch ne andere Sprache wie Deutsch oder Spanisch, würd ich nie von der Schule abgehn. Aber der Rest ist scheiße. Eines Tages möcht ich mal in Frankreich leben und ne französische Freundin haben, denn die Mädchen da sind wunderschön.

Ich will was übers Spiel hören, aber ich will nix über das hören, was draußen vorm Clouds passiert ist. Wahrscheinlich hat sich der Ärger mittlerweile eh verzogen.

Clouds! Verzogen!

Aber es macht mir Angst, wenn ich dran denke. Manchmal denk ich, es ist alles gut, und dann fährt mir so n Schreck in die Knochen, dass mir fast das Herz stehn bleibt. Meine Ma spürt, dass was im Busch ist. Ich kann ihr kaum in die Augen sehn. Ich steh sofort auf und bin früh dran und hol Billy und Carl ab, was normalerweise nie vorkommt.

Wir kommen zur Schule und ham gleich Montagsversammlung in der Turnhalle. McDonald, der Direx, sitzt oben auf der Bühne und guckt ganz ernst und grimmig. Alle sind am Rumquasseln, das hört in dem Augenblick auf, als er aufsteht. – Es ist überaus bedauerlich, dass wir unsere Woche mit einem Missklang beginnen müssen. Mr. Black, sagt er und nickt Blackie zu, der als Nächster aufsteht, was wieder Getuschel im Saal auslöst.

Die Fotze sieht echt sauer aus. Hat auf beiden Backen rote Flecken. Er räuspert sich, und wir sind alle wieder still. – In all den Jahren meiner Lehrtätigkeit habe ich mich nie, nicht ein einziges Mal geschämt, zu bekennen, dass ich an diese Schule gehöre …

– Der Irre ist doch nie hier zur Schule gegangen, was regt der sich auf? flüstert Billy mir zu.

– … bis ich beim Fußballspiel am Samstag im Easter-Road-Stadion Zeuge eines widerwärtigen Verhaltens wurde. Dort war eine Gruppe von Jugendlichen, die es offenbar gnadenlos darauf angelegt hatte, Ärger zu machen, und die damit den Namen dieser … dieser ganzen Stadt, der ganzen Stadt, dabei wirft er weit die Arme auseinander, – in den Schmutz gezogen haben, schimpft er. Wie immer macht die Fotze ne dramatische Pause. Alle senken die Köpfe, aber nur so n paar Luschen und Spießer und ein oder zwei Mädchen deswegen, weil sie sich schämen, der ganze Rest, damit er nich sieht, dass wir uns das Lachen kaum verkneifen können. – Es schmerzt mich, das sagen zu müssen, labert er weiter, – aber einige der Beteiligten waren Schüler an dieser Schule. Einer davon ist vielen von euch bekannt. Er ging letzten Sommer ab. Ein närrischer Junge namens Terence Lawson. Es gab jede Menge unterdrücktes Gekicher. Ich wünschte, Terry könnte das hören. Ein närrischer Junge! Das ist Terry! – Der andere junge Schwachkopf war mir unbekannt. Aber da war noch ein Rowdy, der sich in der unverschämtesten Art produzierte, während er von der Polizei über die Außenbahn geschleift wurde, vor laufenden Fernsehkameras, vor den Augen *der ganzen Welt*. Ein Junge von *dieser Schule*! Blackie zittert jetzt richtig vor Zorn. – Tritt vor, Martin Gentleman! Was hast du dazu zu sagen?

Zuerst konnte ich Marty Gentleman nich sehn. Aber ich sah Dozo Doyle von der Seite grinsen, seinen frisch rasierten Kopf und seinen irren Blick. Dann seh ich, wie Hillier, unser Sportfuzzi, Gentleman ein Zeichen gibt, aus der Reihe zu treten, und jetzt kann ich ihn sehn. Er ist ja auch schlecht zu übersehn.

– Deine Scheißschule kannste dir hinten reinstecken, du Pfeife! sagt Gentleman, als er aus der Reihe tritt. Aus den anderen Reihen gab es massig Gelächter und Ooooohhs. Es war echt total, wie wenn mein Onkel Donald mit uns Weihnachten immer zum Kindertheater ins Kings in Tollcross gegangen ist, um Stanley Baxter und Ronnie Corbett in *Cinderella* und so was zu sehen. Hillier versuchte, ihn am Arm zu packen, aber Marty schüttelte seine Hand ab und starrte ihn an, bis die Fotze den Schwanz einzog.

– Das ist genau diese Einstellung … da, seht ihr? Seht ihr? Blackie zeigt auf Gent, der zum Ausgang geht und der Fotze das V-Zeichen zeigt. – Das ist die Einstellung … dagegen haben wir zu kämpfen! Wir versuchen zu unterrichten! Wir versuchen zu unterriiiichten … kreischte Blackie hysterisch von der Bühne.

Gentleman drehte sich nochmal zur Bühne um, wiegte sich auf den Zehenspitzen und brüllte so laut, dass er beinah vornüber kippte: – LECK MICH, DU PENNER! UND DEINEN SCHEISS-JESUS KANNSTE DIR IN DEN ARSCH STECKEN!

– DU WIRST NIE WIEDER EINEN FUSS IN DIESE SCHULE SETZEN! heulte Blackie.

Noch mehr Ooohs, noch mehr Gelächter. Das is astreines Kindertheater hier, so viel ist amtlich.

– Darüber mach dir mal keine Sorgen, du Fotze! Das werd ich bestimmt nich! brüllte Gentleman, und damit drehte er sich um und war weg, auf Nimmerwiedersehen.

Ein Mädchen namens Marjory Phillips kriegte nen Lachkrampf und biss sich in den Finger, damit er aufhörte. Billy und Carl kamen fast die Tränen. Ich sagte: – Ein Gentleman, jedoch kein Mann der Wissenschaft. Jedenfalls jetzt nich mehr, und die Fotzen platzen los vor Lachen, das sich durch die ganze Reihe fortpflanzt.

Geil!

Blackie hört gar nich mehr auf zu labern, aber er ist völlig von der Rolle, und McDonald sagt dem Typ, er soll sich wieder setzen. Dann dürfen wir gehn. Es geht an der ganzen Schule rum, und alle bepissen sich beinah vor Lachen. Gentleman hatte guten Grund, das zu machen, was er gemacht hat, Blackie, diese Fotze, war im Unrecht. Das war außerhalb der Unterrichtszeit; das ging ihn gar nichts an. So wie ich das seh, hätten wir ne Scheißmedaille dafür verdient, dass wir gegen diese Fotzen angetreten sind. Aber Gentleman wär ja eh in nem Monat oder so von der Schule abgegangen, deswegen ist es scheißegal, ob sie ihn rausschmeißen oder nich. Hat der ein Glück, dass er fliegt, denn damit hat er's ein für allemal hinter sich. Das wird super dran sein, wenn man richtig arbeiten geht: Da wird man nich schikaniert, bloß weil man sich mal beim Fußball schlägt. Hier wird man ja wie n Kleinkind behandelt.

Als ich zu Haus bin, geh ich für meine Ma zur Frittenbude. Ich bleib heut Abend zu Haus und guck fern. Montags holen wir uns immer was von der Frittenbude, weil meine Ma erst spät mit ihrem Putzjob fertig ist und dann keine Zeit mehr hat, was zu machen. Ich hab n Fischgericht, mit zwei eingelegten Zwiebeln, nem Solei, nem Brötchen und ner Dose Cola und setz mich damit vor die Nachrichten. Ich bin grad mit dem Essen fertig, als es an der Tür klopft. Ma geht hin, und ich hör Stimmen. Es sind Männerstimmen. Ihre ist ganz hoch, die anderen sind tief.

Es ist die Polizei. Ich weiß es einfach.

Es muss um meinen Alten gehen. Muss es einfach. Das letzte Mal hat man von ihm aus England gehört, Birmingham oder da in der Nähe.

Dann kommen sie rein. Meine Ma guckt mich an, das Gesicht ganz weiß vor Schreck. Die Polizisten gucken mich auch an, aber deren Visagen sind wie versteinert.

Sie sind meinetwegen da.

Ich darf nix sagen. Wenn sie meinetwegen da sind, darf ich nix sagen.

Meine Ma weint und bettelt, aber sie sagen, sie müssten mich mit auf die Wache nehmen. – Das is ne Verwechslung, Ma, das klärt sich bald. Ich bin in Nullkommanix wieder da, sag ich. Sie sieht mich an und schüttelt den Kopf. Es tut ihr echt weh. – Ehrlich, Ma, fleh ich sie an. Es hat keinen Zweck, denn sie weiß von dem Messer. Ewig hat sie mich bekniet, es loszuwerden, und ich hab ihr gesagt, ihr versprochen, ich würd's wegwerfen.

– Nun komm, Andrew, Junge, sagt einer von den Polizisten. Ich steh auf. Ich kann Ma nich ansehn. Sheena streichelt Cropley. Ich will ihr zuzwinkern, aber sie hält den Blick gesenkt. Vor Scham gesenkt, wie die Luschen beim Schulappell.

Einer von den Bullen sieht wie n echtes Arschloch aus, aber der andere ist in Ordnung, er redet über Fußball, als wir in den Wagen steigen. Ich versuch, nich allzu viel zu sagen, falls sie mich nur zum Reden bringen wollen, damit ich versehentlich wen verpfeife. Mr. Ewart kommt in seinem Overall die Straße lang, mit seiner Werkzeugtasche in der Hand. Er sieht mich in dem Wagen und kommt rüber, aber ich kann ihn nich ansehn. Ich hab das Gefühl, ich hab alle enttäuscht.

Ich bin froh, dass wir losfahren, ehe er sich einmischen kann. Er würd versuchen, mir zu helfen, das weiß ich, und da würd ich mich nur noch mehr schämen. Ich glaub nich, dass die Bullen ihn überhaupt gesehn haben.

Es kommt mir vor wie das Ende der Welt.

Auf der Wache bringen sie mich in nen Raum und lassen mich da allein. Es stehen zwei orange Plastikstühle mit schwarzen Metallbeinen drin, wie in der Schule, ein Tisch mit grüner Resopalplatte, und die Wände sind cremegelb. Ich weiß nich, wie lang ich da drin bin. Kommt mir vor wie Stunden. Ich kann an nichts andres denken als an Samstagnacht, an das Gesicht von dem Jungen, an Polmont; daran, wie blöd ich gewesen bin, dass ich das Messer gezogen hab, wie dumm, es ihm zu geben, und wie verrückt, es wieder zurückzunehmen.

Was zum Teufel hab ich mir dabei gedacht? Dreimal bescheuert in nem Zeitraum von etwa genauso vielen Sekunden.

Die zwei Polizisten betreten mit nem anderen Typ in Zivil den Raum. Er hat nen grauen Anzug an und n langes Pferdegesicht. Er hat da ne Warze auf der Nase, und ich muss einfach hingucken. Sie erinnert mich an meinen Pickel und dass ich mit nem Pickel gar nich ins Clouds hätte gehn sollen. Meine Gedanken bleiben stehn und erstarren in meinem Kopf, als der Knabe mein Messer aus so nem Beutel holt.

– Ist das dein Messer? fragt er mich.

Ich zuck bloß die Achseln, aber innerlich zittre ich.

– Wir werden dir gleich die Fingerabdrücke abnehmen, Andrew, sagt der nette Polizist zu mir. – Außerdem haben wir Zeugen, die bestätigen, dass du ein solches Messer besessen hast.

Hinter dem Typ kriecht ne Fliege die Wand hoch.

– Und wir haben Zeugen, die aussagen, dass du vom Tatort weggerannt bist, und weitere, die gesehen haben, wie du etwas in die Mülltonne geworfen hast, in der wir das Messer fanden, sagt der arschige Bulle und pocht auf n Tisch.

– Was wir damit sagen wollen, Andrew, sagt der Typ in Zivil, – ist, dass du dir die Sache leichter machen kannst, wenn du uns die Wahrheit erzählst. Wir wissen, dass es dein Messer ist. Hast du das Messer an dem Abend irgendjemand anderem gegeben?

Es war Polmont. Ich weiß nich mal, wie der Junge heißt. Polmont. Es ist, als wär er n Geist. Polmont war's. Die werden das rausfinden. Die werden das schnallen.

– Nee . . . sag ich.

Der Zivile mit der Warze versucht's nochmal. – Ich kenn deinen Vater, Andrew. Aye, er hat seinerzeit n paar dumme Sachen angestellt, aber er ist kein schlechter Kerl. So was wie das hier hätte er nie gemacht. In ihm steckt nichts Bösartiges, und ich glaube, auch in dir nicht. Ich hab den Jungen gesehen, der mit dem Messer verletzt wurde. Die Nerven in seinem Gesicht sind durchtrennt, eine Gesichtshälfte wird für den Rest seines Lebens gelähmt bleiben. Ich denke, wer immer das getan hat, in dem steckt etwas Bösartiges. Überleg dir, was dein Vater dazu sagen würde. Denk an deine Mutter, Junge, wie wird ihr zumute sein?

Meine Ma.

– Noch mal, Andrew, hast du an diesem Abend das Messer irgendwem gegeben?

Man verpfeift keinen, niemals.

Die Fliege ist noch da, sie krabbelt wieder nach oben.

– Andrew? fragt der harte Bulle.

– Nee.

Der Knabe mit der Warze guckt auf mich runter und atmet schnaufend aus. – Dann geht das auf deine Kappe.

Ich bin ein Trottel, ich werd einfahren, aber es gibt nichts, was ich dagegen tun könnte. Man verpfeift keinen. Aber irgendwer wird ihnen bestimmt verraten, dass es Polmont war. Sie werden mich nich einsitzen lassen, nich Doyle und der Rest von den Jungs. Sie werden's Polmont zeigen, sie werden das richtig stellen.

Die Fliege surrt von der Wand weg.

Ich werd nich mehr der Mann im Haus sein. Es gibt keinen Mann im Haus mehr.

Meine Ma.

Scheiße, was soll meine Mutter jetzt bloß machen?

# Carl Ewart

### SEXUALERZIEHUNG

– Das passiert einfach, wenn es so weit ist, sagt mein alter Herr offenkundig verlegen durch den blauen Qualm seiner Regal hindurch. Das hier war echt nicht sein Ding, aber meine Ma hatte drauf bestanden, dass er sich mit mir hinsetzt und über die Sache redet. Ihr war aufgefallen, dass ich »ganz nervös und deprimiert« wär, wie sie es ausdrückte. Für meinen armen Vater war es allerdings das Fegefeuer. Ich hatte bisher selten erlebt, dass er keine Worte fand, aber diesmal war es so.

*Das passiert einfach, wenn es so weit ist.* Genau das, was ich wissen wollte, vielen Dank, Dad. Ich musste nicht erst fragen: »Aye, alles klar, und wann ist es so weit?«, denn das stand mir groß und breit ins Gesicht geschrieben. Er wusste, das war Kappes, und ich wusste, es war Kappes. Sachen *passieren* nicht einfach, man muss dafür *sorgen*, dass sie passieren. Die Frage, und wir kannten sie beide, war: »Wie in Dreiteufelsnamen stellt man's an, dass sie passieren?«

– Ich meine, er hüstelte und sah jetzt richtig verstört aus, als sich der Nebel vor meinen Augen lichtete, – so was lernt ihr doch in der Schule. Ich mein, wir hatten so was damals nicht in der Schule.

Deren Sexualkundeunterricht war allerdings für n Arsch. Gallagher zeigte uns in Bio lauter Abbildungen von halbierten Schwänzen und Eiern und wie's innen in den Muschis der Mädchen aussah; Röhren und Eileiter und ungeborene Babys und solche Sachen. Sachen, die einem jede Lust auf Sex vermiesen. Mir wurd richtig schlecht dabei, wie eine Titte von innen aussieht, als wär sie voll mit Seegras. Vorher *mochte* ich Titten. Ich mag Titten *immer noch* und möchte sie auch weiterhin gern mögen, also

möcht ich mir nicht vorstellen, sie wären mit Seegras ausge-
stopft.

So schlimm wie jetzt war's noch nie.

Ich will ja nur eins wissen: WIE KOMM ICH ZUM FICKEN,
sonst treibt mich das noch in den Wahnsinn!

Denn nach dem Diavortrag und der Werbung für Gummis
kriegt man gesagt: Wenn du irgendein Problem hast, geh damit
zu nem Lehrer deines Vertrauens. Ich sollte zu Blackie gehen.
Schließlich ist er derjenige, zu dem ich den meisten Kontakt hab.
Ständig werd ich in sein Zimmer geschickt, um ein paar mit dem
Riemen draufzukriegen. Das wär irre. Entschuldigen Sie, Sir,
aber wie lerne ich Ficken? Hat Jesus irgendwann mal gefickt oder
ist er als Jungfrau gestorben, wie Maria? Hat Gott Maria gebumst,
und wenn ja, hat er dann damit eins der zehn Gebote gebrochen
– »Du sollst nicht begehren deines Nächsten Weib« –, oder gelten
für ihn andere Regeln?

Oh ja, das wär's – besser nicht.

Was man wissen will, ist:

1. Wie spricht man ein Mädchen an?
2. Wie mach ich *sie* geil, wie geh ich da vor? Fasst man zuerst
an die Titten oder geht man ihr an die Möse? Muss ich den Finger reinstecken und ihr Jungfernhäutchen durchstoßen, wie es
einem die Typen aus der Klasse über mir verklickern wollten, die
selbstverständlich auch noch nie gefickt haben, oder gibt's da
noch andere Möglichkeiten?
3. Muss ich pinkeln, wenn mein Schwanz in der Muschi ist, oder
spritz ich bloß Samen ab, so wie wenn ich mir einen runterhole?
Ich hoffe Letzteres, denn man kann mit nem Ständer so schlecht
pissen.
4. Was macht das Mädchen während der ganzen Zeit? Nur damit
ich weiß, was ich zu erwarten hab.
5. Muss ich n Gummi tragen? (Wenn ja, kein Problem, ich hab
schon mal damit rumprobiert und weiß, wie man die überzieht.)
6. Was ist mit Geschlechtskrankheiten? Sicher kriegt man nichts,
wenn man nem Mädchen an die Titten fasst. Okay, ein *bisschen*
was hat Gallaghers Sexualkundeunterricht doch gebracht: Diese

Geschichte ist geklärt. Ich war so was von blöd, den Quatsch, den Donny die Woche vorher in Tynecastle rausgelassen hat, im Clouds zu wiederholen. Das war für Billy und Gally natürlich ein gefundenes Fressen.

Und Blackie würde dann zu mir sagen: Tja, Mr. Ewart, ich freue mich, dass Sie zu mir kommen, um diese Fragen zu diskutieren. Ich glaube, dieses Problem gehen wir am besten an, indem Sie mit zu mir nach Hause kommen, wo meine Frau, eine ehemalige Seite-drei-Schönheit und sehr viel jünger als ich, Ihnen alle Tricks beibringt.

Und dann würd ich sagen: Nicht doch, Mr. Black ... Sir. Ich könnte doch niemals ...

Tja, Sie könnten sich bei mir revanchieren, Mr. Ewart. Nachdem meine Frau Ihnen beigebracht hat, was Sie tun müssen, könnten Sie mir den Gefallen tun und es meiner Tochter beibringen. Sie ist im selben Alter wie Sie und noch Jungfrau. Und *sie sieht mir in keiner Weise ähnlich*, man sagt ihr vielmehr verblüffende Ähnlichkeit mit Debbie Harry von Blondie nach ... nicht dass ich mich für banalen Unsinn wie Popmusik interessiere. Ich hoffe sehr, Sie ziehen meinen Vorschlag in Betracht, Mr. Ewart, ich würde auch dafür Sorge tragen, dass es finanziell nicht Ihr Schaden ist.

Okay, Sir, dann soll's mir recht sein.

So gefallen Sie mir, Carl. Und hören wir doch mit diesem »Mr. Black«- und »Sir«-Getue auf. Nenn mich einfach »alter Fotzenkopf«. Wir sind schließlich beide Männer von Welt.

Na dann, alter Fotzenkopf.

Nee, irgendwie klingt das unwahrscheinlich. Also hab ich meinen Vater gefragt, der immer noch unsicher aussah und was davon murmelte, dass ich eigentlich noch auf Bäume klettern sollte und solchen Kram. Dann riss er sich zusammen und hielt mir einen Vortrag über Schwangerschaften und Geschlechtskrankheiten, vor denen ich mich in Acht nehmen soll. Dann kam das große Finale: – Wenn du ein nettes Mädchen gefunden hast, das du gern hast, weißt du, dass es so weit ist.

Der Ratschlag meines Alten: Such dir ein nettes Mädchen und sei anständig zu ihr.

Wie mit allen Ratschlägen meines Alten, seinen zehn Geboten, war damit nicht viel anzufangen. Ich wusste immer noch nichts drüber, wie man Mädchen kennen lernt, nur dass man Mädchen nicht schlägt. Dass man Mädchen nicht schlägt, wusste ich schon vorher. Was ich wissen will, ist, wie man mit ihnen bumst. Die unnützen Lebensregeln meines Alten. Sein Blabla bringt mir bloß Ärger in der Schule mit so Typen wie Blackie, weil ich ne eigene Meinung hab und versuche, mich für andere einzusetzen, die es mir dann nicht danken. Und der Alte bringt mich ins Schlingern, denn ein ganz wichtiger Grundsatz, den er mir mitgegeben hat, passt nicht zu anderen Sachen, die er predigt.

Eine seiner Regeln lautet, dass man immer für seine Freunde eintreten muss. Wunderbar. Dann sagt er, man darf nie einen verpfeifen. Und wie soll man in Gallys Fall beide Regeln befolgen? Wie kann ich mich für ihn einsetzen, ohne Polmont zu verpfeifen? Denn Polmont wird sich nicht von alleine stellen. Ich kann ihn nicht dazu zwingen, das können nicht mal Billy oder Terry oder Topsy und die Jungs aus der Siedlung, mit denen ich zu den Hearts geh, die aus dem Fanbus, sogar die legen sich nicht mit Typen wie Doyle und Gent an. Schon gar nicht für nen Hibby wie Gally, auch wenn sie ihn gut leiden können. Doyles Verwandte sind nicht bloß harte Proloschläger, die sind Schwerverbrecher. Und das macht nen Unterschied.

Einen großen Unterschied.

Sie nennen den Samstag immer noch »Nacht der langen Messer«. Besonders Terry, der es auszuschlachten versucht, dass Gally mit dem Messer auf diesen Jungen losgegangen sein soll, und das mit seiner eigenenFestnahme zusammenschmeißt, damit sämtliche Schlägertypen im Umkreis zwei und zwei zusammenzählen und zehn rauskriegen. Ich weiß, wie der tickt: Er nutzt das Pech seines Freundes aus, um sich wichtig zu machen.

Fotze.

Natürlich hab ich nicht gesehen, was mit Gally letztes Wochenende im Clouds los war. Ich war schon längst mit Sabrina weg, als der Ärger anfing. Terry muss was gesehen haben, oder Billy oder einer von den anderen Jungs.

Sabrina: Ich will wissen, was ich mit ihr machen soll, und ich will wissen, was ich wegen Gally machen soll.

Alles wird immer komplizierter. Mein Alter kann wenig machen, höchstens versuchen, mir zu verbieten, ins Clouds zu gehen. Nicht dass er das direkt gesagt hätte, er meinte nur: – Komm doch mit und leg im Club ein paar Schallplatten auf, so als DJ.

Vorher war er nie so wild drauf, dass ich mit ihm im Tartan Club Platten aufleg. Jedes Mal, wenn ich ihn gefragt hab, hat er nee gesagt.

Mein alter Herr und meine alte Dame haben von der Geschichte am letzten Wochenende gehört, erst das beim Spiel und dann vor der Disco. Ich schätze, sie denken, das wär alles Terrys Schuld, wo er doch beim Spiel einkassiert worden ist. Aber wir haben Terry an dem Abend ja kaum gesehen. Billy glaubt, Gally wär einfach durchgedreht, nachdem ihn diese Kuh hat abblitzen lassen. Aber es war entweder Polmont oder Doyle, der den Jungen aufgeschlitzt hat. Hundert Pro. Gally würd so was nie machen, das ist nicht seine Art. Er hat diesen Glen in der Schule mit dem Messer an der Hand verletzt, und das war bescheuert, aber jemandem das Gesicht aufschlitzen ist was anderes.

Und jetzt lochen sie Gally ein. Am ersten Weihnachtstag hat er Geburtstag. Ich weiß noch, wie ich ihn immer gefragt hab, ob er dann zweimal Geschenke kriegt, einmal wegen Weihnachten und einmal, weil er Geburtstag hat. Jetzt kriegt er gar nichts. Der Kleine. Er ist der beste Freund, den man sich wünschen kann.

Mein Alter. Such dir ein nettes Mädchen, sagt er. Kein Problem. Wie Sabrina oder wie die anderen Mädchen, mit denen ich rede, kein Problem, aber was dann? Was passiert dann, da unten, mein ich? Am liebsten hätt ich gesagt, Scheiße, ich find mindestens zehn nette Mädchen am Tag. Aber was nützt mir das – dann hab ich immer noch keine flachgelegt.

Vielleicht muss ich einfach aufs Ganze gehen. Aber wie soll ich das anstellen, wenn ich Sabrina dieses Wochenende nicht seh?

## MAKE ME SMILE (COME UP AND SEE ME)

Sie ist ein echt nettes Mädchen, ein Supermädchen. Wenn ich bloß ein bisschen mehr auf sie abfahren würde. Terry hat mal gesagt, Ausstrahlung könnte man nicht ficken, nachdem Gally gesagt hatte, so ne Frau an der Schule hätte ne nette Ausstrahlung. Kennen gelernt hatten wir uns im Plattenladen, im Golden Oldies am Haymarket. Sie fragte den Verkäufer, ob er dieses alte Stück von Steve Harley and Cockney Rebel da hätte, *Come Up and See Me, Make Me Smile.*

– Nee, sorry, sagte er.

Ich weiß auch nicht wieso, aber ich ging hin und sagte: – Das ist die beste Platte aller Zeiten.

Sie guckte mich erst mal an, als würde sie mir gleich sagen, ich soll mich verpissen. Dann sagte sie: – Aye, mein Bruder hatte die, aber er ist ausgezogen und hat sie mitgenommen. Er will sie mir nicht geben, sagte sie und zog ihre Augenbrauen hoch, die so hübsch, flaumig und blond sind.

– Geh zu Sweet Inspiration in Tollcross, sag ich ihr, – die haben sie mit Sicherheit da, garantiert. Ich mein, ich hätt sie da letzte Woche gesehen, log ich. – Ich bring dich hin, wenn du willst, sagte ich.

– Okay, sagte sie und lächelte mich an, und in meiner Brust machte es leise PING. Als sie lächelte, verzog sich ihr Mund zu einem perfekten Halbmond und veränderte ihr Gesicht total.

Manchmal sah sie echt toll aus. Das Problem war nur, dass sie ziemlich fett war, naja, nicht fett, aber füllig, und sie hatte irgendwie so blondes, leicht rötliches Haar. Wir gingen die Straße lang, ich total zurückhaltend, falls uns einer sähe, der denken könnte, wir gingen miteinander. In dem Moment Juice Terry übern Weg zu laufen, wär das Schlimmste auf der Welt gewesen. Es lag nicht daran, dass sie mir nicht gefiel, es war bloß, weil sie nicht total schlank war, mit dicken Titten, wie die Mädchen in den Wichsheften, auf die ich eigentlich stand.

Den ganzen Weg lang redeten wir nur über Platten, Platten und Platten, und sie kannte sich wirklich aus. Es war toll, mit einem Mädchen über Musik zu reden, das sich echt auskannte. An meiner Schule waren keine, naja, da gibt's bestimmt welche, aber ich hab sie noch nicht kennen gelernt. Ich mein, die kennen das, was in den Charts ist, aber wenn man mit ihnen über LPs reden will, gucken sie einen nur dumm an. Ich freute mich tierisch, als wir auch in Tollcross keine Steve Harley bekamen und noch zur Southside und bis runter ans obere Ende vom Leith Walk mussten, bevor wir die Platte endlich fanden. Ihren Namen, Sabrina, fand ich echt schön, aber mir gefiel nicht, dass sie sagte, sie würde Sab genannt. Sabrina gefiel mir viel besser. Klänge exotischer und geheimnisvoller, sagte ich zu ihr, und weniger nach Auto. Bis dahin wusste ich schon, dass ich mit Sabrina nicht nur über Musik reden wollte, ich wollte, dass aus uns was wird. Das war echt die beste Chance, die ich je hatte, denn mit ihr konnte ich über was reden, womit ich mich auskannte, ohne dass ich sie wie die anderen damit anödete. Und weil ich das konnte, fühlte ich mich so superlocker in ihrer Gegenwart.

Anschließend holten wir uns im Wimpy ne Cola und Fritten. Ich merkte an der Art, wie sie nach dem Burger von so nem Jungen schielte, dass sie gerne auch einen gehabt hätte, aber nicht wollte, dass ich sie für verfressen hielt.

Das nächste Mal traf ich sie am Samstag im Clouds, an dem Abend, als es Gally erwischt hat. Sie war mit ein paar Freundinnen da. Wir tanzten ein bisschen, aber meistens saßen wir nur unten rum und redeten über Platten. Ich war ziemlich verkrampft, weil meine ganzen Freunde da waren, hab mich aber gefreut, als sie sagte, sie müsste nach Haus, und wir machten uns früh auf den Weg zu Fuß durch die Stadt. Ich glaub, nur Renton und dieser Matty aus Leith haben uns zusammen gesehen, als wir gerade gingen. Als wir draußen waren, haben wir rumgeknutscht und so und über Platten geredet. Ich hab sie bis nach Dalry begleitet und bin dann direkt nach Haus, die Gorgie Road raus zur Siedlung.

Darum hab ich alles verpasst, die ganze Aufregung. Andy Galloway, der kleine Gally, mein Freund, in Untersuchungshaft in der Jugendstrafanstalt; also keine Freilassung gegen Kaution, Sozialstunden, psychiatrische Gutachten und der Prozess. Das sind die beiden Sachen, die mich fertig machen, mich deprimieren, wie meine Ma es nennt; dass ich nichts für Gally tun kann und nichts tun kann, um zu Sex zu kommen.

Ich weiß einfach: Wenn ich nicht in den nächsten Wochen, nein, Tagen meine erste Nummer schiebe, werde ich als Jungfrau sterben und bin verdammt, für den Rest meines Lebens zu Haus bei meiner Ma und meinem Vater zu wohnen. Es ging um alles oder nichts. Ich war bereit. Ich war mehr als bereit. Ich dachte an nichts anderes als an Sex.

Sex, Sex, Sex.

Ich rief Sabrina an, und wir verabredeten uns für Dienstag im Wimpy. Wir saßen da und küssten uns, bis ich kurz davor war, in meine Hose abzuspritzen. Das war toll, aber nicht genug. Ich traute mich tatsächlich, sie zu fragen, ob sie Lust hätte, sich am nächsten Samstag, wenn meine Ma und mein Dad im Tartan Club sein würden, bei mir meine Platten anzusehen.

Sabrina grinste ziemlich frech und meinte: – Wenn du möchtest.

Ich werd's tun.

*Come up and see me, make me smile . . .*

Ich konnte den Samstag kaum abwarten. Es zog sich ewig hin. Am Mittwoch ging ich raus, um sie anzurufen, auch wenn das nicht besonders cool war. Die Telefonzelle war im Arsch. Ich musste wieder nach Haus gehen und heimlich telefonieren. Ihr Vater ging ans Telefon. Meine Stimme kippte, als ich fragte, ob sie da wär. Sie wirkte viel beiläufiger, so als wär's ihr scheißegal, und ich fragte mich, ob sie kommen würde. Ich musste flüstern und hatte das Gefühl, ich würde ne knallrote Birne kriegen, wenn Ma oder Dad jetzt reinkämen. Dann versuchte ich ganz ruppig zu klingen, als spräche ich mit nem Kumpel.

Ich glaubte nicht mehr, dass sie kommen würde, obwohl sie aye sagte, als ich meinte, wir sähen uns am Samstag. Es war deprimierend.

Dann nervte mich Topsy in Newmans Obstladen, ich sollte am Samstag mit zu den Hearts. Nee. Auf keinen Fall. Dann wär diese Maggie vielleicht da. Sabrina gefällt mir besser. Ich hatte gedacht, ich könnte bei der vorbeischauen, als ihre Ma und ihr Dad nicht da waren. Billy sagte, sie hätten sie allein zu Haus gelassen, um nach Blackpool zu fahren. Die magere, kleine, verwahrloste Maggie, die mir ne Abfuhr gegeben und dann diesen Scheiß-

Terry rangelassen hat, wenn man dem Arschloch glauben darf. Hört sich für mich wie ein Haufen Scheiße an. Er kann ja nicht *alles* hier gefickt haben, was nen Schlitz hat.

## JUDEN UND NICHTJUDEN

Topsy hat mich die ganze Woche genervt, weil ich nicht beim Heartsspiel in Montrose war; erst in der Schule, dann auf der Arbeit. Alles bloß, weil ich am Samstag bei den Hibs war. Dachte wohl, ich würd die Seiten wechseln. Da muss er sich keine Sorgen machen. Ich hab immer noch Zustände wegen der Rotze, die ich in den Hals bekommen hab. Gegen Hauen oder Treten hab ich nichts, aber so was ist ekelhaft. Was für ne beschissene Art zu sterben: Hepatitis von nem Asi aus Glasgow, weil ich für die Hibs gekämpft hab, die ich eigentlich hasse! Nicht sehr Rock'n'Roll-mäßig, nicht wie ne Überdosis oder ein Hubschraberabsturz. Wahrscheinlich stehen dann Maggie Orr und die andern Mädchen von der Schule ganz in Schwarz an meinem Grab und vergießen Tränen, während sie sich wünschen, sie wären so anständig gewesen, für mich die Beine breit zu machen, solange sie noch Gelegenheit dazu hatten.

Nachdem Topsy mich deswegen die ganze Woche lang angepflaumt hat, will er jetzt, dass ich ihm wieder und wieder erzähle, was am Samstag passiert ist. Wir gehen in den Keller des Ladens und verbringen unsre Pause im Büro. George, die Schwuchtel, ist draußen im Keller und stellt ein paar Sträuße und Kränze her.

Unser Mr. Turvey ist fasziniert von den Doyles, besonders von Dozo. Er will alles nochmal hören; wer als Erster zugeschlagen hat, Doyle oder Gentleman, wer am besten ausgeteilt hat und lauter so nen Scheiß. Für ne Weile okay, für ne Weile sogar ganz nett, aber dann geht's einem auf den Keks.

Um das Thema zu wechseln, fang ich von der Band an. – Weißt du, letzte Nacht hatte ich plötzlich ne klasse Melodie im Kopf, sag ich zu ihm.

Topsy wird ganz still und nachdenklich. Dann saugt er an seinen großen Hasenzähnen rum, wie er's immer tut, bevor er was sagt. – Mein Alter lässt uns bei mir zu Haus nicht mehr proben, nicht nach dem letzten Mal, sagt er.

Scheiße, ich hab's geahnt! Der blöde Hund hatte die ganzen Schnitten da versammelt, Maggie und so. Nicht dass ich mich beschwert hätte, aber in seinem Schlafzimmer ging's zu wie im St. James Centre. Wir haben vor lauter Aufregung angefangen, ne Show abzuziehen und die Verstärker schweinemäßig aufzudrehen, und da hat uns sein Alter rausgeschmissen. Ne tolle Band.

– Aye, meine Alte dreht da auch durch, musste ich zugeben. – Bei mir ist es jedenfalls totale Zeitverschwendung, mein Alter funkt immer dazwischen. Ich krieg nie die Gitarre von ihm. Wir sollten nur noch bei Malc proben. Das wär sinnvoller. Bis er sein Schlagzeug zu uns geschleppt und aufgebaut hat, müssen wir schon wieder aufhören.

– Seine Alte wird begeistert sein, meint Topsy, bricht ein Stück von seinem Vier-Riegel-KitKat ab und tunkt es in seinen Tee.

– Aye, das ist stressig, gab ich ihm Recht. Aber was ist heutzutage nicht stressig. Da hocken wir hier bei Newmans exquisitem Obst- und Blumenladen rum statt zu proben. Snap sollte und könnte die beste Band aller Zeiten sein, aber es kam dauernd solcher Scheiß dazwischen. Trotzdem ist das die beste Zeit bei der Arbeit, die Pause, die Zeit, in der wir uns hinsetzen und die wirklich wichtigen Sachen besprechen können.

– Das ist das Blöde an der Siedlung, überlegt Topsy laut. – Die Wände sind zu dünn. Jeder kriegt gleich zu viel. Wenn wir in nem großen Haus mit Keller oder Garage wohnen würden wie die alte Judenfotze da oben, er zeigt mit dem Daumen nach oben zum Laden, – dann wärn wir schon so groß wie The Jam. The Jam müssten dann als Vorband für Snap spielen.

Ich mach mir Sorgen, dass George, die Schwuchtel, uns gehört hat, denn Topsys Stimme trägt echt weit, darum gucke ich kurz raus. George keucht immer noch vor sich hin, er arrangiert die Blumen und macht dabei dieses seltsame, pfeifende Geräusch durch die Zähne. Ich komm wieder rein und sag etwas leiser:
– Newman ist kein Jude, Tops. Er ist genauso evangelisch wie wir.

Topsys Miene verhärtet sich. – Du bist halber Katholik, sagt er anklagend. – Mütterlicherseits.

– Leck mich, du Fotze. Meine Ma ist ihr Lebtag nicht zur Kirche gegangen, und väterlicherseits sind alle protestantisch, auch wenn mir das scheißegal ist. Und Newman ist auch Protestant und so, ich zeig zur Decke, – der ist der reinste verfickte Diakon, Mensch.

Topsy tippt sich an den Nasenflügel. – Das wolln die einem weismachen. Die unterwandern die Kirchen, damit sie nicht so auffallen. Wenn so Judentypen bloß in die Synagoge gingen, säh man sie ja schon von weitem. Dass die sich klammheimlich in protestantische Gemeinden einschleichen, das machen sie nur, damit sie nicht so auffallen. Er will, dass wir ihn für einen von uns halten, aber das isser nicht.

Währenddessen kommt Newman die Treppe runter, und wir hören ihn erst, als er auf den letzten Stufen ist. Der Sack kann schon ein verfickter Leisetreter sein. Er schiebt sich wie ne Krabbe seitwärts in das enge Büro und tippt auf seine Armbanduhr. – Hopp, hopp! Er hat ein richtiges Vogelgesicht, spitz wie ein Schnabel und mit scharfen, stechenden Spatzenaugen. – Die Lieferungen müssen raus! sagt er zu mir.

Aye, und da haben wir die größte Ungerechtigkeit; Topsy lästert immer über Newman, aber den lässt er in Ruhe, nur auf mir hackt er ständig rum. In der Regel hab ich die Arschkarte und muss bei jedem Wetter mit dem Lieferfahrrad raus, um Lebensmittel bei faulen, reichen Schweinen abzugeben, die nie Trinkgeld geben und einen wie ihren Scheißlaufburschen behandeln. Wenn ich das Geld nicht für den Marshall-Verstärker brauchen würde, könnte die Fotze sich seinen Job in den Arsch stecken. Aber man kann ne Fender Strat nicht über nen Ramschverstärker spielen.

Ich bin hier der beschissene Arbeitssklave. Topsy räumt immer nur oben im Laden Regale ein oder lädt die Kränze in den Van, damit Newman die Runde über die Friedhöfe und Krematorien fahren kann. Wenn wir beide hier sind, bin immer ich derjenige, der die Auslieferungen machen muss. Und manchmal auch für den Laden in der Gorgie Road und so.

Na immerhin, wenn ich los muss, brauch ich wenigstens nicht mit Topsy über Politik zu diskutieren. Er hat ein paar verschrobene Ideen, aber das ist hauptsächlich, um die Leute hochzunehmen, sie zu schockieren und so. Manchmal kriegen die Leute das bei ihm in den falschen Hals. Und ich bin ihm ziemlich dankbar, denn Topsy hat mir diesen Job besorgt.

– Okay, Brian, sagt Newman mit seiner nasalen Quiekstimme, – ab nach oben und guck mal, was nachgefüllt werden muss. Du brauchst nen Karton Ananas in Stücken, so viel kann ich dir jetzt schon sagen, und Zuckererbsen.

– Alles klar, sagt Topsy fröhlich und folgt Newman nach oben, um ein paar Regale aufzufüllen. Hinter dem Rücken der Fotze macht er mit zwei Fingern ein V. Einige ham's echt schwer; er wird gemütlich im warmen Laden stehen und Deborah oder Vicky anbaggern, je nachdem, wer heute mit der alten Mrs. Baxter zusammenarbeitet. Und ich riskier unterdessen auf dem überladenen Fahrrad meinen Hals im Stoßverkehr von Merchiston und Colinton.

Die Lebensmittelkartons stehen auf dem Boden des Kellers rum, wo der keuchende Homo in seinem grünen Overall die Blumenarrangements fabriziert. Der kann das echt gut, seine Hände drehen und fummeln an diesen Drähten, und ruckzuck ist ein kleines Kunstwerk entstanden. Ich wüsste da nicht, wo ich anfangen soll. Ich gucke kurz auf die Bestellformulare, die an jedem Karton kleben, und fang an, meine Route zu planen. Heute ist es gar nicht so übel. Am besten fängt man immer am weitesten weg in Colinton an und arbeitet sich dann zurück. Ist motivierender. Am schlimmsten ist es samstagsmorgens, wo ich und Topsy abwechselnd arbeiten. Ich und er haben beide schon ein paarmal den Hearts-Bus verpasst, besonders wenn das Auswärtsspiel weit weg war und sie früh losgefahren sind.

Als ich anfing, hatte mich Topsy vor George der Schwuchtel gewarnt. – Der ist n totaler alter Homo. Ich mein, er packt dir nicht an den Arsch oder so, aber an der Art, wie der redet und rumtrippelt, erkennste sofort die Schwuchtel.

Und unser alter George lispelt ganz schön, er bespritzt mein Gesicht mit Speichel, genauso wie er seine Blumengestecke mit Wasser aus der Sprühflasche besprüht. Er zeigt auf ne Bestellung und sagt: – Bring zuallererst diese zu Mrs. Ross, Junge. Sie hat

angerufen und wollte wissen, wo die bleibt. Macht nen Riesen-
wirbel.

Also belade ich das alte Lieferfahrrad mit dem schwarzen Rahmen, während ich oben schon Topsy und Deborah, diese geil
aussehende Studentenbraut, laut über irgendwas lachen hör.

## TRINKEN, UM ZU VERGESSEN

Ich bin spät dran, und diese Gewitterziege Mrs. Ross hat so nen
kleinen Pudel mit Schottenkaro-Halsband, der immer nach meinen Fersen schnappt. Diesmal hat er mich doch glatt gebissen,
seine Zähne haben mir die Haut aufgeritzt, und meine Hose hat
wahrscheinlich n Loch. Das geht mir jetzt echt auf die Eier, und
ich lass den schweren Karton auf ihn fallen. Man hört's jaulen,
und dann versucht das Mistvieh, sich winselnd und wimmernd
vom Gewicht der schweren Kiste zu befreien. Hoffentlich hab
ich der kleinen Fotze das Rückgrat gebrochen.

Die fette, alte Sau kommt an die Tür. – Was ist passiert?
kreischt sie, – was hast du mit ihm gemacht?!

Sie zieht den Karton von ihm runter, und der Kläffer kriecht
ins Haus zurück.

– Tut mir Leid, war ein Unfall, sag ich lächelnd. – Er hat mich
ins Bein gebissen, da hab ich vor Schreck den Karton fallen lassen.

– Du … du … dummer …

Ich fand schon immer, dass es in solchen Situationen am besten ist, cool zu bleiben und einfach stur immer das Gleiche zu
wiederholen. Mein alter Herr hat mir erzählt, dass man ihnen das
bei der Gewerkschaft als Verhandlungstaktik beigebracht hat.
– Er hat mich ins Bein gebissen, und ich hab nen Schreck bekommen und den Karton versehentlich fallen lassen.

Sie sieht mich hasserfüllt an, dreht sich um und walzt hinter
ihrem Hund her nach drinnen: – Piiperrr … Piiperrr … komm
mein Kerlchen …

Mein Trinkgeld hab ich damit ohnehin nicht riskiert, denn die
filzige alte Fotze ist zwar randvoll mit Scheiße, würd sich aber

freiwillig nicht mal von nem Furz trennen. Auf der Slateford Road kriegte ich den Dreck aus dem Scheißauspuff von nem städtischen Bus in die Lungen gepumpt: besten Dank, Lothian Region Transport. Später kriegte ich von Mrs. Bryan ein Zehn-Schilling-Stück, was mich etwas aufmunterte, aber es war schon nach Ladenschluss, als ich wieder am Geschäft in Shandon ankam.

Sie standen draußen und warteten drauf, dass sie abschließen können. Newman starrte auf seine Uhr und machte ein Gesicht, als hätte jemand direkt unter seiner Nase einen fahren lassen. – Hopp, hopp, tschilpt er. Topsy und Deborah kichern sich eins, und diese Mrs. Baxter guckt ganz beleidigt und sieht auf die Uhr, wie ihr Boss es vorgemacht hat. Die Fotzen stellen sich an, als wär es meine Schuld, dass sie aufgehalten werden, dabei bin ich doch der Einzige, der hier richtig arbeitet. Mir geht durch den Kopf, dass es schön wär zu sehen, wie einer Newman was auf sein blödes Maul haut, oder noch besser, wie er versucht, sein Lieferfahrrad selber zu fahren und von nem städtischen Bus überfahren und mitsamt dem Drahtesel in den Asphalt der Slateford Road gewalzt wird.

Topsy und ich sehen Deborah nach, als sie die Straße runtergeht. Mit so einer Braut zusammen sein! Wir beobachten, wie sie bei Shandon über die Brücke geht. – Die würd ich jeden Tag rannehmen, meint Topsy. – Aber sie hat nen Typ.

– Da kannst du Gift drauf nehmen, nicke ich und bewundere, wie ihre Fersen über den hochhackigen Schuhen allmählich in die Waden übergehen. Ihr Rock ging bis über die Knie, aber er war so eng, dass man sehen konnte, wie klasse ihre Oberschenkel und ihr Arsch waren. Wir hatten ein tolles System, um einen Blick auf sie und Vicky werfen zu können: auf die Titten, wenn man auf der Leiter stand, um das obere Regal aufzufüllen, auf die Beine, wenn man vom unteren Regal hochguckte. An einem Samstagmorgen, als Vicky arbeitete, trug sie einen kurzen Rock mit einem knappen weißen Slip. Man konnte ihre Schamhaare an beiden Seiten rauskräuseln sehen. Ich dachte, ich werd ohnmächtig. In der Nacht holte ich mir darauf einen runter, und es spritzte so viel Suppe raus, dass ich dachte, ich müsste mich im

Krankenhaus an den Tropf hängen lassen, um den Flüssigkeitsverlust auszugleichen. Ihr Schamhaar: schon der Gedanke daran. Genug. – Gehst du nach Haus? frag ich Tops. – Nee, wir sehn uns morgen. Ich geh zu meiner Oma zum Abendessen.

Topsys Ma und Dad hatten sich gerade getrennt, daher verbrachte er mehr Zeit bei seiner Oma in Wester Hailes. Also lass ich ihn ziehen und flitze über die Slateford Road und die Treppen runter. Ich mache an Star's Fish Bar Station und hole mir Fritten, weil ich am Verhungern bin, dann lauf ich die George Road runter. Ich geh am Schlachthaus vorbei in Richtung Siedlung, als ich seh, wie sie mir entgegenkommen.

Zuerst erkannte ich Lucy, ihr weißblondes Haar gleißte in der Sonne, als hätte man im Chemielabor nen Magnesiumblitz gezündet. Ich wünschte, ich hätte solche Haare; weißblond, aye, aber mit dem entscheidenden Stich ins Blonde, der Eleganz von semi-albinohafter Milchflaschenköpfigkeit unterscheidet. Sie hat eine rehfarbene Hose an, eine von diesen, die bis auf halbe Wadenhöhe gehen, und dieses gelbe Top, durch das man den BH sehen kann. Über ihrem Arm hängt eine weiße Jacke. Dann seh ich rechts neben ihr einen vertrauten Wust Korkenzieherlocken. Sie gehen ein bisschen getrennt voneinander, so als hätten sie sich gestritten. Lucy macht ein schroffes, entschlossenes Gesicht. Ehrlich, die Schöne und das Biest. Sie hat was Besseres verdient, keine Frage. Na ja, da spricht wohl die Eifersucht, wahrscheinlich finde ich, sie sollte mit mir zusammen sein und nicht mit dem Arschloch.

Sie sehen mich und rücken wieder ein klein bisschen näher aneinander heran. – Luce. Tez.

Lucy hat ihr Haar zurückgebunden, und ihre Haut sieht so zart aus wie Omas bestes Porzellan, das heißt, wenn meine Oma irgendein bestes Porzellan besäße. – Na? macht sie mit zusammengezogenen Augen und sauer vorgeschobener Unterlippe.

Terry begrüßt mich mit großem Hallo. Man merkt, dass er was will. – Heeeyyy … Mr. Ewart! Milky Bar Kid! Dann, als wär's ihm gerade eingefallen: – Genau der Mann, den wir brauchen! Sag du's ihr, Carl, sagt er und weist mit dem Kopf auf Lucy.

– Fang bloß nicht damit an, Terry, zischt ihn Lucy an, – vergiss es einfach.

– Nee, von wegen fang nich damit an. Du warst es ja, die hier wilde Anschuldigungen erhoben hat. Fang nich an, Leute zu beschuldigen, wennde die Wahrheit nich vertragen kannst.

Dieser Sack schwingt sich mal wieder aufs hohe Ross und schlägt diesen lauten, gekränkten, empörten Ton an. Jetzt *weiß* ich, dass er was will.

Lucy blitzt ihn an und sagt etwas leiser: – Das war nicht ich, das kommt von Pamela, hab ich doch gesagt!

Das kommt als dunkles Knurren raus und erinnert mich an Piper Ross, den Pudel, auf den mir der Karton gefallen ist. GRRRRRR!

– Aye, und der Kuh glaubste mehr als mir, mehr als deinem eigenen Verlobten! stößt Terry hervor, die Hände in die Hüften gestemmt; so erinnert er mich an nen verbitterten Fußballer, der von nem parteiischen Schiedsrichter keine Gerechtigkeit erwartet.

Lucy starrt dem Wichser ein, zwei Sekunden lang ins Gesicht und heftet ihren Blick dann auf mich. – Stimmt das, was er sagt, Carl?

Ich seh abwechselnd von ihr zu ihm. – Es würd mir helfen, wenn ich wüsste, worum's geht.

– Um ihn, sie deutet auf Terry, ohne den Blick von mir abzuwenden, – er ist mit nem Mädchen aus dem Clouds weggegangen. Mit nem Mädchen von deiner Schule!

Lucy war auf dem WEC, bis sie letztes Jahr abging, also kennt sie wahrscheinlich keine von unseren Mädchen. Ein Mädchen von unserer Schule. Die hochnäsige Caroline aus Reli. Hat mit mir zusammen Kunst. Gally fallen jedesmal die Augen aus dem Kopf, wenn sie reinkommt. Ich halt nicht viel von ihr, aber sie ist ein echter Schuss. Und Lawson ein verdammter Glückspilz.

Terry zwinkert mir über Lucys Schulter zu. Er geht kopfschüttelnd auf die andere Straßenseite und brabbelt vor sich hin: – Ich geh hier rüber, ich halt mich da raus, ich sag nichts …

– Dass ich das noch erleben darf, pruste ich und hoffe, dass Lucy drüber lachen kann, tut sie aber nicht. Also räuspere ich mich und mache das, was mein Alter mir geraten hat, wenn man in Verhandlungen unter Druck gerät und die andern bescheißen muss. Guck auf ihren Nasenrücken, genau zwischen die Augen. Konzentrier dich darauf. Sie denken dann, du würdest ihnen in die Augen sehen, obwohl du's nicht tust. – Um ehrlich zu sein, Lucy, fang ich an und weiß sofort, dass das ein Fehler war. Man sagt nie »um ehrlich zu sein«, weil das gleich durchblicken lässt, dass man lügt. Mein Vater hat mir beigebracht, wie Gewerkschaftler verhandeln. Ich red trotzdem weiter. – Ich wünschte ja, er wär mit nem Mädchen von unserer Schule abgehauen.

– Was zum Teufel soll das heißen? Ihre hinreißenden, großen Augen verengen sich zu hasserfüllten Schlitzen.

– Tja, dann hätten wir uns nicht länger sein ewiges Gerede über dich anhören müssen. Ständig Lucy hier und Lucy da, und wenn wir erst mal heiraten ...

Sie schaut über die Straße zu Terry, der kopfschüttelnd dasteht und verletzt und traurig guckt. Dann sieht sie wieder mich an. – Ehrlich ... das hat er gesagt?

– Ja, Tatsache.

Sie starrte mich nen Moment lang prüfend an, und wenn sie ein bisschen länger hingesehen hätte, hätt sie gemerkt, dass ich ihr Scheiße erzähle. Aber sie guckt wieder zu Terry rüber. Ich wollte angesichts ihrer großen, traurigen, wunderschönen Augen sagen: Nee, Lucy, Terry ist ne Fotze. Er behandelt dich wie Scheiße und verarscht dich bloß. Aber *ich* liebe dich. *Ich* werd dich gut behandeln. Lass mich nur mit zu dir kommen und dir das Gehirn aus dem Leib ficken.

Man kann sich schwer vorstellen, dass jemand wie Sabrina so leichtgläubig sein und sich so erniedrigen lassen würde. Aber man sagt nicht umsonst, dass Liebe blind macht, und man merkt, dass sie ihn höchstwahrscheinlich liebt, die arme, blöde Kuh. Oder ihn zumindest so sehr mag, dass sie das für Liebe hält, läuft ja auf dasselbe raus.

Sie geht zu ihm auf die andere Straßenseite und versucht sich bei ihm unterzuhaken. Aber er dreht sich eiskalt weg und hebt die Arme, damit sie sie nicht zu fassen kriegt. Er schüttelt sie ab und kommt zu mir rüber, während sie ihm tränenüberströmt nachrennt. Terry schimpft vor sich hin: – Vertrauen! … man muss Vertrauen haben, wenn man fest mit jemand geht! Wenn man verlobt ist!

– … Terry … nicht … hör doch mal … ich wollte doch nicht …

– Ich hab zu allem Ja und Amen gesagt! Das kränkt mich am meisten! Ich hab versprochen, nich mehr zum Fußball zu gehen! Ich hab versprochen, mir nen anderen Job zu suchen, obwohl mir der gefällt, den ich hab! Ich hab versprochen, ich würd versuchen n bisschen was anzusparn!

– Terry …

Terry schlägt sich vor die Brust. – Ich bin derjenige, der immer nur Zugeständnisse macht, und jetzt das! Ich soll mit nem Mädchen abgehaun sein, das ich noch nie im Leben gesehn hab!

– Ich will dir doch grad sagen … versucht Lucy auch mal ein Wort einzuschieben, aber mittlerweile müsste sie wissen, dass man Terry nicht stoppen kann, wenn er einmal in Fahrt ist.

Der Wichser bekommt so ein irres Leuchten in den Augen. – Vielleicht sollte ich wirklich mit andern Mädchen weggehn, wenn ich sowieso für was bestraft werd, was ich nich gemacht hab. Da kann ich es ja auch wirklich machen, sagt er und wird ganz starr. Dann sieht er mich an. – Da kann ich's auch *wirklich* machen, was, Carl?

Er dehnt das *wirklichhhh* zu einem lang gezogenen Zischeln.

Ich sag nichts dazu, aber Lucy fleht ihn jetzt an. – Es tut mir Leid, Terry, es tut mir Leid …

Terry unterbricht sich abrupt. – Aber das werd ich nich. Und weißt du, warum?

Lucy starrt ihn mit großen Augen und offenem Mund an, geschockt und erwartungsvoll.

– Weißte, warum? Weißtes? Weißte, warum?

Sie versucht sich drüber klar zu werden, was die Fotze meint.

– Willste das wissen? Willste wissen, warum nich? He? He? Willstes wissen?

Sie nickt langsam. Ein paar Jungs gehen vorbei und lachen. Einer fängt meinen Blick auf, und ich kann mir ein kleines Grinsen nicht verkneifen.

– Ich werd dir sagen, warum. Weil ich n Trottel bin. Weil ich dich liebe. Dich! Er zeigt anklagend auf sie. – Niemanden sonst. Dich!

Sie stehen auf der Straße und starren sich an. Ich geh ein paar Schritte die Straße runter, falls noch jemand vorbeikommt. Da ist so ein Junge im Overall, der aussieht, als käm er gerade aus dem Schlachthaus, und er guckt rüber. Lucys Lippen zittern, und ich schwör bei Gott, es sieht so aus, als träten Terry Tränen in die Augen.

Sie fallen sich in die Arme, mitten auf der Straße, direkt gegenüber dem Schlachthaus. Ein Van fährt vorbei und hupt mehrmals. Ein Typ hängt sich aus dem Fenster und ruft: – DA KRIEGT ES ABER EINER BESORGT HEUT NACHT!

Terry guckt mich über Lucys Schulter weg an, und ich erwarte ein Zwinkern, aber er geht anscheinend so in seiner Rolle auf, dass er nicht aus dem Rhythmus kommen will. Lucy und er tauschen tiefe und viel sagende Blicke, wie es in diesem Buch von Catherine Cookson heißen würde, das meine Tante Avril meiner Ma zum Lesen gegeben hat. Ich hab die Nase voll, dreh mich um und will grade weggehen.

– Carl! Kein Schritt weiter! brüllt Terry.

Aus der Entfernung seh ich, wie sie sich küssen. Als sie sich loslassen, bereden sie irgendwas. Lucy kramt in ihrer Tasche. Holt ihr Portemonnaie raus. Zieht einen Geldschein raus, einen blauen Geldschein. Gibt ihn Terry. Ein weiterer tiefer Blick. Ein flüchtiger Kuss auf die Wange. Sie gehen auseinander und drehen sich beide im selben Moment um, um einander nachzuwinken. Terry wirft ihr ne Kusshand zu. Dann kommt er zu mir rübergespurtet. Lucy guckt nochmal zurück, aber er hat mich gepackt, und wir boxen uns gegenseitig in die Rippen, während wir die Straße runtergehen.

– Du bist n Genie, Ewart! Dafür haste dir n Bier verdient. Du hast mir grad den Arsch gerettet! Komm, die Milky Bars gehn auf mich! Er wedelt mit dem Fünfer rum. – Diese Lucy, also ehrlich, du weißt schon, was ich meine, lacht er.

– Mach das bloß nicht nochmal mit mir, Terry, sag ich, kann mir aber ein Lachen nicht verkneifen, während ich ihn am Kragen seiner Levi's-Jacke packe und gegen nen Laternenpfahl schubse. Dann versuch ich ernst zu bleiben. – Ich werd sie nicht anlügen, um dich zu decken.

– Komm schon, Alter, du kennst die Regeln, sagt er, reißt sich los und zieht seine Klamotten grade. – Man muss immer zu seinen Freunden halten. Haste mir selbst beigebracht, meint er. Das ist natürlich Quatsch, er will sich bloß bei mir einschleimen. Klar wissen wir beide, dass es so funktioniert und man nichts dran ändern kann. Schließlich sind wir Kumpels. – Also zieh hier keine Fresse. Ach, wo wir grad von Perlen reden, hab gehört, dass du dich mit dieser Ginger ausm Clouds heimlich verzogen hast, sagt er mit ner ganz unheimlichen Stimme, wie durch die Nase.

Ich sag gar nichts. Das ist am besten. Soll die Fotze in meinem Gesicht lesen, was er will.

– Aye! Aber jetzt mal was anderes! Er nickt ganz wissend. – Demnächst werd ich dich decken müssen, Kollege.

– Wieso?

– Die kleine Maggie Orr steht immer noch voll auf dich, zwinkert er, todernst.

– Quatsch, sag ich. Schön wär's ja, aber man beschwindelt keinen Schwindler, wie mein Alter sagen würde. – Und wieso wollte sie dann von mir nix wissen und mit dir hat sie's gemacht?

Terry bohrt sich die Ellbogen in die Seiten und klappt seine geöffneten Handflächen aus. – Redegewandtheit, Kumpel, erklärt er, – aber du machst ganz schön Fortschritte. Die Show vor Lucy eben war nich von schlechten Eltern. Aye, Maggie wird dich bald ranlassen. Ich steh mehr auf ihre Freundin, diese Gail. Die süße Brillenschlange, die kennste vom Sehen. Warte, bist du der ihren Arsch gesehn hast. Wenn man den erst mal ausgepellt hat ... booooah, die geile Sau, meint er und fährt sich genüsslich mit der Zunge über die Lippen. – Weißte, das Beste für alle Beteiligten wär, wenn du und deine Perle ausm Clouds und ich und Lucy fest miteinander gingen und du und ich nebenbei noch Maggie und Gail bumsen würden. Klingt doch für mich zum Fingerficken geil.

Vielleicht liegt es an der Fotze seinem breiten Grinsen, an der Begeisterung, mit der er an alles rangeht, und natürlich daran, dass ich verzweifelt aufs Ficken aus bin, aber ich könnte mir im Moment was Schlimmeres vorstellen.

Der Kirchturm kommt in Sicht, und wir sind wieder in der Siedlung. Terry besteht drauf, dass wir ins Busy Bee gehen. Ich bin noch nie so richtig in Pubs gewesen, und ich hab noch nie versucht, im Busy bedient zu werden. – Jetzt komm, du Lusche, wennde erst mal Stammgast im Busy bist, wirste damit die ganzen kleinen Ischen beeindrucken. Du kannst nicht dein ganzes Leben lang n braver Schuljunge bleiben, grinst er und meint dann anklagend: – Hab gehört, du willst noch weiter zur Schule gehn.

– Ich weiß noch nicht, das hängt davon ab, ob ...

Ich bekomm keine Gelegenheit, es zu erklären. – Dann gehste aufs College, was genauso ist wie Schule, dann wirste Lehrer und kommst wieder in die Schule. Im Endeffekt biste dann nie aus der Schule rausgekommen. Verdienen wirste nix, er senkt die Stimme, als wir den Hügel hochgehen, die Geschäfte und das niedrige, schuhkartonartige Busy voraus. Er bleibt stehen und legt mir die Hände auf die Schultern. – Jetzt will ich dir mal eins verraten, Kollege, ne kleine Regel, die sie mir in der Schule nie beigebracht haben. Eine kleine beschissene Gleichung, die einem viel Geld und Zeit erspart hätte, und die heißt: null Geld gleich null Muschi. Er tritt mit zufriedener Miene zurück und lässt das auf mich wirken. Dann drückt er mir den Fünfer in die Hand, den er von Lucy hat. – Geh an die Theke und bestell zwei Pints Lager. Und zwar ›zwei Pints Lager‹, sagt er mit Bass-Stimme, – und nicht ›zwei Pints Lager‹, wiederholt er, diesmal mit hohem, schrillem Stimmchen. – Enttäusch mich ja nicht so wie dieser Wichser Gally, als ich ihn mal mit hierher genommen hab. Der ist an die Theke gegangen und hat gesagt: Bitte zwei Pints Bier, Mister, als ob er Gummibärchen kaufen wollte.

Ich war schon in Pubs und schon oft im Tartan Club. – Ich weiß, wie man was zu trinken bestellt, du Spacken.

Also geh ich mit ihm rein und direkt an die Theke. Aber der Weg kommt mir sehr lang vor, und die Säcke gucken mich alle an, als wollten sie sagen, der ist nie im Leben achtzehn. Als ich da bin, nickt mir der Barmann zu, und ich hab das Gefühl, mir bleibt gleich die Stimme weg. – Zwei Pints Lager, Meister, sag ich ganz heiser.

– Hastes im Hals, Kollege? lacht der Barkeeper und Terry und ein paar andere Jungs an der Theke lachen mit.

– Nee, ich bin bloß ... sag ich total schrill, und alle bepissen sich vor Lachen.

Aber der Typ bedient uns, und Terry setzt sich in ne Ecke. Meine Hände zittern, und ich hab schon die Hälfte von meinem Bier verschüttet, ehe ich an meinem Platz bin.

– Cheers, Carl, haste gut gemacht, Kumpel, prostet er mir zu und nimmt einen großen Schluck. Dann schüttelt er den Kopf. – Diese Fotze Pamela, Lucy so nen Scheiß über mich zu erzählen.

– Sie hält ja nur zu ihrer Freundin, Terry. Bei Mädchen gilt das genauso.

Terry schüttelt den Kopf. – Nee, nee, Mädchen sind anders. Du kapierst nicht, wie die Kuh tickt, Carl. Die is total notgeil, und kein Aas will's ihr besorgen. Deswegen ist sie so gehässig, weil Lucy verlobt ist. Aber ich bin selber schuld, die hätt ich längst klarmachen müssen.

– Wie?

– Na, ich hätt ihr heimlich einen verlöten müssen, bloß damit sie ihr blödes Maul hält. Die muss mal durchgefickt werden, das ist ihr Problem. Das ist der Unterschied zwischen Männern und Frauen. Wenn ne Perle es nich besorgt kriegt, wird sie total gemein und eifersüchtig. Wir sind nich so, meint er und nimmt noch einen großen Schluck von seinem Lager. – Gib mir das Wechselgeld, du freche Ratte, und ich hol Nachschub.

Ich geb ihm die Scheine und Münzen, und er springt rüber zur Theke. Schwer schluckend versuch ich, mir das Glas reinzuwürgen oder wenigstens einigermaßen Fortschritte damit zu machen, bevor er noch mehr anschleppt. Als er mit dem Bier zurückkommt, hat er offensichtlich nen Einfall gehabt. – Hör zu, Carl, ich hab mir überlegt, dass entweder ich dieser Pamela einen reinschiebe oder nen anderen Typ dazu bringen muss. Du bist schon vergeben, deswegen dachte ich zum Beispiel an Birrell. Zumindest kann ich die Fotze so ne Weile von unsrer Yvonne fernhalten. Denk bloß mal an die Anmachsprüche von dem Wichser, meint Terry und gibt ne geniale Parodie von Birrell zum Besten, indem er in so kurzen, abgehackten Sätzen redet: – Ich heiß Billy. Ich wohn in Stenhouse. Ich spiel Fußball und ich boxe. Ich muss echt viel trainieren. Is die Härte. Schönes Wetter heute. Willste Geschlechtsverkehr mit mir haben? Wir bepissen uns vor Lachen und kriegen uns gar nicht mehr ein. Ich und Terry könnten Drehbücher für Monty Python schreiben, wenn wir so drauf sind.

Nach dem dritten Pint ruf ich zu Haus an und sag meiner Ma, sie soll mir was vom Abendessen aufheben, ich käm später. Ich erzähl ihr, ich hätte beim Star's ein paar Fritten gegessen. Sie sagt nichts, aber ich merke, dass sie nicht sehr begeistert ist. Als ich mich wieder hinsetze, kommt so ein alter Knabe rein. Ich krieg nen roten Kopf, als Terry sagt, das wär Maggie Orrs Onkel und mich als »engen Freund« seiner Nichte vorstellt. – Knuff, knuff, zwinker, zwinker, ich weiß Bescheid! imitiert er diesen Kerl aus Monty Python. Diese freche Ratte von Terry: Er hat sie gebumst, und mir will er's in die Schuhe schieben! Aber diesem Alec ist das offensichtlich egal. Er scheint schon einen sitzen zu haben.

Das Bier fließt weiter, und mein Kopf wird heiß und schwer. Das nächste Mal, als ich dran bin, grinst sich der Barkeeper eins, als wüsste er, dass ich absolut hacke bin. Als wir aus dem Pub rauskommen, hab ich kurz ein Problem, der Schock der frischen Luft. Ich weiß noch, dass ich *Glorious Hearts* gesungen hab und Terry *Glory to the Hibees*, während wir die Straße langzogen, und dann nichts mehr.

Es ist früh morgens, und ich wach nicht zugedeckt und Gott sei Dank voll angezogen auf Terrys Bett bei seiner Ma zu Hause auf.

In meinem Kopf dröhnte ein Geräusch wie von ner Bohrmaschine, das war Terry, der schnarchte wie ein Weltmeister. Ich gucke hoch und seh seinen Wuschelkopf. Er liegt auch auf dem Bett, aber am anderen Ende. Seine Füße liegen neben meinem Kopf, und obwohl sie nicht stinken, mieft das Zimmer von seinen Furzgasen. Ich bin mit nem Ständer aufgewacht, was daran liegen könnte, dass ich pissen muss, oder aber an dem merkwürdigen Traum, den ich gehabt hab, in dem Sabrina, Lucy und Maggie vorkamen. Jedenfalls lag's nicht daran, dass ich mit Terry in einem Scheißbett lag!

Ich höre Schritte auf der Treppe, und dann kommt Terrys Ma mit ner Tasse Tee in jeder Hand rein. Ich tu so, als würd ich noch schlafen, aber ich kann ein ersticktes, würgendes Geräusch und das heftige, unkontrollierte Klappern von Tasse auf Untertasse hören. – Mein Gott, was habt ihr denn gegessen ...

Sie stellt die Tassen auf das Nachttischchen. – Da war ne verdammte Schweinerei im Badezimmer, die ich aufwischen musste. So geht das nicht, Terry, so geht das einfach nicht.

– Lass mich bloß in Ruhe ... stöhnt Terry.

Ich schlag die Augen auf und seh Terrys Ma an der Tür stehen und mit der Hand vor ihrem verzerrten Gesicht rumfächeln.

– Hallo, Mrs. Laws ... ich mein, Mrs. Ulrich.

– Deine Mutter und dein Vater machen sich Sorgen um dich, Carl Ewart. Ich habe sie von nebenan aus angerufen und gesagt, dass du hier bist. Ich hab gesagt, ich werd dafür sorgen, dass du ein Frühstück bekommst und rechtzeitig zur Schule gehst. Und was dich anbelangt, sie guckt Terry an, – du musst aufstehen und zur Arbeit. Du bist spät dran! Du verpasst sonst den Lieferwagen.

– Aye, aye, aye ... stöhnt Terry, und Mrs. Ulrich geht aus dem Zimmer.

Ich kratz mich an den Eiern. Dann steh ich auf und husche ins Badezimmer, vorsichtshalber meinen Ständer verdeckend, obwohl ich was anhab, falls mich jemand auf dem Flur erwischt. Auf dem Klo piss ich mich gründlich aus, wobei ich meinen Schwanz mit Gewalt runterdrücken muss, damit ich nicht auf den Boden pisse, der nach Erbrochenem und Desinfektionsmitteln riecht. Ich geh zurück, und Terry ist wieder eingepennt, die faule Sau. Nee, die Fotze braucht nicht viel Schlaf, der doch nicht.

Ich geh runter ins Wohnzimmer. Terrys Ma sitzt in einem Sessel und raucht eine Kippe. – Tach, Mrs. Ulrich, sag ich.

Sie sagt nichts und nickt mir nur zu.

– Wieder mal einen draufgemacht? fragt eine Stimme. Ich zucke zusammen, denn ich hab nicht gesehn, dass Walter, Terrys

Stiefvater, hinter dem *Daily Record* in der Ecke sitzt. Terry kommt mit dem Typ nicht klar, aber ich find ihn in Ordnung. Ich find das total witzig, wie er redet, dieser deutsche Akzent und dann ne Mischung aus Schottisch und vornehmem Schulenglisch. Aber Terry hasst den armen Kerl.

– Oh, hallo, Mr. Ulrich …

Terry kommt rein, wahrscheinlich weil er Angst hat, wir könnten hinter seinem Rücken über ihn reden, was wir vermutlich auch getan hätten, wenn er nicht reingekommen wär. Er geht an seiner Mutter vorbei in die Küche, öffnet den Kühlschrank, nimmt ne Tüte Milch raus und fängt an zu trinken.

– Terry! fängt seine Ma an. – Nimm ein Glas! Sie schüttelt angewidert den Kopf und fragt ihn dann, ob er ein Brötchen mit Ei und eins mit Würstchen will.

– Aye, sagt Terry.

– Für dich dasselbe, Carl? fragt sie mich.

– Gerne, Mrs. Ulrich, sag ich und schenke ihr ein kleines, munteres Lächeln, das sie allerdings nicht erwidert.

– Du gehst besser vor der Schule noch bei deiner Mutter vorbei, sagt sie warnend zu mir.

Ich lache ein bisschen, denn ich bin immer noch blau von letzter Nacht. Schädeln im Busy! Ich und Terry! Total hackedicht!

Ich merke, dass Terrys Ma gar nicht begeistert ist und ihr was auf der Zunge brennt. Sie ist total geladen, Terrys Ma. Das spürt man auf tausend Meter. Sie explodiert bestimmt genau in dem Moment, wenn man schon denkt, sie würde schweigend drüber weggehen. Das machen alle Mütter, meine ist da richtig gut drin. Man denkt, man kommt davon, ohne den Kopf gewaschen zu kriegen, und dann bumm! Der verdammte K.-o.-Schlag! Dann ist man im Eimer. Deine Ma ist trotzdem der beste Freund, den du je haben wirst. Ich könnte nicht sagen, wen ich lieber hab, meine Ma oder meinen Dad. Es muss echt schrecklich für Terry sein, nen anderen Mann da sitzen zu sehen, wo eigentlich sein Dad hingehört. Das würd mich umbringen. – Das war ein schrecklicher Radau, den ihr letzte Nacht veranstaltet habt, sagt Mrs. Ulrich zu Terry. – Die ganze Nachbarschaft ist von dem Krach wach geworden.

– Aye, macht Terry.

– Mr. Jeavons von nebenan hat an die Wand gehämmert!

– Der Sack kriegt die Fresse poliert, murmelt Terry.

– Was war das? Sie schießt wieder aus der Küche wie ein verdammter Springteufel.

– Nichts.

– So geht das einfach nicht, Terry! meint Mrs. Ulrich und geht zurück in die Küche.

– Aye, ist ja gut! schnauzt Terry. Der mag's nicht, wenn ihm der Kopf gewaschen wird, unser Terry, und wo er Recht hat, hat er Recht, denn uns geht's hier einfach dreckig. Da will man nur für ne Weile seine Ruhe haben. Es ist aber auch voll daneben, Terry anzuschnauzen, wenn er Freunde da hat. Terrys Hände sind ganz weiß, so fest umklammert er die Stuhllehne.

Seine Ma ist wieder rausgekommen. – Das ist kein Nachtasyl hier, Terry! Das ist ein Zuhause!

Terry guckt sich ruckartig um, als ob er's nicht glauben könnte.

– Aye, ein tolles Zuhause.

Mrs. Ulrich kommt mit in die Hüften gestemmten Händen raus. Das muss er von ihr haben, denn er steht auch oft so da. Aye, ich bin immer noch gut blau von letzter Nacht. Komisch, was für Sachen einem auffallen, wenn man betrunken ist, also nicht, wenn man gerade trinkt, sondern während man sich vom Trinken *erholt* sozusagen. – Wir wollen doch nur ein bisschen Ruhe und Frieden, dein Stiefvater und ich ... sie appelliert an den Deutschen ... – Walter ...

– Ach, lass sie doch, Alice, sind doch nur dumme Jungs, sagt er.

– Jetzt haltet mal die Klappe und lasst mich in Ruhe, brüllt Terry und guckt von seiner Zeitung hoch, – ich hab Scheißkopfschmerzen!

Sie geht schreiend auf ihn los: – Du sprichst hier mit deiner Mutter, sie zeigt mit dem Finger auf sich, – deiner Mutter, Terry! sagt sie so eindringlich, als wollte sie, dass er kapiert, wovon sie redet, was er in gewisser Weise auch tut, aber sie hat kein Recht, Terry vor nem Freund so in Verlegenheit zu bringen. Ich seh ihn an und nicke in ihre Richtung, um zu signalisieren, lass dir das nich bieten.

Das muss man Terry lassen, er lässt sich echt nichts gefallen.
– Halt die Klappe. Ewig die gleiche Leier …

Terrys Ma wird stocksteif und steht da wie unter Schock. Sie ist echt wie versteinert. Ich hab wieder meinen Semiständer. Ich gucke rüber zu Walter und frag mich, ob er es Terrys Ma tüchtig besorgt. Ich frag mich, ob ich Terrys Ma bumsen würde. Vielleicht ja, vielleicht auch nicht, aber ich würd ihr dabei gern zusehen, zusehen, wie sie sich verhält, wenn sie gefickt wird. Sie verschwindet wieder in der Küche.

Terrys Stiefvater schaltet sich ein, weil er das Gefühl hat, er müsste Mrs. Ulrich den Rücken stärken, aber man merkt, dass es ihm eigentlich am Arsch vorbeigeht. Bei ner Schlägerei würde Terry ihn fertigmachen. Walter weiß, dass Terry immer größer und stärker wird, während er älter und schwächer wird, also riskiert er lieber nichts. – Nicht dass wir deinen Alkoholkonsum generell ablehnen, Terry, fängt Mr. Ulrich an, – ich meine, ich trinke ja selbst gern mal ein Glas. Es ist das ständige *excessive* Trinken, das ich nicht verstehen kann.

– Ich trinke, um zu vergessen, meint Terry und grinst mich an, und ich pruste los.

In dem Moment kommt Terrys Ma mit nem Tablett voll Brötchen zurück. Sie sehen gut aus. Sie sagt: – Erzähl nicht so einen Blödsinn, Terry, was meinst du mit vergessen? Was zum Teufel hast *du* schon zu vergessen?

– Weiß der Larry, ich kann mich nich erinnern. Scheint zu funktionieren! sagt Terry, und ich gucke ihn bewundernd an. Das hat gesessen! Da ist sie ihm sauber ins offene Messer gelaufen. Ich wünschte, Gally hätte das miterlebt. Ein echter Klassiker: ungeschlagen.

– Du kannst lachen, Terry, aber irgendwann wirst du es bereuen.

– Wir saufen ja nicht die ganze Zeit, lacht Terry, – manchmal nehmen wir auch Drogen.

Ich fang an zu kichern, ein unterschwelliges Lachen, das vibriert wie der neue Elektrorasierer, den mein Alter zu Weihnachten gekriegt hat. Der Remington, für den Victor Kiam Werbung gemacht hat, der Typ, der die Scheißfirma gekauft hat.

– Ich hoffe, mit solchem Blödsinn hast du nichts zu tun, da wirst du ja wohl vernünftiger sein, sagt Terrys Ma kopfschüttelnd und stellt die Brötchen vor uns hin. – Hast du das gehört, Walter? Hast du das gehört? Das ist es, was Lucy erwartet. So was! Sie zeigt auf Terry.

Walter guckt ihn streng an. – Die junge Dame wird dir so einen Unsinn nicht durchgehen lassen, wenn ihr erst verheiratet seid. Wenn du das glaubst, dann lebst du im Wolkenkuckucksheim.

– Halt sie da raus, höhnt Terry mit gebleckten Zähnen, – sie geht euch gar nichts an.

Walter wendet den Blick ab. Terrys Ma schüttelt den Kopf. – Arme kleine Lucy. Sie muss verrückt geworden sein. Wenn er nicht mein eigen Fleisch und Blut wär ...

– Mann, hältst du endlich die Klappe, sagt Terry und wirft angewidert den Kopf in den Nacken.

Seine alte Dame zittert, als kriegte sie nen Herzinfarkt. – Hörst du? Hast du das gehört? Walter!

Der alte Knabe nickt nur hinter der Zeitung, die er wie nen Schutzschild vor sich hält, um das Geschehen im Zimmer von sich fern zu halten.

Mrs. Ulrich geht auf Terry los. – Du sprichst mit deiner Mutter! Deiner Mutter! Dann wendet sie sich an mich. – Sprichst du so mit deiner eigenen Mutter, Carl? Und dann, bevor ich antworten kann, – nein. Ich wette, nicht. Sie sieht Terry an. – Und ich sag dir auch, warum. Weil er noch Respekt hat, deswegen. Respekt!

Terry schüttelt bloß den Kopf. Er beißt in ein Eibrötchen, und das Eigelb spritzt raus auf den Teppich.

– Guck dir die Schweinerei an! Walter! tobt seine Ma.

Walter guckt rüber und ringt sich ein klägliches »aber, aber« ab, doch sein Gesicht sagt: »Was zum Teufel erwartest du da von mir?«

– Dann musste sie verfickt nochmal ordentlich kochen, meint Terry verächtlich. – Ich hab was auf meine neue Cordhose gekriegt. Ist doch nich meine Schuld, wenn du nich mal n Ei richtig kochen kannst.

– Koch du sie doch besser! Versuch's doch!

– Aye, so weit kommt's noch, lacht Terry.

Walter guckt rüber. – Aye, ich glaub, die Seefahrt wäre ein Leben für dich, Terry. Auf alle Fälle würdest du da kochen lernen. Da kannst du dein Glück machen, und sie bringen dir Disziplin bei.

– So n Scheiß, ich geh nich zur See. Das ist was für Schwuchteln. Nur mit Kerlen auf nem Boot eingesperrt? Na super, sagt er verächtlich und tunkt etwas von dem Eigelb auf seinem Teller mit dem Brötchen auf.

Walter versucht, freundlich und kumpelhaft zu bleiben, und meint: – Nee, so ist das nicht. Kennst du nicht den Spruch ›in jedem Hafen eine Braut‹?

Terry grinst nur geringschätzig und mustert Walter kalt. Dann sieht er seine alte Dame an, als wollte er sagen, »aye, guck dir an, was du dir da geangelt hast«. Aber ich bin froh, dass er nichts gesagt hat, denn schließlich ist sie seine Ma, und es stimmt, der muss man mit etwas Respekt begegnen.

Yvonne kommt in nem pinkfarbenen Morgenrock rein. Sie sieht noch ganz verschlafen und total jung aus, so ungeschminkt, aber irgendwie auch hübscher, auf eine Weise, wie ich es vorher noch nie gesehen hab. Meine Brust zieht sich zusammen, und zum ersten Mal beneide ich Birrell wirklich, weil er mit ihr gebumst hat. – Hast du Kippen? fragt sie Terry.

Terry holt seine Packung Regal raus. Er wirft Yvonne eine zu, dann mir und dann seiner Ma, an deren Titte sie abprallt. Sie guckt ihn an und hebt sie dann vom Boden auf.

– Gehst du zur Schule, Carl? fragt Yvonne.

– Aye.

– Was hast du heut Morgen?

– Doppelstunde Kunst. Nur deswegen geh ich überhaupt, sag ich zu ihr.

Mrs. Ulrich schüttelt den Kopf und sagt so was wie wir dächten heutzutage, wir könnten uns einfach die Rosinen rauspicken, aber keiner hört ihr richtig zu.

– Aye, nickt Yvonne. – Wir haben Hauswirtschaftslehre und dann Englisch, also gar nich mal so schlecht. Sie zieht ihren Morgenmantel enger zu, damit ich keinen Blick auf ihre Titten werfen kann. Viel Titten hat Yvonne allerdings nicht. Aber tolle

Beine. – Ich komm mit dir mit, ich mach mich nur schnell fertig, sagt sie.

– In Ordnung, aber wir müssen aufpassen, dass uns keiner zusammen aus eurem Haus kommen sieht, sag ich lachend, – sonst kommen die Leute noch auf falsche Gedanken. Ich merke, dass es Terry unangenehm ist, und genieße jede Sekunde davon.

Yvonne grinst und streicht sich den Pony aus den Augen. – Du kannst meine Bücher tragen, wie in diesen amerikanischen Filmen, sagt sie und huscht in die Diele.

Natürlich weiß ich, dass ich auf dem Weg zur Schule nur Birrell hier und Birrell da zu hören kriegen werd, aber es ist trotzdem ne nette Idee.

Terrys Ma ist immer noch nicht zufrieden. – Sie ist kaum fünfzehn und qualmt schon wie ein verdammter Schlot. Du solltest sie nicht auch noch unterstützen, indem du ihr welche gibst, schnauzt sie Terry an.

– Klappe, stößt Terry zwischen zusammengebissenen Zähnen hervor. – Wer ermutigt hier wen? Du bist doch die Fotze, die immer ne Kippe im Maul hat. Wer hat hier also den schlechtesten Einfluss?

Mrs. Ulrich atmet tief durch und sieht Walter an. Sie wirkt, als hätte sie Verärgerung und Enttäuschung hinter sich gelassen und einfach resigniert. – Ich hab immer gedacht, er redet mit mir so, wie er mit seinen Freunden im Pub redet. Das hab ich wirklich geglaubt. Aber ich habe mich geirrt. Jetzt muss ich einsehen, dass er ihnen gegenüber nie so respektlos wär. Er spricht mit mir, als wär ich sein Feind, Walter. Sie lässt sich ganz erschlagen und kraftlos auf den freien Stuhl fallen. – Ich weiß einfach nicht, was ich falsch gemacht hab, sagt sie zu sich selbst.

Ich seh den Blick, den Mr. Ulrich mit ihr wechselt, und mir wird klar, dass er Terrys Ma hasst, und zwar dafür, dass sie ihn in die Verlegenheit bringt, was gegen Terry unternehmen zu müssen.

Uns ist das aber scheißegal, wir fallen ungerührt über die Brötchen her. Ist ne gute Grundlage für den Tag. Man braucht ordentlich Kalorien nach einem Besäufnis am Vorabend.

Terry beugt sich zu Walter vor und schnippt mit dem Finger: – Lass mich mal in die Zeitung da gucken. Wir müssen gleich weg.

Mr. Ulrich sieht ihn ein, zwei Sekunden an, aber dann gibt er sie ihm.

Terry wirft den Kopf zurück und stößt ein lautes, kehliges, fieses Lachen aus, das ich noch nie von ihm gehört hab. Mir wird schlagartig klar, dass sein Zuhause das reinste Kriegsgebiet ist und diese armen, alten Säcke keine Gegner für ihn sind. Dafür liebe ich die Fotze, für die Macht, die er hat, und ich bin echt gern mit ihm befreundet. Aber ich glaub wirklich nicht, dass ich je so sein möchte wie er.

Vom Ficken abgesehen natürlich.

## DIE ERSTE NUMMER

An diesem Morgen gingen Yvonne und ich bei meiner Ma vorbei, und sie machte uns Porridge, Tee und Toast. Es war mir peinlich, als die arme Yvonne versuchte ihr beizubringen, dass sie nie frühstückt, aber meine Ma bloß tönte, es wär die wichtigste Mahlzeit am Tag, und das arme Mädchen praktisch zwangsernährte. Ma erzählte uns, dass Billy gerade weg wär, was Yvonne enttäuschte. Wir mussten also echt nen Zahn zulegen, sonst hätte es noch mehr Zoff mit Blackie gegeben. Komische Sache, man kann ganze Stunden oder sogar Tage blaumachen, ohne dass es irgendwen juckt, aber wenn du mal zwei Minuten zu spät kommst, titschen die total aus.

Als wir rausgingen, setzte meine Mutter das gleiche trügerisch süße Lächeln auf wie die Mädchen in der Schule, wenn sie einen verarschen, und sagte: – Ach, da hat gestern Abend ein Mädchen für dich angerufen. Sie hat ihren Namen nicht genannt und nur gesagt, sie wäre eine Bekannte, und bei dem Wort »Bekannte« zieht sie die Brauen hoch und sagt es mit ganz zweideutiger Betonung.

– Ohhh! Carl Ewart! Du bist mir einer! macht Yvonne, und meine Ma lacht, weil sie weiß, dass mir das peinlich ist.

– Nee ... äh, es ist nur ... stammle ich. – Äh, was hat sie gesagt?

– Oh, sie klang sehr nett, erklärt meine Ma, – sie meinte, sie hätte bloß ein bisschen quatschen wollen, und man säh sich ja dann bei eurer Verabredung.

– Hey-hey-hey! macht Yvonne.

– Das war alles, lacht meine Mutter, aber dann scheint ihr noch was einzufallen. – Ach, und sie hat sich für die Blumen bedankt, die du ihr geschickt hast.

– Ohh ... die Romantik in Person, Yvonne stupst mich in die Rippen, – Blumen und so weiter!

Fuck, was läuft da?

Ich guck meine Ma an, dann Yvonne, dann wieder meine Ma. Sabrina. Irgendein anderer Kerl ist hinter ihr her.

Ich hab ihr keine Blumen geschickt. – Aber ... aber ... ich hab ihr gar keine Blumen geschickt ... sage ich kleinlaut.

Meine Ma schüttelt den Kopf und lacht mich aus. – Nee, stimmt, hast du nicht. Das hab ich mir ausgedacht. Dann grinst sie. – Aber das ist doch mal ein Gedanke, oder?

Ich steh da wie vor den Kopf geschlagen, während meine Ma und Yvonne mich auslachen. Von den Kumpels draußen total verarscht zu werden, ist schon übel genug, aber in den eigenen vier Wänden von deiner eigenen Ma, nee, fuck, Mann, ehrlich. Manchmal glaub ich, ich bin nur auf dieser Welt, damit andere Leute was zu Lachen haben, was ja noch okay wär, wenn ich mich selber dabei auch amüsieren würde. Aber da läuft nichts, jedenfalls nicht das, was ich wirklich will.

Wir machten uns also auf den Schulweg: ich und Yvonne, sie sechs Monate jünger als ich, ein Mädchen aus dem zweiten Jahr, und sie ist diejenige von uns beiden, die mit ner unerfahrenen, kleinen Jungfrau die Straße langgeht. Aber sie redete nicht besonders viel von Billy, sie erzählte davon, wie die ganzen Streitereien zu Hause sie manchmal deprimieren. Sie sagte, obwohl Terry ihr Bruder wär, wünschte sie, er würde Lucy sofort heiraten und ausziehen. Walter wär in Ordnung, er wär nett zu ihr und Terrys Ma, aber Terry könnte ihn einfach nicht ausstehen. Er würd ihn immer den alten Nazi nennen.

Ich verstand Yvonne. Heute Morgen hatte ich das geil gefunden, aber ich könnte nicht tagein tagaus so leben. Da würd ich durchdrehen. Na jedenfalls, wir waren spät dran, aber Gott sei Dank hatte nicht Blackie Aufsicht, sondern Mrs. Walters, der es egal war.

– Rein mit euch beiden!

– Ja, Miss.

Ich ging zu Reli rauf und war fast den ganzen Morgen in der Schule noch halb blau. Billy war da, und es war seltsam, so ohne Gally. Im Kunstunterricht war ich nur am Blödsinnmachen und gab vor den Mädchen da an. Komisch, sonst war ich in den Stunden immer ganz still und gewissenhaft, hab immer fleißig an meinen Bildern oder Tonarbeiten weitergearbeitet. Es war, als wär mir erst durch den Alkohol bewusst geworden, dass in Kunst die geilsten Mädchen der ganzen Schule versammelt sind. Diejenigen, die einem immer ne Nummer zu groß vorkommen, die von älteren Typen gebumst werden, die Geld verdienen und Autos haben. Amy Connor, Frances McDowall, Caroline Urquhart und Nicola Aird, meiner Meinung nach die Beste von allen: alle in diesem Kurs. Es ist wie ein Laufsteg mit lauter Topmodels, und man kommt nur her, um zu malen und Wichsvorlagen zu sammeln. Sie stehen zu unerreichbar auf einem Podest, als dass man reelle Sexchancen hätte, aber es sind nette Mädchen, mit Ausnahme von Urquhart, die hochnäsig ist und an der Bums-Börse viel zu hoch gehandelt wird. Nicht dass ich sie wegschubsen würde, wenn sie meinen Schwanz lutschen wollte, und ich muss an Terry denken, wie sie mit dem Sausack rumgemacht hat. Armer kleiner Gally, bei dem gingen immer alle Glühbirnen an, wenn sie in der Nähe war. Er hat sogar versucht, auf Kunst umzusteigen, um ihr näher zu sein, aber sie wollten ihn nicht in unsern Leistungskurs übernehmen.

Ich sehe zu ihr rüber und hefte meinen Blick auf sie, frech, wie einen der Alkohol macht, und sie guckt weg, weil sie weiß, dass ich Terrys Freund bin und Bescheid weiß. Später sehen sich Nicky und Amy das Bild an, das aufs Cover der ersten LP unserer Band Snap soll. Es gelingt mir, einen verstohlenen Blick auf Amys Titten zu werfen, und ich stell mir vor, meinen Schwanz dazwischen zu stecken, so wie Terrys Kumpel aus Leith angeblich.

– Was ist das, Carl? fragt Nicola.

– Das ist das LP-Cover für unsere Band. Falls wir jemals ne LP machen, lache ich. Natürlich kann ich darüber lachen, denn ich *weiß*, dass wir eine machen werden. Es wird klappen, das weiß ich einfach. Ich werd dafür sorgen, dass es klappt. Ich wünschte, ich wär bei anderen Dingen auch so zuversichtlich.

Nicola lächelt mich an, als wär ich ihr schrulliger alter Großvater.

– Ich hab dich neulich mit deiner Gitarre gesehen, sagt Amy.

– Dieser Malcolm Taylor ist bei euch in der Band, Angela Taylors Bruder.

– Aye, er spielt Schlagzeug. Echt guter Drummer, lüge ich. Malky kann kaum spielen. Na, er wird's schon lernen.

Amy sieht mich an und schiebt sich näher ran. Ihr Haar berührt fast mein Gesicht. Nicky kommt auch an und legt ihren Arm um meine Schulter. Ich kann ihr Parfüm riechen und diesen verrückten, frischen Mädchengeruch und hab ein Gefühl, als wär aller Sauerstoff aus der Luft verschwunden, in meinem Gehirn ist jedenfalls keiner mehr. Schätze, das wäre ein toller Songtitel: *Crazy Fresh Girl Smell* – verrückter, frischer Mädchengeruch. Bisschen zu metalmäßig allerdings.

– Wieso habt ihr euch Snap genannt? fragt Amy.

Ich hab Angst, wenn ich jetzt etwas sagen will, könnten meine Lippen bloß auf- und zuklappen, wie ein altes Gatter im Wind. Ich versuch mich zusammenzureißen und erzähl ihnen, wie Topsy und ich mal unterwegs zu einem Hearts-Auswärtsspiel waren und im Fanbus Karten gespielt haben. Dann gab's Streit bei ner Partie Snap, und ein Junge haute einem anderen die Nase ein. Wir suchten da gerade nen Namen, und als ein älterer Typ rief: – Bescheuert, sich wegen nem dämlichen Snap-Spiel zu kloppen, guckten wir uns an, und das war's.

– Ich würde gerne mal was von euch hören, sagt Amy. – Habt ihr ein Tape?

– Aye ...

Dann kommt Mrs. Harte rüber. – Kommt schon, Leute, die Bilder werden nicht von selbst fertig.

Ich war so dicht davor gewesen zu sagen, kommt doch bei mir vorbei. Heilige Scheiße, das muss man sich vorstellen: Sabrina, Maggie und Amy, alle drei zusammen!

Die Gelegenheit verstreicht mit der Pausenglocke. Aber später werd ich sie fragen, und ich weiß, dass sie entweder nur »aye«

oder »nee« sagen wird oder: Bring einfach das Tape mit hierher. Ihre Freundinnen würden ganz cool bleiben und nicht so ein »Ooooooh-ooooooh«-Getue machen wie manche Perlen, und ich würd auch cool bleiben. Wenn ich nur einmal ficken könnte, nur ein einziges Mal, dann wär der Druck weg und die Welt gehörte mir!

In Geo lass ich das Ganges-Delta Ganges-Delta sein, um den Text für ein neues Stück zu schreiben. Dabei ist Erdkunde das beste Fach überhaupt. All die fremden Länder, die man besuchen kann. Eines Tages reise ich da überall hin. Aber jetzt bin ich gerade in Laune, ein Stück zu schreiben. Ich fang an, über *Crazy Fresh Girl Smell* nachzudenken, aber davon krieg ich einen Ständer.

Nach ein paar poetischen Zeilen erwischt mich McClymont.

– Na, Carl Ewart, wärst du so freundlich, uns an dem teilhaben zu lassen, was du gerade machst?

– Meinetwegen, sag ich schulterzuckend. – Ich arbeite bloß an einem Song für unsere Band. Snap. Er heißt *No Grades*. Der Text geht *Ah don't want O grades, ah don't want low grades, cause all my friends get by with no grades … you see S.C.E. ain't my S.C.E.N.E. …*

Es gibt einiges an Gelächter, aber das meiste geht auf McClymonts Konto, das muss ich der Fotze lassen. Er sagt: – Tja, Carl, ich wollte dir eigentlich abraten, deine Zukunft in der Geografie zu sehen. Aber nachdem ich deine Versuche als Songtexter gehört habe, würde ich vorschlagen, du hältst dich lieber an das hier.

Wir lachen alle. McClymont ist in Ordnung. Früher, noch im ersten Jahr, hab ich den Kerl gehasst, aber jetzt, wo man älter ist, kann man gut mit ihm Witze reißen. Ich hab ihn auch schon im Tynie gesehen und so. Ist schön, wenn's in der Schule auch mal was zu Lachen gibt.

Zum Nachmittag allerdings war mein Selbstvertrauen hin, und ich fühlte mich scheiße; war übermüdet, nervös und erschreckte mich vor meinem eigenen Schatten. Doyle starrte mich auf dem Flur an, und ich wusste nicht, ob es kumpelhaft gemeint war oder ob er rausgekriegt hatte, dass ich Hearts-Fan war. Wie

auch immer, ich wich dem Blick lieber aus. Irgendwie total gruse-
lig, die Fotze.

Am Freitagabend blieb ich einfach zu Haus und guckte fern,
dann nahm ich ein bisschen was auf und übte Gitarre. Nachdem meine Ma und mein Dad ins Kino gegangen waren, rief ich
Malky an, unseren Drummer. Ich wollte ihm erzählen, dass die
Ischen um mich rumscharwenzelt waren, was ein sicheres Zeichen dafür war, dass unsere Band sich rumsprach. Er war ganz
aufgekratzt. – Amy Connor wollte *uns* hören, japste er ganz aufgeregt. Dann sagte ich ihm, wir müssten häufiger bei ihm proben, und er wurde etwas wortkarger.

Mein Alter und meine alte Lady waren ein bisschen misstrauisch, weil ich am Samstagmorgen im Haus rumhing. Wenn ich
nicht im Obstladen arbeitete oder zum Auswärtsspiel fuhr, hing
ich normalerweise in den Plattenläden in der Stadt rum. Mein
Dad fragte mich, ob ich mit ihm zum Kilmarnock-Spiel nach
Brockville wollte, aber da war ich nicht besonders scharf drauf.
Als es Samstagabend wurde und er wieder zurückkam, war ich
nur noch ein Nervenbündel, während sie sich unglaublich viel
Zeit ließen, um sich zum Ausgehen fertig zu machen. Sie waren
immer noch ein bisschen sauer, dass ich die ganze Freitagnacht
weg war. Sie haben nichts dagegen, wenn ich bei einem Freund
übernachte, aber ich hatte zwei Regeln gebrochen. Die erste lautete, nicht, wenn am nächsten Tag Schule ist. Die zweite, dass ich
vorher anrufe und Bescheid sag, wo ich bleibe. Das ist natürlich
ne bekloppte Regel, denn das weiß man nie, ehe man da ist, und
dann ist man normalerweise schon zu dicht zum Anrufen.

Ich musste meiner Ma und meinem Dad versprechen, dass ich
nicht mit den Jungs ins Clouds oder in die Stadt gehen würde. Ich
sagte ihnen, ich würd mir zum Abendessen Mince Pie, zwei ein-
gelegte Zwiebeln und eine Flasche Irn Bru von der Frittenbude
holen. Genau, dann würd ich das Mince Pie ein bisschen aushöh-
len und die Kruste mit Fritten ausfüllen und das so essen, während ich mir im Spätprogramm den Horrorfilm ansah. Yeah, vielleicht würd ich mir sogar noch ein Solei holen.

Ich glaube, sie merkten, dass irgendwas im Busch war, aber
endlich gingen sie doch, und ich huschte direkt hinter ihnen

raus, zwar zur Frittenbude, aber um Sabrina abzuholen. Mein Herz raste, als die erste Linie Sechs kam, aber sie war nicht drin. Ich fühlte mich scheiße, aber auch erleichtert, dann wieder scheiße und dann total aufgeregt, weil direkt noch ein Sechser kam. Sie steigt aus dem Bus, in so ne schwarze Jacke gehüllt. Sie sieht darin total cool und viel älter aus. Sie ist auch stärker geschminkt und so. Ich bin sofort der Meinung, dass sie damit wie ein echter Superschuss aussieht. Im Clouds war sie nie so aufgetakelt, und sie weiß sehr gut, wie man sich zurechtmacht.

Aber es *ist* ein Schock, und nen Moment lang komm ich mir wie ein kleiner Junge neben einer erwachsenen Frau vor. Ich fahre jetzt total auf sie ab, und wir umarmen und küssen uns kurz.

Dann dämmert mir, dass wir am Rand der Siedlung sind und ich nicht mit ihr hier gesehen werden darf; wenn Terry sie so sieht, spannt er sie mir in Sekundenschnelle aus. Andererseits ... möchte ich auch, *dass* uns Leute sehen, die Braut sehen, die ich hier abschleppe, also dirigiere ich sie Richtung unseres Hauses. Oh neee ...

Der erste Typ, den ich sehe, ist Birrell, der mit der *Pink*, Brötchen und Milch aus dem Zeitungsladen kommt. – Carl! ruft er.

– Billy, nicke ich und atme geräuschvoll aus. – Das ist Sabrina. Äh, das ist Billy.

Billy grinst sie an und macht dann was echt Verrücktes und gleichzeitig total Normales: Er berührt ihren Arm. – Hallo, Sabrina, sagt er. – Ich dachte doch, dass ich dich ausm Clouds kenne.

Man merkt, dass sie ein bisschen überrascht ist, aber er lässt es total unverfänglich rüberkommen. – Hallo Billy. Wie geht's?

– Nicht übel. Ich hab gedacht, ich mach mir nen ruhigen Abend nach dem letzten Wochenende, sagt er mit nem kurzen Lachen und meint dann zu mir: – Hibs haben verloren, Andy Ritchie hat für Morton zwei gemacht. Hearts waren auch scheiße, hab ich gehört. Warste da?

– Nee ... ich mach auch nen Lauen wie du. Wie wär's, vielleicht gehen wir die Woche mal ins Eisstadion?

– Aye, gern. Hol mich ab.

– Okay. Bis dann, Billy.

– Tschüss, Carl. Tschüss, Sabrina.

Und weg ist er, während ich mich frage, worüber ich mir verfickt nochmal Sorgen gemacht hab? Reiß dich zusammen, Ewart, du Trottel. Billy war cool, ich hab dagegen alt ausgesehen. Das machte mir nochmal deutlich, was für ein klasse Typ Birrell ist. Er kann sauer werden, aber er hat ein gutes Herz und ist immer nett zu Leuten, die ihm nicht auf den Keks gehn. Echt, der anständigste Kerl, den ich kenne.

Wir gehen weiter.

– Scheint nett zu sein, dein Freund, sagt sie.

– Aye, Billy ist in Ordnung. Astrein.

– Ich wusste gar nicht, dass du Schlittschuhlaufen gehst.

– Aye, ab und zu mal, sag ich ein bisschen verlegen.

Ich hab mir angewöhnt, mit Billy dahin zu gehen, weil es der beste Platz zum Frauenaufreißen in der Stadt ist. Da hängen ein paar echt gute Weiber rum. Ich hab letztens erst angefangen, mit ihm mitzugehen, seit ich dahinter gekommen bin, dass das einer seiner geheimen Plätze für Verabredungen war. Die Eisbahn war unser kleines Geheimnis, das wir vor Terry hüteten, der uns nur dumm dastehen lassen würde, indem er alles an sich riss. Ich hatte so nen vagen Plan im Hinterkopf, dass ich, wenn ich erst mal einem netten Mädchen von da einen verlötet hätte, Gally mit hin nehmen und es der nervösen kleinen Jungfrau unter die Nase reiben würde.

Ich wünschte, es wär schon so weit.

Davon abgesehen war ich scheiße auf dem Eis, verbrachte die meiste Zeit auf dem Arsch und ging pitschnass nach Hause. Birrell, die verfickte Sportskanone, war natürlich spitze, und man merkte, dass die Ischen schwer beeindruckt waren. Er lehnte sich einfach zurück, spielte den Coolen und traf unauffällig Verabredungen fürs Clouds oder Buster's.

Ich begann mir Sorgen zu machen, dass Sabrina mich für ne Assel halten könnte, weil ich in einer Plattenbausiedlung wohne. Aber eine Mietswohnung in Dalry ist wohl auch nicht gerade das, was man elegant nennt. Ich werd beharrlich über Platten reden und Blickkontakt halten, damit sie die Kritzeleien im Treppenhaus nicht bemerkt. Um nachher mach ich mir keine Sorgen, denn wenn wir erstmal in der Wohnung sind, sieht sie schon, dass wir keine Asis sind. An einem kann ich allerdings nichts ändern, am Pissegeruch im Treppenhaus nämlich. Diese Fotzen von oben, die Barclays, lassen immer ihren Hund raus, und der rennt dann runter, um auf dem Baugrundstück sein Geschäft zu erledigen. Das Problem ist nur, wenn die Eingangstür unten zu ist, pisst und scheißt er manchmal auch ins Treppenhaus. Als wir vor unsrer Wohnungstür sind, fällt mir ein, dass ich meinen Schlüssel wie ein Kleinkind an ner Kordel um den Hals hängen hab, und es ist total doof und peinlich, dass ich ihn rausfriemeln muss, und dann hab ich noch Probleme, ihn ins Schloss zu kriegen.

Wie uncool geht's denn noch?

Wenn ich nicht mal nen Scheißschlüssel ins Schloss kriege, wie soll ich dann ... Scheiße, nee.

Aber als wir drinnen sind, läuft's besser. Ich lege Cockney Rebel auf. Sabrina ist von der Plattensammlung meines Alten fasziniert, sie hat noch nie so viele Platten gesehen. Über achttausend. – Die meisten davon sind meine, lüge ich und wünsche mir sofort, ich hätte es nicht getan.

Ich zeig ihr meine Gitarre und ein paar der Songs, die ich für die Band geschrieben hab. Ich glaube, das hat sie mir nie richtig abgenommen, aber die Gitarre beeindruckt sie schwer. – Spiel doch mal was darauf, bittet sie.

– Äh, später vielleicht, sag ich. Ich würd mich nur blamieren, wenn ich es versuchte, solange sie hier ist. – Der Verstärker ist nicht ganz in Ordnung, hab ich dir doch erzählt; ich spare grad auf nen neuen.

Wir legen noch ein paar Platten auf und machen's uns dann auf der Couch bequem. Nach ein bisschen Rumgeknutsche fällt mir ein, was Terry neulich abends meinte, als er mir erklärt hat, wie er diese Perle rumgekriegt hat. Also frage ich sie, ob sie schon mal Liebe gemacht hat, also bis zum Letzten gegangen ist. Sie sagt gar nichts, wird aber ganz still. – Ich frag nur, weil, ich mein, wenn du es tun willst, das wär toll, mein ich. Mit mir, mein ich. Jetzt gleich, mein ich. Ich sag andauernd »mein ich« und versuche mich zu bremsen, bevor ich nur noch Scheiße, Scheiße, Scheiße laber.

Sie guckt mich ganz schüchtern an und nickt und lächelt kurz.
– Dann ziehen wir uns wohl jetzt aus, sagt sie.

Hölle nochmal. Da hätt ich beinah den Schwanz eingezogen. Dann steht sie von der Couch auf und fängt an, sich auszuziehen, ganz unbekümmert, als wär es das Normalste auf der ganzen Welt! Ich schätze, das ist es wahrscheinlich auch, und ich mach mir Sorgen, sie könnte das schon tausendmal gemacht haben, als wär sie ne pockenverseuchte Nutte und mein Schwanz würd eitern und abfaulen, wenn er nur in ihre Nähe käm.

Scheiß drauf. Lieber an Tripper sterben als als Jungfrau sterben.

Ich beiße die Zähne zusammen und ziehe mit zitternder Hand die Rollos runter. Mein Herz rast, und ich schaff's kaum, mich auszuziehen. Ich dachte, ich würde nie aufhören zu zittern.

Wir haben beide unsere Sachen ausgezogen, aber sie sieht kein bisschen so aus wie die Mädchen in den Magazinen und im Fernsehen. Ihre Titten sind toll, aber ihre Haut ist so weiß, dass sie kalt wie Eiskrem wirkt. Komisch, dass man erwartet, Mädchen wären braun gebrannt, so wie in den Wichsheften. Aber ich schätze, ich seh auch nicht gerade wie Robert Redford aus. Ich muss jetzt irgendwas tun, also nehme ich sie in den Arm und bin überrascht, wie warm sie sich anfühlt. Ich hab aufgehört zu zittern. Das Komische ist, dass ich gedacht hatte, es würde mir schwer fallen, ne Erektion zu kriegen, aber er steht stramm, wie es sich gehört.

Ihre Augen kleben an meinem Schwanz, er scheint sie zu faszinieren. Ich dachte, nur mir ging das so! – Darf ich ihn anfassen? fragt sie.

Ich kann bloß nicken. Sie beginnt an ihm zu ziehen, ganz sanft, aber ich zittere und verkrampfe zuerst bei der Berührung, noch nie hat ein anderer meinen Schwanz angefasst, dann entspanne ich mich und fühl mich irgendwie gleichzeitig nervös und superwohl. Ich seh Sabrina an und sollte vermutlich jetzt denken, versaute Kuh, aber ich genieße ihre Freude daran. Ich genieße es zu sehr, denn ich will nicht auf sie abspritzen, ich will ihn reinstecken, ich will in dieses Loch.

Ich trete einen Schritt zurück, dann zwei vor, ziehe sie an mich, halte sie fest, mein Schwanz presst sich gegen ihren Oberschenkel: – Leg dich hin, stammle ich leise.

– Können wir nicht noch ein bisschen rumspielen … fragt sie.

– Äh, nee, machen wir's einfach, komm, leg dich hin … dränge ich sie. Sie ist wie die meisten Mädchen, schätze ich, zu viel Hollywood, sie wollen, dass es wie in den Filmen und Zeitschriften ist. Ist ja gut und schön, wenn man weiß, was man tut, aber wenn ich ihn jetzt nicht ins Loch stecke …

Sabrina lächelt enttäuscht, aber sie legt sich auf die Couch und macht langsam die Beine breit. Ich muss nach Luft schnappen, ihre flaumige Muschi ist so verdammt schön. Ich hol den Präser aus der Tasche und zieh ihn über meinen Schwanz. Ich bin erleichtert, dass er ohne peinliches Rumgefummel ganz drübergeht. Ich leg mich zwischen ihre Beine und auf sie drauf und spüre ihren Unterleib an meinem. Ich versuche ihn ins Loch zu kriegen, aber ich schramme mit der Eichel über ihren Busch und ihre Schamlippen und kann es nicht finden. Er wird schlaff. Ich fang an, mit ihr zu knutschen und werde wieder hart, während ich mit den Händen über ihre Titten fahre und ihre Nippel zwischen Zeigefinger und Daumen massiere. Nicht zu sanft und nicht zu fest, wie Terry mir vor Ewigkeiten mal an der Frittenbude erzählt hat. Aber ich bin eh Tittenexperte, ich hab schon massenhaft Titten gehabt, mehr als genug, um ehrlich zu sein; jetzt will ich nur in das *Loch*.

Das Loch, das ganze Loch und nichts als das Loch.

Ich versuche wieder reinzukommen, aber nein, ich rubble mit ihm über ihre Schamlippen, weil ich hoffe, er würde einfach in dieses große, flutschige Loch gleiten, aber es ist keins da.

Da *ist kein* Loch!

Ich kriege Panik … ist sie ein Typ oder so was, einer von diesen Geschlechtsumgewandelten, die sich den Schwanz haben abschneiden lassen … aber jetzt packt sie meine Hand und legt sie da unten hin, auf ihren Busch. – Spiel ein bisschen an mir rum, sagt sie. Was zum Teufel soll das werden, an ihr rumspielen? Wir machen doch schon Doktorspielchen … erwartet sie eher so was wie Japse und Commandos?

Egal, ich fasse sie an, reibe mit meinen Fingern an ihrem trockenen Schlitz und versuch dieses so genannte Loch zu finden. Dann ist es so weit! Ich fühle es, tiefer unten, als ich dachte, fast schon an ihrem Arschloch, heilige Scheiße! Und es ist winzig, nie passt da mein Schwanz rein! Ich bohr meinen Finger rein und versuche es größer zu machen, aber es zieht sich um den Finger fest zusammen, als wär ihre Muschi ein Mund, und ich spüre, wie sie sich unter mir ganz verkrampft.

– Ein bisschen höher, sagt sie. – Mach das weiter oben.

Was zum Teufel meint sie da, weiter oben? Wie soll davon das Loch weiter aufgehen? Das ist ja grauenhaft. Ich hätte mir was zusammensparen und dann zu irgendner alten Nutte in Leith gehen sollen oder in diesen Schuppen unten in New Town. Aber mein Schwanz fühlt sich immer noch hart an und scheuert an ihrem Schenkel. Ich knutsche wieder mit ihr, bearbeite weiter ihr Loch und denk an andere Mädchen aus der Schule, auf die ich stehe. Dann überleg ich, dass weiter oben noch ein anderes Loch sein könnte, das ich übersehen hab! Vielleicht hat sie das gemeint! Also mache ich, was sie gesagt hat, und reibe weiter oben, aber ich will verrecken, wenn da noch ein anderes Loch ist. Es ist mehr so ein kleiner, fleischiger Knopf, aber ich knete trotzdem an ihm rum. Da beginnt sie, sich zu entspannen, und dann windet sie sich und stöhnt …

Das ist toll, sie wird richtig scharf! Sie beißt mir in die Schulter. Sie stöhnt: – Jetzt komm … gib's mir …

Ich denke, Mann, was für ein Superliebhaber ich bin, was für ne totale Sexmaschine, aber Scheiße nee, ich werd den nie in dein Loch reinkriegen, Schätzchen, das ist viel zu klein. Vielleicht ein zierlicher gebauter Kerl wie der arme Gally … aber halt, sie schnappt mein Handgelenk und zieht es runter, und schlag mich tot, aber das Loch hat sich total verändert! Jetzt ist es total feucht und weit, und mein Finger geht ganz leicht rein. Mir steigt von da unten ein Geruch in die Nase, und ich schätze, dass das ihr Sperma, ihr Muschisaft ist, oder wie auch immer das heißt, was bei Mädchen rauskommt. Jetzt hab ich's gepeilt! Es ist der blöde kleine Knopf oben, der das Loch öffnet! Das ist alles, was einem die Fotzen in Sexualkunde hätten beibringen müssen! Drück ein bisschen oben auf den Knopf, und das Loch geht auf. Schieb den Schwanz ins Loch! So einfach ist das!

WARUM ZUM TEUFEL HABEN DIE FOTZEN DAS NICHT GLEICH GESAGT!!!

Nach einer Weile schieb ich also meinen Schwanz rein, Stück für Stück. Jetzt hab ich's nicht mehr eilig, jetzt, wo ich Bescheid weiß. Dann schieb ich ihn rein und raus, rauf und runter, aber schlag mich tot, wenn da nicht n roter Nebel hinter meinen Augen ist, und jetzt flieg ich über Tynecastle und krieg so Zuckungen, und das Ganze dauert vielleicht grade mal fünf Sekunden, bevor ich anfang, in sie abzuspritzen, und es ist einfach genial.

Na gut, so toll war's gar nicht, aber was für eine Erleichterung! Absolut genial!

Gally, all die anderen Fotzen, die ganzen Scheißjungfrauen aus der Schule. Ha! Ha!

Nein, Gally nicht. Armer Gally.

Aber trotzdem, absolut genial! Fünfzehn! Immer noch unter dem Altersdurchschnitt! Juice Terry? Bei dem Arschloch ist wahrscheinlich 90 Prozent erstunken und erlogen. Der lügt sich doch selbst in die Tasche!

Man muss sich mal vorstellen, noch Jungfrau zu sein. Aber solche Typen wie ich und Billy, wir wissen, wo's langgeht.

– Das war super, sag ich.

Sie hält mich im Arm, als wär ich ein kleiner Junge, aber ich fühl mich dabei nicht wohl, das macht mich irgendwie kribbelig und so. Ich überleg, ob ich dem armen Gally nen Brief ins Gefängnis schicken soll. Aber was soll man schreiben: Nicht dass du mir da drin total depro wirst, Kleiner, aber ich und die Jungs ficken jetzt hier draußen wie die Weltmeister, und es ist echt absolut geil!

Jetzt will ich mich wieder anziehen und Sabrina nach Haus bringen. Sie fängt an, fett auszusehen, und hat so nen komischen Gesichtsausdruck. Ich kann's kaum glauben, dass ich sie grade gebumst hab.

– Hast du das schon mal gemacht? fragt sie mich, als ich mich losreiße und meine Unterhose und Jeans anziehe.

– Aye, schon x-mal, sag ich und lass es klingen, als würd ich sie für total naiv halten. – Und du?

– Nee, es war mein erstes Mal … Sie steht auf. Da ist ein bisschen Blut. Wahrscheinlich, weil mein Schwanz so groß war, dass er sie verletzt hat. Sie guckt es sich an. – Jetzt bin ich also keine Jungfrau mehr, sagt sie ganz fröhlich.

Ich guck auf meinen Schwanz. Auf dem Präser ist kein Blut oder nur ein bisschen was, aber es ist nicht rot, sondern sieht aus, als hätte ich ihn in braunen Frittenbuden-Essig getunkt.

Sabrina zieht ihre Sachen an. – Du bist ein netter Junge, Carl. Mit dir war es richtig schön. Die ganzen Jungs an der Schule, bei denen weiß man, dass sie immer nur das eine wollen, aber du warst wirklich süß, sie kommt her und umarmt mich. Ich werd ganz verlegen und weiß nicht, was ich sagen soll.

Dann geht sie aufs Klo, um sich frisch zu machen. Ich fühl mich irgendwie gleichzeitig schlecht und gut, wünschte, ich wär ein anderer, und bin gleichzeitig froh, dass ich's nicht bin. Man weiß nie, was besser wär. Es wär toll, wenn Bumsen so wie in den Filmen wär; kein Stress, keine Dummheiten, Peinlichkeiten oder komische Gerüche und kein klebriger Schleim, und jeder weiß, was er zu tun hat und was er will, aber ich schätze, man muss halt irgendwie das Beste draus machen. Vielleicht wird es später noch so.

Ich hab meine Klamotten wieder an. Ich betrachte mein Gesicht in dem Spiegel überm Kamin. Ich seh gleich aus, nur härter. Es ist, als ob ich jetzt stärkeren Bartwuchs hätte, nicht nur Babyflaum am Kinn, und es ist auch eher richtig blond als milchig weiß. In meinen Augen seh ich was, etwas, das ich nicht beschreiben kann, das aber vorher nicht da war. Es heißt, das passiert, wenn man das erste Mal mit ner Frau geschlafen hat. Aye, ich bin jetzt schon eher ein Mann, nicht bloß ein dummer Junge.

Ich hab's getan, ich hab's getan, ich hab's getan!

Jetzt muss ich Sabrina aus dem Haus schaffen, bevor Ma und Dad zurückkommen. Sie ist ja ein nettes Mädchen und so, aber ich will nicht, dass irgendjemand denkt, wir wären richtig zusammen. Die Wahrheit ist, ich möchte wie Terry sein und wer weiß wie viele Mädchen gleichzeitig haben. Ich will mich noch nicht binden. Terry hat mal gesagt, ein Mädchen wär wie ein Glas Bier: Mit einem allein kommt man nicht weit. Ich bring sie zur Bushaltestelle, und sie schmiegt sich an mich. Ein Teil von mir versteht, dass das für sie wichtig ist, aber ich möchte bloß eins, dass ihr Bus kommt, damit ich allein sein und über alles nachdenken kann.

Auf der anderen Straßenseite hält ein Bus, der in die Siedlung reinfährt, und meine Mutter und mein Vater steigen aus – ach du Scheiße. Ich drehe mich von ihnen weg, hör aber meine Ma betrunken rufen: – Carl!

Ich winke ihnen verlegen über die Straße hinweg zu, und Sabrina fragt: – Wer ist das?

– Äh, meine Ma und mein Dad.

– Deine Mum sieht echt nett aus, mir gefällt, was sie anhat, sagt Sabrina.

Da bin ich platt: Wie zum Henker kann eine Ma nett aussehen? Ich sag nichts. Aber ich gucke zur anderen Straßenseite und diese verfickten ... die verfickten ... die kommen verfickt nochmal hier rüber und versauen mir alles.

– Hallo, sagt meine Ma zu Sabrina. – Ich bin Maria, Carls Mum.

– Sabrina, antwortet sie ganz schüchtern.

– Hübscher Name, meint meine Ma und mustert sie mit einem aufrichtigen, fast liebevollen Lächeln.

– Ich bin Duncan, Sabrina, und ich weiß, dass es schwer zu glauben ist bei so nem gut aussehenden Kerl wie mir, aber das ist mein Sohn, er schüttelt ihr die Hand. Das Arschloch sieht genau, dass ich knallrot werd. – Wir wollten eigentlich den Rest des Wegs laufen und unterwegs noch ein paar Fritten holen. Sollen wir euch welche mitbringen?

– Äh, Sabrina muss nach Haus, wir warten nur hier auf ihren Bus.

– Na schön, da wolln wir mal nicht länger stören, sagt er, und dann sagen sie auf Wiedersehen und gehen weg.

Ich kann das hohe, beschwipste Lachen meiner Mutter hören, als sie um die Ecke gehen, und dann den Refrain von *Suspicious Minds,* gesungen von meinem Alten. – *We can't go on this wey-hey-hey ... with suspi-scho-hos-ma-ha-aainds ...*

– Psst, Duncan, lacht meine Ma.

Die alten Säcke haben mich in ne total peinliche Situation gebracht, und ich will mich grade bei Sabrina entschuldigen, als sie ganz im Ernst zu mir sagt: – Deine Mum und dein Dad sind genial. Ich wünschte, meine wären so.

– Aye … sag ich.

– Ich mein, meine sind schon in Ordnung, bloß dass sie immer nur zu Haus hocken.

Ihr Bus kommt. Ich küsse sie und versprech ihr, dass wir uns diese Woche mal treffen, was wohl auch passieren wird, man weiß ja nie, wer einem so übern Weg läuft.

Das Leben ist so geil!

Ich laufe ganz aufgedreht und nervös nach Haus, aber dann denk ich, so benimmt sich ein kleines Mädchen, also geh ich langsamer und werd ganz cool. Man kann nicht rumhüpfen wie ein Erstklässler auf dem Pausenhof. Schließlich bin ich fast sechzehn. Es glaubt einem keine Sau, dass man schon gebumst hat, wenn man nicht cool auftritt, denn das ist das Beste daran, es nicht jedem sofort zu erzählen, sondern dafür zu sorgen, dass sie es einfach so mitkriegen, quasi ne stille Autorität auf dem Gebiet darstellen. Denn das eigentliche Ficken wird überbewertet, das ist mal klar. In den Sexbüchern kann man sie sich in lauter verschiedenen Stellungen ansehen. Ich versteh nicht, warum die sich so ne Mühe damit machen.

Vielleicht wird's mit der Zeit besser. Ich will's hoffen. Was sagen Sie dazu, Mr. Black, eh, tschuldigung, Fotzengesicht?

Wenn es der Wille des Herrn ist, Mr. Ewart. Wie dem auch sei, ich gehe davon aus, dass Sie diese Sabrina nun zu einer ehrbaren Frau machen, indem Sie mit ihr den von der heiligen Presbyterian Church of Scotland gesegneten Stand der Ehe eingehen?

Natürlich nicht, Fotzengesicht. Ab jetzt ficke ich alles, was nicht schnell genug auf den Bäumen ist.

Dann fängt es an zu nieseln, darum geh ich schleunigst nach Haus und warte, dass meine Ma und mein Dad mit den Fritten anrücken. Ich hoffe, sie haben mir welche mitgebracht; die könnte ich jetzt vertragen.

Jetzt hab ich's also geschafft, etwas, das mich schon seit Ewigkeiten belastet, ist jetzt geregelt, aber Gally ist weg, und ich werd lange auf ihn warten müssen.

# 3 | Muss so um 1990 gewesen sein: Hitlers Stammlokal

# Fenster '90

Maria Ewart schlüpfte mit einem Fuß aus dem Schuh und grub ihre Zehen in den dicken Flor des Teppichs. Die gediegene Einrichtung im Haus ihrer Freunde glich in vielen Dingen ihrer eigenen. Die Erneuerungen im Haus der Birrells waren wie bei den Ewarts optimistisch mithilfe von Abfindungszahlungen finanziert worden, ein Ausdruck von Zuversicht, Glauben oder der Hoffnung, dass sich schon irgendwas ergeben würde, womit sich dieser neue Status quo absichern ließe.

Das Prunkstück des Zimmers war der Spiegel mit vergoldetem Rahmen, der über dem Kamin hing. Der ganze Raum schien sich in ihm zu spiegeln. Maria fand ihn zu groß: Vielleicht war sie noch eitel genug, um mittleres Alter und große Spiegel als unglückliche Kombination zu betrachten.

Sandra riss sie aus ihrem Tagtraum, als sie kam und ihr nachschenkte. Maria ertappte sich dabei, wie sie die makellosen, manikürten Hände ihrer Freundin bewunderte; sie sahen aus, als gehörten sie einem Kind.

Sie waren zum Essen und anschließenden Drink vorbeigekommen: Duncan und Maria Ewart zu Besuch bei ihren alten Freunden Wullie und Sandra Birrell. Maria war es fast peinlich, aber es war das erste Mal, dass sie wieder in der Siedlung waren, nachdem sie vor beinahe drei Jahren nach Baberton Mains gezogen waren. Das Problem war, dass die meisten Leute, die sie gut gekannt hatten, nach und nach ausgezogen waren. Und Maria hatte ständig über die Leute geklagt, die dafür eingezogen waren; sie empfänden nicht dieselbe Verbundenheit zum Viertel, es gebe kein Gemeinschaftsgefühl mehr, die Siedlung sei eine Müllhalde für soziale Problemfälle geworden, und es ginge mit ihr bergab.

Sie war sich bewusst, dass dieses Thema Duncan deprimierte. Alles hatte sich stark verändert, doch die Ewarts und Birrells waren gute Freunde geblieben. Beide Paare waren nie allzu eifrig darin gewesen, sich gegenseitig zu Hause zu besuchen. Das beschränkte sich meistens auf Neujahr und besondere Anlässe. In der Regel gingen sie eher unter Leute, trafen sich in irgendeiner Lounge oder im Tartan Club oder dem BMC.

Duncan musste die Veränderungen bewundern, die Wullie vorgenommen hatte, seit er das Haus von der Stadt gekauft hatte. Neue Fenster und Türen waren zu erwarten gewesen, aber Wullie und Sandra hatten sich für einen Stil entschieden, den man bei jüngeren Leuten erwartet hätte. An Stelle der Raufaser war an den Wänden jetzt ein Lasuranstrich, Habitat-Funktionalismus hatte Teak abgelöst, und doch passte es sonderbarerweise zu ihnen.

Wullie hatte das Haus erst nicht kaufen wollen, bis dieser Widerstand irgendwann zu einer leeren und sinnlosen Geste wurde. Die Mieten stiegen, und der ermäßigte Kaufpreis für Mieter fiel so tief, dass er sich durch seinen Starrsinn, wie viele sagten, ins eigene Fleisch schnitt. Als er es schließlich leid war, von den anderen Leuten auf seiner Seite der kurzen Straße, die die alten Reihenhäuser von den Mehrfamilienhäusern trennte, unverblümt abschätzig behandelt zu werden, hatte sich Wullie zögerlich der Neue-Türen-und-Fenster-Fraktion angeschlossen.

Man gab ihnen mehr als einmal den Wink, dass sie in den Wohnungen auf der anderen Straßenseite besser aufgehoben wären und die soliden alten Reihenhäuser denen überlassen sollten, die »vorankommen« wollten. Wullie hatte es Spaß gemacht, sich noch eine Weile stur zu stellen, bis Sandra auch davon angefangen und sich auf die Seite der anderen gestellt hatte. Heute war Wullie froh, dass er nachgegeben hatte. Seit er den Sprung gewagt und seine Abfindung in das Haus und die Fenster investiert hatte, schlief Sandra wieder besser, auch ohne Pillen und Alkohol. Sie sah auch besser aus. Sie hatte zugenommen, aber mollig und nicht mehr ganz jung stand ihr besser als mager und ausgelaugt. Sandra war immer noch leicht reizbar, und Wullie bekam das meiste davon ab. Billy war schon lange aus dem Haus, Robert war allerdings noch da. Ihre Jungs, auf die ließ sie nie etwas kommen.

Es machte Wullie manchmal traurig, wenn er sah, wie anders es bei Duncan und Maria war. Die Art, wie sie einander immer noch ansahen, wie sie füreinander stets der Mittelpunkt der Welt waren. Carl war ein sehr gern gesehener Gast auf ihrer Party, doch es blieb immer *ihre* Party. Wullie hingegen wusste, dass seine Söhne ihn beim ersten Anblick sofort aus Sandras Zuneigung verdrängt hatten.

Wullie kam sich nun häufig nutzlos vor. »Vorgezogener Ruhestand« war zu einem Begriff geworden, der mehr als nur den Verlust eines Jobs bezeichnete. Er hatte kochen gelernt, damit er für Sandra das Essen fertig hatte, wenn sie von ihrer Teilzeitstelle als Haushaltshilfe zurückkam. Aber das genügte nicht. Wullie hatte sich zunehmend in seine eigene Welt zurückgezogen, was noch durch seine zweite große Anschaffung verstärkt wurde, einen Computer, dessen Funktionsweise er Duncan mit großer Begeisterung auseinander setzte.

Wie Wullie hatte auch Duncan Schwierigkeiten mit dem Leben ohne Arbeit, und er musste ziemlich knapsen, um ihr Häuschen in Baberton Mains abzuzahlen. Wenn Duncan ein gutes, solides Reihenhaus im sozialen Wohnungsbau hätte bekommen können, eins wie das von Wullie und Sandra, wäre er dageblieben, hätte es gekauft und renoviert. Die Wohnungen konnte man vergessen, aus denen ließ sich nichts machen. Aber das Geld war knapp. Carl half ihnen aus, mit seinem Club und seinem Job als DJ lief es gut. Duncan war es unangenehm, wenn der Junge ihm Geld gab; der hat sein eigenes Leben und eine eigene Wohnung in der Stadt. Immerhin hatte es ihn einmal davor bewahrt, die Wohnung zu verlieren. Bloß diese Musik! Was er da auflegte, war gar keine richtige Musik, das war nur eine Eintagsfliege, und sehr bald würden die Leute wieder richtige Musik hören wollen.

Es war kein richtiger Job, und lange anhalten würde es auch nicht, aber andererseits, welcher Arbeitsplatz war heutzutage schon ein richtiger Arbeitsplatz? In gewisser Weise mussten Wullie und Duncan sich eingestehen, dass sie froh waren, mit der Arbeitswelt nichts mehr zu tun zu haben. Das alte Werk hielt sich heute mit Ach und Krach als Hightech-Unternehmen und beschäftigte nur noch eine Hand voll Leute. Paradoxerweise waren die Arbeitsbedingungen noch um vieles schlechter geworden, vor allem die wenigen älteren Mitarbeiter, die die Rationalisierung überlebt hatten, waren sich einig, dass es keinen Spaß mehr machte. In dem Unternehmen herrschte eine Atmosphäre von Arroganz und Selbstgefälligkeit, dass man sich vorkam wie in der Schule.

Maria war in der Küche und half Sandra bei der Lasagne. Die Sorge um ihre Söhne war beiden Müttern gemeinsam. Heutzutage war die Welt an der Oberfläche wohlhabender als die, in der sie noch aufgewachsen waren. Und doch war ihr etwas verloren gegangen. Sie erschien ihnen hartherziger und unerbittlicher, eine Welt ohne Werte. Schlimmer noch, man konnte den Eindruck gewinnen, dass junge Leute gezwungen wären, sich, obwohl sie grundanständig waren, eine Geisteshaltung zuzulegen, die ihnen Bosheit und Verlogenheit erleichterte.

Die Frauen brachten das Essen an den Tisch, dann die Weinflaschen, obwohl Duncan und Wullie einen Blick wechselten und sicherheitshalber ihre roten McEwan's-Export-Dosen festhielten. Sie setzten sich hin, um zu essen.

– Heute hört man nichts anderes mehr als Drogen, Drogen, Drogen bei diesen Raves und Clubs. Maria schüttelte bekümmert den Kopf.

Sandra nickte mitfühlend.

Duncan hatte das alles schon mal gehört. Damals in den Sechzigern hatte es geheißen, LSD und Cannabis würden die Welt zerstören, und sie waren trotzdem alle noch da. Aber nicht LSD hatte Fabriken, Bergwerke und Werften dichtgemacht. Es hatte auch keine Gemeinden zerstört. Drogenmissbrauch schien das Symptom einer Krankheit zu sein, nicht die Krankheit selbst. Er hatte es Maria nicht erzählt, aber Carl hatte ihn gedrängt, doch mal eine von diesen Ecstasy-Tabletten zu nehmen, und die Versuchung war für ihn viel größer gewesen, als er seinen Sohn hatte merken lassen. Vielleicht würde er es doch noch machen. Womit Duncan viel mehr Probleme hatte, war die seiner Ansicht nach kümmerliche Qualität der modernen Musik. – Das ist doch keine Musik, das ist Nonsens. Zeugs von anderen Leuten klauen und es ihnen als etwas Neues zu verkaufen. Diebstahl, Musik des Thatcherismus, das ist es. Kinder des verdammten Thatcherismus sind das, ist doch wahr, schimpfte er.

Sandra dachte an Billy. Mit Drogen hatte er nichts zu tun, aber ihr kleiner Junge verprügelte hauptberuflich andere Menschen. Sie wollte nicht, dass er Profiboxer wurde, aber er verdiente gut und hatte Erfolg. Sein letzter Kampf war in *Fight Night* auf STV gezeigt worden. Einen explosiven Sieg hatte es der Experte genannt. Aber sie hatte Angst um ihn. Man konnte nicht ewig Leute verprügeln, irgendwann würde man selber Prügel einstecken müssen. – Selbst wenn sie mit Drogen nichts zu tun haben, macht man sich Sorgen. Ich mein, Billy und seine Boxerei: Er könnte getötet werden, ein Schlag genügt.

– Aber er ist sportlich, er hat nichts mit Drogen zu schaffen, wandte Maria ein. – Heutzutage und in dem Alter heißt das schon was.

– Aye, kann sein, stimmte Sandra zu, – aber ich mach mir trotzdem Sorgen. Ein einziger Schlag. Sie schüttelte sich und führte ihre Gabel zum Mund.

– Ja, so sind Mütter eben, meinte Wullie fröhlich zu Duncan und erntete dafür von Sandra eisige Blicke.

Was faselte ihr Ehemann da? Hatte er sein Idol Muhammad Ali schon vergessen? Hatte er nicht gesehen, was das Boxen aus dem Mann gemacht hatte?

Maria saß vor Empörung steif auf ihrem Platz. – Habt ihr gehört, sie fahren alle nach München, mit dem kleinen Andrew und ... sie schlug die Augen nieder und senkte die Stimme, – mit diesem Terry Lawson.

– Terry ist in Ordnung, sagte Duncan, – er ist kein schlechter Kerl. Er hat jetzt eine neue Freundin, scheint n nettes Mädchen zu sein. Ich hab sie neulich in der Stadt getroffen, erzählte er ihnen. Duncan trat immer für Terry ein. Zugegeben, der Junge hatte was von einem Gauner, aber er hatte kein leichtes Leben gehabt und trug das Herz am rechten Fleck.

– Ich weiß nicht, sagte Sandra. – Dieser Terry treibt es schon ganz schön wild.

– Nee, das ist wie mit unserem Robert, widersprach Wullie. – Das Ganze, die Hooligans und so weiter, das gehört einfach zum Erwachsenwerden. Denkt mal an die Jubilee Gang. Die Valder Boys. Und dann das Young Leith Team und die Young Mental Drylaw. Und heute sind es die Hooligans. Sozialgeschichte, junge Männer, die erwachsen werden.

– Das ist ja das Schlimme, er geht den gleichen Weg wie dieser Lawson! So was ist sein Vorbild, stieß Sandra hervor. – Und wegen einem Fußballkrawall ist er ja auch schon festgenommen worden. Das hab ich nicht vergessen! Das vergess ich nicht!

– Heutzutage nehmen sie doch wahllos jeden fest bei den Spielen, Sandra, beruhigte Duncan sie, obwohl er spürte, wie in ihm selbst Zorn aufstieg. – Das ist wie mit unserm Carl und dem dämlichen ... der verdammte Idiot mit seinem blöden Hitlergruß in der Zeitung. Das sind doch nur dumme Jungs, die vor ihren Freunden angeben wollen. Die tun keinem was. Die sind über alle Maßen verteufelt worden, um die Leute davon abzulenken, was die Regierung seit Jahren treibt, von dem *wirklichen* Hooliganismus. Hooliganismus im Gesundheitswesen, Hooliganismus im Bildungswesen ... Duncan sah die hoch gezogenen Brauen von Maria und Sandra und hörte Wullie lachen. – Tut mir Leid, Leute, da halt ich mal wieder Volksreden, sagte er verlegen, – aber was ich damit sagen will, Sandra, ist, dass euer Rab ein guter Junge ist und nen klugen Kopf auf den Schultern hat. Der ist vernünftig genug, um sich nicht in was wirklich Schlimmes reinziehen zu lassen.

– Das stimmt, Sandra, hör auf Duncan, bat Wullie eindringlich.

Sandra hörte sich das nicht an. Sie legte ihre Gabel hin. – Mein einer Sohn schlägt für seinen Lebensunterhalt Leute im Ring zusammen, und der andere macht das Gleiche auf der Straße zum Spaß! Was ist bloß mit euch dummen, blöden, verdammten Männern los, schluchzte sie, stand mit feuchten Augen auf und rannte in die Küche. Maria ging ihr nach, drehte sich aber nochmal um und zeigte auf Duncan: – Und dein Sohn führt sich auf wie ein dreckiger Faschist! Aye, dieser Terry hat ne schwere Kindheit gehabt. Die hatte Yvonne aber auch, und aus ihr ist was

Anständiges geworden. Genau wie aus Sheena Galloway, die war nie im Gefängnis oder hat sich mit Drogen voll gepumpt wie der Junge von Galloways! Maria folgte Sandra.

Wullie und Duncan rollten mit den Augen. – Eins zu null für die Mädchen, sagte Duncan leicht sarkastisch.

– Mach dir nichts draus wegen Sandra, entschuldigte sich Wullie bei seinem Freund, – sie ist immer so, wenn Billy nen Kampf hatte. Versteh mich nicht falsch, ich mach mir auch Sorgen, aber er weiß schon, was er tut.

– Aye, bei Maria ist es dasselbe. Sie hat dieses Zeug über Carl in einer von diesen Musikzeitschriften gelesen, wo er irgendwelchen Quatsch erzählt hat, wie viele Drogen er nimmt. Er hat mir gesagt, dass das alles Blödsinn wär, das sagen sie nur wegen der Publicity, weil die Presse das hören will. Bevor er mit diesem Rave und den Fantasy-Pillen angefangen hat, war er manchmal ganz schön am Ende. Jetzt macht er nen richtig fitten Eindruck. Ich hab ihn manchmal morgens gesehen, wenn er die halbe Nacht auf war und nicht die Spur von nem Kater hat. Wenn ihn das umbringt, dann aber auf verdammt angenehme Art, mehr kann ich dazu nicht sagen, nickte Duncan und blickte in die Ferne. – Aber eins sag ich dir, Wullie, *ich* hätt ihn umbringen können, als ich ihn mit ausgestrecktem Arm im *Record* gesehen hab. Ich mein, mein Vater unten in Ayrshire, der hat sein halbes Bein dabei gelassen, gegen diese Dreckskerle zu kämpfen, Wullie … Aye, ich bin runtergefahren; er hat zwar nichts gesagt, aber ich wusste, dass er's gesehen hatte. Mein alter Vater, die Enttäuschung in seinem Gesicht. Es konnte einem das Herz brechen … es schien, als kämen Duncan selbst gleich die Tränen. – Schwamm drüber, lachte er, riss sich zusammen und wies Richtung Küche, – sollen sie sich ruhig mal n bisschen ausheulen. Hast du Billys Kampf auf Video?

– Aye, sagte Wullie und griff zur Fernbedienung. – Sieh dir das an …

Der Bildschirm wurde hell. Da stand Billy Birrell mit hochkonzentrierter Miene und starrte hinüber zu Bobby Archer aus Coventry. Dann ertönte der Gong, und Billy schoss aus seiner Ecke.

# Billy Birrell

### DIE HÜGEL

Es geht wie im Flug, obwohl ein ziemlicher Gegenwind herrscht. Ich renne voll auf den Drecksack zu, gradewegs den Hügel rauf, immer die Hügel runterreißen, die Kilometer fressen, wie Ronnie sagt, immer wie Ronnie sagt. *Wir* reißen die Hügel runter. *Wir* fressen Kilometer. *Wir* bauen Kondition auf. Immer heißt es *wir*; echt die Härte. Im Ring ist es das Gleiche, *wir* können fester zuschlagen als der andere. Seine Schläge können *uns* nichts anhaben. Aber ich hab noch nie gesehen, dass Ronnie nach dem Gong im Ring oder ohne Kopfschutz nen Schlag eingesteckt hat.

Pustekuchen, Ron, im Ring ist man immer allein.

Es geht steil bergauf, und ich seh die Spitze und alle Hindernisse auf meinem Weg. Morgan kommt ins Blickfeld, aber ich kann ihn mir gar nicht genau ansehen, ich lauf einfach durch ihn durch, und ich schätze, das wissen wir beide. Genau wie Bobby Archer, den ich am Wegrand liegen gelassen hab. Das sind nur Stationen auf dem Weg zu Cliff Cook. Ich bin unterwegs zu dir, Cookie, und ich werd dich kräftig nass machen.

Der alte Cookie, die Nummer Eins von Custom House. Ich mag den Kerl schon, wahrscheinlich mehr, als gut für mich ist. Aber wenn wir uns erst mal im Ring gegenüberstehn, werden wir uns nicht mehr mögen. Egal, wer gewinnt, anschließend setzen wir uns bei nem Bier zusammen. Das wär ja noch schöner, wenn wir uns außer Drohungen und Beschimpfungen nichts mehr zu sagen hätten.

Nee, wir nich. Es wird wieder. Letztes Mal, als ich ihn noch als Amateur geschlagen hab, war es auch so. Ich bin spät ins Profilager gewechselt, aber nicht zu spät, Cookie. Ich putz dich nochmal.

Der Anstieg wird steiler, und ich spür's jetzt in den Waden. Ronnie hat es mit den Waden, Beinen, Füßen. »Der beste Schlag kommt nicht aus der Seele, sondern aus der Sohle«, erzählt er mir ständig, rauf durch den Körper übern Arm in die Hand und von da aufs Kinn.

Er hat mich jede Menge Kombinationen üben lassen, unser Ronnie. Er meint, ich würd mich zu sehr auf den einen, entscheidenden Schlag verlassen, um sie auszuknocken. Aber ich spüre, dass es sich auszahlt, das muss ich zugeben.

Außerdem macht ihm meine Deckung Sorgen: Ich geh immer vorwärts, bedräng sie in ihrer Ecke, setz auf meine Kraft, verfolge sie und bring sie zur Strecke.

Ronnie erklärt mir immer, dass ich, falls ich an nen echten Spitzenboxer gerate, auch mal den Rückwärtsgang einlegen muss. Ich nick dazu, aber ich weiß, was für n Kämpfertyp ich bin. Wenn ich erst mal anfang, rückwärts zu gehen, kann ich gleich einpacken. Dieser Typ Boxer werd ich nie sein. Wenn meine Reflexe nachlassen und ich anfang, Schläge einzustecken, dann war's das, dann mach ich Schluss mit dem Sport. Denn *wirklich* mutig isses, sein eigenes Ego abzuschalten und rechtzeitig mit dem Boxen aufzuhören. Den jämmerlichsten Anblick bietet n abgetakelter, alter Boxer, der von nem Youngster, den er noch vor n paar Jahren im Schlaf umgehaun hätte, gequält wird wie ein verwundeter Stier.

Rauf zur Spitze und dann die sanfte Neigung der Straße auf der anderen Seite runter zum Auto. Aufpassen, dass man sich auf dem Weg bergab keinen Muskel zerrt. Die Sonne sticht mir in die Augen. Als der Boden vor mir eben ist, schließ ich mit nem Sprint ab, so richtig in den Trainingskick rein, ein Gefühl, als käm man auf ne Pille drauf. Ich bin stehn geblieben und fülle meine Lungen mit der kühlen Luft, während ich überleg, wenn Cookie in Custom House oder Morgan in Port Talbot dasselbe versuchten, würden die armen Säcke nicht lang durchhalten, wenn sie danach mit mir in den Ring steigen. Ronnie wischt mir den Schweiß mit nem Handtuch ab, hilft mir, mich warm einzupacken, als wär er ne junge Mutter und ich sein Erstgeborener. Dann fahrn wir mit dem Wagen zurück in den Club.

Mit Ronnie gibt's lange Schweigephasen. Ich mag das, denn ich brauch Zeit, um mir über bestimmte Sachen klar zu werden. Ich mag es nicht, wenn der ganze Scheiß des modernen Lebens einem durch die Rübe rauscht. Ist echt die Härte und raubt einem die Energie. Die wahren Kämpfe werden im Kopf ausgetragen, das ist und bleibt so. Und man kann den Kopf genauso trainieren wie den Körper, sich trainieren, den ganzen Scheiß, mit dem man tagtäglich bombardiert wird, auszusieben oder zu begraben.

Die Gedanken bündeln.

Sich konzentrieren.

Es nicht an sich ranlassen. Niemals.

Natürlich kann man sich's leicht machen und sich mit Smack oder Alkohol abfüllen wie gewisse andere Leute. Die ham sich schon vor Jahren aufgegeben, die jämmerlichen Loser. Wenn man keine Selbstachtung mehr hat, hat man nichts mehr.

Ich hoffe, Gally is endgültig runter von dem Scheißzeug.

Mit Ecstasy is das was anderes, aber keiner weiß, was das für Spätfolgen hat. Andererseits: Es weiß *jeder,* was Kippen und Bier für Spätfolgen haben, und trotzdem hat's keiner eilig, die zu verbieten. Was können Eckys schon großartig anderes mit einem machen: einen zweimal umbringen?

Ronnie schweigt immer noch. Is mir nur recht.

Die Welt sieht gut aus, wenn man auf Ecstasy ist und zu Carls Musik in seinem Club tanzt, auch wenn er n bisschen zu robotisch geworden ist, wie er das nennt, zu technolastig für meinen Geschmack; mir gefiel es besser, als er noch mehr auf so nem souligen Trip war. Naja, sind ja seine Nummern, und er macht sich gut. Er wird beachtet, wird respektiert. Wenn man mit ihm durch die Läden geht, durch die Clubs, dann merkt man, dass wir nicht mehr nur zwei x-beliebige Asseln sind, wir sind DJ N-SIGN und Business Birrell, der Boxer.

Uns wird heute derselbe Respekt entgegengebracht wie früher unseren Vätern, weil sie Malocher waren, wegen ihrer Arbeit in der Fabrik. Heute werden solche Leute, Typen, die mal als Salz der Erde galten, für Flaschen gehalten.

Ronnie ist auch einer von dem Schlag. Vor Jahren von den

Werften in Rosyth entlassen worden. Jetzt ist der Boxsport sein Leben. War's vielleicht immer schon.

Mich und Carl hält keiner für Flaschen. Aber was die Eckys angeht: Das müssen wir runterschrauben. Wir werfen alle zu viele, außer Terry vielleicht, um fair zu sein, was die Leute ihm gegenüber selten sind. Aye, die Welt sieht klasse aus, wenn man auf E ist, aber vielleicht haben der Junkie mit seinem Smack oder der Penner mit seiner lila Dose Tennent's oder seiner Flasche Billigwein am Anfang das Gleiche gesagt.

Schweigen ist Gold, hm, Ronnie, alter Knabe?

Aber das hier unterscheidet sich von Ronnies sonstigem Schweigen. Er denkt über was nach, und ich weiß auch, über was. Ich dreh mich zu ihm, seinem Silberhaar, seiner Visage: ein knallrotes Säufergesicht. Der Witz ist, dass Ronnie Abstinenzler ist und alles bloß vom Bluthochdruck kommt. Pech, so was. Man käm nie drauf, denn Ronnie macht nicht viele Worte. Es muss sich alles in ihm drin abspielen. Vielleicht werd ich auch so, man sagt, wir wärn uns ähnlich, und Ronnie meint, wir würden oft für Vater und Sohn gehalten. Ich hör das nich gern, er is nich mein Vater und wird's nie sein. Aber wenn man sich das vorstellt: Da renn ich acht Meilen am Tag, und trotzdem hat Juice Terry in n paar Jahren ne gesündere Gesichtsfarbe als ich. Naja, Pech. Vergessen wir's. Das is die Härte.

Da! Ronnie spricht! Stoppt die Druckerpressen! – Ich wünschte, du würdest dir das mit dem Urlaub nochmal überlegen, Billy, sagt er. – Wir müssen Opfer bringen, Junge.

WIR mal wieder.

– Alles fest gebucht, erklär ich ihm.

– Ich mein ja nur, redet Ronnie weiter, – wir müssen wirklich unsere Kondition halten. Dieser Morgan, das is keine Flasche. Der hat Stehvermögen und n Kämpferherz. Erinnert mich an Bobby Archer, der hatte Schneid.

Bobby Archer aus Coventry. Mein letzter Kampf. Er hatte Schneid, aber ich hab ihn in drei Runden gestoppt. Is ja schön, wenn man Schneid hat, kann aber auch nicht schaden, wenn du ein bisschen boxen kannst und dein Kinn nich aus Edinburgher Kristall is.

Sobald mein rechter Haken angekommen war, hatte ich mich schon rumgedreht und wieder in meine Ecke verzogen. Business erledigt.

– Fest gebucht, wiederhol ich. – Wir sind doch nur zwei Wochen weg.

Ronnie nimmt ne enge Kurve, während der Wagen übers Kopfsteinpflaster zum Boxclub holpert. Der Boxclub ist in nem alten viktorianischen Kasten, der von außen aussieht wie n Scheißhaus. *Drinnen* kann's einem wie ne Folterkammer vorkommen, wenn Ronnie einen in der Mache hat. Er hält an, macht aber keine Anstalten auszusteigen. Als ich raus will, packt er mich am Handgelenk. – Wir müssen unsere Kondition halten, Billy, und ich seh nich, wie wir das schaffen sollen, wenn du für zwei Wochen mit diesem Haufen von Nichtstuern, mit denen du rumhängst, auf nem Massenbesäufnis in Deutschland bist.

Das geht mir langsam auf den Keks. – Ich schaff das schon, sag ich ihm zum soundso vielten Mal. – Ich werd das Lauftraining beibehalten und mich drüben in nem Sportstudio anmelden, erklär ich ihm. Den Scheiß ham wir schon die ganze letzte Woche durchgekaut.

– Was is mit deinem Mädchen? Was sagt die denn dazu?

Eins muss man Ronnie lassen: Für nen Burschen, der praktisch nie redet, hat er's echt raus, zu weit zu gehn. Was Anthea dazu sagt? Das Gleiche wie Ronnie. Ziemlich wenig. – Das is meine Sache. Eins sag ich dir aber, du klingst schon selber wie n kleines Mädchen. Jetzt gib mal Ruhe.

Ronnie runzelt die Stirn, dann stiert er melancholisch nach vorn durch die Windschutzscheibe. Ich red nich gern so mit ihm, davon hat keiner von uns was. Man trifft im Leben seine eigenen Entscheidungen. Leute können einem Ratschläge geben, aye, gut und schön. Aber sie sollten klug genug sein, um zu wissen, dass die Sache erledigt ist, wenn du erst mal einen Entschluss gefasst hast.

Also halt einfach die Klappe.

– Wenn ich dich zwei Jahre früher in die Finger bekommen hätte, wärst du jetzt Europa-Champion und hättest schon Titelkämpfe mit den ganz Großen gehabt, sagt Ronnie.

– Aye, sag ich ziemlich frostig und schneid ihm das Wort ab. Den Mist hör ich mir nich nochmal an. Für mich bedeutet das, meinen alten Herrn und meine alte Dame nich zu respektieren. Mein Vater hatte mir ne Lehrstelle besorgt gehabt, und das hatte ihm viel bedeutet. Meine Ma wollte nich, dass ich boxe; Punkt, aus. Und Profi werden und für Geld boxen, das war echt zu viel für sie.

Ronnie hatte mich trotzdem weiter gedrängt, Profi zu werden, wir müssen unseren Träumen folgen, hatte er gesagt. Dieses WIR wieder. Was Ronnie niemals kapieren wird, is, dass es nicht er, sondern mein Vater war, der mich dazu gebracht hat, Profi zu werden. Als er mich an diesem Samstagabend, am achten Juni 1985, mit nach London ins Queens-Park-Rangers-Stadion genommen hat. Barry McGuigan gegen Eusebio Pedroza.

Wir sind mit meinen Onkel Andy zusammen hingegangen, der da in der Gegend wohnt, in Staines. Ich erinnere mich noch an den Verkehr auf der Uxbridge Road, wie unser Bus, die Linie 207, da langkroch, und wir Angst hatten, den Kampf zu verpassen. Als wir ankamen, waren da sechsundzwanzigtausend Iren, die alle reinwollten. Pedroza war derjenige, den ich sehen wollte, denn er war der Beste. Neunzehnmal erfolgreich den Titel verteidigt. Ich hielt ihn für unbesiegbar. Ich mochte McGuigan und fand ihn sympathisch, aber niemals würd er The Man besiegen.

McGuigan hatte sogar ne weiße Fahne, weil er mit diesem Trikoloren- und Rote-Hand-von-Ulster-Scheiß nichts am Hut hatte. Aber auf mich wirkte das wie ne Kapitulation, noch bevor er den ersten Schlag angebracht hatte. Dann trat so n alter Knacker in den Ring, McGuigans Vater, wie wir später erfuhren, und stimmte *Danny Boy* an. Der ganze Saal begann mitzusingen, alle Katholiken und Protestanten aus Belfast zusammen, und als ich meinen Vater anguckte, sah ich ihn zum ersten und einzigen Mal mit Tränen in den Augen. Mein Onkel Andy auch und so. Was für n geiler Moment das war. Dann ging der Gong, und ich glaubte, Pedroza würde allen direkt in die Suppe spucken. Aber dann passierte was Unglaubliches. McGuigan stürzte sich auf ihn und deckte ihn mit Schlägen ein. Ich dachte, er würd sich von selbst

verausgaben, aber in der zweiten Runde fand er seine Schlag-
distanz und feuerte Kombination auf Kombination ab. Man wartete richtig drauf, dass dem kleinen Kerl die Puste ausging, aber
das passierte nich, er machte sich einfach erbarmungslos über
den Typ her und war auch nicht blöd, er setzte so viel Verstand
wie Mumm ein, denn er schlug immer noch Kombinationen und
behielt seine Deckung, während er Pedroza zurücktrieb. McGuigans lange Arme, seine unbeholfen wirkende Haltung; ihn treffen zu wollen, muss einem vorgekommen sein, als wollte man
Kenny Dalglish im Strafraum den Ball wegnehmen. Pedroza war
n großer Champion gewesen, aber fuck, hab ich den an dem
Abend in der Loftus Road altern sehn.

Nach dem Kampf saßen wir da mit unseren Getränken, die
Onkel Andy aus nem rappelvollen Pub geholt hatte, der die gan-
ze Nacht geöffnet hatte. Wir saßen unter so n paar Bäumen in
Shepherd's Bush Green, einfach so, genossen die Atmosphäre
und quatschten über den Kampf, über diesen unglaublichen
Abend, an dem wir teilgehabt hatten.

Damals hatte ich gedacht, tja, ich hätt nichts dagegen, da n
bisschen mitzumischen. Ich boxte schon seit Jahren und ging seit
Ewigkeiten zu Boxkämpfen. Allerdings hatte bei mir Fußball immer Vorrang gehabt. Auch noch als sich abzeichnete, dass ich im
Boxen besser war. Der Fußball brachte mir allerdings gar nichts
ein: n schäbiges Probetraining bei Dunfermline und ne Saison bei
Craigroyston in den East Seniors.

Reine Zeitverschwendung, naja, nich wirklich, denn es machte mir Spaß, aber ich wollte mehr.

Also hier jagten wir jetzt ganz klar Ronnies Traum nach. Aye,
stimmt, vielleicht hab ich wirklich zu lang gewartet. Das Geld
stimmte, aber der Respekt, den man sich verdient, is der Grund,
aus dem ich dabei bin. Mir gefällt's jetzt, wenn die Leute mich
Business nennen. Anfangs war es die Härte, da war es mir peinlich, aber mittlerweile passt es langsam.

Es passt langsam wie n Handschuh.

Wir steigen aus dem Wagen und gehn in den Club, wo ich
mich dusche und umziehe. Als ich erfrischt rauskomm, seh ich,
wie der kleine Eddie Nicol im Ring mit irgendnem Affen als

Sparringspartner trainiert, den er total nass macht. Aber bei Eddie weiß ich nich so richtig. Technisch hervorragend. Aye, wenn er gut ist, ist er richtig gut, aber manchmal bemerkt man bei ihm so ne Zaghaftigkeit, als wüsste er, dass demnächst einer Hackfleisch aus ihm macht und dass es durchaus der sein könnte, den er grade vor sich hat.

Ein Typ in nem cremefarbenen Sommeranzug aus leichtem, aber teurem Stöffchen spricht mit Ronnie. Er hat extrem kurz geschorene Haare und so ne Brille mit getönten Gläsern auf. Während ich auf ihn zugeh, denke ich, dass sein Anzug an nem besseren Mann gut aussehen würde. – Business, sagt er und streckt mir seine Hand entgegen. Es is Gillfillan, n absolut halbseidener Typ. Er gehört irgendwie zu Power, der auch n Sponsor ist, wie Ronnie mir ständig einschärft. Er gibt mir nen festen Händedruck, wie's alte Kerle gern machen, als so ne Art bescheuerten Härtetest. Wenn man sie deswegen anmacht, heißt es immer »Ist doch nur n Handschlag«, als wollten sie sagen, wir sind doch unter Männern und so n Scheiß. Dieser Wichser legt sich aber echt ins Zeug. Ich zeig mit meiner freien Hand drauf. – Ham Sie nen Verlobungsring in der andern Hand? Was soll das? frag ich.

Er löst den Griff. – Ist doch nur ein Handschlag, lacht er.

Ich nehm meine Hand runter. – Meine Hände sind mein Kapital. Die sind nicht dafür da, dass andere beweisen können, wie hart sie drauf sind, sag ich und seh ihn scharf an.

– Reg dich ab, Billy, sagt Ronnie.

Gillfillan boxt mir spielerisch gegen die Schulter. – Aber nicht zu sehr, Ronnie, denn das ist es doch, was ihn zu Business Birrell macht, was ihn zum Champ macht, was, Billy? Sich bloß nichts gefallen lassen, grinst er.

Ich starre dem Pisser weiter fest in die Augen. In das Schwarze. Es weitet sich, und für nen Sekundenbruchteil zittern seine Lippen. – Aye, freut mich, dass wir beide uns einig sind, dass es nich mehr war, sag ich. Das gefällt ihm nicht. Dann grinst er wieder, zwinkert und zeigt auf mich. – Ich hoffe, du hast über meinen Vorschlag nachgedacht, Billy. Die Business Bar. Ob's dir gefällt oder nicht, du bist jetzt jemand in der Stadt. Eine Berühmtheit. Deine Kämpfe haben die Fantasie der Leute angeregt.

– Nächste Woche bin ich in Urlaub. Wir unterhalten uns, wenn ich zurück bin, sag ich zu ihm.

Gillfillan nickt bedächtig. – Nee, nee. Ich glaub wirklich, wir sollten uns jetzt unterhalten, Billy. Da ist jemand, der dich kennen lernen möchte. Es wird nicht lange dauern. Vergiss nicht, wir ziehen an einem Strang, grinst er. Dann wendet er sich an Ronnie. – Sag du mal ein Wörtchen dazu, Ronnie, sagt er.

Ronnie nickt, und Gillfillan geht ein Stück weg, dahin, wo Eddie Nicol und der andere Junge beim Sparring sind.

In nem dünnen Flüsterton sagt Ronnie zu mir: – Du solltest ihn nicht vor n Kopf stoßen, Billy, dazu gibt's kein Grund.

Ich zuck dazu bloß die Schultern. – Vielleicht gibt's einen, vielleicht auch nich, erklär ich ihm.

– Er ist n Sponsor, Billy. Schon ne ganze Weile. Und der kann verflucht unangenehm werden. Man beißt nicht die Hand, die einen füttert.

– Vielleicht brauchen wir ja neue Sponsoren.

Ronnie legt sein Gesicht in Sorgenfalten. Das hier fällt ihm nich leicht. – Billy, du warst doch nie schwer von Begriff. Dir musste ich doch noch nie groß auf die Sprünge helfen.

Ich sag nichts. Ich weiß nich, worum's hier geht, aber ich weiß, dass es um was geht, was ich wissen *sollte*.

Ronnie zögert n bisschen, und als er dann Gillfillan auf seine Uhr gucken sieht, wird ihm klar, dass er nich viel Zeit hat. – Begreif doch, Billy, meint er und deutet auf seinen Unterkiefer. – Siehste die Narbe an deinem Kinn?

Jeden beschissenen Tag im Spiegel. Natürlich seh ich die. – Aye, was ist damit?

– Du hattest damals Ärger mit nem Typen. Der Gestörte, von dem du das hast. Jetzt macht er dir keinen Ärger mehr. Hast du dich je gefragt, wieso nich?

– Weil ich ihm gezeigt hab, wo's langgeht, sag ich zu Ronnie.

Ronnie grinst grimmig und schüttelt den Kopf. – Glaubst du wirklich, so n Psychopath hätte Angst vor dir?

Doyle. Nee. Den kann man umnieten, sooft man will. Der kommt immer wieder, und irgendwann hat er Glück.

– Glaubst du, dieser Doyle hat Angst vor dir? wiederholt Ronnie und nennt diesmal den Namen.

– Nee.

Hab ich nie geglaubt und mich immer gefragt, wieso das kein Nachspiel hatte.

Ronnie lächelt traurig und fasst mich am Arm. – Es gibt nen Grund dafür, dass Doyle dir nichts getan hat. Weil er dich nämlich mit Leuten wie Gillfillan und Power in Zusammenhang bringt.

Also ham Gillfillan und Power Doyle zurückgepfiffen. Leuchtet ein. Ich hab gedacht, es wärn Rab seine Freunde von den Hools gewesen, Lexo und die alle. Aber die kennen Doyle und Konsorten, und Lexo ist sogar mit Marty Gentleman verwandt, da würden die sich nich ausgerechnet für mich einsetzen.

– Der Mann will doch nicht mehr als eine Stunde deiner Zeit, um mit dir was zu bereden, woran du was verdienen könntest, Billy. Was ganz Legales. Das ist doch nicht zu viel verlangt, oder? Ronnie bettelte beinah.

Ronnie verdient nichts an dem Boxclub. Folglich brauchen solche Läden Sponsoren, um weitermachen zu können. Business-Sponsoren.

– Na gut, sag ich und nicke Gillfillan zu.

Was ich über Typen wie Gillfillan und Power weiß, ist, dass die bloß etabliertere Versionen von Doyle sind. Gemeingefährliche Kriminelle. Und Typen wie die erwischt man nie im Ring. Die Jungs in den Seilen sind einfach diejenigen, die man schlagen *darf* und wo man damit durchkommt; ein Ausgleich für den Frust, dass man nich in der Lage ist, die fertig zu machen, die man gerne schlagen würde.

Gillfillan kommt rüber. – Schön, Billy, wir werden nicht viel von deiner Zeit in Anspruch nehmen. Ich will dir nur was zeigen und dich mit ein paar Leuten bekannt machen. Ich treff dich in etwa fünfzehn Minuten in der George Street. Nummer hundertfünf. Okay?

– Gut.

– Dann bis nächsten Dienstag, Ronnie, sagt Gillfillan und geht.

Ronnie winkt ihm übertrieben freundlich nach. Das is nich Ronnies Art, und es ist peinlich, mit anzusehen, wie er diesem Wichser in den Arsch kriecht. Ich schätze, er weiß, dass ich nich begeistert bin.

Ich geh zu Haus anrufen, um zu sehen, ob Anthea von ihrem Auftrag in London zurück ist. Ihr erster richtiger Auftrag, n Pop-Video. Besser als in Kneipen Freigetränke und Promo-Shirts verteilen und dabei von Betrunkenen angelabert, betatscht und anzüglich angegrinst zu werden. Der Glamour der Modelwelt. Geht keiner ran.

Um n bisschen Zeit zu schinden, hör ich mir ihre Stimme auf dem Anrufbeantworter an. »Weder Anthea noch Billy sind zur Zeit zu Hause. Bitte hinterlassen Sie eine Nachricht nach dem Piepston, und einer von uns wird Sie zurückrufen.«

Ich sprech ihr auf die Kiste, dass wir uns später sehn, vorher fahr ich meine Ma besuchen. Schon komisch, aber mein Zuhause ist für mich immer noch das Haus von meiner Mutter. Die Bleibe, die ich mir mit Anthea teile, da im Lothian-House-Komplex mit dem netten Swimming-Pool, das ist irgendwie so wie sie. Es ist nett, sieht hübsch aus, aber wirkt nicht wie was auf Dauer.

Ich lasse Ronnie allein und geh raus. Ich hör's grollen, dann öffnet der grauschwarze Himmel alle Schleusen, und ich muss zum Auto rennen, um nicht klatschnass zu werden.

Ich guck mir im Rückspiegel meine Narbe an, direkt vorne auf dem Kinn, fast wie n Grübchen. Einen Zentimeter mehr rechts, und ich säh aus wie Kirk Douglas. Damals war ich noch nich lang Profi und trainierte gerade für nen Kampf. Ich hatte im Club, wo ich noch spät mit Ronnie trainiert hatte, grad Schluss gemacht. Eigentlich war ich aufm Nachhauseweg. Nur weil ich im West End Terry aus dem Slutland (wie sie das Rutland nennen) kommen sah, war ich überhaupt ausm Bus ausgestiegen.

An dem Samstagabend herrschte ne merkwürdige Atmosphäre in der Stadt, und dann schnallte ich auch, warum. Aberdeen spielte gegen die Hibs, und die hatten die beiden größten Hool-Mobs im ganzen Land. Die mussten jetzt auf der Suche nacheinander sein, höchstwahrscheinlich nich alle auf einmal, sondern in kleineren Gruppen, um die Polizei irrezuführen. Ich sprang raus und rief Terry nach. Er war unterwegs zu nem Pub auf der Lothian Road, wo er sich mit meinem Bruder Rab und dem kleinen Gally treffen wollte.

Rab und Gally bildeten sich ein, sie wärn Hools. Rab war durch seine Freunde drauf gekommen, aber er stand auf die schicken Sachen, die Markenklamotten und so. Gally war einfach n kleiner Schwachkopf. Die Härte, was da zwischen ihm und seiner Frau lief, dieser Gail. Sie traf sich mit Polmont, ausgerechnet mit dem.

Gally und Gail hatten Krach gehabt, und die kleine Jacqueline war irgendwie dazwischengeraten und schwer verletzt worden. Zu der Zeit stand das Verfahren noch aus, und Jacqueline war im Krankenhaus und musste operiert werden, um das Gesicht wiederherzustellen. Ein kleines Mädchen, grad mal fünf. Die Oberhärte. Gally war im Krankenhaus gewesen, um sie zu besuchen, obwohl er damit gegen ne einstweilige Verfügung verstieß. Er guckte sie ne Weile an, konnte ihr nich ins Gesicht sehn und ging wieder.

Als Terry und ich in den Pub kamen, wimmelte es von Hibs-Fans. Da waren Hools, die versuchten rauszukriegen, wo Aberdeen abgeblieben war, aber auch andere, ältere Jungs aus der früheren Schals-und-Kutten-Szene. Die älteren Jungs warn bloß da, um einen zu heben. Wärn die aus Aberdeen zur Tür reingekommen, hätten viele von denen wohl mitgemischt, aber sie gehörten ner andern Generation an und hatten bestimmt keine Lust, durch die Straßen zu latschen und nach jüngeren Typen zu suchen. Sie mutierten bloß zu Biermonstern, wie Terry.

Rab, Gally und Gallys Kumpel Gareth saßen mit n paar anderen Typen, die ich nicht kannte, an der Theke und tranken Beck's. Es war rappelvoll. Ständig kamen Jungs rein und erzählten, Aberdeen wär in der William Street oder aufm Haymarket oder in der Rose Street oder aufm Weg hierher. Es vibrierte richtig vor aufgestauter Gewaltbereitschaft.

Es war also eh schon ne explosive Mischung. Da sah ich sie weiter weg in ner Ecke der Bar vor ihrem Bier sitzen. Dozo Doyle, Marty Gentleman, Stevie Doyle, Rab Finnegan und n paar ältere Fotzen. Die warn eher asoziale Gangster als echte Hibs-Fans.

Ich hab bei Jungs in meinem Alter und drüber immer n bisschen Neid den Hools gegenüber gespürt. Während meine Altersgruppe sich in der Stadt und in ihrer Siedlung gegenseitig vermöbelt hat, ham die Hools ihre Generation geeint und sind mit der Show auf Tournee gegangen. Doyle und Konsorten checkten die ab, und man merkte, dass die älteren Jungs wie Finnegan es einfach nich peilten. Jetzt warn sie hier im Pub.

Und Polmont war mit dabei.

Gally hatte sie nich gesehn, sie warn noch nich so lang da. Ich hoffte, er würd sie auch nich bemerken und sie ihn ebensowenig. Es war Samstag und absolut knüppelvoll. Aber dann sah er sie. Erst saß er ne Weile bloß da und fluchte leise vor sich hin. Terry bemerkte das zuerst. – Fang hier drin nix an, Gally, sagte er.

Gally war kurz davor, aber er hörte auf Terry. Er hatte mit dem ausstehenden Gerichtsverfahren schon genug am Hals. Wir schleiften ihn in die hinterste Kneipenecke, direkt bei der Tür, und setzten uns mit ihm da hin. Als ich zu den andern rüberguckte, sah ich, wie Doyle Polmont aufhetzte. Ich fand, wir sollten besser austrinken, denn wenn irgendwer hier was anfing, würde der ganze Schuppen hochgehen, und man konnte nie wissen, wer dann die besten Karten hatte.

Es war zu spät. Polmont kam rüber, und Dozo und Stevie Doyle direkt hinterher. Ich guckte allerdings an ihnen vorbei auf die mächtige Gestalt von Gentleman, der langsam von seinem Stuhl aufstand.

Polmont stand vielleicht nen Meter von Gallys Platz entfernt. – Na, biste jetzt endlich zufrieden, Galloway, sagte er. – Ein kleines Kind, dein eignes Kind, is wegen dir im Krankenhaus! Wennde Gail oder Jackie nochmal zu nahe kommst, biste tot!

An der Hand, mit der Gally sein Pint umklammerte, wurden die Knöchel ganz weiß. Er stand auf. – Nur ich und du, vor der Tür, sagte er ruhig.

Polmont trat nen Schritt zurück. Wenn irgendwer Gally totschlagen würde, dann bestimmt nicht der. Der kniff ja schon vor ner kleinen Klopperei. Dozo Doyle schob sich nach vorn und starrte mich und Terry an. – Ihr haltet zu diesem kleinen Stück Dreck da?

– Das is deren Sache, Dozo, nich unsere und auch nich deine, sagte Terry.

– Wer sacht das? Eh? Dozo starrte Terry an.

Ich stand auf. – Ich, sagte ich. – Und jetzt ab, ich zeigte mit dem Daumen zur Tür.

Ich muss schon sagen, Dozo ließ sich nich lang bitten, er ging sofort auf mich los. Ein Tisch fiel um. Er erwischte mich mit nem Schlag am Kinn, aber ich wusste, dass ich ihn plätten und er nur den einen Treffer verbuchen würde. Ich verpasste ihm ein paar saubere Schläge, und er setzte sich aufn Arsch, und dann legte ich mit den Stiefeln nach. Terry hatte Polmont eine reingehauen, der sich ein Glas geschnappt hatte. Einer von Rabs Freunden, ein Typ namens Johnny Watson, zog Polmont ne Flasche Beck's übern Schädel.

Gentleman kam an, ich erwischte ihn sauber mit links, und er taumelte zurück. Lexo und Rab gerieten zwischen mich und ihn, und dann kam Dempsey und verpasste Finnegan eins. Es gab viel Geschrei und gegenseitige Drohungen. Später erfuhr ich, dass Dempsey von den Hools und Finnegan, der Typ aus Sighthill, der immer um Doyle herumschwirrte, schon lange verfeindet warn und Demps hier ne Gelegenheit gesehen hatte, die zu gut war, um sie ungenutzt verstreichen zu lassen. Mann, das wär beinah oberhart geworden den Abend.

Der Laden war ne ungesunde Mischung von Jungs, viele von ihnen völlig geladen und bloß darauf aus, die aufgestaute Energie loszuwerden. Dann gab's aber auch coolere Typen, die das Ganze als nen Bürgerkrieg betrachteten und Frieden stiften wollten. Was mich beeindruckte, war die Selbstdisziplin der Jungs, die das Sagen hatten. Sie hatten seit Wochen die Begegnung mit Aberdeen aufm Zettel und wollten sich das nich von so n paar Asseln verderben lassen, die sich in ihren Augen wegen nem Weib kloppten und damit die Bullen anlockten.

Ich war froh, dass mir Lexo, der schwere Brocken, Gentleman vom Hals hielt. Der hatte Hände wie Schaufeln. Es gab noch n bisschen Geschrei und Rempelei, dann kam n Typ rein und sagte, dass Aberdeen definitiv in der William Street wär, worauf alle aus dem Pub strömten und in kleinen Gruppen loszogen. Als sie

aufbrachen, ging Dempsey nochmal auf den immer noch benom-
menen Finnegan los, wurd aber von nem weißhaarigen Hool und
Stevie Doyle zurückgehalten. Wir zischten ab, die Straße lang.
Erst da merkte ich, dass ich ganz voll Blut war. – Das muss genäht
werden, sagte Terry.

  – Tut mir Leid, Billy, meinte Gally ganz ängstlich und sah dabei
aus wie n kleiner Junge, der sich bei seinem Vater entschuldigt,
weil er ins Bett gepinkelt hat.

  Ich weiß noch, wie der kleine Stevie Doyle uns in der Lothian
Road Morddrohungen hinterhergerufen hat, dann sprangen wir
in ein Taxi und fuhrn zur Notaufnahme. Als Doyle mich geschla-
gen hatte, war mir gar nich aufgefallen, dass er mich mit einem
Anglermesser erwischt hatte. Es war komisch, aber ich hatte bloß
seine Hand gesehn. Jetzt erzählten alle, nee, das war n langes
Messer. Das Kinn musste mit acht Stichen genäht werden. Ein
Glück, dass er nur den einen Treffer landen konnte.

  Weil die Verletzung direkt am Kinn war, wurde mein Kampf
mit Kenny Parnell, dem Jungen aus Liverpool, verschoben. Das
muss Power und Gillfillan Geld gekostet haben, höchstwahrscheinlich ham sie Doyle deswegen Feuer unterm Arsch gemacht.
  Ich glaub, ich hab ihn seitdem nich nochmal gesehen.

In der George Street zu parken ist die Härte, ich muss sie zweimal
rauf- und runterfahren, bevor ich nen weißen Volvo ausparken
seh und direkt in die freie Lücke reinsetze. Krass. Zur Hausnum-
mer eins-null-fünf muss ich noch n Stück laufen. Erst denk ich,
Gillfillan will mich verarschen, denn in dem Haus ist ne Bank,
und die hat zu und steht völlig leer, so als würd da renoviert. Ich
drück die Tür auf und seh Gillfillan, der mit so nem Wachmann
redet. Keine Ahnung, wozu man in so nem Laden nen Wach-
dienst braucht.

  An einem Tisch sitzt ein großer, fetter Typ. Ich hab ihn schon
beim Boxen im Publikum sitzen sehn. David Alexander Power,
auch Tyrone genannt. Er ist riesig und hat so schwarzes Haar, das
wie ne Bürste hochsteht. – Wie findest du das, Billy? sagt er und
guckt sich in dem kargen Raum um. – Hübsch, oder?
  – Wenn man auf Banken steht, aye.

Power steht auf und geht zu nem Wasserkocher. Er fragt, ob ich nen Kaffee will. Ich nicke, und er setzt welchen auf. Er ist anders, als ich gedacht hätte. Nach Gillfillan hatte ich erwartet, dass er einen auf ganz ernst, protzig und gangstermäßig macht. Aber dieses Riesenbaby ist total relaxt, aber fröhlich und begeistert, wie n Lieblingsonkel, der sich selbstständig gemacht hat. – Ich sag dir eins, Billy, in zehn Jahren erkennst du die Straße hier nicht wieder. Die Großbaustelle im West End, die bis dorthin reicht, was für uns mal Tollcross war. Weißt du, was das wird?

– Bürohäuser, wett ich.

Power lächelt und reicht mir ne Hibernian-Tasse mit meinem Kaffee. – Richtig, aber nicht nur das. Das wird das neue Finanzzentrum von Edinburgh. Und was passiert dann mit den hübschen alten Gebäuden hier?

Ich sag nichts.

– Die Gegend hier verändert sich, erklärt er, – und wird ein Ausgehviertel. Nicht wie die Rose Street mit ihren billigen Touristenschuppen und Neppläden, in die Vorstadtspießer gehen, wenn sie ne Sauftour durch die Stadt machen wollen. Nee, die ganzen Typen, die heute auf Raves gehn, die werden allesamt zehn Jahre älter sein und ihren Hang zur Gemütlichkeit entdecken.

Ich stell mir die ganzen Leute vor, die unter freiem Himmel und in stickigen Lagerhäusern tanzen. – Ich kann mir nicht vorstellen, dass sie das wollen, sag ich.

– Oh, das werden sie aber, grinst Power, – das wollen wir alle irgendwann. Und die George Street ist der richtige Ort dafür. Im West End hast du das Rotlichtviertel und im East End die coolen Clubs. Was du brauchst, ist was dazwischen. Er hält inne und breitet die Arme aus. – George Street. Eine Straße mit netten Bars für die frühen Abendstunden, die in diesen klassischen alten Bankgebäuden untergebracht sind. Schick genug für ein exklusives Publikum, groß genug, um noch was anderes drin aufzuziehen, wenn die Ausschankverordnungen irgendwann der Zeit angepasst werden. Und keine wird größer oder exklusiver als die Business Bar, sein Blick wandert durch den Raum. Dann klopft er sich auf seinen dicken Bauch. – Aber es wird spät. Was hältst

du davon, wenn wir unser Gespräch beim Mittagessen im Café
Royal fortsetzen?
    – Warum nich, sag ich und erwidere das Grinsen des fetten
Kerls.
    Also sitzen wir in der Oyster Bar, ich, Power und Gillfillan. Ich
bleib bei Mineralwasser, aber Power gönnt sich reichlich Bollin-
ger. Ich ess zum ersten Mal Austern, und sie reißen mich nich
grad vom Hocker. Man sieht's mir wohl an. – An den Geschmack
muss man sich erst gewöhnen, Billy, grinst Power.
    Gillfillan sagt nicht viel. Offenkundig ist Power der Boss. Im
Gegensatz zu Gillfillan macht Power nicht auf Gangster; bedeutet vermutlich, dass er das nich mehr nötig hat.
    Das im Kopf, entschließe ich mich, direkt zu fragen, um zu
testen, wie er reagiert, wenn man nich um den heißen Brei rum-
redet. – Das hier, ich berühr meine Narbe, – Sie ham mit Doyle
Klartext geredet, oder? frag ich ihn.
    Power rümpft die Nase und wirkt zum ersten Mal leicht ge-
reizt, als hätte ich gegen irgendeinen Kodex verstoßen, indem ich
so direkt frage. Dann lacht er: – Asseln aus dem Vorstadtgetto,
was wär die Welt ohne sie?
    – Ich komm auch aus so nem Vorstadtgetto, stell ich klar.
    Power grinst breit, aber zum ersten Mal fällt mir in seinem
Blick dieser Ausdruck auf, nicht Härte, nicht mal Schlechtig-
keit, aber dieser *andere Ort*, an den er sich begeben kann und
wo er sich zu Hause fühlt, wenn es sein muss. Im Gegensatz zu
den meisten anderen. – Ich ebenfalls, Billy, ich ebenfalls. Und
zwar aus nem *richtigen*, nicht aus ner süßen, kleinen Jambo-
Brutstätte wie Stenhouse, lacht er, und ich lach auch n bisschen,
wenn ich ehrlich bin. – Ich sollte mich genauer ausdrücken, ich
mein nicht Arbeiterjungs wie uns hier, sondern ich red von der
Asseln*mentalität*. Doyle zum Beispiel: Ich kenn seine Alten gut.
Bei ihm ist es das Gleiche. Sie wären gefährlich, wenn sie Ambitionen hätten, die über die Siedlung hinausgehen. Aber sie kennen nichts anderes; nur da fühlen sie sich sicher. Doyle ist zufrieden damit, da den Platzhirsch zu spielen, sich sein städtisch
gefördertes Häuschen in der Siedlung zu kaufen, ein paar Scheck-
betrügereien zu begehen oder Wohngeldabzocke zu betreiben,

hier und da n bisschen den Kredithai zu machen und ein paar Pülverchen und Pillen zu verticken. Schön. Soll er ruhig. Nur wenn die Fotzen Ambitionen entwickeln, muss man sich Sorgen machen.

Da muss ich grinsen. Power ist ein schlauer Kopf, das sind die Doyles auf den Punkt gebracht. – Was ham Sie also gemacht? – Wenn es Schwachköpfe sind, stößt du ihnen Bescheid. Wenn nicht, ziehst du sie auf deine Seite. Man ist umso stärker, je mehr starke Leute man um sich hat, er guckt kurz Gillfillan an. – Aber stark heißt nicht Muskeln. Die kann man sich immer noch kaufen. Hierdrauf kommt's an, er tippt sich an den Kopf, – das ist es, was zählt.

Also, *mein* Kopf schwirrt, als ich mich verabschiede, raus auf die Straße komme und zu meinem Wagen laufe. Ich hatte gedacht, ich würd Power hassen, ich hatte ihn schon wie Gillfillan als Wichser abgetan. Aber nee. Ich stellte fest, dass ich ihn mochte, ihn respektierte, sogar bewunderte. Ist die Oberhärte, aber gerade deswegen hab ich zum ersten Mal seit langer Zeit richtig Angst.

### ERINNERUNGEN AN ITALIEN

Ich dreh ne Runde mitm Auto, um den Kopf frei zu kriegen. Ich fahr über die Umgehungsstraße nach Musselburgh und halte an Lucas Café, um nen Kaffee zu trinken. Das Essen vom Café Royal liegt mir schwer im Magen, Ronnie wär wohl auch nicht begeistert, aber schließlich war's ja seine Idee. Mit der Fresserei ist es echt krass bei mir; je mehr ich esse, desto mehr will ich. Sogar jetzt würd ich am liebsten noch ein Eis bei Luca's essen: Mein alter Herr ist immer mit mir hierher gekommen und hat mir eins spendiert, als ich klein war. So nen Geschmack vergisst man nie. Aber nee, heute würd's nicht mehr so schmecken. Das Eis an sich vielleicht schon, aber meine Geschmacksnerven sind wahrscheinlich nich mehr dieselben. Die Dinge ändern sich.

Ich mit ner eigenen Bar, nem eigenen Geschäft. Klingt gut. Nur so kommt man zu Geld, man muss sein eigenes Geschäft haben, kaufen und verkaufen. Und nur mit Geld verschafft man sich Respekt. Bitter, aber so is nun mal die Welt, in der wir leben. Man hört ständig Kinnock und die von der Labour Party über die Ärzte, Krankenschwestern und Lehrer meckern, Leute, die sich um Kranke kümmern und Kinder unterrichten, und alle nicken ganz begeistert. Aber gleichzeitig denken sie, so n Job möcht ich nie machen, gebt mir einfach nur das Geld. Ist schon krass, aber das wird man nie ändern. Man versucht, die Leute, die einem nahe stehen, anständig zu behandeln, und alle anderen gehn einem am Arsch vorbei, so isses doch.

Ich trink meinen Kaffee aus und geh zurück zum Wagen.

Auf der Nachhausefahrt entdeck ich ne vertraute Gestalt, die durch n Regen läuft. Den Gang würd ich überall erkennen; die hängenden Schultern, die schlenkernden Arme, die verstohlenen Blicke nach rechts und links; aber vor allem natürlich den wehenden Lockenkopf.

Wie n Hahn mit Hämorrhoiden.

Ich pirsch mich von hinten an die Pfeife ran und zieh dann neben ihn. – TERENCE LAWSON! LOTHIAN AND BORDERS POLICE! brülle ich, und der Sack dreht sich langsam um und versucht sich cool zu stellen, aber man merkt, dass er Schiss hat.

– Ach, verpiss dich, Birrell, sagt er, als er erkennt, dass ich es bin.

– Bisschen außerhalb unserer gewohnten Gegend, was, Mr. Lawson?

– Ehm, ich hab hier ne Perle besucht ... fängt er an.

Von wegen. Terry und Perlen besuchen, aye, na schön, das kauft man ihm ohne weiteres ab, aber nich hier in Grange. Abgesehen von dem Kurzurlaub in Italien, wo er gesehn hat, wie der Kontinent fickt, war er seinen Lebtag noch nich mit nem Mädchen zusammen, dessen Ma kein Wohngeld vom Edinburgh District Council bezog. – Erzähl mir keinen, Lawson. Du bist doch dabei, irgende Bude in der Nähe auszubaldowern. Du bist echt die Härte, Alter.

– Leck mich, Billy, lacht er.

– Ach, so ist das. Versteh ich das richtig, du willst also nicht mitgenommen werden?

Natürlich will er. Es gießt in Strömen, und Terry steigt in den

Wagen. Seine weiße Kordjacke ist auf den Schultern klatschnass.

– Schön, Birrell, mein Guter. Auf zu der Krone des sozialen Wohnungsbaus, die wir beide so gut kennen und lieben, bist n braver Junge, sagt er und fügt hinzu: – Pronto.

Wir fangen an, über Italien '90 zu reden. Ich weiß noch, wie wir auf den Stufen zum Vatikan standen. Terry ließ den Blick über den Petersplatz schweifen und fing an zu singen: *No Pope in Rome, no chapels to sadden my eyes* …

Dann stürzte sich die Vatikan-Security auf ihn und schnappte ihn, und ich armer Irrer musste die Gemüter beruhigen. Voll die Härte.

– Ich dachte, du bist für die Hibs, Lawson, sag ich zu ihm.

– Aye, aber die Fotzen musste man einfach verarschen, sagte er.

– Das schlimmste Verbrecherpack, wo gibt.

Ich weiß noch, wie er in dem Souvenirladen nen Glasaschenbecher gekauft hat, den mit der Kreuzigung. Ich fand das zu geschmacklos und hab einen mit dem Kolosseum drauf genommen.

Aye, in Rom hatten wir echt Spaß zusammen. Terry hatte von Anfang an seinen Standpunkt klar gemacht. Ich meinte: – Wir können uns doch mit den Jungs ausm Flieger zusammentun, den Typen aus Fife. Die warn in Ordnung.

– Oh, oh, Mr. Birrell. Eins sag ich dir gratis, fing er an und gaffte nach den Mädchen in diesem Café am Fluss auf der anderen Straßenseite, – die Ischenqualität hier ist absolut umwerfend. Asis dürfen denen nich mal die Tasche tragen. Die Spiele oder ob ich Eintrittskarten krieg interessiert mich n Scheißdreck; ob Schottland alle Spiele null-sechs verliert oder die Scheißweltmeisterschaft gewinnt, geht mir voll am Arsch vorbei. Ich bin zum Ficken hier. Ende der Durchsage.

– Du liebe Zeit, es geht um die Weltmeisterschaft …

– Is mir scheißegal. Fuck, wenne glaubst, ich würd hier mit fettärschigen, rotgesichtigen Transen in Schottenröcken abhängen und zig Mal hinternander *Flower of Scotland* singen, dann haste dich geschnitten, Sonny Jim. Denn das da, dabei wies er mit großer Geste dorthin, wo die Mädchen saßen und alle ihre Sonnenbrillen in die Haare hochgeschoben hatten (ne Geste, die er sich von ihnen abgeguckt hat), – das ist als Leinwand wie geschaffen, um von nem Sex-Künstler wie Juice Terry Lawson über und über mit cremig-weißer Farbe voll gespritzt zu werden.

Danach lief ich ihm noch ab und zu übern Weg, im Hotel, am Bahnhof oder als er mich aufspürte, um sich Geld zu schnorren. Und dann traute ich meinen Augen nich, als ich den heuchlerischen Bastard in nem Schottenrock sah.

– Hab ich so ner Fotze in dem Hotel geklaut, wo ich letzte Nacht war. Der hatte seine Tür aufgelassen, als er duschen ging. Trottel. Passt wie angegossen. Die Bräute sind ganz verrückt danach, hätt ich gleich drauf kommen sollen. Was glaubste, warum so viele hässliche Säcke zu Schottland-Spielen im Ausland nen Kilt tragen? Diese Kleine hat zu mir gesagt: – Wasse trage Schotten unter ihre Kiiilt? Ich hab ihn hochgehoben, ganz diskret unterm Tisch, und ihr die Auslagen gezeigt. Sagt die: – Iste alles da. Und wie machte Schotte jetzt Liebe?

– Und da haste wirklich in ne Flasche Grouse abgespritzt?

Er macht ein Furzgeräusch mit den Lippen. – Beschwert hat sich keine, Birrell, da kannste dir sicher sein.

Aye, der hat sich allein da draußen gut geschlagen, das muss ich ihm lassen. Jetzt, wo er auf n Geschmack von ausländischen Ischen gekommen ist, freut er sich schon auf München. Er redet von nichts andrem mehr, aber, wenn man's recht bedenkt, ich ja auch nich.

Als wir an den Geschäften bei uns um die Ecke sind, entdeckt Terry Gally, der sich mit dem Typ aus Polmont, diesem McMurray streitet. Sie und die Kleine stehen dabei. Sieht aus, als würden sie sich gleich mitten auf der Straße schlagen. Das wollen wir nun wirklich nich, nich bei der Vorgeschichte. Wir halten und steigen aus, aber der Wichser verzieht sich schon. Gally ist stinksauer, und Terry versucht ihn zu beruhigen. Ich helf ihm dabei, bis ich seh, wie die alte Mrs. Carlops ausm Supermarkt kommt und sich mit zwei schweren Taschen abschleppt. Ich nehm sie ihr ab und pack sie in den Kofferraum.

Terry und Gally wollen, dass ich auf n Bier mitkomm, aber bei einem Bier bleibt's in deren Gesellschaft nie, und ich könnt mir denken, dass ich mir die Kante geb, wenn ich mit ihnen mitgeh. Ich entschuldige mich und fahr die alte Mrs. Carlops nach Haus.

Das arme alte Mädchen ist mir ja so dankbar. Armes altes Schätzchen, nie bittet sie um was, dabei wohnt sie direkt bei uns gegenüber. Als ob ich zusehn würd, wie sie diese Last nach Haus schleppt. Als ich reinkomm, keine Spur von Ma oder Dad. Rab sitzt mit so nem Mädchen auf dem Sofa und guckt das Nachmittagsprogramm für Vollzeitarbeitslose.

– Wo ist Ma?

– In der Stadt mit Tante Brenda. Heute ist ihr Tag in der Stadt.

– Wo ist Dad?

Rab wedelt tuntig mit der Hand und lispelt: – Er hat seinen Kochkurs. Das Mädchen neben ihm wiehert bekifft los. Das gefällt mir gar nich, dass er vor irgendner zugedröhnten Kuh respektlos von meinem Vater spricht. Der alte Herr bemüht sich wenigstens. Außerdem missachtet er ihr Haus, wenn er hier diesen Mist raucht.

Aber was soll ich da groß sagen.

– Was haste so getrieben? frag ich.

– Wie immer, meint er. – Haste trainiert?

– Wann kommt Dad zurück?

– Weiß ich verfickt nochmal nich, sagt er.

Das bringt mich auf den Gedanken, ob er wohl mit dieser Perle bumst oder nur mit ihr abhängt. Es ist komisch, bei der Art, wie die beiden so lässig miteinander umgehn, schon wie sie lachen, fang ich an, über Anthea und mich nachzudenken. Über unser Leben. Unsere Geschäftsbeziehung. Ach was, ich bin ja bescheuert: Man kann doch nich plötzlich auf zwei Stützeempfänger eifersüchtig werden, die's höchstwahrscheinlich nich mal miteinander treiben.

Im Moment komm ich mir vor, wie sich mein Alter den lieben langen Tag vorkommen muss, und wünschte mir fast, ich wär mit den Jungs ein Bier trinken gegangen.

Nee. Gedanken bündeln. Konzentrieren.

Ich und Rab, wir laufen in entgegengesetzte Richtungen.

Ich hör, wie sich in der Tür ein Schlüssel dreht, und mein alter Herr ist da.

# Andrew Galloway

### TRAINING

Ich hatte drei Wochen auf das Ergebnis gewartet. Ich hatte gedacht, es würd mich umbringen, aber es lief zur gleichen Zeit so viel andrer Scheiß ab, dass ich's kaum registriert hab. Wenn ich dann drüber nachdachte, was schon vorkam, vor allem nachts, konnte ich nich sagen, wie viel davon auf das Konto der Angst ging, mit der ich ohnehin schon lang, ja, wie lang lebte? Fuck, n paar Jahre lang.

Sie holen dich rein, setzen dich erst mal auf n Stuhl und beruhigen dich. Die wissen, was sie tun, und darin sind sie gut. Aber so viele Möglichkeiten, es einem zu sagen, gibt's ja nich. – Sie sind positiv getestet worden, sagte mir die Frau im Krankenhaus.

Ich bin ja nich ganz blöd. Ich kenn den Unterschied zwischen HIV und AIDS. Ich weiß praktisch alles, was es über das Thema Wichtiges zu wissen gibt. Es is verrückt, wie man was geflissentlich so ignorieren kann, dass man's im Grunde durchs Weglassen in den Mittelpunkt rückt und sich das Wissen darüber heimlich und unbewusst einschleicht. Ein bisschen wie der Virus selbst. Na, wie auch immer, ich hör mich sagen: – Das wär's dann, ich hab also AIDS.

Und ich sagte das bewusst mit genau diesen Worten, weil n Teil von mir, n fröhlicher, optimistischer Teil, der nie aufgibt, sich nach dieser ganzen Ansprache sehnte, dass das kein Todesurteil wär und man auf sich Acht geben müsste, und was es alles für Behandlungsmöglichkeiten gäb und so weiter und so fort.

Aber mein erster Gedanke war, schön, jetzt biste im Arsch. Und das war ne seltsame Erleichterung, denn ich hatte schon ne ganze Weile das Gefühl, dass alles im Arsch is, und kam mir vor, als hätte ich bloß jetzt erst rausgefunden, *warum*. Die restliche Zeit im Krankenhaus war bloß weißes Rauschen in meinem Kopf. Dann ging ich nach Haus und setzte mich in den Sessel. Ich fing an, wie verrückt zu lachen, bis es außer Kontrolle geriet, mir im Hals stecken blieb und in gequältes Schluchzen umkippte.

Ich versuchte drüber nachzudenken wer, wie, was, wo und warum. Aber mir fiel nix ein. Ich dachte drüber nach, wie ich mich fühlte. Ich fragte mich, wie lang ich noch haben würde.

Am besten hielt ich einfach durch.

Saß ne Zeit lang betäubt da, dachte an unerledigte Angelegenheiten.

Aye, am besten durchhalten. Bis ich alles geregelt hätte, ja.

Ich hörte auf mir vorzumachen, ich könnt irgendwas Sinnvolles mit mir anfangen. Ich holte die Flasche Grouse raus und kippte mir n Glas ein. Es brannte sich heiß und säuerlich bis in meinen Magen runter. Das zweite schmeckte besser, aber die Furcht ging nich weg. Meine Haut fühlte sich feuchtkalt an, mein Atem ging flach.

Ich versuchte mir weiter einzureden, das wär einfach nur n weiterer Tag und die Nacht nur ne weitere Nacht in nem langen, dunklen Tanz von Nächten, der sich weit raus ins Nichts fortsetzte, viel weiter, als man sehen konnte. Mein Leben würde weitergehen, sagte ich mir, vielleicht noch sehr lange. Aber die Vorstellung war alles andere als tröstend, ihr Schrecken zermalmte beinah das Wenige, was noch in mir war.

Weiter ging's vielleicht noch, aber besser würd's nich werden.

Man erkennt nich, was ein Hoffnungsanker ist, ehe man weiß, dass endgültig keiner mehr da ist. Man ist wie ausgenommen, wie ausgeweidet, und kommt sich vor, als gehörte man gar nich mehr zu dieser Welt. Es ist, als wär nich mehr genug Masse vorhanden, um dich mit ihrem Gewicht auf dieser Erde zu halten.

Wenn die Realität auseinander bricht, sicht man alles erst mit flüchtigem, unscharfem Blick, um dann verzweifelt Extremes wie Banales in den Sucher zu holen. Man greift nach allem Erdenklichen, egal wie blöd, das einem ne Antwort geben könnte: versucht um jeden Preis, darin ne Bedeutung zu erkennen.

Die Wand vor mir schien das Geheimnis meiner Zukunft zu

bergen. Das Samuraischwert, die Armbrust. Da an der Wand, sie starrten mich direkt an.

Die Zukunft: Sie starrte mir ins Gesicht. *Regel das, regel deine unerledigten Angelegenheiten.*

Ich nahm das große Samuraischwert von der Wand. Ich zog es aus der Scheide und sah, wie es im Licht blitzte. Aber die Klinge war stumpf, die hätte nich mal Butter schneiden können. Terry hat's mir geschenkt, er hat's irgendwo gestohlen.

Aber wär ja kein Akt, die Klinge zu schärfen.

Die Armbrust war nicht so n reines Dekorationsstück. Ich nahm sie ab, wog sie in der Hand, legte den fingerdicken Bolzen ein, zielte und jagte ihn in das rote Zentrum der Zielscheibe an der gegenüberliegenden Wand.

Setzte mich wieder hin, dachte über mein Leben nach. Versuchte mich an meinen Vater zu erinnern. Die flüchtigen Besuche im Lauf der Jahre. – Wann kommt Dad nach Haus? fragte ich meine Ma immer ganz begierig.

– Bald, sagte sie dann oder zuckte bei anderen Gelegenheiten bloß die Schultern, als wollte sie sagen, woher soll ich das verdammt nochmal wissen?

Die Lücken zwischen seinen Besuchen wurden länger, bis er bloß noch n ungebetener Fremder war, dessen Anwesenheit den gewohnten Tagesablauf störte.

Ich weiß aber noch, an einem Feuerwerkstag, als wir klein waren. Da ist er mit mir, Billy, Rab und Sheena in den Park gegangen; wir waren dick eingemummt gegen die Novemberkälte. Die Raketen, die er gekauft hatte, steckte er einfach mit ihren Stöcken in den gefrorenen Boden. Eigentlich sollte man sie in Flaschen stellen, aber wir dachten, er wüsste schon, was er tut, und sagten nix.

Ich und Billy warn erst sieben und wussten das schon. Wieso verfickt nochmal wusste er das nich?

Raketen solln in den Himmel zischen und dann explodieren, aber wir sahen zu, wie unsere einfach ausbrannten und knallten, ohne den kalten, gefrorenen Boden zu verlassen. Er wusste nichts, weil er ständig einsaß. Das Schlimmste, was meine Mutter in meiner Kindheit zu mir sagen konnte, war, ich wär so verkommen wie mein Vater. Ich sagte mir, ich würd niemals, unter keinen Umständen so wie er werden.

Und dann saß ich selber ein.

Zweimal im Knast, ein Mal unschuldig, das andere Mal schuldig. Ich weiß nicht, worüber ich mich am meisten aufgeregt hab; das Verbrechen der Blödheit ist das allergrößte Scheißverbrechen überhaupt. Jetzt sitz ich wieder in der Siedlung in ner Sozialwohnung, die mir n Freund, Colin Bishop, der zum Arbeiten in Spanien ist, untervermietet hat. Schon komisch, die Leute sagen, aye, biste schließlich doch hier geendet. Nur dass ich wirklich hier *enden* werd.

Es hat den ganzen Tag in Strömen geregnet, aber jetzt seh ich, dass es sich ausgeregnet hat. Über der Straße steht n Regenbogen.

In meiner Birne geht's rauf und runter wie bei nem Yo-Yo. Jetzt denk ich drüber nach: Wie viele Menschen schon die Chance kriegen, alte Rechnungen zu begleichen, eh sie abtreten? Nich viele. Die meisten Menschen machen's richtig lange und ham dann zu viel zu verlieren; entweder das, oder sie sind zu schwach, um noch was zu tun, wenn sie wissen, dass es mit ihnen zu Ende geht. Es unter dem Gesichtspunkt zu betrachten, gibt mir n Gefühl von Stärke.

Darum fühlte ich mich, als hätt ich vom Schicksal echt die allerschlechtesten Karten ausgeteilt bekommen, aber scheißegal, ich war immer noch da. Als ich raus in die Sonne ging, um nen klaren Kopf zu kriegen, war ich bizarrerweise so euphorisch, dass ich glatt dachte, mich könnte nie wieder was traurig machen.

Da hatte ich mich natürlich geirrt.

Das Gegenteil wurd mir ungefähr fünf Minuten später bewiesen.

Fünf Minuten, die Entfernung zwischen hier und den Geschäften. Als ich sie mit der Kleinen ausm Zeitschriftenladen kommen sah, schlug mir mein Herz wie wild in der Brust, und ich war kurz davor, einfach die Straßenseite zu wechseln. Aber sie warn allein, *er* war nich zu sehen. Ich war noch nich so weit, ihm gegenüberzutreten, nicht grad jetzt, ich würd's tun, sobald *ich* dazu bereit wär.

Aber jetzt noch nich.

Ich sah mich um und vergewisserte mich, dass *er* nich da war.

Tatsache war, ich war eigentlich guter Dinge, was ich mit den Fotzen im Center zu klären gehabt hatte, hatte ich geklärt, und ich versuchte jetzt, das alles in die hinterste Ecke meines Bewusstseins zu schieben. Ich versuchte nach vorn zu sehn, ans Münchener Oktoberfest zu denken und an die Pillen, die ich verkaufen musste, um hinfahren zu können. Die Flüge warn schon gebucht, ich brauchte also nur noch Kohle für Unterkunft und als Taschengeld. Es war n selten komischer Tag und so: Bis vor kurzem hatte es noch geschüttet, aber jetzt knallte die Sonne vom Himmel, und die Leute waren auf der Straße. Es war schon bald Abendbrotszeit, und aus den Bussen aus der Stadt strömten die Menschen. Ich ging die Straße lang, guckte mir die graffitibedeckten Wände an und suchte nach den Stellen, wo wir uns verewigt hatten. Da warn sie, langsam, aber sicher verblassend:

GALLY       BIRO       HFC RULE

Das musste jetzt über zehn Jahre alt sein. Biro. Das war Birrells alter Spitzname, den heute keiner mehr benutzte. Ich hätte mir nen besseren zulegen sollen, nen besser verschlüsselten. Meine Ma kam drauf, dass ich das war, und vertrimmte mich. Terry, die Fotze, kam vor Ewigkeiten mal bei uns vorbei und sagte zu meiner Ma: – Hallo, Mrs. Galloway, is Gally, äh, ich mein Andrew, da?

Und nun fahrn wir zusammen weg; ich, Terry, Carl und Billy. Vielleicht zum letzten Mal.

Aber es sind gute Jungs, besonders Birrell: n echter Kumpel. Hat damals gegen Doyle voll den Kopf für mich hingehalten. Er hatte selber viel um die Ohren. Sein Kampf musste verschoben werden. Die *Evening Post* bekam Wind davon, stellte ihn als hirnlosen Schläger hin und grub nochmal diese alte Vorstrafe aus, wegen der Brandstiftung in nem Lagerhaus vor n paar Jahren. Aber Billy kriegte das alles sauber geregelt. Als der Kampf neu angesetzt war, pulverisierte er diesen Jungen aus Liverpool. Danach krochen sie ihm alle wieder innen Arsch.

Daran dachte ich, an die alten Zeiten, und fühlte mich wieder n bisschen deprimiert. Dann dachte ich, komm schon, Galloway, reiß dich am Riemen. Aye, als ich rausging, fühlte ich mich gut. Dann sah ich die beiden. Ich sah sie und hatte das Gefühl, mir hätt einer seine Faust in die Magengrube gerammt. Wann fing das alles an? Vor Jahren. Da war sie mit Terry zusammen. Ich hielt sie für n nettes Mädchen und so. Wenn sie wollte, konnte sie einen verdammt scharf machen. Beim zweiten Mal war's anders. Alles, was ich wollte, war n Fick, und den bekam ich auch. Das war n geiles Gefühl, bis sie mir erzählte, sie wär schwanger. Ich konnt's nich fassen. Dann die kleine Jacqueline. Ein paar Wochen, nachdem Lucy, Terrys Frau, Jason bekommen hatte, wurde sie geboren.

Als ich ausm Bau kam, wollt ich alles. Besonders ne Frau flachlegen. Aye, zu meiner Nummer bin ich gekommen, und der Preis war n Ehering und die Verantwortung für Frau und Kind. Das war einfach viel zu viel, selbst wenn sie und ich besser zueinander gepasst hätten. Ich konnt's nie abwarten, ausm Haus zu kommen, weg von ihr; von ihr und ihren Freundinnen, wie Catriona, Doyles Schwester. Die saßen den ganzen Tag qualmend zu Haus rum. Ich wollte weg von ihnen, weg von ihren Kindern. Ihren schreienden, flennenden Kindern.

Ich wollte Action, wo ich sie nur kriegen konnte. Eigentlich war ich schon zu alt, um noch Hool zu werden, die meisten Jungs warn gut fünf Jahre jünger als ich. Aber ich hatte viel nachzuholen und schon immer jünger ausgesehen, als ich eigentlich war. Also machte ich n paar Spielzeiten lang mit. Dann fing ich an, mit Carl in die Clubs zu gehn.

Weg von ihnen, von Gail und der Blase, aber ich nehm an, auch weg von Jacqueline. Also gut, aye, vieles war auch meine Schuld, weil ich nich oft da war. Aber er war da. *Er.* Dann traf sie sich mit *der* Fotze. Dem.

Als ich sie zur Rede stellte, lachte sie mir einfach ins Gesicht. Erzählte mir, wie er im Bett war. Besser als ich, viel besser als ich, sagte sie. Ein echtes Tier, erzählte sie mir. Brachte es die ganze Nacht. Ein Schwanz wie ne Dampframme. Ich stellte *ihn* mir vor und konnt's nich glauben. Sie musste von nem andern reden. Das konnte nich McMurray sein, nich Polmont, dieses scheißnervöse, flennende Weichei, Doyles feige Marionette. Sie redete und redete, und ich wollte bloß, dass sie aufhört. Sagte ihr, sie soll ihr dreckiges Nuttenmaul halten, aber das hatt ich ihr schon oft gesagt, und das Einzige, was sie dann tat, war, es noch weiter aufzureißen. Ich konnt's nich ertragen. Ich riss sie an den Haaren. Sie schlug mich, und wir kämpften. Ich hatte ihre Haare gepackt, und, fuck, Gott steh mir bei, ich wollt sie allemachen. Ich hatte meine Hand zur Faust geballt, riss sie zurück und und und und

und meine Tochter stand hinter mir, sie war aus ihrem Bettchen aufgestanden, um zu sehn, was das für n Krach war. Mein Ellbogen knallte in ihr Gesicht, zertrümmerte eine Seite ihres Gesichts, ihre zerbrechlichen, kleinen Knochen ...

ich hab das doch niemals gewollt

nie die kleine Jacqueline verletzen wollen.

Aber das Gericht sah das ganz anders. Ich kam wieder ins Gefängnis, nach Saughton, n richtiger Knast diesmal, kein Jugendknast. Wieder drin, mit viel Zeit zum Nachdenken.

Zeit zum Hassen.

Wen ich aber am meisten hasste, das war nich sie und nich mal er. Ich war's: ich, der blöde, schwachsinnige Trottel. Oh, *das* Arschgesicht hab ich grün und blau geschlagen. Ich hab's ihm mit allem gegeben; mit Alkohol, Pillen, Smack. Gegen Wände geboxt, bis die Knochen in den Händen brachen und sie auf die Größe von Baseballhandschuhen anschwollen. Mit Zigaretten hab ich mir schmutzig-rotbraune Löcher in die Arme gebrannt. Ja, den Wichser hab ich gründlich durch die Mangel gedreht, den Bastard hab ich nach Strich und Faden zur Sau gemacht. Und das hab ich so unauffällig, so verstohlen getan, dass es hinter dem frechen, bedröhnten Grinsen kaum einer bemerkte.

Von den andern Fotzen hielt ich mich fern. Unterlassungsurteil. Bin ihnen bis heute ferngeblieben. Und jetzt steht die Kuh direkt vor mir, nur n paar Schritte weg.

Das Schlimme war nich mal, *sie* zu sehn, sondern die kleine Jacqueline: wie die Kleine rumlief. Das kleine Mädchen so sehen zu müssen; sie trug ne Brille. Das machte mich dermaßen traurig. Eine Brille bei nem kleinen Mädchen in dem Alter. Ich dachte an die Schule, die Hänseleien, wie beschissen grausam wir sein können, wenn wir klein sind, und daran, dass ich nichts tun konnte, um sie davor zu beschützen. Dachte daran, wie was dermaßen Einfaches, total Blödes, Kosmetisches, völlig Harmloses wie ne Scheißbrille die Art verändert, wie Menschen sie wahrnehmen, und wie sie aufwächst.

Hat sie von ihrer Ma; die Kuh war zeitlebens blind wie ne Scheißfledermaus. Einen Schwanz konnte sie allerdings schon aus ner Meile Entfernung sehn, da hatte sie nie Probleme. Als wir zusammen waren, redete sie immer davon, sich Kontaktlinsen anzuschaffen. Außer Haus setzte sie nie ne Brille auf, und ich musste immer dicht bei ihr bleiben wie n beschissener Blindenhund. Aber sie war die Scheißhündin. Zu Hause war's ihr egal; da lief sie rum wie dieses fette Mädchen aus *On the Buses*. Aber jetzt scheint sie was sehn zu können, offensichtlich hat sie sich welche gegönnt: Deswegen trägt die Kleine diese unverkennbar abgelegten Sachen. Da sieht man, wo die eitle Kuh Prioritäten setzt. Jetzt hat sie Jacqueline die Brille abgenommen und putzt sie mit nem Taschentuch, steht in ihrer schäbigen Jacke da und putzt meiner Kleinen ihre billige Brille. Und ich muss denken, kannste nich wenigstens n sauberes Tuch nehmen …

… warum kann *ich* das nich für die Kleine tun …

Kein Besuchsrecht, fuck.

Und obwohl ich hätt weggehn sollen, geh ich gradewegs auf die andere Straßenseite zu ihnen hin. Wenn diese Kuh Kontaktlinsen trägt, sollte sie die umtauschen, denn sie sind scheiße. Ich steh ihr praktisch schon auf den Quanten, bevor sie mich bemerkt. – Alles klar? sag ich zu ihr und gucke auf Jacqueline runter. – Hallo, mein Herz.

Die Kleine lächelt, tritt aber n Schritt zurück.

Sie tritt meinetwegen n Schritt zurück.

– Ich bin's, Daddy, sag ich lächelnd zu ihr. Ich hör die Worte aus meinem Mund kommen, und sie klingen erbärmlich; irgendwie verschüchtert und gleichzeitig miesepetrig.

– Was willste, fragt mich diese Unperson von Nutte. Sie guckt mich an, als wär ich n Stück weiche Scheiße, und noch bevor ich antworten kann, redet sie weiter: – Ich will keinen neuen Ärger, Andrew, das hab ich dir schon gesagt! Du solltest dich verdammt nochmal schämen, dich vor ihr überhaupt sehn zu lassen. Sie guckt auf die Kleine runter.

Das war...

Das war n verdammter Unfall.

Es war *ihre* verdammte Schuld ... ihre große Fresse, das, was sie gesagt hat...

Ich würd ihr am liebsten ihre verzerrte, verlogene Nuttenfresse einschlagen, hier rumzufluchen wie die Drecksnutte, die sie ist, und das direkt vor der Kleinen – aber das is ja genau das, was sie will, also reiß ich mich zusammen, um cool zu bleiben, muss mich tierisch, verzweifelt zusammenreißen, um cool zu bleiben.

– Ich will nur, dass wir uns einigen, ob ich sie ab und zu besuchen kann, dass wir irgendwas ausmachen...

– Das ist alles längst geregelt, sagt sie.

– Aye, von dir geregelt, und ich hatte nix dazu zu sagen ... Ich merk, dass mir gleich das Blech wegfliegt, und das will ich nich. Ich will nur reden.

– Wenn's dir nich passt, erzähl's deinem Rechtsanwalt, das ist alles längst geregelt, wiederholt sie ganz langsam und betont.

Einen Scheißrechtsanwalt, wovon quatscht die da? Woher soll ich nen Scheißrechtsanwalt nehmen? Dann sieht sie zu so nem Wichser rüber, der die Straße langkommt, und Tatsache, *er* isses, und sie zerrt das Kind an der Hand weg. – Komm, da is Daddy..., sie sieht mich mit verächtlich verzogenem Mund an. Ihre Worte bohren sich rein wie n Messer. Wie konnte ich bloß je was mit *der* anfangen? Ich muss völlig verrückt gewesen sein.

Und dann steht er da und guckt mich an, den Kopf so zur Seite gelegt. Hat immer noch diese komische Statur, nich mager, aber platt, als hätt ihn ne Dampfwalze überrollt. Sieht von vorn breit aus, aber nich von der Seite: als könnt man ihn unter der Tür durchschieben. – Daddy ... sagt die Kleine und läuft auf *ihn* zu. Er umarmt sie und schiebt sie dann rüber zu der Nutte, die der arme kleine Engel Ma zu nennen gelernt hat. Er flüstert ihr was ins Ohr, und sie nimmt die Kleine an der Hand und geht n Stück mit ihr die Straße runter. Die Kleine sieht sich zu mir um und winkt mir zaghaft zu.

Ich versuch, tschüss, Herzchen zu sagen, aber es kommt nichts raus. Ich heb die Hand und winke Jacqueline zurück, seh zu, wie sie weggehen, die Kleine stellt ihr Fragen. Nich dass *die* ahnungslose Kuh in der Lage wär, sie zu verstehn, geschweige denn, zu beantworten.

Er ist näher rangekommen, klebt mir jetzt fast im Gesicht. – Was zum Teufel willste hier? fängt er an, aber er zieht bloß ne Show für sie ab, er ist nämlich total am Schlottern, man sieht die Angst in seinen Augen. Jetzt genieß ich's so richtig, ich genieß diesen kurzen, intimen Moment zwischen uns und hab zum ersten Mal richtig Spaß.

Ich seh die Fotze an. Den könnt ich problemlos falten, hier und jetzt. Er weiß es, ich weiß es, aber wir beide wissen auch, was los wär, wenn ich's täte.

Ich hätt die Bullen *und* die Doyles am Arsch. Eine echte Traumkombination. Aber ich darf da nich nur an mich denken. Billy hat sich für mich eingesetzt und zum Dank dafür nen Messerstich am Kinn kassiert.

– Wir ham das doch ein für alle Mal klar gestellt. Zwing uns nich, dir das nochmal beizubringen, sagt er, zeigt auf mich und kratzt sich danach seinen Zinken. Die Nerven. Man sieht, wie seine Augen feucht werden. Mann gegen Mann ist echt nich sein Ding. Wie beim letzten Mal; damals hat er Schiss gekriegt, und den hatter jetzt auch.

Die Fotze is immer noch total voll Sommersprossen. Mit sechsundzwanzig oder sogar siebenundzwanzig. – Komisch, ich mein mich zu erinnern, dass ich mich beim letzten Mal mehr gefürchtet hab. Vielleicht lag's daran, dass du damals Gesellschaft hattest, die dir heute fehlt, sag ich grinsend und gucke ihn an und dann über seine Schulter zu ihr und der Kleinen – da krieg ich plötzlich n schlechtes Gewissen. Die kleine Jacqueline sollte so was nich mitbekommen. Sie guckt mich an, und ich kann ihren Blick nicht erwidern. Ich konzentrier mich wieder auf ihn. Dann hör ich n Auto hupen. Er guckt über meine Schulter, sagt: – N andermal, und wendet sich zum Gehen.

– Ganz genau, du feige Sau, lache ich und wundere mich, was er's plötzlich so eilig hat. Vielleicht denkt die Fotze ja, ich hätt klein beigegeben. Ich werd kurz fuchtig und mach nen Schritt auf ihn zu, bleib dann aber wieder stehn. Nee, jetzt is nicht der richtige Moment.

Ich dreh mich um und guck, wer da gehupt hat; es is Billys Wagen, und Terry sitzt bei ihm drin.

Sie steigen aus, und schon kann er nich schnell genug abzischen, die Straße runter. Kein Wunder. Als er sie und das Kind erreicht, nimmt er Jacqueline und setzt sie sich auf die Schultern. *Die Fotze* setzt sich mein Kind auf die Scheißschultern.

Sie ziehn ab. Die Scheißnutte von Gail is die Einzige, die sich nochmal zu uns umdreht. Terry steht an meiner Seite und grinst sie eisig an, da guckt sie wieder weg.

– Was is los? fragt Billy und nickt Mrs. Carlops zu, die mit zwei schweren Einkaufstaschen die Straße langkommt.

Ich werd Billy oder Terry nicht wieder mit reinziehen. Dieser Polmont ist fällig, den mach ich kalt. Und Doyle? Ich gucke auf Billys Narbe. Ich hab nichts zu verlieren. Den mach ich auch noch alle. – Nix ist los, erklär ich ihm. Ich versuche, Mrs. Carlops anzulächeln. Armes altes Mädchen, schleppt sich in der Hitze mit den beiden großen Einkaufstaschen ab.

Billy geht zu Mrs. Carlops rüber, nimmt ihr die beiden Taschen ab und stellt sie in den Kofferraum von seinem Auto. Er öffnet die Beifahrertür. – Springen Sie rein, Mrs. Carlops, und gönnen Sie Ihren Beinen ne Pause.

– Biste sicher, mein Junge?

– Ich muss sowieso in Ihre Richtung, Mrs. Carlops, zu meiner Ma nach Haus, das macht also gar keine Umstände.

– Hab mich wohl n bisschen übernommen, keucht sie, als sie reinklettert. – Mein Gordon und seine Familie kommen aus York zu Besuch, da dacht ich, ich mach noch n paar Besorgungen ...

Terry guckt sich das an, als wär entweder Mrs. Carlops oder Billy nich ganz dicht, sich in so ne Situation zu bringen, und dreht sich dann abrupt zu mir. – Ham die Fotzen wieder Stunk gemacht? fragt er mich.

– Lass gut sein, Terry, sag ich, aber meine Stimme klingt atemlos, und meine Fingernägel bohrn sich in die Handballen. Terry hebt abwehrend die Hände. Sieht aus, als wäre er in den Platzregen geraten. Seine Haare und seine Jacke sind total nass. Billy verfolgt sie mit den Augen die Straße runter. Die Kleine auf *seinen* Schultern. Tatsache is, und das is ne schlimme Tatsache, dass sie ihn wirklich gern hat. Manche Sachen kann man nich heucheln. Ich hol tief Luft und versuch dann, dieses Ding runterzuschlucken, das mir in der Kehle steckt. – Was treibt ihr so?

Billy sagt: – Ich war grade mitm Training fertig. Ich fuhr durch Grange, da hab ich den Spinner hier durch die Straßen schleichen sehn. Hätte sich beinah in die Hose geschissen, als ich ihn angehupt hab.

– Meinste, wir wissen nich, warum du um die Bonzenhäuser in Grange rumschleichst? frag ich Terry.

– Ich misch mich nich in Ihre Angelegenheiten ein, weist er mit einem Kopfnicken die Straße runter; sie sind jetzt außer Sichtweite, – daher wär ich Ihnen verbunden, wenn Sie mir dieselbe Gefälligkeit erwiesen, Mr. Galloway, sagt er.

– Das ist nur recht und billig, entgegne ich prompt.

– Lust auf n Bier? fragt er.

Billy atmet heftig aus und guckt Terry an, als hätte der ihm gerade nen unsittlichen Antrag gemacht. – Auf keinen Fall, ich bring die alte Jinty Carlops nach Haus und dann bin ich bei meiner Ma zum Abendessen. Ich muss in Form bleiben, ich bin doch im Training.

Terry fängt an, sich mit dem Zeigefinger an die Brust zu pochen. – Bin ich auch, Birrell, für den Trip zum Münchener Oktoberfest.

Aber Billy lässt sich nich beeindrucken. – Schön, viel Spaß dabei. Wir sehn uns morgen Abend, wenn Carl auflegt, meint er und geht zum Wagen. Dann dreht er sich nochmal um und zwinkert mir zu: – Nimm's leicht, okay, Kumpel?

Ich grinse und zwing mich, zurückzuzwinkern. – Klar, tschüss, Billy.

Birrell klemmt sich hinters Steuer und lässt Terry und mich

stehen. – Dieser Birrell ist n echter Draufgänger, der weiß, wie man die Bräute abschleppt, lacht Terry, als Billy und Mrs. Carlops wegfahren. – Ins Wheatsheaf? fragt er.

– Aye. Okay. Ich könnte n Bier vertragen, sag ich zu ihm. Es dürfen sogar n paar mehr sein.

Wir gehen ins Wheatsheaf. Terry holt das Bier und füttert die Jukebox. Ich bin immer noch wie bedröhnt; ich kann an nichts anderes denken als wie der Bolzen meiner Armbrust durch den Kopf von Polmont, dieser Fotze, knallt, nachdem ich ihn vorher mit meinem Samuraischwert von seinen Schultern geschlagen hab, wohlgemerkt. Dann schick ich das, was drin war, in nem Karton an Doyle. Aye, schönen Gruß, du Fotze. Man ist unbesiegbar, wenn einem alles scheißegal ist.

Dann denk ich an die Kleine. An meine Ma. Sheena. Nee, es ist einem nie alles scheißegal.

Terry kommt mit zwei Pints Lager zurück. Terry ist n Superkumpel, einer der besten. Manchmal benimmt er sich zwar wie das letzte Arschloch, aber er ist kein schlechter Kerl. – Willste da ganz abgekapselt für dich rumsitzen? fragt er.

– Diese Drecksau, mit meinem Kind. Er … schäume ich, – … und sie, die beschissene Nutte. Die ham sich echt verdient. Ich wusste, dass wer weiß wie viele Kerle bei der schon drübergerutscht warn, alle ham mich gewarnt, bei der durfte jeder schon mal ran, hieß es. Aber ich wollt ja nich drauf hören.

Terry guckt mich ganz ernst an, als würd ihn was ärgern. – Fuck, jetzt werden wir aber n bisschen sexistisch, Mr. Galloway. Was soll n das heißen? Was ist falsch dran, wenn ne Braut auf Schwänze steht? Wir stehn auf Muschis.

Ich denk, der will mich auf n Arm nehmen, aber nee, er meint das ernst.

– Aye, aber nich, wenn sie angeblich mit mir zusammen ist, das mein ich.

Darauf sagt Terry nichts. Er sieht sich um und entdeckt Alec, der grade zur Tür reinkommt. Er ruft ihn: – Alec …

Alec sieht voll fertig aus. Er geht ganz gebeugt, als er zu uns rüberkommt.

– Was machst du n für n Gesicht? fragt Terry.

– Ich war sie heut besuchen … sagt er ganz missmutig. – Ethel, mein ich, keucht er leise.

– Verstehe, sagt Terry.

Alec meint damit, dass er aufm Friedhof war, vielmehr Urnenhain, wie sie's, glaub ich, im Krematorium nennen. Ethel war seine Ehefrau, die Frau, die in dem Feuer umgekommen ist. Rauchvergiftung. Ist schon ewig her, das war, als ich ihn grad kennen gelernt hatte. Alecs Sohn spricht nich mehr mit ihm, weil es heißt, Alec wär schuld gewesen. Die einen sagen, es wär Alec mit der Friteuse gewesen, als er blau war, die andern sprechen von nem Kabelbrand. Was immer es auch war, für ihn war's Pech und für sie auch. – Was willste trinken? fragt Terry erst Alec und dann mich. Ich zuck die Achseln und Alec auch. – Mann, ich pick mir auch immer wieder die lustigste Gesellschaft raus, meint er.


### NIGHTMARE ON ELM ROW

Mein Schädel brummte und mein Mund war trocken wie ne Nonnenfotze, und eigentlich wollte ich mitm Bus nach Haus, um mich kurz zu erholen, bevor's in Carls Club losging. Während ich zusah, wie die Straßenlaternen beim Näherkommen auseinander flossen, fiel mir auf, dass ich ja in der Gegend von Larry Wylies neuer Bude war, und ich fragte mich, ob er vielleicht n paar Eckys von mir haben wollte. Die Gegensprechanlage war kaputt, aber die Haustür war auf. Während ich die Treppen hochging, merkte ich, dass der Ecstasy-Kick nachließ und ich immer noch vom Bier gestern fertig war.

Terry, der Sack, säuft tierisch was weg. Training fürs Oktoberfest, meint er. Tja, ist n echt langes und entbehrungsreiches Trainingsprogramm gewesen für die Fotze, so fünfzehn Jahre etwa. Wenn Billy mit der gleichen Beharrlichkeit sein Boxen betreiben würde, hätt er längst sämtliche Weltmeistertitel geholt.

Ich klingelte an der Wohnungstür und wusste da schon, dass sich das als Fehler rausstellen würde. Ich treibe auf die Katastrophe zu, und ich kann nix dagegen tun. Das Schlimmste war schon eingetreten, der Rest war nur noch Kleinkram.

Wen juckt so was noch?

Larry war noch gestresster als sonst, als er endlich die Tür aufmachte, nachdem er erst von drinnen gerufen hatte: – Wer is n da?

– Gally, sagte ich.

Larry guckte mich durchdringend an und vergewisserte sich, dass keiner hinter mir die Treppe hochkam. Die Fotze sah total überreizt aus, die Paranoia, die ihm aus allen Poren strömte, war so greifbar, dass man sie zwischen zwei Scheiben Brot legen konnte. – Schnell, komm rein, sagte er.

– Was is los? frage ich, als er mich reinzieht, die Tür hinter mir zuknallt und dann doppelt verriegelt, indem er zwei so Riesendinger von Fabrikhallenformat einrasten lässt.

Er wies nach hinten ins Zimmer. – Hier is die Kacke am Dampfen, er gestikulierte nach hinten, guckte aber mit flackerndem Blick nach vorn. – Der fette Phil, ich habe die Fotze aufgeschlitzt, sagte er verbittert.

Am liebsten hätt ich mich gleich aufm Absatz rumgedreht, aber da war jede Menge Metall zu überwinden, und Larrys seelische Verfassung war sogar für seine ohnehin horrenden Maßstäbe unverkennbar explosiv. Außerdem hatte ich keine Angst, ich war bloß neugierig. Mir war aber klar, dass jetzt nich der ideale Zeitpunkt war, ihn zu fragen, *warum* er überhaupt mitm Messer auf Phil losgegangen war. – Geht's ihm gut?

Larry guckte mich ne Sekunde an, als hätt ich ihn blöd angemacht, dann setzt er abrupt ein breites, sonniges, strahlendes Lächeln auf. – Weiß der Henker, meint er und kommt dann ruckzuck zum Geschäft. – Willste was von dem Base Speed? fragt er mit mehr als nur nem Anflug von Ungeduld.

Ich bin zum Verkaufen hier, nicht zum Kaufen. – Äh, aye, aber ich hab hier n paar gute Eckys, Larry … erklärte ich ihm, doch die Fotze hörte gar nich zu.

Ich folgte Larry durchs Wohnzimmer und dann in die Küche. Der fette Phil saß am Küchentisch. Ich nickte ihm zu, aber er starrte ins Leere, aber so, als würd er irgendwas angucken. Er presste sich n zusammengelegtes Tuch auf n Bauch. Es war n bisschen Blut dran, aber es war nich blutdurchtränkt oder so was.

Larry war total angespannt und aufgedreht. Ich fragte mich, ob er auf Speed war. – *Which will bring us back to* … singt er ganz *Sound-of-Music*-mäßig und markiert den Selbstzufriedenen, die Daumen hat er in imaginäre Hosenträger eingehakt. Dann holt er Gläser aus dem Küchenschrank, gefolgt von ner Flasche JD, und gießt für mich und sich zwei kräftige Portionen ein. – Wo is die verfickte Coca-Cola? Hä? fragt er und brüllt dann ins Nebenzimmer: – WER VON EUCH VERDAMMTEN FOTZEN HAT DIE VERDAMMTE COLA GEKLAUT?

Ich hörte Schritte aus einem der Schlafzimmer, dann kam Muriel Mathie mit n paar Mullbinden und ner Schere rein. Sie trug n kariertes Männerhemd, das vielleicht Larry gehörte, und guckte mich genervt an, als sie zu Phil rüberging.

– Keine Cola? fragte Larry mit herausforderndem Grinsen.

– Nee, sagt sie.

– Gehste runter zur Tanke und holst welche? drängte er. – Schließlich haste sie ja auch ausgetrunken. Wie soll ich unserm Gast was anbieten?

Muriel fuhr herum und schwang die Schere vor Larry. Das Mädchen kochte vor Wut. – Scheiße, hol sie doch selber! Ich hab genug von dir, Larry, das sag ich dir!

Larry grinste mich süffisant an. Er breitete unschuldig die Arme aus und hob die Hände. – Ich hab mich ja nur nach dem Verbleib der Coca-Cola erkundigt, sagte er. – Dann müssen wir ihn wohl pur nehmen, Gally. Chin, chin, prostet er, und wir genehmigen uns nen Schluck.

Sharon Forsyth kam aus demselben Schlafzimmer und guckte sich die Szene an, aufgeregt und ehrfürchtig wie n kleines Starlet, das ne Rolle in nem großen Film ergattert hat. – Das ist irre … hallo, Andrew, sagte sie und lächelte mich an. Sie trug n flaschengrünes, ärmelloses, bauchfreies Baumwoll-Top. Man konnte ihren Nabel sehen, der gepierct war. So was hatte ich noch nie gesehen. Sah cool, sexy und verdorben aus. – Toll, Sharon. Sexy, sagte ich zu ihr und zeigte drauf.

– Gefällt's dir? Ich find's echt geilo, kicherte sie. Ihr Haar sah fettig und ungekämmt aus. Könnte ne Wäsche vertragen. Vielleicht biet ich ihr an, es ihr zu waschen, wenn sie Lust hat, in den Fluid mitzugehen. Carl hat so Leute nich gern in seinem Laden. Er nennt sie das »Prolo-Element«. Verdammte Frechheit, selbst wenn er's bloß scherzhaft meint. Ich stand schon immer auf Sharon und bin mit ihr gegangen, als ich ausm Knast kam, ausm richtigen Knast, vor n paar Jahren. Als ich im Bau saß, konnt ich an nichts anderes als an Sex denken, aber als ich rauskam, hatte ich so viel Mist im Kopf wegen dieser Scheiß-Gail und kriegte ihn nich hoch. Aber Sharon, die hat mich das nie spüren lassen. Da zeigt sich echte Klasse an ner Perle. Meinen Vortrag, dass der Knast nem Mann zu schaffen machen kann, hatte sie scheint's akzeptiert.

– Hat das wehgetan?

– War nich schlimm, aber man muss es sauber halten. Ham wir uns lang nicht gesehn … komm mal her … Wir fielen uns in die Arme zu ner euphorischen Dancefloor-Begrüßung. Tolles Mädchen, diese Sharon, obwohl ich das Fett von ihren Haaren aufm Gesicht spüre, wo es mir die Poren verstopft. Ich frag mich, ob Larry sie bumst. Höchstwahrscheinlich. Jedenfalls bumst er definitiv mit Muriel.

Über ihre Schulter hinweg seh ich, wie Muriel, die sich immer noch um Phil kümmert, Larry nen kurzen, verstohlenen Blick zuwirft, der ihn herausfordernd erwidert, als wollte er »Is was?« sagen, bevor er anfängt, in ner Schublade rumzukramen.

Als Sharon und ich uns losließen, grunzte der fette Phil irgendwas. Er atmete schwer, und Muriel murmelte vor sich hin.

– Ich hab saugutes H, grinste Larry. – Willste einen wegmachen?

H? Der Mann is n verdammter Komiker. – Nee, ist nicht mein Ding, erklär ich ihm.

– Da hab ich aber was anderes gehört, zwinkerte er.

– Das ist schon ne Weile her, erklär ich ihm.

Sharon sah Larry an. – Wir kommen in keinen Club rein, wenn wir panne sind, Larry.

– An die Wände starren is der neue Ausgehtrend. Steht in *The Face*, grinste er.

Muriel versuchte Phil das Hemd auszuziehen, aber er schubste sie weg, ne Bewegung, die ihm mehr weh tat als ihr. Muriel blieb hartnäckig: – Du hast ne Menge Blut verloren, du gehörst ins Krankenhaus. Ich ruf nen Krankenwagen.

– Nee, ächzte Phil, – kein Krankenhaus, kein Krankenwagen. Er schwitzte heftig, besonders im Gesicht. Der Schweiß sammelte sich in Tropfen, die sein Gesicht sprenkelten.

Larry nickte zustimmend.

In dieser Szene misstraute man instinktiv allem irgendwie Offiziellen, selbst so was Harmlosem wie dem Rettungsdienst. Keine Polizei. Keinen Krankenwagen, selbst wenn man am Verbluten war. Es schien mittlerweile mehr Blut auf dem Laken zu sein. Ich stellte mir den fetten Phil in nem lichterloh brennenden Haus vor, wie er rief: Keine Feuerwehr!

– Aber du musst, du musst, sagte Muriel und fing an zu kreischen, als hätte sie ne Panikattacke, und Sharon ging sie beruhigen.

– Werd nich hysterisch, sonst steckste noch Phil damit an … Sharon wandte sich Phil zu, der immer noch geradeaus starrte und sich das Laken vor den Bauch presste. – Tschuldigung, Phil, aber du weißt doch, was ich meine: Wenn sie's schlimmer macht, als es is, dann machste dir Sorgen, dein Blutdruck steigt, und du blutest noch mehr …

Larry nickte zustimmend: – Genau! Nimm endlich Verstand an, Muriel, du machst es bloß noch schlimmer, schnaubt er. Er hatte sein Besteck gefunden und schob mich ins Nebenzimmer. – Die Fotzen machen mich krank. Manchen Leuten is einfach nich zu helfen, sagte er wie n Sozialarbeiter mit lauter hoffnungslosen Fällen, der am Ende seiner Geduld is.

Als er mich nochmal fragte, wollte ich dann doch nen Schuss. Nicht dass ich ja gesagt hab, ich konnte nur nicht nein sagen oder nein sagen und es auch so meinen. Mein Körper wurde irgendwie ganz kalt, und meine Gedanken waren unzusammenhängend und abstrakt. Es war ziemlich blöd, denn ich war die ganze Nacht mit Terry saufen und nich in der besten Verfassung für so was.

Als Larry sein Zeug rausholte und anfing aufzukochen, wollt ich sagen, ich rauch meins bloß, aber das hörte sich so blöd und unsinnig an.

Da saß ich also und klopfte ne Vene raus. Larry setzte mir den Druck. Kaum war der Stoff in meinem Blutkreislauf, war's schon zu viel für mich, ich wusste nich mehr, wo ich war und wurde ohnmächtig.

Ich dachte, ich wär nur für n paar Minuten weggetreten, aber Muriel rüttelte mich und gab mir Klapse und war offenkundig erleichtert, als ich wieder zu mir kam. Zuerst roch ich, dann sah ich das Erbrochene auf meiner Brust. Larry saß da und guckte n Jackie-Chan-Video. – Ich bin umgeben von verdammten Weicheiern, lachte er freudlos vor sich hin. – Erzählt einem, er könnt die Schore vertragen.

Ich wollt was sagen, ihm erklären, dass es schon lang her war, aber ich kriegte so nen würgenden Husten von der sauren Kotze in meinem Hals und nickte Muriel zu, die n Glas mit Wasser neben sich stehen hatte. Ich nahm n Schlückchen und erstickte beinah, aber es war nich unangenehm, es fühlte sich an wie ne lange, sanfte, heiße Liebkosung meiner Kehle und meiner Lungen, denn der Stoff wirkte jetzt.

Sharon sitzt aufm Sofa und fährt mir mit den Fingern durchs Haar, dann massiert sie mir den Nacken, als wär ich auf Ecstasy. – Du bist n böser Junge, Andrew Galloway. Du hast mir für n Moment nen richtigen Schreck eingejagt. Stimmt's, Larry?

– Aye, grunzt Larry zerstreut, ohne den Blick von der Glotze zu wenden.

Ich stieß ein kleines, gackerndes Lachen aus, bei dem Gedanken, Larry könnte sich um irgendwen außer sich selbst Sorgen machen.

Ich muss über ne Stunde mal wach, dann wieder bewusstlos da rumgehangen haben, während Sharons Finger meine Nacken- und Schulterpartie bearbeiteten und Larrys Stimme in gewissen Abständen in meinen Audio-Empfangsbereich wanderte wie n Signal, das mal durchkommt und dann wieder abbricht.

– ... dieser Stoff is spitze ... da kannste ganz schön was verdienen ... ham alle ne Scheißangst vor AIDS, aber wenn man vorsichtig is, braucht man sich keine Sorgen machen ... Smack und Speed mischen ... aber bloß kein Base, fuck, denk da dran ... Phil wollte frech werden ... fing an, mit Namen um sich zu werfen ...

kann ich nich ab, wenn so Fotzen mit Namedropping anfangen und erwarten, man würd da mitmachen … redete von den Doyles … diese Catriona … ich hab ihm gesagt, ich kenn Franco und Lexo, also komm *mir* nich mit deinen Doyles … dann fing er mit dem ganzen Scheiß wegen dem Geld an … hat ne Scheißahnung von nix … dem fehlt nix … glaubt, wenn er Muriel Leid tut, lässt sie den fetten Sack an ihre Wäsche …

Sharon steht auf und kommt in neuen Klamotten wieder und stolziert vor mir rum wie n Model auf dem Laufsteg. Sie hat ne enge weiße Hose und n schwarzweiß gestreiftes Top an. Ich schaff's grade noch, anerkennend den Daumen zu heben. Sie geht in die Küche, während Larry mit monotoner Stimme ununterbrochen über seine letzten kleineren Schandtaten labert, was seltsam entspannend und beruhigend wirkt.

– … mit der im Deacon's … dachte, sie könnte jeden scharf machen … aber mit unsereinem läuft das nich … hab ihr n paar Valium zum Runterspülen mit ihrem Wodka gegeben, und bei ihr gingen sofort alle Lichter aus … ha, ha, ha … hab noch die Polaroids … direkt da hinterm Wartehäuschen an der Bushaltestelle bei den Läden, wenn die Schlampe wieder mal nich pariert …

Und das ist gar nich mehr wichtig. Das ist das Tolle daran. Nichts is mehr wichtig.

– … die stinkendste Schlammfotze der Welt … sag ich zu ihr, wäschst du dir eigentlich nie deine Scheißmöse … und guck dir deinen Freund an, Gally; diese Fotze, Juice Terry … sag mir nicht, das wär kein Wichtigtuer …

Muriel kam schreiend rein, und hinter ihr kam Phil angewalzt. Sein Gesicht war weiß von Schock und Panik, und er taumelte, sein Blut sprudelte jetzt richtig in das Laken. – Ich fahr ihn ins Krankenhaus, sagte sie.

Zu meinem Entsetzen stand Larry auf. – Gehn wir. Wir halten zusammen. Dann fügt er singend hinzu: – *You know we made a vow to love one an-ooo-ther for eeev-er* …

Ich versuchte zu protestieren, aber Larry zog mich auf die Beine. – Ich will hören, was die Fotzen im Krankenhaus erzählen … aufpassen, dass sich keiner verquatscht … lallte er.

Wir stiegen alle in den Wagen, der in der Montgomery Street geparkt war. Sharon fuhr, Phil saß aufm Beifahrersitz, wir andern hinten. Larry war total breit, er hatte sich im Haus schnell noch einen weggemacht und schwebte langsam davon. – Denkt dran, sagt ja nichts … sagte er und sackte zusammen.

– Versuch über Seitenstraßen zu fahren, wenn's geht, Sharon, sagte Muriel, die nen Bartholomew-Stadtplan von Edinburgh an sich presste.

Als Sharon den Wagen anfuhr, ließ Phil zum ersten Mal richtige Panik erkennen. – WYLIE, DIE FOTZE! schrie er. – ICH GLAUB EINFACH NICHT, DASS DER DAS GEMACHT HAT!

– Glaub es, ich war in ner Verfassung, in der ich nicht wusste, ob ich das aussprach oder nur dachte.

– ICH GLAU… Phil verhaspelte sich. Er drehte sich im Sitz rum und knallte Larry ne klobige Faust ins Gesicht. Larry wachte auf und fragte etwas näselnd quengelig: – Was is n los?

Muriel schubste Phil zurück und hielt ihn an den Schultern fest. – Verdammte Scheiße, bleib sitzen, Phil, du verlierst Blut.

– Das is total behämmert, sagte Sharon.

– Versuch still zu sitzen, Phil, bat Muriel ihn inständig. – Wir sind gleich da. Und denk dran: Verpfeif Larry bloß nich.

– Ich hab noch nie im Leben irgendwen verpfiffen, quiekte Phil, – aber er ist … die Fotze … Phil drehte sich um und versuchte nochmal auf Larry loszugehen, der bloß lachend meinte: – Jetzt hör aber auf …

Aber Phil überwand langsam den Schock nach dem Messerstich. Er war stinksauer auf Larry. Er drehte sich um und schlug ihm in die Fresse. Larry verbog sich wie ne Flickenpuppe, sein Kopf flog unter der Wucht des Schlages zurück. Er wirkte wie einer dieser Wackeldackel auf der Ablage im Auto. – Jetzt reicht's, Phil … das ist genug … sagte Muriel beinah im selben Moment. Ich musste lachen. Larrys Auge begann zuzuschwellen und sah wie ne faulende Frucht aus.

– VERBRECHER … FOTZE … kreischte Phil, und Sharon machte OHHH, als noch mehr Blut, *richtiges* Blut, auf seinen Schoß durchsuppte. Genau in dem Augenblick, als wir zur Notaufnahme einbogen, brach Phil über Sharon zusammen. Sie hielt etwa fünfzig Meter vor dem Eingang an. Muriel schaffte es nicht, ihn hochzuziehen, darum stieg sie einfach aus und rannte über den asphaltierten Platz. Larry sackte benommen in meinen Schoß. – Echt spitzenmäßiger Stoff, Gally … muss man echt sagen, murmelte er, und sah mit zugedröhntem Gesicht zu mir hoch.

Die Krankenpfleger kamen sofort angerannt, zogen Phil aus der Karre und brachten ihn weg. Sie hatten ne Heidenarbeit damit, ihn vom Boden auf die fahrbare Bahre zu kriegen, auch dann noch, als sie sie runterklappten. Ich rief nach Muriel, und sie huschte an dem Sanitäter vorbei, der nach irgendwem an der Aufnahme winkte.

Sie stieg vorn neben Sharon ein, die sauber zurücksetzte, und dann fuhren wir weg. – Wo soll's hingehen? fragte sie.

– Zum Strand, schlug ich vor, – Portobello.

– Ich will aber ausgehn, meinte Sharon.

– Mir auch Recht, sagte ich, weil mir einfiel, dass ich ja noch in Carl Ewarts Club was verticken wollte, um Kohle für München zusammenzukriegen.

– Wir kommen heut in keinen Club mehr rein, meinte Muriel verächtlich.

– Aye, in den Fluid, ist meinem Kumpel sein Club, Fluid, da kommen wir rein, lallte ich.

Larrys Kopf lag immer noch auf meinem Schoß. Er blickte zu mir hoch und hob ne geballte Faust zum Gruß. – Clublaaaaand! schnaufte er laut.


**EINSCHRÄNKUNGEN**

Larry kam gar nich erst am Türsteher vorbei, und Muriel brachte ihn nach Haus. Ich und Sharon kamen nur rein, weil ich Carls Freund war und sie dabeihatte. Ich war völlig breit und weiß nichts Genaues mehr aus dem Club. Billy redete kurz mit mir, und ich glaub, Terry sagte was über das Oktoberfest. Sharon brachte mich nach Haus. Ich weiß noch, dass sie mich ins Bett brachte und dann mit reinschlüpfte. In der Nacht bekam ich nen

Ständer, und beinah wär's mir egal gewesen. Er muss sie irgendwie angestupst haben, denn sie wurde wach und fing an, damit rumzuspielen, und sagte dann zu mir, ich soll sie bumsen. Als sie mir ihre Zunge in den Mund schob, dachte ich nen Moment lang, ich wär jemand ganz anderer. Dann sah ich wieder glasklar, wer ich war. Ich sagte ihr, ich könnte nich, läg nicht an ihr, sondern an mir. Ich hätte kein Kondom da, und ich könnte einfach nich. Sie umarmte mich ganz fest, während ich ihr sagte, sie würd sich mit Abschaum rumtreiben, mich eingeschlossen, und sie hätte was Besseres verdient und sollte endlich mal vernünftig werden.

Ihr verschwitztes Gesicht löste sich von meinem, und ich konnte sie ansehen. – Ist schon in Ordnung … macht nichts. Hab ich mir irgendwie gedacht. Ich dachte, du wüsstest Bescheid: Ich bin doch auch im Klub, erklärte sie mir mit nem verschmitzten kleinen Lächeln.

Es war keine Angst in ihren Augen. Nicht die Spur. Als hätte sie bloß erwähnt, sie wär bei den Freimaurern oder so was in der Art. Es machte mir ne Scheißangst. Ich stand auf, ging nach vorne, setzte mich im Schneidersitz auf den Sessel und stierte die Armbrust an der Wand an.

# Terry Lawson

### TEILZEITARBEIT

Stütze is nich so übel wie Sozialhilfe, sagen manche. Andere sagen das Gegenteil. Aber die Debatte is rein akademisch, denn für mich isses ein und dieselbe Wichse; Fotzen, die ihre Nase in deine Angelegenheiten stecken wollen. Aye, die Schweinehunde ham mich vorgeladen, also bin ich runter in die Castle Terrace zu meinem Termin. Meine Wenigkeit is also zur angegebenen Zeit zur Stelle, aber der Laden is rappelvoll. Das kann ja wieder ne endlose Warterei werden, so wie's aussieht. Also setz ich mich zu den andern armen Schweinen auf einen von den roten Plastikstühlen und versuch's mir halbwegs bequem zu machen. Schulen, Polizeiwachen, Knäste, Fabriken, die Zweigstellen von Sozial- und Arbeitsamt, die sehen alle gleich aus. Die ganzen Läden, wo die kleinen Leute durchgeschleust werden. Gelbe Wände, blaue Neonröhren und n schwarzes Brett mit ein oder zwei vergilbten Plakaten. Das letzte Wort auf dem Plakat oder Schild ist in der Regel »verboten«; das, oder es steht eine von zwei Botschaften drauf. Entweder: Wir behalten euch Fotzen im Auge, oder: Verpfeift eure Freunde und Nachbarn an uns. Das, welches ich grad lese, hängt im Moment überall:

> SIND SIE GEGEN KRUMME DINGER?
> MELDEN SIE UNS SCHLIMME FINGER.

Als ich das letzte Mal in einem dieser Läden hier war, hatte es n bisschen Ärger gegeben. Sie hatten so ne beschissene linke Kuh abkommandiert, um mich fertig zu machen, aber es lief nich so, wie die Fotzen es geplant hatten. Sie kam mit nem Stapel Unterlagen rein und erzählte mir einen von ner Stelle, die ich antreten müsste, sonst würd sie mir die Stütze streichen.

Die Frau hatte so struppiges, sprödes Haar und n bunt gemustertes Kleid an. Die Nasenflügel an ihrem Zinken zuckten, als sie schnupperte, ob sie das Sozialgetto an mir wittern könnte; die Kippen, das Bier oder was immer sich die Kuh von ihren Vorurteilen eingeben ließ.

Ich überflog die Stellenangebote und sah dann ohne Eile zu der Frau hoch. – Also, eigentlich such ich ja nachm Ganztagsjob, erklärte ich ihr.

Gerechterweise muss man sagen, dass sie immerhin den Anstand besaß, n peinlich berührtes Gesicht zu machen, als sie erklärte: – Das *ist* eine Vollzeitstelle, Mr. Lawson, das ist eine, ehm, Siebenunddreißigstundenwoche.

– Mmmmhh ... gibt's nix, wo ich einfach Sprudelwasser verkaufen kann? frag ich sie. – Wissen Sie, bloß weil ich schon mal Saft an der Haustür verkauft hab. Mit dem Getränkewagen, verstehnse?

– Nein, Mr. Lawson, sagt sie frostig, – das hatten wir schon tausenmal. Sie können nicht mehr »Saft«, wie Sie es nennen, vom LKW herunter verkaufen. Der Vertrieb von alkoholfreien Getränken funktioniert heute vollkommen anders.

– Aber warum? frag ich und achte darauf, meinen Mund leicht offen stehen zu lassen, nachdem ich das gefragt hab.

– Weil's praktischer für den Verbraucher ist, sagt sie ganz schnippisch.

Ganz schön von oben herab, die Kuh. Und doof wie Brot. Hat nich geblickt, dass ich bloß Zeit schinden wollte. – Tja, das macht's nich einfacher für Leute wie mich. Und ich treff auch heute noch Leute, die mich immer wieder fragen, wieso in der Siedlung kein Saft mehr verkauft würd ... alte Tantchen, die nich einkaufen gehn können und so.

In dem Stil mach ich weiter, aber sie geht gar nicht darauf ein. Sie sagt mir, ich müsste den vorgeschlagenen Job annehmen, fertig, aus.

Ich konnt mir das nun mal nich leisten, so einfach war das. Der Zeitaufwand war der ausschlaggebende Faktor, noch vor dem

Finanziellen, auch wenn die Kohle n schlechter Witz war. Siebenundfünfzig Pence die Stunde, um Burger zu belegen? Aber der Zeitaufwand war noch schlimmer; da steckt man in nem Burgerladen, während man draußen richtig Schotter machen könnte. Für so was hab ich keine Zeit. Siebenunddreißig Stunden in der Woche so ne Scheiße machen? Das wüsst ich aber.

Aber ich musste ihn annehmen. Und ich muss mir zugute halten, dass ich sogar zwei Tage dablieb. Ich am Roboten neben so nem kleinen Bubi, der voller Pickel war, die bei dem ganzen Fett drum rum in absehbarer Zeit auch nich weggehen würden; Burger verkaufen an krakeelende Besoffene, dämliche Schüler und Hausfrauen mit Kindern, und dabei sah ich in der Uniform aus wie einer von den Muppets.

Aber nich lange.

Dann kam n Sonntagabend, an dem ich im Pub um die Ecke vom Burgerladen saß. Aye, ich hatte massenhaft Zeugen, die bestätigen konnten, dass ich den ganzen Abend da war, und mitbekamen, wie schockiert ich war, als der alte George McCandles total aufgeregt reinkam und erzählte, der neue Burgerladen, der am Walk aufgemacht hatte, stünde in Flammen. Prompt hörten wir dann auch die Sirenen heulen und strömten mit den Pints in der Hand nach draußen, um uns das Feuerwerk anzusehen.

Dagegen kommt die beschissene Glotze nicht an.

Die große Überraschung war, dass mich die Bullen nich direkt eingesackt haben. Die erschienen ziemlich schnell und sichteten mich vor dem Pub. – Da geht meine Arbeit flöten, redete ich auf nen Bullen ein und heuchelte Empörung. – Was soll ich jetzt anfangen? Ralphie Stewart hörte das und meinte: – Aye, Terry, da wirste dann wohl in die Kriminalität abrutschen.

Am nächsten Tag geh ich also hin, und der Laden ist ausgebrannt. Der Geschäftsführer war mit nem Typ von der Zentrale und nem Knaben von der Versicherung da. Er erklärte uns, der Laden wär geschlossen und wir sollten wieder zum Arbeitsamt gehn und uns arbeitslos melden. Als ich dahin kam, machte die alte Kuh laufend so Andeutungen. Der alte arme Drachen, am Schluss kriegte sie echt Ärger, weil sie zu weit gegangen war. Das ist der beste Dreh; lull sie ein, indem du den Doofen spielst, sitz da und nick vor dich hin wie der letzte Dorftrottel, und prompt werden sie ne Spur zu link und frech. Und dann gibstes den Fotzen mit der groben Kelle. Da ist dann dieser tolle geschockte Ausdruck in ihren Visagen, wenn sie merken, dass sie erledigt sind, dass sie's nich bloß mit irgendnem dämlichen Clown zu tun haben, den sie bescheißen können und der ihnen ihren Mist abkauft, sondern mit nem echt ausgekochten Kerl, der ne Gelegenheit erkennt, wenn er sie sieht.

Ich also am Nicken wie n Schwachkopf, und sie sagte, ohne verbergen zu können, dass sie innerlich kochte: – Komisch, Mr. Lawson, das ist jetzt bereits das zweite Mal, dass so etwas in einem Betrieb geschieht, wo Sie gerade angefangen haben.

Bingo!

Ich schaltete nen Gang höher. Ich setzte mich kerzengerade auf und sah sie scharf an, der birrellsche Gleich-kommt-der-Gong-Blick. – Was wolln Sie damit andeuten? fragte ich.

– Ich wollte nur sagen ... sie wurd auf einmal tierisch nervös, der Blick, die Haltung und der Tonfall änderten sich.

Ich starrte sie an und beugte mich über ihren Schreibtisch. – Tja, und *ich* möchte Sie nur bitten, Ihren Vorgesetzten zu holen und vor ihm das zu wiederholen, was Sie gerade gesagt haben. Ich bin sicher, dass sich auch die Polizei für diese Anschuldigungen interessieren wird. Vorher werd ich mich natürlich mit meinem Anwalt beraten. Einverstanden?

Sie fing direkt an zu schwitzen, zu furzen und zu sabbern, ihr Herz ratterte wie wild, und das Blut schoss in ihr breites, fettes Gesicht wie Wasser in eine neu installierte Kloschüssel der gehobenen Preisklasse. – Ich ... ich ...

– Holen Sie ihn, grinste ich kalt, trommelte in fröhlicher Beharrlichkeit auf den Tisch und fügte dann hinzu: – Oder sie. Wenn ich dann bitten dürfte.

Also wurd mit belämmerter Miene der Vorgesetzte gcholt; natürlich war die dicke doofe Kuh in der Zwischenzeit in nen Schockzustand gefallen, weil das, was als routinemäßige Schikane ner verlogenen Assel ausm Sozialgetto angefangen hatte, in ein Alptraumszenarium umgeschlagen war. Fuck, dieser unschöne Fleck eines disziplinarischen Vermerks in der ansonsten makellosen Personalakte. Aye, solche Flecken können verflucht hartnäckig sein, und da wird dir kein Ariel oder Dash weiterhelfen, altes Mädchen. Der Punkt ist, dass sich der nächste Beförderungsausschuss, selbst wenn's bei ner mündlichen Rüge bleibt, sagen wird: »Ja, das fette Dreckstück ist zwar bösartig und pervers genug für ne gute Sachbearbeiterin, aber ihr fehlt die notwendige Schleimigkeit für den Kundenkontakt. Setzen Sie die blöde Kuh für Routinesachen in der Verwaltung ein, bis sich ne Gelegenheit wie vorzeitiger Ruhestand oder Stellenabbau bietet.«

Die Schlampe bekam also ne Standpauke, und ich erhielt ein windelweiches Entschuldigungsschreiben:

Sehr geehrter Mr. Lawson,

ich schreibe Ihnen, um mich im Namen des Arbeitsamtes für Bemerkungen zu entschuldigen, die eine unserer Sachbearbeiterinnen Ihnen gegenüber angeblich geäußert haben soll. Ohne Frage waren die angeblichen Äußerungen hinsichtlich der Einschätzung Ihres Falles unangemessen und möglicherweise missverständlich.

Seien Sie versichert, dass dieser Vorfall intern angemessen geahndet werden wird.

Hochachtungsvoll
RJ Miller
*Geschäftsführer*

Amerika, das wär n Land für mich. Wenn sich da einer im Ton vergreift, hat er direkt nen Prozess am Hals. Und was kriegt man hier, wenn einen ne Beamtensau beleidigt? Eine halbherzige Entschuldigung ohne jeden Sinn. Angeblich geäußert, ihr könnt mich mal. Selbst mit nem popeligen Abgangszeugnis erkenn ich beschissenes Englisch, wenn ich's seh. Nee, die Yankees ham das anders geregelt. Da gibt's nur die Rechtslage, nich so n Klassengesellschaftsscheiß wie hier. Die würden beschissene, versnobte alte Schachteln wie die auf ihren Platz verweisen. Ganz genau,

Süße; da steckste dir n paar Murmeln ins Maul und denkst, du könntest dir unterm Tisch n bisschen deine trockene alte Möse rubbeln, weil du nen Jungen mit ner Adresse in der Siedlung reinkommen siehst. Meinste, ich mach für dich den Unterwürfigen in deinem kleinen Dominanzspiel?

*Nein, mein schwester, nein, weil bald ich bin ein Municher schon.* Also bleib schön höflich, denn du hast es hier mit nem Mann von Welt zu tun.

Italien '90, ficken für Schottland. In München wird's genauso. Unter Garantie.

Mit einem hatte ich allerdings Recht: Die Bullen warn nich interessiert. Ich wunder mich, dass sie nich direkt zu Birrell gegangen sind, wo der doch berüchtigt dafür ist, Feuer zu legen. Aber heutzutage ist das nich mehr so, hat er dem Knaben von der *News* erklärt, als die enthüllten, dass er wegen Brandstiftung vorbestraft ist: »Heute brennt's bei mir nur noch im Ring.«

Aber man sehe sich das Arbeitsamt heute an; da kann man nur sagen, Hut ab. Ich muss es den Fotzen echt lassen, sie ham ihre Lektion gelernt. Erstens erwartet mich n ganz flottes Mädchen, das mich an seinem Schreibtisch Platz nehmen lässt, und zweitens ist sie viel cooler, auf die Immer-nett-und-freundlich-Tour.

– Das ist schon das dritte Mal, dass mir so was passiert, erkläre ich und versuche, nich zu grinsen. – Der letzte Laden, wo ich anfing, ging doch direkt in Flammen auf. Und der davor musste wegen nem Wasserschaden geschlossen werden. Langsam glaub ich, auf mir liegt n Fluch!

Das mit dem Wasserschaden war damals im Sommer wegen Italien '90. Aye, da sitz ich in Gesellschaft von gutem Vino und erstklassiger Muschi auf ner Piazza in Rom, wo ich doch stattdessen mitten im Hochsommer für zwanzig Pence die Woche in ner brüllend heißen Restaurantküche unter der Fuchtel nes rotgesichtigen, frustrierten, versoffenen Art-School-Abbrechers, der sich jetzt Koch nennt, malochen könnte.

Aye, genau. Warum hab ich das bloß nich bedacht?

Aber die Kleine, die heute für mich zuständig ist, grinst einfach nur zurück. Aye, das Mädchen ist echt cool. Als sie in die Formulare guckt, kann ich nen kurzen Blick auf ihre Titten werfen, aber überraschenderweise ist sie in der Abteilung nich so gut be-stückt. Komisch, aber sie sieht aus, als *müsste* sie eigentlich gute Titten haben. Das macht ihr Lächeln, diese Art von Selbstver-trauen, diese verdammte Lebenslust. Na ja, es gibt solche und solche, und zu der würd ich nich nein sagen, wenn man sie mir aufm Silbertablett servierte, das sag ich euch gratis. Man kann gar nich anders, das ist das Salz in der Suppe, wie ich immer sag. Das Mädchen ist so entzückend wie ne unerwartete Steuer-rückzahlung. Wir sind uns einig, dass ich mich nur weiterhin nich unterkriegen lassen darf, bis sie was Passendes für mich ge-funden ham. – Als sie die Getränkewagen abgeschafft ham, da war's aus für mich, erklärte ich ihr.

Das stimmte auch, danach hab ich die Branche gewechselt.

Wo ich grad davon rede, es ist Zeit, Onkel Alec zu besuchen, denn es gibt noch *richtige* Arbeit zu erledigen. Bis jetzt hab ich noch keinen getroffen, der davon reich geworden wär, Burger zu belegen.


**HÄUSLICHE FRAGEN**

Ich nenn Alec zum Spaß » Onkel Alec«, weil ich den alten Sack vor Ewigkeiten kennen gelernt hab, als ich seine Nichte gebumst hab. Ich latsch also in die Western Bar, und da isser und guckt sich die Go-go-Tänzerin an, is aber nich richtig am Gucken, wenn ihr wisst, was ich mein. Ich selber hab nie viel mit Go-go anfangen können; ich seh gern zu, wie Perlen aus ihren Klamot-ten steigen, wenn sie gebumst werden wollen, aber nich, wenn sie bloß tanzen wollen. Das Ganze ist mir n bisschen zu distan-ziert. Wo bleibt n da die verfickte Romantik? Aber das is bloß meine Meinung.

Er steht an der Bar mit nem *Daily Express* in der Hand. Da siehs-te, wie old-school der Sack ist; ein Überbleibsel aus der Zeit, als der *Express* noch die besten Pferdesport-Seiten hatte. Keine Sau kauft den heute noch. Seine Augen wandern von der Tagesform der Pferde zu den Formen der Go-go-Tänzerin. – Alec, ruf ich und dräng mich zu dem alten Sack durch.

– Terry … lallt er. Die Fotze ist schon wieder halb besoffen.

– Was liegt an?

Ich seh mich in der rappelvollen Bar um. Hier gibt's zu viele neugierige Augen. Ich seh schon, wie die alte Fotze mir ins Ohr brüllt von wegen dem Job, den er ausbaldowert hat, dann ist plötzlich die Musik aus, und die ganze Bar hört mit, was wir vorhaben. Nee danke. Langsam macht's mir Sorgen, dass ich zunehmend für uns beide denken muss. Und dabei geht's bloß um die einfachsten Sachen, gerade *das* isses, was mir so auf die Nerven geht, nur um scheißeinfache Sachen, die die Fotze selber auf die Reihe kriegen müsste. – Nee, machen wir n Spaziergang rüber ins Ryrie.

– Meinetwegen … meint er, trinkt sein Bier aus und folgt mir nach draußen.

Also latschen wir nach Tollcross runter und die Morrison Street lang, wo ich nen Zahn zulege, denn vor uns scheint n nettes, knackiges Stück Arsch zu laufen.

Ja … ne echt süße Schnecke. Kurzer Rock, geile Schenkel.

Alec ist am Schnaufen, weil er nich mit mir mithalten kann.

– Nich so schnell, Terry, wo brennt's denn?

– Hier unten, sag ich, tätschle meinen Schritt und deute mit dem Kopf nach vorn.

Alec hustet n bisschen grünlichgelben Schleim hoch und spuckt ihn in den Rinnstein, ohne aus dem Tritt zu kommen.

– Nur durchs Abchecken der Schenkel kannste dir ne richtige Vorstellung vom Arsch machen, versuch ich der Fotze zu erklären, während wir fröhlich hinter diesem hübschen Arsch und langen Haar herhüpfen. Ist natürlich reine Zeitverschwendung bei so nem alten Saufsack, den seit Jahren, ach was, seit Jahrzehnten keine mehr rangelassen hat und der über ne Horde nackter Supermodels drübertrampeln würde, wenn dahinter ne Dose Tennent's Super lockt, aber was willste machen.

Worauf ich hinauswollte, wenn er dafür empfänglich gewesen wär, war, dass manche Typen den Arsch von ner Perle sehn und sagen boah, toller Arsch, aber das sind bloß Amateure. Der Punkt ist, die sehn nur den Arsch. Der Profi prüft immer auch die Schenkel (und die Taille) *und in welchem Verhältnis sie zum Arsch stehn.* Erst dadurch kann man das ganze Mädchen abschätzen. Einen hübschen Hintern haben, zwei Arschbacken, das kann jede, aber wie passen die zum Rest?

Tja, in diesem Fall hier ausgezeichnet. Die Schenkel sind wohlgeformt und fest, stämmig genug, um Kraft zu verraten und den Arsch hervorzuheben, aber nich so stämmig, dass sie ihn dominieren oder in den Schatten stellen. Gute Schenkel müssen so nen Arsch *zur Geltung bringen,* ihn ins beste Licht rücken. Jede Trophäe braucht nen ansprechenden Sockel. Ist das Salz in der Suppe.

Alec ist mit seinen Gedanken woanders. – Es ist ne vornehme Bude, erklärt er atemlos und meint damit den Bruch, den wir nächste Woche in dem großen Haus oben in Grange vorhaben. – Die Sicherheitsmaßnahmen sind n Witz … der Typ is Professor an der Uni … der Sack hat n Buch über den neuen Überwachungsstaat Großbritannien geschrieben. Er schreibt da, private Sicherheitsdienste, die von Gangstern betrieben werden, hätten den Platz von Recht und Ordnung eingenommen … darum hat der Kerl keine Alarmanlage und gar nichts … das schreit ja förmlich danach … nich so schnell, Terry!

Schreit förmlich danach, sagt er. Und wie, denk ich, aber die Schnecke biegt in ne Seitenstraße ab und geht den Hügel hoch.

Das war das größte Verdienst der Tories: dafür zu sorgen, dass es einen teuer zu stehen kommt, Prinzipien zu haben. Private Krankenversicherungen, Verkauf von Sozialwohnungen, Hypotheken, das Verscherbeln staatlicher Betriebe; wenn man nich mitmachte und am selben Strang zog, war man der Gelackmeierte, auch wenn alles, was sie machten, ihnen bloß ermöglichte, bis ans Ende deiner Tage die Hand in deine Tasche zu stecken. Aber man is ja so begeistert von seinem kleinen Fetzen Papier oder kleinen Stück Plastik, dass man das nich erkennt. Aye, Prinzipien sind teuer. Tja, die Fotze werden sie bald richtig was kosten, ihn und seine Versicherung, falls er eine hat. Garantiert.

– … Familie ist für zwei Wochen inner Toskana, wir ham also sturmfreie Bude, stößt er hervor, als wir ins Ryrie's reingehn und ein Pint für mich und ein Halbes mit nem Whisky für ihn bestellen. Alec sein Gesicht is noch röter als sonst, als er seinen Saufkumpanen zunickt. War für die Fotze wahrscheinlich die erste sportliche Betätigung seit Jahren.

– Wo issn das?

– Italien, meint er und guckt mich an, als wär ich komplett bescheuert. – Ich dachte, du warst neulich erst da! Er nickt, während er den Kurzen kippt.

Na und, da ham dann wohl keine WM-Spiele stattgefunden, und außerdem: Ich war schon in der Schule in Erdkunde immer scheiße. Aber wie ich nach Grange komm, weiß ich genau, und zurück zu unsrer Garage in Sighthill auch, und mehr brauch ich nich, besten Dank.

Aber Italien war schon geil, die WM. Das Muschiangebot war erste Wahl, besonders die ganz jungen Mädchen. Sobald sie n Ring am Finger haben, scheinen sie allerdings ganz schön Fett anzusetzen, wie in diesem alten Benny-Hill-Sketch. Wie kommt das bloß?

Alec hat sein Halbes fast auf und bestellt ne neue Runde, obwohl ich kaum zwei Zentimeter von meinem abgetrunken hab. Er ist der beste Einbrecher in der Branche, jedenfalls war er's mal. Jetzt hat man alle Mühe, ihn halbwegs nüchtern zu halten. Man will ja nich, dass einer Scheiße baut bei der Arbeit. Es ist also nich so, dass ich der Fotze misstraue, ich will bloß rauf nach Grange und mich selber umsehen, um auf Nummer sicher zu gehen. Dem alten Sack darf ich das nich verraten, der würd stinksauer werden. Für ihn bin ich immer noch der kleine Lehrling und werd's auch immer bleiben, aber nach dem nächsten Pint entschuldige ich mich und geh auf nen Sprung da vorbei.


## HAUS IN BESTER LAGE

In Grange nieselt es, und ich steh unter ner mächtigen Ulme, einer von denen, die das große Ulmensterben überlebt haben, das hier vor n paar Jahren gewütet hat. Typisch Edinburgh, selbst die beschissenen Bäume ham ihre eigene Seuche. Ein Wunder, dass die Glasgower sich da nich mehr drüber ausgelassen haben. Aber ich bin froh über den Schutz, den mir das Scheißding bietet, denn es regnet sich bald ein und gießt nur noch. Die Seitenstraßen hier sind komisch, alles voll Pensionen. Das gefällt mir gar nich, zu viel Kommen und Gehen. Unsere Straße war zwar mehr ne Wohnstraße, aber ich hielt mich nich zu lang da auf. Während ich die Gegend inspizierte, *fühlte* ich richtig, wie sich jedes Mal die Vorhänge bewegten und der Asseldetektor losging, wenn ich eine der Hauptstraßen verließ. Aye, die Bude liegt ziemlich abgeschieden, aber es wär verrückt, näher ranzugehen, solange hier dermaßene Paranoia herrscht. Vielleicht komm ich später nochmal wieder, wenn's dunkler ist.

Ich geh grad Richtung Bushaltestelle, als ich merke, wie n Wagen neben mich zieht.

Das sind die Bullen. Garantiert.

Scheiße.

Ich hör, wie ne Fotze meinen Namen ruft und sich als Lothian-and-Borders-Bulle identifiziert, und mache fast nen Satz, bleib dann aber ganz cool und dreh mich langsam um, da ist es Birrell, das Arschloch, in seiner Karre. Ich steig also ein und bin froh, dass ich mitgenommen werde, denn es hat schon wieder angefangen zu pladdern. Birrells Haar ist für seine Verhältnisse schon recht lang und klebt ihm feucht am Kopf. Im Wagen riecht's wie in nem Nuttenschlafzimmer, total nach Aftershave, Haarschaum und Stylinggel. Sportler sind doch die größten verkappten Schwuchteln, die's gibt. Ich glaub nich, dass Perlen bei Männern auf so ne Nuttigkeit stehn. Die bevorzugen eher natürlichere Körpergerüche, richtige Mädchen jedenfalls. Ich nehm aber an, dass die, auf die Birrell steht, diese zimperlichen, kleinen, magersüchtigen Flittchen mit den teuren Klamotten und den sauren Gesichtern, die es mittendurch reißen würde, wenn man ihnen n anständiges Stück Schwanz reinschiebt, wahrscheinlich ganz wild auf so was sind.

Wir quasseln also n bisschen über Italien und freun uns auf München im Oktober; allerdings kann ich mich da lange drauf freun, wenn dieser Bruch nich klappt.

Als wir in unsere Gegend kommen, da bei den Läden, und in die Siedlung einbiegen wollen, seh ich Gail mit der Kleinen. Dann guck ich die Straße hoch, und da stehn Sackgesicht und Gally sich kampfbereit gegenüber!

Leck mich am Arsch!

Gally sieht voll aggressiv und Sackgesicht echt mitgenommen aus. – Billy, halt an, guck mal, drüben bei den Läden, ruf ich. Birrell legt ne geniale Miami-Vice-mäßige Vollbremsung hin und setzt zurück, und wir springen aus dem Wagen. Billy ruft, und Gally dreht sich zu uns um. Sackgesicht zischt sofort ab, die Straße runter, als ob sein Leben davon abhinge. Tut es auch; der kriegt nochmal sein Fett weg. Aber nich, dass Gally oder sonst wer bei dem Wichser irgendwelche Hilfe bräuchte.

**IM WHEATSHEAF**

Gally war n bisschen fertig, also schleppte ich die Fotze mit ins Wheatsheaf, wo ich locker mit Alec verabredet war. Birrell hatte sich ausgeklinkt, weil er für seinen nächsten Kampf fit sein will. N bisschen krampfig, die Fotze, aber viel Glück dem Jungen. Der macht das gut, ist kein schlechter Boxer. Ich halt ihn aber nich für so gut, wie alle behaupten, die lassen sich nur von dieser »Lokalmatador«-Scheiße mitreißen. Darf man allerdings nich ausssprechen, sonst denken alle, man wär bloß neidisch. Ich wünsch ihm trotzdem viel Glück.

Gally und Alec, was für n Paar. Gally fängt von seinem kleinen Mädchen an, dann von Gail, dann von Sackgesicht, dieser Polmont-Fotze, und Alec flennt in sein Bier wegen seiner Frau, die in dem Feuer umgekommen ist, und weil sein Sohn nich mehr mit ihm spricht. Traurig, is aber schon Ewigkeiten her, und er müsste langsam mal drüber weg sein. Es gibt nich viel, was ich einem der beiden sagen könnte. Das hat sich ja zu nem reizenden kleinen Umtrunk entwickelt. – Kommt schon, Jungs, wir sind doch zum Trinken hier!

Sie starrten mich beide an, als hätt ich ihnen ne schnelle Runde Kindesmissbrauch vorgeschlagen.

Am Schluss landeten wir mit n bißchen Bierproviant bei Alec, aber der Abend ging auf die gleiche deprimierende Art weiter; Gally und Alec gingen voll in ihrer Wir-ham-alles-verbockt-Nummer auf.

Der arme Gally hat echt nen Knacks weggekriegt, als Gail ihm gesagt hat, dass sie mit Polmont fickt. Dass sie ihn verlassen würde, und ausgerechnet wegen *Polmont*. Hätte jeder verfickte andere sein dürfen. Sie kloppten sich; Gail ist genauso groß wie Gally, und ich wüsste nich, auf wen ich da mein Geld gesetzt hätte. Ich weiß noch, wie wir anschließend drüber geredet ham. Ewart meinte, Gally hätte Gail nich schlagen dürfen, egal weswegen. Billy sagte gar nichts. Also fragte ich Carl, ob Gail das Recht hatte, Gally zu schlagen. Jetzt war er's auf einmal, der stumm blieb. Und jetzt erzählt Gally alles, was an dem Abend passiert is, nochmal nur für Alec, der ganz in sein eigenes Elend versunken ist. – Ich schrie sie an, dann schrie sie zurück. Wir schlugen uns. Sie schlug als Erste zu. Ich bin durchgedreht, ich hab sie an den Haaren gepackt. Dann kam Jacqueline ausm Schlafzimmer gerannt, damit ihre Mummy und ihr Daddy sich nich weiter gegenseitig wehtun. Gally räusperte sich und guckte Alec an. – Gail drückte mit beiden Händen meinen Hals zu. Ich hab ihr Haar losgelassen, die Faust geballt und meinen Arm zurückgerissen, um sie zu schlagen. Mein Ellbogen hat Jacqueline ins Gesicht getroffen und ihr den Wangenknochen zerbrochen, als wär's das Skelett von … von irgendnem kleinen Säugetier. Ich hatte gar nich gemerkt, dass sie ins Zimmer gekommen war. Ich konnt ihr zerschlagenes, geschundenes kleines Gesicht gar nich ansehen. Gail hat n Krankenwagen und die Bullen gerufen, und ich saß wieder im Knast.

– Danke, dass du uns aufheiterst, sag ich.

– Es tut mir Leid … tut mir Leid, dass ich so n Spaßverderber bin. Scheiß auf Gail und diese Fotze, meint er. Nach ner langen Pause, in der wir rumsitzen wie bestellt und nich abgeholt, geht er zum Kühlschrank und bringt ne neue Runde Bier mit. Ich geh n bisschen Musik auflegen. Alec hat zwar ne umfangreiche Sammlung, aber leider keine Platten, sondern alte Zeitungen; überall fliegen alte Ausgaben vom *Daily Record* rum. Ich finde n Dean-Martin-Tape, so ziemlich das einzig Hörbare hier. Schließlich wirkt das Bier, und sie spüren, wie ihre Sorgen weggeschwemmt werden. Allerdings schafft man's nie, sie zu ertränken, man taucht die Fotzen bloß bis zum nächsten Morgen unter.

Schließlich pennt Alec ein. Seine Hütte ist wie Caprona, das vergessene Land. Der Sunhouse-Kamin mit den kleinen gezwirbelten Teilen im Teakfurnier der Verkleidung hat auch schon bessere Tage gesehen. Der Teppich is abgenutzt und so gesättigt mit dem Dreck von Jahrzehnten, dass man drauf Schlittschuh laufen könnte wie auf der Murrayfield-Eisbahn. An der Wand hängt n großer, gesprungener Spiegel in einem von diesen verschnörkelten, nachgemachten Goldrahmen. Den deprimierendsten Anblick bieten die zerknitterten Familienfotos in den Rahmen auf m Kaminsims und der Glotze. Sie sehn aus, als wärn sie in nem betrunkenen Wutanfall zerknüllt und dann am nächsten Tag in nüchternem Selbstekel wieder liebevoll restauriert worden. Über der Lehne des Sofas, das mit Zigarettenbrandlöchern übersät ist und aus dem unten kaputte Sprungfedern rausgucken, hängen alte Klamotten. Die Luft riecht nach Kippen, schalem Bier und altem Bratfett. Abgesehen von unsern Bierdosen und nem Stück verschimmeltem Käse ist der Kühlschrank leer, und aus dem vollen Mülleimer quillt der Abfall aufs Linoleum. Da kann Glasgow nich gegen anstinken als Europäische Kulturstadt. Nich bei den Kulturen auf Alecs Tellern, die sich mit grünem Schimmel und schwarzem Schleim überzogen in der Spüle türmen. Man sieht, dass er in letzter Zeit ziemlich versackt ist. Am nächsten Tag ist Gally weg, und ich wach mit dickem Kopf auf. Vielleicht ist er bloß runter zum Laden, Kippen holen. Egal, ich bleib jedenfalls nich hier und guck zu, wie sich die Fotzen wieder in ne Orgie von Selbsthass reinsteigern. Ich verdrück mich lieber, eh Alec mich wieder in eine seiner Quengelsessions reinzieht.

Ich sitz im Bus, und draußen zieht Chesser vorbei. Ich hab nen Mordsständer, dabei hab ich noch nicht mal irgendwas an Muschi gesehn. Ich fang an, mich n bisschen flau zu fühlen, so geht's mir in Bussen manchmal. Deswegen spring ich raus und geh durch den Park, frische Luft schnappen. Ich schnuppere an meinen Achseln und komm zu der Ansicht, dass der frische Schweiß okay ist.

Es sind n paar Spiele im Gange. Eine Mannschaft in Blau schrubbt gerade ne andere in Gold und Schwarz. Sie sehn zehn Jahre jünger und fünfmal fitter aus als die Jungs in Gold-Schwarz.

Ich geh rüber, komm dabei über den Kinderspielplatz und bleib stehen, weil mir da jemand bekannt vorkommt.

Sie hat die Kleine aufs Karussell gesetzt und behält sie im Auge, ist aber in Gedanken versunken. Ich schleich mich seitlich an sie ran, und in mir kommt ein Gefühl auf, das ich immer in ihrer Nähe kriege. – Aye, aye, sag ich.

Sie dreht sich um und guckt mich langsam an, mit müden Augen, weder feindselig noch freundlich. – Terry, sagt sie kraftlos.

– War n schöner Auftritt gestern, hm?

Sie schlingt ihre Arme um sich, guckt mich an und sagt: – Ich will nich über ihn reden … oder über den andern, über keinen von beiden.

– Ist mir nur recht, grinse ich und mach nen Schritt auf sie zu. Die Kleine spielt immer noch auf dem Karussell.

Sie sagt nix.

Ich muss dran denken, wie sie früher aussah. Es ist schon ne Weile her, gut vier oder fünf Jahre. Als Gally wieder einfuhr und nachdem ich etwas später meine kurze Strafe abgerissen hatte. Sie und ich … zusammen warn wir schon immer n versautes Pärchen. Da war von Anfang an n gewisses Etwas … ich spür dieses leichte Prickeln in meinem Schwanz und wie die Worte mir einfach aus dem Mund kommen. – Was treibste so heut Abend? Macht ihr beiden die Stadt unsicher?

Sie guckt mich mit nem Blick an, der sagt, ach nee, geht's mal wieder los, unser doofes Spielchen. – Nee. Der is für vierzehn Tage in Sullum Voe.

– Tja, das liebe Geld, hm? sag ich mit nem Achselzucken, hab aber ganz was anderes im Kopf als Geld. Diesen Scheiß kennen wir beide in- und auswendig.

Sie lächelt nur ziemlich traurig, um mich damit wissen zu lassen, dass zwischen ihnen auch nich alles eitel Sonnenschein ist, und gibt mir den Spielraum für meinen nächsten Zug.

– Tja, wenn du die Kleine loswerden kannst, hätt ich nichts dagegen, am Abend mit dir auszugehn, erklär ich ihr.

Sie stellt die Nackenhaare n bisschen auf und mustert mich von oben bis unten.

– Ich werd der perfekte Gentleman sein, verspreche ich.

Dafür bekomme ich von ihr dieses humorlose Lächeln zurück, mit dem man nen beschissenen Teller zerbrechen könnte: – Dann komm ich nich mit, sagt sie und meint das todernst. Das bringt mich echt in Zugzwang. Wieso fang ich bloß wieder mit diesem Scheiß an? Es läuft doch alles so gut zwischen mir und Viv. Das ist der Post-Kater-Ständer. Zu viel Blut, das eigentlich im Kopf sein sollte, läuft dir in den Schwanz, macht dich blöd und lässt dich Sachen sagen, die du verfickt nochmal besser nich sagen solltest. Aber was sagt man da, was tut man da? Wenn man verwirrt ist, greift man auf Altbekanntes zurück. Im Zweifelsfall schmeicheln. – Tja, ich werd mein Bestes tun, um bei meinen guten Vorsätzen zu bleiben, aber ich bin sicher, ich werd deinem Charme nich widerstehn können. Der hat noch immer gewirkt.

Es gefällt ihr, man erkennt es daran, wie sich ihre Pupillen weiten und ihr Mund sich zu nem schiefen Lächeln verzieht. Diese Lippen. Sie war schon immer ne erstklassige Schwanzlutscherin; könnte Schottland bei der Schwanzlutsch-Olympiade vertreten. Ach was, von wegen Schottland, sie könnte für Brasilien schwanzlutschen. – Komm um acht vorbei, sagt sie und tut ganz verschämt wie n kleines Mädchen, was echt lächerlich ist, wenn man unsere Geschichte kennt. Allerdings ist Geschichte das Letzte, woran ich grade denke.

– Okay, um acht.

Da hab ich jetzt also n scharfes Date. Ich fühl mich wie n richtig mieses Schwein, aber ich weiß, dass ich hingehn werd. Ich zische ab und lass sie mit der Kleinen zurück, die immer noch am Spielen is.

Glaub nich, dass die kleine Jacqueline mich überhaupt gesehn hat.

Während ich weggeh, seh ich mich nochmal nach den andern jungen Müttern da um und frag mich, ob die alle so sind. Vielleicht sind von manchen die Männer weg auf Montage und ahnen nich mal im Traum, dass irgendeiner bei ihrer Alten n Rohr verlegt, während sie sich abrackern wie die Idioten, um Kohle nach Haus zu bringen. Ein paar von den Perlen da hinten sind exakt so drauf, aber garantiert. Mit ner Horde Blagen in Parks, zu Haus oder in irgendwelchen Läden rumzuhocken, kann nich das sein, wodrauf hier alle Mädchen stehen. Wer hat denn Bock zu warten, dass n erschöpftes Wrack von Kerl nach Haus kommt, der vielleicht nich mal mehr auf einen steht und den ganzen Tag auf der Arbeit versucht hat, ne andere aufzureißen?

Ein paar von den Frauen hier sind genauso alt wie die Mädchen, die die ganze Nacht draußen auf der Wiese und in den Lagerhäusern tanzen, rauf und runter durchs ganze Land reisen und die beste Zeit ihres Lebens genießen. Die armen Kühe werden doch auch was davon abhaben wollen: nen gut aussehenden, schlanken, jungen Kerl mit großem Schwanz und ohne Sorgen, der die ganze Nacht durchficken kann, ihnen erzählt, dass sie die Schönste sind, die er je gesehn hat, und es auch so meint. Aye, wir alle wolln doch immer unser Stück vom Kuchen haben und aufessen; wir wolln alle das Geld, den Spaß, die ganze Palette. Und Scheiße, warum auch nich? Ist das Salz in der Suppe. Wie man erwarten kann, dass Schlitz da in diesen Zeiten anders sein soll als Schwanz, raff ich nich.

Ich geh durch das Parktor, und vor mir liegt die Hauptstraße. Um die Siedlung steht's nich gut, zumindest auf dieser Seite. Die älteren Häuser auf der anderen Straßenseite, die für uns aus den Wohnungen immer die Slums waren, die machen sich ganz prächtig. Die ham alles, neue Fenster und Türen und hübsche, gepflegte Gärtchen. Hier dagegen, in den Maisonettewohnungen, die kein Schwanz kaufen will, bricht alles zusammen.

Ich beschließe, dass ich's jetzt nich ertragen kann, nach Haus zu gehen. Die alte Dame ist supergiftig, seit ich wieder eingezogen bin, und Vivian wird noch nich von der Arbeit zurück sein. Mein Magen beruhigt sich langsam, aber mein Schädel is noch n bisschen empfindlich. Ich entscheide mich für die *Evening News* und n Bier im Busy. Der Laden wird seinem Namen allerdings nich gerecht, denn bis auf Carl und Topsy am Pooltisch, Soft Johnny am Spielautomaten und dieser Fotze namens Tidy Wilson, nem fünfundfünfzigjährigen Arschgesicht im Pringle-Pulli an der Bar, is keiner da. Ich nicke in die Runde und pflanz mich hin. Komisch, dass unser Mr. Ewart in der Siedlung is, er kommt nich mehr oft her, nich, seit er die Wohnung in der Stadt hat und seine Ma und sein Dad in ne bessere Gegend gezogen sind.

Carl kommt rüber und klopft mir auf n Rücken. Der Junge kann gelegentlich n bisschen sehr von sich überzeugt sein, besonders, seit er diesen Fluid Club betreibt, aber ich hab ne Schwäche für den Wichser. – Alles im Lack, Mr. Lawson? fragt er.

– Muss, ich geb ihm die Hand und greif dann nach der von Topsy. – Mr. Turvey, sag ich.

– Tez, zwinkert Topsy. Er ist n munteres, dünnes, zappeliges, dummes Kerlchen, das immer n bisschen zu jung für sein Alter wirkt, aber echt kämpferisch veranlagt ist. War ne Zeit lang ne große Nummer bei den Hearts, bevor der alte Mob sich auflöste, als die Hibs-Hools sich in der Stadt breit machten. Topsy hat von diesem Lexo schwer was einstecken müssen und ist seitdem nie mehr der Alte gewesen. Ich hab die Fotze aber immer gemocht, is so einer vom alten Schlag. Allerdings n kleiner Nazi, damit hat er auch unsern Mr. Ewart in diese Schwierigkeiten gebracht. Aber Carl glaubt, Topsy scheint die Sonne ausm Arsch, die waren schon immer so verfickt dicke miteinander. Trotzdem ne komische Kombination, Mr. Ewart und Mr. Turvey.

– Was treibt dich denn unters gemeine Volk, Carl? frag ich.

– Ich wollt mal nach dir sehen, du Fotze. Mich überzeugen, dass du immer noch dabei bist beim Oktoberfest.

– Ich bin dabei, mach dir mal keine Sorgen. Birrell ist fest gebucht. Wer uns Sorgen machen könnte, is Gally.

– Echt? macht Carl ganz besorgt.

Also erzähl ich ihnen, was gestern passiert is. Wie komisch Gally in letzter Zeit war.

– Meinste, der drückt wieder? fragt Carl. Er macht sich Sorgen um unsern Gally. Es ist bescheuert, aber ich mir auch. Man kann kaum nen zäheren kleinen Kerl als ihn finden, aber irgendwie hat er immer schon so was Verletzliches an sich gehabt. Bei Ewart, Birrell, Topsy und Konsorten weiß man, dass sie immer irgendwie klarkommen werden, aber um Gally macht man sich manchmal Sorgen.

– Scheiße, ich hoff nich. Ich fahr doch nich mit nem Scheißjunkie in Urlaub. Scheiße, nee.

Topsy guckt erst Carl und dann mich an. – Geschieht ihm ja irgendwie ganz recht, diese dreckige Gail ... ne Schlampe, meint er. – Ich mein, gut, ich hab ihr damals die Scheiße aus den Knochen gefickt, hat ja jeder, aber so ne Kuh heiratet man doch nich. – Fresse, du Sack, sagt Carl. – Was ist denn nich in Ordnung, wenn eine Perle auf Schwänze steht? Wir leben in den Scheißneunzigern.

– Aye, meint Topsy, – stimmt schon, aber wenn man heiratet, möchte man doch sicher sein, dass sie sich geändert hat. Und das hat sie nich, sagt er und wirft mir nen kurzen Blick zu.

Ich halt mich zurück. Topsy will uns bloß ärgern, aber so falsch liegt er nich. Gail taugt nur zum Ficken, aber ich schätze, das war ja wohl auch alles, was Gally wollte, als er damals ausm Jugendknast kam und noch Jungfrau war. Über Junkfood meckert es sich in Hampstead leichter als in Äthiopien. Komisch, ich war's nämlich, der sie miteinander bekannt gemacht hat. Hab sie zusammengebracht, als Gally aus m Kittchen kam. Ich hielt mich damals für Amor, naja, jedenfalls wollt ich Gally zu ner Nummer verhelfen.

Manchmal kannste echt nichts dafür, wenn dein bester Freund n Trottel ist.

### HARTNÄCKIGE FICKPROBLEME

Schuldgefühle und Ficken gehören zusammen wie Fish und Chips. Schuldgefühle und *gutes* Ficken. Und hier in Schottland gibt's katholische Schuldgefühle und calvinistische Schuldgefühle. Vielleicht ist das der Grund, warum Ecstasy hier so eingeschlagen hat. Ich hab mich mit Carl im Pub drüber unterhalten, und der laberte was davon, dass verbotene Früchte die süßesten wärn. Und das stimmt. Für mich war das Problem immer die Loyalität. Liebe und Sex sind für mich immer verschiedene Sachen gewesen, und die meisten Jungs werden mir da Recht geben, entscheiden sich aber dafür, mit ner Lüge zu leben. Dann bricht das alles irgendwann zusammen, und der Ärger geht los. Gut verdrängt ist eben doch nich halb gewonnen.

Vivvy ist wirklich ne tolle Frau, und ich liebe sie. Meine Ma hasst sie und gibt ihr die Schuld daran, dass ich und Lucy uns getrennt ham. Das ist aber total ungerecht. Sie ist bloß sickig, weil sich der Kraut verpisst hat. Ich werd die Niete nich vermissen.

Aye, ich liebe Vivian, aber ich hab festgestellt, dass ich wieder mit anderen Mädchen ficken will, sobald ich mit ner Perle etwa sechs Monate zusammen war.

Ich kann nichts dafür, dass ich so bin, wie ich bin. Aber manchmal, wenn ich sie nach dem Sex neben mir liegen und einschlummern seh, wünsche ich mir so sehr, anders zu sein, dass ich schreien könnte.

Aber daraus wird nie was werden.

Als ich nach Haus komm, ist meine Ma da und macht Abendessen. – Wie geht's, sag ich. Keine Antwort. Aber sie macht nen Heidenradau in der Küche, Schranktüren knallen, Töpfe und Pfannen klappern, da braut sich was zusammen. *»It's in the air«*, wie dieser schmierige alte Knabe singt, *»ah can feel it comin in theee air to-ni-hite … oh yeah …«*

Dann gibt's auch noch beschissenen Salat und sogar Salzkartoffeln statt Fritten. Wenn ich eins hasse, dann Scheißsalat. Außerdem hat sie sogar Rote Beete reingetan, die auf alles abfärbt!

Ich hab grad erst mit Carl, Topsy und Soft Johnny n paar Bier inhaliert. Das alte Mädchen riecht es an mir. Am helllichten Tag trinken, das macht sie richtig sauer. Aber so wie ich das seh, muss man die Feste feiern, wie die verdammten Biester fallen.

– Was machst du für n Gesicht? fragt sie mich. – Ein schöner, gesunder Salat! Du solltest mehr Gemüse und Salat essen. Es ist nich gut für dich, wenn du immer bloß Fish und Chips isst! Fisch und Chips und Chinesisch! Das ist weder für Mensch noch Tier gut.

Das bringt mich drauf, wie gut ich jetzt n Zitronenhähnchen und gebratenen Reis vertragen könnte. Anstelle von dem Scheiß hier. Die Zitronenhähnchen vom Chinesen sind immer klasse. – Ich mag keinen Salat. Das ist Karnickelfraß.

– Bring du erst mal n richtiges Gehalt nach Haus, dann kannst du Ansprüche ans Essen stellen.

Die hat vielleicht Nerven. Immer, wenn ich flüssig bin, versuch ich was beizusteuern. – Was soll das denn heißen? Ich hab dir letzte Woche noch Geld angeboten, zweihundert Pfund hab ich dir angeboten, und du wolltest sie scheißnochmal nich haben!

– Aye, weil ich weiß, wo das herkommt! Ich weiß, wo dein ganzes Geld herkommt! keift sie, als ich mich hinsetze und schweigend diesen Scheiß esse, den ich zwischen zwei Scheiben Brot geklemmt hab. Dann fängt sie an: – Ich hab Lucy und den Kleinen heut getroffen. Oben im Wester-Hailes-Center. Wir sind nen Kaffee trinken gegangen.

Scheiße, wie gemütlich. – Aye?

– Aye. Sie hat mir erzählt, dass du ihn schon ne Weile nich mehr besucht hast.

– Und wessen Schuld ist das? Wenn ich da hingeh, krieg ich jedes Mal von ihr und diesem verblödeten langen Lulatsch die kalte Schulter gezeigt.

Sie hält für ne Weile den Mund, dann sagt sie mit gedämpfter Stimme: – Und diese andere hat angerufen. Diese Vivian.

Ich rufe Vivvy zurück und erklär ihr, ich hätte ganz vergessen, dass ich mich für n Snookerturnier gemeldet hab und dass wir uns morgen sehn würden. Und das bedeutet, dass ich zum ersten Mal, seit wir zusammen sind, zum ersten Mal seit der WM in Italien, n Auswärtsspiel hab.

**FREIE AUSWAHL**

Mein Nikotinproblem wird langsam kritisch, der gelbe Fleck an meinem Finger hebt sich deutlich vom Weiß des Klingelknopfs ab. Ich drück den kleinen Knopf an ihrer Tür, und er macht nen Höllenlärm. Ich krieg echt n Schock, als ich sie seh. In den drei Stunden, seit wir uns zuletzt gesehn haben, ist sie blond geworden. Ich bin nich so überzeugt, dass ihr das steht, aber das Neue daran turnt mich an. Zum ersten Mal fällt mir auf, dass sie richtig schön gebräunt ist und so. Sie warn in Florida, sie, die Kleine und Sackgesicht.

– Hallo, sagt sie und guckt nach neugierigen Augen in den Häusern auf beiden Seiten der Straße. – Komm rein.

– Die Kleine bei deiner Ma? frage ich und geh rein.

– Bei meiner Schwester.

Ich grinse und drohe mit dem Finger. – Wenn ich dich nicht besser kennen würde, würd ich denken, du hast vor, mich zu verführen.

– Wie kommst du bloß da drauf, sagt sie.

– Der neue Look gefällt mir … fang ich an, aber sie macht ihren Hosengürtel auf, zieht die Jeans runter und kickt sie weg. Dann zieht sie ihr Oberteil aus.

Am liebsten würd ich ihr sagen, sie soll nen Gang runterschalten, weil ich die steigende Spannung vorher ein wenig genießen wollte. Es mag ja das Salz in der Suppe sein, aber das muss man auf der Zunge schmecken und nicht einfach runterschlingen. Aber offenkundig hat sie n bisschen sportliche Betätigung richtig nötig, also scheiß drauf, soll sie eben den Startschuss geben. Ich fang an, aus den Klamotten zu steigen, und zieh dabei meine Bierpocke ein. Es ist schon ne Weile her, dass ich ihr einen verlötet hab, und der Bauch wird n bisschen schwabbelig.

– Hast du n Kondom dabei? fragt sie.

– Nee … mein ich. Ich hätte beinah gesagt, früher haste dich aber nich so angestellt, aber seit wir regelmäßig miteinander gefickt haben, hat sich einiges geändert. Was sagt man da, was tut man da? Ich vermute mal, dass Gally an der Nadel gehangen hat und so, muss sie drauf gebracht haben, über so was nachzudenken.

Sie geht vor in die Küche. Auf der Arbeitsplatte stehen ein paar Einkaufstüten von Safeways. In einer davon steckt ne Packung Kondome. Sie gibt mir eins, und ich zieh's mir drüber.

Sie dreht sich um, stützt ihre Ellbogen auf die Arbeitsplatte und präsentiert mir ihren Arsch, auf dem sich deutlich die Bikinistreifen vom Florida-Urlaub abzeichnen. Eins muss man ihr lassen, sie hat's drauf, Sackgesichts Knete auszugeben. Sie packt sich an eine ihrer Arschbacken. – Du hast ja immer auf meinen Arsch gestanden. Meinste nich, dass er langsam wabbelig wird?

Man ahnt, dass sie ihn mit Aerobic- oder Stepkursen trainiert, denn er fühlt sich fester an denn je. – Kommt mir ganz in Ordnung vor, sag ich, – aber das muss ich noch genauer überprüfen, sag ich, knie mich hin und lass meine Zunge genüsslich über ihre beiden Löcher gleiten. Scheiß auf Salat, ich war immer n Fleischfresser. Es dauert nich lang, bis sie zeigt, dass es ihr gefällt. Ich mag es bei Mädchen, wenn sie einen wissen lassen, wie's steht. Ich kann selbst beim Sex ziemlich lautstark werden. Ich kann's ja auch nich leiden, wenn die Fußballübertragung im Pub ohne Ton läuft.

Nach ner Weile sagt sie: – Besorg's mir jetzt, Terry. Besorg's mir. Sofort!

– Willst du's haben? – Aye, sofort, sagt sie. – Na los, Terry, ich bin nich in Stimmung für langes Muschikitzeln ... besorg's mir einfach, verdammt nochmal!

– Welches Loch?

– Beide ... meint sie.

Ich hab aber nur einen Schwanz, junge Frau, das ist das Problem. – Is klar, aber welches zuerst?

– Such's dir aus ... sagt sie.

Schön. Mal sehn, ob ich sie und mich selbst dadurch überraschen kann, dass ich ihn in ihre Möse stecke.

Nee.

Ich ramm ihn in ihren Arsch, während sie laut flucht: – Scheiße ... Sie hat dieses schwarze Band in ihrem Haar gelassen, was das Wasserstoffblond betont. Ihr Gesicht kriegt so nen entstellten, verblödeten Ausdruck, und ich reiß an ihren Haaren und pack ihr ins Gesicht und frag mich, is das hier Liebe, Sex oder Hass oder was? Es ist komisch, aber ich bin der, der den ganzen Krach macht; widerlicher, kranker Müll, der als dunkles, unartikuliertes Knurren aus meinem Mund kommt und irgendwann in romantisches, zusammenhangloses Gestammel übergeht. Das zwischen uns ist so kompliziert, dass man n Begleitschreiben dazu braucht. Ich zupfe mit meiner anderen Hand an ihrer Muschi rum, reibe ihre Klitoris und spüre, wie sie kommt, und will ihn aus ihrem Arsch ziehn und in das andere Loch stecken, aber das geht nur, wenn man sich vorher wäscht, darum spritze ich heftig in ihren Hintern und drücke ihr Gesicht gegen den Schrank, und ihre Augen mit den tiefen Ringen darunter treten ihr aus dem Kopf, und es sieht aus, als käm so was wie Liebe aus der Mode!

Sie scheint so kleine Zuckungen zu haben, als ich ihn rauszieh, und dann lässt sie donnernd einen fahren, was mich wieder dran erinnert, wie schweinisch und verkommen das von uns ist, was wir grade gemacht haben, und ich kann meinen Schwanz gar nich ansehen. Beim Arschficken sollte man auf die Ernährungsgewohnheiten seines Partners achten. Ich geh sofort raus und die Treppe hoch unter die Dusche, um den Geruch abzuwaschen. Heterosexuelles Arschficken: auch so ne Form der Liebe, über die man nicht spricht. Erst nach nem Dutzend Pints im Pub, dann kommt der ganze Scheiß raus, und mehr isses ja meistens auch nicht. Ich erkenn nen Typen, der noch nie ne Perle in den Arsch gefickt hat, wie ich es vor n paar Jahren jedem an der Nasenspitze angesehn hab, wenn er noch nie eine in die Möse gefickt hatte. Treten Sie vor, Mr. Galloway! Treten Sie vor, Mr. Ewart! Treten Sie vor, Mr. Saubermann-Sportfotze Birrell! Bei Turvey weiß ich's nich, aber wahrscheinlich hat der schon *Jungs* in den Arsch gefickt. Als Jambo *und* Nazi muss er ja ne Schwuchtel sein.

Ich geh wieder runter und warte, während sie sich wäscht und anzieht. Ich check die Bude kurz durch, und es ist so, wie ich's erwartet hab, die typische Paar-mit-Kind-Bleibe, alles ordentlich und gepflegt, aber nichts von richtigem Wert. Nich dass ich sie sonst beklaut hätte, aber es wär ja möglich gewesen, dass Polmont McMurray irgendwas hier rumstehen hat. Keine Spur davon. Ich hab das Gefühl, dass er denselben Weg geht oder schon gegangen ist wie der arme kleine Gally.

– Keine schlechte Bude, sag ich zu ihr, während ich mich im hübsch möblierten Wohnzimmer umseh. Diese Buden in Chesser sind als Mietwohnung sehr gefragt.

Sie stößt Zigarettenrauch aus. – Ich find's zum Kotzen hier. Ich bin bei Maggie aufm Amt gewesen. Hab ihr gesagt, dass ich eine von den neuen Wohnungen haben will, die sie da hinten bauen. Sagt die freche Kuh doch zu mir, ich kann nichts für dich tun, Gail, dein Fall hat keinen Vorrang. Schöne Freundin bist du, sag ich. Nicht dass ich sie heut noch treff. Die Kuh hat mich nich mal zu ihrer Scheißhochzeit eingeladen.

Ach, die kleine Maggie. Ist jetzt bei der Stadt, beim Ausschuss für Sozialen Wohnungsbau auch noch. – Sie darf niemandem Gefälligkeiten erweisen, sag ich schulterzuckend. – Allerdings hat sie mir seinerzeit schon genug erwiesen.

– Aye, ich weiß, was für Gefälligkeiten du meinst, lacht Gail.

– Aber jetzt gefällt's ihr nur noch, sich wichtig zu machen. Die hat was erreicht, unsere kleine Maggie. – Weißte, die hat nich mal ihren Onkel Alec zur Hochzeit eingeladen; allerdings saß der auch grade wegen Einbruchdiebstahl im Gefängnis. Glück für sie, der vornehme Knabe, den sie geheiratet hat, hätt sonst bestimmt gekniffen. Hätte sich nicht gut auf den Fotos gemacht.

Ich denk drüber nach, wie Dinge sich in Familien weitervererben. Ich erinnere mich, dass Maggie in nem Interview mit der *Evening News* sagte, sie hätte »ein leidenschaftliches Interesse an Wohnungsfragen«. Das hat sie garantiert von Alec! Lebt es bloß anders aus!

Gail sieht gut aus in diesem Kleid, darum nehm ich sie mir auf dem Sofa nochmal vor. Sie geht unheimlich ab; ich schätze, je älter ich werd, desto besser werd ich. Man merkt, dass mit diesem Polmont nicht viel los gewesen sein kann, denn sie kommt ruckzuck.

Wir beschließen, auf nen Drink mitm Taxi zu diesem Hotel in Polwarth zu fahren. Sie packt mir hinten im Wagen an meine wunden Eier. – Du bist mir ja n verdammter, versauter Dreckskerl, mein Freund, sagt sie.

Es ist verrückt, aber ich muss jetzt an Gally denken und dann an Viv, dass sie wahrscheinlich die beiden Menschen auf der Welt sind, an denen mir am meisten liegt, und dass sie am Boden zerstört wären, wenn sie wüssten, was ich hier mach. Unterwegs spür ich, wie der verdammte Schwanz in meiner Hose wieder hart wird, und ich weiß, dass ich schwach und dumm bin, dass es immer die Mädchen sind, die mit mir machen, was sie wollen, ganz egal, was ich mir einrede. Sie wissen, dass sie mich bloß angucken müssen, und schon komm ich gerannt.

Sie zum Beispiel. – Die andern Typen … die versorgen mich mit Geld, aber du fickst am besten. Warum kannst du bloß kein Millionär sein, Terry? lacht sie.

– Wer sagt, dass ich das nicht bin? schlag ich nen lockeren Ton an. Ich will nichts drüber hören, wie sie Gally schlecht macht oder am Ende, wie sie mit Sackgesicht McMurray gebumst hat, wenn wir schon dabei sind. Alles, was ich von ihr will, ist, dass sie mit mir fickt. Danach will ich, dass sie sich in Luft auflöst, denn vor dem Ficken ist es klasse mit ihr, das ganze Kribbeln und so, aber danach ist es gar nicht so wie mit meiner kleinen Vivvy. Hier gibt's nichts außer purer Lust. Aber das ist ja das Salz in der Suppe, das war schon immer meine Überzeugung. Wenn's nach mir ging, wären Ficken und Liebe zwei verschiedene Dinge. Es sollte keine emotionalen Verwicklungen beim einfachen Ficken geben. Zu viele verklemmte Fotzen an der Macht; Kirchen, Privatschulen und die alle: Das ist das verdammte Problem mit diesem Land. Wenn man's verkappten Schwuchteln überlässt, allen anderen ihre sexuelle Orientierung vorzuschreiben, wie kann man sich da wundern, wenn die Wichser alle ganz heiß drauf sind, so n Stück Fels im Südatlantik zu stürmen?

In dieser beschissenen Lounge Bar voller Vorstadtfotzen wird sie schnell betrunken, sie verträgt Alkohol nich so richtig. Sie giftet rum, behauptet, alle Männer wärn Fotzen und nur zum Ficken und Geldverdienen zu gebrauchen. – Das ist das Gute an dir, Terry, du erzählst keinen Scheiß. Ich wette, du hast noch nie im Leben nem Mädchen erzählt, du würdest sie lieben und das auch ernst gemeint. Alles, was du willst, ist bumsen.

Scheiße, ob das stimmt?

Gally hat es immer gehasst, wie sie nach n paar Bier daherredete. Mich juckt das nich. Sie hat Recht: Das Einzige, was mich an ihr interessiert, ist n guter Fick. Wenn sie mir gegenüber das Gleiche empfindet, umso besser. Sie war's ja, die noch was trinken wollte. Ich wär auch zu Haus geblieben und hätt sie nochmal durchgenommen. Ich kann's kaum abwarten, nach München abzuhauen, weg von diesem ganzen Schwachsinn. Und so wie Gally die letzte Zeit drauf war, kommt's mir vor, als hätten alle mal ne Auszeit nötig, aber garantiert.

Ich versuch locker zu bleiben und fang an, irgendwelchen Blödsinn zu reden. – Trägst du keine Brille mehr?

– Nee, Kontaktlinsen.

– Ich fand die Brille immer sexy, sag ich zu ihr und denk

dran, wie ich meinen Schwanz, als sie mir einen geblasen hat, mal rausgezogen und auf die goldgefasste Brille abgespritzt hab, die sie früher getragen hat. Apropos Abspritzen, sie könnte gut nochmal eine Nummer vertragen ...

– Dann trag du sie doch, meint sie.

Nee, das bringt nichts.

Sie geht zur Toilette, und ich seh ihrem Rücken nach, als sie weggeht. Ich denk dran, dass ich sie gefickt hab, dass ich Viv betrogen hab. Jetzt wo ich's einmal getan hab, kann ich's natürlich auch öfter tun. Es gibt genug Weiber in der Stadt, die's gar nich erwarten können, Massen davon im Fluid. Nich dass Gail auf die Idee kommt, sie wär was Besonderes. Ich lass mir vom Barmann nen Kuli geben und hinterlasse ihr ne Nachricht aufm Bierdeckel:

G.
MIR IST GRAD WAS DRINGENDES EINGEFALLEN.
MAN SIEHT SICH.
T. XXX

Ich husche rasch zur Tür raus, winke mir an der Hauptstraße n Taxi ran und fahr in die Stadt. Ich könnte mich schlapp lachen bei dem Gedanken, wie sie zurückkommt und die Nachricht findet.

**CLUBLAND**

Der Fluid ist rappelvoll mit erstklassigem Fickfleisch, und Carl geht das mal wieder runter wie Öl. Sein Kumpel Chris legt auf, und Carl scheint bloß auf ne Gelegenheit zu warten, zieht seine Kreise, umarmt sämtliche Leute, der große Zampano. Er hat n Mädchen im Arm, in der ich eine von den Brook-Schwestern wiedererkenne. Sie sichten mich, kommen rüber und ziehn mich in so ne kleine Gruppenumarmung. Ich drücke das Brook-Mädchen fest und ihn nur flüchtig, denn er weiß, dass ich auf diesen Scheiß mit andern Kerlen nich stehe. Und wenn Kerle sich küssen, das geht mir voll auf den Senkel, mit oder ohne Eckys. – Mensch, Terry, Terry, Terry, sagt er, und dann lassen wir uns los.

– Gute Pillen?

– Spitze, Ter, spitze. Die besten, die ich je genommen hab. Bei der Fotze ist immer alles spitze. – Gut drauf, Süße? frag ich die Brook-Schwester. Ich kann mich nich erinnern, ob das Lesley oder die andere ist. Sollte ich eigentlich, weil ich beide schon gefickt hab.

– Total genial, meint das Brook-Mädchen, schlingt nen Arm um Ewarts schlanke, mädchenhafte Taille und streicht sich die Haare ausm Gesicht. – Carl will mir eine von seinen Spezialmassagen geben, stimmt's, Carl?

Ach du Scheiße, Spezialmassagen. Ewart.

Dieser Schleimscheißer guckt ihr tief in die Augen und lächelt unergründlich, dann wendet er sich an mich. – Ist dieses Mädchen nicht ne Schönheit, Terry? Ich meine, guck sie dir an, ne wahre Augenweide.

– Das kannste laut sagen, grinse ich. Ewart ist einer von den Typen, die immer denken, sie würden Liebe durch den ganzen Raum tragen, wenn sie Eckys einschmeißen, dabei zieht er bloß ne Schleimspur hinter sich her, der ölige Vertreter.

– Heute Abend solo, Mr. Lawson? Wo ist die liebliche Vivian?

– Mädchenabend mit den Kolleginnen von der Arbeit, lüge ich.

– Billy oder Gally da?

– Billy muss hier irgendwo stecken, sagt Carl und guckt sich um, – und Gally, tja, der ist mit so nem Mädchen reingekommen, und beide sind echt fertig. Sah mir so aus, als wär er total zugeknallt gewesen.

Die kleine Brook schüttelt traurig den Kopf. – Dabei ist er so ein süßer, süßer, lieber Kerl, er hat diesen Dreck doch gar nicht nötig.

Diese Fotzen schmeißen Eckys ein und denken von ihrer selbstgerechten Wolke runter hätten sie das Recht, allen anderen vorzuschreiben, was sie tun oder lassen sollen.

– Du hattest Recht, was ihn angeht, Terry, er redet nen Haufen Mist. Ich mein, sensibel sind wir alle, wie Starvin Marvin sagen würde, aber Gally ist der Sensibelste überhaupt. Er ist ne einssiebzig große Klitoris in Menschengestalt, sagt er, da muss ich lachen, und die Brook-Schwester denkt ernsthaft drüber nach.

Dann wendet sich die Schwester an mich und meint: – Red du

mit Andrew, Terry, er ist so ein netter Kerl. Er ist einer der hübschesten Jungs, die ich je gesehn hab. Er hat so hinreißende Augen. Sie sind wie Seen der Liebe, in die man einfach eintauchen möchte, und dabei schlingt sie die Arme um sich, als bekäm sie schon so was wie n Orgasmus, wenn sie nur an die irren, zugeknallten Augen unseres doofen kleinen Gally denkt. Oh Mann, die Pillen *müssen* aber gut sein.

Carl fasst mich am Arm. – Hör mal, Ter, ich bin gleich dran; such du die Fotze und pass auf, dass er nicht noch mehr Blödsinn macht. Mark meinte, an der Tür hätte es n bisschen Ärger gegeben ...

– ... Ihr verhaltet euch so toll gegenüber euren Freunden, ich bewundere es, wie ihr euch umeinander kümmert, ich kann richtig fühlen, dass ihr das ausstrahlt, denn als Zwilling hab ich n feines Gespür für sowas ... die Brook-Braut schwafelt ohne Ende.

Zeit, sich zu verdrücken. – Genau, nick ich, geb ihr nen Kuss auf die glänzende Wange und drück ihren Arsch, bevor ich weggehe.

Ich dreh mich nochmal um und seh, dass sie wie ne Klette an Ewart hängt, der sich abstrampelt, aufs Podest und an die Decks zu kommen.

Allerdings geht hier echt die Post ab. Ich dachte, ich such mal im Chillout-Raum nach Gally, aber da ist nix von ihm zu sehn. Dann seh ich ihn, wie er unter dem irritierten Grinsen der verzückten Raver über die Tanzfläche taumelt. Ich also hin zu ihm.

– Gally!

Der war vielleicht in ner Verfassung. Als er mich registrierte, blieb er wie angewurzelt stehn, schwankte aber wie n altes Kellerregal hin und her. Soweit ich das zusammenkrieg, hat der bekloppte Hund versucht, die Fotze von Wylie mit reinzubringen, aber Gott sei Dank hat Mark an der Tür nicht mit sich reden lassen. Wylie fing an zu krakeelen, und diese eine Perle brachte ihn nach Haus.

Gally ist mit so ner Schlampe da, über die man, zugegeben, durchaus auch mal drüberrutschen würde. Beide ham eins gemeinsam: Sie riechen förmlich nach beschissenem Junk. Höchstwahrscheinlich ist er auf Tour, seit ich ihn gestern Nacht bei Alec gesehen hab. Ich versuch, vernünftig mit ihm zu reden, aber da ist keiner zu Hause. Weiß der Henker, wieso Mark ihn reingelassen hat, ob er nun Carls Freund ist oder nicht. – Was hast du vor, Kumpel? frag ich. Ich empfinde den gleichen ohnmächtigen Abscheu, den Gail ihm gegenüber empfinden muss, und kann sie jetzt irgendwie verstehn.

– Hibs … Dundee … Rab Birrell is eingemacht worden … erzähl Billy nichts … lallt Gally.

– Eingemacht worden? Rab?

Gally nickt. Dieses beknackte Weib klammert sich an ihn und strahlt mich an. Die ist nicht auf Schore, die ist bis an die Haarspitzen voll E, genau wie die eine von den Brook-Zwillingen.

– Un Larry hat Phil aufgeschlitzt, und wir mussten Phil ins Krankenhaus bringen, erzählt die Perle. – Aber Muriel un Larry sind nich reingekommen, was, Andrew?

Ich ignoriere sie und fass Gally bei den Ohren, um ihn zu zwingen, mir in die Augen zu sehen. – Hör jetzt mal zu, Gally, wenn du sagst, Rab wär eingemacht worden, meinste dann von den Bullen oder von irgendwelchen Jungs?

– Bullen … hat nen Typ umgenietet …

Das ist ja n Knüller, Rab Birrell wird eingelocht. Dachte immer, er wär n viel zu feiges Arschloch, um jemals wegen ner Schlägerei eingelocht zu werden. Aber der eigentliche Punkt ist, wieso geht Gally erst mit nem Mob zum Fußball und knallt sich anschließend mit Typen wie Wylie die Birne zu? Das passt doch echt nicht zusammen. Der Sack ist total durch n Wind, und er wird sich nich unbedingt besser fühlen, wenn er erfährt, dass ich seine Ex gevögelt hab. – Jetzt mal ganz ruhig, Alter, komm mit hier rüber und setz dich. Ich schieb ihn in die Chillout-Ecke.

– Wir sind aber zum Tanzen hier … nörgelt die Perle und wischt sich den Schweiß von der Stirn. Mit Gally jedenfalls nich, die Fotze kann kaum noch stehen.

Gally lallt rum, ob ich Eckys kaufen will. Ich nehm ihm n paar ab, verabschiede mich und begeb mich dahin, wo die Bässe sind. Soll die blöde Kuh sich um ihn kümmern. Es sind n paar wirklich geil aussehende Weiber da, aber ich hab Mädchen immer lieber in

Pubs als in Clubs aufgerissen. Die Musik richtet die Kunst der Konversation zugrunde.

Eine gefällt mir besonders, echtes italienmäßiges Seria-A-Kaliber. Nach dem kurzen Vergnügen in Italien hatte ich beschlossen, dass für mich ab jetzt nur noch hochwertiges Fickmaterial in Frage kam. Wenn man sich mit Perlen aus der Siedlung abgibt, ist das anfangs ganz in Ordnung, aber ne Scheiße wie bei Gail und Gally, nee, da ist man viel zu nah dran.

Aye, die an der Bar. Die warf mich echt um, als ich sie entdeckte. Sie sah absolut fantastisch aus: hautenges T-Shirt, Lederhose. Ihr Haar fiel lang und glatt runter, so cool wie, na ja, wie das Pint Lager in ihrer Hand. Die ist wirklich überirdisch, und jetzt geht sie zu Carl Ewart, dem Glücklichen, der hinter den Decks steht und seine Sachen spielt. Ich ihr nach.

– N-SIGN? Bist du N-SIGN? fragt sie mit ziemlich hochgestochenem Tonfall. Das sind die Freuden im Leben eines DJs. – Yeah, lächelt er und will grad mehr sagen, als sie der Fotze das Pint Lager ins Gesicht kippt!

– NAZISAU! schreit sie ihn an, und Carl ist total geschockt; er steht bloß sprachlos da und trieft von Bier. Es ist echt klasse, Ewarts große Fresse gestopft!

Das Brook-Mädchen macht oooohhh und will Carl trösten und sagt, es wärn grade so tolle Vibes gewesen und manche Leute müssten den andern einfach alles verderben, der übliche Scheiß, und schon kommen alle rüber. Ewart rastet fast aus wegen der, wie der Blödmann findet, blanken Ungerechtigkeit des Ganzen. Er stößt wütend endlosen Scheiß über sich und Topsy hervor; das wär n doofes Besäufnis mit alten Kumpels gewesen und so n blöder Sinn für Humor, Manipulation der Medien und kalt erwischt worden sein und seine hehren politischen Überzeugungen, seine sozialistischen und liberalen Überzeugungen.

Die Braut hört allerdings nichts von seinem Blabla, denn sie brüllt weiter unsern doch ziemlich durchnässten Mr. Ewart an, der was gegen das Bier unternehmen muss, das über seine Platten, die Decks und die Verstärker läuft, also moppt er hektisch mit seinem Sweatshirt drüber, bevor es noch irgendwo nen Kurzen gibt.

Mark, einer der Türsteher, ist direkt bei ihnen; bei ihr, ihrer Freundin und nem nervösen, geleckt aussehenden Heini, der ihr Freund sein könnte. Billy Birrell ist da, er hat alles mitgekriegt und kommt direkt angerannt und so.

Billy versucht dem Mädchen zu erklären, dass sie besser gehen sollte, recht höflich, fand ich, und ihr Freund baut sich vor ihm auf. – Was glaubst du, mit wem du verfickt nochmal sprichst? fragt er. Er redet wie n Schläger, aber das ist bloß aufgesetzt, um die Mädchen zu beeindrucken. Da kann sich die Fotze noch so anstrengen, der riecht aus jeder Pore nach Student.

Birrell ignoriert ihn und sagt zu dem Mädchen: – Komm, geh einfach.

Da fängt sie an, ihn anzubrüllen, beschimpft ihn als Nazi und Faschist und all den Scheiß, mit dem hochwohlgeborene Studenten gern andere Leute beschimpfen, meistens, weil sie das erste Mal von zu Haus weg sind und rausfinden, dass sie ihre Ma und ihren Dad hassen, und damit nich fertig werden.

Aber Billy bleibt total cool. Er weiß, dass er solchen Figuren nichts beweisen muss, kehrt ihm einfach den Rücken zu und geht weg. Der bescheuerte Kerl packt ihn dummerweise an der Schulter, und Billy dreht sich instinktiv blitzschnell um und knallt ihm seine Birne ins Gesicht. Der Knabe taumelt zurück, und Blut spritzt aus seiner Nase. Das Mädchen ist starr vor Schreck. Billy guckt sie an und zeigt dabei auf ihn. – Dein Freund hat ganz schön Mut. Der hat was Besseres verdient als ne blöde Kuh wie dich. Schaff ihn nach Haus!

Mark, der Türsteher, kommt dazu, ganz besorgt um Birrell. – Biste in Ordnung, Billy? Ist deine Hand in Ordnung? Du musstest den Jungen doch nich schlagen, oder?

– Keine Sorge. Ich hab ihm ne Kopfnuss gegeben, erklärt Birrell.

– Gut gemacht, sagt Mark erleichtert und klopft Billy auf n Rücken. Mark ist n großer Fan von Birrell und will nich, dass dessen nächster Kampf verschoben werden muss, bloß weil er sich an irgendnem Wichser die Knöchel aufgeschlagen hat. – OKAY, LEUTE, RAUS HIER! NA LOS! ICH SAG'S NICH ZWEIMAL!

Carl fordert alle auf, sich abzuregen. Das muss ich der Fotze lassen, er versucht tatsächlich, sich bei der Braut einzuschleimen. Er labert rum, das wär alles kein Problem und bloß n Missverständnis. Der freche Kerl hat sogar den Nerv, zu Birrell zu sagen: – Deine Aktion hat auch nicht grad geholfen, Billy.

Billy zieht die Brauen hoch, als wollt er sagen: Hab ich nur für dich getan, du blöder Sack.

Aber sie regen sich immer noch tierisch auf, vor allem die Perle, die Carl nass gemacht hat. Gally ist jetzt auch da und schreit sie an: – Wer seid ihr überhaupt ... ihr ... ihr ... aber er ist so dicht, dass er sich bloß zum Affen macht.

Dann meint unsere Feierabendschwuchtel Carl Ewart kopfschüttelnd: – Hier ist echt zu viel Testosteron im Umlauf ...

Wenn in ihm und Topsy nich so viel Testosteron gewesen wär, wär er überhaupt nich in der Zeitung gelandet, und wahrscheinlich wär er jetzt schon aufm besten Weg, diese Studentenbraut flachzulegen. Aye, wenn's um andere Leute geht, ist für ihn immer zu viel Testosteron im Spiel. Aber anscheinend stört's ihn nie, wenn's das in seinen eigenen Eiern ist. Ich liebe Carl wie nen Bruder, aber ich kann nich anders, ich find's geil, was die Perle mit der arroganten Sau gemacht hat.

Spiel das nochmal, Mr. Deejay!

Das Unverschämte an dem Sack ist, dass er das eigentlich alles uns verdankt. Wär er nich mit mir und Birrell befreundet gewesen, hätten sie ihn in der Schule endlos fertig gemacht, das ist mal amtlich. Aber unter Garantie, Scheiß-Milky-Bar-Kid. Dann hätt er nämlich nich das Selbstvertrauen gehabt, hinter den Plattenspielern rumzutänzeln, als hätt er nen Schwanz so groß wie der Blackpool Tower. Aye, heute hält sich die neunmalkluge Fotze für Gottes Geschenk an die Weiberwelt, aber ich erinnere mich noch an Zeiten, als er für jede noch so hässliche Kuh dankbar war, die ihn ranließ. Dachte, er wär ne große Nummer wegen dieser Scheißband, die er mit Topsy hatte, aber Klassebräute ham ihn nich angeguckt, bevor er seine Decks, seine Clubnächte und ne dicke Brieftasche hatte.

Diese Premium-Muschi-Bierkipperin schreit Billy immer noch an, selbst als ihre kleine Freundin schon versucht, sie nach draußen zu schleifen. Sie ist das typische unscheinbare Anhängsel: n pummeliges, kleines Mädchen mit lockigen Haaren und ziemlich unreiner Haut. Aye, es ist nicht bloß Testosteron, hier schwirrt auch n erklecklicher Teil Östrogen rum, und das meiste davon verströmt die Bierkipperin. Für mich heißt das, da ist n Feuer, das nich gelöscht werden kann, jedenfalls nich von ihrem Freund. Der legt immer noch den Kopf in den Nacken. – Will denn keiner was dazu sagen? sie zeigt auf ihn, – traut sich denn keiner, was gegen die zu unternehmen?

Bei der Braut is echt der Abfluss verstopft, da kann nur Profi-Rohrverleger Lawson helfen! Ich trete vor und zwinkere Billy zu. – Macht dir das Spaß, Birrell, Leute zu schikanieren und Faschisten zu verteidigen? Ihr könnt euch euren Club in den Arsch stecken, fauche ich und wende mich der coolen Bierkipperin, ihrer Freundin, dem Lockenköpfchen, und dem verletzten Knaben zu: – Ich bleib hier nicht!

Und logo, als ich rausgeh, kommen sie hinter mir her. Mark und sein Kollege sorgen dafür, dass sie auch draußen bleiben. Der arme Trottel wird ins Taxi verfrachtet und nach Haus geschickt, vielleicht auch ganz allein zur Notaufnahme. Die Perle, die Ewart nass gespritzt hat, ist stinksauer auf den armen Sack. – Der Schwachkopf war auch keine Hilfe, krakeelt sie, als das Taxi wegfährt.

– Ist mit dir alles klar? frag ich sie.

– Ja, mit mir ist alles klar! brüllt sie mich an. Ich halt meine Hände hoch. Ihre Freundin hält sie fest, kommt dann rüber zu mir und zupft mich am Ärmel. – Tut mir Leid, danke, dass du da drin zu uns gehalten hast.

Das Mädchen, das Ewart nass gespritzt hat, ist total kribbelig und kaut an der Haut um ihre Fingernägel. Ich zwinkere ihr zu, und sie erwidert das mit nem nervösen Lächeln.

– Hör mal, sag ich zu ihrer Freundin, – ich glaub, deine Freundin steht n bisschen unter Schock. Ich halt uns auch n Taxi an. Der kleine Lockenkopf nickt dankbar.

Ich spring auf die Straße, halt n Taxi an, spring hinten rein und halt die Tür auf. Sie gucken mich erst nen Moment lang an und steigen dann ein.

Wir fahrn zu ihrer Wohnung in der South Clerk Street. Ich mach mich an Klein-Lockenköpchen ran, weil ich denke, dass ich garantiert raufgebeten werd, wenn ich sie umgarne. Und logo, sie laden mich auf nen Drink und nen Joint ein. Es ist ne coolere Bude, als ich erwartet hatte, eher jung und berufstätig als studentisch. Wir sitzen rum und reden über Clubbing und Politik. Ich lehn mich zurück und lass sie das Gespräch führen, aber es ist die typische Studentenscheiße, und ich muss gestehen, dass es mir schwer fällt, Interesse zu heucheln. Das Wichtigste ist, ab und zu viel sagend zu gucken, was ich auch bei Gelegenheit tue. Die Bierschlampe ist zu aufgedreht, um es zu bemerken, aber ihre Freundin fährt voll drauf ab. Sie wirken beide n bisschen abgekämpft, als kämen sie grad runter, und sie erzählen mir, dass sie sich ganz schön die Kante gegeben haben, seit sie am Freitagabend rausgegangen sind. – Wenn wir doch bloß noch so ein paar verdammte Pillen kriegen könnten, meint das Biermädchen.

Ich hol die paar raus, die Gally mir gegeben hat, und halt sie ihnen hin. – Bedient euch, die sind echt gut.

– Wow ... Snowballs. Ehrlich?

– Ihr seid eingeladen, sag ich achselzuckend.

– Das ist echt super von dir, strahlt mich das Biermädchen an. Ich bleib ganz cool, denn diese Sorte von Perle hält einen hin, bis einem die Eier platzen, wenn man zu interessiert wirkt.

In weniger als ner halben Stunde sind sie wieder voll drauf. Erst sind sie ordentlich über den Freund-Macker hergezogen, aber jetzt sitzen wir alle eng umschlungen aufm Sofa, die Heizung ist voll aufgedreht, und sie sagen mir, wie nett ich wär, und streicheln mir übers Gesicht, die Haare, die Klamotten und alles andere. Echter Balsam fürs Ego is das. Allerdings hatte ich mit dem Ego noch nie Probleme, es sind mehr die niederen Triebe, die mich interessieren. Ich überleg noch, ob ich nich doch versuchen sollte, vernünftig zu bleiben, aber da ist dieser alte amphetamingesteuerte Perverse in meinem Kopf, wild entflammt, lüstern und geil, der mich zu neuen Verkommenheiten anstachelt. – Und, sind wir uns einig, Mädchen? frag ich. – Zwei gegen zwei und ein Mann vom Platz gestellt, das sind Aufstellungen, wie ich sie liebe!

Sie gucken erst mich an, dann einander, und dann fallen langsam, aber sicher die Klamotten, und wir machen uns ne nette, kleine Nacht zusammen.

In der Nacht wurd ich wach und warf nen kurzen Blick auf die beiden verhurten Schlampen. Der Schlaf kann schon verdammt trügerisch sein; er gibt ihnen so ne gewisse unverdiente Unschuld. Was ist das bloß, verfickt nochmal? Schlaf? Von wegen, das ist Bewusstlosigkeit. Jeder Bestattungsunternehmer könnte den toten Charlie Manson in ner halben Stunde »friedvoll« aussehen lassen.

Ich zieh mich an und geh raus in die kalte Nacht. Ich fühl mich einsamer und schuldiger als je zuvor in meinem Leben und sehne mich danach, Viv zu sehen. Aber es gibt da n paar Gerüche und Flüssigkeiten, die ich erst mal loswerden muss.

**KONKURRENZ**

Die Bude sieht echt wie n Spaziergang aus. Alec hat das gut ausbaldowert, dass muss ich dem stinkenden alten Saufkopp lassen. Ein Glück, denn ich hatte ja keine Gelegenheit dazu, weil Birrell-Squirrel mir dazwischengekommen ist.

– Das Haus steht vollkommen frei und hat vorne und hinten einen großen Garten mit einer baumbestandenen seitlichen Auffahrt zur Garage. Von der Straße kannste den Seitenweg wegen der Büsche und runterhängenden Äste nich einsehen, hatte Alec erklärt und dabei wie n Immobilienmakler geklungen. Obwohl er nun echt nich wie einer aussah.

Nachdem wir n paarmal im Van dran vorbeigefahren sind, steig ich aus, um das schwarz gestrichene Holztor zur Einfahrt aufzumachen, und Alec setzt an, die Karre direkt nebens Haus zu fahren. Ich seh, dass die hinteren Verandatüren solide Doppelverglasung haben. Aber Alec hat Recht, die Pappnase hat an der Auffahrt ne Tür mit ner einfachen Glasscheibe, die »direkten Zutritt« zur Küche ermöglicht.

Alec würgt sich mit dem alten Van einen ab. Erst versucht der blöde Hund, vorwärts reinzufahren, aber dann müssten wir im

Notfall rückwärts raussetzen. So geht's ja nun nich. Der alte Wichser baut schwer ab, der vergisst seine eigenen Regeln. – Wir müssen auch wieder raus, Alec, denk dran, zische ich und klopfe ans Fahrerfenster.

Er fängt nochmal neu an und setzt ungeschickt in die Auffahrt zurück. Als wir drin sind und ich das Tor zumache, seh ich nen alten, blauen Transporter, der auf der Straße parkt. Die totale Schrottlaube, noch schlimmer als unserer. Sieht herrenlos aus, das ist nie und nimmer ne zivile Bullenwanne. Wenn ihn da wer entsorgt hat, ist das gar nich gut, denn dann hängt sich bald irgende neugierige Fotze hier an die Strippe, um die Abschleppwichser anzurufen.

Und schon steigt das Risiko.

Alec steigt aus dem Wagen und guckt das Fenster in der Küchentür ganz skeptisch an. Als ich hingeh, seh ich, was ihm Sorgen macht. Das Scheißding ist eingeschlagen worden. – Was für n Scheiß läuft hier? flüstert er. – Das gefällt mir nich, lass uns wieder einsteigen und dann nix wie weg hier!

Das kann er sich abschminken. – Von wegen … so ne Fotze will unsere beschissene Bude ausräumen! Das klären wir mal auf der Stelle!

Wir machen die Tür auf und schleichen auf Zehenspitzen im Dunkeln in die Küche. Unter meinem Schuh knirscht zerbrochenes Glas. Als wir über den Kachelboden gehn, gibt's plötzlich n Riesengetöse, und ich scheiß mir beinah ins Hemd. Dann wird mir klar, dass das Alec war, der sich unsanft auf n Arsch gesetzt hat. – Was zum Henker … zische ich den trampeligen, versoffenen Trottel in der Dunkelheit an.

– Ich bin auf was ausgerutscht … stöhnt er.

Es stinkt hier wie Sau, ein durchdringender Gestank, so schlimm, dass der arme Alec anfängt zu würgen. Erst denk ich, dass dem dreckigen Säuferschwein n schleimiger Bierfurz rausgerutscht ist, aber dann erkenn ich, dass irgendwer auf den Boden gekackt hat und Alec darauf ausgerutscht ist. – Verdammter Scheißdreck … keucht er, als er die Fliesen mit nem Rauputz aus Kotze verschönert.

Dann seh ich direkt vor uns ne Gestalt im Türrahmen. In nem

Streifen Mondlicht erkenne ich, dass sie n Messer in der Flosse hat. Ein junger Spund, vielleicht achtzehn, dem der Arsch auf Grundeis geht. Er zittert und fuchtelt mit dem Messer vor sich rum. – Was wollt ihr? Danny! zischt er über die Schulter Richtung Treppe.

Alec steht auf und zeigt auf den Pimpf. – Hast du da hingeschissen, du miese kleine Sau?

– Aye … äh … meint er und wedelt wieder mit dem Messer rum. – Wer seid ihr?!

Wird Zeit, Klartext zu reden. – Leg das Ding weg, du kleines Arschloch. Denn wenn ich rüberkommen muss, ums dir wegzunehmen, steck ich's dir in deinen verschissenen, feigen Arsch, warne ich den Jungen. Er merkt, dass ich keinen Spaß mach. Ich mach nen Schritt nach vorn, und er weicht zurück.

Dann kommt hinter ihm ne schlotternde, schwitzende Gestalt angeschlurft, die mir ziemlich bekannt vorkommt. – Terry, keucht er, – Terry Lawson … was zum Teufel treibst du denn hier, Alter?

– Spud … heilige Scheiße, was geht hier ab? Das hier is unser verfickter Bruch, wir ham den Schuppen schon seit Monaten im Auge!

Es ist Murphy. Spud Murphy aus Leith.

– Aber wir warn, äh, zuerst da, quasi, beharrt er.

– Tut mir Leid, Kumpel, ich schüttle den Kopf, – nimm's nich persönlich, aber wir ham zu viel Planungsarbeit in den Job reingesteckt, um ihn jetzt von zwei verkackten Junkies gefährden zu lassen. Ihr müsst euch wohl verziehen …

– *Ich* bin kein Junk … will der Kleine einwenden.

– Und du, du kleine Drecksau, hier einfach auf den Boden zu scheißen! Du Tier! brüllt Alec und zeigt auf die Sauerei auf seiner Harrington-Jacke.

– Is der erste Bruch für den Jungen, Alec, sagt Spud beschwichtigend.

– Aye, da wär ich jetzt nie drauf gekommen, sag ich kopfschüttelnd. – Man kriegt einfach kein anständiges Personal mehr heutzutage, was, Alter?

Spud fährt sich mit dem Arm übers Gesicht und wischt sich

mit seinem Jackenärmel den Schweiß von der Stirn. Das arme Schwein sieht voll fertig aus. – Nichts klappt zurzeit … meint er, dann guckt er hoch, – … hört mal, dann bleibt uns nichts übrig, als halbe-halbe zu machen.

Ich seh Alec an. Wir wissen beide, dass wir hier bald wieder raus sein müssen. Hier Wurzeln schlagen is nich. Der junge Typ hat gar keine Handschuhe an, und die von Spud sehn aus wie bekloppte Fäustlinge, mit denen man nichts greifen kann. Die Fotzen können froh sein, wenn sie n paar CDs kriegen, die sie im Pub verticken können. – Na schön, ihr könnt die CDs mitnehmen.

– Der hat echt ne große Sammlung, wa, kapituliert Spud. – Videos un so.

Ich werd kurz rumgeführt. Spud ist in übler Verfassung, die blöde Junkiefotze. Gally hing früher mit nem Kumpel von ihm rum, diesem Matty Connell. Ich hab ihm gesagt, er soll sich nich mit so Typen einlassen. Junkies kann man nie trauen, und man darf nie, *nie und nimmer*, mit einem zusammenarbeiten. Das hier verstößt gegen sämtliche beschissene Regeln. Die Sache hat korrekt angefangen, und jetzt geht's in Nullkommanix drunter und drüber. Auf der Treppe nach oben hol ich Spud ein. Apropos Junkies nich trauen können, da ist er das lebende Beispiel, denn dieser Kumpel von ihm hat ihn und seine Freunde abgelinkt. Sie hatten in London nen Riesen-Heroindeal laufen, und der Kerl ist mit der Knete abgehauen!

– Hab gehört, dass die Fotze Renton euch abgezogen hat, Kollege. Dich, Begbie und Sick Boy, hat man mir erzählt, sag ich. – Was ist n da gelaufen, hm?

– Aye … schon n paar Jahre her. Hab ihn seitdem nich gesehn.

– Und wie geht's dem Rest der Jungs, Sick Boy und so?

– Oh, äh, Sick Boy is immer noch in London. Aber er war vor n paar Wochen da, seine Ma besuchen, und wir warn einen trinken.

*Mich* hat er nich angerufen, der Wichser. Trotzdem, ich hab Sick Boy immer gemocht. – Schön. Grüß ihn mal, wenn du ihn siehst. Guter Typ, Sick Boy. Und was is mit Franco, der sitzt noch, oder?

– Aye, sagt Spud, dem schon bei der bloßen Erwähnung des Namens n bisschen mulmig wird. Gut, denk ich im Stillen, da ist die Fotze am besten aufgehoben. Weiß nie, wann er aufhörn muss, der Typ. Der Scheißkerl bringt garantiert nochmal sich selbst oder nen anderen um. *Noch schlimmer* als Doyle, die Fotze. Aber wie's im Moment aussieht, interessiert mich der Inhalt dieser Hütte hier mehr als der Inhalt von Mr. Begbies Kopf. Musikanlage und Verstärker sind vom Feinsten. Genau wie die Glotze. Muss ne musikalische Familie sein, in nem Partyraum im Keller sind zwei Geigen, ne Trompete und eine von diesen Hammondorgeln. Die Kids ham allerlei Computerspiele, und n paar neue Fahrräder stehen auch da. Im Schlafzimmer liegt n bisschen Schmuck, aber nur ein oder zwei Teile sehn aus, als wärn sie was wert. Ein paar kleine antike Tischchen, die via Peasbo zu nem Hehler außerhalb der Stadt wandern werden. Die CDs und LPs sind nen Scheißdreck wert, Spud und sein kleiner Kumpel können den Plunder haben und für egal welchen Scheiß verticken, den die zwei Verlierer sich aufkochen und in die Venen schießen.

Als nächstes heißt es, die Sore ausm Haus, in den Transporter und ab in die Garage zu schaffen. Ich will natürlich nich, dass Spud und der Kleine mit uns kommen – n geheimes Lager heißt nich umsonst so, und das wär's nich mehr lange mit den beiden Labersäcken im Schlepptau.

– Warum haste deinen Van nicht in die Auffahrt gestellt, Spud?

– Hab gedacht, die Leute von nebenan könnten ihn sehn.

– Nee, die Bäume verdecken alles, sag ich zu ihm, während wir ins Elternschlafzimmer gehn. – Ihr wolltet doch wohl nich mit den Klamotten von hier direkt zur Vordertür rausmarschieren, oder?

– Aye, einfach ab durch die Mitte mit voll gepackten Reisetaschen, meint er und guckt mich dann hoffnungsvoll an, – wir ham nämlich keinen Platz, um größere Sachen zu lagern.

Das kann er vergessen. Arbeite *niemals* mit nem Junkie. – Tut mir Leid, Alter, da kann ich nix für dich tun, aber die CDs und Videos kriegt ihr locker in die Taschen.

Ich guck ihn an, weil ich großes Lamentieren erwarte, aber der ist am Ende. Nicht dass er überhaupt der Typ wär, der Stress macht. Ein lieber Junge, aber zu nachgiebig, das ist sein Problem. Darum verarscht ihn jeder. Traurig, aber wahr. Er setzt sich auf das französische Messingbett. – Ich fühl mich hundeelend, Alter ...

– Macht sich wohl der Affe bemerkbar, was, Alter? sag ich, während ich die Schubladen durchsehe. Ein paar hübsche, kleine Seidenslips.

– Aye ... Spud zittert und versucht das Thema zu wechseln.

– Für wie lang sind denn die Freaks aus der Bude hier weg?

– Zwei Wochen.

Spud hat sich mittlerweile auf dem Bett zusammengerollt und sieht total verkrampft und verschwitzt aus. – Vielleicht kann ich mich hier n Weilchen ausruhen, Alter ...

– Komm schon, Kumpel, du kannst nicht hier bleiben, sag ich halb amüsiert.

Er atmet jetzt schwer. – Hör mal, Alter, ich mein bloß, dass hier vielleicht der richtige Platz für n Entzug sein könnte, wa ... nette Bude wie die hier ... entspannte Atmosphäre ... nur für n paar Tage ... sich verkriechen und n kalten Entzug machen ...

Die Fotze träumt ja wohl. – Wie du willst, Spud, aber glaub nich, dass ich dir Gesellschaft leiste. Ich muss mich um meine Geschäfte kümmern, Meister.

Ich geh mit so viel Krempel, wie ich tragen kann, wieder runter, denn ich will von dem Heckenpenner weg und schleunigst raus hier. Alec stinkt noch immer nach dem Dünnpfiff von der kleinen Ratte, den er durchs ganze Haus getragen hat. Er hatte versucht, sich sauber zu machen, aber jetzt, wo er die Hausbar gefunden hat, fällt er über den Whisky her. So was regt mich ehrlich auf. – Mann, du versoffenes Arschloch, wie bist du denn drauf?

– Nen Kleinen zum Aufmuntern, schnauft Alec und versucht sich aus dem tiefen, dick gepolsterten Ledersessel aufzurappeln, – n Schlückchen in Ehren, einen auf den Weg, grinst er. Dann guckt er zu dem Kleinen rüber, der die Videos und CDs durchsieht. – Der Junge da kann dir beim Tragen helfen, das ist das

Mindeste, was er tun kann, nachdem er mich mit Scheiße voll geschmiert hat! Der Schmachtlappen sieht ganz kleinlaut aus. Dann erhellt sich seine Miene, und er hält *Raging Bull* hoch. – Geht das in Ordnung, wenn ich die behalte?

– Das sehn wir später, Kumpel, aber hilf mir jetzt erst mal mit dem Fernseher hier, sag ich. Er ist zwar nich begeistert, aber er packt mit an, und wir gehn durch die Küche raus, immer vorsichtig dem Dünnpfiff ausweichend. – Hat dir noch keiner gesagt, dass man erst ganz *am Schluss* scheißt, nachdem man alles rausgebracht hat, was man klauen will?

Er glotzt mich begriffsstutzig an.

– Außerdem scheißt man nich mitten in den eigenen Fluchtweg. Ans Abhauen denken, schärfe ich dem kleinen Arschloch ein.

Immerhin kann er kräftig anpacken, und bald ham wir den Wagen voll. Arme kleine Sau. Vor Jahren, als es noch massig Knochenarbeit für die werktätigen Klassen gab, hätte n kleines Arschloch wie der sich für die Firma abgerackert, bis er eines Tages umkippt, während er grade Möbel in das Haus von irgendnem Scheißbonzen schleppt. Aber er wär n gesetzestreuer Bürger gewesen. Heute bleibt Typen wie ihm abgesehen von Selbstmord nur der Ausweg in die Kriminalität.

Aus dem Augenwinkel seh ich zwei Teppiche an der Wand. Ich weiß, dass reiche Säcke so was gerne tun, aber ich denk mir auch, dass sie wertvoll sein müssen, wenn sie nicht wollen, dass da jeder drüberlatscht. Sie sehen wie erste Wahl aus, also krall ich sie mir und roll sie zusammen, während die stinkende, alte Fotze von Alec ne Einkaufstasche voll Sprit packt. Das ist schon lang nich mehr komisch mit ihm und seiner Sauferei. Wenn der Penner es schaffen würde, in Fort Knox einzubrechen, würd er garantiert die aufgestapelten Goldbarren links liegen lassen, um an den Spind ranzukommen, in dem irgendein Wachmann seinen Schnaps aufbewahrt.

– Wo is Danny? fragt der Jungspund. Hätt ich beinah vergessen, das ist Spud sein richtiger Name.

– Oben, schlecht drauf, sag ich, dann zeig ich auf das eine Ende

der Teppiche, die ich übernander gelegt hab, und sag: – Pack mal
mit an, Kollege.
– Geht klar, sagt er und hebt es hoch. Er grinst mich zaghaft an:
– Tut mir Leid wegen der Scheiße da auf dem Boden. Ich war nur
so aufgeregt, hier drin zu sein ... ich konnte nicht anders.
– Das macht jeder beim ersten Mal, meistens mitten ins Zimmer. Daran erkennt man immer, ob einen n Anfänger oder Amateur beklaut hat, an der Scheiße aufm Fußboden.
– Danny ... äh, Spud hat das auch gesagt. Ich frag mich, wieso
eigentlich?
Darüber diskutiert man unter Einbrechern seit dem Alten Tes-
tament. – Manche sagen, dass hätte was mit Klassenkampf zu
tun. So im Sinne von: Ihr habt zwar den Zaster, aber wir ham
euch reingelegt, ihr Wichser. Aber ich persönlich denke, es hat
mehr was mit Kompensation zu tun.
Der Kleine glotzt wieder total belämmert. Konstrukteur bei der
NASA wird der nie, so viel ist amtlich. – Man lässt was als Gegen-
leistung zurück, erklär ich. – Deswegen ist es uns unangenehm,
Schnorrern auf der Straße Geld zu geben, selbst wenn wir grad
gut bei Kasse sind. Es heißt, dass man mit Transaktionen nich zufrieden ist, wenn der eine nur nimmt und der andere nur gibt.
Hat mich allerdings nie gestört, jedenfalls solang ich der Teil war,
der nimmt. Na ja, aber so sehn die das.
Die Fotze nickt, aber man sieht, dass er nichts gerafft hat.
– Also: Du willst n kleines Geschenk zurücklassen, ne persönliche Visitenkarte, erklär ich und mache n Furzgeräusch. Darüber
muss der Kleine lachen, das ist genau das Niveau von der Fotze.
– Eins muss ich dir allerdings sagen, alter Freund, du solltest deine Ernährung umstellen, weniger Ballaststoffe und dafür mehr
Eisen, wenn du in der Branche bleiben willst. Und versuch mal,
von Lager auf Guinness umzusteigen.
– Okay, sagt er, als glaubte er ernsthaft, er würde damit was für
seine Karriere tun.
Alec kommt zum Van gewankt. Seine Tasche ist ganz aus-
gebeult vom Gewicht der vielen Flaschen.
Ich kralle mir den alten Saufsack und hieve ihn hoch, um ihn
ins Fahrerhaus des Transit und hinters Lenkrad zu bugsieren. Er

müht sich ab, hält aber die Tasche so fest umklammert, als wärn da die beschissenen Kronjuwelen drin. Endlich ist er drin. – Soll ich lieber fahren? frag ich, denn er ist hackedicht.

– Nee, nee, mir geht's gut …

Ich springe nach hinten, mach die Ladetüren zu und öffne das Tor der Einfahrt. Der Jungspund steht dabei, guckt zu und fragt mich dann: – Was issn mit mir und Spud, wann kriegen wir unsern Anteil?

Ich lach den dämlichen kleinen Wichser aus und klettere auf n Beifahrersitz. Ich nehm ne Ausgabe des *Daily Record* vom Armaturenbrett. Sie is gut ne Woche alt. – Was haste für n Sternzeichen, Kumpel?

Er glotzt mich nen Moment lang an. – Äh … Schütze …

– Schütze … sag ich und tu so, als würd ich in der Zeitung nachsehn. – Aszendent Arschloch und den Mond im Scheißhaus … Es erwartet Sie eine Gewinn bringende Woche, insbesondere, wenn Sie den Ratschlägen älterer Kollegen folgen … da hörste's, Junge! Und hör dir das an: Compact Discs und Videokassetten stellen zu dieser Jahreszeit eine besonders Gewinn bringende Anlage dar, und das Feilbieten dieser Waren in Asozialenkneipen gegen die dort gängige Währung verspricht tolle Profite.

– Äh …

– Was die Zeitung dir sagen will, Alter, ist, dass dein Anteil immer noch in dem Haus da wartet. Die Videos und so sind n Vermögen wert! Und was die CDs angeht …

– Aber … stammelt er.

– Wir schneiden uns hier ins eigene Fleisch! Dieser ganze Krempel, ich weise mit dem Kopf nach hinten, – den müssen wir nem Hehler geben, lässt sich alles zurückverfolgen. Wir tragen hier doch das ganze Risiko. Wenn wir uns das nächste Mal sehn, spendier ich dir n Bier und n paar Valium für deine Mühe.

– Aber …

– Nee, Kumpel, geh wieder rein und pack die CDs und Videos in die Taschen. Mach hin, oder ihr seid gefickt!

Das lässt er sich kurz durch n Kopf gehen und flitzt dann wieder rein, während wir aus der Einfahrt auf die Straße holpern.

– Trottel, lach ich, während mir Alecs Duftwolke in die Nase steigt, die noch übler riecht als sonst.

Dieser Van ist n bisschen so wie Alec: Auch voll getankt ist er schlapp und röchelt. Außerdem macht er nen Heidenlärm. Als Alec mal ne Kurve zu scharf nimmt, scheppert es hinten. Wir ham die Sachen wohl doch nich so gut verstaut, wie ich dachte. – Meine Fresse, Alec, fahr langsamer, oder nimm nochmal n paar Fahrstunden! Du hetzt uns noch die Bullen auf den Hals! Reiß dich zusammen!

Das scheint ihn n bisschen zu ernüchtern, aber als wir ins Gewerbegebiet kommen, knallt er gegen den Bordstein, und hinten scheppert's nochmal.

Diesmal sag ich vorsichtshalber nichts. Das Weiße in seinen Augen ist gelb verfärbt, das ist kein gutes Zeichen. Es sieht aus, als könnte er jede Sekunde auf imaginäre Dämonen losgehen. Wir kommen zu unserer Garage, fahren rein und laden den Kram ab, wobei ich praktisch die ganze Arbeit mache, während sich Alec schwitzend und stöhnend zweimal übergibt. Die Regale sind voll bis unter die Decke, wir ham hier schon so n richtigen Discountladen. – Die Garage platzt aus allen Nähten, Alec, wir müssen nen Teil von den älteren Sachen zu Peasbo schaffen.

– Der hat auch noch den ganzen Laden voll mit dem Krempel, sagt Alec, der sich auf nem großen Marshall-Verstärker ausruht.

Mir reicht's jetzt. – Echt, das wird langsam lächerlich, Alec. Ist ja bald so, als würden wir die Brüche bloß machen, um die Miete für eine Garage zu zahlen, die mit Ware voll gestopft ist, die wir nich verticken können.

– Das Problem heutzutage, Terry, hustet Alec, – ist, dass keine Sau die Elektrogeräte mehr haben will, wenn du sie sechs Monate bunkerst ... Zeitwert der Ware sinkt ... überholte Technologie und so ...

– Weiß ich, aber du kannst keine heiße Ware an die Läden geben, Alec. Die Bullen müssen nur n einzelnes Stück zurückverfolgen können, irgend so ne Fotze kriegt Muffen und fängt an auszupacken, und schon sind wir gefickt.

– ... dauernde Neuerungen ... überholte ... Technologie ...

Über Zinker geht die Legende, sie würden einen hauptsächlich aus Linkheit und Gehässigkeit oder um des eigenen Vorteils willen verpfeifen. Das stimmt vielleicht für Kapitalverbrechen, oder ganz am anderen Ende, wenn ne arme Sau sich mit n bisschen Schwarzarbeit über Wasser hält, und irgend so n bösartiger Dreckskerl dafür sorgt, dass ihm die Sozialhilfe gestrichen wird. Aber bei unsereins sind die, die auspacken, meistens nur blöde Spacken, die einen aus reiner Dämlichkeit ans Messer liefern. Die machen das nich absichtlich, die sind bloß im Pub zu redselig und bei der Vernehmung so konfus und eingeschüchtert, dass sie von erfahrenen Bullen leicht zu knacken sind.

  – ... Zeiten ändern sich ... Produkte veralten ... in Nullkommanix ... es wird immer schlimmer, unkt Alec. – Es wird noch schlimmer werdn ...

Das ist das Einzige, auf das ich mich verlassen kann, wenn ich mich mit ner hoffnungslosen Schnapsleiche wie ihm abgeb.

# Carl Ewart

### ICH BIN EIN EDINBURGHER

Die übliche Mannschaft ist am Start: ich, Juice Terry, Gally und Billy Birrell. Wir waren zum Oktoberfest nach München gekommen, aber wir brauchten ne kleine Festwiesen-Auszeit, denn es lief nicht alles ganz nach Plan.

Aye, wir waren jeden Abend dicht wie Kanalratten, und das war ja auch der Sinn und Zweck dieser kleinen Spritztour gewesen. Das erklärte Ziel war, mal rauszukommen und wieder auf Bier umzusteigen statt der Eckys, die wir uns zu Haus großzügig reingeknallt hatten. Das hatte zum Teil an mir gelegen; seit ich mich ernsthaft mit Auflegen befasste, hatte ich nie Probleme gehabt, da ranzukommen, das gehörte zu diesem Leben. Hatte mir nicht geschadet, aber alles, was so gut ist, fordert irgendwann seinen Preis, deswegen dachte ich, lass es ne Weile sein, greif mal wieder zu der gelben Brühe und wart ab, was passiert.

Natürlich lief es genau so, wie es vor Ecstasy auch immer gelaufen war: Alle wollten sich prügeln, und keiner schaffte es, ne Frau flachzulegen. Hätte uns normalerweise nicht überrascht, aber die Wiesn war das Muschiparadies. Wer hier keine abkriegte, konnte sich gleich den Schwanz abschneiden und als Delikatesse an die Franzosen verscheuern. Das Problem war einfach, dass wir, obwohl wir alle mit Bier groß geworden waren und unsere ganze Kultur in dieser Scheißdroge schwamm, die Art von Szene einfach nicht mehr gewöhnt waren.

Natürlich verfolgten wir alle eigene Absichten. Es ist nie ganz so simpel wie: Ne Horde von Typen geht für vierzehn Tage auf Sauftour, auch wenn's von außen vielleicht so aussieht. Billy hatte nen Titelkampf anstehn, und er wollte mal weg vom Clubbing und sich fit halten. Sein Manager, Ronnie Allison, hatte ihn nur

zwei Monate vor der großen Klopperei sehr ungern ziehen lassen, aber er hatte es falsch angestellt und Billy rundheraus gesagt:
nee, nichts da. Billy konnte ein verdammt stures, bockiges Aas
sein, und wenn man Schokolade sagte, sagte er Scheiße. Genau
das hatte er auch zu Ronnie gesagt.

Juice Terry war wieder ein ganz anderes Paar Schuhe. Er war
schlicht und einfach zum Säufer geboren, und die Große Weiße Hoffnung des mobilen Mineralwasserhandels hatte sich der
neuen Ecstasy- und Clubkultur nicht mit der gleichen uneinge-
schränkten Begeisterung hingegeben wie wir anderen. Das Münchener Oktoberfest ist das Lourdes der Alkoholiker, und Terry
war fest entschlossen, das heilende Nass maßkrugweise in sich
aufzunehmen. Man könnte also sagen, dass Juice Terry Lawson
die treibende Kraft hinter diesem Urlaub war.

Andy Galloway schwamm wie üblich einfach mit. Was Gally
anbelangt, konnte es eigentlich an allen Fronten nur besser werden. Er hatte zu Haus in letzter Zeit mehr als genug Probleme gehabt. Gally war ein lieber Kerl, nur dass er das Pech förmlich
anzuziehen schien. Wenn eine von uns Fotzen schöne Ferien
verdiente, dann er.

Und ich? Tja, um ehrlich zu sein, mir ging's gut, ja, man könnte glatt sagen wie ne Fliege in der köstlichsten Sorte giftiger
Scheiße, die es gibt – ich gondelte nur durch die Plattenläden und
stöberte in dem ganzen Eurotechno-Kram rum. Die Szene blühte hier, und das stand ganz oben auf meiner Liste. Wir waren
schon ne Woche hier, und ich hatte hauptsächlich die Plattenläden abgeklappert, aber ich hatte es auch geschafft, einmal abends
mit Billy, der eine Trinkpause brauchte, unauffällig in ein paar
Clubs reinzuschauen. Terry und Gally regten sich darüber natürlich künstlich auf, aber wir schmissen keine Eckys, sondern hielten uns an den Bierpakt, den wir geschlossen hatten, so wahr
Gott der Allmächtige unser Zeuge ist.

Die Festwiese war allerdings nochmal ne andere Geschichte.
Die ganze Schose war ein einziges wüstes, total enthemmtes So-
dom und biergeschwängertes Gomorrah, und unsere Abschlepp-
Quote war *trotzdem* unter aller Sau. Es gab zwei grundlegende
Probleme: Eins davon war, dass wir's verlernt hatten, den lallen-

den, mit versteckten Anzüglichkeiten gespickten Scheiß zu reden, aus dem die meisten Anmachsprüche bestehen, und das offenere, ehrlichere Ecstasy-Gesabbel kam einem deplatziert vor. Das zweite Problem war, dass wir einfach mit dem Alkohol nicht klarkamen. Wir waren vollkommen zu, ehe wir wussten, wie uns geschah. Deswegen waren wir in der ersten Woche vollkommen damit beschäftigt, uns an den neuen Status quo zu gewöhnen. Natürlich hatte es Gelegenheiten zu Begegnungen sexueller Natur gegeben; ich hatte am ersten Abend gedacht, ich könnte ne Nummer mit nem Mädchen aus Belgien schieben, aber ich war zu blau, um richtig einen hochzukriegen, und musste mit nem Blowjob mit Kondom und nem entkräfteten Abspritzen durch meinen gefühllosen Semiständer zufrieden sein. Terry hatte einmal sturzbesoffen eine aufgegabelt und sich so ins Vorspiel vertieft, dass er sich selbst hypnotisierte und einschlief und das arme *Fräulein* sich nach ner Kerze umsehn musste. Gally und Billy hatten, wen überrascht's, nicht die entferntesten Aussichten gehabt. Das brachte mich auf den Gedanken, dass wir über koloniale Ausbeutung, ökonomischen Kahlschlag und Immigration reden könnten, so viel wir wollten – die Bevölkerungszahl in Schottland ist in Wahrheit vielleicht deswegen so niedrig, weil die ganzen Fotzen zu viel saufen, um ihn hochzukriegen.

Dementsprechend werden wir am Ende dieser Ferien wahrscheinlich mehr beschissene Hotels als Weiber kennen gelernt haben. Unsere ursprüngliche Bleibe war so eine türkische Bude gewesen, wo eine schmale, kleine Treppe zu nem großen Zimmer mit zwei Etagenbetten drin führte. Der Schuppen hatte unten ne kleine Bar, und als wir hackedicht von der Festwiese zurückkamen, hab ich über die Theke gelangt und ne Flasche Johnny Walker Red Label geklaut. Wir knallten uns in unsere Etagenbetten und tranken uns ins Koma.

Das Nächste, woran ich mich erinnere, ist, dass ich davon wach wurde, wie diese verfickten Türken in unser Zimmer kommen. Sie kreischten und brüllten uns an, und einer ging in die Toilette. Die Sache war, dass Terry nachts aufgestanden war, um scheißen zu gehen, aber anstatt auf den Pott hatte die besoffene Fotze sich auf dieses Bidet-Ding gesetzt, das sie da hatten. Ich hatte gedacht, die Dinger gäb's nur in Frankreich, aber die Bruchbude hatte auch so eins. Egal, der Juice Man merkte, dass er am falschen Ort gekackt hatte, und drehte diese kleinen Hähne auf, um die Kacke wegzuspülen, bevor er sich wieder hinhaute und wegratzte. Das Dumme war nur, dass das meiste davon im Abfluss stecken blieb und deswegen das Wasser überfloss und in das Zimmer unter uns lief, wo ein Pärchen auf Hochzeitsreise in Frieden rammeln wollte, aber nun von feuchtem, abgeblättertem Putz und Terrys verkackter Pissbrühe berieselt wurde.

Da landeten wir natürlich auf der Straße, die Klamotten notdürftig in unsere Taschen gestopft. – Ihr dreckigen, englischen Schweine, brüllte uns dieser türkische Knabe an. Billy wollte gegen das »englisch« protestieren, aber Terry meinte: – Lass stecken, Birrell, wir ham's verdient. Sorry weng dem allem, Aller, sagte er zu dem Türken, und dann wankten wir davon, um ungefähr fünf Uhr morgens, total im Arsch und halb im Delirium. Wir schliefen aufm Bahnhof und verbrachten den ganzen nächsten Tag damit, elend und verkatert nach ner neuen Bleibe zu suchen.

Wir mussten nehmen, was wir kriegen konnten, und die neue Unterkunft war verdammt viel teurer. Gally jammerte, er wär pleite und könnte sich das nicht leisten, aber für uns andere galt, in der Not frisst der Teufel Fliegen.

Billy redete ständig davon, er müsste sich reinhängen, wie er das nannte. – Ich muss mich unbedingt reinhängen, ich hab bald nen Kampf, jammerte er. Es machte mir Sorgen, dass er so rumjammerte, denn normalerweise beklagte Birrell sich nie über irgendwas. Normalerweise ging er einfach drauflos.

Terry wurde die Hauptschuld an dem türkischen Debakel zugeschrieben, und die Streiterei fand kein Ende. Beim Frühstück am nächsten Morgen waren sie immer noch dabei. Ich konnte das Gezänk nicht ertragen und ging deswegen nen Spaziergang machen und Platten checken. Ich fand einen hervorragenden Plattenladen und sicherte mir sofort nen Plattenspieler und Kopfhörer. Die erste Platte, die ich mir ausgesucht hatte, hörte ich mir dreimal an. Ich konnte mich nicht entscheiden. Fing an, als sollte es richtig zur Sache gehen, aber dann schien irgendwie nichts dabei rauszukommen. Nee. Die zweite ist toll, von nem belgischen Label, dessen Namen ich noch nie gehört hab, geschweige denn aussprechen kann. Die Nummer zieht immer mehr an, wird dann etwas ruhiger, bevor sie wieder nen echten Sturm lostritt. Ein toller Track, ne echte Herausforderung für die Leute auf der Tanzfläche. Die beste Nummer, die ich je gehört hab. Ich finde noch ne andere tolle Platte vom selben Label, dann einen irren, krachenden FX-Track, von dem ich denke, dass er verdammt apokalyptisch sein könnte, wenn man den Bass rausnimmt und die Fotze auf den aufpeitschenden Track von eben draufhaut, wenn das Biest seinen Höhepunkt erreicht.

In dem Laden komm ich mit nem Typ ins Gespräch, der Flyer verteilt. Der Knabe heißt Rolf und muss so in meinem Alter oder etwas jünger sein, ein dunkelhäutiger Typ mit nem frechen Grinsen. Er trägt ein T-Shirt mit Werbeaufdruck für n deutsches Technolabel. Diese deutschen Fotzen sehen immer so beschissen fit und frisch aus, dass man nur schwer ihr Alter schätzen kann. Er erzählt mir von ner Party heut Abend und empfiehlt mir dann ein paar Stücke, von denen eins der absolute Killer ist, also kauf ich das auch. Kurz darauf kommt ein adrettes Mädchen rein, schlank mit langen blonden Haaren, in einem weißen T-Shirt ohne BH, um diesen Rolf abzuholen. – Das ist Gretchen, sagt er. Ich geb ihr nen Klaps auf den Arm und sag hallo. Rolf gibt mir seine Nummer, ehe sie zusammen weggehen. Ich seh ihnen nach und hoffe, dass die Braut zu Haus noch ne Schwester oder vielleicht ein paar Freundinnen hat, die aussehen wie sie: *Bundesliga*-Muschi, würde Terry sagen.

Nachdem ich mir noch ein paar Platten angehört hab, plaudere ich ein bisschen mit dem Typ hinter der Ladentheke, Max, und ein paar seiner Kumpels. Wir reden über Musik, und die Jungs scheint es genauso aufrichtig zu interessieren, was bei uns so abgeht, wie mich interessiert, was hier abgeht. Die Wahrheit ist, und ich hab n bisschen schlechtes Gewissen deswegen, dass es genau das ist, was ich heutzutage am liebsten mach, mit andern Spezialisten über Musik zu reden, auszuchecken, was andere so hören, rauszufinden, was wo läuft. Abgesehen vom Auflegen ist das für mich das höchste Vergnügen. Klar häng ich gern mit den

Jungs ab, aber heute sind alle viel cooler. Man kann sich treffen und zusammen Spaß haben, ohne die ganze Zeit aufeinander zu kleben. Und so verbringe ich den Großteil des Tages in diesem Laden. Das ist das Besondere an Musik, wenn du da richtig drinsteckst, kannst du an jeden Ort der Welt fahren und nach n paar Stunden schon das Gefühl haben, du wärst bei Freunden, die du lange nicht gesehen hast.

Natürlich predigt unser nicht mehr ganz so leichtfüßiger Lawson dauernd, wir müssten alle zusammenbleiben, aber das auch nur, wenn's der Fotze gerade in den Kram passt. Sobald irgendne Torte Interesse erkennen lässt, ist er weg wie der Blitz. Wie heut Morgen nach dem Frühstück, da wollte er, dass wir dableiben, um zu quatschen, bis es Zeit für ihn war, loszuziehen und selber n bisschen auf Pirsch zu gehen. So ist Terry, wenn er in nem Pub oder nem Laden eine Braut arbeiten sieht, die er gut findet, geht er hin und nervt sie so lange, bis sie mit ihm was trinken geht. Er kennt keine Scham und hat offensichtlich ein paar potenzielle Opfer ausgemacht. Terry kann's nicht ertragen, allein zu sein, außer er hat nen Fernseher zur Gesellschaft. Aber Billy wollte zurück und trainieren, während Gally einen heben wollte.

Als ich am Spätnachmittag zurückkam, war Terry natürlich weg, Birrell war im Trainingsanzug joggen und Gally saß, vom mitgebrachten Bier schon halb besoffen, auf dem Hotelbalkon. – Erstklassiges Bier, lallte er theatralisch. – Tja, meinte er und fixierte mich mit seinen großen Kinderaugen, – wenn ich in so ner Bude wie der hier wohne, hab ich kein Geld mehr dafür, draußen was trinken zu gehen.

Mir gefiel die Vorstellung nicht, dass er hier so rumsaß und sich ganz allein besoff. Das ist in meinen Augen kein Urlaubstrinken, aber wenn er's so haben möchte, bitte schön.

An diesem Abend machten wir dann ne kleine Spritztour ins Univiertel, um die Lage zu peilen. Wir waren mit der U-Bahn unterwegs und an der Haltestelle Universität wohl nur ausgestiegen, weil da auch jede Menge Weiber ausstiegen. Wir spazierten ne Zeit lang rum und landeten dann schließlich in einem Laden namens Schelling Saloon. Das war ne große Bar mit ganz vielen

Billardtischen. Sie hatte viel Atmosphäre, sogar eher n bisschen
zu viel, denn so ein kleiner, deutscher Typ erzählte uns, das wär
Hitlers Stammlokal gewesen, und er wär hier oft hergekommen,
nachdem er nach München gezogen war.

Egal, da saßen wir nun. Wir besoffen uns wieder, aber diesmal
weit weg von der tobenden Menge auf der Festwiese, hier in
Adolfs alter Schluckbude. Aye, wir füllten uns ab, auch wenn Billy sich wegen des bevorstehenden Kampfs etwas zurückhielt.
Natürlich hackte Terry deswegen auf der armen Fotze rum.

– Komm schon, Birrell, du verdammte Memme, das hier soll
dein Urlaub sein. Baller dir gefälligst einen, meinte er und guckte
verächtlich auf Billys Orangensaft.

Billy grinste ihn einfach nur an. – Später, Terry. Ich muss aufpassen, Alter. Denk dran, ich hab in ein paar Wochen nen Kampf.
Ronnie Allison titscht im Rechteck, wenn ich meine Kondition
nicht halte.

– Hört, hört, unser Rembrandt Kid: geboren zu Leiden, sagte
der Kavalier mit den Korkenzieherlocken lachend.

– Quatsch nich, Terry. Ich bin noch nie im Leben k. o. gegangen, obwohl ich's mit dir als Trainer sicher schaffen würde, entgegnete Billy und guckte Terry abweisend an.

Da hatte er Recht. Wir waren alle richtig stolz auf Billy. Ronnie
Allison hatte ihn vor dem Umgang mit uns gewarnt: Alkohol,
Ausgehen und Fußball, aber Billy gab nen Scheiß drauf. Der Junge war etwas Besonderes. Er konnte austeilen und auch einstecken, obwohl es dazu bei seinen Reflexen nicht oft kam. Ich
schätze, ich hatte mich selbst zu Billys Gewissen ernannt, und
schaltete mich ein. – Nee, ganz richtig, lass es ruhig angehen, Billy, unterstützte ich ihn und wandte mich dann an Terry. – Du
willst ja wohl nicht, dass Billy sich nur wegen ein paar Bier die
Chancen versaut, Juice. Das ist sowieso der Fehler an diesem Urlaub, zu viel Alk, zu wenig Frauen, wagte ich mich vor. Aber keiner hörte mir richtig zu, Terry und Billy konzentrierten sich aufs
Billard und Gally checkte die Mädchen aus, die hinter der Theke
arbeiteten.

– Gut, dass die Fotze von Hitler heute Abend nich hier ist,
lachte ich, nachdem Billy ne halbe Kugel verfehlt hatte, – sonst

würde der Sack vielleicht noch versuchen, den Scheißtisch zu annektieren.

– Die kleine Nazifotze würd diesen Scheißqueue über die Rübe kriegen, wenn er das versuchen würd, meinte Terry und ließ das dicke Ende in seine offene Hand klatschen.

– Aber zu Hitlers Zeiten wärn die Pooltische noch gar nich hier gewesen, wandte Billy ein, – die Amis ham die erst eingeführt, nachm Krieg.

Das gab uns zu denken. – Aber stellt euch mal vor, fing ich an, es wärn Billardtische hier gewesen, als Hitler hier war, also als er hier sein Bier getrunken hat. Das hätte vielleicht den Verlauf der Menschheitsgeschichte verändert. Ich mein, ihr wisst doch, wie besessen die Fotze war, oder? Stellt euch mal vor, der kleine Wichser hätte seine ganze Energie daran gesetzt, ein Meister im Poolbillard zu werden.

– Poolführer Hitler, sagte Terry, machte den Hitlergruß und knallte die Hacken zusammen.

Ein paar von den deutschen Fotzen an den andern Tischen guckten rüber, aber das juckte ihn kein bisschen. Mich auch nicht, denn es warn keine Fotografen in der Nähe, die aus nem harmlosen Scherz gleich den Reichsparteitag machen. – Aber im Ernst, meinte ich, – das ist so ein Spiel, das einen ganz vereinnahmt. Sieh's mal andersrum, bei wie vielen potenziellen Diktatoren mag ein beschissener Billardtisch in ihrer Stammkneipe alle Ambitionen auf die Weltherrschaft im Keim erstickt haben?

Aber Terry hörte gar nicht zu, er schmachtete die Kellnerin an, die uns ne neue Runde Bier brachte. Sie trugen alle diese bayerische Nationaltracht, die, wo die Titten hochgeschnürt und den Jungs sozusagen auf dem Tablett dargeboten werden.

– Das ist ein reizendes Kostüm, sagt Terry zu ihr, als sie das Bier hinstellt. Das Mädchen grinst ihn nur an.

Mir gefiel nicht, wie er ihr in den Ausschnitt glotzte. Ich hab schon in Restaurants und Bars gearbeitet und hasse Fotzen, die meinen, man wär eine Null oder bloß ein Objekt oder ne Dienstmagd, die nur zu ihrem Vergnügen auf der Welt ist. Als sie weggeht, sag ich: – Halt bloß die Fresse, geh mir bloß weg mit deinen reizenden Kostümen.

– Was haste jetzt wieder? Ich hab dem Mädchen doch bloß n Kompliment gemacht, meint Terry.

Damit kommt er nicht bei mir durch, denn Lawson, einer der unflätigsten Menschen auf Gottes weiter Erde, hat sich über diesen Naziquatsch n bisschen zu überheblich geäußert. Die Fotze ist auf dem Gebiet der Moral und des intellektuellen Niveaus, was Paul Daniels für die Comedybranche ist. – Hör zu, Alter, das Mädchen wird gezwungen, diese Uniform zu tragen. Die hat sie sich nicht selbst ausgesucht. Sie muss den ganzen Abend Fotzen wie uns zur Verfügung stehen, wir wedeln träge mit der Pfote, und schon ist sie da. Und dann ist sie noch total eingeschnürt, damit ihre Titten raushängen, bloß um Leuten wie uns zu gefallen. Wenn das Mädchen sich diesen Scheißfummel selber ausgesucht hätte, aye, dann mach ihr meinetwegen ein aufrichtiges Kompliment, dagegen hab ich nichts, aber nich, wenn das Mädchen dazu gezwungen wurde, sich so anzuziehen.

– Pass auf, sagte Terry zu mir, – du hast hier noch keinen weggesteckt und deswegen bist du sauer. Lass das ja nich an irgendwem anders aus. Das Mädchen versteht sowieso kein Scheißwort von dem, was ich sag, meint er und visiert eine Kugel an.

Terry hatte es schon immer drauf, moralische Grundsätze auf niederste Instinkte zu reduzieren.

– Auf die Sprache kommt das gar nich an, Alter. Ein Mädchen merkt immer, wenn es von nem angesoffenen Schleimscheißer begafft wird. *Die* Sprache ist international.

Die personifizierte Entrüstung aus Saughton Mains lässt sich das nicht bieten. – Sei *du* bloß still. Du kannst doch die Pfoten nich von den Mädchen lassen, wenn du zu Haus ausgehst. Alter Arschgrabscher. Wer ist denn hier der geile Sack? Sein Gesicht verzieht sich anklagend, während sein Unterkiefer noch ein paar Zentimeter vorschnellt. Keiner kann so anklagend gucken wie diese Fotze. Warum ist der nicht Generalstaatsanwalt?

– Zählt nicht, sag ich, – denn dann bin ich auf E. Dann kann ich die Hände von keinem lassen. Ich muss dann was anfassen . . . das ist das Scheißecstasy. Weißt du noch, an einem Abend hab ich sogar dein schwarzes Samtjackett befummelt.

Aber er ignoriert mich, denn er hat sich über den Tisch gebeugt, und sein Queue gleitet an seinem Kinn entlang, als er mit nem gefühlvollen Stoß die Kugel einlocht. Das muss man der Fotze lassen, Billard spielen kann er. Bei der vielen Zeit, die er in Kneipen an Pooltischen verbringt, wär's auch komisch, wenn er *nicht* spielen könnte.

– Passt mal auf, mischt sich Gally ein, – machen wir uns nichts vor, wir sind zum Aufreißen hier. Ich persönlich hab noch nie mit ner deutschen Braut gefickt und werd nich nach Haus fahrn, bevor ich nich eine vernascht hab, auch wenn's die nächstbeste Schlampe ist. Der da, er zeigt auf Billy, – hat uns unter Vorspiegelung falscher Tatsachen hergelockt. Hat behauptet, deutsche Mädchen wärn ganz wild drauf. Schlimmer als die englischen, meint er.

Billy protestiert. – Waren sie letztes Jahr in Spanien jedenfalls, da musst ich sie mir vom Leib halten, sagt er. Billy guckt jetzt n bisschen sauer, denn es sieht aus, als würd Juice Terry ihn wieder schrubben. Mit Billy ist beim Billard nich viel los, aber er hasst es zu verlieren, egal bei was.

– Aye, genau, Spanien. Ist ja toll. Jeder ist in Spanien wild drauf, schnaubt Gally verächtlich.

– Klar. Deswegen fahrn die Bräute da hin, um einen wegzustecken, äh, vielmehr umgekehrt … du weißt, was ich mein. Wenn sie bei sich zu Haus sind, ist das anders, die Mädchen wolln nich als Schlampen gelten. Hier hat man bei jeder anderen bessere Chancen als bei deutschen Mädchen, meint Terry.

Ich schüttle den Kopf. – Es liegt nich an den verdammten Perlen, und es liegt nicht am Oktoberfest. Das ist ein einziger großer Animierbetrieb, sag ich. – Es liegt an uns. Wir sind das Problem. Wir müssen versuchen, uns beim Saufen ein bisschen zurückzuhalten. Wir sind das nicht mehr gewöhnt bei den ewigen beschissenen Raves. Und du, wie steht's mit dir? wandte ich mich an Billy. – Hat Ronnie Allison dir verboten, sechs Wochen vor dem Kampf noch einen zu versenken?

Terry ist dabei, die Schwarze einzulochen.

– Einen Scheiß hat er, sagt Birrell. – Der Grund, warum ich hier noch keine abgekriegt hab, ist der, dass ich immer euch hässliche, versoffene Wichser im Schlepptau hab.

Ich lache dazu nur, und Gally rollt skeptisch die Augen, atmet scharf aus und lässt dabei ein furzendes Geräusch zwischen seinen Lippen entweichen. – Oh, schürzt Terry die Lippen und versenkt beiläufig die schwarze Kugel, – hört euch unser Arschgesicht Birrell an. Ich hoffe, beim Boxen biste besser als beim Pool, Alter, lacht er.

– Nee, das is wahr, du ruinierst mir alles, Billy weist mit ner Kopfbewegung auf Terrys Lockenpracht, – vorne kurz, hinten lang ist out, hat dir das noch keiner erzählt?

Da kriegt Terry nen ziemlichen Hals. – Na schön, dann trennen wir uns, sagt er ganz forsch und großspurig. – Dann sehn wir mal, wer heut Nacht einlocht! Warte heut Abend im Hotel nich auf mich, meint er prahlerisch, hängt sein Queue in das Gestell an der Wand und leert seinen Maßkrug, – denn ich bin auf Pirsch, Jungs, das sag ich euch. Und das wird jetzt ganz anders abgehn, wo ich den lästigen Ballast los bin.

Er mustert uns von oben bis unten, hebt hochnäsig den Kopf und verdrückt sich mit so nem lässigen kleinen Arschwackeln.

– Ist die Fotze auf Speed oder was? Unverschämter Wichser, meckert Gally.

– Hörte sich so an, mein ich.

Gally sieht leicht angesäuert aus. Er schüttelt den Kopf und fängt an, an seinem Ohrring rumzufummeln. Man weiß immer, wann er was auf dem Herzen hat, denn dann zupft er ständig am Ohrring. Seit er mit dem Qualmen aufgehört hat. – Der sollte das nich tun, wo doch Viv zu Haus wartet, meint Gally.

– Jetzt hör aber auf, Gally, lacht Billy. – Im Urlaub zählt das nicht. Wir haben 1990, du Sack, nicht 1960.

– Bedauerlicherweise, sag ich, und Billy guckt mich wütend an.

Gally schüttelt bloß ernst den Kopf. – Nee, Billy. Das gehört sich nich. Sie ist n nettes Mädchen, viel zu gut für den fetten Arsch. Genauso wie vor ihr Lucy.

Billy und ich sehen uns an. In dem Punkt konnte man der Fotze kaum widersprechen. Der Punkt ist, Jungs kriegen die Weiber, die sie kriegen, nicht die, die sie verdienen.

– Ich mein, fährt Gally fort, – bei uns ist das in Ordnung, wir sind ungebunden.

– Billy ist nicht ungebunden, er ist mit Anthea zusammen, erinnere ich den Kleinen.

– Aye, sagt Billy unentschlossen.

– Funkt es nich mehr so zwischen dir und ihr, Billy? fragt Gally.

– Da hat sowieso nie viel gefunkt, sagt der.

Mir war aufgefallen, dass er schon ein paar Wochen nicht mehr mit ihr im Fluid war, und ich bin sicher, er hat irgendwas erwähnt, dass sie länger in London bliebe.

– Aye, meint Gally, – in Ordnung, aber du gehst auch nich jedem auf den Sack mit deinen Beziehungen. Keiner von uns. Aber Terry ist anders. Noch vor n paar Wochen hat er groß getönt, dass es was Besonderes mit ihr wär. Ewig ham wir uns diesen Scheiß anhörn müssen: Vivian hier, Vivian da. ›Ich liebe die kleine Vivvy.‹ Alles Blabla.

– Terry ist halt Terry, sag ich achselzuckend und wend mich wieder an Gally. – Eher hört der Papst auf zu beten, als dass die Fotze aufhört, hinter Frauen her zu sein. Gally will was sagen, aber ich rede einfach weiter, – Ich mag Viv und aye, ich mein auch, das gehört sich nicht, aber das ist deren Bier. Was mich nervt, ist, dass er immer das Adjektiv »klein« benutzt, wenn er von nem Mädchen redet. Das ist verdammt herablassend. Aber was ihn und Viv angeht, wie gesagt, das ist deren Sache.

– Innere Angelegenheiten, grinst Billy. – Er ist ein böser Junge, aber wer ist das nich? Hier ist keiner, der behaupten kann, er hätte sich Mädchen gegenüber immer anständig benommen.

Gally nickt und räumt das ein, aber zufrieden ist die kleine Fotze nicht. Die Finger wandern wieder zum Ohrläppchen hoch.

So ein bebrillter Studententyp legt Flyer auf die Tische: ein großer, dünner, blonder Typ mit ner gold gefassten Brille auf ner Adlernase.

Es ist komisch, wie viele Deutsche unter vierzig Brillen tragen; praktisch jeder von denen. Man sollte meinen, es wären hauptsächlich die älteren von den Wichsern, so à la: »Ich hab nichts gesehn, wie auch, bei meinen Augen!« Aber nee, es sind die ganzen

jungen Fotzen. Ich guck auf den Flyer, den er mir hinlegt. Er ist
für ne Party, morgen Abend; derselbe, den auch dieser Rolf verteilt hat.

Ich komm mit dem Jungen ins Gespräch und spendier ihm ein
Bier. Er heißt Wolfgang. Ich erzähl ihm von heut Morgen, und er
meint: – Die Welt ist klein, Rolf ist mein bester Freund. Wir haben ein Haus, wo man gut abhängen kann. Du und deine Freunde sollten mit dahin kommen, und wir können alle Haschisch
rauchen.

– Hört sich für mich ganz gut an, sag ich, aber Billy und Gally
haben keine große Lust. Das ändert sich, als die Kneipe dicht-
macht, denn unser kleiner Gally hat noch nicht genug. Billy
macht ein etwas skeptisches Gesicht, ohne Zweifel denkt er an
sein Lauftraining morgen früh. Gally sieht mich an und zuckt die
Schultern. – Seid nett zueinander.

Wir verlassen die Kneipe, gehen die Straße runter und steigen
von der U-Bahn in die S-Bahn um. Es sind ungefähr fünfundzwanzig Minuten mit diesem Zug. Nachdem wir ausgestiegen sind, geht es noch endlos weit die Straße lang. Es sieht aus,
als wären wir in ner alten Stadt, die von den Vororten geschluckt
worden ist. – Wohin laufen wir denn hier, Kumpel? fragt Gally
und sagt dann mosernd zu mir, – wir ham ne ganz schön weite
Reise gemacht, nur um irgendwann in Corstorphine zu landen.

– Nein, meint Wolfgang und läuft mit langen Schritten die
Straße runter, – wir sind nicht mehr weit weg. Folgt mir … wiederholt er, – folgt mir …

Gally lacht. – Du bist ja wirklich n echter Hunne, Kollege, und
dann fängt er an zu singen, – *faw-low, faw-ha-low … we will fol-
low Wolfgang everywhere, anywhere …*

Glücklicherweise scheint es fast unmöglich zu sein, diesen
Wolfgang zu beleidigen. Er macht ein total ausdrucksloses Gesicht, versteht nicht die Bohne, was die kleine Fotze meint, und
marschiert so schnell voran, dass wir nur mühsam Schritt halten
können. Selbst Birrell, verdammte Scheiße, und der hat nun
wirklich nicht *so viel* getrunken. Vielleicht spart er sich die Energie für den Morgenlauf auf.

Ich dachte, die Hütte wär ne winzige Wohnung. Aber wie sich rausstellt, ist es ne riesige, geräumige Vorortvilla mit großem Garten. Das Beste von allem: In einem Zimmer stehen zwei Plattenspieler, ein Mischpult und jede Menge Platten. – Komfortable Behausung, Alter.

– Ja, erklärte Wolfgang, mein Vater und meine Mutter lassen sich scheiden. Mein Vater lebt in der Schweiz und meine Mutter in Hamburg. Deswegen verkauf ich dieses Haus für sie. Nur lass ich mir Zeit dabei, ja? er grinst verschmitzt.

– Das kann ich mir denken, Meister, sagt Birrell und guckt sich schwer beeindruckt um, als wir es uns in diesem Schallplattenzimmer gemütlich gemacht haben, auf Sitzsäcken hocken und über ne Veranda mit Pflanzen auf den großen Garten hinterm Haus rausgucken.

Ich geh direkt an die Plattenspieler und spiel ein paar Sachen. Es ist eine gute Auswahl da; hauptsächlich Eurotechno-Sachen, von denen ich noch nichts gehört hab, aber auch ein oder zwei Chicago-House-Sachen und sogar ein paar alte Donna-Summer-Klassiker. Ich leg Kraftwerk auf, ne absonderliche Nummer von *Trans-Euro Express*.

Wolfgang sieht mir wohlwollend zu. Er macht so n paar beknackte kleine Tanzschritte, worüber Gally, der auf nem weißen Sitzsack sitzt, sich amüsiert, und Birrell grinst auch. Diesem Wolfgang geht das am Arsch vorbei. – Das ist gut. Du bist zu Haus in Schottland ein Deejay, ja?

– Der Beste, mischt sich Gally ein, N-SIGN.

Wolfgang grinst: – Auch ich lege gerne auf, aber ich bin nicht so gut. Es muss mehr von dem Auflegen ... der Übung geben ... und dann, er zeigt auf sich, – gut.

Ich wette, dass ist Schwachsinn und der Typ ist erstklassig. Geld scheint er nicht wenig zu haben, das verdammte Bonzenkind, daher kann man drauf wetten, dass er ständig an den Decks hängt. Aber er hat uns mit hierhin genommen, also will ich nichts gegen den Jungen gesagt haben. Er zeigt uns kurz das Haus. Es ist ein toller Kasten, mit lauter leeren Zimmern. Er erzählt uns, dass er zwei kleine Schwestern und zwei kleine Brüder hat, die alle in Hamburg bei seiner Ma sind.

Es klingelt an der Tür, und Wolfgang geht nachsehen und lässt uns oben allein.

– Annehmbar, Mr. Ewart? fragt Gally.

– Ausgesprochen luxuriös, Mr. Galloway. – Ich bin vielleicht froh, dass Juice Terry nich hier ist, die Fotze hätte den Laden mittlerweile schon komplett ausgeräumt.

Gally lacht: – Er hätte Alec Connolly mitm Van aus Dalry rüberkommen lassen!

Das Wohnzimmer ist genial, Eichentäfelung und möbliert im Stil der Alten Welt. Es ist wie eins dieser Zimmer, in denen man alte Fotzen mit distinguiert-sonorer Stimme sitzen sieht, die auf BBC 2 oder Channel 4 interviewt werden, wenn man gerade besoffen nach Haus getorkelt kommt. Die erklären uns dann meistens, warum wir Abschaum sind oder was für begnadete Freunde sie haben.»In gewisser Hinsicht könnte man Hitler als den ersten Postmodernen bezeichnen. Wir sollten ihn als solchen für uns neu entdecken, ebenso, wie wir es in ersten Ansätzen bereits bei Benny Hill tun.«

Hitler.

Heil Hitler.

Ich war so kreuzblöd. Besoffen und am Rumalbern mit den Jungs aus dem alten Fanbus, auf ner kleinen Reise in die gute alte Zeit. Irgendein Arschloch mit Kamera, das als Freelancer arbeitet, erkannte mich aus diesem Artikel über den Club in so nei Musikzeitschrift wieder. Er fragte uns, ob wir Faschisten wären, und ein paar von uns haben als Verarschung diese John-Cleese-Nummer gebracht.

Ich war blöd. Zu blöd, zu begreifen, dass die selbst zwar so »ironisch« sein können, wie sie wollen, Jungs aus dem Plattenbau das aber noch lange nicht dürfen. Selbst wenn wir damit groß geworden sind, nur dass wir das »verarschen« nannten.

Aber Scheiß drauf, das Zimmer hier ist größer als die alte Sozialwohnung von meinen Alten und ihr neuer Schuhkarton in Baberton Mains zusammen. Jetzt sind auch Rolf mit seiner Freundin Gretchen und noch drei andere Mädchen da: Elsa, Gudrun und Marcia. Gally ist total uncool, wenn er auf ein Mädchen steht, es sieht aus, als würden ihm die Augen aus dem Kopf fallen, und man merkt, dass er voll auf diese Gudrun abfährt. Aber die Mädchen sehen alle drei klasse aus, man wüsste gar nicht, für welche man sich entscheiden würde. Es ist nur dieses plötzliche Überangebot, dieses Auftreten von Torten *en masse*, das einen einfach umhaut. Ich hab das Gefühl, als müsste ich mich schwer zusammenreißen, um cool zu bleiben, aber wenigstens Birrell hat sich etwas Würde bewahrt und steht auf, um allen die Hand zu schütteln.

Es kreisen ein paar Joints mit Gras und Dope, und wir ziehen gut einen durch, außer Birrell, der höflich ablehnt. Sonderbarerweise beeindruckt das die Mädchen. Ich erkläre, dass Billy bald nen Kampf hat.

– Boxen ... ist das nicht sehr gefährlich?

Für diese Gelegenheit hat Birrell einen Spruch drauf. – Das ist es ... für jeden, der doof genug ist, mit *mir* in den Ring zu steigen.

Wir lachen alle, und Gally zeigt ihm den Mittelfinger. Billy macht eine knappe, spöttisch gemeinte Verbeugung zur Entschuldigung.

Ich versuche rauszufinden, wer hier mit wem pennt, damit ich nicht versehentlich irgendwem auf die Zehen trete. Als ob sie meine Gedanken lesen könnte, meint diese Marcia: – Ich bin Wolfgangs Freundin. Ich wohne hier bei ihm.

Darüber bin ich erleichtert, denn bei näherer Betrachtung wirkt dieses Mädchen etwas nüchterner und strenger als die anderen. Ich weiß, dass ihre Freundin Gretchen Rolfs Perle ist, die hab ich schon kennen gelernt. Damit bleiben also Gudrun und Elsa.

Während der Abend voranschreitet, fang ich gewisse Vibes von dieser Marcia auf; ich glaub nicht, dass sie so begeistert von uns ist. Genauer gesagt, sie mag Galloway nicht, der n bisschen laut wird. – München ist toll, ganz anders als Edinburgh, schwadroniert er, – und wisst ihr, wieso? Weil die älteren Fotzen, äh, die älteren Leute und so viel freundlicher sind. Dann fängt er an, Deutsch zu reden, und sie verstehen den kleinen Wichser sogar.

– Quatsch mit Soße! ruf ich.

– Nee, Carl, meint er. – Hier gibt's nicht die großkotzigen fünfzigjährigen Bastarde in Pringle-Pullovern, wie man sie in den

Pubs in Leith trifft, die alle Jüngeren immer gleich zu Tomatenmark zermatschen wolln, bloß weil die Wichser selber nich mehr zwanzig sind. Er nimmt den Joint von mir und hält kurz den Rand, um nen Zug zu nehmen. – Aber sind wir ja auch nich mehr. Ein Vierteljahrhundert ham wir drauf. Steinalt.

Er hat Recht, da wird mir ganz anders, wenn ich daran denke. Allerdings sagt mein Alter immer: »Sobald du achtundzwanzig bist, ist der Ofen aus«; also hab ich noch ein bisschen Zeit. In letzter Zeit hat sich viel geändert, ich mach mehr mein eigenes Ding. Gally und Terry hängen noch oft miteinander rum, weil sie beide in der Siedlung geblieben sind. Na ja, Gally pennt in dieser Wohnung in Gorgie, aber das ist hauptsächlich ne Briefkastenadresse für die Sozialhilfeschecks, und er ist nie woanders als in der alten Ecke. Ich und Billy sehn uns ziemlich oft, normalerweise in den Clubs. Wir sind heute Stadtjungs, und deswegen häng ich mehr mit Billy rum. Unsere alten Herrn sind Freunde, sie waren Arbeitskollegen, daher ist unsere Freundschaft quasi vorbestimmt. Aber Gally mag ich eigentlich immer noch am liebsten, selbst wenn er mir echt auf den Sack geht, wenn er in den Club kommt. Er vertickt Pillen, was mich nicht stört, aber manchmal ist die Qualität nicht besonders und versaut einem den Abend. Und manchmal ist er nicht besonders diskret. Terry ist ein Einbrecher, das ist ne ganz andere Welt, und er hat sein eigenes Netzwerk. Wir sind trotzdem noch gut befreundet, aber vielleicht nicht mehr so dicke wie früher.

Jaja, wie die Zeit vergeht und die Dinge sich ändern. Aber Schluss mit dem Scheiß; jetzt ist es Zeit, zu schwelgen und zu jubeln und holde Schönheiten zu entjungfern … schön wär's.

Gott, Elsa und Gudrun … aber Rolfs Gretchen … aye, da weiß man nich, für wen man sich entscheiden würde. Das ist immer so, wenn man viele fitte Mädchen zusammen sieht, der Kumulationseffekt. Man braucht Zeit, um Unterschiede feststellen zu können. Ich versuch cool zu bleiben, denn ich hasse es, mich vor Mädchen zum Affen zu machen, und das passiert leicht unter Alkohol. Ich finde, das hier ist genau der richtige Ort, um sich mit nem netten Mädchen ganz dem Bumsen hinzugeben. Ich könnte mich hier für ein paar Tage mit einer von den kleinen deutschen

Perlen einigeln und so meinen anstrengenden Kollegen entrinnen, besonders Mr. Galloway, mit dem es wie ein Yo-Yo auf und ab zu gehen scheint.

Eine große, schwarze Katze ist ins Zimmer gekommen. Gally hat sie eine Weile gestreichelt, und nun sitzt sie auf ner Stuhllehne und guckt Birrell an, fixiert ihn. Er starrt mit seinem Boxerblick zurück.

Marcia geht hin, schreit irgendwas auf Deutsch, und die Katze haut ab und springt aus dem Fenster. Dann dreht sie sich zu uns um und meint: – Ein räudiger Straßenkater.

– So sollte sie über Gally aber nicht reden, sag ich, und ein paar von ihnen verstehen es und lachen. Wolfgang sagt: – Ja, ich sollte ihm nicht die Nahrung geben. Er verspritzt seine Pisse, wenn er reinkommt.

– Ich bin jetzt müde, sagt diese Marcia abrupt und verdreht die Augen.

– Ihr müsst alle hier bleiben, lallt Wolfgang mit schweren Lidern. Die Fotze ist echt stoned. Marcia funkelt ihn wütend an, aber er kriegt es nicht mit. – Bleibt die ganze Woche, wenn ihr wollt. Es ist genug Platz, meint er und wedelt mit seinem Joint rum.

Nee, geil!

Diese Marcia sagt was auf Deutsch zu ihm, dann setzt sie dieses absolut falsche Lächeln auf und sagt zu uns: – Ihr macht Urlaub, und ihr wollt sicher nicht an uns gekettet sein.

– Doch, doch, mein ich, – das wär toll, ehrlich. Ihr seid die nettesten Leute, die wir kennen gelernt ham, sag ich total bekifft. – Nich, Gally?

– Aye, und nich nur von hier. Von überall, wo wir schon warn, gurrt er und guckt Gudrun und Elsa verzückt an. – Und das is Tatsache.

Ich guck zu Birrell, der wie üblich gar nichts sagt. – Wenn das mit euch okay ist, wär das toll, mein ich.

– Dann abgemacht, meint Wolfgang und guckt kurz Marcia an, als wollte er sagen, die Bude hier gehört *meinen* Eltern, schon vergessen?

– Super, sagt Gally und denkt dabei garantiert an die Knete, die er spart.

Billy ist allerdings sickig. – Wir ham grad erst was gefunden. Und wir müssen auch an Terry denken.

– Stimmt … ich hatte versucht, nicht an die Fotze zu denken … ich wend mich nochmal an Wolfgang und Marcia. – Das ist wirklich nett von euch, und wir wohnen herzlich gern bei euch. Aber da ist noch einer von uns, erklär ich.

– Einer mehr ist kein Problem, sagt Wolfgang.

Marcia versucht erst gar nicht, ihren Frust zu verbergen. Sie schnaubt, geht wild gestikulierend und deutsch redend weg und knallt die Tür hinter sich zu. Wolfgang wirft uns einen Mir-doch-egal-Blick zu und zuckt stoned die Schultern. – Sie hat heute bloß einen bisschen schlechten Tag.

Gretchen guckt Wolfgang verschmitzt an: – Wolfgang, du musst ihr geben mehr Sex.

Wolfgang meint ganz cool: – Versuch ich ja, aber vielleicht rauch ich zu viel Dope, um gut zu sein bei dem Ficken.

Alle brechen in bekifftes Wiehern aus, naja, fast alle. Birrell ringt sich für ein paar Sekunden ein kleines Lächeln ab. Was für einen Eindruck die Fotzen von Schotten haben müssen. Aber dafür strengen ich und Gally uns umso mehr an.

– Klasse! *Deutschland Über Alles*, sag ich und erhebe meine Flasche. Alle prosten mir zu, nur Birrell nicht, der mir diesen Boxerblick zuwirft, was in meinem bekifften Tran allerdings an mir abprallt.

Aber wir waren völlig fertig und mussten dringend ins Bett. Rolf und die Perlen hauen ab, und Gally zieht die Augenbrauen hoch, als sie gehen. – Man sieht sich morgen, Mädels, lallt er. Birrell wirkt gereizt, macht wahrscheinlich der Kampf, aber er steht auf und schüttelt wieder brav alle Hände.

Wir beziehen unsere Nachtquartiere. Birrell und Gally gehen zusammen in das eine Zimmer. Es ist ein Jungenzimmer mit zwei Betten. Ich bin nebenan in nem Kleinmädchenzimmer, und es sieht so aus, als müsste ich es mir mit Terry teilen, denn es hat zwei Einzelbetten. Na dann, Gasmasken raus. Ich nehm das Bett am Fenster, steig aus meinen Sachen und schlüpfe unters Laken. Die Bettwäsche ist so frisch und sauber, dass man sogar Hemmungen hat, sich darin einen runterzuholen. Ich kann mir vorstellen, dass Marcia genauso ist; ganz steif und kalt. Verdammte Scheiße, ich krieg sogar schon Angst zu schwitzen. Ich weiß noch, wie ich in den Hotels gedacht habe, dass ich schon lang nich mehr in nem Bett mit Laken und Decke statt unter ner Steppdecke geschlafen hab. Jetzt lieg ich wieder in einem. Bei meinem Glück saue ich durch nen feuchten Traum in Technicolor direkt die Laken ein.

Obwohl ich mich n bisschen wie die Fotzen in nem Horrorfilm mit Gespensterhaus fühle, bin ich total erledigt und sinke in tiefen Schlaf.

*Da sitz ich nun auf der Anklagebank, und es sind alle da, beschuldigen mich und zeigen mit dem Finger auf mich. Juice Terry ist aufgestanden und sieht zum Ankläger rüber, der aussieht wie McLaren, der Geschäftsführer von diesem Möbelhaus, in dem ich mal gearbeitet hab. Die Fotze, die mich damals beschuldigt hat, Faschist zu sein, wegen diesem blöden Gruß, der im* Record *erschienen war, als wir den Fotografen vorm* The Tree *verarscht und so getan haben, als ob wir John Cleese aus* Fawlty Towers *wären.*

*Terry wird das den Fotzen schon erklären.*

*– Carl Ewart ... ich kann sein Verhalten nicht rechtfertigen, sagt er achselzuckend. – Wir haben alle in der Vergangenheit Fehler gemacht, aber dass Ewart sich öffentlich zu einem Regime bekennt, das systematisch Völkermord betrieben hat ... ist schlichtweg unverzeihlich.*

*Birrell erhebt sich. – Ich möchte darum ersuchen, dass die miese Jambo-Fotze durch dieses Kriegsverbrechertribunal die ganze Härte des Gesetzes erfährt, sagt er hämisch, bevor er sich zu mir umdreht und flüstert: – Tut mir Leid, Carl.*

*Von der Galerie hört man ein leises Geräusch ...*

*Dann seh ich den Richter vor mir. Es ist der beschissene Blackie, unser Lehrer aus der Schule ...*

*Aber das Geräusch wird lauter. Blackie schlägt mit dem Hammer auf den Richtertisch.*

*Dann steht Gally auf, und er kommt neben mich auf die Anklagebank. – Zur Hölle mit euch, ihr Fotzen, brüllt er, – Carl ist verdammt in Ordnung! Wer zum Teufel seid ihr Fotzen, dass ihr über andere urteilen wollt? WER ZUM TEUFEL SEID IHR SCHON!?!*

*Und ich sehe, dass Terry und Billy jetzt ihre Meinung ändern, dann wird der Schlachtengesang lauter, und wir stehen alle zusammen. Auf der Galerie ist ein Haufen von Gesichtern, Hibs und Hearts, Rangers und Aberdeen, und wir schmettern alle zusammen WER ZUM TEUFEL SEID IHR SCHON der Richterbank entgegen, und erst gucken sie wütend, dann ängstlich, dann treten sie den Rückzug an; die Richter, die Lehrer, die Bosse, die Stadträte, die Politiker, die Unternehmer ... alle rennen sie aus dem Gerichtssaal ... Blackie türmt als Letzter ... – Da sehen Sie, was für eine Einstellung dieser Abschaum hat, brüllt er, aber das geht in unserem Gelächter unter ...*

... astreiner Traum ... der beste, den ich je hatte. Aber ich wach auf und muss tierisch pissen.

Ich steh auf und geh raus auf den Flur. Es ist stockdunkel. Meine Blase platzt gleich, und ich kann den Pott nicht finden. Ich kann nicht mal nen verfickten Lichtschalter finden, kann nich mal sehen, wo ich hingeh. Ich taste mich mit der Hand an der Wand lang, bis ich auf nen Türrahmen stoße. Die Tür selbst steht ein Stückchen auf, also schlüpf ich durch den Spalt ins Zimmer. Es ist aber kein Klo, so viel kann ich erkennen, obwohl ich kaum was sehen kann ...

Ooooohhhhheiligeschitterscheiße ich werd gleich ohnmächtig und bepiss mich ...

Dann stolper ich beinah über irgendwas auf dem Boden und denk, jetzt wär ich endgültig geplatzt, aber ich beiß die Zähne zusammen, knie mich hin und seh, dass es irgendne Tasche ist. Ich zieh mir die Hose vom Schwanz, Eiern und schmerzender Blase und pisse und pisse und pisse einfach rein und hoffe, dass es nicht rausläuft, aber die Tasche scheint wasserdicht zu sein. Ich weiß nicht, was da drin ist, aber, heiliger Vater ... scheiß auf Orgasmen und Drogenrausch, das absolut geilste Gefühl auf der Welt ist, dass dieser Schmerz endlich nachlässt!

In dankbarer Erleichterung werd ich fertig, während der Schmerz abebbt und der Raum deutlichere Konturen annimmt. Da stehn zwei Betten, in denen zwei Fotzen fest schlafen. Ich halt mich nicht damit auf, rauszufinden, wer, und schlüpfe rasch und leise wieder raus, zurück in mein Zimmer und unter die Laken und bin in Nullkommanichts wieder im Schlummerland.

## ALLE EVENTUALITÄTEN EINKALKULIERT

Morgens steh ich auf und seh sofort, dass das Klo direkt gegenüber ist, aber ich hab's scheißenochmal übersehen. Na, was soll's, solang man nicht auf frischer Tat mit der Hand in der Kasse erwischt wird, streitet man jede Kenntnis ab. Die Dusche ist wunderbar und supermodern für so ne alte Bude, und ich bleib lange drunter und lass mich von den Strahlen wachtrommeln, dann trockne ich mich ab, zieh mich an und geh runter. Gally ist schon auf und sitzt auf der Veranda, die auf den großen Garten rausgeht. Aber es ist ein diesiger Morgen, und wir können nicht viel sehen. Birrell hat sich noch nicht blicken lassen. – Guten Morgen, Mr. Galloway, sag ich im Morningside-Frühstückstee-Stil.

– Mr. Ewart! macht er in demselben Tonfall, mit der Fotze scheint's wieder aufwärts zu gehen, – wie steht's, mein werter Freund? Wie geht's dem großen Meister heute Morgen?

– Exzellent, Mr. G. Wo ist Birrell-Squirrel? Was ist mit unserem großen, fitten Sportsfreund los? Er ist doch nicht noch immer sauer auf mich, weil ich ihm ne kostenlose Bleibe besorgt hab, oder wie? lach ich. – Ich dachte, der wär schon in den Bäumen, Nüsse suchen.

– Der spielt mit den Nüssen im eigenen Sack, wett ich, die faule Sau, lacht Gally. – Konnte den Wichser nich wachkriegen. Und so was ist Sportler!

Ich fang an, Gally von meinem Traum zu erzählen.

Träume sind schon seltsame Fotzen, aber echt. Ich hab viel darüber gelesen, von Pop-Psychologie bis Freud, aber keiner weiß was Genaues. Das ist es, was ich am meisten auf dieser Welt hasse. Zu viele Idioten sagen, es wär so und so. So und so ist es *für sie*, meinen sie. Wo bleibt der gottverdammte Zweifel? Wo bleibt die beschissene Demut angesichts der wunderbaren Komplexität dieses großartigen Universums?

– Hört sich für mich nach nem Haufen Quatsch an, lacht er, aber ich glaub, er ist geschmeichelt, weil er darin am besten wegkommt.

– Aber du hast doch bestimmt n paar verrückte Träume, Alter, sag ich zu ihm, während Billy auf den Balkon tritt. Gally schüttelt den Kopf. – Nee, ich träum nie, meint er. Billy sieht stinksauer aus und hält nen nassen Trainingsanzug hoch. Ich beschließe, Billy aus taktischen Gründen erst mal zu ignorieren. Gally hat ihn bislang noch nicht entdeckt. Was Gally sagt, hört sich für mich nach totalem Quatsch an. Jeder träumt doch. – Du musst träumen, Gally, du kannst dich nur nicht erinnern, vielleicht schläfst du besonders tief oder so, erklär ich ihm.

– Nee. Ich hab noch nie geträumt, sagt er und schüttelt den Kopf. Die Fotze will nichts davon wissen.

– Nicht mal als kleiner Junge?

– Nicht seit ich ein Kind war.

– Und was hast du da geträumt?

– Weiß ich nich mehr, irgendwelches blödes Zeug eben, meint er und lässt den Blick über den Garten schweifen, in dem der Nebel sich zu lichten beginnt.

Billy trägt den tropfnassen Jogginganzug und die Laufschuhe an den Fingerspitzen ausgestreckt vor sich her. Er hat seine Sporttasche auf links gedreht. Er wringt die Sachen ne Weile aus. Er sieht echt sauer aus, als er den tropfenden Jogginganzug über das Geländer hängt. Ich spüre, wie ich in meinem Stuhl ganz klein werd.

– Galloway, hast du letzte Nacht auf meinen Jogginganzug gepisst?

– Wovon redest du, Billy? fragt Gally.

Billy wringt nochmal die Beine der Jogginghose aus. – Ich musste meine ganzen Sportsachen aus der Tasche auswaschen. Sie waren klatschnass und stanken, als hätte irgendeine Fotze draufgepisst, sagt er und senkt die Stimme. – Das wird die Katze gewesen sein, dieses räudige Stück Scheiße. Das ist die Härte. Wenn die in meine Nähe kommt, zieh ich ihr das Fell ab, das versprech ich euch.

– Wir genießen deren Gastfreundschaft, meint Gally. – Mach hier kein Stunk mit den Leuten, Billy.

– Ich fang mit keinem Stunk an. Das würdest du schon merken, wenn ich mich unbeliebt machen wollte. Mein schöner Jogginganzug ... das ist echt widerlich.

– Und wir werden uns revanchieren müssen und sie nach Edinburgh einladen, sag ich.

Gally meint: – Aye, in die Siedlung. Da werden sie voll begeistert sein, aber ehrlich.

– Nee, sag ich. – Ich hab meine Bude, und Billy hat seine. Da ist massig Platz.

– Na klar, du und Billy, ihr habt eure schicken Stadtwohnungen. Wie konnt ich das vergessen? höhnt er. – Und ich hab nich auf deinen kostbaren, verfickten Jogginganzug gepisst, meint er zu Billy. Ich roll nur mit den Augen und Billy auch. Das ist nicht unser Gally.

– Verdammte Scheiße, sag ich, – ihr zwei seid heute wirklich mit dem falschen Fuß aufgestanden. Da freu ich mich ja schon fast, Juice Terry wiederzusehn.

Wolfgang und Marcia kommen dazu. Sie haben in der Küche Frühstück gemacht. – Guten Morgen, meine Freunde ... wie geht es euch? fragt Wolfgang.

– Halt mir bloß die Katze vom Leib, meint Billy.

– Tut mir Leid ... was ist passiert?

Gally erzählt ihm die Geschichte.

– Das tut mir Leid, wiederholt er.

– Sollte es auch, meint Birrell. Gally stupst ihn an. – Na ja, mein Jogginganzug ... Ich bin im Training, Gally. Ich muss mindestens fünf Meilen täglich laufen.

Wir holen unser Frühstück und einigen uns drauf, dass wir eine Woche bleiben. Um ehrlich zu sein, war Gally und mir Birrells Gejammer peinlich, wo wir gedacht hatten, er wär der Letzte, der sich so gehen lassen würde. Wir fahren zurück zum Hotel, um unsere Sachen zu holen. Gally und ich machen die Tür zu Terrys Zimmer auf, und er liegt auf dem Bett und zappt sich durchs Fernsehprogramm, aber er wirkt wie ertappt, bevor er sieht, dass wir es sind.

– Ham wir dich beim Wichsen gestört, Tezzo? frag ich.

Ein genussvolles Grinsen tritt ins Gesicht der Fotze, und er hebt die Brauen. – Manche von uns müssen nicht an ihrem Schwanz rumspielen, um abzuspritzen, mein Sohn. Manche von uns können andere Menschen dafür gewinnen, es für sie zu tun.

– Wer war der unglückselige Mensch, den du dafür bezahlt hast, und was hat er dich gekostet? fragte Gally.

Unser werter Mr. Lawson wirft Gally nen Blick zu, wie ihn ein Pennbruder ernten würde, der ungebeten in nen Wein-und-Käse-Empfang reinplatzt. – Tja, er war eine sie, und ihr werdet sie später kennen lernen. Aber wo wir grad von Homos reden, was habt ihr Fotzen getrieben? Netter kleiner Dreier?

Wir erzählten ihm von dem Haus und fragten uns, wie er es aufnehmen würde. Zuerst wusste er nicht so recht; er hatte diese Braut aufgerissen und sich für später mit ihr verabredet. Außerdem war Terrys Stiefvater Deutscher, und er hasste die Fotze, stellvertretend hasste er also alle Deutschen, abgesehen von denen mit Muschis. So tickte die Fotze nunmal. Als wir die Worte »großes Haus« und »kostenlos« erwähnten, änderte der Bastard allerdings verdammt schnell seine Meinung. – Ja, hört sich nicht schlecht an, umso mehr Kohle zum Versaufen und so. Solang es nicht zu weit draußen ist. Einige von uns ham Fickverpflichtungen in der Stadt.

Birrell ist sauer wegen diesem ganzen Schwuchtelgerede. Dieser Kampf beschäftigt ihn bestimmt. Aber früher schien ihm so was nie was auszumachen. Er blieb bei allem immer absolut phlegmatisch. Aber diesmal nicht. – Du hast gesagt, dir gefällt das Hotel, Terry. Ich hab mich hier eingewöhnt, quengelt er und fängt an zu gähnen.

– Vergiss das, Vilhelm, meint Terry, der ne gute Gelegenheit nie verstreichen lässt. – Kommt schon, packen wir zusammen und dann raus aus dieser Bude.

– Ich muss aufs Geld achten, Billy, bettelt Gally und sieht ihn mit großen Hundeaugen an.

– Okay, gehn wir, lenkt er ein und steht vom Bett auf. Der arme Billy sieht total geschafft aus. Diese Programmänderung scheint ihn echt aus den Socken gehauen zu haben. Als wir (mal wieder) unsere Klamotten packen, zieht er mich zur Seite. – Wir müssen mit Lawson ein Wörtchen reden, dass er sich in der Bude von dem Jungen bloß anständig benimmt. Wär mir peinlich, wenn wir den Idiot jedes Mal nachm Tafelsilber durchsuchen müssten, wenn wir das Haus verlassen.

Da hatte ich auch schon drüber nachgedacht. – Er wird den Jungen ja wohl kaum so verarschen und seine Gastfreundschaft missbrauchen, überleg ich misstrauisch, – aber du hast Recht, wir müssen die Situation im Auge behalten.

Die Fotzen vom Hotel warn überhaupt nicht begeistert, als wir ihnen erzählten, dass wir ne Woche früher auschecken. – Sie haben für zwei Wochen gebucht, meint der Manager. – Zwei Wochen, wiederholt er und hält zwei Finger hoch.

– Aye, aber unsere Pläne ham sich geändert. Man muss flexibel sein, Kumpel, zwinkert Terry und hängt sich den Rucksack über die Schulter. – Das sollte euch Fotzen ne Lehre sein, deswegen habt ihr auch im Krieg abgekackt. Manchmal muss man seinen Plan ändern, Vorteil aus ner neuen Lage ziehen, wenn sie sich ergibt. Alle Eventualitäten einkalkulieren, klar?

Der Hoteldirektor findet das gar nicht komisch. Es ist ein großer, fetter, rotgesichtiger Kerl mit grauem, zurückgeklatschtem Haar und Brille. Er hat ein schickes Jackett mit Krawatte an. Sieht eher wie einer von meinem Alten seinen Kumpels aus dem Gorgie-BMC-Club als wie *ein Municher* aus. – Aber wie soll ich so kurzfristig jemanden für die Zimmer finden? jammert er uns vor.

Terry schüttelt unwillig und verärgert den Kopf. – Ihr Problem, Kumpel. Ich weiß doch nicht, wie man ein Hotel führt. Das ist Ihr Job. Fragen Sie mich, wie man Mineralwasser mit nem Lieferwagen verkauft, dann kann ich Ihnen weiterhelfen. Hotellerie: nicht mein Bier, erklärt er dem Knaben. Man muss Lawson schon bewundern, wie er dasteht und so tut, als müsste der Direktor eines deutschen Hotels automatisch die Biographie von nem schottischen Sozialfall kennen.

Wie auch immer, da kann die Fotze sich aufspielen wie er will, er hat die Arschkarte, und wir sind weg, die Straße runter.

Nachdem wir ne Weile durch die Stadt gelaufen sind, gehn wir nochmal auf dem Fleischmarkt ein Bier trinken. Während wir für Bier und Brezel anstanden, schossen Terrys Augen hin und her, Gallys auch, und checkten die Mädchen ab. Die meisten sind Büroangestellte, aber es sind auch ein paar Touristinnen dabei. – Lecker, meint Terry und dann, – die Fotze vorhin im Hotel war ja vielleicht gut. Hotellerie! Für wen hält der mich? Apropos, unsere Yvonne hat so was mal in Telford gemacht, überlegt er. Dann fragt er Birrell: – Geht dein Bruder Rab nich aufs College?

– Aye. Aber ich weiß nich, was er da macht. Billy nimmt die Getränke an und hat für sich selbst ne Maß Bier bestellt. Ich weise mit dem Kopf drauf, weil ich an den Kampf denke. – Lass langsam angehen, Billy.

– Im Urlaub darf ich mir zwischendurch mal n Bier erlauben, meint er. Ich glaub, er ist n bisschen sauer, weil sein Laufprogramm durch die voll gepissten Joggingsachen durcheinander gebracht worden ist.

– So ist es richtig, hau weg die Scheiße, prostet ihm Terry zu, und sie stoßen knallend mit ihren Krügen an. – Birrell gleich Business!

Ich muss an Terrys Schwester Yvonne denken. Sie hat mit Billy und mit Gally gebumst. Aber nicht mit mir. Ich schätze, ich hab mich deswegen schon immer ein bisschen vernachlässigt gefühlt, betrogen gewissermaßen, als wär ich um was gebracht worden, was mir rechtmäßig zusteht. Aber das ist ungerecht Yvonne gegenüber, aus mir spricht nur meine Rivalität mit Mr. Lawson. Vielleicht lad ich Yvonne in den Club ein, wenn wir wieder zu Haus sind, und versuch sie rumzukriegen, bloß um dann Lawsons Fresse zu sehen! Egal, es ist nicht nur Birrell, der jetzt Business meint, als wir instinktiv nen Tisch nah am Fenster ansteuern, an dem ein paar Mädchen sitzen. Gally marschiert vornweg, und der Platz ist ideal. Aber die Mädchen werden grade fertig und stehn auf, kaum dass wir uns gesetzt haben. Ich fang den Blick von einer auf und schnüffle betont auffällig an meiner Achsel. Das Mädchen grinst, und ich frage: – Wollt ihr nicht noch auf ein Glas bleiben?

Sie guckt ihre Freundin an und dann wieder mich: – Ich glaub nicht, sagt sie, dreht sich um und geht weg.

Terry guckt mich über den Tisch weg an. – Ah, du weißt doch immer, was Frauen hören wollen, was, Carl? Die lagen dir ja direkt zu Füßen, Kollege.

Das ist das Paradies für Lawson; ein Bier in der Hand und was zu ficken, und wir im Zölibat.

Wir genehmigen uns noch ein paar, und es ist toll, hier mit nem Bier rumzusitzen, rumzualbern und müßig dem Treiben zuzusehen. Allerdings fühl ich mich wegen Billys Sporttasche langsam ein bisschen wie ein Schwein. Er kann sich gar nicht beruhigen wegen der Scheißkatze und seinem Trainingsprogramm. Das geht so weit, dass ich ein paarmal kurz davor bin, alles zu beichten, was aber ein Fehler wär, wie ich sehr gut weiß. Deswegen hau ich ab und geh mir in diesem Plattenladen, den ich vorher entdeckt hab, ein paar Technosachen anhören, bevor mich der Alkohol zu gesprächig macht. Gally ist es egal, er wirkt irgendwie zerstreut, und Billy auch, aber Terry macht ne kleine Bemerkung, auf die ich nicht reagiere. Man weiß bei der Fotze nie, ob er es ernst meint oder nicht. Aber da er seine Ische bald trifft, denk ich, dass es wahrscheinlich nur Spaß war.

– Benimm dich, Lawson! Du närrischer Junge! ruf ich zurück, als ich geh, und Gally und Billy lachen darüber, und Terry macht mit zwei Fingern ein V. Der Spruch ist uralt, ich glaub, den hab ich noch aus der Schulzeit.

Also traf ich sie später wieder, und wir fuhren raus zu Wolfgang und Marcia. Terry fand die Bude klasse, blieb aber nicht lang. – Fickverpflichtungen in der Stadt, Jungs. Wartet nicht auf mich, grinst er süffisant, bevor er weggeht. Wir geben Terry die Adresse und ne Wegbeschreibung mit, Billy zeichnet einen akribisch genauen Plan. Wir dachten, wir gönnen unseren Gastgebern etwas Freiraum, deswegen gingen wir drei an diesem Abend aus. Wir blieben im Ort und gingen zum Essen in so ne traditionelle Kneipe: große, hölzerne Tische, schlichte Einrichtung.

Wir verstanden nicht die Bohne von dem, was auf der Speisekarte stand, und keiner von der Belegschaft oder den Gästen konnte Englisch; hier war tiefste Provinz. Das war n bisschen so, als würd man erwarten, dass irgendeine Fotze in nem Pub im beschissenen Peebles oder Bathgate Deutsch könnte. Gallys gesprochenes Deutsch war nicht schlecht, aber aus dieser Speisekarte wurde er auch nicht schlau. Schließlich bestellten wir einfach auf gut Glück. Birrell kriegte Unmengen von Würsten, Gally kriegte Eier mit Kohl und Reis, und ich kriegte Berge von Fleisch und Soße mit so was Ähnlichem wie Essiggurken. Wir tauschten und gaben uns gegenseitig ab, bis jeder halbwegs zufrieden war.

Nach ein paar Bier wechselten wir dann rüber in ne etwas schickere Bar am See und betrachteten reiche alte Fotzen in pastellfarbenen Anzügen, die ihre räudigen Köter am Seeufer ausführten, und die vielen Segelboote, die in den Hafen einliefen, und die Sonne, die sich auf die Alpen herabsenkte wie ne Nutte aus Leith auf einen verschwitzten Schwanz.

Es wurde etwas frisch, deswegen tranken wir drinnen noch ein paar Bier. Wir plauderten ne Weile, zogen über Terry her, weil er als Einziger nicht dabei war. Billy gähnte ständig, und nach ner Weile begann Gally mir auf die Titten zu gehen: besoffen, lallend und Scheiße labernd, fragte immer wieder dasselbe und redete immer wieder dasselbe und zerrte an einem rum. Das war genau die Scheiße, von der ich weggewollt hatte, als ich anfing, E zu nehmen. Schließlich beschlossen wir, die Fotze nach Haus zu bringen. In dieser Nacht sank ich zwischen den frischen Laken in einen tiefen Schlaf. Reines Gewissen eben.

In der Nacht werd ich von Terry wachgemacht. Er hat also den Weg zurück in unsere Bude gefunden. Die Fotze steigt zu mir ins Bett. – Verpiss dich, Terry, dein Bett steht da drüben … sag ich, aber er rührt sich nicht, und ich hab nicht vor, mein Bett mit dieser dreckigen, total abgefüllten Fotze zu teilen. Also geh ich rüber und schlüpf in sein Bett. An den Beinen spür ich sofort die kalte Nässe. Die krausköpfige Fotze hat ins Bett gepisst.

**VORHAUT**

Es war ne grauenhafte Nacht, und ich war stinksauer auf Terry. Die Fotze war nicht wachzukriegen, also musste *ich* die Matratze von seinem Bett umdrehen und versuchen, die Pisse zu verstecken, und die Laken zum Trocknen über den Radiator hängen. Er lag bloß da wie im verfickten Koma. Ich riss der Fotze mein Laken und meine Decke weg und schlief auf der umgedrehten Matratze.

Am nächsten Morgen ist das Erste, was ich sehe, unser nicht-mehr-ganz-so-leichtfüßiger Lawson, der in seiner fleckigen weißen Feinrippunterhose auf dem Bett gegenüber liegt. Ich geh nach Billy und Gally sehen. Galloway ist auf, es sieht aus, als wär er die ganze Nacht auf gewesen. Er liest in nem deutschen Sprachführer. Billy braucht Ewigkeiten, um wach zu werden, und quält sich dann in seinen Jogginganzug. Das Einzige, was ich zu hören krieg, ist, wie er »die Oberhärte« oder »krass« murmelt, als er zum Joggen aufbricht.

Ich geh runter in die Küche, um mir Kaffee zu holen. Marcia ist unten und erzählt mir, dass Wolfgang wegen des Hausverkaufs bei irgendnem Anwalt wär. Wir bemühen uns, höfliche Konversation zu betreiben; es ist kaum zu übersehen, dass diesem *Fräulein* unsere Anwesenheit nicht recht ist, und ebenso klar ist ihr, dass wir das wissen, uns aber einen Dreck drum scheren. Ihr ist mittlerweile aufgegangen, dass sie es nicht schaffen wird, uns dazu zu bringen, dass wir unsere Sachen packen, und jetzt zählt sie nur noch die Tage.

Wir also wieder hin zu der Dorfkneipe. Es ist Mittagszeit, und es ist ein wunderschöner Tag, also setzen wir uns in den lebhaft besuchten Biergarten neben zwei alte Knacker. Ich sitze still da und denk über dieses Fleckchen Erde nach, wie schön es ist und dass hier »die Keimzelle der Bewegung« ist, wie mein alter Kumpel Topsy begeistert sagte, als ich ihm erzählte, dass wir hier hinfahren würden.

Terry weiß, dass ich sauer auf ihn bin. Ich bin nicht nach Deutschland gekommen, um die Pisse von irgendeinem versoffenen Penner aufzuwischen. – Diese deutschen Fotzen sind deine Freunde, Carl, da hab ich gedacht, dass sie uns wahrscheinlich

eher verzeihen, wenn sie glauben, dass *du* ins Bett gepisst hast.
Man muss taktisch denken.

– Ich *kenn* die Leute nicht, Terry, ich hab die Fotzen vor n paar
Tagen zum ersten Mal gesehen, und ich *hab nicht* in ihr Scheißbett gepisst. Das warst du.

Terry hebt kapitulierend die Hände. – Willste da den ganzen Morgen drauf rumreiten? Die internationale Bruderschaft
gleich gesinnter Musikliebhaber aus aller Welt, das ist dein Ding,
meint er. – Aber eins will ich dir sagen, bloß gut, dass ich nich bei
meiner neuen Perle geblieben bin. Der hätt's wohl kaum gefallen,
wenn ich in ihr Bett gepisst hätte. Wir sind stattdessen aufs Oktoberfest zurückgegangen, und dann hat sie mich in den Zug gesetzt. Mehr weiß ich nich mehr. Gott sei Dank war da die Fotze
mit dem Taxi …

– Wenn wir wieder da sind, klärst du das mit den Laken, Terry.
Okay?

– Reg dich ab, du Sack, sagt er und zwinkert dann. – Aber du
hast echt ne gute Bude aufgetan. Ich weiß bloß nich so richtig, was
ich von dieser Marcia halten soll. Ein bisschen zickig, aber nichts,
was n Stück Schwanz zwischen die Beine nich regeln könnte.

– *Du* regelst erst mal das mit den Laken. Klar?

Das Arschloch ignoriert mich einfach.

– Willst du etwa deine Ma zu Haus in Saughton Mains anrufen, dass sie rüberkommt und für dich sauber macht? schnauz ich
ihn an.

Terry denkt nen Augenblick nach, als würd er das ernsthaft in
Erwägung ziehen. Dann dreht er mir den Rücken zu und fängt
an, sich mit den alten Knackern zu unterhalten.

Wichser. Gally sitzt mit dieser dämlichen Baseballmütze rum,
die er sich gestern gekauft hat. FC Bayern München. Ich glaub,
das macht er hauptsächlich, weil sie uns (mit viel Glück) aus dem
UEFA-Cup geschmissen haben. Er sieht damit aus, als käm er aus
dem Pennerasyl. Nur wenige Menschen sehn mit so nem Ding
gut aus. Schon gar nicht die Fotzen, die sie umgekehrt aufsetzen
und ne Haarlocke vorne durchziehen; wenigstens das hat die
Fotze sich verkniffen. Ich kenn da so einige Fotzen, die später mal
alte Fotos verbrennen werden, so viel ist sicher. Wie gewöhnlich

starrt er ins Leere, aber Billy grinst sich eins, während er zusieht, wie ich und Terry uns zoffen. – Schön, dich mal wieder grinsen zu sehen, bemerk ich dazu.

– Aye, ich weiß, sagt er kopfschüttelnd. – Es ist bloß wegen dem Training ...

– Das würd mich auch fertig machen, das ganze Joggen und im Urlaub immer aufpassen zu müssen, was ich esse und trinke und so, sage ich.

Billy schüttelt den Kopf. – Das ist es nich, Carl. Normalerweise trainier ich gern. Es ist bloß, die letzte Woche war total die Härte, schon bevor wir herkamen. Ich fühl mich einfach die ganze Zeit wie erschlagen. So kenn ich mich gar nich, sagt er kläglich. – Ehrlich die Härte, und die ganze Sauferei hat auch nich grad geholfen.

– Was meinst du mit »wie erschlagen«, krank oder wie?

– Ich fühl mich nich wohl ... innerlich. So als hätt ich mir nen Virus gefangen oder so was. Total schlapp.

Gally mischt sich ein. – Was meinste mit Virus? Woher zum Teufel sollst *du* n Virus haben?

Billy guckt ihn an. – Keine Ahnung. Ich fühl mich einfach total kaputt. Echt krass.

Gally nickt bedächtig, als bemühte er sich, das zu verstehen, und lacht dann kurz in sich rein. – Ich hol die nächste Runde. Noch mal nen Orangensaft, Billy?

– Nur n Wasser.

Eine Weile herrschte Schweigen, aber kein betretenes, es war uns ganz angenehm. Terry lehnte sich ganz cool zurück, aber mit so einem selbstgefälligen Gebaren. – In Ordnung, Lawson, du hast gewonnen. Wie steht's mit dir, wie bist du letzte Nacht klargekommen? Mir fällt sein Bierbauch auf, der unter seinem roten T-Shirt raus und über seine blauen Shorts quillt. Dann guck ich mir Billys Waschbrettbauch an. Es scheint gar nicht so lang her zu sein, dass ihre Bäuche noch gleich ausgesehen haben. Damals, sechsundachtzig in Blackpool.

Terry fährt sich schwungvoll durch seine Lockenmähne. – Alles paletti! Ich treff sie nachher wieder, sagt er, aber seine Stimme hat am Schluss einen zweifelnden Unterton.

– Das klingt aber gar nich so begeistert, sagt Gally, der spürt, dass da was nicht stimmt.

– Na ja, das Problem ist, mein Schwanz juckt n bisschen. Hab mir keinen Kopf um n Kondom gemacht, naja, die gibt's hier ja nich in der Drogerie.

Ich sehe die Gelegenheit, ihn zu verarschen. – Typische Bastion des Katholizismus, sag ich. Einer der großen Mythen in Bezug auf Schottland ist ja, da stünden sich Protestanten und Katholiken gegenüber. In Wahrheit stehen sich da Anti-Katholiken und Katholiken gegenüber. Die meisten Anti-Katholiken waren, abgesehn von Hochzeiten und Beerdigungen, noch nie in der Kirche. Nee, an diesen Protestanten- und Katholiken-Scheiß hab ich nie geglaubt, das ist alles Quatsch, aber diese Scheißpapisten *sollten* wirklich langsam auch das zwanzigste Jahrhundert einläuten, das muss echt mal gesagt werden. Außerdem ist es gut, die Hibs-Wichser gelegentlich aufzuscheuchen, auch wenn keiner der Anwesenden hier richtig katholisch ist. Ich glaub, Birrell ist so wie ich ein halber Katholik, aber ich bin nicht sicher.

– Ich hab mich schon gefragt, wann du den ersten Konfessionskriegsscheiß des Tages rauslässt … aber es ist schon zehn Uhr, nicht schlecht für deine Verhältnisse, meint Billy zu mir. Er hat sich in der Sonne geaalt, aber jetzt richtet er sich auf und gibt mir nen Klaps auf den Hinterkopf, was mehr wehtut, als ich mir anmerken lasse. Die Fotze hat kräftige Hände, und mir ist ganz schwindelig. Arschloch. Ich lass den Blick über den Garten schweifen und atme tief durch. Aye, ich glaub, Billys Ma ist katholisch, so wie meine.

– Allerdings hat es schon vor der letzten Nacht n bisschen gejuckt, sagt Terry und kommt zum Thema zurück. Ich bin ganz froh drüber, denn ich hab keine Lust, mich drüber zu streiten, wer die meisten Anhänger hat (heute wir, früher sie), wer den härtesten Mob hat (heute sie, früher wir) und wo es mehr Penner, Yuppies, Heuchler, Pubs, Nutten, Raver, AIDS, Schulen, Geschäfte oder Krankenhäuser gibt, in Leith oder Gorgie. Scheiß drauf. Schließlich sind wir im Urlaub.

Gallys Miene hat sich aufgehellt. Ich kenn diesen boshaften, teuflischen Gesichtsausdruck, und ich hab Recht. – Das Problem ist allerdings, dass du ne ziemlich lange Vorhaut hast, Kumpel, sagt er zu Juice Terry.

– Hä? Terry ist baff. Billy kichert, und ich auch und so, obwohl ich mir immer noch den Kopf reibe.

Unser Mr. Galloway macht jetzt große Unschuldsaugen. – Ich sag bloß, dass du ne ziemlich lange Vorhaut hast und es darum schwieriger sein muss, ihn sauber zu halten, unter der Eichel und so, erklärt er beiläufig. Ich und Billy grinsen uns an, denn Juice Terry wird langsam sauer.

Er zeigt auf Gally. – Was zum Teufel willste damit sagen?

– Tja, haste doch, oder? fragt Gally. Der Kleine hat eine Mega-Verarsche vor.

– Das ist doch wohl scheißegal, ob ich die hab oder nicht hab. Spricht so ein Mann über seinen Freund?

Gally verzieht keine Miene. Wenn er gut drauf ist, ist er so ziemlich der Einzige, der Terry beim Verarschen das Wasser reichen kann, durch reine Hartnäckigkeit.

– Hör zu, Alter, erklärt er, – wir ham jahrelang zusammen Fußball gespielt. Ich habe deine Vorhaut tausendmal gesehn. Und bevor du mich beschuldigst, ich würd dir auf den Schwanz gucken: Du stellst ihn ja nicht gerade unter n Scheffel.

– Müsste aber auch n großer Scheffel sein, um seine Vorhaut zu verdecken, lachte Billy.

– Hä? machte Terry.

Gally sieht Terry an, dann mich und Billy und dann wieder Terry. – Pass mal auf, du hast dir früher Kippen unter die Vorhaut gesteckt und so getan, als würdest du sie rauchen. Das war dein Partygag, weißte noch? Du hast ausprobiert, wie viele du druntergekriegt hast. Jeder von uns hat die Schwänze der anderen gesehen. Das könnt ihr nich abstreiten. Ich sag nur, dass du ne ziemlich lange Vorhaut hast, so gegen andere Vorhäute, und ich könnte mir vorstellen, dass du in Bezug auf Körperhygiene n kleines bisschen sorgfältiger sein musst als alle anderen, mehr nich. Ich hab nur prinzipiell was zu dem Juckreiz gesagt, erklärt Gally und dreht sich wieder zu mir um, als ich anfang zu kichern, und dann prusten wir alle los.

Alle bis auf Terry, genau gesagt. Aber man weiß bei Terry nie

genau, ob er wirklich sauer ist oder nur so tut, damit wir noch
mehr lachen müssen. – Du bist ne abartige Sau. Du hast es dir also
zum Prinzip gemacht, die Schwänze von andern Kerlen zu studieren?

– Von *studieren* kann keine Rede sein, Terry. Es ist ne beiläufi-
ge Beobachtung, erklärt ihm Gally. – Ich guck andern Kerlen nich
auf n Schwanz. Ich hab deinen bloß im Lauf der Jahre mal gesehen, in der Schule, beim Fußball oder so. Ich mach keine große
Sache draus ...

– Groß genug ist sie ja schon, zwinkert Billy, – die Vorhaut,
mein ich.

– ... also gibt's keinen Grund, so verdammt eingeschnappt zu
sein, fügt Gally hinzu.

Terry starrt ihn kalt an. Er setzt sich kerzengrade auf. – Und du
denkst also, das wär in Ordnung? Er nickt zu den alten Knaben
rüber, – der ganzen Welt von meinem Schwanz zu erzählen?

– Nee ... so ist das ja nich ... ich erzähl nicht der ganzen Welt
davon, ich ... ach, Scheiße ... okay, okay, tut mir Leid. Vergessen
wir's einfach, meint Gally, während Billy und ich uns kaputt-
lachen.

Terry legt los, als würd er sich vor Gericht verteidigen. Da hat
der diebische Bastard allerdings auch reichlich Erfahrung drin.
– Also gibst du zu, dass das was ist, worüber Kerle nich reden
sollten, Kerle, die *Freunde* sind und keine *Schwuchteln*?

– Nur wenn du zugibst, dass du ne ziemlich lange Vorhaut
hast, entgegnet Gally.

– Von wegen, keine Bedingungen! Wenn ich das zugeben
würd, würd ich zugeben, dass du n Recht hast, was über meinen
Schwanz zu sagen, wozu ich nich bereit bin. Kapiert?

Ich lass mir das durch den Kopf gehen. Gally auch und so, es
wird kräftig am Ohrring gedreht. Ich weiß nicht, was mit Terry
los ist, dass er sich wegen seiner Scheißvorhaut so anstellt. Der
zeigt doch dauernd seinen Schwanz rum. Er hat den größten
Scheißschwanz von uns. Darum weiß ich wirklich nicht, was er
hat, aber Terry scheint richtig sauer zu sein, als wär das alles n
bisschen außer Kontrolle geraten, aber Gally ist schlau genug, das
zu merken. – Da sagst du was Wahres, Kumpel. Eins zu null für

Leichtfuß Lawson. Ich geb mich geschlagen, und damit streckt er die Hand aus. Terry starrt sie nen Moment an und schüttelt sie dann.

– Aber Tatsache ist, fängt Gally an und nickt zu den alten deutschen Knaben rüber, – dass du bei den Fotzen mit deiner langen Vorhaut gut angekommen wärst.

– He! Terry ist wieder auf hundert. Ich und Billy bepissen uns vor Lachen. Terry scheint es sich verkneifen zu wollen, aber dann prustet er auch los und so.

– Ein Typ wie ich wär aufm Weg nach Dachau gewesen. Ich mit meiner Beschneidung.

Ich erinnere mich an Gallys Beschneidung. Ich weiß noch, wie er sie uns im Klo vom Fanbus zeigte, als noch die Fäden drin waren. – Warum biste eigentlich beschnitten worden? fragt Billy.

– War zu eng. Es ist passiert, als ich mit einer von den Brook-Zwillingen gebumst hab, erklärt Gally.

– Die Brook-Schwestern, sag ich liebevoll, und auch Billy lächelt. Selbst Terry wirkt etwas entspannter. Verdammt, ich liebe die beiden: die besten Mädchen der Welt.

– Das wurd so beschissen eng, dass es einfach Ping machte! erläutert Gally. – Rutschte hoch wie ne beschissene Jalousie. Tat irre weh. Erst dachte ich, da hätt sich bloß der geplatzte Gummi drumgewickelt, aber es tat viel zu weh. Dann sah ich, dass es meine verdammte Vorhaut war! Aye, wie n kaputtes Rollo, das sich um die Stelle gewickelt hatte, wo der Schaft in die Eichel übergeht, und die Blutzufuhr abschnürte. Meine Eichel wurd erst blau und dann schwarz. Die Brook rief n Rettungswagen, und die brachten mich ins Krankenhaus: Notfallbeschneidung.

– Ist es jetzt besser? fragte Billy.

Mr. Andrew Galloway schürzte die Lippen. – Am Anfang tat's tierisch weh, erklärt er uns, – lasst euch von keinem was anderes weismachen. Besonders, wenn die Fäden noch drin sind und man nachts im Schlaf n Ständer bekommt. Aber jetzt ist der Sex besser denn je. Die Ischen stehn da drauf. Ich würd's mir an deiner Stelle überlegen, Terry, bei deiner Vorhaut und so. Allerdings weißte ja, wie es heißt: alles Vorhaut, kein Schwanz.

– Was?

Gally legt eine Hand auf seine Brust und kehrt die andere nach außen. – Alles was ich sage, ist: Wir bestreiten ja nich, dass genug Brot da ist, aber ist auch genug Fleisch im Sandwich?

– An meinem verfickten Schwanz gibt's nichts auszusetzen, Freundchen, schnauzt Terry wieder ganz defensiv, – es ist genug Schwanz da, um ein gutes Stück aus meiner Vorhaut rauszustehen, wenn ich nen Harten hab. Vergleich doch versuchshalber mal, wo mein verdammter Schwanz letzte Nacht war und wo deiner war, wie immer zwischen deinen verschwitzten Händen! Also fang bloß nicht so an! Die ham das falsche Ende weggeworfen, als sie dich beschnitten ham, du kleine Fotze.

Die Brook-Schwestern. Hmm. Hmm. Schon immer mein Traum, ein Dreier mit den Brook-Zwillingen. Das würd ich aber Terry gegenüber nie erwähnen, denn der Drecksack würde dann wahrscheinlich sagen, dass er's schon gemacht hat, und zur Sicherheit noch gleich mit deren Mutter und Kusine. Das Doofe ist, dass ich es mal mit beiden versucht hab, als ich sie nachts nach dem Club mit zu mir genommen hab. Aber da ging gar nix.

– Hör mal, sag ich zu Gally, – mit welcher Brook-Schwester hast du gebumst, als es passierte?

– Weiß der Henker, meint Mr. Galloway, – ich kann die nich auseinander halten.

Billy denkt darüber nach. – Ich weiß. Völlig identisch. Nich mal irgendwelche Leberflecke, soweit ich sehen konnte. Ich glaub, Lesley könnte n bisschen kräftiger als Karen geworden sein, aber vor ein paar Jahren glichen sie sich wie ein Ei dem anderen.

– Weißte, was die einzige Möglichkeit ist, sie auseinander zu halten? tönt Terry.

– Ich weiß, was du sagen willst, Lawson, mischt sich Gally ein, – die eine spuckt's aus, die andere schluckt es.

– Da meinst du Lesley, das ist die Spuckerin, sag ich. – Die nimmt ihn nicht mal gern in den Mund. Ich muss das wissen, denn ich hab's oft genug versucht.

– Falsch, meint Terry, – macht sie doch, wenn du n Kondom benutzt. Aber Karen ist mit Abstand der bessere Fick von beiden. Nimmt es bis zum Anschlag in den Arsch.

– Da muss ich dir mal unbesehen glauben, sag ich zu ihm. – Ich bin nicht so n verdammter Arschficker. Das ist nur was für Fotzen, die nicht wissen, was sie wollen. Du weißt doch, was man über Jungs sagt, die Perlen in den Arsch ficken, die warten nur drauf, es mit nem anderen Typ zu treiben, grinse ich.

Terry starrt mich herausfordernd an. Seine Haare sträuben sich wirr. – Schwachsinn! Komm mir nicht mit dem Scheiß, Ewart. In Wirklichkeit bist du nur total verklemmt und feige. Man muss alles mitnehmen, Kollege. Ich kann mir schon vorstellen, wie du den Job machst: fünf Minuten Missionarsstellung und dann zurück in die Kneipe.

– Ham die Fotzen wieder nicht den Mund halten können? Aber im Ernst, warum so lang warten? Was glaubst du wohl, warum die Schotten den vorzeitigen Samenerguss erfunden haben? Damit wir mehr Zeit im Pub verbringen können. Hail Caledonia! Ich heb mein Glas, und die beiden alten Knacker prosten mir zu.

Terry starrt mich mit diesem Raubvogelblick an. – Du hast doch viel mit den Brook-Mädchen rumgehangen. Die sind doch ständig im Fluid. Hastes schon mal mit beiden gleichzeitig gemacht, nen Dreier?

Die Fotze kann Gedanken lesen. Birrell ist jetzt ganz Ohr, und Galloways Augen sind auf mich gerichtet wie große, schwarze Satellitenschüsseln. Ich hab ne leichte Paranoia, eins der Brook-Mädchen könnte Terry die Geschichte erzählt haben, und komm deshalb zu dem Entschluss, dass Aufrichtigkeit hier die beste Politik ist. – Nee, sie sind mal mit zu mir gekommen, alle beide, irgendwann abends nach dem Fluid.

Aye, die Braut hat in der Nacht bestimmt einiges an Flüssigkeit auf dir hinterlassen, meint Gally.

Terrys Lächeln ist wie ein Hochofen. – Tja, eins zu null für mich, denn ich hab welche in ihr verspritzt, sagt er zu mir.

Das Blöde ist, man weiß, dass das kein Gerede ist. Dieses fette Arschloch. Wie der das hinkriegt, raff ich einfach nicht. Er hat fast zehn Kilo Übergewicht, seine Klamotten und seine Frisur sind seit zehn, nee, fünfzehn Jahren out. Der Rod Stewart des Acid House.

– Erzähl keinen vom Pferd, Lawson, schnaubt Gally verächtlich. – Dem seinen Scheiß kannste doch vergessen. Terry guckt ihn an, als wollte er sagen, aye, wir wissen ja, in welchem Zustand du in der Nacht warst, aber bevor ich was sagen kann, redet Gally schon weiter. – Komm schon, Ewart, was war da mit den beiden Brooks?

– Na ja, mein ich, wir waren bei mir zu Haus; total auf Pille, nur wir drei. Du weißt, wie das ist, wir tanzten und umarmten und küssten uns und verbreiteten die großen Scheiß-Love-Vibes. Dann waren wir n bisschen kaputt und fingen an, auf der Couch wegzunicken. Also schlug ich vor, dass wir alle in mein großes Bett gehn und uns hinhauen. Das Problem war, das ganze E hatte mich in ne verdammte Lesbe verwandelt, ich dachte nicht mal ans Reinstecken, ich wollte nur so ne Art sinnliches Aneinanderrubbeln. Karen war dafür, sie war so ›das wär ja wu-hun-derbaar‹ drauf, aber Lesley wollte nichts davon wissen. Ich zieh mich doch nicht aus und geh mit meiner Schwester ins Bett, sagte sie. Also sag ich, komm schon, Les, ich mein, ihr beiden habt euch doch neun Monate lang denselben Mutterleib geteilt. Stell dir das Bett doch einfach als großen Mutterleib vor. Da meint sie, das ist es nicht, was mich stört; das Problem ist, dass ich mir dich mit uns da drin vorstelle, und dich stell ich mir als die große Plazenta im Mutterleib vor.

Gallys Blick wandert langsam zu Terry, und dabei bricht die Fotze in so n keuchhustenartig pfeifendes Lachen aus. Terry fängt ebenfalls an zu lachen, Birrell genauso. – Plazenta Ewart, gluckst Gally, wird dann ganz ernst und zeigt auf mich, – der Spitzname könnte hängen bleiben.

– DJ Plazenta, hört sich super an, lacht Terry.

Wir gehen zur S-Bahn und beschließen, mal in die andere Richtung zu fahren, weiter raus, und in ner Kneipe am Starnberger See ein Bier zu trinken.

Der See ist ganz schön unruhig für so nen windstillen, sonnigen Tag. Ich überlege, wie in einem Binnengewässer solche Bewegung sein kann. Kommt das von den Booten oder fließen vielleicht unterirdische Ströme rein? Beinah hätte ich das zum Thema gemacht, aber ich bin zu träge, um den Gedanken weiter zu verfolgen, und genieße das Geräusch, das die kleinen Wellen an der Uferbefestigung der Strandpromenade ein paar Schritte von unserm Tisch entfernt machen. Es ist ein angenehmer, sogar stimulierender Klang, der mich an nackte Körper (genau gesagt, an meinen und den eines willigen Mädchens, oder auch zwei, vielleicht den beiden Brook-Zwillingen) denken lässt, die in einem riesigen Himmelbett gegeneinander klatschen. Es ist schon zu lange her. Zehn verdammte Tage. Ein kleiner Hund schnüffelt rum und erinnert mich an Gallys alten Hund Cropley. Ich fühl mich so spitz wie Cropley jeden Sommer, bevor sie die arme Fotze kastriert haben.

Terry betrachtet den Hund, der ihn neugierig anstarrt. – Hallo, mein Junge, sagt er, – man könnte meinen, er versteht, was ich sag.

– Vielleicht steht er auf dich. Wär ja bestimmt nich der erste, den du fickst, sagt Gally.

Während Terry eine Grimasse schneidet, sagt Billy: – Gally, weißte noch, dieser Kumpel von dir, auch meinem Bruder sein Kumpel, dieser stinkvornehme Typ, der Tierarzt wird?

– Aye, Gareth, meint Gally.

– Aye, er ist auf diesen ganzen versnobten Schulen gewesen, aber er ist Hibs-Fan und n tougher Typ, erklärt mir Terry.

– Wie auch immer, erklärt Birrell, – Rab laberte rum, Hunde würden verstehn, was man sagt, und darauf meint dieser Gareth: Du solltest unsere vierbeinigen Freunde nich anthropomorphisieren, Robert, damit entwürdigst du nur die Angehörigen beider Spezies.

– Typisch Gareth, lacht Gally.

Ich kenn diesen Typ nicht, ich kenn ihn nur vom Hörensagen, aber ich sag nichts dazu. Mir liegt auf der Zunge, dass das für nen Hibby ein verflucht großes Wort ist, aber ich bleib stumm. Ich hab da schlechte Karten; Plazenta Ewart. Ich warte bloß drauf, dass das wieder aufs Tapet kommt.

Terry schwärmt jetzt von dieser Perle. Sie ist Deutsche, studiert Spanisch und Italienisch an der Uni München, aber anscheinend ist auch ihr Englisch so scharf wie der erste Schiss nach nem Chicken Vindaloo. Wir sind alle schwer neidisch, und wahrscheinlich rührt daher auch Gallys Zeug über Terrys Schwanz.

Aber die Fotze hat tatsächlich ne lange Vorhaut: Feststellung einer einfachen Tatsache. Lange Vorhaut oder nicht, wir lassen den Sack abziehen und verabreden uns für später mit ihm im Hacker-Pschorr-Zelt auf der Festwiese. Wir kichern uns eins, als er weggeht und der Wind, der vom See kommt, seine lockigen Haare durcheinanderwirbelt.

Er lässt sich von uns nicht verarschen, dreht sich spöttisch lächelnd um und macht das V-Zeichen.

## FETTE BEUTE

Ein paar Bierchen später gehn wir durch die Unterführung an der örtlichen S-Bahn-Station Richtung Stadt. Am Ausgang des Tunnels hat sich ne Gruppe junger Mädchen, eigentlich noch Kinder, versammelt. Für die muss an nem Ort wie dem hier ja echt nichts los sein: ne Stadt, in der alte Säcke und reiche Pendler den Ton angeben.

– Ey, n paar kleine Torten unterwegs heute, meint Gally.

Der muss es ja echt nötig haben und so. – Kleinkinder, sag ich nicht sehr überzeugend.

– Scheiß drauf, na und, meint er und schon ist er bei ihnen.

– Enchiligung bitte, mein Deutsch is neit so gooed. Sprekt ze Engels?

Sie fangen an zu kichern und halten sich die Hand vor den Mund. Es sind wirklich noch Kinder. Ich fühl mich langsam etwas unbehaglich und weiß, dass es Billy auch so geht.

– Wo ist der CD-Laden? lächelt Gally. Er ist ein ziemlich hübscher kleiner Kerl mit seinen großen Augen und Zähnen, und wenn er relaxt ist, hat er dieses träge Lächeln. Seine Augen haben ne seltsame Beschaffenheit, die bei manchen Mädchen voll ins Schwarze trifft. Gally und Terry haben immer massig Weiber, weil die Fotzen nen gewissen Charme und Selbstbewusstsein haben. Darauf stehen die Weiber. Zu Haus sind sie oft zusammen auf Tour, auch wenn sie sich gegenseitig immer aufziehen und sich manchmal auf die Nerven gehen. Daher wusste ich nicht, was er jetzt von diesen kleinen Mädchen wollte.

– Da ist ein Laden, der welche verkauft, sagte ein aufmerksames, ernst guckendes kleines Mädchen und zeigte rüber auf die andere Straßenseite.

Ich muss Gally förmlich von den kleinen Mädchen wegzerren.

– Beherrsch dich, Gally. Deine Kleine ist bald in dem Alter. Möchtest du, dass sie von fünfundzwanzigjährigen Typen angequatscht wird, wenn sie so alt ist?

– Ich hab doch bloß Spaß gemacht … sagt er.

Es liegt mir schon auf der Zunge, dass der Perversentrakt in Saughton voll von Fotzen ist, die das gesagt haben, aber das wär nicht korrekt, selbst als Witz nicht, denn Gally ist vernünftig, er macht nur Spaß, vielleicht bin ich da auch überempfindlich. Aber Kinderficker bleibt Kinderficker: ob in Deutschland oder Schottland, das spielt keine Rolle. Und ich seh, dass Billy Gally zweifelnd ansieht. Ich weiß nicht, was mit dem Kleinen in letzter Zeit los ist. Terry sagt, er hätte mit ziemlichen Wichsern wie Larry Wylie und Konsorten rumgehangen. Vielleicht übertreibt Terry ja auch. Gally hat sich vor ner Weile mit ein paar ganz üblen Typen abgegeben, aber das hat er wieder sein gelassen.

Billy ist irgendwie ne unbekannte Größe, was Mädchen anbelangt. Sie mögen ihn, weil er fit und immer gut angezogen ist. Das Problem bei Billy ist, man kann sich ihn nie dabei vorstellen, wie er ne Perle aufreißt, überhaupt mit einer redet, mein ich, aber er scheint sie ja voll zu quatschen. Wenn er ne neue Freundin hat, führt er sie uns nie vor. Man sieht ihn einfach in seiner Karre oder auf der Straße in Begleitung eines netten Mädchens. Er bleibt nie stehen, um sie vorzustellen, und er redet nie über ein Mädchen, mit dem er zusammen war, außer sie stammt aus der Siedlung und es kennt sie sowieso jeder. Mit dem Mädchen, mit dem er jetzt zusammen ist, kommt er manchmal in den Club. Sie tanzen mal zusammen und hängen dann den Rest des Abends jeder mit seinen eigenen Freunden ab. Ich hab mich noch nie richtig mit ihr unterhalten, entweder ist sie doof oder schüchtern. Aber so ist Billy eben, echt unser Secret Squirrel.

– Ich geh *keine* CDs klauen, sagt Billy und schüttelt angewidert den Kopf, denn er weiß genau, was die kleine Fotze vorhat, als wir in Müllers Plattenladen reingehen.

So ne fette Frau und ein gelangweiltes junges Mädchen arbeiten in dem Plattenladen. Überall stehen CDs in großen, hölzernen CD-Racks. Gally nimmt eine und zieht so nen Aluminiumstreifen von ihr ab. – Wir müssen bloß die Streifen hier abziehn und sie verstecken, meint er und steckt die CD in seine Tasche. Billy ist stinksauer und verlässt ohne uns den Laden.

– Aye, hau doch ab, Birrell, du ewiger Miesmacher, wir sind ja nicht alle berühmte Sportskanonen mit blütenweißer Weste, sagt Gally, – die verfickte Fotze von Brandstifter.

– Boxender, dreckiger Stenhouse-Prolo-Wichser, sag ich und lache.

Gally nimmt eine theatralische Pose ein und fängt an, die Titelmelodie von *Secret Squirrel* zu schmettern. – *Wha-hat an-aaaagent, wha-hat a squirrel*...

Ich falle mit ein, – *he's got the coun-try ih-hin a whirl, what's his name*...

Dann legen wir uns einen Finger auf den Mund und singen: – *Sssshh... Secret Squirrel!*

Ich bin kein großer Langfinger, und Gally, na ja, er hat da ein bisschen Erfahrung, aber das ist nichts im Vergleich zu Mr. Terence Lawson und seinem alten Kumpel Alec zu Haus. Die beiden Fotzen sind richtig professionell: Hauseinbrüche, Ladeneinbrüche, das volle Programm. Kurz bevor wir losgefahren sind, mussten Billy und ich noch n Wörtchen mit diesem moralisch verkommenen Saftarsch Terry reden. Wir haben ihm klipp und klar gesagt, dass wir hier Ferien machen wollten und es da kein Klauen gäb. Der Lockenkopf machte einen auf beleidigt und meinte: – Ich bin fünfundzwanzig und keine verschissenen fünfzehn. Ich weiß, wie man sich benimmt, ihr Fotzen. Ich weiß, wann es Zeit zum Arbeiten und wann es Zeit zum Auschillen ist.

Ja, ja, tschuldige, dass wir geboren sind, du Fotze.

Terry nennt seine Einbrecherei schon immer Arbeit. Ich schätze, das ist es auch für ihn; seit er nicht mehr den Getränkewagen-Job hat, hat er nichts anderes gemacht. Und jetzt, nach meiner schönen Ansprache, bin ich derjenige, der am Klauen ist. Ich glaub, deswegen ist Birrell so angewidert. Aber mit einem hat Gally Recht; die beleidigen hier wirklich deine Intelligenz. Es ist schwierig, hier *nicht* zu klauen. Man muss schon verrückt sein, sich so eine Gelegenheit entgehen zu lassen. Außerdem besteht auch wirklich Bedarf: Viele von meinen alten LPs sind mittlerweile kaputtgespielt.

Ich also raus und in den Laden nebenan, wo ich mir ne Plastiktüte besorge mit ner Flasche Wasser drin, um Gewicht drin zu haben. Wieder im Plattenladen fang ich an, systematisch die Streifen von den CDs zu reißen, bevor ich dann zurückkomme und sie in die Plastiktasche stopfe. Die Frauen hinter der Ladentheke können die CD-Regale nicht einsehen. Kameras oder so was gibt's nicht. Es ist scheißeinfach: Man *muss* einfach klauen. Gally macht's allerdings anders als ich; für die Fotze zählt eher der Wiederverkaufswert als der eigene Geschmack. Er verfährt nach dem Juice-Terry-Prinzip und sackt erbarmungslos die derzeit aktuellen Top-Alben ein. Er sucht Sachen aus, die sich im Silver Wing, Gauntlet, Dodger oder im Busy Bee verkaufen werden. Es macht einen echt krank, was die Fotze einsackt, *Now That's What I Call Music Volume 10, 11, 12 und 13*, Phil Collins (*But Seriously*), Gloria Estefan (*Cuts Both Ways*), Tina Turner (*Foreign Affair*), Simply Red (*A New Flame*), Kathryn Joyner (*Sincere Love*), Jason Donovan (*Ten Good Reasons*), Eurythmics (*We Too Are One*) und jede Menge Pavarotti nach der WM, nur so Scheiß, mit dem man nicht mal tot gesehen werden möchte, da vergeht mir echt alles. Der Arsch hält sie mir auch noch jedes Mal ganz selbstzufrieden unter die Nase, mit großen Augen, die wie Scheinwerfer unter seiner Baseballcap hervorstrahlen. Ich begreif nich, wie es einer toll finden kann, Platten zu klauen, die er sich nie anhören wird.

Ich bin mehr am Backlisting interessiert. So nennt man das, wenn du deine alten Platten durch CDs ersetzt. Wenn man mal drüber nachdenkt, ist es ne Gaunerei, einen dazu zu bringen, von Vinyl auf CD umzusteigen, sie sollten einem die komplette Plattensammlung durch CDs ersetzen, wenn man nen CD-Player kauft. Ich backliste das meiste von den Beatles, Stones, Zeppelin, Bowie und Pink Floyd. Es sind bloß diese alten Sachen, die ich mir auf CD anhör, Dance Music muss natürlich auf Vinyl sein.

Supergute Ausbeute. Wir marschieren mit Einkaufstüten voller CDs raus. Unser Secret Squirrel sieht ganz mies gelaunt aus, als wir zurück zu unserer Unterkunft gehen, um sie zu deponieren. Er und Gally fangen sofort mit einer dieser sinnlosen »Penner/Snob«-Streitereien an, mit denen man in der Siedlung anfängt, sobald man sprechen kann. Als wir da sind, ruf ich Rolf und Gretchen an und sag ihnen, sie sollten uns auf dem Oktoberfest treffen, wenn sie Lust auf ein Bier hätten. Dann brechen wir sofort wieder auf und gehen zur S-Bahn, die nach München reinfährt.

Wir nehmen noch nen kleinen Drink in der Stadt und wollen gerade aufbrechen, um uns mit Terry und seiner Torte im Hacker-Pschorr-Zelt auf der Festwiese zum Kampftrinken zu treffen, aber wen sehen wir da entgegenkommen, wenn nicht den Sack persönlich mit seiner Perle an der Hand. Terrys Perle Hedra ist irrsinnig nett. Aber als er uns miteinander bekannt machte, musste ich vermeiden, Gally und Billy in die Augen zu sehen. Ich weiß, dass das Erste, woran die denken, Blowjobs sind. Was dieses Mädchen an Terry findet, werd ich nie begreifen. Das sag ich auch zu Birrell, als Terry und Gally Bier holen gehen, wobei Gally mit unserem Raubzug angibt, und Birrell meint: – Nee, das liegt nur daran, dass sie Ausländerin ist, sie kommt dir exotisch vor. Kein übel aussehendes Mädchen, aber wenn sie aus Wester Hailes wär, würdest du denken, Durchschnittsmieze.

Ich guck mir das Mädchen nochmal an und stell sie mir im Einkaufszentrum von Wester Hailes vor, wie sie an nem Bridie von Crawford's kaut, und schätze, Birrells Argument ist nicht ganz von der Hand zu weisen. Aber mein Argument ist, dass wir hier eben *nicht* in Wester Hailes sind.

Wir gehen die Straße lang, als Terry an so nem großen, steinernen Gebäude dieses Schild entdeckt. – Hört euch das an, Jungs, haltet mal.

Da steht was auf Deutsch, aber darunter heißt es auf Englisch:

MUNICH–EDINBURGH TWIN CITIES COMMITTEE
MUNICH COUNCIL WELCOMES THE YOUTH
OF EDINBURGH

– Das seid ihr, die Jugend von Edinburgh, kichert Hedra.
– Da haste verdammt Recht. Da sollten wir doch glatt reingehn
und was trinken. Für lau. Das sind wir, die Jugend Edinburghs,
sagt Terry stolz.
– Da könn wir nich rein, Billy schüttelt den Kopf.
Gally guckt ihn geringschätzig an. Terry sagt mit tuntiger
Stimme: – Wir können dies nicht, wir können das nicht, sagt er
und wackelt mit dem Kopf. – Wo ist dein Mumm, Birrell? Haste
den im Ring gelassen? Komm schon, er boxt gegen Billys Arm
und zerstreut so die aufglimmende Wut. – Denk an Souness!
Frechheit siegt.

Graeme Souness stammt aus unserer Ecke und ist immer noch
Terrys Idol, auch wenn er heute die Hunnen managt. Als Souness
den Minipli und die Muschibürste hatte, ließ sich Terry sogar ein
blödes Bärtchen aus Pubertätsflaum wachsen, um ihm nachzu-
eifern. Jedes Mal, wenn er irgendwen motivieren will oder zum
Mitmachen bei einem seiner Drehs zu überreden versucht, sagt
er »Denk an Souness«. Als wir klein waren, sahen wir Souness
immer vom Training kommen. Einmal schenkte er Terry fünfzig
Pence für Bonbons. Solche Sachen vergisst man nicht. Terry ver-
gab Souness sogar ein übles Tackling gegen George McCluskey an
der Easter Road vor ein paar Jahren. – McCluskey war doch n dreckiger Schmutzfink aus Glasgow, so einen wie den sollte man gar
nich erst für die Hibs spielen lassen, sagte er in vollem Ernst. Jede
Sau weiß, dass Souness ein Jambo war, aber nee, Terry ließ sich
einfach nichts sagen. – Souness ist n astreiner Hibby, erklärte er.
– Wär er noch hier, dann würd er mit den Jungs vom CCS in ihren Designerklamotten durch die Stadt ziehen und sich nich wie
ihr schmierigen Jambo-Fotzen in der Siedlung verstecken.

Scheiße, wie kommt der dazu, von Designerklamotten zu fa-
seln? Terry ist für die Mode das, was Sydney Devine für Acid
House ist. Egal, wir denken an Souness und gehen entschlossen
die steinerne Treppe ins Gebäude hoch. Zwei kräftige Türsteher
verstellen uns den Weg. Ich fühl mich schon nicht mehr so ganz
wie Souness. Gott sei Dank taucht ein Typ im Anzug hinter den
Kleiderschränken auf und schiebt sie zur Seite. Ich sah schon vor
mir, wie Billy, von Terry aufgestachelt, in Kampfstellung geht.

Der Knabe, so ein bärtiger Rolf-Harris-Typ im Jackett mit irgendwelchen Papieren in der Hand, lächelt uns an. – Ich bin Horst. Ihr seid die Gruppe aus Edinburgh?

– Ganz genau, Kumpel, meint Gally, – für unsere Freunde auch die Young Mental Amsterdam Shotgun Squad.

Dieser Horst zupft sich am Bart. – Amsterdam ist nicht gut, wir warten auf die Leute aus Edinburgh.

– Der zieht dich nur auf, Kumpel, wir sind durch und durch Hauptstädter, erklärt Terry. – Drei Hibees und n Jambo. Keine traurigen Clowns aus Glasgow hier, die bloß so tun als ob.

Horst blickt uns der Reihe nach an, dann in seine Unterlagen und dann wieder uns. – Schön. Wir waren informiert worden, dass sich der Flug verspätet. Wie gut, dass ihr so schnell vom Flughafen hergefunden habt. Wer von euch ist der Squash-Champion Murdo Campbell-Lewis aus Barnton?

– Äh, er da, Terry zeigt auf Billy, weil der am sportlichsten aussieht. Horst holt ein Delegiertenabzeichen raus und gibt es Birrell, der es sich verlegen ansteckt.

Dann sieht Horst Hedra an, die ihn kaltblütig mustert. Schon in Ordnung, das Mädchen. – Wo sind die übrigen Mädchen?

Gally zupft sich am Ohrring. – Gute Frage, Kumpel. Besonders erfolgreich waren wir beim Aufreißen bisher nich.

Billy mischt sich ein, um unser Gelächter zu unterbinden. – Die kommen später.

Wir werden in so ne Halle mit riesigen Kronleuchtern unter der Decke geschoben, in der bereits haufenweise Delegierte trinkend und essend an den Tischen sitzen und von Kellnerinnen und Kellnern bedient werden. Horst gibt uns Ausweise, und Gally schnappt sich einen und sagt: – Das bin ich, Christian Knox, Jugend-forscht-Gewinner vom Stewart's-Melville-College.

– Wer ist Robert Jones, der Violinist … von der CFS … Craigmillar Festival Society … fragt Horst.

– Der Alibi-Proll, flüstert Terry mir zu.

Den nehm ich. – Das bin ich, Kumpel, und es heißt CSF, nicht CFS.

Dieser Horst guckt mich verblüfft an und reicht mir mein Abzeichen. Ich hefte es mir an den Kragen meiner Wildlederjacke.

Wir setzen uns hin und hauen rein. Es gibt unheimlich viel Wein, und unser kleiner Gally ist etwas pikiert, als ihn eine der Kellnerinnen fragt, ob er denn schon alt genug dafür wär. – Ich hab ne Tochter in Ihrem Alter, sagt er verächtlich. Ich mach leise: – Ohhhhh!, was ihm auf die Eier geht. Der Fraß ist ausgezeichnet; ich nehm zuerst nen Salat aus Meeresfrüchten, dann gebratenes Huhn, Kartoffeln und Gemüse.

Nach ner Weile bemerke ich Tumult und laute Stimmen, und als ich mich umgucke, seh ich so ein altes Bonzenpärchen, und beide kommen mir vage bekannt vor. Die eine ist ne äußerst streitbare alte Vettel, die permanent die Welt mit wütendem Blick nach Dingen abzusuchen scheint, die ihr missfallen. Der Mann ist ein selbstzufriedener, elegant gekleideter Kerl mit nem feisten Gesicht und ner Miene, die ausstrahlt: »Ich leb wie die Made im Speck und möchte, dass das auch jeder mitkriegt.« Bei ihnen sind ne Menge junger Wichser, Jungen und Mädchen, geschniegelt und gestriegelt, mit eifrigen, großen Augen, Augen, die nicht daran gewöhnt sind, die Härten des Lebens um sich herum wahrzunehmen. Sie sehen aus wie die Waschlappen, die man noch aus der Siedlung kennt, die Bekloppten, die für die alten Leute einkaufen gehn. So ähnlich wie Birrell, der boxende Sozialarbeiter.

– Oh-oh … macht Terry, kippt seinen Wein runter, nimmt dann ne volle Flasche aus dem Eiskühler und steckt sie sich unter die Jacke. – Sieht aus, als wär die Party vorbei …

– Das ist diese Stadträtin aus Edinburgh, die blöde, alte Fotze, die sich in der *News* immer über den Dreck beim Festival aufregt, sagt Birrell und hilft meinem Gedächtnis auf die Sprünge. Wusste ich doch, dass ich die irgendwoher kenne. – Die hat die Subventionen für unsern Boxclub im Sportausschuss gekippt.

Sie schauen zu uns rüber und sind über den Anblick ihrer Mit-Hauptstadtbürger etwa so begeistert wie man selbst über die Begegnung mit nem verstopften Klo an nem Tag mit schlimmem Kater. Horst kommt mit den zwei Fotzen von der Tür angerannt. – Ihr dürft gar nicht hier sein! Ihr müsst gehen! brüllt er uns an.

– He, wir ham aber noch gar keinen Nachtisch bekommen! lacht Gally. – Alles klar, Hauptstadt-Kumpel! ruft er mit erhobenem Daumen zur Ratsdelegation rüber. Klar, dass sich der Gesichtsausdruck des selbstgefälligen Knaben verändert hat. Natürlich, jetzt bröckelt die PR-Fassade.

– Raus, oder wir rufen sofort die Polizei! befiehlt Horst.

Tja, so lass ich nicht gern mit mir reden, und es gibt keine Entschuldigung für Unhöflichkeit gegenüber Fremden, vor allem, wo doch genug Platz und Fressalien für alle von uns da zu sein scheinen, aber diese Fotzen sitzen am längeren Hebel.

– Aye, wie du willst, du Fotze, sag ich. – Kommt, Jungs.

Wir stehen auf, und Gally stopft sich noch nen Mund voll Brot rein, als wir gehen. Terry sieht einen der Türsteher an, fixiert die Fotze mit nem leisen, atemlosen Lachen und reißt dann weit die Augen auf. – Besorg's mir doch, Fotze, kichert er, schwenkt die Hüften und macht einen Schmollmund. – Wir beide, Fritzy. Vor der Tür, na komm!

Ich packe ihn am Arm und schubse ihn zur Tür, während ich mich über seine Darbietung schlapplache. – Komm schon, Terry, hör auf damit, du bekloppter Hund!

Die deutschen Jungs sehen etwas verwirrt aus, und man merkt, dass sie hier keinen Ärger haben wollen, aber ich hab Angst, sie könnten die Bullen rufen. Das würde der nachtragenden alten Hexe aus dem Stadtrat mehr als gefallen, wenn ein paar Proleten eingelocht würden, andrerseits wär's schlechte Publicity für die Stadt, wenn das in die Zeitung käme, daher haben wir vielleicht noch etwas Spielraum. Solang jetzt keiner durchdreht, heißt das.

Wir ziehen ab, wobei Terry extra langsam und provozierend geht, als wollte er die deutschen Jungs herausfordern, sich doch noch mit uns anzulegen. Er sieht sich im Saal um und brüllt:
– CCS!

Das ist bloß Show, denn Terry geht überhaupt nicht mehr zum Fußball und schon gar nicht mit dem Mob. Aber die wissen sowieso nicht, was zum Henker er meint, und sie gehen auch nicht auf uns los. Er schaut in die Runde und geht dann zufrieden, dass es keiner mit ihm aufnehmen will, zur Tür.

Als wir rausgehen, sagt die alte Gewitterziege, Stadträtin Morag Bannon-Stewart, wie sie die Fotze nennen: – Ihr seid eine Schande für Edinburgh!

– Komm doch, Hauptstadtmieze, und lutsch mir den Schwanz, schnarrt Gally zu ihrem Schrecken und ihrer Entrüstung, und damit sind wir draußen auf der Straße und hochzufrieden mit uns, aber gleichzeitig auch rechtschaffen empört.

## AUF DER WIESN

Es ist geil hier, die langen Reihen von Tischen mit engagierten Trinkern und der Sound der Humtata-Kapellen. Wenn man in dieser Kulisse nicht hacke wird, dann nirgendwo. Und das ist auch gar nicht nur ein Männerding, es sind auch jede Menge Schnitten hier, die es alle wissen wollen. So gefällt mir das Leben, das Hacker-Pschorr-Zelt aufm Oktoberfest, die Maßkrüge gehen bald runter wie nichts, wir ham ne gute Schlagzahl! Ich stand eigentlich nicht mehr so auf Alkohol, aber das hier war einsame Spitze. Zuerst saßen wir zusammen an so großen, hölzernen Tischen, aber nach ner Weile fingen wir an, uns umzusehen. Ich glaub, Birrell lag am meisten dran, ne Runde zu drehen, weil Gally ihm mit der Klauerei echt auf den Senkel gegangen war. – Wart doch mal ab, Birrell, bettelt er, als Billy aufsteht, – n bisschen verfickte *Gemeinschaft!*

Billy kann ein komischer Kerl sein; ein Supertyp, aber in manchen Dingen etwas puritanisch. Er verzieht sich also und fängt an, sich mit irgendwelchen englischen Jungs zu unterhalten. Terry guckt den Ischen nach, obwohl er ja mit dieser Hedra hier ist. Typisch Terry; ich liebe ihn, aber er ist die totale Fotze. Ich denk oft, wenn er nicht mein Freund wär und ich ihn zum ersten Mal sähe, würd ich die Straßenseite wechseln, falls noch ne andere da wär. Um mir die Beine zu vertreten, schließe ich mich Billy an. Die englischen Jungs scheinen ganz nett zu sein; wir labern jede Menge besoffenen Scheiß mit ihnen: Wir erzählen uns gegenseitig Saufgeschichten, Rave-Geschichten, Fußballrandale-Geschichten, Drogengeschichten, Fickgeschichten, all den üblichen Scheiß, der das Leben lebenswert macht.

Irgendwann klettert so ne fette Kuh, ich glaub, ne Deutsche, auf einen Tisch, zieht ihr Oberteil aus und lässt ihre dicken

Quarktaschen durch die Gegend wabbeln. Wir grölen alle, und ich merke, dass ich hackedicht bin, total abgefüllt, die Pauke der Blaskapelle dröhnt in meinem Kopf, und die Becken scheppern mir um die Ohren. Ich steh auf, nur um mir zu beweisen, dass ich das noch kann, und dreh ne Runde durchs Zelt.

Gally kauft mir noch n Riesenbier und labert irgendwas, wir wären *Gemeinschaft*, aber sein besoffener Scheiß interessiert mich nicht, denn er wird so körperlich anhänglich, wie immer, wenn er blau ist, klammert sich an einen und zerrt an einem rum. Ich schüttle ihn ab und find mich neben diesen Mädchen aus Dorset oder Devon oder so was wieder. Wir knallen unsere Maßkrüge aneinander und labern über Musik, Clubs, Pillen und den üblichen Scheiß. Eine von denen gefällt mir wirklich, die ist in Ordnung; Sue heißt sie. Sie sieht nicht übel aus, besonders weil sie wie dieses Hasenmädchen aus dem Werbespot für Cadbury's Caramel klingt, das dem Hasenjungen sagt, er soll sich Zeit nehmen, alles ganz gemütlich machen. Und der Hasenjunge macht große Kulleraugen, so wie Gally, wenn er auf Eckys ist. Aber vielleicht sehn meine Augen jetzt genauso aus, denn ich habe ne Vision, wie ich mit dieser Perle auf ner Farm in Somerset den ganzen Tag lang faul unter freiem Himmel Liebe mache, und kurz darauf liegt mein Arm um sie, und sie lässt mich n bisschen an sich rummachen, aber dann wendet sie sich ab, vielleicht bin ich zu scharf rangegangen, zu starker Lippendruck … Der Hasenjunge, das bin ich, das kommt bloß von dem ganzen Techno, dem ganzen Hardcore, in dem ich so aufgegangen bin, das ist alles immer so hektisch, also entspann dich einfach, Hasenju …

Mann, bin ich dicht! Ich geh zum Tresen und hol ne Runde für dieses Mädchen und ihre Freundinnen, und ein paar Schnäpse zum Nachspülen. Wir kippen sie runter, dann tanzen Sue und ich vorne zur Musik der Blaskapelle, obwohl es eigentlich eher blindes Rumtorkeln ist, und so ne Engländerfotze, einer aus Manchester, legt mir den Arm um den Hals und meint: – Hey, Alter, wo kommst du her, und ich: – Edinburgh, und der Typ ist okay, und das ist ein Glück, weil ich mich rumdreh und seh, dass Birrell gerade hingegangen ist und nen Kerl geschlagen hat, der ein Kumpel von dem Typ hier sein könnte. Es war wohl kein harter Schlag gewesen, aber immerhin einer dieser kurz angesetzten, ökonomischen Boxerhiebe, und der Typ hat sich direkt auf den Arsch gesetzt. Die Stimmung schlägt auf seltsame Weise um, das registriert man sogar durch die dämpfenden Schichten des Rauschs. Ich löse mich von dem Manc-Typen, der etwas schockiert aussieht, und stürze mich mit einem Satz nach vorn auf Sue, dann galoppieren wir betrunken aus dem Zelt und stolpern hinter einen Wohnwagen, wo geräuschvoll ein Generator läuft.

Sie hat ihre Hände an meinem Hosenschlitz, und ich versuch ihre Jeans aufzumachen, die sitzt verdammt eng, aber es klappt irgendwie. Ich find ihren Schlitz unter ihrem Höschen und steck nen Finger rein; sie ist feucht, er wird problemlos in ihre Fotze gehn, denn ich bin auch geil, obwohl ich in solchen Situationen immer Sorgen wegen dem Alkohol hab. Manchmal hat man nen harten Schwanz, aber die Wurzel macht schlapp. Erst finden wir nicht richtig zusammen, aber dann setz ich sie auf diesen Generator, der höllisch vibriert, und dann hat sie ein Bein aus der Jeans und ihr Slip ist einer von diesen ziemlich weiten aus weißer Baumwolle, die man zur Seite schieben kann und nicht ausziehen muss; zuerst ist es zwar etwas eng, aber er geht gut rein. Dann ficken wir, aber nicht auf die langsame, träge Cadbury's-Caramel-Art, wie ich es gern wollte, es ist ein schmutziger, ungeschickter, hektischer Fick, bei dem sie sich mit ihren Händen von dem rüttelnden Generator abstößt und gegen mich presst. Ich ramme ihn von unten in sie rein und beobachte den Schweiß auf ihrem Gesicht, und wir sind uns beim Ficken viel fremder als beim Tanzen. Schatten taumeln an uns vorbei, und man hört ein lautes, erregtes Stimmengewirr; englische, deutsche, Birrell und weiß der Henker wer noch.

Ich überleg grad, ob ich sie mit zu Wolfgang und Marcia nehmen soll, mit zu dem Bett und zum Langsamficken, zu ein bisschen langsamem, trägem und lustvollem Cadbury's-Caramel-Ficken, als dieses Mädchen auf uns zugerannt kommt, ohne uns richtig wahrzunehmen, weil sie sich die Eingeweide aus dem Leib kotzt und dabei erfolglos versucht, sich die Haare aus dem

Gesicht zu halten. Mein Horizont ist jetzt geschrumpft, und ich will bloß noch in Sue abspritzen. Ich spür, wie sie mich von sich wegschubst, und dann bin ich raus, sie zieht ihre Jeans hoch und macht Reißverschluss und Gürtel zu, und ich versuch, meinen Schwanz in meine Unterhose und Hose zu friemeln wie ein Schwachsinniger, der ein Puzzle zu legen versucht.

– Alles in Ordnung, Lynsey? Sue kümmert sich um ihre Freundin, die bloß wieder würgt. Dann wirft sie mir nen bösen Blick zu, als ob ich für den Zustand der besoffenen Kuh verantwortlich wär. Schon, ich hab die Runde Schnaps geholt, aber ich hab ja keinen gezwungen, ihn zu trinken.

Aus Sues Miene und Körpersprache ist jetzt ziemlich deutlich ersichtlich, dass sie sich von mir abgewandt hat, dass sie alles bereut. Ich hör, wie sie betrunken vor sich hin murmelt: – Und nicht mal n Scheißkondom … so verdammt blöd …

Tja, ich schätze, das war's wohl auch. Also fang ich jetzt an, es zu bereuen. – Ich geh rein und seh mal nach den Jungs … bis gleich, sag ich, aber sie hört nicht zu, ihr ist es scheißegal, und keiner von uns beiden ist gekommen, das kann man wohl kaum nen gelungenen Fick nennen. Aber es ist ja bloß Ficken: nichts, worüber man sich lange den Kopf zerbrechen sollte. Man muss ab und zu auch mal beschissenen Sex haben, nur um wieder die richtige Perspektive für das geile Ficken zu bekommen. Wenn jede Nummer Bilderbuchporno wär, wär es bedeutungslos, denn dann hätte man ja keinen richtigen Vergleich. So muss man das sehen.

Ich mach, dass ich wegkomme, stolpere, falle beinah über ne Zeltschnur und schwanke an nem Typ mit gebrochener Nase vorbei. Sein Freund hilft ihm, er hält dem Typ den Kopf in den Nacken. Ein Mädchen geht hinter ihnen her und meint mit nordenglischem Akzent: – Ist er okay, ist er okay?

Sie ignorieren sie, ihr Gesicht verzieht sich, sie sieht mich an und sagt: – Dann leckt mich doch! Aber sie geht ihnen trotzdem hinterher.

Als ich wieder im Zelt bin, lauf ich ne Weile rum, bis ich Billy seh, der absolut dicht aussieht. Er glotzt auf seine Fingerknöchel und massiert sie. – Billy. Wo ist Gally? frag ich, weil ich mir denke, dass Terry wohl mit dieser Hedra zusammen sein wird, aber Gally allein war.

Birrell guckt mich tierisch aggressiv an, mit zusammengekniffenen Augen, dann scheint er mich irgendwie zu erkennen und entspannt sich. Er streckt die Finger seiner Hand aus. – Ich darf nich rumlaufen und mich mit Irren prügeln, Carl, ich hab n wichtigen Kampf anstehn. Wenn der Knöchel gebrochen ist, dreht Ronny durch. Aber die wollten mich anmachen, Carl. Was sollte ich denn machen? Die wollten mich anmachen. Das ist die Härte. Terry hätte hier sein sollen, um das zu regeln!

– Du hast ja Recht. Wo ist Gally? frag ich ihn nochmal. Wetten, dass der dämliche kleine Mutant in irgendwas reingeraten ist? Ich bin allerdings etwas überrascht über Billy, der normalerweise der Vernünftige von uns ist.

– Dem war schlecht. Der hat nem Mädchen übern Rücken gekotzt. Er hat mit ihr getanzt. Wo ist Terry? Ich musste ganz allein drei Typen weghaun. Wo habt ihr gesteckt?

– Weiß ich nicht, Billy. Ich find ihn schon. Du wartest hier, sag ich zu ihm.

Terry war bei Gally, der echt n bisschen mitgenommen aussah. Sein schwarzes T-Shirt war vorn bekotzt, sein Haar war schweißnass, und er schnaufte heftig. Terry grinste übers ganze Gesicht, der lachte sich kaputt. – Der gehört in die zweite Liga, tönt er und dreht sich zu Hedra und so nem deutschen Typ um. – Ein mieser Botschafter. Hi, Galloway, benimm dich wie n Hibs-Fan, um Himmels willen. Er zeigt auf Gally und fängt an zu singen: – *Are you Jam Tarts in disguise . . . oh shitey, shitey, shitey, shitey, shitey, shitey Gallo-way* . . . Dann nickt er mir plötzlich zu: – Wo ist unser Secret Squirrel? Hab ihn da hinten um sich schlagen sehn. Die Fotze war total im falschen Film. Die Jungs ham ihm überhaupt nichts getan. Der verträgt einfach keinen Alkohol mehr. Wahrscheinlich hat er in seinem Kopf n Gong gehört, lachte Terry. – Ring frei! Ding-dong! Er fängt an, den Titelsong von *Secret Squirrel* zu singen: – *He's got tricks, up his sleeve, most bad guys can't believe . . . a bullet-proof coat . . .*

Die Welt ist klein? Sie ist ein Grundschulglobus, denn jetzt kommen ein paar deutsche Typen zu dem Jungen, der bei Terry steht, und einer von ihnen ist Rolf. Wir erkennen uns sofort und schütteln uns die Hand. – Wir wollen zu ner Party, sagt er und guckt missbilligend über die bierselige Szenerie und die Blaskapelle, die immer noch spielt, – da ist die Musik besser.

Das passt mir ausgezeichnet. – Geil, sag ich. Die Jungs mögen meinen Dialekt vielleicht nicht verstehen, aber die Stoßrichtung ist klar. Es heißt, dass Körpersprache mindestens fünfzig Prozent der Kommunikation ausmacht. Ich weiß nicht, ob das stimmt, aber Sprache und Wörter werden überbewertet. Tanzen lügt nicht, Musik lügt nicht.

– Ich bin dabei, sagt Terry, – hier wird's mir zu chaotisch. Dann fängt er an so zu reden wie das kleine Kerlchen mit der Brille und dem Fez, dieser Kumpel von Secret Squirrel: – Wiir weerden Seeecret am Schlaaawiittchen packen, bevor er noch so ne Foootze umbriiingt! Dann wechselt er wieder in seinen normalen Tonfall, – den müssen wir wieder auf den Love Vibe polen. Die Fotze glaubt, es wär letzte Runde im Gauntlet!

Wir schnappen uns Billy und wurschteln uns als ungeordneter Haufen über Zeltseile stolpernd zum Wiesnausgang durch. Die Leute sehen uns nervös an: Wir sind wie erschöpfte Lachse, die versuchen, zum Laichen stromaufwärts zu gelangen. Als wir vom Festplatz runter sind, weiß ich langsam wieder, wo ich bin. Wir gehen Richtung Stadtzentrum, und meine Gedanken wandern zu dieser Sue und dem Spaß, den ich hätte haben können, und dass es reine Schwäche war, sich mit dieser Droge für verfurzte alte Säcke so lahm und blöd zu saufen. Es kommt mir vor, als wären wir ne Ewigkeit unterwegs. Billy ist hinter mir und reibt sich immer noch die Hand. Er ruft nach vorn zu Terry: – Fuck, wo warst du, Lawson? Wo wart ihr?

Terry lacht bloß und fertigt ihn ab: – Aye, ist klar, na sicher, Birrell, alles klar. Sicher, sicher, sicher … Ich mach mir aber trotzdem Sorgen, denn Billy flucht selten, wenn überhaupt. In der Hinsicht ist er wie sein Alter. Sein Bruder Rab flucht wie ein Bierkutscher und wir anderen auch.

– WER VON EUCH FOTZEN WILL WAS?! brüllt Birrell gehässig über die nächtliche Straße, und alle gucken weg. Terry verdreht die Augen, schürzt die Lippen und macht: – Ooooh! Rolf

meint zu mir: – Wir werden nicht auf die Party kommen können mit ihm, so wie er ist jetzt. Es ist möglich, dass wir stattdessen festgenommen werden.
– Scheiße, das ist mehr als bloß möglich, Alter, lacht Terry. Er hat seinen Arm um Hedra gelegt, und ihm ist es scheißegal.

Ich geh zurück, um Billy zu beruhigen, und leg ihm den Arm um die Schultern. – Bleib cool, Billy, wir wollen doch zu der Party, verdammte Scheiße!

Billy bleibt stehn und wird stocksteif, dann zwinkert er mir zu und sieht aus, als wär nichts gewesen. – Ich bin cool, meint er, und dann nochmal, – total cool. Dann umarmt er mich und sagt, dass ich sein bester Freund bin und immer war. – Terry und Gally, das sind dufte Kumpels, aber du bist mein bester Freund. Vergiss das nich. Manchmal bin ich zu dir ruppiger als zu den andern, aber nur, weil du was draufhast. Du hast was drauf, sagt er fast, als wär's ne Drohung. Seit Jahren hab ich Birrell nicht mehr so erlebt. Der Alk ist ihm direkt auf die Rübe geschlagen, und hinter seinen Augen tanzt eine Horde von Dämonen. – Du hast was drauf, wiederholt er. Dann murmelt er fast unhörbar, zu sich selbst: – ... die Härte.

Ich hab keine Ahnung, was die Fotze meint, aber ich weiß sein Kompliment zu schätzen. Nun ja, denk ich, der Fluid läuft gut, aber eigentlich bedeutet es bloß nen schönen Abend und Spaß und n bisschen Geld in meiner Tasche. Ich klopf ihm auf den Rücken, während wir über dieses Brachland neben den Bahngleisen gehen und in ein riesiges Gewerbegebiet kommen. Da sind Lichter und Lieferwagen, sieht aus, als wären hier noch irgendwelche Fotzen am Arbeiten. Der Club oder Rave oder vielmehr die »Party«, wie die deutschen Jungs das nennen, findet in nem riesigen, ausgehöhlten alten Gebäude statt, das offensichtlich illegal besetzt worden ist. Es ist von anscheinend noch genutzten Fabriken und Bürogebäuden umgeben. Ich sag zu Gally: – Wenn die Bude nicht innerhalb von zwanzig Minuten von den Bullen geräumt wird, lutsch ich Juice Terry seine Vorhaut, lache ich, aber das arme, kleine Hauptstadt-Kerlchen ist immer noch zu dicht, um zu antworten. Wir gehen rein. Gally hat sich das meiste von der Kotze vom T-Shirt gekratzt und den Reißverschluss seiner Bomberjacke hoch gezogen. Ich bin froh, dass wir reingehen, denn es ist unterwegs echt kalt geworden.

Um einen improvisierten Deejay-Bereich ist ein schmuckloses Soundsystem übereinandergetürmt, aber der Aufbau sieht aus, als könnte er ne ganz schöne Lautstärke verkraften. Es füllt sich langsam, und ich denk noch, dass ich echt gern hier auflegen würde.

Prompt wummert eine Bassline durch den Raum und prallt als Echo von den Wänden ab, als die erste Nummer aufgelegt wird und im ganzen Laden diese explosionsartige Begeisterung aufflammt, die man nur als Teil einer Menge erfahren kann.

Birrell scheint sich in dem Kasten zu entspannen, noch bevor ich den Irren mit Pillen versorgt hab. Scheinbar verbindet er die Vibes und die Musik mit Friedfertigkeit. Die deutschen Fotzen sind korrekt. Rolf ist mit Gretchen da; Gudrun und Elsa sind auch da, und ich bin hocherfreut, dass Gretchen Freundinnen hat, sogar ne ganze Menge. Die sehen nach Bundesliga-Muschi aus und so, aber das tut in meinem derzeitigen Zustand jedes Mädchen, weil die Pillen schnell reinhauen, die sumpfigen Alkoholschichten durchstoßen und mir etwas Schärfe und Klarsicht zurückgeben. Ich treffe auf Wolfgang und Marcia. – Du wirst ein paar Platten auflegen, ja?

– Ich wünschte, ich hätt ne Tasche voll mitgebracht, Alter. Wenigstens die, die ich bei dir zu Haus hab.

– Es gibt immer ein später, meint er.

An dieser Stelle mischt sich Marcia ein. – Dein Freund mit dieser Frisur ist sehr seltsam und laut. In der Nacht stand er bei uns im Zimmer am Fußende des Betts … Ich sah ihn in der Dunkelheit mit all diesen Haaren … es war keine Kleidung an ihm … Ich wusste nicht, wer er war …

Darüber muss Wolfgang lachen, und ich dann auch. – Ja, ich war vorher aufgestanden, um ihn ins Haus zu lassen. Ich zeigte ihm das Bett in deinem Zimmer, aber du schliefst schon. Ich ging zurück in mein Zimmer und erwartete, dass der Schlaf ihm folgt … dass er Schlaf haben würde. Dann hörte ich die Schreie von

Marcia und sah ihn da vor uns stehen. Also stand ich auf und brachte ihn zurück ins Bett. Aber er sagt, er will nach unten und mehr Bier trinken. Also geb ich ihm was, und er will mich nicht ins Bett gehen lassen. Er hat gesprochen zu mir die ganze Nacht. Ich konnte ihn nicht wirklich verstehen. Er redete und redete von einem Laster mit Saft. Ich verstehe nicht. Warum seid ihr immer so viel am Sprechen in Schottland?

– Nicht alle von uns, protestiere ich. – Was ist zum Beispiel mit Billy?

Marcia taut ein bisschen auf und lächelt: – Er ist sehr nett.

– Vielleicht ist er Deutscher, grinst Wolfgang.

Darüber muss ich lachen, und ich ziehe beide in meine Arme, um mehr Vibes mit Marcia auszutauschen. Wolfgang macht: – Ohhh … ohhh … Carl, mein Freund, aber Marcia fühlt sich immer noch ziemlich verkrampft an. Ich bezweifle, dass sie ne Pille genommen hat. Diese Eckys, die Rolf besorgt hat, sind absolut spitze. Man kann gutes E immer daran erkennen, wie schnell die Nacht verfliegt, aber als die Musik tatsächlich abbricht und von einem ärgerlichen Aufstöhnen abgelöst wird, denk ich, das ist ja lächerlich, *so gut* waren sie auch wieder nicht. Trotz der Eckys arbeitet mein Verstand langsam (wahrscheinlich die Sauferei), und es dauert nen Moment, bis mir dämmert, dass meine eigenen Worte sich als etwas zu prophetisch erwiesen haben, denn es pflügen sich ein paar Uniformierte durch die tanzende Menge zu den Plattenspielern.

Die Bullen sind ziemlich rabiat und wollen, dass wir verschwinden. Terry brüllt irgendwas, mit dem einzigen Ergebnis, dass sich die Deutschen zu ihm umdrehen und die Fotze verblüfft anstarren. Rolf sagt zu mir: – Du solltest deinem Freund sagen, dass in diesem Land nur wenig damit erreicht werden kann, wenn man sich die Polizei zum Feind macht.

Ich will ihm grade sagen, dass das in unserem Land genauso ist, wir uns davon aber nicht bremsen lassen, als ich kapiere, dass die Jungs so cool bleiben, weil im Programm auch ein Plan B vorgesehen ist. Wir alle wollen definitiv weitermachen. Außerdem hat die Polizei hier Knarren, ich weiß zwar nicht, wie es Terry oder sonst wem geht, aber meine Einstellung ändert das gewaltig. Auf meinen Lippen hat sich auf geheimnisvolle Weise ne Art Klettoberfläche gebildet, und ich kann's kaum abwarten, so weit wie möglich von hier wegzukommen. Es stimmt, egal wo man sich mit der Bullerei anlegt, es gibt immer bloß einen Gewinner.

Rolf und seine Freunde erklären mir, dass sie noch ne andere Party veranstalten wollten, aber dass ihnen die vorgesehene Location durch die Lappen gegangen wär. Während wir noch alle überlegen, wo wir jetzt hingehen, wird die Anlage in ein paar Vans geladen, und die Party scheint sich so schnell aufzulösen, wie sie begonnen hat. Deutsche Gründlichkeit; der gleiche Vorgang würde drüben im UK Monate dauern: Die ganzen Fotzen würden völlig komatös durcheinander taumeln. Es kommt ne milde Panik auf, dass die Nacht jetzt vorbei sein könnte, vor allem bei den Nicht-Deutschen. Irgend so n englischer Junge mit ner hohen, schnöseligen Stimme fragt: – Wo gehen wir denn als Nächstes hin?

Birrell grinst ihn kalt an. – Zum Tanzen. Zum verfickten Tanzen, sagt er und nickt dabei mit dem Kopf wie ein aufziehbares Blechspielzeug. Der Typ scheint diese Erwiderung etwas furchtsam hinzunehmen und streckt Birrell zaghaft die Hand hin, die er, obwohl er auf E ist, auf eine für meine Begriffe unnötig rabiate Art schüttelt.

Terry hört sich die ganze Debatte an und meint dann zu Wolfgang: – Komm schon, Wolfie-Boy, gehen wir doch wieder zu dir, Alter.

Wolfgang ist nicht so begeistert. – Das sind zu viele Leute und morgen wird es Arbeit zu erledigen geben.

– Stell dich nich so an, sagt Terry und legt einen Arm um ihn und einen um die erstarrte, stocksteife Marcia. – Wir sind Gleichgesinnte, wir treffen uns alle in Schottland wieder. Gleichgesinnte, zwinkert er. Dann verkündet er allen: – Direkt als ich die Typen gesehn hab, dachte ich: Gleichgesinnte. So war das, ein Wort ging mir direkt durch n Kopf: Gleichgesinnte.

Billy sieht Terry an und zieht ne Augenbraue hoch. – Du warst ja gar nich dabei, meint er. – Er war gar nich dabei, erklärt er dem wohlerzogenen Engländerjungen. Er hat jetzt beschlossen, dass

der Typ in Ordnung ist, und den Arm um seinen neuen besten
Freund gelegt. – Das hier ist Guy, sagt er zu mir. – Guy, nich etwa
gay, lacht er, und der Junge lacht nervös mit.

Ich denke: Wie oft die arme Fotze den wohl schon gehört hat?
– Wenn ich da gewesen wär, hätt ich auch geholfen und so, Bir-
rell, protestiert Terry.
– Geholfen, das Haus von dem Typ auszuräumen, du Sack,
meint Billy. – Er hat sogar auf dem Jungen seine Matratze gepisst.
Du bist echt die Härte, Lawson.

Terry lächelt und macht sich einen Scheißdreck draus. Er hat
nen Gesichtsausdruck wie ein Hund, der sich grad die eigenen
Eier geleckt hat, und die haben so gut geschmeckt, dass nichts dagegen ankommt. – Leck mich, Birrell. Kommt schon, ne kleine
Party …

Ich glaub, Wolfgang schnallt langsam, was das mit der Matratze heißen sollte.
– Was meinst du damit … was hat er gesagt? fragt er immer
noch etwas verwirrt.

Terry legt ihm erneut den Arm um die Schulter. – Ich mach
bloß Spaß, Kumpel. Aber bei dir zu Haus ham wir doch jede
Menge Platz, also los. Er brüllt: – Schmeiß ne verdammte Party!
Versprüh n bisschen Liebe! Na los! Lass die Jungs hier die Klamotten hinbringen.

Rolf nickt mit dem Kopf, unwissender Handlanger des Sven-
gali von Saughton Mains. – Bei Wolfang ist es gut für eine Party.

Ich denk an die Platten, die ich da hab, und dass ich mich mal
an den Decks versuchen und den deutschen Fotzen n bisschen
Schotten-Style zeigen könnte. Schotten-Style … ist ja genauso
lächerlich wie Gally, der Elsa und Gudrun zulabert. Er hat sein
T-Shirt ausgezogen und weggeschleudert. Sie sind nur noch Augen, Zähne und Lächeln. Er erzählt ihnen, wie schön ihre Haare
sind, und dass deutsche Jungs nicht so romantisch wie schottische sind, und ich lach mich tot, aber ich vermute, keiner ist so
romantisch wie Gally auf Ecstasy. Außer mir.
– Das wär doch total geil da, Gally, mein ich zu ihm und unter-
breche seinen endlosen Schwall von Blödsinn.
– Ach, scheiß drauf, sagt Terry.

– Aber die Polizei ... protestiert Wolfgang.

– Scheiß auf die Fotzen. Mehr als die Party nochmal zu sprengen können sie nich tun. Los, tun wir's für die gute Sache!

Terry hat in der Regel das letzte Wort, also klettern wir in ne Reihe von Vans und Autos, und der Konvoi fährt zu Wolfgang, der schon richtig Schiss hat. Marcia kocht förmlich vor stummer Wut. Rolf baut einen Joint, und ich zieh mal dran, bevor ich ihn nach hinten reiche, aber Birrell übergehe, der sowieso abwinkt. Gally hat sich zwischen die beiden Mädchen gequetscht und seinen Kopf auf die Schulter der einen gelegt.

## FIGHT FOR THE RIGHT TO PARTY

Wir kommen bei Wolfgang an und bauen alles auf. Die anderen warten alle im Vorgarten. Der Balkon ist ein ideales Deejay-Pult. Die Jungs haben genug Kabel für die Boxen mit, und ich nehm die Verstärker und das Mischpult mit hoch. Es dauert ungefähr zwanzig Minuten, bis alles steht.

Es geht los, mit so nem Typ namens Luther als Erstem an den Decks. Er ist nicht schlecht. Ich kann's kaum abwarten, dass ich an der Reihe bin und den deutschen Fotzen zeigen kann, was ich drauf hab.

Marcia ist immer noch mies gelaunt, und Lawsons Geschwafel macht sie noch saurer. – Alles klar, Herzchen, ne Party, hm, meint Terry. – Verstehste, erklärt er ihr, – wir müssen um unsere Party kämpfen. Der Unterschied ist, führt er für sie und die andern hier rumstehenden, irritierten Deutschen aus, – dass wir Hibs aus West Edinburgh sind. Wir ham uns jahrelang mit Jambos rumschlagen müssen ... er dreht sich zu mir um, – womit ich nichts gegen Leute wie Carl gesagt haben will, aber wir hatten's nich so leicht wie die ganzen Fotzen in Leith. Die wissen gar nich, wie es ist, n *echter* Hibs-Fan zu sein.

Dieser Scheiß beeindruckt keinen, schon gar nicht das Mädchen. Sie hält sich die Ohren zu: – Ist das laut!

Wolfgang nickt im Takt vor sich hin, stimmt sich ein. Er geht schon ganz in seinem Techno auf. – Unsere schottischen Freunde müssen ihre Party bekommen, sagt er, und erntet dafür lautes Johlen von Terry und mir.

Gally hat sich in ne wilde, sinnliche Ecstasy-Umklammerung mit zwei *Bundesliga*-Ischen begeben; es dauert nen Moment, bis ich erkenne, dass es Elsa und Gudrun sind. Die drei knutschen sich langsam reihum ab. Er unterbricht für nen Moment und ruft: – Carl, komm her. Stell dich hier hin. Elsa. Gudrun.

– Ich sag euch was, meine ich, – ihr beiden seid die schönsten Mädchen, die ich je gesehen hab.

– Da sagste was Wahres, bestätigt Gally.

Elsa lacht, aber irgendwie angetan, und meint: – Ich glaube, das sagst du jedem Mädchen, wenn du Ecstasy nimmst.

– Absolut richtig, sag ich ihr, – aber ich mein es auch jedes Mal so. Tu ich wirklich. Elsa und Gudrun, was für ein Paket. Aye, das ist das Großartige an solchen Szenen. Man kann die Schönheit einer einzelnen Frau bewundern, aber wenn man so viele davon zusammenstehen sieht, haut einen allein schon dieser Gesamteindruck um.

Gally platziert mich dicht neben ihnen. – Gut, jetzt versuch mal.

Die Mädchen strahlen übers ganze Gesicht, also halte ich mich ran und küsse erst die eine und dann die andere. Dann knutscht Gally wieder beide ab. Dann fangen die Mädchen an, sich gegenseitig abzuknutschen. Mein Herz macht bumm-bumm-bumm, und Gally zieht die Brauen hoch. Frauen sind so was verdammt Wunderbares, und Kerle sind solche Schweinehunde; wär ich ne Frau, würd ich lesbisch werden, aber definitiv. Als sie sich voneinander lösen, meint die eine: – Jetzt müsst ihr beide das Gleiche machen.

Gally und ich gucken uns bloß an und lachen. – Auf gar keinen Fall, sag ich.

– Ich werd den Sack umarmen, mehr nich, sagt er, – denn ich liebe den großen Bastard, obwohl er ne Jambo-Fotze ist.

Ich liebe die kleine Fotze und so, und es war schön von ihm, mich in seine kleine Szene hier einzubeziehen. So sind wahre Freunde. Ich zieh den Wichser an meine Brust und flüstere ihm zärtlich »CSF« ins Ohr.

– Hol dir lieber Verstärkung, lacht er, macht sich frei und gibt mir nen Schubs vor die Brust.

Ich hau ab und geh nochmal zu den Decks, um die Soundsituation zu checken. Ich bin froh, dass ich mir ein paar Platten gekauft hab, und nachdem ich mir noch einige von Rolf geliehen hab, hab ich genug für nen Qualitätsmix von gut fünfundvierzig Minuten. Ich richte mich drauf ein, an die Decks zu gehen. Das Mischpult sieht etwas ungewohnt aus, aber vielleicht liegt das an den Pillen, ach, scheiß drauf, einfach loslegen.

Terry hüpft neben mir rum. – Jaa, los, Carl. Hau diese deutschen Fotzen weg! N-SIGN Ewart. Das ist mein Mann, sagt er, schüttelt irgendnen Deutschen und zeigt auf mich, – N-SIGN. Den Künstlernamen hat er von mir. N-SIGN Ewart!

Ich weiß nicht, was Terry immer von deutschen Fotzen redet, schließlich hat seine eigene Ma lang genug mit einem von denen gebumst. Aber ich klettere rauf und leg mit Beltrams *Energy Flash* los. Sofort explodiert die Tanzfläche! Bald hab ich die Leute in Fahrt gebracht, die Musik strömt durch mich durch, durch das Vinyl direkt aus den Boxen in die Menge. Obwohl ich manche Stücke im Kopfhörer nur bruchstückhaft hören kann, bevor ich sie anspiele, ist das, was rauskommt, gut. Davon abgesehen ist es ein wüster Mix; ich mische UK Acid-House-Rave-Tracks wie *Beat This* und *We Call It Acieed* mit alten Chicago-House-Hymnen wie *Love Can't Turn Around*, um dann direkt wieder mit belgischem Hardcore anzuziehen, zum Beispiel diesem Track *Inssomniak*.

Aber es funktioniert; die wackelnden Ärsche und die volle Tanzfläche haben eine Botschaft für mich:

Ich hab voll ins Schwarze getroffen.

Irgendwer muss sich an die Strippe gehängt haben, denn es kommen immer neue Wagen, die ganze Party unter mir im Vorgarten hat die Hände in der Luft, und ich bin noch nie so gut drauf gewesen. Das ist das absolut Allergrößte. Am Schluss kommen alle an, schütteln mir die Hand und umarmen mich voll des Lobes. Und das ist ehrlich gemeint, nicht bloß dahergeredet. Man lernt das zu unterscheiden. Wenn ich nichts genommen hab, ist mir das immer tierisch peinlich, aber auf E akzeptiert man es einfach.

Gally kommt zu mir rüber. Er hat eins der Mädchen an der Hand und zeigt auf Wolfgang, der langsam tanzt, mit dem Kopf wackelt und jeden umarmt, der ihm in den Weg gerät. – Dieser Wolfgang, echt n supernetter Typ! Er holt die Eckys raus und will mir eine geben. – Ich nehm sie nachher, mein ich und steck sie mir in die Brusttasche meines Hemds. Die Pille, die ich vorher genommen hatte, baut ab, aber ich will jetzt erst mal diesen Adrenalinschub auskosten. Er steht mit Rolf rum, und sie reden über Drogen, Qualität und so was alles. Ich seh mir Rolf an – ein unbefleckterer, deutscher, weniger manischer, weniger fertiger Gally. So wie Gally hätte sein können, wenn die Umstände anders gewesen wären. Allerdings kenn ich diesen Rolf ja nicht richtig, er wirkt nur so, als hätte er den Durchblick.

Galloway: Was ist mit der kleinen Fotze los? Der Junge ist völlig ausgetitscht und erzählt allen, dass er sie liebt und dass heute die beste Nacht seines Lebens wär. Irgendwann stellt er sich unter großem Beifall auf die Balkonbrüstung und grüßt mit der geballten Faust. Rolf grinst bloß, hält Gallys Beine fest und hilft ihm wieder runter.

Die Sonne geht auf, und wir versuchen, uns nützlich zu machen, indem wir den Müll aufsammeln, während wir gleichzeitig immer noch weiterfeiern. Allzu viel Chaos ist gar nicht entstanden, die Leute haben Rücksicht auf das Haus genommen. Trotz der wärmenden Sonne ist es jetzt diesiger und kühler. Langsam spürt man den Oktober; der Winter kündigt sich an. Gally ist noch auf und total angeknallt; er hat Gudrun auf seinem Schoß und labert Scheiße vor sich hin. Ich sitz neben ihnen auf der Couch und frag mich, wo diese Elsa geblieben ist. Ich werf die andere Pille ein und warte drauf, dass sie wirkt. Es sind immer noch ein paar Leute da, obwohl die entscheidenden Leute mit der Anlage schon eingepackt haben. Wir begnügen uns wieder mit Wolfgangs kleinem Verstärker, Mischpult und Boxen. Rolf spielt nen entspannten Set, der sich gut anhört. Gally sagt zu mir: – Das muss ich dir lassen, Carl, du warst genial. Am Mischpult bist du spitze. Du hast was drauf, Alter. Wie Billy mit dem Boxen. Typen wie ich, wir ham nen Scheißdreck drauf. Du bist Business Birrell, meint er zu Billy, der auf dem Boden hockt, und dann zu mir, – und du bist N-SIGN.

Ich gucke Billy kurz an, und wir zucken beide die Achseln. So hat Gally noch nie geredet, dass er uns so in den Himmel hebt, und die Fotze meint das ernst. Dann seh ich zu Terry rüber, der mit Hedra auf nem Sitzsack rumlümmelt. Der hat seit Ewigkeiten nicht gearbeitet. Ich sehe, dass er von dem, was Gally gesagt hat, nicht sehr angetan ist. – Hey, Gudrun, das ist N-SIGN Ewart, er zeigt auf mich, was er mindestens schon hundert Mal in dieser Nacht getan hat, immer noch weniger oft als Terry, aber er rüttelt das Mädchen, damit sie mich ansieht, und sagt, – N-SIGN. Er war in ner Zeitschrift, DJ, vielleicht kriegt ihr das hier nicht ... da war was über die kommenden DJs der Neunziger drin ...

Ich glaub aber nicht, dass Terry das viel kümmert. Der fällt immer auf die Füße, der wurschtelt sich durch. Das macht sein Instinkt.

Gudrun steht auf und geht aufs Klo. Sie ist echt ein Zuckerstückchen, ich seh ihr nach und bewundere ihre leichten, eleganten Bewegungen. Gally scheint das allerdings nicht wahrzunehmen, er starrt mich an und guckt dann ins Leere. – Ham sie dir erzählt, dass ich die Kleine gesehn hab, mit ihr und ihm, bevor wir hierher gefahrn sind?

Terry und Billy hatten mir beide davon erzählt. Es hatte sich gar nicht gut angehört. Ich knirsche mit den Zähnen. Im Moment will ich echt nicht schon wieder was über die Gally-Gail-und-Polmont-Show mit Gastauftritten von Alexander »Dozo« Doyle und Billy »Business« Birrell hören. Nicht grade hier. Nicht grade jetzt. Aber der Junge ist ganz erledigt. – Wie geht's ihr denn? frag ich.

Gally starrt immer noch ins Leere. Er will mir nicht in die Augen sehen. Er senkt die Stimme. – Hat mich gar nich richtig erkannt. Nennt ihn Daddy. Ausgerechnet den.

Terry hat das gehört und zieht nochmal an nem Joint, bevor er achselzuckend zu Gally sagt: – So geht's nun mal. Meiner nennt dieses Arschgesicht auch Daddy. Ein dämlicher, unbeholfener Lulatsch, und den nennt er Daddy. Aber so läuft das eben. Er ist derjenige, der ihm was zu Beißen gibt, und damit hat sich's.

– Deswegen isses immer noch nich richtig! sagt Gally, und es bricht aus ihm raus wie ein verängstigter Urschrei. Und jetzt kann ich's Gally nachfühlen, aufrichtig nachfühlen, denn für ihn ist das das Schlimmste auf der Welt.

– Sie wird sich schon an dich erinnern, Gally, das braucht nur seine Zeit, sag ich. Ich weiß gar nicht, warum ich überhaupt den Mund aufmach, ich hab keine Ahnung von so was, ich dachte bloß, so ne Bemerkung wär angebracht.

Gally ist in ne ganz ungesunde Stimmung geraten. Es ist, als ob über seinem Kopf eine Wolke schwebte, die von Minute zu Minute düsterer wird. – Nee, die Kleine ist ohne mich besser dran. Du hast Recht, Terry. Ist doch bloß n Spermaklecks, das ist das Einzige, wozu ich je gut gewesen bin, sagt er mit ganz verzerrtem Gesicht. – War praktisch meine erste Nummer. Die mit Gail. Mit achtzehn. War froh, dass ich keine Jungfrau mehr war. So n Pech muss man erst mal haben ... ich mein ... ich wollte nich ...

Ich seh Terry an, der die Brauen hochzieht. Ich hab Gally noch nie so reden hören. Allerdings hatte ich mir schon gedacht, dass der Kerl in den alten Zeiten nie zum Schuss gekommen ist. Es wurd immer viel erzählt, aber das meiste davon war nur Prahlerei. Auf dem Schulhof, in der Kantine, im Pub. Nicht immer, aber oft.

Ich fühl mich klasse. Ich will das gar nicht, ich will, dass Gally sich so fühlt wie ich. – Hört mal, die Unterhaltung wird ein bisschen deprimierend. Wir feiern ne Party! Scheiße, Gally! Du bist ein junger, fitter Kerl!

– Ich bin ne beschissene Null, n beschissener Drogensüchtiger, schnaubt er voller Selbstekel.

Ich guck mir sein kleines Babygesicht an und zwick ihn mit meinem Daumen und Zeigefinger in die Backe. – Dafür, dass du so nen Raubbau an deiner Gesundheit betreibst, hast du dich aber ganz gut gehalten.

Er lässt sich immer noch nicht ablenken. – Ist ja auch alles innerlich, Alter, lacht er auf ne gepresste, blecherne Art, von der ich ne Gänsehaut kriege. Dann guckt er irgendwie nachdenklich und sagt: – Du kannst Hundescheiße von der Straße kratzen und in nen hübschen Geschenkkarton mit glitzernder Schleife drum packen, aber es bleibt trotzdem noch Hundescheiße in ner Schachtel, sagt er schroff. – Ich hab die letzte Mahnung schon bekommen, klagt er.

– Komm schon, Gally, sag ich zu ihm, – ich hab gesagt, du siehst ganz gut aus, ich würd nicht so weit gehen, von nem hübschen Geschenkkarton mit glitzernder Schleife zu reden. Lass den Kopf nicht hängen, Alter! Denn schließlich und endlich, ich steh auf und schmeiß mich in die Pose unseres alten Blackie an der Schule, – behaupten manche, die Erziehung zu sozialem Verhalten und Vermittlung religiöser Inhalte habe keinen Platz im modernen Gesamtschulsystem. Ich teile diese plump-populistische Ansicht nicht. Denn wie kann man bei einem Bildungssystem von Gesamtheit sprechen, wenn es nicht SOZIALE Verantwortung und RELIGIÖSE Bildung einschließt?

Endlich lacht die Fotze wieder. Billy hat alles mitgehört und kommt auf die Beine. – Komm, Gally, machen wir n kleinen Spaziergang, sagt er, und Gally steht auf. Diese Gudrun kommt zurück, und Billy tritt nen Schritt zurück und nickt Gally zu. Das muntert ihn noch mehr auf, und sie gehen zusammen weg, in den Garten.

Wolfgang ist jetzt an den Decks und gibt nochmal Gas. Rolf schüttelt den Kopf und lacht. Aber der große Kerl hat einen Killertrack aufgelegt, und ich spüre, wie sich der kitzelnde Würgereiz von der Pille in mir ausbreitet, und wenn ich mich jetzt nicht sofort hochrapple, mach ich endgültig schlapp. Die Leute stehen von den Sitzsäcken und Stühlen auf, kommen auf die Beine und auf die Tanzfläche. Ich muss mir diese Platte auch besorgen, muss rausfinden, was das ist. Die Tanzfläche ist voll von Deutschen, die alle tanzen, alle bis auf Marcia, die, wie es so schön heißt, *not amused* ist. Die Deutschen sind in Ordnung, diese Nazischeiße hätte überall passieren können. Sie haben uns beigebracht, die Nazis wären Wahnsinnige, aber wahrscheinlich sind sie nicht wahnsinniger oder perverser als Liberale. Die Zeiten hatten sich bloß geändert, und die Fotzen kippten alle um. Das kann jederzeit und überall passieren. Wie ich das sehe, wird der Kapitalismus immer unberechenbar sein. Die Reichen werden mit jedem gemeinsame Sache machen, der für Recht und Ordnung sorgt und ihnen trotzdem das lässt, was sie haben. Das wird innerhalb der nächsten dreißig Jahre wieder passieren. Das ist was, was mir zu schaffen macht. Die Nazis sind nicht immer irgendwelche anderen. Jeder, jede Nation hat die Anlage, Böses zu tun, genau wie jeder Mensch. Und normalerweise tun sie's, weil sie Angst haben oder von den ganzen anderen Fotzen untergebuttert werden. Nur durch die Liebe kann man die Welt verbessern, und ich werd durch meine Musik mithelfen, sie überall zu verbreiten. Das ist mein Auftrag, deswegen bin ich N-SIGN. Carl Ewart, diesen Jungen mochten sie nie, weil er der doofe Kerl war, der die Zeitungsreporter mit dem Nazigruß verarschen wollte, als er mit seinen Fußballkumpels rumzog. Ein dummer Junge, der nichts über Nazis wusste, außer dass man ihm immer beigebracht hat, sie zu verabscheuen. Er wusste bloß, dass sich darüber die Typen im Betrieb aufregen würden, die sich für was Besseres hielten, die ihn bloß ansehen und seine Prolostimme hören mussten, um ihn für weißen Abschaum zu halten.

Carl Ewart, den Abschaum aus dem Plattenbau, mochten sie nicht. Aber sie mochten N-SIGN. N-SIGN hatte bei Warehouse-Partys in London aufgelegt, sammelte Gelder für Anti-Rassismus-Gruppen und alle erdenklichen Hilfsorganisationen, die es verdient hatten. Sie lieben N-SIGN. Sie werden nie in den Kopf kriegen, dass der einzige Unterschied zwischen Carl Ewart und N-SIGN der ist, dass der eine für so gut wie gar kein Geld in nem Lagerhaus Kisten stemmte, während der andere für ziemlich viel Kohle in einem anderen Platten auflegt. Dass sie die beiden so unterschiedlich behandeln, sagt viel mehr über sie aus, als über Carl Ewart oder N-SIGN. Aber scheiß drauf, von nun an bin ich schlau und redlich. Um wahre Liebe zu erfahren, muss man großes Glück haben, das hat man nicht in der Hand. Das Beste, was man tun kann, was in der eigenen Macht *liegt*, ist, sich eine gewisse Selbstachtung zuzulegen.

Ich steh auf und schlurfe ein bisschen mit Rolf und Gretchen auf der Tanzfläche rum. Dann hör ich Terry mit Billy auf dem breiten Flur reden und geh nachsehen. Billy steht auf der Treppe bei nem unglaublich gut aussehenden Mädchen. Sie ist ne echte Amazone, absolut umwerfend in nem engen, diagonal schwarzweiß gestreiften Kleid, mit hoch aufgetürmtem, blondem Haar und dem total arroganten und selbstverliebten Auftreten, das einem verrät, dass sie ein toller Fick ist, aber nicht mehr. In Billys Gemütszustand ist das mehr als genug. Hedra ist auch da, ich glaub, das große Mädchen ist ihre Freundin. Die Fotzen sehen mich nicht. – Gally hat sie ja nich mehr alle; manchmal mach ich mir Sorgen um den Jungen, meint Terry. – Der ganze Scheiß über meine Vorhaut. Was sollte das? Weißt du das?!

– Er hat dich bloß verarscht. Nur Spaß gemacht, sagt Billy, leicht verärgert, dass Terry ihn von diesem tollen Mädchen abgelenkt hat, das er offensichtlich grade anbaggert. Lawson versucht sich wahrscheinlich dazwischenzudrängen, obwohl er mit Hedra da ist.

– Aye, aber es gibt sone und sone Arten von Spaß. Ich weiß nich, was im Knast mit ihm passiert ist. Die Fotze ist wahrscheinlich von nem dicken, versifften Glasgower Wärter gefickt worden. Deswegen ist er so besessen von andern Jungs ihren Schwänzen.

– Euer Freund mag es tun auf beide Weisen? grinst Hedra.

– Quatsch, sagt Billy zu Terry und guckt mich um Unterstützung heischend an.

Aber Terry meint, er hätte da nen Punkt, auf dem er rumreiten muss. – Er spricht nie drüber. Irgendwas ist mit ihm da drin passiert. Haste nich gesehen, wie er sich aufführt, seit wir hier sind? Rauf und runter wie n Yo-Yo.

Immer noch im milden Glanz der Pille gefangen, schalte ich mich ein: – Lass den Jungen in Ruhe, Tez. Sein Alter war ständig im Knast, und Gally hat zwei Jahre für nichts abgerissen, und was danach passiert ist, wissen wir ja alle. Das hat nichts damit zu tun, was *im* Knast passiert ist.

Terry guckt mich grimmig an. Er ist ziemlich dicht, obwohl er einiges verträgt. Mit Pillen hatte Terry nie viel am Hut. – Ich weiß, dass er viel durchgemacht hat. Ich hab keinen lieber als ihn. Du musst mir Gally nich erst schönreden, Carl. Er ist mein bester Freund … also, ihr beide auch und so, und das sag ich nich, weil ich was getrunken hab. Aber manchmal ist die Fotze einfach komisch drauf. Erst spielt er sich wegen jedem Kleinscheiß total auf, dann fängt er an, uns alle in den Himmel zu loben und sich selbst total runterzumachen.

– Das Problem mit Gally ist, mein ich, – dass er sich echt ungerecht behandelt fühlt. Dass er da im Gefängnis saß und so. Billy sieht mich kühl an. – Vielleicht fühlt sich seine kleine Tochter ja auch unheimlich ungerecht behandelt, meint er.

Trotz der Pille spür ich noch, wie mir kurz das Blut in den Adern stockt. Terry sieht mich und dann Birrell an: – Scheiße, das war n Unfall, Billy, so was sollteste nich sagen.

Billys Blick zuckt kurz zu ihm hoch.

– Es war ein Unfall, Billy, du weißt das, stimme ich zu.

Billy nickt: – Ich weiß, aber was ich mein, ist, dass Unfälle die Angewohnheit haben, immer dann zu passieren, wenn man sich wie n Arschloch aufführt.

Terry knirscht mit den Zähnen. – Das fing alles mit diesem Sackgesicht von Polmont an. Dem und seinem Kumpel Doyle muss man mal wieder Bescheid stoßen.

Das lassen wir für nen Moment so stehen und denken an unsere Machtlosigkeit, spüren deren ganzes Ausmaß und unsere eigenen Grenzen. Terry spuckt bloß große Töne, und ich guck Billy an und verdreh die Augen. Ich seh, dass er das Gleiche denkt. Polmont ist ein Wichser, aber er hat Freunde, und Terry hat keine Chance, Typen wie Doyles Schlägern irgendwie Bescheid zu stoßen. Billy ist mal damit durchgekommen, aber auch nur, weil er durch das, was er macht, den Draht zu *richtig* schweren Jungs hat. Aber Leute wie ich und Terry legen sich nicht mit solchen Fotzen an, es sei denn, man will es sich zur Lebensaufgabe machen. Und das könnte ein kurzes Leben werden. Denn für diese Wichser ist nie Schluss, niemals. Scheiß drauf, ich hab was anderes mit meinem Leben vor. Für wie fit man seine eigene Truppe auch halten mag, man muss seinen Platz in der Hackordnung kennen. Auf den Friedhöfen liegen genug Fotzen, die das nicht begriffen haben. Es gibt Ebenen, auf die man sich nie begeben möchte. Schluss, aus.

Terry lässt nicht locker. Er guckt Billy herausfordernd an. – Doyle und Polmont, diese Fotze. Die kriegen ihr Fett noch weg.

Billy zuckt die Schultern, als wollte er sich nicht festlegen. Terry ist gerissen, der weiß, wie er uns zu bearbeiten hat, welche Knöpfe er drücken und welche Hebel er ansetzen muss.

Das Spielchen kenn ich von der Fotze. – Aber nicht von mir, sag ich. – Ich fang doch keine Vendetta mit den Fotzen an, Terry. Gegen die gewinnst du nie, denn für die ist das ihr Lebensinhalt. Wir ham was Besseres zu tun.

– Die sind nicht so hart, wie du glaubst, redet mir Terry ein. – Wie damals in der Lothian Road. Doyle war bewaffnet und Gent war auch dabei, aber Billy hat trotzdem beide weggehaun. Und Polmont hat n Arsch voll gekriegt, tönt der Obergockel von Saughton Mains. – Mehr sag ich ja gar nich, Carl.

Aber wir wissen alle, dass das nur Blabla ist. Besoffenes Blabla, und es gibt kaum was Langweiligeres, wenn man auf Ecstasy ist. – Leck mich, sag ich zu ihm und wende mich an Billy. – Du siehst das genau richtig, wenn man sich schon prügeln muss, dann im Ring und für Geld, sag ich. Ich versuch Billy bei Laune zu halten, aber mein Blick fällt auf die große Narbe an seinem Kinn, die Doyle ihm mit seinem Anglermesser verpasst hat. Du nietest nen Spinner mit n paar Schlägen um, nachdem er dich fürs Leben verunstaltet hat. Und anschließend muss man sich dauernd Sorgen machen, dass das ein Nachspiel haben könnte, weil jeder sagt, du hast es ihm gezeigt. Wer hat gewonnen? Keiner, würd ich sagen. Und so ist das oft bei gewaltsamen Auseinandersetzungen; nach Punkten haben alle verloren:

BIRRELL –3, DOYLE –3.

– Aye ... sagt er unverbindlich, dann überlegt er und meint: – Ich hab mit meinem kleinen Bruder n Wörtchen über diese ganze Hooligan-Chose geredet, nachdem sie ihn in Dundee eingemacht ham.

Ich hab Billys Bruder Rab immer gemocht. Ist ein korrekter Typ. – So was kann passieren, sag ich.

Terry verzieht geringschätzig das Gesicht. Billy sieht das und meint: – Ein Glück, dass die ganzen Hibs-Jungs an dem Abend da warn, wo wir den Streit mit Doyle hatten. Es warn Lexo und die Jungs, die das geklärt ham, sagt er zu Terry.

– Aber du hast den dicken Brocken von Gent umgenietet, Billy, grinst Terry.

Billys Gesicht ist immer noch wie versteinert. – Der stand aber direkt wieder auf, Terry. Und er wär so oft wieder aufgestanden, bis er mich in seine Pranken gekriegt hätte. Doyle und Konsorten. Ich war froh, dass Lexo und die anderen dazwischengegangen sind.

– Aber das sind doch alles bloß bekloppte Irre, meint Terry.

Ich muss über Lawsons Dreistigkeit lachen. – Da hab ich aber was ganz anderes gehört, als du damals bei dem Spiel Hibs gegen Rangers in der Easter Road einkassiert worden bist. Erinnerst du dich? Hibs-Oberschläger Terence Lawson von der »Emerald Mafia«!

Das war ne gute Gelegenheit, das Eis zu brechen, und wir fangen alle an zu lachen.

– Das ist ja ewig her. Da war ich ja noch n dummer kleiner Junge, sagt Terry.

– Hast dich ja wahnsinnig verändert seit damals, grinse ich sarkastisch.

– Du willst wohl frech werden, lacht Terry. Die Fotze hat noch was in der Hinterhand, das merk ich. Für irgendwen ist ne Kopfwäsche à la Lawson fällig, denn der Bastard hat's noch nicht verdaut, dass Gally ihn mit der Vorhaut zum allgemeinen Gespött gemacht hat.

Billy sieht Terry an. – Genau wie unser Rab. Eben noch jung.

– Er ist zwanzig, Billy, er sollte das mittlerweile besser wissen, sagt Terry.

Billy guckt ungläubig. – Du warst siebzehn, Terry; ob siebzehn oder zwanzig macht ja wohl keinen großen Unterschied.

– Nicht in Jahren, aber an Erfahrung.

Das wird noch saumäßig pedantisch werden. Ich guck Billy an.

– Rab ist kein harter Mann, Billy. Er macht das nur, um dir zu imponieren. Ich mag Rab, aber er ist nich der Typ für Kloppereien.

Billy zuckt wieder die Achseln, aber er weiß, dass das stimmt. Rab hat schon immer zu Billy aufgeschaut. Aber Billy hat dafür jetzt keinen Kopf, denn er hat wieder den Blick dieser großen Amazone auf sich gezogen, die mit ihrer anderen Freundin weiter oben auf der Treppe sitzt, sich unterhält und kifft. Es ist komisch, wenn ich betrunken wär, würd ich ihr unter den Rock gucken, aber auf Eckys denkt man gar nicht in solchen Bahnen. Ich seh, wo Terry seine Augen hat, und natürlich sind sie genau dorthin gewandert. Er hat immer noch einen Arm um Hedra gelegt und die Bierflasche an seine Lippen gepresst.

Ich steh auf und recke mich. – Ich werd nicht mehr lange in Schottland rumhängen. Schottland, England, das ist doch alles ein Haufen Scheiße, schimpfe ich. – Man braucht sich ja bloß das Fernsehprogramm am Samstag anzusehen, da wiederholen sie nen Scheiß wie *Only Fools and Horses* von 1981, sag ich zu ihnen. Da kennen sie natürlich kein Halten mehr. Billy labert davon, dass Schottland der beste Platz auf der Welt wär, während Terry mir erzählen will, *Tales of the Unexpected* wär heutzutage das einzig Brauchbare in der Glotze.

Nich dass mich das irgendwie berührt. Ich bin im Arsch, überleg aber, ob ich später noch was nachschmeißen soll. – Bestimmt hat sich Gally, die kleine Fotze, alle Pillen in den Hals gekippt, spekuliere ich, kenn die Antwort aber schon.

Terrys Hand liegt ganz entspannt auf Hedras Oberschenkel und streichelt sie langsam. Es ist komisch, das bei ihm zu sehen, denn bei Terry würde man nie vermuten, dass er zu sinnlicher, behutsamer Liebe fähig wär. Andererseits denkt die Fotze von mir wahrscheinlich genau das Gleiche, dass ich bloss n verschwitzter Rammler bin. Es ist seltsam, diese Bewegung zu beobachten, denn sie scheint auf andere Möglichkeiten bei Terry hinzudeuten. Na ja, vielleicht auch nicht, denn die Fotze fängt an, Volksreden zu halten: – Mittlerweile hat Galloway sich bestimmt total die Kante gegeben. Unter nem netten Abend versteht der kleine Irre, bis zum Umfallen durchzumachen, indem er immer mehr Pillen und Speed nachschmeißt. Selbst wo wir Urlaub haben und alles auch morgen noch auf ihn wartet, kann er nich einfach auschillen und sich hinhauen. Er hat n süßes Mädchen im Arm, das ganz wild drauf ist, mit ihm ins Bett zu hüpfen, aber nee, er muss aufbleiben!

Wir quasseln alle durcheinander, und dann kommt Rolf mit ein paar von seinen Freunden dazu. Gally und Gudrun kommen zurück, und wir gehen wieder zum Sofa und den Sitzsäcken zurück und lassen Birrell mit dem großem Mädchen in dem gestreiften Kleid und ihrer Freundin auf der Treppe allein. Die Luft ist ein bisschen raus, und man kann die eigenen Gedanken hören. Ich erwähne Sue, die Cadbury's-Caramel-Häsin vom Oktoberfest; ein schwerer Fehler, denn Terrys Augen leuchten auf.

– Sie klang vielleicht wie n Scheißkarnickel, aber sie hatte definitiv keine Gelegenheit, wie eins zu ficken, platzt er laut lachend raus.

Gally fängt an zu grinsen. Ich spür, wie mir langsam der Unterkiefer runterklappt. Was läuft hier scheißnochmal?

– Weißte, erklärt Terry, – wir ham alles gesehn, Freundchen. Wir hatten Plätze in der ersten Reihe. Bis es uns zu viel wurde.

Galloway meint: – Ich sag dir, du hattest Glück, dass sie auf diesem Generator saß, das war die einzige Möglichkeit, wie sie denken konnte, die Erde würd beben!

Terry grinst wie ein Pädophiler, der nen Job als Kaufhaus-Weihnachtsmann ergattert hat. – Aye, wir ham den verschwitzten, pickeligen, weißen Arsch unseres Milky Bar Kid wie wild hoch- und runtergehen sehn, während das Mädchen aussah, als ob sie sich zu Tode langweilt, erklärt er Hedra, Rolf, Gretchen, Gudrun und den anderen Deutschen. – Sie war nich grad begeistert, als sie über seine Schulter guckte und sah, dass sie Publikum hat! Dann kam ihre Freundin vorbei. Die war beeindruckt. Das machte sie so an ... Terry hat solche Lachkrämpfe, dass er kaum weiterreden kann. Aber wir schmeißen uns alle weg. – ... dass sie kotzen musste!

Gally lacht: – Deswegen musste ich dann auch kotzen. Als Spätfolge!

Terry hat offensichtlich den Kühlschrank geplündert, denn er hat ein paar Flaschen Bier unter nem Sitzsack gebunkert. Er macht eine mit den Zähnen auf und nutzt die Gelegenheit, dass Birrell nicht da ist, um zu sagen: – Und drinnen stand unser guter Freund Business Birrell und schlug allen die Zähne ein, er wechselt in einen schulmeisternden Tonfall, – kein unbedingt erfreulicher Anblick, Mr. Ewart, aber in gewisser Weise weniger abstoßend, als Ihnen beim Einlochen zuzusehen!

Wenn man sich so ner Schadenfreude ausgesetzt sieht, muss man das einfach über sich ergehen lassen, da gibt's nix. Ich steck die psychologischen Tiefschläge weg, bis sie die Lust verlieren. Erst nach ner gewissen Zeit, als es nicht mehr als Weicheitum ausgelegt werden kann, geh ich raus, um nen Spaziergang zu machen. Terry kommt hinter mir her und meint, er müsste mal pissen. Man merkt aber, dass er in Wirklichkeit Billy nachspioniert. Als wir rausgehen, sehn wir Billy mit diesem großen Supermodel an uns vorbei und nach oben zum Schlafzimmer gehen. Ich hör Terrys Stimme hinter mir: – Sieht aus, als käm unser Secret Squirrel endlich zum Stoß!

Billy schüttelt den Kopf und grinst mich an, als ich raus auf den Hof trete. Terry braucht nie lange, um ein neues Opfer für seinen Spott zu finden.

Ich geh nach draußen in den Garten. Es dämmert immer noch, aber marmorierte, fiese Wolken rollen von den Bergen auf uns zu und bringen ihre Düsterkeit mit, grade rechtzeitig zum Runterkommen. Irgendwann zahlt man immer für seinen Spaß, und im Großen und Ganzen gilt, je mehr Party, desto mehr zahlt man. Die Lichter am Haus sind an, und es sitzen immer noch viele Leute warm eingepackt rum und genießen die frische Luft. Dieser Guy, der englische Typ, kommt zu mir.

– Das war ein erstklassiger Set vorhin, sagt er.

– Danke schön, mein ich etwas verlegen. – N bisschen zusammengestückelt, musste nehmen, was ich kriegen konnte.

– Yeah, hat aber funktioniert. Hast du gut geschaukelt. Hör mal, meint er, – ich mache in South-East London ne Clubnacht. Heißt Implode.

– Hab ich schon von gehört.

– Ja, und ich hab vom Fluid gehört.

– Aye?

– Oh ja, unbedingt. Hat nen ziemlich guten Ruf, erklärt er mir.

Man kann nur dastehen und mit dem Kopf nicken; es lässt sich gar nicht mit Worten ausdrücken, was es für ne Assel aus Edinburgh bedeutet, wenn jemand, der nen renommierten Club in London veranstaltet, schon von einem gehört hat oder einem gar Respekt entgegenbringt. – Danke schön.

– Hör mal, hast du nicht Lust, mal nach London zu kommen und aufzulegen? Natürlich wird es ein angemessenes Honorar geben, und wir tragen alle Kosten, erklärt Guy. – Und wir kümmern uns um dich und sorgen für deine Unterhaltung.

Ob ich dazu Lust hab?

Ich könnte mir Schlimmeres vorstellen. Wir geben uns gegenseitig unsere Telefonnummern, ne freundschaftliche Umarmung und nen geschäftsmäßigen Handschlag. Der Junge ist in Ordnung. Erst war ich mir da nicht sicher, denn ich hab n bisschen Vorbehalte gegen so kultivierte Fotzen. Aber er ist in Ordnung. Das kommt von der Pille, die lässt einen diese Scheiße vergessen. Man gibt einfach seine Vorurteile an der Garderobe ab und fängt neu an.

Dann seh ich noch was, worauf ich definitiv Lust hab: die Braut, die vorher mit uns rumgeknutscht hat, mit Gudrun und Gally. Elsa heißt sie, sie unterhält sich grad mit ein paar Freunden. Ich geh rüber, und sie empfängt mich mit ner Umarmung und schlingt ihre Arme um meine Schultern. – Hello Bay-bee … grinst sie breit. Sie ist immer noch bis in die Haarspitzen voll Ecstasy; sie erzählt mir, dass sie noch ne zweite Pille genommen hat, die grad anfängt zu wirken. Meine Hände legen sich um ihre Hüften, von der Materialstruktur ihres Tops mindestens genauso fasziniert wie von den Konturen ihres Körpers.

Dieses Umfeld macht das Leben, die zwischenmenschlichen Beziehungen, so unkompliziert und leicht. Wie scheiße und schwiemelig und wie langwierig wär das in nem Pub oder besoffen auf einer Party. Wir machen zusammen nen kleinen Spaziergang, mein Arm liegt um ihre Taille und meine Hand reibt über die Jeans auf ihrer Hüfte. Das Ende des Gartens ist leicht abschüssig, und wir schauen über die Baumwipfel runter auf den See mit den Bergen im Hintergrund. – Tolle Aussicht, hm? Das hier ist ein wunderschöner Teil der Welt. Der allerschönste überhaupt. Ich find es hier wundervoll.

Sie betrachtet mich, zündet sich ne Kippe an und lächelt dabei auf ne faule, zerstreute Art. – Ich bin aus Berlin. Ziemlich anders, sagt sie. Wir setzen uns hin und sehen uns schweigend an, aber ich muss an die Nacht denken und weiß, dass ich es immer so haben möchte: die Musik, das Gequatsche, die Reise, die Drogen und ein Paar Augen und Lippen wie diese direkt vor der Nase. Mir gefällt es hier, und das über England war kein Witz, es *ist* da einfach scheiße. Jeder, der nicht mit nem Silberlöffel im Mund geboren ist oder keine Lust hat, ein arschkriechender Wichser zu werden, kann da nicht als ehrlicher Mensch leben. Niemals. Ich hau ab nach London. Und Rolf und seine Freunde wollen, dass ich bei dieser Veranstaltung im November im Airport auflege.

Ich überleg sogar, ob ich nicht einfach auf alles scheißen und hierbleiben soll; n bisschen die Sprache lernen und die Abwechslung genießen.

Ich und Elsa knutschen n bisschen und machen dann nen Spaziergang. Wir werden bald in das große Bett in dem Kleinmädchenzimmer steigen, sobald ich sicher sein kann, dass Terry seinen Arsch zu Hedra nach Haus verfrachtet hat. Oder noch besser, ich überlass ihm das Bett und geh mit zu Elsa, wenn sie los will. Ich lass sie jetzt nicht mehr aus den Augen, das ist sicher. Manchmal wird es am schönsten, wenn man nach etwas mehr als nur ner schnellen Nummer sucht.

Als wir wieder zurück zum Haus kommen, herrscht da ne Riesenaufregung. Gally ist aufs Dach geklettert und balanciert auf den Dachziegeln rum, in ungefähr vierzig Fuß Höhe.

– GALLOWAY, DU KLEINER IRRER, KOMM DA RUNTER! tobt Billy.

Gallys Augen sehen völlig verrückt aus; er jagt uns allen ne Scheißangst ein, es sieht so aus, als wär er jetzt völlig ausgetitscht. Ich renne rein und die Treppe rauf nach oben. Aus einem Dachfenster baumeln zwei Beine, und zuerst denk ich, das wär Gally, der wieder runterkommt, aber Rolf erklärt mir, dass es Terry ist, der stecken geblieben ist, als er ihm nachklettern wollte. Gudrun sieht total nervös und beunruhigt aus. – Er hat mich bloß geküsst und ist dann hier raufgerannt, sagt sie ganz besorgt. – Ist was nicht in Ordnung?

– Der ist nur total dicht. Er war schon immer ein Kletterkünstler, erklär ich ihr, aber ich bin doch besorgt.

Die ganze Szene ist verdammt surreal. Alles, was ich von Terry sehen kann, sind seine Wampe und seine Beine, aber ich kann ihn nach Gally rufen hören. – Komm schon runter, Andy, Mensch komm doch, Kumpel, bettelt er.

Ich renn wieder runter und nach draußen. Jetzt seh ich Terrys obere Hälfte, mit rudernden Armen wie ne Scheißwindmühle. Gally ist ganz in seiner Nähe, er hockt rittlings auf dem First.

– Bitte … bitte … die Polizei wird kommen, die Nachbarn werden sie rufen … fleht Wolfgang. Derweil schreit ihn Marcia auf Deutsch an, und man braucht keinen Übersetzer, um zu verstehen, was sie sagt.

– Er hat bloß gesagt, er wollte auf die Toilette, und ist dann raufgegangen, sagt Gudrun, die mir gefolgt ist, zu Elsa. – Sein Kopf ist krank geworden.

– Du machst noch die Dachziegel kaputt, fleht Wolfgang. Ich brülle, so laut ich kann: – Komm schon, Galloway, du publicitygeiler kleiner Sack! Tu mir den Gefallen! Diese Leute hier sind gastfreundlich zu uns gewesen. Wir machen Urlaub! Die haben diesen Scheiß nicht verdient!

Gally sagt was, das ich nicht verstehen kann. Dann bewegt er sich zu dem auf ihn einredenden Terry hin. Plötzlich packt Lawson ihn und zerrt ihn grob ins Haus; das sieht grotesk aus, wie dieses große, beinlose Raubtier das kleine Arschloch in seine Höhle zerrt und beide verschwinden. Das ist ein echtes Schauspiel, und alle im Garten johlen. Ich renne wieder nach oben.

Als ich oben ankomme, ist Gally am Lachen, aber es ist ein seltsames Lachen. Er hat ne Schnittwunde am Dez und eine am Arm, wo er hingefallen ist, als Terry ihn durchs Dachfenster zog. Billy ist echt sauer, aber er geht zu seiner Amazone im gestreiften Kleid zurück. – Muss der einem noch kurz vor Schluss ne schöne Nacht vermiesen, sagt Terry wütend und bringt Hedra weg. Sie verschwinden in unser Zimmer.

Gudrun scheint trotzdem noch auf Gally zu stehen, na, muss sie selber wissen. Er liegt auf ihrem Schoß, und sie streichelt seinen Kopf. – Aber was soll's, hm, Süße? fragt er sie fröhlich. – Was soll's?

Es gibt nichts, was ich der blöden Fotze sagen könnte, und deswegen halt ich mich raus. Der kleine Bastard scheint's zu genießen, behämmerte Dramen zu inszenieren. Danach läuft sich die Party irgendwie tot, wie nicht anders zu erwarten. Man kann Wolfgang und Marcia wirklich keinen Vorwurf daraus machen, dass sie in der Sache die Notbremse ziehen. Ich bin heilfroh, von Gally wegzukommen, und als mich Elsa fragt, ob ich Lust hab, mit ihr bei Rolf und Gretchen zu übernachten, lass ich mich nicht lange bitten.

Bis zu Rolfs Wohnung ist es nicht weit. Wir sind kaum durch die Tür, da hebt Rolf die Hand und meint: – Ich geh ins Bett, und Gretchen folgt ihm und lässt Elsa und mich im Wohnzimmer stehn.

– Willst du ins Bett? frag ich und deute mit dem Kopf auf das freie Zimmer, das Rolf mir gezeigt hat.

– Vorher musst du was auftun, sagt sie.

Ich hab gar keine Lust, noch mehr Musik zu hören. – Äh... ich hau mich lieber hin. Außerdem hab ich meine Platten bei Wolfgang gelassen.

– Nein, etwas auf den Penis tun für den Sex. Das Gummi, erklärt sie, während ich lache und mir wie ein Trottel vorkomme.

Mir wird ein bisschen flau. – Ich hab meine bei Wolfgang gelassen, erklär ich ihr. Sie sagt, dass Rolf welche hätte. Ich klopf an die Tür: – Rolf, tschuldige, dass ich dich störe, Alter, aber ich brauch, äh, Kondome...

– Hier... drinnen... schnauft Rolf.

Ich geh zögernd rein, da ficken die beiden auf dem Bett, nichtmal unter der Decke, und ich guck weg.

– Auf dem Schrank... hechelt er.

Ihnen scheint's nichts auszumachen, also geh ich hin und nehm zwei, und dann noch eins, nur für den Fall. Ich dreh mich um und seh aus dem Augenwinkel Gretchen, die mir boshaft und schläfrig zugrinst, während Rolf sie fickt. Ihr einziges Zugeständnis ist, dass sie sich die Hand vor eine kleine Brust hält. Ich schau weg und zieh mich rasch zurück.

Letztendlich brauchte ich in dieser Nacht nur ein Kondom, und selbst das eine Mal konnte ich nicht kommen. Das machen die Pillen, von denen werd ich manchmal so. Wir brauchten ne Weile, um uns abzuregen, aber es war schon okay, es zu versuchen.

Schließlich schubste sie mich von sich runter. – Nimm mich nur in den Arm, sagte sie. Das machte ich, und wir schliefen ein. Nach nem komischen Schlummer werden wir von Gretchen geweckt. Da sie angezogen ist, vermute ich, dass es schon ziemlich spät sein muss. Sie und Elsa unterhalten sich auf Deutsch. Ich versteh es nicht richtig, krieg aber mit, dass jemand für Elsa angerufen hat. Sie steht auf und zieht mein T-Shirt an. Als sie zurückkommt, hoff ich, dass sie wieder ins Bett kommt. Es gibt wenige Dinge, die so sexy sind wie ein fremdes Mädchen in deinem eigenen T-Shirt. Ich schlag die Decke zurück.

– Ich muss gehen, ich hab mein Tutorium, erklärt sie. Ich erinnere mich, dass sie gesagt hat, sie würd Architektur studieren.

– Wer war am Telefon?

– Gudrun hat von Wolfgang aus angerufen.

– Wie geht's dem kleinen Gally?

– Er ist merkwürdig, dein Freund, der Kleine. Gudrun sagte, sie wollte mit ihm zusammen sein, aber sie hatten keinen Sex. Sie sagte, er wollte keinen Sex mit ihr. Das ist nicht so üblich, sie ist sehr hübsch. Die meisten Männer würden Sex mit ihr haben wollen.

– Absolut, sag ich, nicht genau das, was sie hören wollte, merke ich an ihrer Reaktion. Ich hätte sagen sollen: Aye, aber nicht so gern, wie mit dir, obwohl das jetzt eh scheiße klingt. Abgesehen davon hatten wir nen guten Teil der Nacht mit Bumsen zugebracht, und ich glitt jetzt langsam in diese Runterkomm-Stimmung. Der für Sex zuständige Teil meines Gehirns war bedient und abgeschaltet. Was ich jetzt wollte, waren ein paar Bier mit den Jungs.

Sie macht sich auf den Weg zur Uni und lässt mir ihre Telefonnummer da. Ohne sie komm ich nicht mehr zur Ruhe, das Bett fühlt sich leer und kalt an. Ich steh auf und muss feststellen, dass Rolf und Gretchen auch weg sind. Rolf hat eine Nachricht mit einem akkurat gezeichneten Plan hinterlassen, wie ich zurück zu Wolfgang finde.

Draußen beschließe ich, ein bisschen spazieren zu gehen, und komm aus der Seitenstraße auf eine große Hauptstraße. Es ist wieder ziemlich warm geworden, der Altweibersommer gibt sich nicht kampflos geschlagen. Ich komm zu so nem großen Vorstadteinkaufszentrum und finde einen Bäcker. Ich trink nen Kaffee und ess ne Banane. Weil ich Appetit auf was Süßes hab, gönn ich mir ein großes Stück Schokoladenkuchen, das ich nicht aufkriege, weil es viel zu mächtig ist.

Da ich mich viel zu kaputt fühle, um noch weiterzulaufen, beschließe ich, ein Taxi zu nehmen, und zeig dem Fahrer die Adresse. Er zeigt auf die andere Straßenseite, und sofort erkenn ich die Straße wieder. Ich bin schon da, ich bin nur aus der anderen Richtung gekommen. Geographie hab ich schon in der Schule gehasst.

Nur Gally ist da. Wolfgang und Marcia sind weg, und Billy und Terry sind in der Stadt. Ich hätte mir denken können, dass sie sich mit Hedra und dieser Großen mit dem Kleid, hinter der Billy her war, treffen würden.

Wir gehen raus und schweigend zur nächsten Kneipe. Es ist wieder frischer geworden, und ich zieh das Fleecehemd an, das ich um die Hüfte geknotet hatte. Gally hat nen Pulli an und dessen Kapuze über den Kopf gezogen. Ich zittere, obwohl es gar nicht kalt ist. Ich hol uns zwei Bier. Wir tragen sie zu nem Tisch an nem großen Kaminfeuer. – Wo ist die kleine Gudrun? frag ich ihn.

– Was weiß ich.

Ich seh mir Gally an. Er hat immer noch die Kapuze auf. Um seine Augen sind dunkle Ringe, und es sieht aus, als bekäme er Pickel im Gesicht, aber nur auf einer Seite. Wie ne Art Ausschlag.

– Die Kleine war echt sexy. Aber was war mit dieser Großen in dem gestreiften Kleid, hinter der Birrell her war? Meinst du, er hat sie flachgelegt?

Gally spuckt einen Kaugummi ins Feuer. Eine Frau hinter der Theke guckt uns angewidert an. Wir fallen hier ein bisschen aus dem Rahmen, sonst sind hier nur alte Knaben, Familien und nette Paare.

– Woher soll ich das wissen? meint er total genervt und trinkt nen großen Schluck aus seinem Glas. Dann schlägt er seine Kapuze zurück.

– Komm mir nicht auf die Tour, sag ich zu ihm. – Du warst mit

nem netten Mädchen zusammen, das richtig auf dich stand. Du
bist im Urlaub. Was hast du denn für ein Scheißproblem?
Er sagt nichts und starrt auf den Tisch. Ich kann bloß sein ver-
filztes, schwarzbraunes Haar sehen. – Ich konnte nicht mit ihr …
mit ihr … ich mein …
– Wieso nicht? Sie wollte doch.
Er hebt den Kopf und sieht mir direkt in die Augen. – Weil ich
den Scheißvirus hab, deswegen.

In meiner Brust spür ich einen dumpfen Schlag, und ich starre
ihm in die Augen, was mir wie ne Ewigkeit vorkommt, aber
wahrscheinlich nur ein paar Herzschläge dauert, während er pa-
nisch sagt: – Du bist der Einzige, der das weiß. Erzähl Terry und
Billy nichts, okay? Erzähl's keinem weiter.
– Gut … aber …
– Versprich es. Gib mir dein Ehrenwort.
In meinem Gehirn tobt ein fiebriger Tanz. Das kann nicht
stimmen. Das ist doch der kleine Andrew Galloway. Mein
Freund. Der kleine Gally aus Saughton Mains, Susans Junge,
Sheenas Bruder. – Aye … aye … aber … aber wie? Wie, Andy?
– Spritzen. Smack. Ich hab's nur n paarmal getan. Scheint aber
schon gereicht zu haben. Hab's erst letzte Woche erfahren, sagt
er und nimmt noch nen Schluck, muss aber husten und spuckt
ein bisschen Bier in das aufzischende Feuer.
Ich schau mich um, aber die Frau hinter der Theke ist weg. Ein
paar Fotzen glotzen, aber ich starre zurück, bis sie wegsehen. Der
kleine Andrew Galloway. Die Ausflüge, als wir klein waren, und
dann auf eigene Faust als ältere Jungs: Burntisland, Kinghorn,
Ullapool, Blackpool. Ich, meine Ma, mein Dad und Gally. Beim
Fußball. Die Streitereien, die Schlägereien. Wie er kletterte, als
Kind, ständig am Klettern war. Da es in der Siedlung keine Bäume gab, mussten es Betonbalkons und Unterführungen sein, all
so ein Scheiß. Der kleine Kletteraffe, so nannten sie ihn. Ein frecher kleiner Affe.
Aber nun seh ich in sein dummes, schmutziges Gesicht und
seine leeren Augen, und es kommt mir vor, als hätte er sich verwandelt, ohne dass ich es bemerkt hab. Es ist der böse, kleine
Affe, und er sitzt ihm direkt im Nacken. Ich seh ihn durch mei-

nen Ecstasykater, durch meinen eigenen verdreckten Sucher, und ich kann mir nicht helfen, aber Gally sieht innerlich dreckig aus. Er sieht nicht mehr wie Gally aus.

Woher kommt diese Reaktion bei mir?

Ich nippe an meinem Pint und studiere sein Profil, während er ins Feuer starrt. Er ist gebrochen, er ist zerstört. Ich möchte nicht bei ihm sein, ich möchte bei Elsa sein, wieder im Bett. Während ich ihn anseh, kann ich nicht anders, als mir zu wünschen, dass sie nicht hier wären; er, Terry und Billy. Weil sie nicht hierher gehören. Ich schon. Ich gehör überallhin.

# 4

## So ungefähr 2000:
## Festival-Atmosphäre

# Fenster '00

Menschen, die ihn gut kannten, mussten lauthals lachen, wenn er ihnen erzählte, dass er als Wachmann arbeitete. Sein alter Freund Andy Niven kicherte nach einer ungläubigen Pause immer noch. – Davie Galloway, Wachmann, sagte er zum x-ten Mal kopfschüttelnd, – ich kenn die Redensart, dass man den Bock zum Gärtner macht, aber das ist zum Totlachen.

Nicht dass er heutzutage noch viel unter Leute ging. Davie Galloway mied Pubs und erzählte alten Freunden und Bekannten nicht gern, was er machte. Einmal nicht aufgepasst, weil der Alkohol die Zunge gelockert hat, und schon verpfeift dich irgendeiner. Das hatte sein Leben und das von denen, die von ihm abhängig waren, schon vorher kaputtgemacht. Wär er da gewesen, wär vielleicht vieles anders gekommen. Er dachte an seine Familie, die er vor so vielen Jahren zurückgelassen hatte; daran, wie ihm Susan gesagt hatte, er solle doch aus der Not ne Tugend machen und sich endgültig verpissen. Später hatte ihm seine Tochter Sheena dasselbe gesagt; sie wollte ihn nicht mehr sehen.

Sie waren sich sehr ähnlich, Susan und Sheena; sie waren stark, und er war gleichzeitig traurig und froh darüber.

Aber Andrew, Andrew besuchte er immer noch.

Diesmal würd er jedenfalls nicht wegen seiner Gaunereien ins Gefängnis kommen, er versuchte nur zu arbeiten. Jetzt war's bloß sein Job, den er verlieren würde, nicht seine Freiheit. Davie wollte nicht mehr in den Knast, er hatte schon zu viel von seinem Leben vergeudet, zu viele überbelegte, graue Zellen gesehen, angefüllt mit dem Mief und den fixen Ideen von Fremden. Jetzt hatte er Arbeit. Aus dem Bock war ein Gärtner geworden.

Während er aus der Überwachungszentrale über die ausgedehnte Trabantenstadt schaute, überlegte Davie Galloway, dass die Monitore seine Fenster zur Welt waren, zu der düsteren, grauen Betonwelt da draußen. Monitor sechs war ihm der liebste, die Panoramakamera, die über die Wohnsilos hinaus bis über den Fluss schwenkte. Die restlichen Monitore enthüllten trostlose Unterführungen, Treppen und Hofeingänge. Die Videobänder liefen nur selten mit, denn wer würde sich schon die Mühe machen, sie sich anzusehen, wenn's nicht gerade um Mord ging? Die üblichen Verdächtigen wussten das nur zu gut. Die Blagen waren rotzfrech und unverschämt. Diese Kröten standen den halben Tag einfach davor rum und zeigten den Kameras das V. Manchmal wurden sie demoliert, oft von vermummten Jugendlichen. Zwei Monitore waren blind, niemand kümmerte sich darum, die defekten Kameras zu ersetzen, an die sie angeschlossen waren. Alfie Murray, ein Ex-Alkoholiker und ergebenes Mitglied der AA, hatte mit Davie zusammen Dienst. – War Danielle heut schon drauf?

– Nee, hast Glück.

Danielle war eine junge Frau, die früh aufstand und sich nackt auf den Balkon stellte und für die Kamera ihres Wohnblocks posierte. Sie sagte dann immer tonlos etwas in die Kamera. Anders als Alfie war es Davie Galloway egal, ob er sie sah oder nicht. Was er sich mehr als alles andere wünschte, war, zu erfahren, was sie jeden Morgen sagte, wenn sie ihnen kühn und nur mit einem Lächeln bekleidet entgegentrat.

Sie hatten schon erwogen, sie zu besuchen. Davie hätte sie zu gern gefragt, was sie da immer sagte. Aber das wäre unklug. Höchstwahrscheinlich würde sie sich unwissend stellen, und da die Kamerabilder normalerweise nicht aufgezeichnet wurden, außer zu den periodisch wiederkehrenden Zeiten, wenn im Gefolge eines Gewaltverbrechens ein Sturm moralischer Entrüstung losbrach, konnten sie nichts beweisen. Sie konnten das tun, was von ihnen erwartet wurde, es nämlich der Polizei melden, aber dann würde sie vielleicht damit aufhören, und das wollten sie nicht. Niemand beschwerte sich darüber, falls es überhaupt jemand mitbekam.

Wie auch immer, Davie hatte keine Sehnsucht danach, die Polizei zu informieren. Er wusste, dass er wiedererkannt werden würde, denn seinerzeit war er in dieser Stadt nur zu gut bekannt gewesen. Außerdem war seine Schicht jetzt sowieso bald vorbei, und bald wurde es schon Zeit, auf einen Plausch zu Andrew zu gehen.

# Edinburgh, Schottland
## An irgendeinem Donnerstag, 23.28 Uhr

**VERWAIST**

Juice Terry Lawson sah sich veranlasst, seinen alten Kumpel Post Alec Connolly zu verfluchen, als er die Füße unter der Decke hervor und über das Fußende des Betts hinausstreckte. Die Kälte war schneidend und ließ seine Zehen zurückzucken. Die blöde Fotze. Oh, klar, an dem riesigen, abgefuckten, hochmodernen 76-Zentimeter-Ultra-Flachbildschirm-Bastard von Fernseher, den er für Terry geklaut hatte, war nichts auszusetzen. Saubere Leistung, Alec. Aber der nutzlose alte Saufkopp hatte vergessen, auch die Fernbedienung aus der Hütte in Barnton mitgehen zu lassen, die er ansonsten so professionell ausgeräumt hatte. Terry fühlte, wie sein Unbehagen wuchs und sein Transpirationslevel stieg, während er die Zehen ausstreckte und sich bemühte, von BBC 1 auf Channel Four umzuschalten. Gleich sollte n französischer Streifen laufen, und da war fest mit gelegentlichen Momentaufnahmen von Titten und Arsch zu rechnen. Vergiss Channel Five: Das machen alle anderen auch.

Schon komisch, überlegte Terry, als er an die snobistischen Fotzen dachte, die zum Festival in der Stadt waren. Zeig Titten und Arsch in ner Zeitung, die von Proleten gelesen wird, dann ist es frauenfeindlich, zeig das Gleiche in nem französischen Film, dann kriegen sie nicht genug davon, und es heißt Kunst. Also müsste die Frage, was Kunst ist und was nicht, eigentlich lauten: »Kann man sich darauf einen runterholen, und wenn ja, wer?«, dachte Terry, während er den Rücken krumm machte und seine Arschbacken auseinanderzog, um kräftig einen fahren zu lassen.

Wieder in bequemerer Haltung und den hoch kriechenden, warmen, säuerlichen Geruch auskostend, lehnte sich Terry gegen seine Kissen und ließ den Fernsehschirm das Zimmer beleuchten. Er öffnete den kleinen Kühlschrank neben dem Bett, nahm eine Büchse Red Stripe raus und riss sie auf. Nicht mehr viele da, registrierte er. Terry kostete ein Probeschlückchen von seinem Lager und kippte dann nen ganzen Mund voll runter. Er nahm das Handy und rief unten bei seiner Mutter an, die gerade die *EastEnders*-Folge guckte, die sie sich gestern aufgenommen hatte, während sie beim Bingo war. Terrys Hämorrhoiden fingen an zu jucken, möglicherweise hatte der feuchte Furz sie irritiert. Er drehte sich auf die Seite, hob eine Arschbacke an und schlug die Decke zurück, um sich die kühle Luft um sein Arschloch streichen zu lassen.

Weil sie auf einen Anruf von ihrer Tochter Yvonne wartete, nahm Alice Ulrich den Hörer ab. Alice hatte den Namen ihres zweiten Ehemanns behalten, weil er, obwohl Walter ebenso stiften gegangen war wie ihr erster Mann – bei ihm war es damals wegen ernsthafter Spielschulden gewesen –, ihr doch wenigstens keinen Taugenichts von Sohn wie Terry hinterlassen hatte. Alice hörte zu ihrer Empörung, dass es nur ihr Sohn eine Treppe höher war, der sie von seinem Handy anrief.

– Hör mal, Ma, das nächste Mal, wenn du zum Pinkeln gehst oder so, bring mir doch n paar Bier aus dem großen Kühlschrank mit. Mein kleiner Privatvorrat hier oben ist fast alle, äh ... Terry hörte das ungläubige Schweigen am anderen Ende der Leitung. – Nur wenn du sowieso mal aufs Klo willst oder so. Ich mein, ich hab's mir grad erst so schön gemütlich gemacht.

Sie ließ das Telefon stumm werden. Es war ein gewohntes Szenarium. Aber diesmal sperrte sich etwas in Alice dagegen. Sie sah ihr Leben in schonungsloser Klarheit und ging, nachdem sie einen Moment innegehalten hatte, um eine nüchterne Bilanz ihres Lebens zu ziehen, in die Küche und holte ihrem Sohn sechs kalte Dosen Bier aus dem Kühlschrank. Alice stieg langsam die Treppe hinauf und trat wie schon so viele Male mit dem Nachschub in das Zimmer ihres Sohnes. Es herrschte der übliche Mief von Furzgasen, alten Socken und Sperma. Jetzt hätte sie gewohnheitsmäßig ihren milden Protest dadurch ausgedrückt, dass sie die Dosen auf seinen Nachttisch knallte, aber nein, diesmal ging sie um das Bett herum und stellte sie für den Jungen in den kleinen Kühlschrank neben dem Bett. Sie sah die Silhouette seines Lockenkopfes. Was Terry anbelangte, er nahm ihre störende Anwesenheit nur aus dem Augenwinkel wahr. – Danke, sagte er ungeduldig und ohne den Blick vom Bildschirm zu wenden. Alice verließ den Raum und ging in ihr eigenes Schlafzimmer. Sie stieg aufs Bett und zog den alten Koffer vom Kleiderschrank. Sie packte ihn langsam und mit Bedacht, damit die Kleidung nicht knittern konnte, und schleppte den Koffer dann die Treppe hinunter. Sie rief eine Freundin an und bestellte anschließend ein Taxi. Während sie auf das Taxi wartete, suchte sie nach einem Stück Papier, um eine Nachricht zu schreiben. Sie fand keins, deswegen riss sie eine Packung Cornflakes auf und faltete sie nach außen. Mit ihrem Bingo-Kuli kritzelte sie eine Nachricht, die sie auf der Anrichte hinterließ.

Lieber Terry,

jahrelang habe ich darauf gewartet, dass du aus diesem Haus ausziehst. Als du die kleine Lucy kennen gelernt hast, dachte ich, Gott sei Dank. Aber nein, das hielt nicht. Dann diese Vivian ... und wieder nichts.

Deswegen ziehe *ich* jetzt aus. Behalt das Haus. Sag denen beim Wohnungsamt, ich hätte mich umgebracht. Gott weiß, dass mir oft danach war. Pass auf dich auf. Iss möglichst auch viel Gemüse, nicht nur Dosenfraß. Die Müllabfuhr kommt dienstags und freitags.

Mach's gut,

In Liebe, Ma.

PS: Such nicht nach mir.

An diesem Morgen wurde Terry vom Frühstücksfernsehen geweckt. Diese Denise Van Ball. Boah, Alter, geil. Bei der könnte man schwach werden. Sie war ständig im Fernsehen; *Gladiators,*

*Holiday* ... der ganze Scheiß. Die brachte ganz schön Geld nach Haus. Allerdings hätte sie sich nie die Haare färben sollen; ihm war blond lieber. Wie es aussah, hatte sie in letzter Zeit n bisschen mehr auf die Rippen gekriegt. Aber das mit dem Haar müsste rückgängig gemacht werden. Gentlemen bevorzugten Blondinen, dachte er selbstgefällig. Er und Rod Stewart zum Beispiel. Dieser Johnny Vaughan war zwar okay, aber den Job könnte jeder machen, überlegte er. Allerdings scheiße, so früh am Morgen aufstehen zu müssen. Früh aufstehen und alle mit Gewäsch einseifen. Das war genau wie damals, als er noch aufm Getränkewagen arbeitete! Heute natürlich nich mehr. Nix zu machen. Terry versuchte seine Mutter übers Handy zu erreichen, weil er Tee und Toast wollte. Ein gekochtes Ei wär auch mal ne Idee. Das Telefon unten klingelte, zweimal, dreimal, aber keine Reaktion. Das alte Mädchen war wohl einkaufen.

Er stand auf, schlang ein Badetuch um seine schwammigen Hüften und ging nach unten, wo er den Zettel fand. Mit der einen Hand hielt er das Badetuch, in der anderen hatte er den Zettel und starrte ihn ungläubig an.

Jetzt ist sie endgültig ausgerastet, sagte er sich.

Terry sah sich zum Handeln genötigt. Er musste Lebensmittel kaufen. Draußen war es saukalt, und Terry war noch nie ein Morgenmensch gewesen. Die Kälte drang durch sein verwaschenes, fadenscheiniges »Smile If You Feel Sexy«-T-Shirt. Der Sommer war bislang ein echter Skandal gewesen: Es war August, und es kam einem wie November vor. Auf die Läden hier in der Nähe war geschissen, er würd nen flotten Spaziergang machen. Da ging's nach Stenhouse, dort nach Sighthill. Sighthill, beschloss er, und stahl sich die Straße runter in Richtung der großen Etagenwohnungen. Er hatte noch nie was gegen Sighthill gehabt, im Gegenteil, es hatte ihm immer gefallen.

Aber an diesem Morgen ging es ihm gehörig auf die Nerven. Als er unter der Schnellstraße durchging und in die Einkaufspassage schlenderte, kam es ihm vor, als säh er sein Viertel mit den Augen so ner verwöhnten Privatschulschwuchtel, die von sozialem Engagement strotzende Gelegenheitsartikel für irgendwelche linken Blätter verfasste. Überall Hundescheiße, zerbrochenes Glas, Wandschmierereien, valiumbetäubte junge Mütter, die Buggys mit kreischenden Babys vor sich herschoben, mit ihrem billigen »Purple Tin« versorgte Penner und angeödet aussehende Jugendliche, die auf der Suche nach Pillen und Pulvern waren. Terry fragte sich, ob es daran lag, dass er deprimiert war, oder daran, dass er schon so lange nicht mehr selbst einkaufen gewesen war. Was zum Henker war in das alte Mädchen gefahren? grübelte er. In letzter Zeit war sie n bisschen wunderlich gewesen, aber sie war ja jetzt auch Mitte fünfzig, und Terry hatte es darauf geschoben, dass das halt n kritisches Alter für Frauen war.

## EINMAL FRINGE CLUB

Rab Birrell stieg mit eingezogenem Kopf aus dem Taxi und lief dann in beinahe der gleichen Haltung das kurze Stückchen von der Bordsteinkante bis zum Eingang des Fringe Clubs. Er kam sich vor wie n Alkoholiker, der in nen Schnapsladen schleicht. Wenn hier einer vorbeikäm, der ihn kannte ... als ob das möglich wär. Aber heutzutage konnten die Jungs an allen möglichen Orten auftauchen. An allem war nur die unheilige Verbindung von Acid House und Fußball-Hools Schuld. Dadurch hatte man's heute mit ner Klasse gut informierter, ganz normaler Jungs aus m Leben zu tun, die sich unerklärlicherweise immer dort blicken ließen, wo man sie am wenigsten erwartete, und für gewöhnlich kräftig auf die Kacke hauten. Birrell kam die kuriose Vorstellung, der Fringe Club könnte voll von solchen Jungs sein, lauter heimlichen Kunstliebhabern. Rab verstand zwar wenig von Kunst, aber er liebte die Festival-Atmosphäre, die Art, wie die Stadt dann brummte.

Sein Mitbewohner Andy folgte ihm in den Club. Rab zückte kurz die beiden Mitgliedsausweise, an die er über seinen Bruder Billy rangekommen war. Außerdem hatte sein Bruder es geschafft, ihm zwei Karten für die Preview von nem Film zu besorgen, der ihnen beiden gut gefallen hatte. Rab Birrell sah sich unter der anwesenden Londoner Medien- und Kunstszene um. Diese

Fotzen hatten sogar für die Dauer des Festivals Zweigstellen ihrer eigenen Clubs aufgemacht, damit sie die ganzen drei Wochen durchstehen konnten, ohne Gefahr zu laufen, versehentlich den Wichsern von der Seite weichen zu müssen, gegen die sie während der restlichen Zeit des Jahres unentwegt stänkerten. Birrell fand es ätzend, dass es in der Regel diese Sorte Menschen war, die entschied, was man las, hörte oder sah. Er warf kritische, prüfende Blicke um sich. Als so was wie ein Connaisseur des Klassenkampfs empfand er eine perverse Befriedigung, wenn er ein gewisses Aussehen, eine Geste, eine Bemerkung oder einen Akzent entdeckte, der seine Erwartung bestätigte.

Andy bemerkte seinen verächtlichen Blick und schnitt eine Grimasse. – Regen Sie sich ab, Mr. Birrell.

– Du fühlst dich hier natürlich wie zu Haus, du warst ja auf der Edinburgh Academy, zog ihn Rab auf, während er zwei gut aussehende Frauen an der Theke erspähte.

– Genau. Deswegen ist es für mich noch viel schlimmer. Ich musste mit Fotzen wie denen zur Schule gehn, erwiderte Andy.

– Gut, dann solltest du auch besser in der Lage sein, dich mit ihnen zu verständigen. Also hol du die Drinks und geh dann zu den beiden Perlen da und fang n Gespräch an.

Andy hob fügsam den Blick, und Rab wollte gerade Platz machen, als er eine Hand auf seiner Schulter spürte. – Ich wusste gar nicht, dass sie hier auch Asseln reinlassen, grinste ihn eine riesige Gestalt an. Rab war einsfünfundachtzig, aber gegen diesen Riesen von Mann kam er sich wie ein Zwerg vor. Der andere bestand nur aus Muskeln, ohne ein Gramm Fett am Leib.

– Heilige Scheiße, Lexo. Wie geht's dir, Alter? grinste Rab.

– Nich übel. Komm mit rüber und trink n Glas Champagner mit, sagte Lexo und zeigte auf eine Nische, in der Rab nen schwul aussehenden Typ und zwei Frauen entdeckte, eine in den Zwanzigern, eine in den Dreißigern. – Die Pfeifen da sind von ner Fernsehproduktion. Sie machen ne Dokumentation über Hooligans und ham mich als technischen Berater engagiert.

Rab betrachtete anerkennend die Paul-and-Shark-Windjacke, die Lexo trug. Es war eine von diesen Wendejacken, die früher ganz gute Dienste bei Gegenüberstellungen geleistet hatten. Er erinnerte sich noch an manchen Auftritt des Strafverteidigers Conrad Donaldson: – Sie sagten, einer der Beschuldigten trug eine rote Jacke, dann war sie wieder schwarz. Ein weiterer hingegen hatte eine schwarze Jacke, die auf wunderbare Weise blau wurde. Sie haben eingeräumt, Alkohol getrunken zu haben. Hatten Sie an diesem Nachmittag auch noch andere Rauschmittel zu sich genommen?

Die Staatsanwaltschaft erhob dann Einspruch und dem wurde stattgegeben, aber dann war es schon passiert. Lexo und Ghostie bestanden immer darauf, dass die Jungs, die mit ihnen kamen, gut gekleidet waren. Er erinnerte sich noch, wie sie zwei renommierte Krawallbrüder nach Haus geschickt hatten, bloß weil sie Jeans und Jacken von Tommy Hilfiger (»Asi Hilfiger«) trugen. – Ich lass mich lieber platt hauen als in so was rumzulaufen, hatte Ghostie behauptet. – Man muss n gewisses Niveau halten. So kannste rumlaufen, wenn du aus Dundee oder so kommst.

Lexo war seit dem Ableben seines Kumpels Ghostie in Polizeigewahrsam ein mehr oder weniger gesetzestreuer Bürger geworden. – Gehst du morgen in die Easter Road? fragte Rab.

– Nee, war ich schon ewig nicht mehr, sagte Lexo kopfschüttelnd.

Birrell nickte nachdenklich. Heutzutage traf man Leute aus der alten Crew *tatsächlich* eher im Fringe Club als an der Easter Road an.

Rab und Andy leerten zwei Sektflöten und verabschiedeten sich dann wieder. Lexo hatte Geschäfte zu erledigen und blendete sie schon wieder aus seinem Kreis aus, nachdem er sie erst mit viel Brimborium vorgestellt hatte. Da er mit seinem älteren Bruder Billy jahrelang ein Zimmer geteilt hatte, kannte Rab die Aufmerksamkeitsspanne der harten Jungs besser als die meisten. Sie gaben und sie nahmen, zu ihren Bedingungen. Ihnen ne Unterhaltung aufzwingen zu wollen, reizte sie nur. Außerdem fand Rab Birrell es doch recht abstoßend, wie die Fernsehleute an Lexos Lippen hingen und sich sichtlich an seinen sorgfältig geschönten Anekdoten aufgeilten, die ihn als großen Anführer darstellten, der in vielen Schlachten gegen ne große Übermacht spektakuläre Siege davongetragen hatte. Als Rab und Andy sich verabschiedeten, sagte Lexo: – Sag deinem Bruder, dass ich ihn sprechen will.

Rab konnte sich denken, was Lexo den wissensdurstigen Medienfotzen jetzt erzählen würde. Wahrscheinlich würd es so was sein wie: Aye, das war Rab Birrell, kein schlechter Typ. Betrachtete sich für ein paar Spielzeiten als Hool, war aber keiner aus der ersten Reihe. Schlauer Kopf, studiert jetzt oder so, heißt es. Mit seinem Bruder Billy ist das allerdings was anderes. Der war mal n guter Boxer …

Mit Billy war das immer was anderes. Rab dachte an den Umschlag, den ihm sein Bruder vor ein paar Tagen zu Haus bei den Eltern gegeben hatte. Er enthielt zwei Mitgliedskarten für den Fringe Club, zwei Kinokarten und fünfhundert Ocken. Er sah runter, um das Geldbündel zu sehen und zu befühlen, das ne deutliche Beule in der Tasche seiner Levi's formte.

– Ich brauch das nich, hatte Rab erwidert, ohne Anstalten zu machen, es zurückzugeben.

Billy hatte abgewunken und dann die Hände gehoben. – Behalt es. Genieß das Festival. Studenten ham's nich leicht, hatte er hinzugefügt. Sandra hatte zustimmend genickt. Wullie hing vor seinem PC und surfte im Internet. Er verbrachte die meiste Zeit damit, mit dem Computer, den Billy ihnen gekauft hatte, irgendwelche Websites zu besuchen. Seit er in Rente war, waren das Internet und das Kochen seine beiden einzigen Obsessionen.

– Komm schon, Rab, ich kann's verschmerzen. Ich würd's nich machen, wenn ich's mir nich leisten könnte, drängte Billy. Und Billy wollte gar nicht protzen, naja, ein bisschen vielleicht, aber hauptsächlich war er einfach Billy. Er kümmerte sich um die Menschen, die ihm nahe standen, einfach deswegen, weil es ihm möglich war, und damit hatte es sich. Aber Rab bemerkte den Ausdruck widerlicher Hingabe im Gesicht seiner Mutter und fragte sich, warum man das nicht unter vier Augen, nur zwischen ihnen beiden, hätte erledigen können. Als er den Umschlag mit nem verhaltenen, lahm klingenden Danke einsteckte, ging ihm durch den Kopf, wie seltsam es war, dass der eigene Bruder für einen gleichzeitig Held und Geißel sein konnte.

Billy wäre an nem Ort wie hier ganz entspannt und genauso

wie Lexo ganz in seinem Element. Aber Rab fühlte sich nicht wohl. Er überlegte, dass es vielleicht ganz gut wär, rüber ins Stewart's oder Rutherford's zu gehen. Die würden wahrscheinlich voll mit Festival-Nasen sein, die sich unters gemeine Volk mischten.

# Irgendwo bei den Blue Mountains, New South Wales, Australien
## Dienstag, 19.38 Uhr

Ich will, dass es vorbei ist. Man nimmt zu viel, weil man was anderes empfinden oder sehen möchte, aber nur für kurze Zeit. Ich ertrag's nicht, weil ich eingesehen hab, dass ich dadurch überhaupt nichts lernen kann. Es ist auch bloß wieder ein zusätzliches, beschissenes Gewürge. Scheiße, was soll ich schon daraus lernen, tage- und nächtelang wach zu bleiben? So wie damals, im Sommer, als wir klein waren und uns endlos vor den Häusern im Kreis drehten, bis uns schwarz vor Augen wurde, was uns irgendwie einen blöden Kick brachte, und dann schnaufend und benommen auf dem Rasen lagen und mit unserer Übelkeit kämpften. Die Erwachsenen, die draußen in der Sonne saßen, sagten uns dann immer, wir sollten das sein lassen. Sie wussten, dass uns davon nur übel wurde und uns kein höherer Bewusstseinszustand erwartete. Es gab eine Zeit, als ich glaubte, sie wollten uns daran hindern, Zutritt zu einer verborgenen Welt zu finden, aber heute weiß ich, dass sie nur keine Lust hatten, hinter lauter kleinen, kotzenden Bälgern herzuputzen.

Aber jetzt mach ich's wieder, ich belüge mich selbst, nur um des Vergessens willen. Ich will weniger sehen und spüren, nicht mehr, und deswegen hab ich mich so zugeballert. Und der Endeffekt: Ohne ersichtlichen Grund schnall ich ab.

ssssssssssSHHOOOOMMMMmmm

Es holt mich jetzt gnadenlos ein, die vielen Trips und Pillen, die ich geschluckt hab. Die vielen Pulver, die ich mir in meinen zerfressenen Riechkolben gezogen hab.

wwwhhhhhOOOOsssssShhhhh

Ich schreie laut, um meine Stimme von den Blue Mountains widerhallen zu hören, aber ich kann nicht mal die anderen Wichser erkennen, dabei bin ich genau in ihrer Mitte. Ich kann das dichte, üppige Blattwerk nicht sehen, das die Lichtung umgibt, auf der wir tanzen. Nein, ich schreie, aber ich kann meine Stimme nicht hören, und auch niemand sonst bei den erbarmungslos hämmernden Bässen, und ich spüre, wie sich der Inhalt meines Magens von mir trennt und der weiche Boden auf mein Gesicht zustürzt.

# Edinburgh, Schottland
## Mittwoch, 11.14 Uhr

### POST-MUTTER, POST ALEC

Terry hatte Probleme. Große Probleme. Es war immer eine Frau da gewesen, die sich um ihn kümmerte. Nun war seine Mutter fortgegangen. Seine Mutter war den gleichen Weg wie seine Frau gegangen. Und sie war – zum Wohl ihres Enkels Jason, wie die alte Schachtel immer behauptete – weiter mit seiner Ex befreundet geblieben. Aber wahrscheinlich hatte sie das alles mit Lucy abgesprochen, hatten die zwei sich gegen ihn verschworen, unterstützt von diesem verblödeten Lulatsch, mit dem Lucy sich zusammengetan hatte. Wenn er sich selbst gegenüber ehrlich war, hatte er diese Beziehung nie ernst genommen. Es war bloß Sex mit ner attraktiven Perle, die es verstand, sich schick zurechtzumachen, wenn sie ausging. Die Beziehung hatte ein Jahr gehalten, genau ein Jahr länger, als es der Fall gewesen wär, wär das Kind nicht unterwegs gewesen. Vivian war anders gewesen. Sie war ein kleines Juwel gewesen, und er hatte sie wie Scheiße behandelt. Die einzige dauerhafte Beziehung, die er je gehabt hatte. Drei Jahre. Er hatte sie geliebt, aber wie Scheiße behandelt, und sie hatte ihm immer wieder verziehen. Sie genug geliebt und respektiert, um zu erkennen, dass er sie nur runterzog, sie freizugeben, sie weiterziehen zu lassen. Damals diese Nacht auf der Brücke hatte ihn aus der Bahn geworfen. Ach was, er war nie in der Bahn gewesen, was wollte er überhaupt?

Es hatte andere, episodenhafte, kurz andauernde eheähnliche Beziehungen gegeben. Eine Reihe von Frauen hatten ihn gelegentlich bei sich einziehen lassen, nur um zu merken, dass die Probleme, die sie zum Konsum von Valium, Prozac und anderen Tranquillizern veranlasst hatten, nichts waren im Vergleich zu diesem neuen Status quo. In seiner Erinnerung verschmolzen ihre Gesichter zu einem einzigen unscharfen, missbilligenden Flunsch. Sie kamen in kürzester Zeit zur Besinnung und schickten ihn zum Teufel beziehungsweise zurück zu seiner Mutter. Aber nun war selbst seine eigene Mutter nicht mehr da. Terry sann über die sich daraus ergebenden Probleme nach. Im Grunde war er nun allein auf dieser Welt. Verlassen von der eigenen Mutter. Was war mit den Frauen los? Was hatten die für n Problem? Aber Terry war nicht ganz allein auf der Welt. Das Telefon klingelte, und sein alter Spezi Post Alec war dran.

– Terry … krächzte Alec heiser in den Hörer. Terry kannte Alec gut genug, um nen ausgewachsenen Kater zu erkennen. Zugegeben, das bedurfe keines großen Spürsinns, denn Alec kannte nur zwei Grundeinstellungen: besoffen und verkatert. Tatsächlich war Alecs fortdauernde Existenz auf diesem Planeten während der letzten fünf Jahre ein Hohn für sämtliche wissenschaftlichen Erkenntnisse auf dem Gebiet der Physiologie und Medizin. Alec hatte sich den Spitznamen »Post« durch eine kurzen Phase ehrlicher Arbeit bei der Royal Mail erworben.

– Alles klar, Alec? Haste mal wieder die vier apokalyptischen Reiter im Nacken sitzen, Alter?

– Ich wünschte, es gäb bloß vier von den Fotzen, stöhnte Alec. – Mir platzt der Schädel. Hör mal, Terry, ich kann n bisschen Hilfe bei nem Job gebrauchen. Einem ehrlichen quasi, fügte er fast entschuldigend hinzu.

– Hör bloß auf, sagte Terry ungläubig, – wann hast n du in deinem Leben schon mal was Ehrliches angefasst, du alte Fotze?

– Nee, echt, protestierte Alec, – wir treffen uns im Ryrie's, in ner halben Stunde.

Terry ging sich umziehen. Er stieg die Treppe rauf in sein Schlafzimmer und machte unterwegs Inventur im Haus. Er würde dieses Mietverhältnis weiterlaufen lassen müssen, das war nicht bloß lästig, sondern ne richtig nervige Angelegenheit. Aber vielleicht kam das alte Mädchen ja noch zur Vernunft.

Terry inspizierte die Wohnung flüchtig und überlegte, dass die neuen Fenster, die die Wohnungsbaugesellschaft hatte einsetzen lassen, schon ne große Verbesserung darstellten. Es war jetzt viel wärmer und viel leiser. Allerdings war da immer noch n feuchter Fleck, der immer wieder unter dem Fensterbrett auftauchte; sie waren ein paarmal da gewesen und hatten daran gearbeitet, aber das Scheißding kam immer wieder. Er erinnerte Terry an Alec. Er musste zugeben, dass die Bude mal neu tapeziert werden müsste. Sein Zimmer sah vielleicht aus. Das Poster mit der Tennisspielerin, die sich am Arsch kratzte, und das mit den Nackten, die den Umriss von Freuds Profil bilden, »Was Männer im Kopf haben«. Dann hing da eins von Debbie Harry, so späte Siebziger, frühe Achtziger, und eins von Madonna n paar Jahre später. Außerdem hatte er jetzt eins von den All Saints. Das waren scharfe Weiber. Die Spice Girls, die warn genauso wie die Schnepfen, die man im Lord Tom's oder irgendnem anderen Aufreißschuppen auf der Lothian Road traf. Man will aber die anspruchsvollen, die unerreichbaren an der Wand hängen haben. Tittenhefte kaufte Terry nur, wenn sich darin ein unerreichbarer Star nackt darbot.

## DAS BALMORAL

Die magere junge Frau, die mit gekreuzten Beinen auf dem Bett des Hotelzimmers saß und ihre Zeitschriftenlektüre unterbrach, um sich eine Zigarette anzuzünden, wirkte angespannt und blass. Etwas beunruhigt sah sie hoch und stieß einen Rauchring aus, während sie ihre Umgebung betrachtete. Es war ein Hotelzimmer wie alle anderen. Sie stand auf, um aus dem Fenster zu schauen, und sah vor sich eine Burg auf einem Hügel aufragen. Das war zwar durchaus ungewöhnlich, machte aber trotzdem keinen Eindruck auf sie. Für sie war die Aussicht vor dem Fenster ebenso langweilig und eindimensional wie die Bilder an der Wand. – Und noch so eine Stadt, dachte sie versonnen.

Man hörte ein rhythmisches, vertrautes Pochen an der Tür, und ein stämmiger Mann trat ein. Er hatte kurz geschnittene Haare und trug eine Brille mit Silbergestell.

– Geht's dir gut, Schatz? erkundigte er sich.

– Ich denk schon.

– Wir sollten Taylor anrufen und zum Abendessen gehen.

– Ich hab keinen Hunger.

Sie wirkte so zierlich auf dem breiten Bett, dachte der Mann und betrachtete ihre nackten Arme. An ihnen war kein Fleisch, und schon der Gedanke daran ließ seine eigenen üppigen Körpermassen zittern. Ihr Gesicht war wie ein Totenschädel, über den man plastikartige Haut gespannt hatte. Als sie sich vorbeugte und ihre Zigarettenasche in den Aschenbecher auf dem Nachttisch schnippte, musste er daran denken, wie er mit ihr gefickt hatte, nur das eine Mal, vor all den Jahren. Sie hatte abwesend gewirkt und war nicht gekommen. Er konnte in ihr keine Leidenschaft wecken, und nach dem Akt war er sich wie ein bemitleidenswerter Sozialfall vorgekommen, dem man ein Almosen hingeworfen hatte. Eine verdammte Beleidigung, aber seine eigene Schuld, weil er versucht hatte, Geschäft und Vergnügen miteinander zu verbinden; nicht dass es so ein großes gewesen wäre.

Damals hatte das alles angefangen, diese verfluchte Essstörung. Franklin unterbrach sich für einen Moment nervös, weil er wusste, dass nun die gleiche Szene folgen würde, die er schon so oft und ohne jeden Erfolg durchgespielt hatte.

– Pass mal auf, Kathryn, du weißt doch, was der Arzt gesagt hat. Du musst etwas essen. Andernfalls bist du totes ... er brach ab und ließ das Wort »Fleisch« weg. Das kam ihm hier deplatziert vor.

Sie warf ihm einen flüchtigen Blick zu, bevor sie wieder ins Leere starrte. Bei einer bestimmten Beleuchtung sahen ihre Gesichtszüge bereits wie eine Totenmaske aus. Franklin fühlte, wie das vertraute Gefühl der Resignation einsetzte. – Ich werd den Zimmerservice anrufen ... Er nahm den Hörer auf und bestellte ein Club-Sandwich und eine Kanne Kaffee.

– Ich dachte, du würdest mit Taylor auswärts essen, sagte Kathryn.

– Das ist für *dich*, erklärte er ihr und versuchte die Schärfe in seiner Stimme mit einschmeichelnder Beschwichtigung zu bemänteln, was völlig misslang.

– Will ich nicht.

– Versuch es doch, Baby, bitte. Tu es mir zuliebe, flehte er und zeigte auf sich.

Aber Kathryn Joyner war meilenweit entfernt. Sie nahm kaum war, wie ihr langjähriger Freund und Manager Mitchell Franklin Delaney Jr. das Zimmer verließ.

## SCHWÄNZE RAUS FÜR DIE MÄDCHEN

– Schwänze raus für die Mädchen, brüllte Lisa die beiden nach Studenten aussehenden jungen Männer an, die an ihrem Zugabteil vorbeikamen. Einer von den Jungs wurde rot, aber der andere grinste sie an. Angie und Shelagh kicherten, als ihre Opfer in den nächsten Wagen gingen. Charlene, die jünger als die anderen drei war, rang sich ein knappes Grinsen ab. Sie machten immer Witze über die »Kleine Charlene« und was für einen schlechten Einfluss sie auf sie ausübten. Charlene überlegte, dass die drei wohl auf jeden einen schlechten Einfluss hätten.

– Das sind doch nur blöde Milchbubis, sagte Angie, schüttelte den Kopf und schleuderte eine Mähne brauner Locken zurück. Ihr breites, rundes Gesicht unter dem dicken Make-up, ihre großen Hände mit den absurd langen, rotgelben Kunstnägeln, die sie sich in Ibiza hatte machen lassen. Bei ihr kam sich Charlene wie ein Kind vor, und manchmal wollte sie sich einfach in den Schutz dieser riesigen Brüste verkriechen, die schon zehn Minuten vorher anzukommen schienen, wenn ihre Freundin einen Raum betrat.

Lisa stand auf, als Angie und Shelagh einen Trommelwirbel improvisierten. – Du willst den kleinen Scheißern doch wohl nich nachrennen, oder? Du bist ne verdammte Babyfickerin, Herzchen, spottete Shelagh.

Shelagh, lang und schlaksig, mit kurzem, stachligem, wasserstoffblondem Haar, so dünn und fein wie alles andere an ihr. Aß und trank wie ein Fisch und blieb trotzdem dünn wie n Kleiderbügel. Fluchte und schimpfte und soff die wildesten Kampftrinker unter den Tisch. Angie konnte es nicht ab, dass die anderen alles essen und trinken konnten, während sie eine Packung Chips nur anzusehen brauchte, damit es sich auf der Waage bemerkbar machte.

– Einen Scheiß will ich, sagte Lisa, aber mit einem verschmitzten Nicken, – ich geh bloß auf n Pott, eine qualmen, und entfernte sich mit übertriebenem Hüftschwung, ein Model auf dem Laufsteg parodierend. Sie sah sich nochmal kurz nach ihren Freundinnen um, ob sie reagierten, und bewunderte deren mediterrane Bräune, wie gut man darin aussah und wie gut man sich fühlte. Das war das Hautkrebsrisiko wert, und auch, dass man ab Mitte Dreißig wie ne ausgetrocknete, alte Backpflaume aussah. Darüber würde sie sich den Kopf zerbrechen, wenn's so weit war.

Angie zwinkerte Charlene zu. – Aye, eher noch n bisschen frischen Lipgloss, oder, rief sie Lisa nach. Dann wandte sie sich an Shelagh und Charlene und fragte: – Meint ihr, das verkommene Stück will den kleinen Mann im Boot schaukeln gehen?

– Aye, das wird noch lange dauern, bis sie nach Ibiza wieder runter auf die Erde kommt. Dreckiges Luder, lachte Shelagh.

Charlene spürte bei dem Gedanken, dass nun alles zu Ende ging, einen kleinen Stich in der Brust. Nicht so sehr, weil der Urlaub vorbei war, oder gar, weil man wieder zur Arbeit musste: Es gab mehr als genug Geschichten zu erzählen, um das eine Weile erträglich zu machen. Es war nur, weil sie nun nicht mehr jeden Tag zusammen sein würden. Das würde sie vermissen, sie würde sie vermissen. Besonders Lisa. Das Komische war, dass Charlene sie schon seit wer weiß wann kannte. Sie hatten zusammen beim Nahverkehrsamt der Stadtverwaltung gearbeitet. Damals hatte Lisa nie richtig mit ihr gesprochen, und Charlene hatte geglaubt, ein bisschen zu jung und zu uncool für sie zu sein. Aber dann hatte Lisa alles hingeschmissen und war nach Indien gefahren. Erst letztes Jahr, als sie nach Edinburgh zurückgekommen war und Charlene sich mit Lisas alten Freundinnen Angie und Shelagh zusammengetan hatte, hatten sie sich angefreundet. Charlene hatte geglaubt, Lisa würde Schwierigkeiten haben, sie zu akzeptieren. Das Gegenteil war der Fall, und sie wurden bald enge Freundinnen. Lisa war schon ein Geschoss. – Aye, sie meinte, dass sie heut Abend ausgehn will, weil das Festival läuft, sagte Charlene.

– Nee, danke, ich geh ins Bett, sagt Shelagh und rieb sich ein Körnchen Schlaf aus dem Augenwinkel.

– Allein? stichelte Angie.

– Allerdings. Mir reicht's. Manche von uns ham ne normale Muschi zwischen den Beinen, Herzchen, und nicht den verdammten Mersey-Tunnel. Wenn Leonardo DiCaprio mit fünf Gramm Koks und zwei Flaschen Bacardi jetzt bei mir vorbeikäm und sagen würde, ›Lass uns ins Bett hüpfen, Baby‹, würd ich mich bloß wegdrehn und sagen, ›ein andermal, Kleiner‹.

Charlene sah voll morbider Faszination zu, wie Shelagh den Krümel zwischen den Fingern rollte und wegschnippte, und versuchte, sich von den Mätzchen ihrer Freundin nicht allzu abgestoßen zu fühlen. Sie verfluchte sich dafür, dass sie so empfindlich war. Ibiza war in dieser Begleitung kein Ort für Zartbesaitete, und manchmal war ihr alles zu viel geworden.

Die Abschussliste sprach für sich: 8, 6, 5 und 1.

Die Eins gehörte natürlich Charlene. Es hatte noch zwei andere Male gegeben, bei denen sie nicht bis zum Äußersten gegangen war; ein Mal von den beiden war viel besser gewesen als die verkrampfte und betrunkene Gelegenheit, bei der sie es richtig getan hatte. Charlene hasste One-Night-Stands, selbst im Urlaub.

Dieser Kerl hatte sie total voll geschwitzt und voll gesabbert und war weggeratzt, sobald er seine Ladung in das Kondom abgespritzt hatte, über das er sich beschwert hatte. Sie war betrunken gewesen, aber kaum hatte er angefangen, hatte sie sich gewünscht, noch betrunkener zu sein.

Am Morgen war er früh aufgestanden und hatte gesagt: – Bis dann, Charlotte.

Selbst der Typ, mit dem sie das Petting gemacht hatte, hatte sie Arlene genannt und Erbrochenes auf dem Fußboden ihres Schlafzimmers im Bungalow hinterlassen. Das war der, der total gemein wurde und sie »verdreht« nannte, weil sie nicht mit ihm bumsen wollte.

San Antonio war auch kein Ort für Zartbesaitete gewesen.

Jetzt fuhr sie nach Haus zu ihrer Mutter.

Angie hatte einen ihrer großen Ohrreifen verloren, und Charlene meinte, sie sollte es erwähnen, aber Angie redete zuerst.

– Aye, mir stehn die Schwänze bis hier. Aber Leez nich. Die wird nich ins Bett gehn, jedenfalls nich allein. Ist das zu glauben?

– Die ist vielleicht n Tier. Fickt doch auf dem Rückflug mit diesem Knaben aus Tranent aufm Klo. Tranent! Da machste die weite Reise und fickst dann mit einem aus Tranent! sagte Charlene entgeistert. Dann schauderte es sie. Mit irgendwem zu ficken war der ganze Sinn der Reise gewesen. Und sie hatte nur eine miese Begegnung gehabt. Und jetzt würde darüber geredet werden.

Angie schob sich ein Kaugummi in den Mund. – Aye, aber das war deine Schuld, also nee, sie ausgerechnet am letzten Abend zum Manumission zu schleppen und aufzugeilen.

– Aye, als dieses Pärchen da anfing zu ficken, wusste ich nich, wo ich hingucken sollte, sagte Charlene, erleichtert, dass die anderen nicht auf ihren Fall zu sprechen kamen.

Shelagh sah sie an, und während sie an dem Wodka-Cola-Mix schlürfte, den sie sich auf dem Flughafen in Newcastle zusammengekippt hatten, meinte sie lachend: – Ich schon – direkt unter den Arsch von dem Geordie-Jungen!

Auf der Toilette strich sich Lisa ihr blondes Haar über den Kopf zurück und legte damit dunkle Haarwurzeln frei, die aufgefrischt werden mussten. Sie machte das nie selbst, und Angie würde versuchen, sie nächste Woche dazwischenzuquetschen. Da musste man einen Profi ranlassen, man musste sich die gespaltenen Haarspitzen vornehmen und die gesunde Haarstruktur erhalten. Die fettenden oder austrocknenden Extreme der Heimcolorationen waren um jeden Preis zu vermeiden.

Die Sonne hatte ihre Sommersprossen zum Vorschein gebracht. Lisa zog ihr Oberteil hoch, um ihre Sonnenbräune zu inspizieren. Es hatte ein paar Tage gedauert, bis sie sich dazu durchgerungen hatte, das Oberteil auszulassen. Gerade, als sie langsam braun wurde, als sie begann, nahtlos braun zu werden, hieß es schon wieder rein ins Scheißflugzeug und zurück an die Arbeit auf den verfickten Telefonplätzen des Callcenters der schottischen Kriegerwitwenversicherung. Und auf Wiedersehn bis nächstes Jahr.

Im nächsten Jahr würden die Titten direkt am ersten Tag die Sonne sehen. Lisa hatte schon immer größere Titten haben wollen. Da war dieser Wichser, der zu ihr gesagt hatte: »Hättest du größere Titten, dann hättest du den perfekten Körper.« Das sollte auch noch n Scheißkompliment gewesen sein. Sie hatte Kontra gegeben und dem Typ gesagt, er wär auch ganz in Ordnung, wenn sein Schwanz so groß wie seine Nase wär. Der arme Wichser wurde daraufhin ganz paranoid und gehemmt. Ein paar von denen konnten zwar gut austeilen, aber sie hassten es, wenn sie es zurückbekamen. Die hübschen Jungs waren die schlimmsten; narzistische, selbstverliebte Schlaffis ohne Persönlichkeit. Nur stand man andernfalls vor dem Problem, dass es die Selbstachtung zerfraß, wenn man mit zu vielen Hackfressen fickte. Das *war* ein Problem, aber eins, das man gern in Kauf nahm.

Die kleine Charlene war im Urlaub etwas komisch gewesen. Lisa hegte den Verdacht, dass ihr alles ein bisschen zu viel geworden war. Lisa war selbst überrascht gewesen, welchen Beschützerinstinkt sie für ihre jüngere Freundin entwickelte. Wenn sie in San Antonios West End unterwegs waren, wachte sie immer wie eine Glucke, wenn ihnen eine bunte Mischung pastellfarbener T-Shirts und Shorts angeberisch entgegenkam, alle mit hoffnungsvollem Grinsen und ironischen Bemerkungen. Es war immer ne ganz bestimmte Sorte schmieriger Typen, die sich direkt auf Charlene stürzten. Ihre Freundin war klein und dunkel: Sie nannte das den »Black-Irish«-Look, fast wie eine Roma. Das hatte sie von ihrer Mutter. Charlenes konventionell hübsches Gesicht und ihr üppiger Busen hätten eigentlich auf eine lebhafte Sexualität hindeuten müssen, aber sie hatte etwas Ernsthaftes, sehr Zurückhaltendes an sich. Man merkte, dass ihr das Ganze peinlich war, obwohl sie sich so bemühte, dazuzugehören.

Draußen im Abteil sahen sie zu, wie Berwick unter ihnen vorbeiglitt. Charlene hatte es schon so oft aus dem Zug gesehen, und trotzdem sah es noch eindrucksvoll aus. Sie wusste noch, wie sie einmal von einem Abend in Newcastle zurückkam und Lust bekommen hatte, auszusteigen und es zu erkunden. Es hatte sich als ganz nette Stadt entpuppt, die man aber doch besser vom Zug aus bewunderte.

Angie stupste Charlene an, als sie die Flasche von Shelagh übernahm. – Die ist echt verrückt, sie warf einen Blick auf Shelagh, – fast so schlimm wie du. Weißte noch, wie du mit diesem Kerl aus dem Buster's abgezogen bist?

– Aye ... stimmt, Herzchen, sagte Shelagh argwöhnisch. Sie wusste nicht mehr, wann das jetzt wieder gewesen sein sollte, aber sie spürte, in welcher Stimmung Angie war.

– Der war sternhagelvoll.

Jetzt wusste Shelagh wieder. Am besten, sie erzählte es selbst, statt sich Angies Version davon anhören zu müssen. – Aye, ich ging mit zu ihm, aber er kriegte keinen hoch. Am Morgen zieh ich mich an, da wird er wieder munter und will's noch mal wissen. Ich hab ihm gesagt, er kann mich mal.

– Stimmt, das gehört sich nich, sagte Angie, der auffiel, dass es nicht die Geschichte war, die sie gemeint hatte. Aber sie war schon leicht angetrunken, und da sie die eigentliche Geschichte längst wieder vergessen hatte, tat die hier es auch, – das ist okay, wenn man betrunken ist, aber nich morgens, wenn sie nüchtern sind, besonders nich, wenn er ihn in der Nacht davor nich hochgekriegt hat.

– Kenn ich. Dann ist das so, als würd man mit einem mitgehn, den man gar nich kennt. So als wär man ne elende Schlampe oder so. Ich sag ihm, er soll sich verpissen, du hast deine Chance gehabt, Söhnchen, und hast den Job nicht gepackt. Und weißte, was sie dazu gesagt hat? erklärte Shelagh und zeigte in die Richtung, in die Lisa gegangen war. – Sie meinte, ich wär verrückt. Ich hätte ihn am Morgen bumsen sollen. Ich sag, von wegen, ich hab schon acht Diamond Whites gebraucht, um bloß mit ihm zu knutschen. Ich fick doch nicht mit nem hässlichen Kerl, den ich nich kenne, wenn mein einziger Schutz dabei n schlimmer Kater is.

In diesem Moment kam Lisa zurück, zog skeptisch die Augenbrauen hoch und schlüpfte wieder auf den Platz neben Shelagh.

Charlene guckte wehmütig aus dem Fenster, während der Zug an der Küste von Berwickshire vorbeiglitt. – Sie könnte aber auch Recht haben. Das hängt mit der harntreibenden Wirkung zusammen. Nach ner Sauftour bleibt n Junge länger hart. Davon hab ich gelesen. Deswegen hat meine Ma sich so viel Zeit gelassen, bis sie sich von meinem Dad getrennt hat, obwohl er n totaler Alkie war. Er wachte morgens auf und verlötete ihr einfach einen mit dem Steifen, den er vom Saufen hatte. Sie dachte, das würd bedeuten, dass er sie immer noch liebte. Es war nur ne rein chemische Notwendigkeit. Er hätte ihn auch in n Gregg's Bridie gesteckt, wenn's warm und feucht genug gewesen wär.

Sie spürten, dass Charlene zu viel gesagt hatte. Es entstand ein langes, nervöses Schweigen, während dessen sie verlegen an sich rumzupften, ehe Lisa lässig einwarf: – Dann wär's aber kein Bridie von Gregg's gewesen.

Das Lachen war zu laut, um fröhlich zu klingen, aber genau richtig, um befreiend zu wirken. Zu diesem Zeitpunkt begannen sich in Lisas beschwipstem Kopf verworrene, abartige Gedanken über Charlene und ihren Vater zu formen.

Lisa sah in Charlenes dunkle Augen. Sie waren leer und eingesunken, so wie die von Shelagh und Angie und, ja, auch ihre eigenen, als sie sie auf der Toilette begutachtet hatte. Warum sollten sie auch nicht, sie hatten im Urlaub gut was weggeschädelt. Aber die von Charlene waren anders, sie sahen mehr als nur ein bisschen gehetzt aus. Das ängstigte und beunruhigte sie.

### PLATTENFIRMA

Franklin Delaney saß mit Colin Taylor in einem belebten Bar-Café an der Market Street in Edinburgh. Dessen Innenausstattung war nicht nach seinem Geschmack: ein eintöniger, zwanghaft trendiger Laden, wie er in jedem angesagten Stadtteil einer westlichen Metropole anzutreffen war. – Kathryn bringt mich noch um den Verstand, gestand er.

Franklin bedauerte dieses Geständnis im gleichen Moment, in dem er es aussprach. Taylor war ein gewinnorientierter Mann und nicht eben mitfühlend gegenüber seinen Mitmenschen. Seine Kleidung sah teuer aus, wirkte aber zu makellos und ungetragen, um an einem echten Menschen zu sitzen. Er war wie eine Schaufensterpuppe, und sein Outfit wies ihn als vorgestanzten, nichts sagenden, firmentreuen Angestellten aus. Seine Stimme war allerdings echt genug. – Sie muss was essen, sonst kippt sie uns noch um, er schüttelte träge den Kopf. – Warum kann sie uns allen nicht einen Gefallen tun und eine Überdosis nehmen?

Kathryn Joyners Manager musterte den Vertreter ihrer Plattenfirma mit strengem Blick. Man wusste nie, wann dieser beschissene Engländer einen aufzog. Er hatte versucht, mit dieser britischen Manie für Ironie und Sarkasmus zurechtzukommen, aber
ohne großen Erfolg.

Aber Taylor zog ihn nicht auf. – Mir steht's bis hier. Wenn sie
abnippelt, würden wir wenigstens noch ein paar Alben abset-
zen. Ich hab die Nase voll von dieser Primadonna, schimpfte er
und betrachtete missbilligend den Salat, den die Kellnerin vor
ihn hingestellt hatte. Er hatte gesund essen wollen, aber das
hier machte keinen sehr appetitanregenden Eindruck. Frank-
lins Steak sah viel besser aus, nicht dass der Scheißami das bemerkt hatte, so wie er daran gewöhnt war, sich über die Qualität
des englischen Essens zu beschweren. Taylor sann über Delaney
nach. Er hatte noch nie was für Amerikaner übrig gehabt. Die
meisten, die er kennen gelernt hatte, waren homogenisierte
Wichser, für die immer alles sein musste wie in den USA.

– Sie ist immer noch die beste weiße Sängerin der Welt,
Franklin spürte seine Stimme schrill werden, wie immer, wenn
er in der Defensive war. Er war nicht auf Taylor angewiesen.
Der Kerl war mit jeder anderen Plattenfirmenschwuchtel austauschbar, der er bislang begegnet war. Was immer die verrückte Kuh für Probleme machte, er sollte gefälligst verficktem Respekt vor ihrem Talent haben. Es hatte der Plattenfirma dieses
Arschlochs genug Kohle und ihm genug Renommee eingebracht.
Auch wenn das jetzt zugegebenermaßen schon eine Weile her
war.

– Yeah, klar, sagte Taylor achselzuckend. – Ich wünschte nur,
die Verkaufszahlen würden das bestätigen.

– Auf dem neuen Album sind ein paar großartige Songs, aber
es war ein Fehler, zuerst *Betrayed by You* auszukoppeln. Diese
Single hatte keinerlei Chance, im Radio gespielt zu werden. *Mystery Woman* wär die ideale Wahl für die erste Singleauskopplung
gewesen. Das war auch die, die sie haben wollte.

– Diese Diskussion hatten wir schon, Franklin, so oft, dass ich
schon nicht mehr mitzähle … sagte Taylor angeödet, – und Sie
wissen so gut wie ich, dass ihre Stimme genauso im Arsch ist wie

ihr Verstand. Man kann sie auf dem neuen Album ja kaum hören, also musste jede Single, die wir davon machten, von vorn bis hinten Scheiße werden.

Franklin fühlte, wie die Wut in ihm hochkam. Er kaute auf seinem blutigen Steak und biss sich zu seinem großen Schmerz und Ärger kräftig auf die Zunge. Er litt stumm, während ihm Tränen in die Augen traten und seine Wangen sich röteten. Sein Blut mischte sich in seinem Mund mit dem der Kuh, und er hatte das Gefühl, sein eigenes Gesicht aufzuessen.

Taylor interpretierte sein Schweigen als Zustimmung. – Sie ist noch für ein weiteres Album bei uns unter Vertrag. Ich will aufrichtig zu Ihnen sein, Franklin, wenn sie sich mit dem Album nicht wieder fängt, würde es mich sehr überraschen, wenn sie noch ein Weiteres machen würde … auf diesem Label oder irgendeinem anderen. Der Newcastle-Gig gestern Abend ist in so ziemlich jeder Zeitung, die ihn überhaupt wahrgenommen hat, verrissen worden, und das Publikum bleibt auch weg. Ich bin sicher, dass es morgen hier in Glasgow das gleiche Trauerspiel wird.

– Das hier ist Edinburgh, bemerkte Franklin.

– Egal. Für mich ist das ein und dasselbe, der obligatorische Gig in Schottland am Ende der Tour. Ändert trotzdem nichts an der Sachlage. Ärsche auf Sitzplätzen, Mann, das zählt.

– Der Kartenvorverkauf für dieses Konzert läuft gut, protestierte Franklin.

– Nur weil die Schotten so fernab jeder Zivilisation sind, dass sie die Kunde noch nicht gehört haben: Kathryn Joyner bringt's nicht mehr. Irgendwann wird die Nachricht schon über den Hadrianswall schwappen. Aber es war ein guter Schachzug, sie hier auftreten zu lassen, beim Edinburgh Festival. Hier kaufen sie einem jeden alten Scheiß ab. Jede abgewrackte Null kann hier noch mal antreten, und die Fotzen, die das Programm zusammenstellen, nennen es dann »kühn« oder »inspiriert«, und Tatsache ist, die Leute sind sowieso die ganze Zeit am Ausgehen, sodass sie da tatsächlich mitspielen. Nächste Woche könnte sie die gleiche Show in nem Scheißladen bei denen um die Ecke abziehen, und sie würden nicht im Traum dran denken hinzugehen. Taylors

Augen funkelten boshaft, als er einen Zeitungsausschnitt herauszog und zu ihm rüberschob. – Haben Sie diese Kritik über gestern Abend gelesen? Franklin sagte nichts, und da er die ganze Zeit Taylors hämischen Blick auf sich spürte, versuchte er, eine teilnahmslose Miene beizubehalten, während er den Ausschnitt überflog:

---

# Zu viel Minzsauce, Ms. Joyner
## Kathryn Joyner
## City Hall, Newcastle Upon Tyne

Die Gesangstechnik des Vibrato ist eine nicht unumstrittene Errungenschaft, um es höflich zu formulieren. Oft ist es das letzte Mittel des Sangesschurken, der cholerischen Chanteuse, deren Stimme die frühere Spannbreite fehlt. In Kathryn Joyners Fall ist es traurig, fast schon schmerzhaft, die öffentliche Demontage eines Talents mitzuerleben, das einst, wenn auch nicht jedermanns Geschmack, so doch zumindest ein unverwechselbares Phänomen war.

Wenn man sie überhaupt hört, blökt Joyner sich heute durch jeden Song wie ein Lamm auf einem Mogadontrip und rutscht bei der kleinsten sängerischen Herausforderung in dieses jämmerliche Gemecker ab. Es kommt einem fast vor, als habe unsere Kath vergessen, *wie* man singt. Ein angesäuseltes, in die Jahre gekommenes Publikum auf dem Nostalgietrip hätte einer mitreißenderen Performerin vielleicht etwas mehr Entgegenkommen gezeigt, doch Joyner wirkt so abwesend wie ihre Stimme. Ihre Kommunikation mit dem Publikum ist gleich null; symptomatisch dafür ihre störrische und abwegige Weigerung, ihren größten amerikanischen Hit, *Sincere Love*, zu Gehör zu bringen. Wiederholte Rufe aus dem Publikum nach diesem Klassiker wurden hartnäckig überhört.

Aber darauf kam es letztendlich auch nicht mehr an. Hits wie *I Know You're Using Me* und *Give Up Your Love* wurden von einer krankhaft dürren Joyner weichgespült, die zurzeit einen Sexappeal verströmt, neben dem Ann Widdecombe wie Britney Spears aussieht. Der Auftritt roch eindeutig nach Minzsauce, und zum Wohle der Musik können wir nur beten, dass dieses auf Lämmchen getrimmte Mutterschaf baldigst einem Hannibal Lecter in die Hände fällt.

---

Franklin bemühte sich, seinen Ärger runterzuschlucken. Diese Künstlerin brauchte Unterstützung, und hier wurde sie von ihrer eigenen Plattenfirma abgeschrieben und verhöhnt.

– Sorgen Sie dafür, dass sie isst, Franklin, grinste Taylor und führte eine Gabel mit fettigem Huhn an seine Lippen. – Sorgen

Sie bloß dafür, dass sie wieder isst. Sorgen Sie dafür, dass sie wieder zu Kräften kommt. Franklin spürte, wie der Schmerz in seinem Mund abklang, während seine Empörung weiter wuchs. – Glauben Sie, ich hätte das nicht schon versucht? Ich habe schon jede Klinik, jede Spezialdiät und jeden Therapeuten auf diesem Planeten ausprobiert ... Ich lass schon jeden Tag Club-Sandwiches zu ihr raufschicken! Taylor führte ein Glas Rotwein an die Lippen. – Die muss mal gut durchgefickt werden, sagte er versonnen und guckte Franklin verschwörerisch an, der erst jetzt begriff, dass der Vertreter der Plattenfirma ein wenig angesäuselt war. – Minzsauce, hm? Das passt zu ihr!

## I KNOW YOU'RE USING ME

Juice Terry mochte große Höhen nicht. Für diese Art von Arbeit war er nicht geschaffen. Das Fensterputzen machte ihm nichts aus, aber in so großer Höhe zu sein, das war nichts für ihn. Trotzdem hing er nun auf einer Plattform über der Stadt und putzte die Fenster des Balmoral Hotels. Wie er sich von dieser versoffenen, alten Fotze Post Alec dazu hatte rumkriegen lassen, ging ihm nicht in den Kopf. Alec hatte gesagt, es ginge bar auf die Kralle, weil Norrie McPhail wegen ner Schulteroperation im Krankenhaus war. Norrie wollte den lukrativen Hotelauftrag nicht verlieren und hatte deswegen Post Alec beauftragt, den Job zu Ende zu bringen.

– Mordsmäßige Aussicht von hier oben, Terry, krächzte Alec, hustete nen Klumpen Schleim aus der Kehle hoch und spuckte ihn aus. Selbst aus dieser Höhe und bei dem Lärm des Verkehrs glaubte Alec, den Schleim aufs Pflaster klatschen zu hören.

– Aye, geil, erwiderte Terry, ohne nach unten auf die Princes Street zu gucken. Man brauchte nur übers Gerüst zu klettern und loszulassen. Mehr nicht. Es war so leicht. Es war ein Wunder, dass nicht noch mehr Mensch das taten. Ein böser Kater konnte reichen. Man müsste nur für den Bruchteil ner Sekunde die ganze Sinnlosigkeit von allem empfinden, und schon wär man weg. Es war zu verführerisch. Terry fragte sich, wie die Selbstmordrate bei Fensterputzern an hohen Gebäuden aussah. Ein Bild aus der Vergangenheit kam ihm schlagartig in den Sinn, und Terry wurde schwindelig. Er klammerte sich an die Brüstung, seine Hände lagen schwitzend und taub auf dem Metall. Er atmete tief durch.

– Aye, so ne Aussicht kriegste nich jeden Tag, schwärmte Alec und guckte zum Schloss hinüber. Er holte ne halbe Flasche des Famous Grouse Whisky aus der Innentasche seines Overalls. Dann schraubte er den Verschluss ab und gönnte sich nen kräftigen Schluck. Er dachte zweimal drüber nach, ehe er sie Juice Terry zögernd hinhielt, freute sich, dass Terry ablehnte, und fühlte das wohlige Brennen des Alkohols in seinem Magen. Er betrachtete Terry, dessen krause Mähne im Wind flatterte. Es war n Fehler gewesen, den Schmarotzer hierfür zu holen, entschied er. Er hatte gedacht, auf die Art hätte er wenigstens Gesellschaft, aber Terry schwieg sich aus, was sonst gar nicht seine Art war. – Tolle Aussicht, wiederholte Alec, stolperte kurz und brachte die Plattform ins Wanken. – Da freut man sich des Lebens.

Terry spürte, wie ihm das Blut gefror, während er versuchte, sich zu beruhigen. Mit der besoffenen Fotze hier oben überleb ich nich lange, dachte er. – Aye, schön. Wann ist unsere beschissene Pause? Ich bin am Verhungern.

– Du hast doch grad erst in dem Café gefrühstückt, du verfressener Fettsack, höhnte Alec.

– Das ist ewig her, sagte Terry. Er sah durch das Fenster, das er gerade putzte, in das dahinter liegende Schlafzimmer. Eine noch recht junge Frau saß auf dem Bett.

– Hör auf, nach den Torten zu gucken, fauchte Alec besorgt, – irgendwelche Beschwerden, und Norries Lebensunterhalt steht aufm Spiel.

Terry erspähte das Club-Sandwich, das unberührt auf dem Tisch lag. Er klopfte ans Fenster.

– Biste bescheuert! Alec umklammerte seinen Arm. – Wo Norrie in der Princess-Margaret-Rose-Klinik is!

– Schon gut, Alec, sagte Terry besänftigend, weil die Plattform schwankte, – ich weiß schon, was ich tu.

– Verfickte Gäste zu belästigen …

Die Frau war ans Fenster gekommen. Alec schrak zurück, ging auf der Plattform ein Stück zur Seite und trank noch nen Schluck aus seiner Flasche Grouse.

– Tschuldigung, Herzchen, sagte Terry, als Kathryn Joyner aufblickte und einen fetten Kerl vor ihrem Fenster stehen sah. Natürlich, die putzten die Fenster. Wie lang mochte er sie schon beobachten? Spionierte er sie aus? Ein Verrückter. Kathryn ließ sich den Scheiß nicht bieten. Sie ging näher ran. – Was wollen Sie? fragte sie schroff und öffnete das doppeltverglaste Fenster.

Eine beknackte Amibraut, dachte Juice Terry. – Äh, tschuldige, wenn ich dich mal störe, Herzchen … äh, wegen der Kniffte da, er zeigte auf das Club-Sandwich.

Kathryn strich sich die Haare aus dem Gesicht und klemmte sie sich hinters Ohr. – Und …? Sie sah angewidert zu dem Sandwich rüber.

– Willste das nich, oder wie?

– Nein, will ich nicht …

– Na, dann gib's mir.

– Äh, sicher … na gut … Kathryn fiel kein vernünftiger Grund ein, diesem Mann nicht das Sandwich zu geben. Vielleicht würde Franklin sogar glauben, *sie* hätte es gegessen, und mal *einen* Moment lang aufhören, sie damit zu nerven. Der Typ war aufdringlich, aber sei's drum, sie würd es ihm geben. – Natürlich … warum nicht … warum kommen Sie nicht gleich rein und trinken noch einen Kaffee dazu … fragte sie bissig, verärgert über die Störung.

Terry wusste, dass Kathryn das sarkastisch meinte, entschied sich aber, trotzdem ins Zimmer zu platzen. Man konnte sich blöd stellen und so tun, als nähme man so was wörtlich. Das erwarteten die Reichen ja fast vom niederen Volk, also bekam jeder, was er wollte. – Das ist sehr freundlich von Ihnen, grinste Terry und trat ein.

Kathryn trat einen Schritt zurück und warf einen Blick auf das

Telefon. Dieser Typ war irre. Sie sollte den Sicherheitsdienst rufen.

Terry bemerkte ihre Reaktion und hob die Hände. – Ich komm nur auf n Kaffee rein, ich bin nich einer von diesen Spinnern wie in den USA, die dich in Stücke schnibbeln und so, erklärte er und setzte ein breites Lächeln auf.

– Freut mich zu hören, entgegnete Kathryn und fasste sich wieder ein wenig.

Post Alec war verblüfft, seinen Freund in das Zimmer verschwinden zu sehen. – Was is los, Lawson? rief er mit wachsender Beunruhigung.

Terry strahlte Kathryn an, die immer noch abschätzte, wie weit es zum Telefon war, dann drehte er sich um und steckte den Kopf zum Fenster raus. – Das Mädchen hat mich nur auf nen Happen reingebeten. Amerikanisches Mädchen. ›Seid nett zueinander‹, hm, flüsterte er Alecs miesepetriger Fresse zu, bevor er das Fenster schloss.

Kathryn zog die Brauen hoch, als die mit einem Overall bekleidete Gestalt von Juice Terry in ihrem Schlafzimmer vor ihr stand. Er ist ein Angestellter. Ein Fensterputzer. Er will nur nen Kaffee. Beruhig dich.

– Der macht sich noch verrückt. Hauptsache, die Arbeit wird fertig, sag ich immer. Da kann ich keinen Stress gebrauchen. Das bringt einen um. Das is Alecs Problem, Terry wies mit dem Kopf auf den rotgesichtigen Mann, der mit dem Fensterleder vor Kathryns Fenster herumwedelte, – der kriegt noch die Managerkrankheit. Ich hab ihm gesagt: Alec, du bist n Zwei-Magengeschwüre-Mann in nem Ein-Magengeschwür-Job.

Dieses Arschloch hatte vielleicht Nerven. – Yeah ... äh, muss wohl. Möchte Ihr Freund keinen Kaffee? fragte Kathryn.

– Nee, der hat seinen eigenen Stoff und malocht einfach weiter. Terry setzte sich auf einen Stuhl, der zu zierlich und dekorativ aussah, um ihn zu tragen, und fiel über das Sandwich her. – Nich übel, stieß er zwischen zwei Bissen hervor, während Kathryn ihm mit an Entsetzen grenzender Faszination zusah. – Hab mich schon immer gefragt, wie die Knifften in so Nobelschuppen schmecken. Apropos, letzte Woche war ich bei der Hochzeit von nem Kumpel im Sheraton. Die ham ganz schön was aufgefahren. Kennste das Sheraton?

– Nein, kann ich nicht behaupten.

– Das is am anderen Ende der Princes Street, schon an der Lothian Road sozusagen. Von dem Teil der Stadt bin ich nich so begeistert, aber man kriegt da nich mehr so viel Probleme wie früher. Heißt es jedenfalls. Aber ich bin sowieso nich mehr so oft in der Stadt. Da muss ich am Ende noch Stadtpreise löhnen. Aber Davie und Ruth ham sich den Laden nun mal ausgesucht... Ruth, so heißt die Perle, die mein Kumpel Davie geheiratet hat. Nettes Mädchen.

– Verstehe...

– Aber nich mein Typ, eh, bisschen toplastig, Terry machte hohle Hände und liebkoste große, unsichtbare Brüste.

– Verstehe...

– Aber Davies Sache, oder? Ich kann ja schlecht rumlaufen und den Leuten erzählen, wen sie heiraten solln, oder?

– Nein, sagte Kathryn mit eisiger Endgültigkeit. Sie dachte die vielen Jahre zurück, vier, fünf, an ihn im Bett mit *der*. Mit *ihnen*. Die Tournee. Und jetzt eine andere gottverdammte Scheiß-tournee.

– Also, von wo kommste denn her?

Terrys knappe Frage brachte Kathryn abrupt aus dem Hotel-zimmer in Kopenhagen zurück zu den Kornfeldern ihrer Kind-heit. – Also, ursprünglich komme ich aus Omaha, Nebraska.

– Das ist in Amerika, oder?

– Yeah...

– Wollte schon immer mal nach Amerika. Mein Kumpel Tony war gerade drüben. Meinte allerdings, es wär überbewertet. Jede Fotze da... äh, Verzeihung, jeder will nur das... Terry rieb Dau-men und Zeigefinger aneinander. – Den Scheiß-Yankee-Dollar. Allerdings, hier wird's bald genauso sein. Unten in der Waverley Station musste dreißig Pence für den Pott löhnen! Dreißig Pence fürs Schiffen! Für den Preis muss man ja schon n Liter wegbrin-gen! He, Kumpel, wenn's im Preis mit drin ist, werd ich noch tüchtig einen abseilen, ja! Erklär du mir mal, was der Scheiß soll, wenndes kannst!

Kathryn nickte bedrückt. Sie verstand nicht genau, wovon der Mann eigentlich redete.

– So, und was treibt dich nach Schottland? Das erste Mal in Edinburgh, aye?

– Ja ... dieser fette Prolet wusste nicht, wer sie war. Kathryn Joyner, eine der besten Sängerinnen der Welt! – Zufällig, sagte sie schnippisch, – werde ich hier auftreten.

– Biste Tänzerin?

– Nein. Ich singe, zischte Kathryn durch zusammengebissene Zähne.

– Oh ... ich hatte gedacht, du wärst Tänzerin oben in Tollcross oder so was, aber dann dachte ich, das hier ist n Tick zu nobel für n Go-go und so ... er sah sich in der geräumigen Suite um, – wenn ich das mal so sagen darf. Was singst du denn so?

– Haben Sie schon mal *Must You Break My Heart Again* gehört ... oder vielleicht *Victimised by You* ... oder *I Know You're Using Me* ... Kathryn brachte es nicht über sich, – ... und *Sincere Love* hinzuzufügen.

Terry Augen weiteten sich als Zeichen des Erkennens, verengten sich dann einen Wimpernschlag lang ungläubig, bevor sie sich erneut bejahend öffneten. – Aye! Die kenn ich alle! Er fing an zu singen:

After we've made love
a distant look it often fills your eyes
you aren't with me
but when I challenge you, you feign surprise

You get dressed quickly
switch on TV for the ball game
I mean so little
You even call me by the wrong name ...

... Mensch, den Song hab ich geliebt! Der ist voll aus dem Leben ... ich mein, so Typen gibt's, verstehste, was ich mein? Wenn die erst mal ihren Fi ... ich mein, nach dem Sex, ist dann alles vorbei, weißte?

– Ja … Kathryn ertappte sich dabei, wie sie leise über Terrys Darbietung lachte. Die war wirklich furchtbar. Es war schon so lange her, dass sie etwas zum Lachen gebracht hatte. – Sie gehören auf die Bühne, grinste sie.

Terry schwoll der Kamm, als hätte man ihm eine Dosis unverschnittenen Stolz injiziert. – Ich singe schon, beim Karaoke im Gauntlet unten in Broomhouse. Egal, danke für die Kniffte. Ich geh besser wieder, bevor die Fot … äh, bevor mein Kollege Post Alec mir n Kopf abschraubt. Er musterte sie für einen Moment, ihre bleistiftdünne Gestalt. – Aber ich sag dir was, lass mich dir doch nachher einen ausgeben. Hast du heut Abend Zeit?

– Ja, hab ich, aber …

Juice Terry Lawson war viel zu erfahren in der Dampfwalzen-Anmachtaktik, um Kathryn Gelegenheit zu lassen, Vorbehalte zu entwickeln. – Dann führ ich dich auf n Bierchen aus. Zeig dir n paar Sehenswürdigkeiten. Aber das richtige Edinburgh! Es ist ein Date, wie ihr in den Staaten sagt, zwinkerte er.

– Tja, ich weiß nicht … ist es wohl … Kathryn konnte nicht glauben, was sie da sagte. Sie würde mit einem fetten Fensterputzer ausgehen! Er konnte ein Perverser sein, einer, der von ihr besessen war, oder ein Kidnapper. Er redete und redete. Er war eine Nervensäge …

– Okay, dann treff ich dich im Alison. Kleine Kostprobe Music-Business-Slang, den sollteste kennen: Alison Moyet, Foyer, kapiert? Ist sieben Uhr okay?

– Schön …

– Klasse! Terry öffnete das Fenster und kletterte vorsichtig auf die Plattform hinaus, wobei er es vermied, nach unten zu sehen.

– Wird aber auch langsam Zeit, schimpfte Post Alec. – Ich putz die Fenster nich allein, Terry. Das läuft nich. Norrie bezahlt uns beide dafür, nich nur mich. Der arme Norrie … in der Scheiß-PMR, Terry. Ans Krankenhausbett gefesselt, hat Kalkeinlagerungen an der Sehne. Sein Fensterputzarm und so. Was meinste, wie der sich fühlen würde, wenn er wüsste, wie wir ihm seinen Broterwerb vermasseln?

– Hör auf zu meckern, du versoffenes, altes Loch. Ich geh heut Abend ja bloß mit dieser Perle aus, die immer in *Top of the Pops* war!

– Scheiße, Alec sperrte den Mund auf und entblößte bereits schwarz anlaufende gelbe Zähne.

– Hoch und heilig, Alter. Die Perle da drinnen. Von der ist *Must You Break My Heart Again.*

Alec staunte mit offenem Mund, als Terry zur Verdeutlichung anstimmte:

> All my life I've been in pain
> all my days no sunshine, just rain
> then you came into my world one day
> and all the clouds just blew away
>
> But your smile has grown colder
> I feel the chill that's in your heart
> and my soul it lives in terror
> of the time you'll say that we must part
>
> Must you break my heart again
> must you hurt me to my core
> why oh why can you not be
> the very special one for me
>
> Must you play those same old mind games
> cause I know there's someone else
> whom you think of when we're together
> Must you break my heart again …

– Das kenn ich doch … hier, wie heißtse nochmal, Alec spähte durchs Fenster und warf einen Blick auf Kathryn.

– Kathryn Joyner, sagte Terry und legte dabei den gleichen arroganten Aplomb an den Tag, den er beim Pub-Quiz im Silver Wing jedes Mal dann bemühte, wenn er sicher war, dass er was wusste. Alice Coopers richtiger Name? Vincent Furrier. Weiß doch jeder.

– Sieh zu, dasste du Freikarten für ihre Show kriegst.

– So gut wie erledigt, Alec, so gut wie erledigt. Wir aus der Branche ham unsere Beziehungen. Wir vergessen unsere alten Kumpels nicht.

Die Fotze hat Nerven, dachte Alec, sechsunddreißig Jahre alt und wohnt immer noch zu Haus bei seiner Ma.

# Blue Mountains, NSW, Australien

**Mittwoch, 9.14 Uhr**

Alles, was ich wahrnehme, ist der hämmernde Bass, der Puls des Lebens, das gleichmäßige dum-dum-dum des Beats. Ich lebe. Irgendwie war mir das schon ne Weile beinahe klar. Manchmal ist Bewusstlosigkeit nicht Finsternis, sondern steht kalt im Zentrum der Sonne und versucht, durch den blendenden Feuerkranz hindurchzublicken in das unvollkommene, sich verschwendende Universum, so ein Kack, so ein Kack, so ein Kack... Ich sehe nach oben und blicke auf grüne Zeltbahn. Ich kann mich nicht bewegen. Ich vernehme Stimmen um mich rum, aber ich kann keine Einzelne raushören.

– Was hat er genommen?

– Wie lang ist er schon weg?

Ich kenne die Stimmen, aber mir fallen die Namen nicht ein. Irgendwo dazwischen ist vielleicht ein bester Freund oder eine alte Liebe; wie leicht es mir ihm Verlauf des letzten Jahrzehnts gefallen ist, Unmengen davon zu sammeln, wie aufrichtig wirkte das alles zum jeweiligen Zeitpunkt, und wie oberflächlich und hohl heute. Aber sie sind alle um mich rum, sind miteinander zu einer einzigen unsichtbaren Kraft menschlichen Wohlwollens verschmolzen. Vielleicht sterbe ich gerade. Vielleicht fühlt sie sich so an, die Reise in den Tod. Die Zusammenkunft der Seelen, die Erklärung, die Vereinigung zu einer einzigen spirituellen Kraft. Vielleicht sieht so das Ende der Welt aus.

Ein süßlicher Geruch, der mir in die Nase steigt, intensiviert sich und schlägt dann in meiner Nase in einen widerlichen, chemischen Gestank um. Es schüttelt mich, mein Körper verkrampft sich einmal, zweimal, dann ist es weg. Aber mein Kopf schwillt so stark an, dass mir ist, als würden mir die Schädel- und Kieferknochen bersten, dann zieht er sich wieder auf normale Größe zusammen.

– Verdammt, Reedy! Das Letzte, was er noch braucht, ist ne beschissene Nase voll Amyl, meckert eine Mädchenstimme.

Langsam kann ich sie deutlicher erkennen; goldene Dreadlocks, in Wirklichkeit wohl eher schmutzigblond, aber für mich sind sie golden. Ihre Züge erinnern mich an eine weibliche Ausgabe des Arsenal-Spielers Ray Parlour. Sie heißt Celeste und ist aus Brighton. Brighton in England, nicht Brighton hier. Es *muss* auch hier eins geben. Bestimmt.

Irgendwas hat sich in meinem Kopf festgesetzt; Gedanken laufen wie auf einer Endlosschleife. Ich schätze, das ist mit »durchdrehen« gemeint: Fixe Idee hoch zwei.

Reedy beginnt jetzt vor meinen Augen Gestalt anzunehmen. Seine großen blauen Augen, seine kurz geschorenen Haare, seine wettergegerbte Haut. Diese alten Lumpen sind so willkürlich zusammengenäht, dass es fast unmöglich ist, zu erkennen, was da verfickt nochmal das ursprüngliche Kleidungsstück war. Alles besteht aus Flicken. Alles. Alles hier ist Flickwerk. Von nichts als Nasswasser zusammengehalten, es wartet nur drauf, auseinander zu fallen. – Sorry, Carl, Alter, entschuldigt sich Reedy. – Ich wollt dich nur wieder beleben.

Ich müsste Helena anrufen, aber zum Glück ist mein Handy im Arsch. Hier oben hat man sowieso keinen Empfang. Ich bring's einfach nicht über mich, mich zu entschuldigen, zuzugeben, dass ich mich wie ein Arschloch verhalten hab. Das passiert, wenn man sich so zuknallt: Es hebt die Zeit auf, bringt einen an nen Punkt, von dem aus jeder Versuch, sich zu entschuldigen, alles nur noch schlimmer machen kann, daher versucht man es gar nicht erst. Jetzt ist es gut, ich spüre, wie mir ein Lächeln um den Mund spielt. Allerdings werde ich schon bald in diesem einsamen Wartezimmer des Entsetzens und der Ängstlichkeit sein.

Ängstlichkeit.

Meine Platten.

– Wo sind meine verdammten Platten?

– Du bist nicht in der Verfassung zum Auflegen, Carl.

– Wo sind die Scheißplatten?

– Entspann dich ... hier sind sie doch, Alter. Aber du wirst heut nicht auflegen. Immer mit der Ruhe, sagt Reedy eindringlich.

– Ich werd sie trotzdem wegballern ... hör ich mich sagen. Ich forme mit meinem Zeigefinger eine Pistole und mache ein lächerliches Detonationsgeräusch.

– Komm schon, Carl, sagt Celeste Parlour, – setz dich erst mal ne Weile ruhig hin und werd wieder klar im Kopf. An dem du übrigens eine Beule hast.

Celeste aus Brighton. Reedy aus Rotherham. Tausende von Engländern, Iren und, ja, Schotten, wohin ich auch komme. Lauter fähige Köpfe. Kalifornien, Thailand, Sydney, New York. Die hängen nicht bloß rum, machen nicht bloß einen drauf, leben nicht mal einfach bloß so. Die schmeißen verfickt nochmal die ganze Show, legal oder illegal, Neohippie oder Neoliberaler, das ganze brachliegende unternehmerische Talent, total frei, Akzent spielt keine Rolle, die machen den Einheimischen vor, wie's geht.

Australien war anders, das war wirklich das letzte Neuland. So viele Heads waren hier gestrandet, nachdem die Riot Police und die Schattenwirtschaft der Drogen dealenden Schwachköpfe, die die Thatcher-Jahre nach oben gespült haben, ihren Traum zerstört hatten. England kam einem alt und minderwertig vor, seltsamerweise noch mehr unter New Labour mit der Modernisierung, den Wein-Bars und Koks schniefenden Medien- und Werbeschwuchteln überall. Es gehörte nur ein trübsinniges »Austrinken, Herrschaften« dazu, die Bewohner von Cool Britannia zum letzten Bus oder zur letzten U-Bahn vor null Uhr heimwärts dackeln zu lassen. Das alte Joch der Unterdrückung lauerte immer noch unter der kriecherischen Banalität des Alltagslebens.

Anders Australien, da draußen erschien einem alles wieder echt und voller Leben.

Die Raves hinter der Central Station in Sydney waren nur gut, um die Zeit zu überbrücken, in der man Verpflegung holen fuhr. Dann ging es zurück in den Busch zu den provisorischen Lagern à la *Mad Max.* Zum Wilden werden, bis zu dem Punkt kommen, wo man sich unter der Sonne zu einer Mischung aus Didgeridoo und Techno austanct. Weggehen und alles abstreifen, keine Autoritäten, um die man sich kümmern muss, frei, zu experimentieren, während der Kapitalismus sich selbst verschlingt.

Darauf kam es nicht an.

Sollten sie doch ruhig weiter alles kaputtmachen, Reichtümer aufhäufen, die sie nie verbrauchen würden. Die bedauernswerten Fotzen sahen nicht, worauf es wirklich ankam. Fünfzig Riesen die Woche für einen Fußballspieler. Zehn Riesen am Abend für einen DJ?

Verpisst euch.

Verpisst euch und seid brav.

Aber hier fühl ich mich sicher, hier sind nur gechillte Heads. Besser als die letzte Truppe, mit der ich oben im Megalong zusammen war. Eine Zeit lang war es spaßig, aber ich war nie groß darin, Freunde zu finden. Es heißt, Führungspersönlichkeiten kämen immer nach oben, ganz egal, welche Ideale oder demokratischen Systeme sie vorfinden. Tja, das mag wahr sein oder nicht, aber dass Arschlöcher immer nach oben kommen, ist bewiesen.

Die Luft war kühl und klar, und es war feucht, trotzdem hab ich es als Glutofen in Erinnerung. Das Northern Territory im letzten Sommer. Die ganze Bruthitze um dich rum saugt die Flüssigkeit aus dir raus. Breath Thomson schaut mich nichtsdestoweniger an.

Er hat ein Gesicht wie eine Muräne, echt wahr. Als ich auf dem Riff schnorcheln war, sah ich mich einer dieser fiesen Kreaturen Auge in Auge gegenüber. Das sind ganz gemeine Scheißviecher.

Ich bin eine Bedrohung. Er sagt wortlos: Du bist der DJ, spiel deine Musik. Fordere mich nicht heraus, denk nicht, gib jeden Gedanken auf, ich kann für uns alle denken. Ich bin n verdammt obergeiler, charismatischer Führer.

Nein, tut mir Leid, Breath. Du bist bloß n stinkender, reicher Crustie mit nem Sound-System. Du hast ein paar doofe Schnepfen gefickt, die selbst nicht wissen, was sie wollen, aber ham wir das nicht alle?

Gott sei Dank bin ich ein Prolo. Viel zu zynisch, um mich von nem Idioten einseifen zu lassen, der sich wie ne Schwuchtel anhört. Der Love-and-Peace-Vibe verlor sich schnell, als die Autoritäten herausgefordert wurden. Es war nicht das Northern Territory, es war das Megalong Valley, aber in dem Sommer war es so heiß, dass es auch Alice Springs hätte sein können. Nein. Es war schwül und feucht.

Ich kann nicht klar denken ...

Ich denke daran, dass ich mich schon immer als Außenseiter, als Nichtangepasster gefühlt hab. Selbst in der Posse, dem Tribe, der Crew war ich Außenseiter. Dann seh ich ihn wieder, Breath, dieses alles kontrollierende, manipulierende Arschloch. Er sagt einem immer »Ich verfolge keine Taktik«, und sogar wenn man total zugeschädelt ist, ist er noch so subtil wie ein Tritt in die Eier. Ich seh ihn wieder. Er lässt irgendnen Bibelscheiß in meine Richtung vom Stapel, dass ich wie Samson meine Kraft verlieren würd, weil ich meine weißen Haare abgeschnitten hab, die mir sowieso schon ausfallen, verfickt nochmal.

Hätt er gern. Ich spiel den besten Set meines Lebens. Absolut blendend. Später ist er sickig. Dann kann er seine Wut nicht kontrollieren. Er sagt gewisse Dinge, und ich entziehe mich seinen Tiraden. Er kommt mir nach und zerrt an meinem Arm. »Ich rede mit dir!«, schreit er. Da reicht's mir. Ich dreh mich um und verpasse ihm eine, einen Boxhieb, den Billy Birrell mir mal gezeigt hat. Es war kein richtiger Schlag, nicht von Birrellschem Kaliber, aber er reicht für Breath. Er stolpert zurück und fällt in einen Schockzustand und beginnt gleichzeitig zu jammern und Drohungen auszustoßen.

Aber er wird nichts unternehmen.

Auch wieder so ne zweifelhafte Szene, in die ich geraten bin. Da sieht man, wo einen Weltanschauungen hinbringen: Man verzichtet drauf, ein Heidengeld in Clubland zu machen, um gratis für Fotzen aufzulegen, die einen hassen.

Aber eins muss ich Breath lassen, die Fotze wusste, wie man ein Feuer aufschichtete, oder besser gesagt, wie man uns dazu brachte, ein Feuer aufzuschichten. Seine Feuer waren große, be-

deutsame Angelegenheiten voller pompöser Rituale und Zere-
monien. Die erleuchteten das gesamte beschissene Outback und
so, sandten schimmernde Lichter empor, schlugen Schneisen in
die Dunkelheit der Wüste. Ich denk an unsere alte Siedlung und
was Birrell dazu gesagt hätte. Liebte ein gutes Lagerfeuer, die Fotze. Aye, Breath verstand es, Feuer aufzuschichten und schüchterne, verwirrte kleine Mädchen dazu zu bringen, ihre Sachen auszuziehen und vor ihm zu tanzen, bevor es ab in sein Zelt ging.

Die Fotze zu schlagen war ein befriedigendes Erlebnis, die
*Schadenfreude* bei dem Ganzen. Wer hatte das nochmal gesagt?
Der kleine Gally. Im Deutschunterricht.

Aber scheiß auf Breath. Ich hab Helena dort kennen gelernt.
Sie nahm Fotos auf, ich nahm ihre Hand. Als sie ihr Foto hatte,
ließen wir all das hinter uns. Wir stiegen in ihren alten Jeep und
fuhren weg. Wir hatten den Freiraum, uns um nichts zu scheren.
Immer den Freiraum.

Allein ihr Gesicht, die Konzentration darin zu beobachten,
während sie uns durch die Wüste kutschierte. Ich bin sogar selbst
weite Strecken gefahren, obwohl ich nie zuvor hinterm Lenkrad
eines Autos gesessen hatte.

Man reist dahin und sieht das alles, diesen weiten Raum, die
Unabhängigkeit. Und dann sieht man, wie uns der Raum, wie
uns die Zeit ausgeht.

# Edinburgh, Schottland
15.37 Uhr

**ABSCHAUM**

Lisa hatte versucht, alle zum Ausgehen zu überreden, aber keiner wollte mit. Charlene war drauf und dran gewesen, mitzugehen, entschloss sich aber, direkt zu ihrer Mutter zu fahren. Im Taxi spielte sie nochmal durch, was sie ihrer Mutter über den Urlaub erzählen würde und was nicht.

Als sie reinkam, brach für sie die Welt zusammen. Er war da. Er war *zurückgekommen*.

Dieses widerliche Stück saß da einfach so im Sessel neben dem Kamin.

– Na, alles klar? sagte er mit einem Ausdruck von selbstgefälligem Trotz im Gesicht. Er machte nicht mal den Versuch, bühnenreife Reue darüber zu inszenieren, dass er auf diese jämmerliche, rückgratlose, hundserbärmliche Art zurück ins Leben der beiden kroch. Er setzte mittlerweile so sehr auf die Schwäche ihrer Mutter, dass er meinte, es nicht mehr nötig zu haben, sein arrogantes, falsches Wesen zu verbergen.

Alles, was Charlene denken konnte, war: *Ich hab das Taxi wegfahren lassen.* Trotzdem nahm sie ihr Gepäck, drehte sich auf dem Absatz um und verließ wieder das Haus. Sie hörte, wie ihre Mutter im Hintergrund etwas sagte, etwas Dummes, Schwaches und Halbherziges, und wie es bei einem Laut erstarb, der von ihrem Vater kam und klang wie ein sich knarrend öffnender Sarg.

So kalt war es nicht, aber nach Ibiza ging ihr der kühle Wind durch und durch, und dazu der Schock, ihn wiederzusehen. In wütender Resignation wurde ihr bewusst, dass der Schock zwar groß war, dass es sie aber nicht wirklich überrascht hatte. Charlene schritt entschlossen aus, war sich jedoch nicht bewusst, wohin sie ging. Glücklicherweise stadteinwärts.

Du verdammte, blöde, schwache, dumme Kuh.

Warum?

Warum zum Teufel hatte sie

Sie machte sich auf den Weg zu Lisa.

Im Bus empfand Charlene ein wachsendes Verlustgefühl, dass sie sich selbst immer mehr zusammenzog, bis auch die letzte Atemluft aus ihr herausgepresst war. Sie betrachtete den noch jungen Mann, der ihr schräg gegenübersaß und ein Baby auf seinen Knien hüpfen ließ. Seinen nachsichtigen Gesichtsausdruck. Wieder zog sich etwas in ihr zusammen, und sie wandte den Blick ab.

Draußen auf dem Bürgersteig schob eine Frau einen Buggy vor sich her. Eine Frau. Eine Mutter.

Warum hatte sie ihn wieder aufgenommen?

Weil sie nicht damit aufhören konnte. Sie würde nicht damit aufhören, sie würde nicht damit aufhören *können*, bis er sie umgebracht hatte. Und dann würde er neben ihrem Grab knien, um Vergebung winseln und sagen, dass er diesmal zu weit gegangen wäre, dass er es wüsste und es ihm so Leid, so wahnsinnig Leid täte ...

Dann würde ihr beschissener Geist sich aus dem Grab erheben und mit der verdrehten, beschränkten Liebe einer Schwachsinnigen auf ihn niederblicken und mit ausgestreckten Armen sanft blöken: – Schon gut, Keith ... schon gut ...

Charlene war unterwegs zu Lisa. Sie musste Lisa sehen. Sie hatten schon zusammen getrunken, rumgealbert, Pillen geworfen und sich Schwester genannt. Aber sie standen sich sehr viel näher. Lisa war alles, was sie noch hatte.

Es lag nicht daran, akzeptieren zu müssen, dass sie ihren Vater abgeschrieben hatte, das war schon vor langer Zeit geschehen. Aber Charlene wurde langsam klar, dass sie das Gleiche nun mit ihrer Mutter getan hatte.

## DAS TRIKOT-DEBAKEL

Rab Birrell fuhr vorsichtig mit dem Rasierer über seine Gesichtskonturen. Ihm fiel auf, dass ein paar der Haare auf seinem Kinn weiß wurden. Während er schicksalsergeben überlegte, dass er und der Typ Mädchen, den er bevorzugte (d. h.: jung und schlank), schon bald in verschiedenen sexuellen Ligen spielen würden, unterzog sich Rab einer methodischen, gründlichen Rasur.

Die Liebe war Rab schon mehrmals durch die Finger geglitten, das letzte and traumatischste Mal vor wenigen Monaten. Vielleicht war es das, was er wirklich wollte, überlegte er. Joanne und er: nach sechs Jahren Schluss gemacht. Schluss gemacht. Sie hatte ihn beiseite gestoßen und war weitergezogen. Alles, was sie gewollt hatte, war ein bisschen Sex, ein bisschen Zuneigung und, naja, nicht direkt Ehrgeiz, dafür war sie viel zu cool, aber wenigstens Elan. Stattdessen hatte er gezögert, war in einen Trott verfallen und hatte zugelassen, dass ihre Beziehung stagnierte und vergammelte wie Lebensmittel, die man nicht in den Kühlschrank getan hatte.

Als er ihr und ihrem neuen Freund letzte Woche in einem Club über den Weg gelaufen war, hatte er eine trockene Kehle bekommen. Sie hatten gelächelt und sich alle höflich die Hand geschüttelt, aber etwas in ihm verbog sich dabei. Er hatte sie noch nie so schön und so voller Leben gesehen.

Die Fotze, die bei ihr war: Er hätte dem Wichser am liebsten den Kopf abgerissen und in den Arsch gestopft.

Rab trocknete sich das Gesicht ab. Das war etwas, was er und sein Bruder Billy gemeinsam hatten, Pech in der Liebe. Rab ging ins Schlafzimmer und zog sich ein grünes Lacoste-Hemd an. Es klopfte an der Tür.

Rab ging aufmachen und sah seine Eltern vor sich stehen. Sie blieben einen Moment mit offenem Mund stehen wie aller Selbstständigkeit beraubte Pauschaltouristen, die gerade aus dem Bus gestiegen waren und nun auf einen Reiseleiter warteten, der ihnen sagte, wie's weiterging.

Rab trat beiseite. – Kommt rein.

– Wir sind grad auf dem Weg zu Vi, sagte seine Mutter Sandra, als sie über die Schwelle trat und sich dabei vorsichtig umblickte.

Rab war leicht irritiert. Seine Ma und sein Dad waren noch nie in seiner Wohnung gewesen. – Wir dachten, wir gucken uns mal die neue Bude an, lachte Wullie.

– Ich wohn schon seit zwei Jahren hier, sagte Rab.

– Jesses, ist das schon so lange her? Wie die Zeit verfliegt, sagte Wullie und entfernte einen Klecks Rasierschaum aus dem Ohr seines Sohnes. – Schlampiger Aufzug, Sohn, tadelte er.

Rab fühlte sich von der zwanglosen Vertraulichkeit seines Vaters gleichermaßen überfahren wie beruhigt. Sie folgten ihm ins Wohnzimmer. – Isst du auch ordentlich, jetzt wo deine Frau weg ist? fragte Sandra, während sie ihren Sohn prüfend musterte.

– Sie war nicht meine Frau.

– Sechs Jahre dieselbe Wohnung teilen, dasselbe Bett, das heißt für mich Mann und Frau, sagte Sandra energisch, während Rab spürte, wie er sich versteifte.

Wullie grinste hilfsbereit: – Zumindest zur linken Hand, Junge.

Rab sah zu der Uhr an der Wand. – Ich mach euch ne Tasse Tee, allerdings war ich grad auf dem Weg nach draußen. Ich will zur Easter Road, heut Abend ist n Spiel.

– Ich muss mal für kleine Mädchen, Junge, sagte Sandra.

Rab begleitete sie in den Flur und wies auf eine Tür mit geriffeltem Glas, während Wullie sich dankbar auf die Couch setzte.

– Wenn du zum Spiel gehst, kannste doch das Trikot anziehen, das deine Ma dir zu Weihnachten geschenkt hat, das neongrüne Auswärtstrikot, drängte er auffordernd.

– Äh, nee, irgendwann mal, aber heut hab ich's echt eilig, entgegnete Rab hastig. Dieses Trikot war grauenhaft.

Sandra hatte diesen Wortwechsel mitgehört, war stehen geblieben und – ohne das Rab es mitbekommen hatte – wieder an die Tür gekommen. – Er wird das nie tragen, es gefällt ihm nicht … sagte sie anklagend, und Tränen traten ihr in die Augen. Während sie auf dem Absatz kehrtmachte und auf Rabs Toilette zuging, fügte sie hinzu, – anscheinend kann ich nie was richtig machen …

Wullie stand auf, packte Rab am Arm und zog seinen geschockten Sohn dicht zu sich. – Hör mal, Junge, flüsterte er drängend, – deiner Ma geht's nich gut … seit sie wegen der Ausschabung im Krankenhaus war, hat sie verdammt nah am Wasser gebaut, sagte er kopfschüttelnd. – Es is n ständiger Eiertanz, Junge. Ständig heißt es: »Hängste schon wieder im Internet?«, und wenn nich, dann: »Jetzt hat Billy dir den teuren Computer gekauft, und du benutzt ihn nie«, sagte er schulterzuckend.

Rab grinste mitfühlend.

– Mach ihr die Freude, Junge, mach's mir nicht so schwer. Zieh das verdammte Trikot zum Spiel an. Nur das eine Mal, deinem alten Herrn zuliebe, bettelte Wullie verzweifelt. – Sie hat diese fixe Idee und redet von nix anderem.

– Ich kauf mir meine Sachen zum Anziehen lieber selber, Dad, sagte Rab.

Wullie drückte erneut seinen Arm: – Nu komm, Junge, nur das eine Mal, ein kleiner Gefallen.

Rab verdrehte die Augen zur Decke. Er ging in sein Schlafzimmer und zog die unterste Schublade seiner Kommode auf. Das metallic-gelbgrüne Trikot steckte noch unberührt in seiner Zellophanhülle. Es war abstoßend hässlich. Damit konnte er nicht auf die Straße. Wenn die Jungs ihn sehen würden. Ein beschissenes Vereinstrikot … Er riss es aus seiner Verpackung, zog sich sein Lacoste-Hemd über den Kopf und schlüpfte in das Trikot.

Ich seh wie n beknackter Schülerlotse aus, dachte er, während er sich im Spiegel musterte. Ich hab n Vereinstrikot an, überall das Erkennungsmerkmal des Wichsers. Jetzt brauch ich nur noch so ne beschissene Rückennummer.

9 PFEIFE, 10 PIMMELFRESSE, 11 WICHSER, 15 SCHAFSNASE, 25 DUMMER JUNGE, 6 MUTTERSÖHNCHEN, 8 SCHÖNWETTERFAN

Er ging zurück ins Wohnzimmer. – Junge, das sieht ja richtig gut aus, gurrte Sandra unverkennbar erfreut. – Absolut futuristisch.

– Die Millennium-Hibs, grinste Wullie.

Rab behielt ein Pokerface. Er war überzeugt, dass man nur einen unguten Präzedenzfall schaffte, wenn man zuließ, dass Leute sich Freiheiten rausnahmen, selbst oder vielleicht gerade bei denen, die einem am nächsten standen. – Ich will euch ja nich hetzen, Leute, aber ich muss langsam. Ich ruf euch mal an, und dann kommt ihr vorbei, und ich koch was.

– Nee, Junge, unsere Neugier ist jetzt befriedigt. Komm du nur zu deiner Mutter, wenn du was Anständiges zu essen haben willst, sagte Sandra, deren Gesicht sich zu einem knappen Lächeln verzog.

– Wir begleiten dich noch n Stück, Junge, sagte Wullie, – es liegt ja aufm Weg zu deiner Tante Vi.

Rabs Herz schien ein gutes Stück in seine Hose zu rutschen. Vi wohnte auf dem Weg zum Stadion, da würd keine Zeit mehr bleiben, nochmal zurückzugehen und diese Monstrosität loszuwerden. Er zog seine braune Lederjacke an und zog sie zu, um zu gucken, ob sie das Trikot verdeckte. Er bemerkte sein Handy auf dem Couchtisch, nahm es und steckte es sich in die Tasche.

Auf dem Weg zur Bushaltestelle packte Sandra den Reißverschluss und zog ihn runter. – Trag deine Farben mit Stolz! Es ist doch ein milder Abend! Wenn's nachher kalt wird, holst du dir was weg.

Dreißig nächsten Monat, und sie versucht immer noch, mich wie ne doofe Puppe anzuziehen, dachte Rab.

Er hatte sich noch nie so gefreut, seine Eltern loszuwerden. Er blieb ne Weile stehen und sah ihnen nach, seine Mutter mollig, sein Vater immer noch hager. Er zog den Reißverschluss seiner Jacke hoch und ging in den Pub. Als er die Bar betrat, entdeckte er die Jungs in der Ecke; Johnny Catarrh, Phil Nelson, Barry Scott. Rab musste entsetzt feststellen, dass er, ohne es selbst wahrzunehmen, beim Reinkommen automatisch seine Jacke aufgemacht hatte. Johnny Catarrh betrachtete Rabs Shirt erst ungläubig und dann mit einem breiten Krokodilgrinsen.

Rab wurde klar, was passiert war. – Lass es, Johnny. Lass einfach stecken, sagte er.

Dann sprach Gareth ihn an. Gareth, eine der modebewusstesten Fotzen, die jemals über eine Tribüne stolziert waren. Im Gegensatz zu den meisten anderen Jungs, die zur »durchblickenden Arbeiterklasse« zählten, wie Rab es nannte, hatte Gareth die vornehmste Schule von Edinburgh besucht, das Fettes College, auf dem auch Tony Blair gewesen war. Rab hatte Gareth schon immer gemocht, ihm gefiel, wie er seine Herkunft aus der oberen Mittelschicht stets herausstrich, anstatt sie herunterzuspielen. Man wusste nie, wann er einen verarschte, er nahm es in Benimm- und Stilfragen sehr genau und amüsierte wie entsetzte die Jungs aus der Stadt und der Siedlung mit seinen ironischen Gängeleien. – Warum benehmen wir uns nicht wie anständige Edinburgher Gentlemen! Wir sind doch nicht aus Glasgow! pflegte er auf den Zugfahrten spöttischgeschwollene Reden in seinem Malcolm-Rifkind-Akzent zu schwingen. Die Jungs waren davon normalerweise begeistert.

Jetzt sah er Rab an. – Du bist in Modefragen doch ein krasser Individualist, Birrell, sagte Gareth. – Wie hast du's nur geschafft, einen so resolut einzigartigen Geschmackssinn zu entwickeln? Nein, unser Rab beugt sich nicht dem rigorosen Diktat des Konsumterrors ...

Rab konnte bloß grinsen und die Schelte einstecken.

Der Pub war brechend voll mit begeisterten Fußballfans, die mit jedem Bier euphorischer wurden. Rab dachte an Joanne und daran, dass er eigentlich froh sein müsste, frei zu sein, er aber ganz und gar nicht dieses Gefühl hatte. Er fragte Gareth, ob er die Aufregung der alten Zeiten vermisste, besonders, da sein Freund mittlerweile ein anerkannter Tierarzt war, eine eigene Praxis, eine Partnerin und ein Kind hatte und ein zweites unterwegs war.

– Wenn ich ganz ehrlich sein soll, waren das die besten Jahre meines Lebens und so was kommt nie wieder. Aber man kann die Uhr nicht zurückdrehen, und das Allerbeste ist, auf etwas Schönes zurückschauen zu können und zu wissen, dass man aufgehört hat, als es am schönsten war. Aber ob ich es vermisse? Jeden Tag. Und die Raves auch. Das fehlt mir alles tierisch.

Joanne war gegangen, und von einer unbefriedigenden Nummer abgesehen hatte Rab seitdem sexlos gelebt. Andy war in das freie Zimmer gezogen; jetzt hatte er nen Mitbewohner statt ner Freundin. Er war Student. Und für was studierte er? Dreißig Jahre alt, keine Freundin und auf dem Arbeitsmarkt praktisch unvermittelbar. Was für n astreines Punktekonto. Rab beneidete Gareth. Der schien von Anfang an genau gewusst zu haben, was er wollte. Seine Ausbildung war langwierig gewesen, aber er hatte durchgehalten. – Wieso bist du eigentlich Tierarzt geworden? hatte Rab ihn einmal gefragt und halb erwartet, einen Vortrag über Tierschutz, Spiritualität und Speziesismus zu hören zu kriegen.

Gareth hatte ein ausdrucksloses Gesicht gemacht und in gemessenem Tonfall erklärt: – Ich betrachte es als eine Art Wiedergutmachung. In der Vergangenheit habe ich mich in nicht unerheblichem Maße der Tierquälerei schuldig gemacht, und ergänzte grinsend, – vor allem bei Besuchen im Parkhead und im Ibrox.

Sie tranken aus und gingen zum Stadion. Es wurde gerade eine neue Tribüne gebaut und die dem Untergang geweihte, rostige Konstruktion eingerissen. Er wusste noch, wie sein Dad ihn und Lexo mit Billy und Gally hierhin mitgenommen hatte. Wie piekfein sie sich vorgekommen waren, weil sie auf der Tribüne waren! Diese wacklige Pissbude aus Holz und Wellblech! Was für ein Witz. Die alten Knaben pflegten mit den Füßen aufzustampfen, doo-doo, doo-doo-doo, doo-doo-doo-doo … Hibees! Rab schätzte, dass es dabei mehr darum ging, die Durchblutung in ihren Füßen anzuregen, als um irgendwas, das auf dem Spielfeld passierte.

Und jetzt war es das Festival Stadion, zumindest an drei von vier Seiten. Die Fans der alten Garde drängten sich immer noch auf den spartanischen früheren Rängen auf der Ostseite des Platzes und warteten darauf, dass die Bulldozer und Bauarbeiter sie hinwegfegen oder von Fußballfans in Sportinteressierte verwandeln würden.

Rab wandte sich zu Johnny um und beobachtete, wie der einen Gelben raufwürgte und ihn auf die Betonstufen der alten Ränge der Osttribüne rotzte. Bald würde Johnny für so was unter Polizeibewachung aus dem Stadion geworfen werden. Genieß es, so lange es noch geht.

## MARKETINGMÖGLICHKEITEN

Na ja, zumindest hat sie ihre *Schäfchen* im Trockenen, grinste Taylor süffisant, – hat ihr Talent in bare *Minze* umgesetzt, er lachte Tränen. Die Drinks gingen gut runter, und sie waren drauf und dran, gleich zum gemütlichen Teil des Abends überzugehen, aber Franklin zog die Notbremse. – Besser, wir gehen mal nach der Schlampe sehen, lallte er, innerlich bei seinen eigenen Worten zusammenzuckend; ein Teil von ihm hasste die bereitwillige Komplizenschaft, die er nach ein paar Drinks mit Taylor eingegangen war. Aber was war sie auch so verdammt egozentrisch. Taylor hatte Recht. Was war denn so schwer daran, eine Gabel zum Mund zu führen, zu kauen und runterzuschlucken?

Er rief mit seinem Handy auf ihrem Zimmer an, aber es ging niemand dran. In steigender Panik eilte er zurück zum Hotel und sah dabei schon einen knochigen Körper vor sich, der neben einer Flasche Wodka und ein paar Schlaftabletten auf dem Bett lag. Taylor, in dessen Kopf sich ein ähnliches Bild einbrannte, folgte ihm beflissen. In ihm jedoch weckte die gleiche Vorstellung fiebrige Erregung, und er überlegte sich bereits die Songfolge für das »Best of ...«-Doppelalbum. Dann würde es noch das Boxed-Set geben und natürlich das Tribute-Album. Alanis würde eine Kathryn-Joyner-Nummer covern. Unbedingt. Annie Lennox ... ein Muss. Tanita Tikaram ... Tracy Chapman ... Sinead. Das waren die Namen, die einem als erstes in den Sinn kamen. Es musste allerdings breiter gefächert sein, und man musste auf Qualität achten. Aretha wäre gewagt, aber nicht unmöglich. Joan Jett vielleicht als Wild Card. Dolly Parton mit einer Country-Version. Vielleicht konnte man Debbie Harry oder Macy Gray überreden. Vielleicht sogar Madonnna. Die vielen Möglichkeiten wirbelten durch seinen Kopf, als die Pforten des Hotels in Sicht kamen.

Beide Männer erfuhren zu ihrer Verblüffung, dass Kathryn vor einer halben Stunde in Begleitung eines Mannes fortgegangen war.

– Wollen Sie sagen, sie hat ausgecheckt? stieß Franklin hervor.

– Oh, nein. Sie ist nur ausgegangen, sagte das Mädchen an der Rezeption und durchbohrte ihn mit einem geschäftsmäßigen Blick, der unter ihrem schwarzen Pony hervorschoss.

Sie ging niemals mit Fremden aus. Die Schlampe litt an Agoraphobie. – Wie sah dieser Mann aus?

– Ziemlich groß, und eine Art Kringellocken.

– Bitte?

– So ein Minipli, wie er vor einer halben Ewigkeit mal modern war.

– In welcher psychischen Verfassung war sie Ihrer Meinung nach? fragte Franklin die Rezeptionistin.

– Wir sehen es nicht als unsere Aufgabe an, unsere Gäste auf ihren Geisteszustand hin zu untersuchen, erklärte sie ihm brüsk. Taylor gestattete sich, das mit einem kleinen, süffisanten Lächeln zu quittieren.

### RICHARD GERE

Nach nem ausgiebigen Bad schob sie *Pretty Woman* in den Videorekorder. Zeitgleich mit dem Energiestoß, der den Vibrator in ihrer Hand anspringen ließ, überkamen Lisa Schuldgefühle. Als hätte sie auf Ibiza nicht genug Schwanz abgekriegt, in allen Formen, Größen und Farben, aber so war das häufig mit Schwänzen: Je mehr man kriegte, desto mehr wollte man. Diese kribbelnde Pissrinne hatte sich wieder gemeldet, und aus einem unbeschwerten Kratzen war eine Entdeckungsreise geworden. Dann war die Technologie zu ihrem Recht gekommen. Es war bis zu dem Punkt gediehen, an dem das Video eingeschaltet und köstlich zart die Klitoris gezwickt wurde. Richard Gere wusste alles über das Vorspiel, kein anderer war je in der Lage gewesen, Lisa in solche Ekstase zu versetzen. Dann wollen wir mal sehen, ob Dickys kleiner Dicky es schafft, den Job zu Ende zu bringen …

– Richard … stöhnte Lisa, als Richards riesiger, vibrierender Plastikschwanz unerbittlich gegen ihre Fotzenlippen bebte, langsam an ihnen entlangfuhr, sie mit großem Geschick auseinander stupste und sich langsam in sie hineinarbeitete. Er hielt inne, ließ einen Moment lang ab, während sie die Zähne aufeinander biss und sein breites Lächeln auf dem Bildschirm ansah. Geschickt mit der Videofernbedienung in der einen und dem Vibrator in

der anderen Hand arbeitend, keuchte Lisa, als Richard in Großaufnahme erschien. – Versuch's mit mir, sagte er zu ihr, während
sie den Pause-Knopf drückte.

– Quäl mich nicht so, Baby … besorg's mir, bettelte Lisa und
spulte das Video zu der Stelle, an der auf das Geräusch von Richards sich öffnendem Jeansreißverschluss eine Aufnahme von
ihm unter der Dusche folgt.

Dann Schnellvorlauf

FF>>

Das Summen des Vibrators …

Dann Schnellvorlauf

FF>>

PAUSE

Die Eichel von Richards Plastikschwanz stößt gegen ihre
Schamlippen, während seine ironischen, leicht verschmitzten
Augen auf dem Bildschirm ihr Verlangen, ihre eigene Verdor-
benheit widerspiegeln … und dieses himmlische Ringen um
die Kontrolle … dieses großartige, geile Hinauszögern, ohne das
alles nur öde Technik wäre …

PLAY

Richard und sie im Bett. Richard in Nahaufnahme. – Für mich
bist du eine sehr intelligente Frau und eine ganz besondere
Frau …

– Oh, Richard …

Rewind

REW<<

Rewind

REW<<

PAUSE

ZZZZZZZZ … – Oh, Richard …

PLAY

Richards breites Lächeln verblasst, und sein Gesicht wird wieder ganz geschäftsmäßig.

– Ich bezahl dich, dass du auf Abruf bereit stehst …

REW<<

– auf Abruf bereit stehst …

REW<<

– Ich bezahl dich, dass du auf Abruf bereit stehst …

– Du hast noch nie ne Frau wie mich gehabt, Junge, vergiss diese frigiden Scheiß-Hollywoodschlampen, Freundchen …

ZZZZZZZZZZZZZZZ

– Oh, du geile Sau …

FF>>

Vorspulen, über die alberne Aufnahme von Julia Roberts weg; dass die dabei ist, macht alles kaputt, denn für Lisa darf es nur sie und Richard geben …

PAUSE

PLAY

PLAY

– Dann komme ich hoch, sagt Richard zu Lisa …

Dann komme ich hoch, sagt Richard zu Lisa …

ZZZZZZZZZZZZZZZ

– Oh, mein Gott, Richard …

ZZZZZZZZZzzzzzzzzzzzzzzzzzzzzzzzzz …

Als Richard seinen Plastikschwanz tiefer reinstieß, lief irgendwas schief. Lisas erhitztes Gehirn schaltete ohne es zu wollen in einem perfiden Flashback zu dem betrunkenen Iren in San Antonio zurück. Sein Schwanz sinkt in sich zusammen und rutscht aus ihr raus, während er sagt: – Jesses, also das ist mir noch nie passiert …

… ZZZZZ … ZZZZZ … ZZ … Z …

Aber Richard könnte so was nicht passieren …

Dann nichts mehr.

Scheißding …

Die Batterien, diese vaterfickenden Batterien!

Lisa zog das feuchte Stück Latex unsanft aus sich raus und ihren Schlüpfer hoch. Sie war so weit, zur Tanke zu gehen und dachte voller Selbstekel, dass ein schlaues Mädchen immer n Durex in der Handtasche hat, das noch schlauere Mädchen aber ne Duracell.

Dann klingelte es, und Lisa Lennox drückte auf die Fernbedienung und löschte das Bild auf dem Bildschirm. Sie stand entnervt auf und ging zur Haustür.

# Blue Mountains, NSW, Australien

**Mittwoch, 1.37 Uhr**

Ich bin wieder auf den Beinen und aus dem Zelt raus, zucke und winde mich in einer Masse sinnlicher Körper. Celeste Parlour und Reedy sind an meiner Seite und machen beruhigende Laute.
– Richtig so, Kumpel. Tanz es raus.

Der Bass beginnt sich mit meinem Herzschlag zu synchronisieren, und ich spüre, wie mein Gehirn sich über die Schranken von Schädel und grauen Zellen hinaus ausdehnt.

wwwwOOOOOSSSSHHH

Menschen twisten in dem wirbelnden Staub, tanzen halb nackt, manche wild und total ab von allem, andere flott und beschwingt wie das Fernsehballett in ner großen Samstagabendshow aus den Siebzigern.

Und ich wirble auswärts, einwärts, aufwärts, abwärts und seitwärts, eine schwubbernde, wacklige Projektion meines Astralleibs, bis ich spüre, wie etwas, das kaltem Marmor gleicht, anstelle der heißen Erde unter meine bloßen Füße tritt.

Ich bin hier, und ich bin bereit. – Meine Kiste, wo ist meine Kiste, brülle ich den Jungen an den Decks an, und er deutet mit nem Kopfnicken zu meinen Füßen runter, und Reedy hilft mir, und ich nehm den ersten Tune aus meiner Plattenkiste und leg ihn auf. Menschen stehn um das Podium rum. Anfeuernde Rufe erklingen, N-SIGN, N-SIGN …

Durch das alles hindurch hör ich ne einzelne Stimme, ne schottische Stimme, höhnisch und boshaft. – Der is alle, sagt sie.

Sie formen sich aus dem wirbelnden Staub, klischeehafte Bewegungen, die für mich eher Identitäten als äußerliche Merkmale definieren, die irgendwie nie genau genug zu erkennen sind. Ich höre besorgte Stimmen, und Kleidung, die mich erstickt, wird mir umgelegt, über meine Schultern, meine Haut kann darunter nicht atmen, sie knebelt mich, mir wird etwas auf den Kopf gesetzt … Ich will all diese Schichten abstreifen, das Fleisch von meinen Knochen streifen, meinen Geist aus diesem schwärenden, erstickenden Käfig befreien.

… sich schlängelnde Ströme heißer Luft tanzen um mich herum, quälen und umspinnen mich.

Ich krabble kurzerhand über die Decks weg, holterdipolter, und seh, wie die Jungs und Mädchen mich mit offenem Mund entsetzt anstarren, während die Musik knirscht und zermahlen wird, und ich auf den harten Boden knalle. Ich fühl mich so, wie diese ganzen Superhelden aussehen, wenn sie ne Strahlenpistole erwischt und von nem hohen Gebäude geblasen hat. Eher ermüdet als schwer verletzt.

Ich lache bloß und lache und lache.

Das ist *der Mann*, er hat die Jacke weggeworfen, er trägt nur noch die Combathose und die Weste. Auf seinem Arm hat er eine so ne richtige geniale Jungs-Fußballtätowierung. Bertie Blade macht ein selbstgefälliges Gesicht und spannt die Muckis, während ein zerzauster Ossie Owl zu seinen Füßen liegt. Reedy! Er fragt, ob mit mir alles in Ordnung wär. Jetzt ist auch Helena da, sie versucht mit mir zu reden, aber ich grinse sie nur debil an.

Helena?

Helena ist da. Ich muss wohl träumen. Helena! Wie zum Teufel …

Ich streichle was, einen wohlgenährten Fleischfresser irgendeiner Gattung, während ihre Worte jeden Sinn verlieren und in der Hitze meines Hirns verdunsten.

Die Kreatur schnurrt, dann reißt sie ihr Maul auf, und aus ihrem Magen steigt ein fauliger Odem, der mich anfällt. Ich wende mich ab, stehe auf und gehe in die Menge. Von da, wo der Bass ist, hör ich irgendwen meinen Namen rufen, nicht meinen jetzigen Namen, sondern meinen alten Namen, aber es ist ein Mädchenname, nicht meiner.

Carl führt die Mädchen an.

# Edinburgh, Schottland

**Mittwoch, 20.30 Uhr**

**ERINNERUNGEN AN PIPERS DISCOTEC**
Juice Terry hatte sein Glück nicht fassen können, als er die weltberühmte Sängerin in der Lobby des Balmoral auf ihn warten sah. Sie trug eine weiße Jacke, die aussah, als wär sie teuer gewesen, und schwarze Jeans im Used-Look. Er war froh, dass er sich die Mühe gemacht hatte zu duschen, sich zu rasieren und sein gutes, altes Discojackett aus schwarzem Crush-Samt auszugraben, auch wenn es heute etwas spack saß. Er hatte versucht, sein krauses Haar glatt zu gelen und auch einen gewissen Erfolg erzielt, obwohl er den Verdacht hegte, dass es am Ende der Nacht wieder hochstehen würde.

– Alles im Lack, Kath? Wie isses?

– Mir geht's gut, antwortete sie ihm trotz des Schocks, den ihr Terrys Anblick versetzte. Er sah schauderhaft aus; sie hatte noch nie einen so unmöglich gekleideten Menschen gesehen.

– Schön ... heben wir einen drüben im Guildford, dann nehmn wir n Taxi nach Leith. Ein paar zum Vorglühen im Bay Hoarse und anschließend vielleicht n kleinen Arschbrenner nebenan im Raj.

– Warum nicht, sagte Kathryn, der völlig rätselhaft war, wovon Terry sprach, zögerlich.

– *I say tomatay, you say tomaytay*, witzelte Terry. Das Raj war eine gute Entscheidung, ein Gourmettempel unter den Curry-Houses. Er war erst einmal da gewesen, aber diese Fisch-Pakora ... Terry spürte, wie die Speichelkanäle in seinem Mund aufgingen und losspritzten wie die Sprinkleranlage in einem lichterloh brennenden Einkaufszentrum. Er musterte Kathryn, als sie die Princes Street überquerten. Sie war schon ein echt mageres Mädchen. Sie sah nicht gerade gesund aus. Allerdings nichts, was ein gutes Curry und n paar Pints nicht kurieren könnten. Der musste man mal ein Stück schönes schottisches Fleisch reinschieben, und scheiß auf die BSE- und HIV-Risiken. Er sah, dass sie mächtig von ihm beeindruckt war. Allerdings hatte er sich mit den Klamotten auch echt Mühe gegeben. Er rechnete sich aus, dass reiche Bräute an Niveau gewöhnt waren, da konnte man nicht einfach kommen, wie man grad war.

Sie betraten das Guildford Arms. Es war voll mit Festival-Typen und Büroangestellten. Kathryn fühlte sich nervös und unsicher in der Menschenmenge und dem Qualm, darum richtete sie sich nach Juice Terry und bestellte ein Pint Lager. Sie fanden einen Platz in der Ecke, und sie trank schnell und fühlte sich schon ein bisschen benommen, als ihr Glas halb leer war. Zu ihrem Entsetzen drückte Terry *Victimised By You* in der Jukebox.

Tell me you don't really love me
look at me and tell me true
all my life I've been the victim
of men who victimise like you

I see the bottle of vodka and pills
my mind hazes over in a mist
I go numb as I consume the all
a victim of love's fateful twist

But tell me boy, how will you feel
when you stare down upon my corpse
will your heart still be as cold
when my blue frozen flesh you hold

Oh baby what more can I say
In my heart of hearts I knew
that it would just end this sad way
a doomed love, what can we do-ho-ho

– Aber eins muss ich dir sagen, das macht dich ja bestimmt voll fertig, diese Stücke zu singen. Mich würd das auf die Palme bringen. Weißte, Typen wie ich, ich steh mehr auf Ska. Fröhliche Musik, weißte? Desmond Dekker, das ist mein Mann. Northern Soul und so. Weißte, in den alten Zeiten sind wir immer mitm Bus runter zum Wigan Casino, sagte Terry stolz. Das war zwar gelogen, müsste ner Braut aus dem Musikgeschäft aber eigentlich imponieren, dachte er.

Kathryn nickte höflich, verständnislos.

– Aber meine Lieblingsmucke war Disco, er öffnete sein Jackett und schlug es mit den Daumen am Revers auf, – deswegen die Klamotten, fügte er mit theatralischem Schwung hinzu.

– In den Achtzigern war ich häufig im Studio 54 in New York City, erzählte Kathryn ihm.

– Ich kenn Typen, die rübergefahren sind, erwiderte Terry arrogant, – aber hier war es besser; Pipers, Bobby McGee's, The West End Club, Annabel's … die ganzen Läden. Edinburgh war die *wahre* Heimat von Disco. Die Fotzen in New York vergessen das gern mal. Hier war es viel mehr … Underground … aber gleichzeitig auch Mainstream, wenn du weiß, was ich sagen will.

– Das verstehe ich nicht, sagte Kathryn entschieden.

Terry musste das erst mal verdauen. Es war komisch, überlegte er, dass manche Yank-Bräute was sagten, wo sie eigentlich nur höflich sein und blöde nicken sollen, wie echte Mädchen von hier es machen würden. – Das ist zu kompliziert zu erklären, sagte Terry und fügte dann hinzu, – ich mein, man muss dabei gewesen sein, um zu verstehn, wovon ich rede.

# Blue Mountains, NSW, Australien

## Mittwoch, 7.12 Uhr

Man hat mich zurück ins Zelt gebracht. Helena hält mich fest. Ihr Haar ist zu zwei Zöpfen geflochten, ihre Augen sind rot, als hätte sie geweint. – Du bist so hinüber, du kannst gar nicht verstehen, was ich zu dir sage, oder?

Ich kann nicht sprechen. Ich schlinge meinen Arm um ihre Schultern und versuche mich zu entschuldigen, aber ich bin zu hinüber, um zu reden. Ich möchte ihr sagen, dass sie die beste Freundin ist, die ich je hatte, die beste, die es überhaupt geben kann.

Sie legt ihre Hände um meinen Kopf.

– HÖR ZU. KANNST DU MICH HÖREN, CARL?

Ist das erneute Anklage oder Aussöhnung ... – Ich kann dich hören ... sage ich leise, dann, überrascht, meine eigene Stimme hören zu können, wiederhole ich mit mehr Zuversicht: – Ich kann dich hören!

– Ich kann's dir nicht schonender beibringen ... Scheiße. Deine Mutter hat angerufen. Dein Vater ist sehr krank. Er hatte einen Schlaganfall.

Was ...

Nein.

Sei nich albern, nich mein alter Herr, dem geht's gut, der ist putzmunter, dem geht's besser als mir ...

Aber das soll kein Witz sein. Scheiße, das soll kein Witz sein.

SCHEISSE ... NEE ... NICH MEIN ALTER ... NICH MEIN VATER ...

Mein Herz rast in meiner Brust vor Panik, und ich springe auf

und versuch ihn zu finden, ich such ihn, als wär er hier im Zelt.
– Flughafen, hör ich mich sagen. Eine Stimme, die aus mir herauskommt. – Der Flughafen ... Häuser und Geschäfte ...
– Was? fragt Celeste Parlour.
– Er sagt, er will zum Flughafen, sagt Helena, die an meinen Akzent gewöhnt ist, sogar wenn ich total zu bin.
– Kommt nicht in Frage. Er kann heut nicht reisen. Du gehst nirgendwohin, Kumpel, klärt mich Reedy auf.
– Setzt mich einfach bloß ins Flugzeug, sag ich. – Bitte. Ein Gefallen.
Sie wissen, dass ich's ernst meine. Sogar Reedy. – Keine Sorge, Alter. Willst du dich noch umziehen?
– Setzt mich einfach bloß ins Flugzeug. Sprung in der Platte. Setzt mich einfach bloß ins Flugzeug.
Oh, mein Gott ... Ich muss zu dem Scheißflughafen. Ich will ihn sehen, nein, will ich nicht.
NEIN
NEIN, DU BIST NICHT DABEI, DAMIT KOMMSTE NICH DURCH
Nein.
Ich will ihn so in Erinnerung behalten, wie er war. Wie er immer für mich sein wird. Ein Schlaganfall ... fuck, wie konnte er einen Schlaganfall haben ...
Reedy schüttelt den Kopf. – Carl, du stinkst wie ein räudiger alter Köter. In dem Zustand lassen sie dich in kein Flugzeug.
Ein Augenblick der ... nicht unbedingt Klarheit, aber der Selbstbeherrschung. Eine Willensanstrengung. Wie schrecklich ist es wohl, immer nüchtern zu sein, unentwegt die Last des freien Willens tragen zu müssen und nie in der Lage zu sein, ihn abzugeben. Aber ich hab meinen zur absolut falschen Zeit abgegeben. Atem holen. Ein Versuch, meine Augen zu öffnen und durch die Geräusche hindurch was zu erkennen, eine Verrenkung, um meine müden Rollos von Augenlidern oben zu halten.
– Was denkst du, was ich versuch, dir zu sagen?
– Yeah, Carl, ich versteh dich, du willst, dass ich dich ins Flugzeug setze, sagt Helena.
Ich nicke.

Helena fängt an auszusehen und zu klingen wie meine Mutter. – Ich glaub einfach nicht, dass das momentan durchführbar ist, aber du sagst an. Deine Tasche ist hier. Ich hab deinen Reisepass und dir auf meine Kreditkarte ein Ticket gebucht. Du musst es am British-Airways-Schalter abholen. Ich hab hier die Reservierungsnummer. Ich bring dich jetzt zum Flughafen.

Sie hat das alles für mich geregelt. Ich nicke unterwürfig. Sie ist die Beste. – Danke, dass du das für mich tust. Ich zahl dir alles zurück … ich werd clean, ich seh zu, dass ich wieder klar im Kopf werd.

– Es geht um was viel Ernsteres, du egoistisches Arschloch. Du hast versucht, dich umzubringen!

Ich lache lauthals. Was n Quatsch. Wenn ich versuchen würd, mich umzubringen, würd ich das nicht mit Drogen tun. Ich würde mich von … ner Klippe oder so was stürzen. Ich hab nur nach jemandem gesucht.

– Lach nicht über mich, schreit sie. – Du hast diese ganzen Pillen genommen und bist abgehauen in den Busch.

– Ich hab bloß zu viele Drogen genommen. Ich wollte wach bleiben. Jetzt muss ich meinen Dad sehn, oh, Gott, mein armer Vater … Celeste legt die Arme um mich.

– Wie lang ist er jetzt schon wach? fragt Helena Reedy.

Es tut mir Leid, Helena … ich bin schwach. Ich lauf schon wieder weg. Erst hinhalten und dann vor allem Guten weglaufen: Elsa, Alison, Candice, dann vor dir. Und vor all den anderen, die ich nicht mal *so* nah rangelassen habe.

– Vier Tage.

Ich fühl mich, als wär ich wieder zu einer Person geworden. Ich denke laut: – Flughafen. Bitte. Tu es für mich, bitte! und ich hoffe, es kommt als lauter Ruf heraus.

Er stirbt.

Und ich lieg weggetreten im Busch auf der anderen Seite der Erde.

Jetzt sind wir im Jeep und holpern über die Steine, die verhindern sollen, dass der alte Feldweg weggespült wird. Es ruckelt und rattert, und ich werd auf dem Rücksitz durchgeschüttelt. Ich sehe Helenas Nacken, die zu Zöpfen geflochtenen Haare.

Schweiß perlt in ihrem Nacken, und ich spüre das fast übermächtige Verlangen, ihn abzulecken, ihn zu küssen, daran zu saugen, sie zu verschlingen, als wär ich ein verfickter Vampir, was ich wahrscheinlich auch bin, wenn auch in sozialer Hinsicht.

Ich sträube mich, als sich die Straße gabelt und die Berge lange Schatten werfen, und glaube ne Sekunde lang voller Panik, dass wir die falsche Abzweigung genommen haben, aber Scheiße, was weiß ich schon. Die anderen scheinen völlig cool zu bleiben. Celeste Parlour bemerkt meine Ängstlichkeit und fragt: – Alles in Ordnung, Carl? Ich frag sie, ob sie Arsenal-Fan ist, und sie guckt mich an, als ob ich verrückt wär, und meint: – Nee, Brighton, Alter.

– Die Seagulls, lächle ich. Läuft's bei denen noch? Als ich das letzte Mal im UK war, steckten sie in Schwierigkeiten ...

Celeste lächelt mich milde an. Ich seh mich um nach Reedy mit seiner kupferroten, wettergegerbten Haut, strapazierfähig und glatt wie teures Leder. – Leeds, was, Reedy?

– Spinnst du, Leeds, ich bin für Sheffield United.

– Natürlich, sag ich, während wir erst auf eine weitere Schotterpiste und dann auf eine asphaltierte Straße kommen. Lucky Reedy ist klasse, ich hab's verdient, dass man mir einen reinwürgt, bei so nem *faux pas*. In alten Zeiten war er einer von den Jungs. Blades Business Crewe.

Die ganze Fahrt verläuft reibungslos. Helena fährt in einem Schweigen, das mir feindselig vorkommt, aber ich fühle mich zu schwach, um zu versuchen, es zu brechen, und Parlour und Reedy stören sich nicht dran.

Ich nicke ein oder drifte so merkwürdig weg, bin ganz woanders, und dann werd ich schlagartig wach und spüre, wie meine Lebensgeister von weit weg wieder zurück in den Jeep springen. Wir sind auf dem Highway zum Flughafen. Eine alptraumhafte Reise, und eine noch schlimmere steht mir bevor. Aber ich muss das schaffen.

Mein Vater stirbt, ist vielleicht schon tot. Ach, Scheiße. Was sagte Gally doch gleich, als er mir erzählt hat, dass er krank wär? Denken wir nich an ne Scheißbeerdigung, solang wir noch keinen zum Begraben haben.

Bitte lass das nicht meinen Vater sein. Duncan Ewart aus Kilmarnock. Wie lauteten nochmal seine zehn goldenen Regeln?

1. SCHLAG NIEMALS EINE FRAU
2. STEH IMMER ZU DEINEN FREUNDEN
3. ARBEITE NIE UNTER TARIF
4. WERDE NIE ZUM STREIKBRECHER
5. VERPFEIF WEDER FREUND NOCH FEIND
6. ERZÄHL DENEN NIE WAS (D. H. BULLEN, ARBEITS-
   AMT, SOZIALAMT, JOURNALISTEN, BEAMTEN,
   VOLKSZÄHLERN USW.)
7. LASS KEINE WOCHE VERSTREICHEN, OHNE IN
   NEUE PLATTEN ZU INVESTIEREN
8. GIB, WENN DU KANNST, NIMM NUR, WENN DU
   MUSST
9. EGAL, OB'S DIR GUT ODER SCHLECHT GEHT,
   DENK DRAN, DASS WEDER DAS GUTE NOCH
   DAS SCHLECHTE EWIG WÄHRT UND HEUTE
   DER REST DEINES LEBENS BEGINNT
10. SEI GROSSZÜGIG MIT DER LIEBE, ABER ZURÜCK-
    HALTENDER MIT VERTRAUEN

Besonders bei 2 und 8 war auf mich nicht immer Verlass gewesen. Bei den anderen hab ich mich wahrscheinlich ganz wacker
geschlagen.

Aber Reedy hat Recht. Ich rieche wie ein räudiger Köter und
fühl mich auch so. Ich erinnere mich an den Kadaver eines ver-
wesenden Dingos am Straßenrand in Queensland. Kein Auto zu
sehen, meilenweit leerer Horizont. Das Scheißvieh muss sich
echt blöd angestellt haben, um überfahren zu werden. Wahrscheinlich eher ein Selbstmordversuch! Kann ein Hund in seiner
natürlichen Umgebung, in freier Wildbahn, tatsächlich selbst-
mordgefährdet sein? Ha ha ha.

Schluchten, Klippen, Gummibäume ... die blauen Schemen
der Eukalyptusbäume, die den Bergen ihren Namen geben.

Weihnachten habe ich den Kontakt nach Haus verloren.

Plötzlich verschlucken uns die Vororte. Wir sind wieder auf
dem Western Motorway.

Ich weiß noch, wie wir gerade nach Sydney gezogen waren. Ich
konnte nicht fassen, dass der Bondi Beach in Sydney wie die

Copacabana in Rio gerade so weit außerhalb der Stadt lag wie Portobello vom Zentrum Edinburghs. Allerdings mehr Sand. Da draußen hatten wir unser Apartment. Ich und Helena. Sie machte ihre Bilder. Ich legte meine Platten auf.

# Edinburgh, Schottland
## Mittwoch, 20.07 Uhr

### EINFACH AIRBRUSHEN

Franklin war fix und fertig. Wo zum Teufel konnte sie hingegangen sein? Das Konzert war morgen Abend. Er musste das vor der Presse verborgen halten, oder Taylor würde sie kurzerhand fallen lassen. Er nahm das Albumcover, auf dem man das mit Airbrush nachgearbeitete Foto einer frisch und gesund aussehenden Kathryn sah. Er sah einen Kuli auf dem Schreibtisch in seinem Zimmer und kritzelte mit großer Gehässigkeit und Bosheit DOOFE NUSS quer darüber.

– Auf Lämmchen getrimmtes Mutterschaf, sagte er verbittert zu ihrem lächelnden Portrait.

Und nun hatte er diesen saublöden Empfang, den die Veranstalter des Edinburgh Festivals für sie gaben. Was sollte er denen sagen?

### EINE MODERNE WANDERSAGE

Kathryn war misstrauisch, als Terry ein Taxi heranwinkte. Ein Drink im Pub auf der anderen Straßenseite war eine Sache, aber mit diesem Typ in ein Taxi zu steigen erhöhte das Risiko. Aber sein Gesicht wirkte so eifrig und freundlich, als er die Taxitür aufhielt, dass Kathryn einfach einsteigen musste. Er plauderte unaufhörlich, während sie versuchte, sich zu orientieren, als eine belebte Straße vorüberflog. Zu ihrer Erleichterung schienen sie immer noch in der Innenstadt zu sein, als sie ausstiegen, auch wenn es ein weniger gut situiertes Viertel war.

Sie hatten ein Taxi nach Leith genommen und gingen in einen Pub in der Junction Street. Terry kam aus dem Westen der Stadt und baute darauf, dass die Chance, einem Bekannten über den Weg zu laufen, hier geringer war. Er holte neues Bier. Kathryn war nach kurzer Zeit betrunken und stellte fest, dass das Lager sie redselig machte.

– Ich will nicht weiter touren oder Platten machen … ärgerte sie sich, – ich hab das Gefühl, dass mir mein Leben gar nicht mehr gehört.

– Versteh schon, was du meinst. Tony Blair, die Fotze, der Wichser ist schlimmer als Thatcher. Er mit seinem New-Deal-Scheiß. Da musste achtzehn Stunden malochen, oder die Fotzen sperren dir die Stütze. Achtzehn Stunden Maloche die Woche für irgendne Fotze für n feuchten Händedruck. Scheißsklavenarbeit. Was soll die Scheiße? Sach du's mir.

– Weiß nicht …

– Aber ihr müsst ja nich mit dem leben, stimmt's? Ihr habt die Fotze, die ihn fickt, die Fotze mit der Frisur …

– Präsident Clinton …

– Genau der. Aye, diese Monica bläst ihm einen, also geht er hin und sagt zu Tony Blair, du kannst Monicas Stelle haben, wennde mich unterstützt und die Fotze von Milosevic bombardierst.

– Das ist Unsinn, Kathryn schüttelte den Kopf.

Was Streitereien anbelangte, setzte Terry eher auf Nachdruck als auf Argumente. – Mm, mm, das ist, was sie einen glauben machen wollen, die ganzen Fotzen. Ich hab das von nem Typ aus der Kneipe, dessen Schwester mit so nem hohen Staatsbeamten unten in London verheiratet ist. Die ganzen Sachen, die sie vor einem vertuschen wollen. Die könn doch nich mal ihren eigenen Vorgarten regieren, die Spacken. Von wegen New Deal. Das Problem ist, es kotzt mich an zu arbeiten und so. Das mit den Fenstern mach ich nur, um Post Alec zu helfen, verstehte? Der Getränkewagen, das war mein Ding. Oder wie meine offizielle Berufsbezeichnung lautete: ›Verkäufer für kohlensäurehaltige Getränke‹. Bin 1981 entlassen worden. Ich bin auf allen Getränkewagen in der Siedlung gefahren: Hendry's, Globe, Barrs … ich glaub, heute ist nur noch Barrs übrig. Das Irn Bru hält sie über Wasser. Da kommen doch die Arbeitsamtfotzen, diese Wichser mit ihrem Umschulungsscheiß, und sagen mir: Wir besorgen Ihnen nen Job als Getränkeverkäufer.

Kathryn sah Terry fassungslos an. Für sie hörte er sich an wie ein rasselnder Außenbordmotor, nur viel lauter.

– Die Fotzen wollten mich bloß dazu bringen, dass ich in nem R. S. McColl's arbeite, erklärte Terry, offenbar ohne ihre Verständnisschwierigkeiten zu bemerken, – aber das hätte bedeutet, außer den Getränken auch Süßigkeiten und Zeitungen zu verkaufen, und dazu war ich nich bereit. Verstehste, daher hab ich schließlich meinen Namen: *Juice* Terry, klar? Die Fotze, die R. S. McColl gegründet hat, hat früher für die Hunnen gespielt, daher konnt ich unmöglich da arbeiten. Hör mal, Schätzchen, ich will ja nichts sagen, aber du müsstest doch Patte dick ham. Kannst *du* nich mal ne Runde schmeißen?

Kathryn überlegte. – Was ... yeah ... ich hab Geld ...

– Schön ... Scheiße ... Juice Terry schaute sich um und sah zu seinem Ärger, wie Johnny Catarrh und Rab Birrell in den Pub kamen. Er wunderte sich gerade, was sie in diesem Teil der Stadt wollten, als er das fluoreszierende, grünlichgelbe Hibs-Auswärtstrikot bemerkte, das Rab trug. In der Easter Road war n Mittwochsspiel gewesen, und Catarrh und Birrell mussten gut bei Kasse sein, wenn sie hingegangen waren, und wollten jetzt wohl nen feuchtfröhlichen Abend im historischen alten Hafen dranhängen. Terry war immer entsprechend interessiert, wenn jemand von seinen alten Bekannten flüssig zu sein schien.

Rab Birrell und Johnny Catarrh waren gleichermaßen überrascht, Juice Terry beim Biertrinken außerhalb seiner gewohnten Umgebung wie dem Gauntlet, Silver Wing, Dodger, Busy Bee, Wheatsheaf oder seinen anderen Stammkneipen in der Westside anzutreffen. Sie steuerten Terrys Tisch an, zögerten aber, als sie seine weibliche Begleitung bemerkten. Catarrh missgönnte sie ihm sofort. Ein fetter Sack wie Terry war ständig von Frauen umgeben. Krampfhennen, zugegeben, aber n Fick war n Fick, und da war man nicht übertrieben wählerisch. Diese hier war abgehärmt und mager, war aber besser angezogen als Terrys übliche Eroberungen. Man musste aber zugeben, diese Louise, mit der Terry gebumst hatte, war n Superschuss gewesen, roch allerdings sehr nach Unterweltkontakten. Ein paar dubiose Fotzen hatten sie flachgelegt, darunter auch Larry Wylie. Man machte sich nie an ne Torte ran, die solche Schwänze in sich rein gelassen hatte, außer man war sicher, dass man da keinem mehr ins Gehege kam. Trotzdem war es ein starkes Stück, dass n griechischer Gott wie er in letzter Zeit weder für Liebe noch für Geld zum Schuss kam.

– Na, John Boy, sagte Terry, als Catarrh sich setzte. Catarrh hasste es, wenn Terry ihn so nannte, denn er war nur n paar Jahre jünger als der fette, runtergekommene Kerl. Das war fast so schlimm, wie Johnny Catarrh genannt zu werden.

Johnnys richtiger Name war John Watson, ein für Schottland recht geläufiger. Sein älterer Bruder Davie war Blues- und Rock'n'Roll-Fan und hatte ihn früher Johnny Guitar genannt, nach Johnny »Guitar« Watson. Unglücklicherweise war Johnny mit häufigen Nebenhöhlenentzündungen und Katharren gestraft und hatte jahrelang nicht mitbekommen, dass sein Spitzname so verballhornt wurde.

Rab Birrell war am Kippenautomaten stehen geblieben, um sich eine Packung Embassy Regal zu ziehen, bevor er sich zu den anderen setzte. Terry stellte sie einander vor. Catarrh hatte natürlich von Kathryn gehört. – Meine Ma ist Ihr größter Fan. Sie hat Berge von Ihren Platten. Sie vergöttert Sie. Sie geht morgen auf das Konzert. Ich hab in der *Evening News* was über Sie gelesen. Es hieß, Sie hätten sich von diesem Jungen von Love Syndicate getrennt.

– Das stimmt, erwiderte Kathryn mit einer Stimme wie Stahl und musste an das Hotelzimmer in Kopenhagen denken, – aber das ist schon ne Weile her.

– Schnee von gestern, was, bestätigte Juice Terry. Catarrh zog etwas Schleim seine Kehle runter. Er wünschte, er hätte an seine Knoblauchpillen gedacht. Die waren das Einzige, was half.

– Mit Ihnen würd ich jederzeit tauschen, sinnierte Rab Birrell und lehnte ab, als Terry rundum Kippen anbot. Johnny wollte auch keine. Das waren Silk Cut, und wenn's um Zigaretten ging, war Catarrh ein Purist. – Ich bin ein Regal-Eagle, grinste er und zog ne Embie raus.

– Aye, fuhr Rab an Kathryn gewandt fort, – aber der
Rock'n'Roll-Lifestyle, der könnt mir gefallen. Massig Weiber …
allerdings müssen Sie sich darüber ja keine Gedanken machen,
wo Sie selber n Mädchen sind, was, ich mein, es sei denn, Sie
sind, äh … Sie wissen schon, was ich mein, äh …

Juice Terry war leicht angesäuert gewesen, weil seine Freunde
sein kleines Tête-à-tête mit Kathryn gestört hatten, aber Birrells
Gelaber begann ihn jetzt richtig zu ärgern. – Was willste uns
scheißnochmal eigentlich sagen, Rab?

Rab machte einen Rückzieher. Er wurde sich bewusst, dass er
angetrunken war und ziemlich stoned von den ganzen Joints, die
er im Stadion geraucht hatte, und er wusste, dass Juice Terry unangenehm werden konnte und in der Lage war, sein nicht un-
beträchtliches Gewicht in einen Schlag zu legen. Wie zum Teufel
kam dieser fette Gauner an so ne Perle? Sechsunddreißig Jahre
alt und wohnte immer noch bei seiner Ma. – Ich mein ja nur,
Terry, verteidigte er sich, – ich mein ja nur, dass Typen aus Bands
bei Perlen die freie Wahl haben. Also, wenn sie berühmt sind
quasi. Aber jedes Mädchen hat bei Typen die freie Wahl … oder
etwa nich, Johnny? Er wandte sich Unterstützung suchend an
Catarrh.

Catarrh war angemessen geschmeichelt. Die Frage bedeutete,
dass Rab entweder seine Vorgeschichte als Rockmusiker oder
seine Erfahrung mit Frauen anerkannte, beides Dinge, in denen
er sich noch nie als Experte gesehen hatte. Er fühlte sich gebauch-
pinselt durch diese willkommene Schmeichelei, auch wenn er sie
sich nicht erklären konnte. – Äh, aye … so ungefähr. Also ne alte
Schabracke nich unbedingt, aber jede jüngere Perle schon.

Sie erwogen diesen Punkt kurz und guckten dann Kathryn fragend an. Der Akzent der Jungs war für sie kaum zu entschlüsseln,
aber betrunken sein half dabei. – Tut mir Leid, ich versteh nicht
ganz.

Juice Terry setzte ihr die These nochmal langsam auseinander.

– Ich vermute schon, sagte sie vorsichtig.

– Was gibt's da zu vermuten, lachte Catarrh, – so läuft der
Hase. So war's und so bleibt's. Schluss aus.

Kathryn zuckte die Achseln. Juice Terry klopfte mit seinem leeren Glas auf den Tisch. – Hol mal Nachschub, Liebchen. Da ist die Theke, er deutete ein paar Meter weiter. Kathryn betrachtete unbehaglich die dicht gedrängte Menge zwischen sich und der Theke. Aber der Alkohol half definitiv. Der Arzt hatte ihr gesagt, sie solle nach Einnahme der Anti-Depressiva keinen Alkohol trinken, aber Kathryn musste zugeben, dass es ihr gut tat. Nicht unbedingt die Gesellschaft, obwohl die sicherlich eine Abwechslung von dem war, was sie gewohnt war, aber das Wegfallen der Hemmungen, das Gefühl, auszubrechen und loszulassen. Es war gut, mal eine Weile von den ganzen Management-, Band-, Crew- und Plattenfirmenarschlöchern weg zu sein. Die würden sich über sie wundern. Kathryn grinste vor sich hin und schob sich in Richtung Theke.

Juice Terry schaute auf und sah ihr nach, als sie sich zur Theke durchdrängelte. – Die hat's in ihren ganzen Songs immer mit der Frauenbewegung, also kannse auch aufstehn und Bier holen gehn.

Catarrh war absolut der gleichen Meinung und nickte energisch. Rab Birrell vermied absichtlich jede Reaktion, was Terry ein bisschen fuchste.

Während sie darauf wartete, dass das Lager gezapft wurde, wurde Kathryn von einer großen Frau mit dicken Armen, Haaren wie Stahlwolle und einer Brille mit Beschlag belegt. – Hey, das sind Sie doch, oder? fragte sie.

– Äh, ich bin Kathryn ...

– Wusst ich doch, dass Sie das sind! Was ham Sie denn hier verloren?

– Äh, ich bin mit ein paar Freunden hier – ähm, Terry da hinten ...

– Machen Sie keine Witze! Dieser verdammte Nichtsnutz, Juice Terry! Ein Freund von Ihnen! Die Frau schwankte ungläubig. – Der bringt doch nix anderes fertig, als alle vierzehn Tage ausm Bett zu steigen, um seine Stütze zu kassieren. Woher kenn Sie den denn?

– Wir sind zufällig ins Gespräch gekommen ... sagte Kathryn, und ihre eigene Verwunderung spiegelte die der Frau wider, als sie über diese Frage nachdachte.

– Oh, aye, das hat er drauf. Das ist das Einzige, was er kann. Genau wie sein Vater, stieß sie mit echter Feindseligkeit hervor.

– Hörn Sie mal, Herzchen, die Frau zog eine Taxikarte hervor, – geben Sie mir ein Autogramm hier drauf?

– Yeah ... na klar ...

– Hamse n Stift?

– Nein ...

Die Frau wandte sich an den Barmann. – Seymour! Lass mal n Stift rüberwachsen! Hier! Mach hin!

Ihre rauhe Stimme scheuchte den ohnehin schon überarbeiteten Barmann zu weiterer Aktivität auf. Terry hatte sie gehört und erkannt und hob mit aufkeimender Besorgnis den Kopf. Es war diese fette Kuh, mit der sein alter Herr zusammen gewesen war, nachdem er Juice Terrys Ma verlassen hatte. Atombusen-Paula aus der Bonnington Road. Die, die früher den Pub geführt hatte. Jetzt redete Kathryn auch noch mit der! Das war doch voll scheiße, dachte Terry, da kam man extra runter nach Leith, um keinen Bekannten über den Weg zu laufen, und dann war man von denen glatt umzingelt.

Kathryn freute sich, ihr Autogramm geben und dann mit den Drinks zurück zu Terry und den Jungs verschwinden zu können. Terry hatte beschlossen sie zu fragen, was Atombusen-Paula über ihn gesagt hatte, war aber in einen Streit mit Rab Birrell geraten, der zunehmend feindseliger wurde. – Fotzen, die so was tun, sollte man allemachen. Das is meine Meinung, fauchte Terry Rab herausfordernd an.

– Aber das ist doch bloß blödes Gewäsch, Terry, argumentierte Rab, – so was nennt man ne moderne Wandersage. Die Hools würden das nie tun.

– Diese Hooligan-Fotzen sind verdammte Knalltüten, stellte Terry fest. – Rasierklingen in den Wasserrutschen? Was soll der Scheiß? Sag du's mir.

– Ich hab die Story auch gehört, stimmte Catarrh zu. In Wirklichkeit hatte er grad zum ersten Mal davon gehört. Catarrh war vor Jahren bei den Fußballhooligans mitgelaufen, hatte sich aber abgeseilt, als ihm die Sache zu heftig wurde. Dennoch unternahm er alles, was in seiner Macht stand, um deren schlechten

Ruf zu festigen, und damit auch den Ruhm, der durch die Verbindung zu ihnen auf ihn selbst abfärbte.

Das regte Rab Birrell auf. Er war gern Hooligan gewesen, auch wenn das für ihn lange vorbei war. Heutzutage mit dem ganzen Überwachungsscheiß war ihm das viel zu heftig geworden, aber er hatte es geliebt. Tolle Typen, tolle Zeiten, toller Spaß. Warum verzapfte Johnny jetzt so nen Scheiß? Rab Birrell hasste das, wenn Leute völlig hanebüchenen Unsinn so bereitwillig glaubten. Seiner Meinung nach hielt das andere bloß in einem Zustand permanenter Angst und diente als Mechanismus sozialer Kontrolle. Er verabscheute, verstand aber auch, dass Teile der Polizei und der Medien solchen Unsinn aufbauschten, schließlich lag das in ihrem Interesse. Aber was fiel Johnny ein, solchen Schwachsinn zu bekräftigen? – Aber mehr ist es auch nicht, nur ne bescheuerte Geschichte … ham sich irgendwelche Hirnis ausgedacht … ich mein, warum sollten sie wohl so was tun? Warum sollten so genannte Hooligans, obwohl es die eigentlich gar nicht mehr gibt, Rasierklingen in die Rutschen des städtischen Schwimmbads stecken? argumentierte Rab Birrell und sah Kathryn fragend an.

– Weil sie sie nich mehr alle haben, sagte Juice Terry.

– Hör mal, Terry, du gehst ja nicht mal ins Schwimmbad. Rab Birrell wandte sich wieder Kathryn zu. – Er kann ja nich mal schwimmen, verdammte Scheiße.

– Du kannst nicht schwimmen! sagte Kathryn anklagend, und musste bei der Vorstellung kichern, wie Terrys Rettungsring über den Rand einer engen Badehose quoll.

– Das hat damit überhaupt nichts zu tun. Es geht um die Einstellung von Fotzen, die Rasierklingen in die Rutschen nes öffentlichen Schwimmbads stecken, das kleine Kinder benutzen, was sagst du dazu? nahm er sie ins Kreuzverhör.

Kathryn sann darüber nach. Das war das Werk von Perversen. Sie dachte, solche Sachen würden nur in Amerika passieren. – Ich vermute, das ist ziemlich ungeheuerlich.

– Da gibt's nix zu vermuten, schimpfte Terry und kam wieder zu Rab Birrell zurück, – das ist abartig.

Rab schüttelte den Kopf. – Da stimm ich dir zu. Ich sag ja auch, dass es abartig ist, so was zu tun, aber das waren keine Hooligans,

Terry. Niemals. Klingt das für dich nach denen? Oh, aye, wir ham uns zusammengetan, um uns beim Fußball zu kloppen, und jetzt gehen wir alle mal ins städtische Schwimmbad und stecken n paar Rasierklingen in die Rutschen. Quatsch mit Soße. Ich kenn jede Menge von den Jungs, das ist einfach nicht ihr Stil. Abgesehen davon gibt's heut überhaupt keine echten Hooligans mehr. Du lebst in der Vergangenheit.

– Die hamse nich alle, sagte Juice Terry pampig. Er musste zwar zugeben, dass das, was Rab Birrell gesagt hatte, logisch und höchstwahrscheinlich zutreffend war, aber er hasste es, einen Streit zu verlieren, und wurde dann eher noch angriffslustiger. Selbst wenn es nicht die Hooligans gewesen waren, die das gemacht hatten, sollte Birrell genug Anstand besitzen, zuzugeben, dass sie Knalltüten waren. Aber nee, nicht die neunmalkluge Collegefotze Birrell. Das bestätigte Terry noch was anderes: Gebt nem Prolo aus der Siedlung nie ne teure Ausbildung. Kaum sitzt Birrell zehn Minuten in irgendnem versifften Stevenson-Seminar, schon hält er sich für nen Scheiß-Chomsky.

– Ich hab das mit den Rutschen gehört. Ich hab gehört, dass das rote Blut von einer der Rutschen ins Becken geflossen ist, behauptete Catarrh mit insektenhafter Kälte, die Augen zu Schlitzen verengt und mit zusammengepressten Lippen. Er weidete sich an dem Schaudern und dem von Abscheu verzogenen Mund, die er bei Kathryn zu entdecken glaubte. – Blutrot, wiederholte er flüsternd.

– Quatsch mit Soße, sagte Rab Birrell.

Catarrh allerdings begann sich für das Thema zu erwärmen. – Ich kenn die Jungs genauso gut wie du, Rab, das solltest du wissen, sagte er in unheilschwangerem Ton, in der Hoffnung, dass Kathryn auf das Rätselhafte und Bedrohliche darin anspringen würde, gehörig beeindruckt wär, Juice Terry abservieren und Catarrh mit nach Amerika nehmen würde. Sie würden ne nette, kleine Zeremonie abhalten, und wenn's nur der Greencard wegen wär, und schon hätte er ne uneingeschränkte Aufenthaltsgenehmigung. Dann würd er sich mit ner erstklassigen Backingband ins Studio zurückziehen und mit ner Reihe triumphaler, claptonesker, gitarrenlastiger Hits zurück nach Großbritannien

kommen. Das war gar nicht so abwegig, überlegte er. Man musste sich bloß diese Shirley Manson von Garbage ansehn, die früher bei *Goodbye Mr. McKenzie* mitgespielt hatte. Hat eine Minute hinter Big John Duncan und nem Keyboard im *The Venue* auf
der Bühne gestanden und in der nächsten setzt sie Amerika in
Flammen. Er könnte es genauso machen. Dann würden sie ihn
Johnny Guitar nennen, bei seinem richtigen Namen, statt bei
dieser grässlichen Verballhornung, die sie ihm angehängt hatten.

Juice Terry hatte tierischen Kohldampf. Er dachte, dass er gut
ein Curry vertragen könnte. Terry hatte die Nase voll von der
Richtung, die das Gespräch eingeschlagen hatte: direkt auf Catarrhs Hooligan-Geschichten zu. Wenn man ihn ließe, würde er
pausenlos weiterreden. Alle kannten sie schon in- und auswendig, aber davon ließ sich Johnny nicht abhalten. Besonders jetzt,
wo er mit Kathryn jemand Neuen gefunden hatte, dem er damit
ein Ohr abkauen konnte. Terry stellte sich vor, er könnte ganz bis
ans Ende gucken und Catarrh auf seinem Sterbebett sehen. Da
würd er liegen, ein neunzig Jahre alter, verschrumpelter Catarrh,
aus dem die Schläuche raushingen. Eine ganz verstörte, betäubte,
alte Frau und betretene Kinder und Enkelkinder würden nach
vorne gebeugt seinen letzten atemlosen, krächzenden Worten
lauschen, und die wärn: – ... und dann, als wir damals in Motherwell waren ... war die Saison neunzehnhundertachtundachtzig-
neunundachtzig, glaub ich ... wir hatten nen Mob von rund drei-
hundert Mann ... aaagggghhh ...

Dann würd das EKG keinen Ausschlag mehr zeigen, und
Catarrh wär unterwegs zu der großen Klopperei im Himmel.

Nein, Terry wollte heut Abend nichts von dem Scheiß hören.
Die Fotze vergaß, dass es Leute wie er, wie Juice Terry waren, die
auf den Rängen ihren Mann gestanden hatten, bevor es üblich
wurde, n großes, schlagkräftiges Team hinter sich zu haben. Die
Schalträger-Truppe in den alten Zeiten war zugegebenermaßen
ein ziemlich mieser Mob gewesen. Sie neigten dazu, einzelne
glorreiche Siege zu verklären, aber die zahllosen Male, in denen
sie Fersengeld gegeben hatten, zu beschönigen oder zu leugnen;
Nairn County (Freundschaftsspiele in der Sommerpause), For-

far, Montrose. Außerdem hatten sie mehr unerbittliche Schlachten untereinander geschlagen als gegen irgendjemanden sonst. Eigentlich ein echter Scheißmob. Er musste einräumen, dass die Hools, die nach ihnen gekommen waren, ne Klasse besser waren, aber nicht Birrell oder Catarrh. Die hatten bei weitem nich zu den Jungs in der ersten Reihe gezählt.

Terry wechselte rasch das Thema. – Wette, du hast jede Menge Kohle, was, bei all den Hits, wagte er sich bei Kathryn vor und kam so auf eins seiner Lieblingsthemen zu sprechen. Scheiß auf Catarrh, er bestimmte, was hier Thema war.

Kathryn lächelte sanftmütig. – Ich hab Glück, vermute ich. Ich werd gut für das bezahlt, was ich tue. Ich hatte vor einiger Zeit Ärger mit der Steuer, aber mein Backkatalog läuft gut. Ich hab ein bisschen was auf der hohen Kante.

– Da wett ich drauf! dröhnte Terry und bezog Catarrh und Birrell mit ein. – John Boy! Rab! Hört euch das an! Was soll das heißen? Sag an! Er nickte Kathryn zu.

Ihr Blick wurde nachdenklich. – Manchmal ist Geld nicht alles ... sagte sie leise, aber niemand hörte ihr zu.

– Gut bezahlt für das, was sie macht! Goldene Schallplatten! Nummer-eins-Hits! Da wett ich drauf, dass du gut bezahlt wirst! Na dann, Terry rieb seine Hände aneinander, – damit ist das abgemacht. Das Ruby Murray geht auf dich.

– Wie ... Ruby ...

– Das Curry, grinste Terry, – n Happen essen, fügte er hinzu und mimte Essbewegungen.

– Könnte auch was zwischen die Zähne vertragen, stimmte Rab Birrell zu.

Catarrh zuckte die Achseln. Er verschwendete nicht gern Trinkzeit mit Essen, aber beim Curry konnte man ja auch ein Lager bekommen. Er würde ein paar Pappadams nehmen, die passten in seinen Speiseplan. Johnny hatte ein instinktives Misstrauen gegen Nahrungsmittel, die nicht wie Chips aussahen.

– Ich möchte nichts essen ... sagte Kathryn entsetzt. Sie war ausgegangen, um Franklin und seinen besessenen Versuchen, sie zum Essen zu bringen, zu entkommen. Ihr alkoholumnebelter Verstand erfasste die ganze Tragweite dieses Gedankens. Vielleicht waren die von diesem Kontrollfreak engagiert worden, um sie zum Essen zu bringen. Vielleicht war das alles ein ausgeklügeltes Komplott, die ganze verdammte Sache.

– Schön, ich sach ja nich, dass du essen sollst, das ist dein Bier, aber du kannst uns Gesellschaft leisten. Komm schon, Kath, du hast den Schotter. Bis Dienstag, wenn mein Scheck kommt, bin ich pleite, und n Vorschuss von Post Alec, der knausrigen, jüdischen Fotze, ist nich drin, bevor ich die volle Woche Fensterputzen rum hab.

– Ich möchte euch Jungs das Abendessen spendieren. Das kann ich machen, aber ich möchte selbst nichts essen ...

– Geil, schwärmte Terry, – ich mag Perlen, die mal was springen lassen. Ich bin nich altmodisch, ich glaub an Gleichberechtigung für Torten. Was hat dieser alte Dreckskommunist noch gesagt? fragte Terry und wandte sich an Rab, – du als Student solltest das wissen, Birrell. Jeder nach seinen Möglichkeiten, jedem nach seinen Bedürfnissen. Das heißt, du bist am Drücker. Wir sind hier in Schottland, und hier wird brüderlich geteilt, sagte Terry und dachte dann an den Juckreiz in seinen Hämorrhoiden und die Verheerungen, die ein Vindaloo am Morgen danach anrichten konnte. Aber, pah, manchmal musste man's einfach drauf ankommen lassen.

– Okay, grinste Kathryn.

– Weißte, du, lallte Catarrh, – du bist prima, weißte, sagte er und berührte sanft Kathryns Unterarm. – Hier in der Stadt gibt's jede Menge Klunten, die nie auf den Gedanken kämen, mal was springen zu lassen.

– Ein paar von denen verdienen echt dickes Geld und so ... die eine, die beim Scottish Office arbeitete ... Terry schüttelte bitter den Kopf, als er sich an diesen Abend vor ner Weile erinnerte, mit nem Mädchen, das er im Harp getroffen hatte. Die Kuh hatte die Hälfte seiner Stütze in Bacardi weggekippt und war dann abgehaun, ohne ihm auch nur n Kuss auf die Backe zu geben. Obwohl er von Johnnys unverhohlener Bekundung seiner Zuneigung zu Kathryn angenervt war, sah er sich genötigt, ihm in diesem Punkt Recht zu geben.

– Was sind Klunten? fragte Kathryn.

– Äh, Muschi … äh, Schnitte … Perlen, verstehste? erklärte Terry.

– Mein Gott. Hört ihr Typen euch eigentlich manchmal selber zu?

Juice Terry und Johnny Catarrh guckten sich ein paar Sekunden an und schüttelten dann einmütig den Kopf. – Nöö, stimmten sie überein.

## ABGEFÜLLT, ZUGEKNALLT, DURCHGEFICKT

Charlene stand vor Lisa, die entnervt mit den Zähnen knirschte. Bevor ihre Freundin etwas sagen konnte, meinte Lisa: – Oh, du bist es. Okay. Wir gehn aus. Wir füllen uns ab, knallen uns zu und lassen uns durchficken. – Kann ich vorher noch nen Moment reinkommen, fragte Charlene geduldig, und ihre dunklen, gehetzten Augen sahen direkt in Lisas Inneres hinein.

Lisa sah die Taschen zu Füßen ihrer Freundin, und Richard, das Video und der Vibrator verschwanden aus ihren Gedanken, als habe es sie nie gegeben. – Aye … komm rein, drängte Lisa rasch und hielt nur inne, um eine von Charlenes Taschen aufzuheben.

Sie gingen durch in ihr Wohnzimmer und ließen sie auf den Boden fallen. – Setz dich, wies Lisa sie an, – was ist los? War keiner da?

Charlenes Augen wirkten auf Lisa seltsam und wild, und die jüngere Frau lachte meckernd wie eine Hexe, wobei ein gelegentlicher Tick eine Seite ihres Gesichts zucken ließ. – Oh, aye, da war schon jemand. Da ist verfickt nochmal wer da gewesen.

Lisa spürte, wie sich die Muskeln in ihrem eigenen Gesicht verkrampften. Charlene fluchte selten, sie war in mancher Hinsicht n puritanisches kleines Geschöpf, überlegte sie. – Also, was war …

– Bitte, lass mich bloß erzählen, sagte Charlene. – Es ist was passiert …

Lisa stellte rasch den Kessel an und machte Tee. Sie setzte sich in den Sessel gegenüber der Couch, auf der Charlene zusammengesunken war, und hörte zu, wie aus ihrer Freundin heraussprudelte, was sie bei ihrer Rückkehr aus Ibiza erwartet hatte. Während sie redete, sah Lisa, wie das reflektierende Licht auf die seidenmatt gestrichenen Wände fiel, die Charlene einrahmten, die ihr gegenüber auf der Couch so winzig wirkte.

Erzähl's mir nicht, Liebchen, bitte erzähl mir das nicht…

Und Charlene sprach weiter.

An den Wänden konnte sie die Schatten des dunkler gewordenen alten Musters durchscheinen sehen, das sich mit dem neuen Zeug biss. Das war die Tapete, die grauenhafte alte Tapete, die selbst durch mehrere Anstriche irgendwie immer wieder durchschien. Drei Schichten von der guten, seidenmatten Acrylfarbe. Aber man sah immer noch den Mist durchkommen, man sah immer noch das hässliche alte Muster.

Bitte, hör auf…

Dann, gerade als sie glaubte, ihre Freundin sei fertig, nahm Charlene das Reden abrupt wieder auf und verfiel in diesen kühlen Monolog. Trotz all des Entsetzens und Ekels, den er in ihr auslöste, brachte es Lisa nicht über sich, sie zu unterbrechen. – Seine plumpen, nikotinverfleckten Finger mit dem Schmutz unter den Nägeln drücken und schieben gegen meine noch fast haarlose Vagina. Die Whiskyfahne, zusammen mit seinem Schnaufen in meinen Ohren. Ich, stocksteif und verängstigt, wie ich versuch, still zu sein, damit sie nicht aufwacht. Das war der Witz. Sie tat alles, um bloß nicht aufzuwachen. Und ich versuch still zu sein. Ich. Der abartige, schmierige, kranke Widerling. Wenn er n anderer gewesen wär oder ich ne andere wär, könnt er mir vielleicht sogar Leid tun. Wenn's ne andere Muschi gewesen wär, in der sein Finger steckte.

Sie hätte die alten Tapeten abziehen sollen. Den ganzen alten Scheiß loswerden sollen. Egal, wie oft man es überstrich, es kam immer wieder durch.

Lisa wollte etwas sagen, aber Charlene hob die Hand. Lisa fühlte sich wie zu Eis erstarrt. Es fiel ihr so schwer, sich das anzuhören, und sie konnte nur ahnen, wie schwer es ihrer Freundin gefallen sein musste, mit dem Reden anzufangen, aber jetzt hätte das arme Mädchen nicht mehr aufhören können, selbst wenn sie's gewollt hätte. – Ich *müsste* ne frigide Jungfrau sein oder ne Nymphomanin; ich müsste, wie nennen sie das, ne sexuelle Funktionsstörung haben. Von wegen. Meine endgültige Rache an ihm, meine metaphorischen zwei Finger gegen seinen buchstäblichen einen, ist, dass ich keine … Charlene starrte ins Leere. Als sie fortfuhr, war ihre Stimme eine Oktave höher, und es war, als spräche sie zu ihm. – … und ich bin froh über meine Verachtung und meinen Hass auf dich, denn ich weiß, wie man Liebe erfährt und gibt, du erbärmlicher Schlappschwanz, denn ich bin nie diejenige gewesen, die seltsam oder nicht ganz richtig oder neurotisch war, und ich werd das auch verfickt nochmal nie sein … Sie wandte sich Lisa zu und ruckte dann auf ihrem Platz, als würde sie an die Stelle zurückkehren, die sie sonst einnahm. – Tut mir Leid, Lees, danke.

Lisa war sofort bei ihr auf der billigen Couch und nahm ihre Freundin so fest sie konnte in den Arm. Charlene ließ sich die Tröstung kurz gefallen, rückte dann ein wenig ab und sah sie mit einem ruhigen Lächeln an. – Also, was ist mit den großen Sprüchen, von wegen abfüllen, zuknallen und durchficken lassen?

Lisa war entgeistert. – Wir können doch nicht … ich mein … stammelte sie ungläubig, – was ich sagen will, ist, dass es, äh, vielleicht nicht der richtige Moment ist, um … ich mein, das ham wir zwei Wochen lang gemacht, und davon ist er auch nicht weggegangen.

– Ich bin nur mitgefahren, weil ich dachte, er wär für immer weg. Warum hat sie ihn wieder ins Haus gelassen? Es ist meine Schuld, meine Schuld, weil ich mitgefahren bin. Ich hätt nicht wegfahren dürfen, sagte Charlene zitternd, ihre goldberingten Finger um einen Becher Tee gekrallt. – Wir gehn trotzdem aus, Lisa. Noch was, kann ich ne Weile hier pennen?

Lisa drückte Charlene fester. – Du kannst hier bleiben, so lang du möchtest.

Charlene lächelte gezwungen. – Danke … hab ich dir je von meinem Kaninchen erzählt? Sie zitterte, während sie den Becher fest in beiden Händen hielt, obwohl es warm in der Wohnung war.

– Nee, sagte Lisa, wappnete sich innerlich und starrte wieder die Wände an. Die brauchten definitiv mehr Farbe.

## EINE WILLKOMMENE ALTERNATIVE ZU SCHMUTZ UND GEWALT

Der Festival Club war die Hölle für Franklin, aber die Organisatoren der Veranstaltung hatten darauf bestanden, dass er und Kathryn dorthin kamen. Ein farbenfroh gekleideter Mann in einem blauen Cordjackett und gelben Chinos kam auf Franklin zugehüpft und schüttelte ihm schlaff die Hand. – Mr. Delaney, Angus Simpson vom Festkomittee. Überaus erfreut, Sie kennen zu lernen, sagte er mit seinem Privatschulenglisch. – Dies ist Stadträtin Morag Bannon-Stewart, die den Stadtrat im Komittee repräsentiert. Äh ... wo ist Miss Joyner?

Franklin Delaney verzog das Gesicht zu einem saccharinsüßen Lächeln. – Sie hatte einen leichten Husten und ein Kratzen im Hals, daher haben wir beschlossen, dass sie besser im Haus bleibt und früh zu Bett geht.

– Oh ... wie schade, es sind einige Vertreter der Presse und des Lokalradios gekommen. Wie es scheint, hat Colin Melville von der *Evening News* gerade einen Anruf auf dem Handy bekommen, in dem es hieß, man habe sie heute Abend in Leith gesehen ...

Leith. Scheiße, wo zum Teufel war das jetzt wieder, juckte es Franklin zu fragen. Stattdessen sagte er ungerührt: – Ich glaube, sie war früher am Tag mal auf einen Sprung raus, aber jetzt liegt sie brav im warmen Bettchen.

Morag Brannon-Stewart trat einen Schritt vor in Delaneys persönlichen Raum und flüsterte mit Whisky-Atem: – Ich hoffe, sie wird wieder. Es ist schön, eine beliebte Künstlerin hier zu haben, die etwas für die ganze Familie ist. Dies hier war einmal so ein wunderbares Festival. Heutzutage ist es zu einer Verherrlichung von Schmutz und Gewalt verkommen ... Er betrachtete die geplatzten Äderchen in ihrem Pappmachégesicht genau, während sie weitergeiferte.

Franklin straffte sich, kippte dabei seinen doppelten Scotch runter und machte ein Zeichen, dass er einen neuen wollte. Kathryn, diese kaputte Spinnerin. Jetzt hatte er diese halb besoffene alte Vettel vom Stadtrat am Hals. Aber der Radiomensch hatte gesagt, sie wäre in Leith gesehen worden. Das konnte nicht weiter als eine Taxifahrt entfernt sein. Sobald er konnte, entschuldigte Franklin sich unter dem Vorwand, auf die Toilette zu gehen. Stattdessen stahl er sich aus der Tür in die Nachtluft hinaus.

### WAS FÜR DIE GESUNDHEIT TUN

Im Curry House wiederfuhr Kathryn Joyner etwas Seltsames. Die amerikanische Sängerin verspürte echten, nagenden, rasenden Hunger. Das Lager und einer von Rab Birrells Joints, den sie geraucht hatten, als sie eben um die Ecke gingen, hatten Fresslust geweckt, und die Currys dufteten verführerisch. Sie konnte nicht dagegen an, in ihrer Kehle steckte der Hunger wie ein fester Ball, der sie beinah erstickte. Die knusprigen, einladenden Bhajis, die aromatische und pikante Soße über Schüsseln mit zarten, großen Stücken von mariniertem Rindfleisch, Huhn und Lamm, die bunten Gemüse, die in den Pfannen bruzzelten, ließen schon aus zwei Tischen Entfernung ihre Geschmacksknospen erbeben.

Kathryn konnte sich nicht zurückhalten. Sie bestellte mit den anderen, und als das Essen kam, fiel sie mit einer Unbeherrschtheit über die Schüsseln her, die in peniblerer Gesellschaft wohl mehr als pikierte Blicke geerntet hätte, Rab, Terry und Johnny allerdings völlig normal vorkam.

Kathryn wollte die Leere in sich ausfüllen; nicht mit Medikamenten, sondern mit Curry, Lager und Naan-Brot.

Terry und Rab hatten den alten Streit wieder aufgenommen.

– Moderne Wandersage, erklärte Rab.

– Und wenn ich dir vors Maul hau, wär das dann auch ne moderne Wandersage?

– Nee … entgegnete Rab vorsichtig.

– Gut, dann halt den Rand mit deiner scheißmodernen Wandersage. Terry starrte Rab an, der den Blick auf seine Gabel senkte. Rab war wütend. Natürlich auf Terry, aber auch auf sich selbst. Er hatte in dem Studiengang zum Medien- und Kommunikationswirt, für den er sich am örtlichen FE-College eingeschrieben hatte, ne Menge hochtrabender Vokabeln aufgeschnappt und neigte dazu, sie immer häufiger in alltägliche Gespräche einfließen zu lassen. Er wusste, dass es seine Kumpels irritierte und befremdete. Es war reine Wichtigtuerei, denn er konnte dieselben Inhalte auch durchaus angemessen in der Alltagssprache ausdrücken. Dann dachte er, ja, leckt mich, darf ich nicht mal n paar neue Wörter kennen? Das kam ihm vor wie eine unglaublich selbstzerstörerische kulturelle Einschränkung. Aber im Grunde war es irrelevant, denn in erster Linie war er sauer darüber, der Bruder von Billy »Business« Birrell zu sein. Der Bruder von »Business« Birrell zu sein brachte einen gewissen Ballast an Erwartungen mit sich, und eine davon war, dass man nicht vor Fotzen wie Juice Terry kuschte.

»Business« war ein schlagkräftiger Boxer und gewann seine ersten sechs Profikämpfe innerhalb der ersten Runden durch K. o. oder Kampfabbrüche. Sein siebter Kampf allerdings war ein Desaster. Hoch favorisiert, wurde er von Steve Morgan aus Port Talbot, einem technisch versierten Rechtsausleger, boxerisch übertrumpft und nach Punkten besiegt. Während des Kampfs wirkte der normalerweise explosive »Business« teilnahmslos und schwerfällig, platzierte kaum einen Treffer und war ein leichtes Ziel für Morgans brandgefährliche, kurze Geraden. Allgemeiner Konsens war, dass »Business« schlimme Probleme bekommen hätte, hätte Morgan erfolgreich einen Schlag durchgebracht. Die Ringrichter und der Arzt am Ring merkten, dass etwas nicht stimmte.

Eine medizinische Untersuchung nach dem Kampf und anschließende Folgeuntersuchungen erbrachten, dass »Business« Birrell an Schilddrüsenproblemen litt, die sich nachteilig auf sein Leistungsniveau auswirkten. Das war zwar durch Medikamente in den Griff zu bekommen, aber der britische Boxverband sah sich gezwungen, seine Lizenz einzuziehen.

»Business« genoss jedoch allgemeinen Respekt und galt als Mann, mit dem man sich besser nicht anlegte. Die Tatsache, dass er durch gesundheitliche Probleme und nicht durch einen Gegner bezwungen worden war, dass er nie zu Boden gegangen war oder aufgegeben hatte, hatte seinen Heldenstatus vor Ort noch vergrößert. Statt mit einem ungerechten Schicksal zu hadern, das ihm jede Hoffnung auf eine glorreiche Karriere zunichte gemacht hatte, hatte Billy Birrell aus seiner lokal begrenzten Berühmtheit Kapital geschlagen und eine beliebte und profitable Pre-Club-Bar eröffnet, die natürlich »Business Bar« hieß.

Rab Birrells Problem war, dass ihm als nachdenklichem und grüblerischem Menschen die explosive Dynamik fehlte, um mit den kämpferischen Fähigkeiten oder dem unternehmerischen Elan seines Bruders mithalten zu können. Rab spürte, dass er immer die zweite Geige hinter »Business« spielen würde, immer schwanken würde zwischen dem Versuch, auf eigenen Füßen zu stehen, und der Möglichkeit, sich bequem im Windschatten seines Bruders mitziehen zu lassen. Er hatte das Gefühl, ob es nun auf Realität oder Einbildung beruhte, dass der Schlag Menschen, der seinen Bruder verehrte, auf ihn herabsah.

Während Rab darüber nachgrübelte, hoffte Juice Terry inständig, dass seine Ohren ihn trogen. Er hatte sich auf dieselbe Seite des Tischs wie Kathryn gesetzt und war geschockt, als sie ihn zu sich ranzog und ihm ins Ohr flüsterte: – Hör zu, Terry, ich möchte, dass du eins weißt: Zwischen uns wird es keinen Sex geben. Du bist ein netter Typ, und ich mag dich als Freund, aber wir werden nicht vögeln. Okay?

– Du stehst auf Catarrh … oder Birrell … Terry spürte seine Welt zusammenbrechen. Seine sexuellen Aussichten verringerten sich so rapide, wie die Krankenhäuser zumachten, während die von Rab und Johnny so sprunghaft nach oben schossen wie die Belegung der Gefängnisse. Mit dieser Louise war's auch Essig. Ein schnuckeliges kleines Ding, aber n bisschen jung für ihn, und noch entscheidender, sie machte mit Larry Wylie rum, der wieder draußen war. Damit war das für ihn gegessen. Aber Louise, die hatte auch nie Platten in der Jukebox im Silver Wing oder im Dodger gehabt.

Kathryn war abgestoßen und zugleich fasziniert von dem anscheinend monströsen Ego von Terry und seinen Freunden. Da saßen sie, drei bessere Pennbrüder aus einem beschissenen Stadtteil, von dem sie gerade zum ersten Mal gehört hatte, und sie führten sich auf, als wären sie das Zentrum des Universums. Sie hatte bisher selbst unter Rock'n'Roll-Größen nie jemanden mit derart überentwickeltem Ego erlebt. Die Vorstellung, sie, Kathryn Joyner, die bereits überall auf der Welt gewesen war, die Cover von Style- und Fashion-Magazinen geziert hatte, könnte mit einer dieser verkrachten Existenzen mitgehen, war lächerlich.

Absolut lächerlich.

Kathryn räusperte sich. Sie ergriff sanft Terrys Arm, sowohl um sich festzuhalten, als auch, um ihn zu trösten. Und es hatte ihr gefallen, als Johnny Catarrh das bei ihr gemacht hatte.

– Nein, ich steh auf keinen von denen. Wir sind Freunde, du, ich und die Jungs. Mehr ist da nicht, mehr kann es da nie geben, lächelte sie und sah sich um. – Ich muss mal gucken, wo der Waschraum ist, kündigte sie an, rappelte sich auf und entfernte sich mit ganz leichter Schlagseite in Richtung der Toiletten.

– Wie kommt es, dass diese Amis zum Klo immer Waschraum sagen? Man geht da ja nich hin, um sich zu waschen, lachte Rab Birrell.

– Da geht man nur zum Pissen und Drogennehmen hin, überlegte Johnny.

Terry wartete schweigend, bis sie hinter den Schwingtüren der Toilette verschwunden war, und wandte sich dann an Rab. – Magere, eingebildete, reiche Scheiß-Amifotze ...

Rab Birrell grinste breit zwischen zwei Mund voll Hühnchen Jalfrezi. – Das sind ja ganz neue Töne. Was ist denn aus Kathryn hier und Kathryn da geworden?

– Pah, die miese Amifotze, murmelte Terry düster. Nur wenige Menschen steckten eine Abfuhr gut weg, und Terry schon gar nicht.

Birrells Augen leuchteten auf, als er es schnallte. – Sie hat dich auflaufen lassen. Du dachtest, du hättest ne Nummer sicher, und sie serviert dich ab!

– Die eingebildete Kuh denkt, sie könnte mit unsereins den Molli machen, wie's ihr grade passt …

– Fang nich an, sie zu hassen, nur weil sie dich nicht ranlässt. Wenn du jeden hassen würdest, der nich mit dir ficken will, wär das ne verdammt lange Liste! Rab nahm einen genießerischen Schluck Kingfisher, leerte das Glas und winkte nach einer neuen Runde, während Catarrh mit grimmigem Enthusiasmus nickte.

– Das ist doch bloß, weil ich für Leute wie die ne Assel bin, das ist der Grund, sagte Terry, ein wenig aufgemuntert durch die Aussicht auf mehr Bier auf Kathryns Kosten.

– Damit hat das nichts zu tun, Terry, widersprach Rab, – das Mädchen steht einfach nich auf dich.

– Nee, nee, nee, sagte Juice Terry lustlos. – Erklär du mir nicht die Perlen, Birrell, ich versteh die verdammt gut. Keiner kann mir was über Torten beibringen. Jedenfalls keine von den Fotzen, die hier sitzen, sagte er herausfordernd und trommelte zur Unterstreichung auf den Tisch.

– Amerikanische Bräute sind anders, wagte Catarrh zu sagen und bereute es augenblicklich.

Juice Terrys Grinsen wurde so breit wie der River Almond, wo er in den Forth Estuary strömt. – Na schön, John Boy, du bist also der große Experte für amerikanische Schnallen. All die amerikanischen Schnallen, die du gefickt hast, im Vergleich zu den schottischen. Dann erklär uns mal den Unterschied! Terry brach in heiseres, atemloses Lachen aus, und Rab Birrell schüttelte es stumm.

Catarrh rutschte unbehaglich auf seinem Stuhl hin und her, und seine Haltung und sein Tonfall nahmen eine verlegene, defensive Färbung an. – Ich sag ja gar nich, ich hätt mit massig amerikanischen Bräuten gefickt. Ich sag nur, dass amerikanische Perlen anders sind … wie im Fernsehn und so.

– Schwachsinn, schnappte Terry. – Muschi ist Muschi. Auf der ganzen Welt ein und dasselbe.

– Hör mal, sagte Rab und sprach ein anderes Thema an, um Johnny weitere Verlegenheit zu ersparen, – meinst du, die steckt sich grad aufm Pott den Finger in den Hals und kotzt das Curry wieder aus?

– Das soll sie mal besser lassen. Verdammte Verschwendung, erklärte Terry. – Da verhungern anderswo beschissene Blagen, im Fernsehn und so, und dann macht die Fotze so was!

– Aber so machen die's, solche Perlen, Bulimie oder wie das heißt, überlegte Catarrh.

Kathryn kam von der Toilette zurück. Einen Moment lang hatte sie geglaubt, sie müsse sich übergeben, aber das war vorbeigegangen. Normalerweise erbrach sie das giftige Essen tatsächlich, bevor es in Fettzellen umgewandelt werden und ihren Körper schädigen und verunzieren konnte. Aber jetzt fühlte es sich beruhigend an, dieses schwere, warme, flüssige Zentrum, das sie einmal mit Krankheit gleichgesetzt hatte.

– Heut Abend ist so ne Clubveranstaltung in der Shooting Gallery, weißte, wegen dem Festival, schlug Rab Birrell vor.

– Klasse. Bock auf n bisschen Clubbing, Kath? *Trip the light fantastic*? fragte Juice Terry.

– Ich bin nicht richtig dafür angezogen … aber ich will auch nicht zurück ins Hotel … aber … na gut, sagte sie. Es erschien ihr wichtig, weiter auszugehen, in Bewegung zu bleiben.

– Da brauchen wir aber n paar Drogen. Speed und n paar Eckys, sagte Rab. Dann wandte er sich an Catarrh. – Rufste Davie an?

Terry schüttelte den Kopf. – Scheiß auf Speed, besorg für später n bisschen Koks. Ist dir das Recht, Kath?

– Yeah, warum nicht, willigte Kathryn ein. Sie wusste nicht, wo dieses Abenteuer enden würde, aber sie hatte sich entschieden, dabeizubleiben, egal, wohin es führte.

Rab sah, wie sich Terrys Gesicht selbstgefällig verzog. – Kath ist im Rock'n'Roll-Business, Rab. Die wird von deinem Arbeiterkoks nix wollen. Heute nur vom Feinsten.

– Ich mag Speed, protestierte Rab.

– Na fein, Birrell, dann mach doch einen auf Working Class Hero, solang du willst. Von uns kriegste aber keinen Orden dafür, Freundchen, stimmt's, John Boy? Er wandte sich an Catarrh.

– Ein bisschen Koks wär geil, sagte Catarrh, – mal zur Abwechslung, Rab, appellierte er an Rab, um seinen Verrat abzumildern. Catarrh war sonst ein echter Speedfreak und Koks hatte normalerweise katastrophale Konsequenzen für seine ohnehin schon maroden Nebenhöhlen.

## DAS KANINCHEN

Lisa war eingefallen, dass Angie mal von Mad Max, Charlenes Kaninchen, erzählt hatte. Das sie als Kind gehabt hatte. Sie erinnerte sich, dass sie mal beim Runterkommen nach ner Nacht mit Clubbing und Pillenschmeißen irgendwas erwähnt hatte. Irgendwas Abartiges, bei dem man sich nicht genau an Details erinnern kann, sich aber noch des hässlichen, verstörenden Gefühls entsinnt. Etwas, das man leicht abhaken und unter »bedröhntes Blabla« ablegen konnte.

Irgendwas war mit ihrem Kaninchen passiert. Etwas Schlimmes, denn Charlene war eine Zeit lang nicht zur Schule gekommen. An mehr konnte sich Lisa nicht mehr erinnern.

Dann begann Charlene wieder zu reden. Über das Kaninchen.

Charlene erzählte Lisa, dass sie das Kaninchen geliebt hatte, wie sie morgens immer als Erstes nach unten zum Stall gelaufen war, um nach ihm zu sehen. Manchmal, wenn das betrunkene Gebrüll ihres Vaters und die Schreie ihrer Mutter ihr zu viel wurden, setzte sie sich ans Ende des Gartens, hielt Mad Max im Arm, streichelte ihn und wünschte, es würde aufhören.

Als sie eines Tages von der Schule nach Haus kam, sah sie, dass die Stalltür offen stand. Das Kaninchen war nicht mehr drin. Aus dem Augenwinkel bemerkte sie etwas und sah langsam an dem Baum hoch. Mad Max war dort angenagelt. Riesige Sechs-Zoll-Nägel waren direkt durch seinen Körper getrieben. Charlene versuchte ihn von den Nägeln zu ziehen, ihn zu liebkosen, obwohl sie wusste, dass er tot war. Sie bekam ihn nicht los. Sie ging ins Haus.

Später am Abend kam ihr Vater betrunken nach Hause. Er brüllte und schluchzte: – Der Kleinen ihr Kaninchen ... die dreckigen Zigeuner von nebenan ... ich bring die um ... Er sah Charlene auf ihrem Stuhl sitzen. – Wir kaufen dir n neues Kaninchen, Süße ...

Sie sah ihn mit nacktem, geringschätzigem Abscheu an. Sie wusste, was mit dem Kaninchen passiert war. Er wusste, dass sie es wusste. Er schlug hart in ihr zehn Jahre altes Gesicht, und sie fiel zu Boden. Ihre Mutter kam rein und protestierte, und er schlug sie krankenhausreif, verprügelte sie, bis sie bewusstlos war und brach ihr mit einem Schlag den Unterkiefer. Dann ging er in den Pub und überließ es dem Kind, 999 und einen Rettungswagen zu rufen. Durch den Schock kam es ihr endlos vor, bis es ihr gelang, zu wählen.

Nachdem sie ihr diese Geschichte erzählt hatte, stand Charlene abrupt auf und grinste fröhlich. – Und, wo gehen wir jetzt hin?

Lisa wollte jetzt lieber ins Bett.


**EIN AMERIKANER IN LEITH**

Es stellte sich als schwierig heraus, ein Taxi zu bekommen, und drei ließen ihn stehen, bevor Franklin eins anhalten und sich auf den Weg nach Leith machen konnte. Er gab dem Fahrer, der ihm mürrisch vorkam, die Anweisung, bei der ersten Kneipe mit Nachtkonzession zu halten.

Der Fahrer guckte ihn an, als hätte er sie nicht alle. – Davon gibt's jede Menge. Das Festival läuft.

– Die erste mit Nachtkonzession in Leith, wiederholte Franklin.

Der Fahrer hatte eine lange, anstrengende Schicht hinter sich, in der er dämliche Fotzen, die nicht wussten, was sie wollten, oder wohin, oder wann, durch die Stadt kutschiert hatte. Sie erwarteten von ihm ein enzyklopädisches Wissen über das Festival. Nummer achtunddreißig, riefen sie ihm als Veranstaltungsort zu, als wären sie in nem chinesischen Takeaway. Entweder das, oder sie gaben den Namen der Show an. Der Fahrer hatte die Nase voll davon. – Es gibt Leith und es gibt Leith, Partner, erklärte er. – Was Sie unter Leith verstehn, ist vielleicht nich das, was ich unter Leith versteh.

Franklin guckte verblüfft.

– Meinen Sie runter zum Hafen, oder am Ende vom Leith

Walk, oder Pilrig, wo Edinburgh in Leith übergeht? *Wohin* in Leith?

– Ist das hier schon Leith?

Der Fahrer sah zur Boundary Bar rüber. – Hier fängt es an. Steigen Sie einfach hier aus, und gehn Sie zu Fuß. Aber da gibt's jede Menge Pubs.

Franklin stieg aus und reichte dem Mann ermüdet etwas Geld. Es war überhaupt nicht weit gewesen. Er versuchte es schnell zu überschlagen und schätzte, dass er für den Tarif ganz Manhatten hätte abfahren können. Wütend betrat Franklin eine spartanisch eingerichtete Bar, aber es war keine Kathryn zu sehen. Eigentlich war es schon unmöglich, sie sich überhaupt an einem solchen Ort vorzustellen. Er hielt sich nicht auf.

Als er an einer anderen Bar vorbeikam, merkte er, dass der Fahrer Recht gehabt hatte, sie konnte überall sein, hier schienen *wirklich* alle eine Nachtkonzession zu haben.

In der nächsten war immer noch keine Kathryn, aber er bestellte einen Drink.

– Großen Scotch, nickte er dem Barkeeper zu.

– Das is n amerikanischer Akzent, Kumpel, aye? fragte eine Stimme neben seinem Ohr. Er war sich vage bewusst gewesen, dass jemand neben ihm stand. Als er sich umdrehte, erblickte er zwei Männer mit Bürstenhaarschnitt. Sie sahen wie herkömmliche harte Typen aus, einer hatte einen leeren Blick, der in krassem Gegensatz zu seinem breiten Lächeln stand.

– Yeah …

– Amerika, was, Larry. Fand ich echt klasse da. New York, da war ich mal. Biste zum Festival hier, Kumpel, aye?

– Yeah, ich bin …

– Das Festival, schnaubte der Mann. – Ein Haufen gequirlte Scheiße, wennde mich fragst. Gutes Geld für nix verplempern. Hey! rief er dem Barkeeper zu, – noch n Scheißwhisky für unsern amerikanischen Kumpel hier. Und für Larry und mich auch.

– Nein, wirklich … wollte Franklin ablehnen.

– Doch, wirklich, sagte der Mann in so kaltem, beharrlichem Tonfall, dass Franklin Delaney mit Mühe ein Zittern unterdrückte.

Der Barkeeper, ein großer, stämmiger Typ mit rötlichem Gesicht, schwarzgefasster Brille und einer hochstehenden Mähne rotblonden Haares sang fröhlich: – Drei große Whisky, schon unterwegs, Franco.

Der andere Mann, der Larry genannt wurde, legte sein Gesicht in verschwörerische Falten. – Aber eins verrat ich dir, Kumpel, amerikanische Bräute: scharf wie Nachbars Lumpi. Lassen sich nich lang bitten. Das ist es, was ich mache, wenn Festivalzeit ist, ich schmeiß mich an alles ran, was nen amerikanischen Akzent hat. Australierinnen, Neuseeländerinnen und so weiter. Total geil auf Sex, sagte er und hob sein Glas an die Lippen.

– Hör gar nich auf die Fotze, Kumpel, das is n Sexmonster, sagte der Mann, der Franco genannt wurde, – der denkt an nix anderes, als wie er zum Einlochen kommt.

– Aber echt, Franco, manche Fotzen sagen, das hätt was mit der Kolonialgeschichte zu tun, sich von den Komplexen der Alten Welt frei machen. Was meinst du dazu, Kumpel?

– Nun ja, ich weiß wirklich nicht …

– Das ist gequirlte Scheiße, fauchte Franco, – Torten sind Scheißtorten. Scheißegal, woher sie kommen. Manche sind ohne Ende am Ficken, andere nich.

Larry hob beschwichtigend die Hände und wandte sich mit einem Funkeln in den Augen an Franklin. – Machen wir's so, Kumpel, du schlichtest den Streit, unter Freunden sozusagen.

Franco sah ihn herausfordernd an.

– Echt, die Fotze hier ist n Mann von Welt, du bist schon ziemlich rumgekommen, nich, Kumpel? fragte Larry, ein spitzbübisches Lächeln auf den Lippen. – Also sach uns, wenn du's kannst, ficken amerikanische Schnallen öfter als europäische?

– Sehen Sie, ich weiß das nicht, ich will nur in Ruhe etwas trinken und dann wieder gehen, erwiderte Franklin.

Larry guckte Franco an, sprang dann vor, packte Franklin am Revers und drückte ihn gegen die Theke. – Wir sind wohl nich gut genug, einen mit dir zu trinken, du verwichste Amisau? Du trinkst jetzt einen mit uns!

Franco ging dazwischen und begann Larry langsam wegzuschieben. Aber Larry hielt Franklin, dessen Herz raste, weiter fest.

– Regt euch ab, Jungs, sagte der Barkeeper.

– Lass die Fotze los, Larry, ich sag's dir im Guten, sagte Franco mit gepresster Stimme.

– Nee. Der geht mit mir raus. Den mach ich alle.

– Wenn irgendne Fotze mit dir rausgeht, dann ich. Ich hab dein Gelaber langsam satt, knurrte Franco.

– Ich wollte doch nur einen Drink, bettelte Franklin.

– Gut, sagte Larry und ließ Franklin los. Er zeigte über Francos Schulter auf den Amerikaner. – Du bist fällig, knurrte er wütend, bevor er zur Tür rausmarschierte. Franco folgte ihm, drehte sich nochmal schnell zu dem Besucher um und sagte: – Du wartest hier.

Franklin hatte auch nicht vor, irgendwohin zu gehen. Diese Kerle waren Wilde. Er beobachtete, wie der eine, ganz in Revolverheldmanier, mordlustig hinter seinem ehemaligen Freund zur Tür rausstolzierte.

Der Barmann verdrehte die Augen.

– Wer waren diese Typen? fragte Franklin.

Der Barkeeper schüttelte den Kopf. – Weiß ich nich. Keine Stammgäste. Sie sahn nach Ärger aus, deswegen dacht ich, ich sag mal besser nix.

– Ich nehm noch einen Scotch, einen großen, sagte Franklin nervös. Er brauchte einen, damit das Zittern aufhörte.

Der Barkeeper kam mit einem doppelten wieder. Franklin wollte seine Brieftasche aus der Mantelinnentasche ziehen. Sie war weg.

Er lief nach draußen, wo die beiden kämpfenden Männer hätten sein müssen, aber da prügelte sich niemand. Sie waren verschwunden. Er schaute die finstere Durchgangsstraße hinauf und hinunter. All seine Kreditkarten und großen Scheine waren weg. Er guckte nach, was er noch an Geld in der Hosentasche hatte. Siebenunddreißig Pfund.

Der Barkeeper erschien im Eingang der Kneipe. – Zahln Sie jetzt für den Drink, oder was? fragte er mürrisch.

## STONE ISLAND

Davie Greek hatte seine Vorräte an Pillen und Pülverchen fürs Wochenende aufgefüllt, aber heut Abend schien jeder was haben zu wollen. Das lag am Festival. Diese Lisa war n properes Mädchen. Ihre Freundin war auch nicht zu verachten, allerdings n bisschen mürrisch. Creedo hatte versucht, sie zum Bleiben zu überreden, aber sie hatten es eilig, weiterzukommen. Er hätte sie gern später noch irgendwo getroffen, aber dauernd ging das Telefon. Dann kam irgendwann Rab Birrell mit Johnny Catarrh, so nem Fettsack mit Korkenzieherlöckchen und dieser mageren Hexe mit amerikanischem Akzent. Sah aus wie ne ältere Bergen-Belsen-Version von dieser Ally McBeal aus der Glotze. Wär vielleicht was für n Nümmerchen, wenn man leicht einen in der Krone hatte.

Der lockige Fettsack sah ziemlich dubios aus. Creedo gefiel nicht, wie der die Plattenspieler und die Glotze anguckte. Eindeutig n Langfinger. Und dann die Klamotten ... was für ein verfickter Penner. Und Rab Birrell in nem Auswärtstrikot ausm Fanshop! Creedo tastete nach dem Button-on Stone-Island-Label an seinem Shirt, dessen tröstliche Anwesenheit ihm versicherte, dass die Welt nicht gänzlich verrückt geworden war, oder wenn doch, dass er es geschafft hatte, sich diesem Irrsinn zu entziehen.

Terry hatte schon von Davie Creed gehört. Er war sich nicht bewusst gewesen, dass der Knabe dermaßen auffällige Narben hatte. Das war echt ein ziemlich übles Muster. Catarrh hatte erzählt, dass er mal von jemandem umgenietet worden war, der dann nen Milchkasten aus Metall auf sein Gesicht gestellt hatte und draufgesprungen war. Normalerweise waren Catarrhs Storys mit Vorsicht zu genießen, aber in diesem Fall sah es aus, als hätte sich genau das zugetragen.

So sehr er es auch versuchte, Terry konnte den Blick nicht von Creedos Narben wenden. Creedo bemerkte das, und Terry konnte nur grinsen und sagen: – Nett, dasste was für uns da hast, Alter.

– Für die Jungs hab ich immer was da, sagte er und achtete darauf, Terry kühl von dieser Pauschalisierung auszuschließen.

Rab Birrell sah Davie an. Er war nicht fett geworden, und er hatte immer noch dasselbe kräftige, blonde Haar, aber sein Gesicht war aufgedunsen und unverhältnismäßig gerötet, höchstwahrscheinlich vom Trinken und Koksen. Bei manchen Leuten hatte das diesen Effekt. Weil er die gespannte Atmosphäre im Raum spürte, sagte Rab das Erstbeste, was ihm in den Sinn kam. – Hab Lexo neulich Abend gesehn … sein Schwung verlor sich, als ihm wieder einfiel, dass sich Creedo und Lexo schon vor Jahren zerstritten und nie wieder ausgesöhnt hatten, – im Fringe Club.

Terry sagte so was wie: – Ach, *da* gehn die ganzen edel gewandeten Jungs aus der Stadt jetzt einen trinken!

Creedo erstickte an stummer Wut. Birrell und Catarrh hatten eine großkotzige Säuferfotze angeschleppt, und jetzt warfen sie auch noch mit Lexo Fotzenfresse Setteringtons Namen um sich, und das in seiner eigenen Scheißwohnung. – Schön, ich hab noch was zu erledigen, man sieht sich. Creedo wies mit dem Kopf zur Tür, und Rab und Johnny waren heilfroh, wegzukommen.

Am Fuß der Treppe sagte Terry: – Wenn die Fotze nich verdammt unhöflich war.

– Du hast die Drogen, Terry, mehr wollten wir nich.

– Gutes Benehmen kostet nix, was für n Eindruck soll denn unser amerikanischer Gast von den Schotten kriegen?

Rab zuckte die Schultern und öffnete die Tür des Treppenhauses. Am Rand seines Sichtfeldes erspähte er ein Taxi, sprang auf die Straße und hielt es an.

# Flughafen Sydney, NSW, Australien
### Mittwoch, 23.00 Uhr

Ich brauch wirklich was fürs Flugzeug. Tranquilizer oder nen ähnlichen Scheiß. Ich stürme in die Drogerie und schmeiß beinah ein Display mit Rasierern um. Fotze, Fotze, Fotze. – Fotze, zische ich zwischen zusammengebissenen Zähnen hervor, und das junge Mädchen hinter der Ladentheke guckt mich an und sieht nen stinkenden, dreckigen Penner. Helena ist an meiner Seite, anmutig und adrett wie eine Sozialarbeiterin mit einem widerspenstigen Klienten, die alles regelt, während mir das Wechselgeld aus der Tasche durch die Finger fällt und über den Boden kullert.

Reedy und das Parlour-Mädel bleiben etwas betreten ein Stück zurück. Am Buchungsschalter ist es die gleiche Geschichte, dann am Eincheckschalter und dann beim Zoll. Aber ich krieg den Flug, Helenas Überzeugungskünste sind Gott sei Dank größer als der Behördenscheiß. Ohne sie wär ich keine fünf Minuten auf dem Flughafen geblieben, geschweige denn ins Flugzeug gekommen.

Aber ich muss nach Haus.

Mein Alter. Alles, was der arme alte Mistkerl je von mir wollte, war, dass ich Kontakt hielte. Nicht mal das konnte ich. Ein selbstsüchtiges, selbstsüchtiges, selbstsüchtiges Arschloch. An meinen Genen kann's nicht gelegen haben, dass ich so wurde. Meine Mutter, mein Vater, die waren nie so, auch deren Eltern nicht, so verdorben, maßlos, schwach und egoistisch.

Sei einfach du selbst, sagte er immer zu mir, als ich klein war. Ich war schon immer n bisschen hyperaktiv, musste mich immer in Szene setzen, und meine Mutter war immer besorgt, wie ich mich auf Familienfeiern benehmen würde, ob ich sie blamieren würde oder nicht. Aber meinen alten Herr hat das nie gejuckt. Er nahm mich dann immer nur zur Seite und sagte mir, ich solle ganz ich selbst sein. Mehr muss man im Leben nicht tun. Sei einfach du selbst, sagte er dann.

Das war eine alles andere als leichte Aufgabe, es war das Schwierigste und Forderndste, das je jemand von mir verlangt hatte.

Jetzt bin ich bereit, durchs Gate zu gehen, und ich hab mich schon von Reedy und Celeste Parlour verabschiedet, die in Richtung Bar abgezogen sind. Helena steht hier neben mir, und ich drücke ihre Hand, will hier bleiben, muss aber fort. Ich blicke in ihre Augen, unfähig zu sprechen, hoffe, dass alles in diesem Blick steht, doch ich fürchte, dass sie dort nur die Angst und Sorge um meinen alten Herrn lesen kann. Ich muss daran denken, wie sie mal zu mir gesagt hat, sie würde so gerne London kennen lernen. Ich hatte darauf eine Tirade vom Stapel gelassen, was für ne öde, viel zu gehypte, niederdrückende und versnobte Stadt London wär, dass Leeds oder Manchester viel interessantere Orte in England seien. Mich kotzte einfach die träge, touristische Selbstzufriedenheit ihrer Bemerkung an. Natürlich offenbarte ich damit nur meine eigenen Neurosen, meine eigenen gesammelten Komplexe. Es war eine einfache, unschuldige Bemerkung, und ich führte mich wie ne rüpelhafte, arrogante Fotze auf, wie ich es immer machte, wenn ich zu lange mit jemandem eine Beziehung geführt hatte. Exzessiver Drogenkonsum hat mich auf eine zuckende, verbitterte, leere Hülle reduziert. Nein, das ist keine gute Entschuldigung. Mein Kopf ist im Arsch; die Drogen haben das nur richtig rausgebracht.

Sie umarmt mich. Sie ist so porentief sauber, sie ist all das, worüber ich immer lästerte und was ich eigentlich an ihr liebte. Ich weiß, dass sie das hier aus Pflichtgefühl tut, dass dies jetzt ihre Abschiedsszene ist und sie mir sagen wird, dass hiernach alles aus sein wird. So hab ich schon öfter dagestanden, es ist nur das, was ich verdiene, aber ich möchte, dass es anders ist. – Ich werd deine Mutter anrufen und ihr sagen, dass du unterwegs bist, sagt sie. – Versuch sie aus Bangkok anzurufen. Oder wenn du dich zu fertig fühlst und meinst, es könnte sie aufregen, ruf mich an, und ich werd sie anrufen. Du solltest jetzt wirklich reingehen, Carl.

Sie bewegt sich fort, und ich spüre, wie ihre Hände aus meinen rutschen, mit einem knirschenden Stich in mein Herz, bei dem mir übel werden könnte. – Ich werd dich anrufen. Ich hab dir so viel zu sagen ... ich ...

– Du solltest jetzt gehen, sagt sie und wendet sich ab.

Betäubt stolpere ich an der Flughafen-Security vorbei. Ich dreh mich nochmal nach ihr um, aber sie ist fort.

# Edinburgh, Schottland
### Donnerstag, 0.41 Uhr

### BITTERE PILLEN

Kathryn hatte zu einer gewissen Zeit Unmengen von Koks genommen, aber sie hatte vorher noch nie Ecstasy ausprobiert. Ihr war etwas beklommen zumute, als sie die bittere Pille schluckte.

– Was passiert jetzt? fragte sie Rab Birrell und betrachtete die stetig anwachsenden Menschenmassen im Club.

– Wir warten einfach ab, bis es wirkt, zwinkerte Rab.

Das taten sie. Kathryn begann es gerade langweilig zu werden, als sie spürte, wie eine wunderbare Übelkeit sie überkam. Aber das flaue Gefühl ließ schnell nach, und bald wurde ihr bewusst, dass sie sich noch nie so leicht und so eins mit der Musik gefühlt hatte. Es war fantastisch. Sie strich sich mit der Hand über ihren nackten Arm und genoss ein köstliches, verzücktes Abebben der Spannung. Bald stand sie am Rand der Tanzfläche, stimmte sich auf den Deep House Groove ein, bewegte sich instinktiv, ging ganz in der Musik auf. So hatte sie vorher noch nie getanzt. Ständig kamen Menschen auf sie zu, schüttelten ihr die Hand und umarmten sie. Wenn sie das nach einem Konzert taten, wenn sie nervlich noch angespannt war, erschien es ihr aufdringlich und ängstigte sie. Jetzt fühlte es sich wunderbar und warm an. Zwei der Menschen, die sie umarmten und willkommen hießen, waren Mädchen namens Lisa und Charlene.

– Kathryn Joyner, eine von den Großen … ergänzte Lisa entzückt.

Catarrh sah seine Chance und machte sich ran. Er begann mit Kathryn zu tanzen, zog sie hinein ins Zentrum der Bässe. Kathryn fühlte, wie sie der Groove als ungestümer Wirbelwind mitriss. Catarrh war ein alter Soulboy und wusste wirklich, wie man auf House tanzte.

Juice Terry und Rab Birrell beobachteten das von der Bar aus mit wachsendem Unmut, auch wenn Rab beachtlichen Trost aus der Tatsache zog, dass Terry noch verstimmter aussah als er selbst.

Terry konnte es nicht länger ertragen und entschloss sich, aufs Klo zu gehen und eventuell ne Line von dem Koks zu ziehen. Er ging heutzutage nicht mehr oft aus, aber wenn doch, dann zog er Koks den Eckys vor. Eigentlich wusste er selbst nicht, warum er ne Pille genommen hatte. Aber die Kabinen waren alle besetzt von Leuten, die sich Lines zogen, und es war besser, sich das Koks für später aufzuheben. An der Pissrinne holte Terry seinen Schwanz raus zu einer dieser ausgiebigen Ecstasy-Pinkeleien, bei denen man nie fertig zu werden scheint, auch wenn man's schon ist.

Wenig angetan von dem Gefühl, sich die Hose zu bepissen und sich andauernd vergewissern zu müssen, dass es nur Einbildung war, versuchte Terry sein Haar irgendwie in Form zu bringen und ging dann wieder raus. Vor den Toiletten standen drei tiptop in Schale geschmissene Mädchen, quatschten und rauchten. Besonders eine gefiel ihm. Sie hatte sich sorgfältig zurechtgemacht, und Terry schätzte Mädchen, die so was taten. Er trat fröhlich auf sie zu und meinte: – Du siehst umwerfend aus, Süße, das muss mal gesagt werden.

Das Mädchen musterte diesen fetten Typ in den seltsamen Klamotten von oben bis unten. – Und du siehst alt genug aus, um mein Vater zu sein, erwiderte sie.

Terry zwinkerte ihren Freundinnen zu und strahlte dann das Mädchen an: – Aye, das wär ich wohl auch, wenn damals nich dieser Pitbullterrier deiner Mutter die ganze Zeit an der Möse rumgekaut hätte, meinte er fröhlich und entfernte sich mit dem Gelächter der Freundinnen des Mädchens als süßer Melodie im Ohr.

Terry ging wieder zur Bar, an der immer noch Rab stand und Johnny und Kathryn beim Tanzen zusah. – John Boy hat seinen Spaß.

– Ist doch die einzige Art, wie Catarrh mal eine abschleppen kann. Sich n weißes Hemd anziehn, ne Ecky reinpfeifen und mit ner Ische tanzen, die auf Ecstasy ist, höhnte Terry. Obwohl er der pampigen Mieze von vor dem Klo Bescheid gestoßen hatte, wurmte ihn ihre Bemerkung immer noch. Er guckte sich Birrell und Catarrh an. Die fünf oder sechs Jahre Altersunterschied zwischen ihnen und ihm wirkten eher wie zehn. Irgendwann in dem Zeitraum zwischen seinem und deren Alter hatten Typen angefangen, n bisschen mehr auf sich Acht zu geben. Terry beklagte die Tatsache, dass er diese Kulturrevolution verschlafen hatte.

Catarrh war gut auf seine Pillen gekommen und genoss die Leichtigkeit, mit der sie es ihm ermöglichten, sich auf den Beat einzulassen. Er führte Kathryn durch einen echt zermürbenden Shuffle auf der Tanzfläche und wartete dann, bis die glänzenden Schweißtropfen auf ihrer Stirn unter dem Stroboskoplicht zu einem ersten Bächlein zusammengelaufen waren, ehe er das zum Zeichen nahm, mit dem Kopf auf ein paar freie Plätze im Chillout-Bereich zu weisen.

– Du tanzt echt gut, Johnny, sagte Kathryn, als sie sich eng beieinander hinsetzten und am Volvic nuckelten. Johnny hatte keusch den Arm um ihren dünnen Körper gelegt, was für beide ein schönes Gefühl war. Da war etwas wirklich Frisches und Schönes an diesem Jungen, sagte sich Kathryn und spürte das Ecstasy durch ihren Körper flattern, als sie überschwänglich die Arme ausbreitete.

– Weißt du, ich spiel Gitarre und so. Daher hab ich meinen Namen, Johnny Guitar. Hab jahrelang in Bands gespielt. Ich liebe Dance Music, aber meine erste Liebe war der Rock'n'Roll. Gitarre, eh.

– Guitar, lächelte Kathryn und sah suchend in Johnnys herrliche, dunkle Augen.

– Aye, weißt du, da gab's so nen Typ namens Johnny »Guitar« Watson, und das war genial, weil, wir spielten beide Gitarre und hatten denselben Namen. Daher hab ich den Namen Johnny Guitar. So n schwarzer Typ, Amerikaner und so.

– Johnny Guitar Watson, ich glaub, von dem hab ich schon mal gehört, log Kathryn auf diese amerikanische Kiffer-Art, die wie

dafür gemacht zu sein schien, niemanden vor den Kopf zu stoßen.

– Ich mag meine Akustische, aber wenn ich will, kann ich auch
zum irren Axtmörder aus der Hölle werden oder so. Und wir reden hier nicht bloß von n paar Status-Quo-Nummern oder von
*Smoke on the Water* ... also, Catarrh setzte zum Selbstmarketing
an, – ... wenn du jemals nen Gitarristen brauchen solltest, ich bin
dein Mann.

– Ich werd's mir merken, Johnny, sagte Kathryn und streichelte seinen Handrücken.

Mehr Ermunterung brauchte Catarrh nicht. Eine Myriade
von Zukunftsaussichten fächerte sich in seinem Kopf auf. Elton
John und George Michael in einer gigantischen, im Fernsehen
übertragenen Stadionrock-Wohltätigkeits-Bühnenshow, und wer
kommt da gitarrenschwingend aus den Kulissen zu beiden Seiten, cool und konzentriert, aber mit diesem halb ironischen, wis-
senden Nicken zum Publikum und in die Kameras, wenn nicht
Eric Clapton und Johnny Guitar? Elton und George verbeugen
sich mit großem Zeremoniell und winken beide Gitarreros zur
Bühnenrampe heran, wo ein mörderisches, bombastisches, aber
rasiermesserscharfes Gitarrenduett von den legendären Gitarreros aus ihren Gibson Les Pauls rausgekitzelt und -geprügelt wird,
das sich während seiner zwanzigminütigen Dauer zu immer
neuen Höhen aufschwingt und das das Publikum in wilde Ver-
zückung versetzt. Dann treten Elton und George erneut vors
Publikum, um nochmal mit *Don't Let the Sun Go Down* anzusetzen, und eine Großaufnahme offenbart Milliarden Zuschauern
die Tränen, die Elton übers Gesicht laufen, so überwältigt ist er
von der blendenden Darbietung der Maestros. Am Schluss des
Stücks kann er nicht mehr an sich halten und nur noch eindringlich bitten: – Kommt nochmal her ... Eric ... Johnny ... und die
beiden Axemen sehen sich dann weise und mit gegenseitigem
Respekt in die Augen, zucken mit den Schultern und treten unter dem stürmischsten Applaus des ganzen Abends noch einmal
auf. Catarrh würde selbstbewusst (sein Talent begründete seinen
Anspruch auf eine solche Bühne), aber nicht arrogant (denn
schließlich war er immer noch ein einfacher Junge aus den Cal-

ders, dafür liebte ihn das Publikum ja) vortreten und dieses leicht selbstironische Lächeln aufsetzen, dass die Jungs neidisch und die Bräute untenrum feucht und empfänglich machte.

Elton würde die Maestros mit großem Gestus umarmen, von Emotionen überwältigt. Völlig aufgelöst und unter stockendem Schluchzen würde er sie als »... meine großartigen Freunde ... Mr. Eric Clapton und Mr. Johnny Guitar ...« vorstellen, ehe ihn ein mitfühlender George vom Mikro wegbegleiten würde.

Elton und George würden Guitar abwechselnd an sich drücken, was, wo die ja Schwuchteln warn und so, bei den Jungs, die sich das im Silver Wing in der Glotze ansehen würden, n bisschen zwielichtig rüberkommen könnte. Aber die Jungs würden bestimmt verstehn, dass Leute aus dem Showbiz, *Künstler*, schon von der Veranlagung her extrovertierter und leidenschaftlicher waren als der Rest der Menschheit. Andererseits wollte Guitar natürlich nicht, dass irgendwer Anlass hatte, darüber faule Witze zu reißen. Die verbitterten Typen, die er hinter sich gelassen hatte, allen voran Juice Terry, würden das auf Teufel komm raus hochspielen. Aufgrund einer unschuldigen, gerührten, theatralischen Geste würden hässliche Gerüchte aufkommen. Johnny würde über diese Umarmungen von Elton und George nochmal lang und eingehend nachdenken müssen. Von Ahnungslosen könnten sie missverstanden und von Neidern böswillig falsch ausgelegt werden. Er dachte daran, was Morrissey in *We Hate It When Our Friends Become Successful* gesungen hatte. Tja, dann sollten sie doch, denn mit Johnny Guitar, ja, genau, GUITAR, nicht Catarrh oder John Boy, ging's steil aufwärts. Kathryn Joyner war nur ein Sprungbrett. Sie war eine Null. Wenn er erst mal etabliert war, würd die alte Schreckschraube eingetauscht werden gegen einen nicht endenden Reigen jüngerer Modelle. Pop-Starlets, TV-Moderatorinnen, Partymiezen, sie alle würden kommen und gehen, während er mit aufopfernder Hingabe den Circuit bespielen würde, bevor er irgendwann bei einer intellektuellen, aber auch wunderschönen Frau die wahre Liebe finden würde, vielleicht bei ner jungen postmodernen Akademikerin, die genug Grips, aber auch Herz hatte, um die komplexe Gedanken- und Gefühlswelt eines Vollblutkünstlers wie Johnny GUITAR zu erfassen.

Allerdings durfte er sich das nicht zu leicht vorstellen, Juice Terry war ein Rivale. Aber der wollte Kathryn nur benutzen. Zugegeben, Johnny ebenfalls, aber er benutzte sie, um endgültig unabhängig und selbständig zu werden. Terrys Vision beschränkte sich darauf, dass sie ihm n paar Bier, n bisschen Koks und ein Essen beim Inder spendierte und er sie dann bumst, bevor sie's sich für nen Fernsehabend in seiner vergammelten Bude gemütlich machten. Und damit würde der fette, krausköpfige Saufsack schon hoch zufrieden sein. Es wär gradezu kriminell, zuzulassen, dass Kathryn für derart triviale Dinge ausgenutzt wurde. Sie war zu kostbar, um bloß als hübscher Ersatz für die Fernbedienung zweckentfremdet zu werden.

Und dann war da Rab Birrell. Der typische zynische Slum-Intellektuelle, zu kritisch, um im Leben was zu erreichen. Birrell, der einem so selbstgefällig erzählte, wie der Hase läuft und was scheiße ist und was nich, und dabei ganz vergisst, wie die Jahre dahingehen und er immer noch nicht mehr erreicht hat, als sich alle vierzehn Tage arbeitslos zu melden und ein paar Kurse am Stevenson College zu belegen, weil er als Student nicht mehr als 21 Stunden beschäftigt sein durfte. Birrell, der glaubte, wenn er halb besoffen oder valiumbenebelten Fotzen in Pubs auf der Westside seinen hochtrabenden Scheiß erzählte, würd das deren Bewusstsein erweitern und sie motivieren, politisch zu handeln, sich zusammenzuschließen, um die Gesellschaft zu verändern. Was wollte Birrell mit der Joyner? Der doofen Yankee-Kuh erzählen, dass sie unter nem falschen Bewusstsein leidet und die Welt der kapitalistischen Entertainmentindustrie hinter sich lassen und ihr Geld nem Haufen sozial isolierter, trauriger Fotzen geben soll, die sich selbst als »revolutionäre Partei« bezeichneten, damit sie nen Grund hatten, »Informationsreisen« in andere Länder zu unternehmen, um andere genauso bescheuerte Wichser zu besuchen? Das Problem war, dass Birrells armseliger Quatsch vielleicht nen moonsektenartigen Reiz auf ne reiche Amerikanerin ausüben könnte, die höchstwahrscheinlich schon jede andere existierende Religion, Weltanschauung, Medizin oder Lifestyle-Marotte ausprobiert hatte. Rab Birrell war auf seine selbstgerechte Art für Johnnys Ambitionen gefährlicher als Juice Terry. Schließlich würd sie es schnell Leid sein, zusammen mit nem fetten Sack und dessen Mutter in Saughton Mains von der Stütze zu leben. Das war weit weg vom Madison Square Garden. Aber diese religiösen und politischen Fotzen bohrten sich direkt in den Kopf. Machten ne Gehirnwäsche bei dir. Vor denen musste Kathryn auch beschützt werden. Johnny warf nen Blick zur Bar rüber, wo die Raubtiere an ihrem Wasserloch weideten. Angespornt fuhr Catarrh fort: – Ich schreib auch Songs.

– Wow, sagte Kathryn. Johnny gefielen die Kreise um ihren Mund und ihre Augen, wenn sie das machte. Das war das Tolle an Amerikanern. Sie warn immer so positiv, nich so wie hier in Schottland. Hier konnte man keinem von seinen Träumen und Visionen erzählen, ohne dass irgend so n verbitterter Blödmann einen deswegen auslachte. Die von der »Ich kenn jedermann und seinen Vater«-Brigade. Tja, die konnten ihn alle mal, denn sein Vater kannte sie auch, und sie waren, sind und blieben immer ein Haufen blöder Wichser.

Kathryn spürte einen neuen Ecstasy-Schub und wurde von einer Welle des Wohlwollens für Catarrh erfasst. Er war wirklich ein süßer Junge, auf eine schmutzige, rattenhafte Art. Und das Beste überhaupt, er war dünn.

– Da ist so einer von den Songs, die ich geschrieben hab ... der heißt *Social Climber*. Ich sing dir mal nur den Refrain vor: ›*You can be a social climber, you can get right off the dole, but remember who your friends are, or you'll fall down a black hole ...*‹ krächzte Catarrh und zog frischen Schleim aus seinen Nasennebenhöhlen, um seine trockene Kehle zu befeuchten. – Wie gesagt, das is bloß der Refrain.

– Hört sich echt gut an. Ich schätze, er drückt aus, dass man seinen Wurzeln treu bleiben soll. Dylan hat was ganz Ähnliches geschrieben ...

– Komisch, dasste das sagst, denn Dylan ist einer von meinen wichtigsten Einflüssen ...

An der Theke war es währenddessen mit der kurzen Eintracht zwischen Terry und Rab vorbei. Terry machte der Ecstasy-Kick immer eher boshaft als liebestrunken. – »Business« Birrell. Der war gut, oder? lachte er und guckte, wie Rab reagierte.

Rab sah weg und schüttelte mit einem verkniffenen Lächeln den Kopf.

– Business Birrell, wiederholte Terry leise, und seine Stimme zitterte vor spöttischer Verachtung.

Selbst durch die verschwenderische, verarschungsfreie Klarheit, die ihm die Pillen spendeten, musste Rab zugeben, dass Terry es meisterlich verstand, einen zu piesacken. – Terry, wenn du meinem Bruder was zu sagen hast, dann sag's ihm, nich mir, Rab lächelte erneut.

– Nee, ich denk bloß grad an die Schlagzeile damals in der Zeitung, »Birrell bedeutet Business«. Weißte noch?

Rab klopfte Terry auf den Rücken und bestellte ein paar Volvics. Er würde sich auf sein Spielchen nicht einlassen. Terry war in Ordnung, er war sein Freund. Ja, er war neidisch auf Rabs Bruder, aber mit dem Problem musste Terry selber fertig werden. Armseliger Penner, dachte Rab gut gelaunt.

In Terrys Kopf ging ein Mantra herum: Billy Birrell, Silly Girl. An den konnte er sich noch erinnern, von damals in der Grundschule. Dann war da noch Secret Squirrel. Den hatte er sich ausgedacht. Billy hatte den gehasst! Dabei musste Terry daran zurückdenken, beziehungsweise von dem Punkt aus eher voraus, was für gute Freunde er und Billy Birrell waren. Sie waren Super-Kumpels gewesen; damals hieß es nicht Terry und Rab oder Terry und Post Alec, damals hieß es Terry und Billy, Billy und Terry. Sie zwei beide und Andy Galloway. Galloway. Das war vielleicht ne Fotze. Den kleinen Wichser vermisste man. Und Carl. Carl Ewart. N-SIGN. Der Techno-Star. Es war Terry gewesen, der ihm den Namen gegeben hatte. Terry versuchte sich vorzustellen, welchen Einfluss der Name N-SIGN auf Carls Deejay-Karriere gehabt hatte. Der war entscheidend. Dafür, dass er den vorgeschlagen hatte, stand ihm doch bestimmt ein Anteil von den Einkünften seines alten Kumpels zu. Carl Ewart. Wo steckte die Fotze mittlerweile?

Rab nuckelte an einer der Volvicflaschen und ließ sich von der Musik in den Tanz entführen. Die Pillen waren erstklassig. Er war skeptisch, ob E in der Lage war, das eigene Leben zu ändern; es hatte ihn motiviert, aufs College zu gehen, aber er spürte, dass er es ziemlich ausgereizt hatte. Jetzt war es nur noch ein Bestandteil in dem Alkohol-, Speed-, Koks- und gelegentlichen Downer-Mix, der das Menü bestimmte, wenn er am Wochenende ausging. Wenn man allerdings Pillen von dieser Qualität bekam, konnte man den Standpunkt nochmal überdenken. Unverkennbar waren da Vibes wie in den guten alten Tagen vor ein paar Jahren: Der Laden erglühte in diesem Gefühl sorgloser Eintracht. Und jetzt sprach er gerade, ohne sich dessen richtig bewusst zu sein, nicht mit einer, sondern mit zwei absolut spitze aussehenden Schnitten. Und was für Rab noch wichtiger war, er tat das ohne den ganzen Schwachsinnsballast der Gehemmtheit und versuchte auch nicht, oberschlau oder aggressiv zu sein, um die Tatsache zu verbergen, dass er es als schüchterner schottischer Unterprivilegierter, der mit einem Bruder, aber ohne Schwestern groß geworden war, nie richtig gelernt hatte, unbefangen mit Frauen zu reden. Aber das war nun kein Problem. Es geht ganz einfach. Man sagt bloß, wie geht's, kommt deine gut?, und die Dinge ergeben sich einfach, ohne dass Testosteron und Sozialisation einem üble Streiche spielen. Man sieht eins der Mädchen, Lisa heißt sie, selbstvergessen tanzen, ihr langes, blondes Haar fliegt von einer Seite zur anderen, ihr weißes Top glüht in einem stahlblauen Schimmer, ihr Arsch sieht aus, als würde er die Welt regieren, und das tut er auch, als sie ihn in einem sinnlichen Groove wiegt. Er sieht, wie der Deejay, Craig Smith, zu einem schwierigen Mix ansetzt und ihn mit der lässigen Nonchalance eines erfahrenen New Yorker Pizzakochs in Little Italy ausführt, der eine seiner verlockenden Kreationen zusammenschmeißt. So viele Mädchen, und der Deejay bewegt sie wie Marionetten, weil er weiß, dass die Jungs dann schon mitgehen werden. Diese Lisa, eine willige Gefangene des Groove. Aber es ist die andere, Charlene, das dunkelhaarige kleine Zigeunermädchen, das für Rab das eigentliche Meisterwerk in dieser Zurschaustellung reiner, überwältigender, überirdischer Frauenschönheit ist. Sie hat ihm gesagt, dass sie n bisschen runterkommen möchte, und nun sitzt sie auf dem Knie eines gewissen Robert Birrell, um genau das zu tun, und fährt mit der Hand über seinen Rücken, und er streichelt ihren Arm, und sie sagt zu Birrell-Boy: – Ich mag dich. Und murmelt dieser Birrell aus reiner Verlegenheit irgendwas Schroffes, zerstört er diesen Moment durch ein alkoholisiertes, gedankenloses: »Willste ficken?«, oder guckt er sich paranoid um, weil er fürchtet, dass ihn ein so genannter Freund wie Juice Terry hier reinlegen und zum Gespött machen will?

Nichts da. Robert Birrell sagt schlicht: – Ich mag dich auch, und da gibt es keinen gehemmten, affigen, schier endlos dauernden Blick in die Augen, keine Wartezeit für die Interpretation oder Fehlinterpretation der Signale. Da sind nur zwei Münder und zwei Zungen, die sich auf entspannte, lässige Art treffen, und zwei Seelen, die sich wie Schlangen umeinander winden. Rab Birrell ist zugleich angenehm überrascht und enttäuscht, als er bemerkt, dass von einer Erektion nicht das Geringste zu spüren ist, weil er auf einem transzendentalen Liebestrip mit dieser Charlene ist, aber Bumsen wär nicht schlecht, und das muss er sich merken, denn später werden sich die Prioritäten ändern, aber im Moment scheiß drauf. Einfach dasitzen, rumknutschen, ihren Arm berühren. Nachdem Joanne abgehauen war, hatte er mal ne Nacht lang mit einem Mädchen gefickt, das er im Pub aufgerissen hatte, ohne auch nur annähernd diesen Grad von Intimität erreicht zu haben.

Lisa sitzt neben ihnen und fragt Rab, der zum Luftholen hochkommt: – Magste *Cocktails*?

– Aye … sagt Rab zögerlich und überlegt, wieso ihm dieses Mädchen denn einen teuren Cocktail kaufen sollte … abgesehen davon ist er auf E …

Lisa guckt Charlene an und lacht: – Davon kann sie dir ein paar erzählen.

**TAXI**

– Du musst doch zugeben, Kumpel, dass Schottland n freundliches Fleckchen Erde ist, sagte der junge Typ an der Bar zu ihm. Franklin schob seine Hand tiefer in seine Hosentasche. – Is doch wahr, Kumpel, oder?

– Yeah, erwiderte er nervös.

– Wir sind anders als die Engländer, betonte der junge Mann. Er war dünn, hatte kurze Haare, unreine Haut und trug ein langes Sweatshirt, das wie ein Zelt an ihm hing, und an den Kanten durchgescheuerte Schlabberhosen. Die letzten paar Pubs hatten einen freundlicheren Eindruck gemacht als die ersten, aber trotzdem keine Kathryn.

– Ich kann dir alles besorgen, wasste willst, Kumpel, muss bloß sagen. Willste n bisschen Braunes?

– Nein, ich will überhaupt nichts, danke, erwiderte Franklin kurz angebunden. Seine Hand schloss sich fest um die Geldscheine in seiner Tasche.

– Ich kann dir Speed besorgen, guter Stoff. Oder Ecstasy? Pures MDMA, Alter. Kokain. Auch Steine und alles, die besten, die du je gehabt hast, der Jugendliche kratzte sich am Arm. Zwei weiße Striche in beiden Mundwinkeln gaben seinem Unterkiefer etwas Marionettenhaftes.

Franklin biss die Zähne zusammen. – Nichts, danke.

– Kann dir Jellies besorgen. Der Junge wohnt direkt gegenüber. Gib mir n Zwanek, und ich bin sofort wieder da.

Franklin starrte den jungen Mann bloß an.

Der Jugendliche streckte seine offenen Handflächen aus. – Na gut, du kannst mit mir in die Wohnung von dem Jungn. Den Stoff antesten. Wie hört sich das an?

– Ich sage doch, ich bin nicht interessiert.

Eine Gruppe stämmiger Männer um die Fünfzig spielte Dart. Einer von ihnen kam rüber. – Der Knabe hat dir gesagt, er wär nich interessiert, du Junkiearschloch. Also zieh Leine!

Der Junge zog den Kopf ein und steuerte auf den Ausgang zu. Beim Rausgehen rief er Franklin zu: – Ich stech dich ab, du blöde Amisau!

Die Dartspieler lachten. Einer von ihnen kam zu Franklin rüber. – An deiner Stelle würd ich mich hier verdrücken, Kumpel. Wenn du in Leith einen trinken willst, geh besser runter zum ·Hafen. Wenn du hier in der Gegend n unbekanntes Gesicht bist, hast du schnell irgend so ne Fotze am Hals. Ob's dir gefällt oder nich, so wird's ausgehn.

Franklin nahm den Rat des Mannes dankbar an, da seine eigenen Erfahrungen dem Ratschlag nicht unbedingt widersprachen. Er ging runter zum Hafen und gönnte sich ein paar einsame, weinerliche Drinks. Keine Spur von Kathryn, und hier gab es Unmengen von Pubs und Restaurants. Es war sinnlos. Er rief den Empfang im Hotel an, aber sie war noch nicht auf ihr Zimmer zurückgekehrt. Trotzdem wollte er es jetzt aufgeben, da er sich mittlerweile geschlagen fühlte. Er nahm sich ein neues Taxi zurück in die Innenstadt von Edinburgh.

– Amerikaner, aye? fragte der Fahrer, als sie den Walk entlangsausten.

– Yeah.

– Zum Festival hier?

– Yeah.

– Schon lustig, Sie sind der zweite Amerikaner, den ich heute Abend fahr. Sie kommen nie drauf, wer der erste war, diese Sängerin, Kathryn Joyner.

Franklin fuhr wie von der Tarantel gestochen auf. – Wohin, fragte er ruhig und versuchte, die Beherrschung zu behalten, – haben Sie sie gefahren?

### STERNE UND ZIGARETTEN

Es war für Terry und Johnny, die beide einen bestimmten Plan verfolgten, ein wenig irritierend, dass Kathryn unentwegt von irgendwelchen Leuten angesprochen wurde. Diese Brüder- und Schwesterlichkeit auf E war gut und schön, aber sie hatten noch was zu erledigen. Deswegen befand sich Terry im Einklang mit Catarrh, als Johnny zu Rab Birrell meinte: – Lass uns doch zu dir gehn.

– Äh, meinetwegen, sagte Rab ... Einen Moment noch. Er ging auf Nummer sicher und guckte rüber zu Charlene und Lisa. Er war entschlossen, ohne Charlene nirgendwohin zu gehen. Die beiden hatten Lust, aber dann war es Kathryn, die zunächst zögerte. – Terry, ich amüsier mich gerade so gut!

Wie üblich hatte Terry eine Antwort darauf parat. – Aye, aber genau dann sollte man was anderes machen. Wenn du dich grad gut amüsierst. Denn wenn du erst wartest, bis du dich scheiße fühlst, dann nimmste bloß dieses Scheißgefühl dahin mit, wo du dann hingehst.

Kathryn ließ sich das durch den Kopf gehen und musste in diesem Punkt nachgeben. Dieser Abend hatte seltsam begonnen, sich aber nach und nach in etwas Wunderbares verwandelt. Und Terry hatte so viel Gutes für sie getan, dass sie sich ihm gerne anschloss. Terry für seinen Teil war überrascht, dass zwei von den Mädchen, die er vorhin gesehen hatte, mit Rab Birrell zusammen waren. Das waren die beiden, die mit dem Mädchen, dass er beleidigt hatte, zusammen gewesen waren.

Lisa sah ihn an und zeigte mit dem Finger auf ihn: – Das war spitze! Ein Pitbull leckt ihrer Ma die Möse!

Rab guckte verblüfft, als Charlene und Lisa sich schlapplachten. Terry stimmte ein und meinte dann halb entschuldigend: – Tut mir Leid, dass ich eure Freundin verarscht hab …

– Nee, das war klasse, grinste Lisa, – das ist ne hochnäsige Kuh. Wir sind nich mit ihr hier. Wir ham sie nur zufällig getroffen, nich, Char?

– Aye, stimmte Charlene zu. Rab hatte ihr ein Kaugummi gegeben, und sie mampfte wie wild drauf herum.

– Prima, nickte Terry und war sich die ganze Zeit bewusst, dass er nicht im Traum dran gedacht hätte, sich zu entschuldigen, wenn er geglaubt hätte, die Mädchen wären tatsächlich beleidigt.

Sie holten ihre Mäntel und traten hinaus in die Kälte. Kathryn stand wie gebannt von den durch das Ecstasy hervorgerufenen grellgelben Leuchtspuren der Straßenlaternen und bemerkte den Mann nicht, der aus einem Taxi stieg und an ihnen vorbei in den Club ging. Sie liefen noch ein Stück die Straße hinunter, bevor sie in eine Seitenstraße abbogen und ein Treppenhaus betraten. Auf abgetretenen Stufen stiegen sie erst ein Stockwerk hoch, dann ein weiteres. – Wo ist der verdammte Aufzug, was, Kath, keuchte Terry mit aufgesetztem, breitem amerikanischen Akzent, als sie Stufe um Stufe zur Wohnung im obersten Stock erklommen.

– Zu voll fertig für mich, du Fotze, sagte Kathryn in einem jämmerlich imitierten schottischen Tonfall, indem sie versuchte, eine Redewendung zu wiederholen, die ihr Johnny Catarrh im Club beigebracht hatte.

Und so fand sich die amerikanische Sängerin Kathryn Joyner in der Wohnung von Rab Birrell wieder. Lisa war von Rabs großer Plattensammlung beeindruckt. – Fantastisch, meinte sie, während sie die Schallplatten und die CDs durchsah, die in Racks an der Wand standen. Rab Birrell sparte es sich zu erwähnen, dass die meisten davon einem anderen gehörten, einem befreundeten Deejay, und er nur auf sie aufpasste und auf die Wohnung eigentlich auch. – Will irgendwer was Bestimmtes hören?

– Kath Joyner! ruft Terry. – Sincere Love!

– Nein, Terry, verdammt! Sie sang diesen Scheißsong nicht mehr. Nicht mehr seit Kopenhagen. Sie hasste ihn. Es war der, den sie mit ihm zusammen geschrieben hatte. Es war der, den die ganzen anderen Arschlöcher auch dauernd von ihr hören wollten.

Charlene hat eine Bitte: – Im Moment keine Dancefloor-Sachen, Lisa, nach den vierzehn Tagen Ibiza hab ich genug getanzt. Such irgendwelches Indie-Zeugs raus, ein bisschen Rock'n'Roll.

– Auf dem Gebiet eher dünn bestückt, gibt Rab zu.

– Zeitgenössischer Rock'n'Roll ist scheiße. Der Einzige, der etwas Interessantes macht, ist Beck, meint Johnny.

Kathryns Augen leuchten auf. – Stimmt haargenau, Johnny! Spiel Beck. Beck ist einfach der Coolste!

– Aye, klasse, stimmt Terry zu und geht zu Lisa, um ihr bei der Suche zu helfen. Er sieht in dem Stapel Seven-Inch-Singles nach.

– Gefunden, sagt er und geht zum Plattenspieler. Er legt die Platte auf, und das aus den Pub-Jukeboxen vertraute Riff von Hi-Ho Silver Lining ertönt.

– Was zum Teufel ist das denn? fragt Lisa, während Rab anfängt zu kichern. Johnny ebenfalls.

– Beck. Jeff Beck, meint Terry und singt: – *Hi-ho silver li-ning* ...
Kathryn schaut ihn mit todernstem Blick an. – Das ist nicht der
Beck, den wir meinen, Terry.

– Okay, sagt Terry und setzt sich enttäuscht auf einen Sitzsack.

Rab Birrell steht auf, legt *Let the Music Play* von Shannon auf
und beginnt kurz mit Charlene und Lisa zu tanzen, bevor er
Charlene bei der Hand nimmt und zu der Sitzbank führt, die ins
Erkerfenster der Wohnung eingebaut ist.

Terry fühlt sich alt und gedemütigt. Um sich zu trösten, fängt
er an, auf einer CD-Hülle den Koks zu Lines lang zu ziehen.

– Ach Scheiße, Terry, wir sind immer noch drauf von den
Eckys, sagt Rab von seinem Platz im Erker aus.

– Ein paar von uns können Drogen vertragen, Birrell.

Kathryn reicht das Ecstasy auch fürs Erste. Als Shannon aus ist,
legt jemand eine CD ein. Kathryn gefällt die Musik, und sie steht
auf und tanzt mit Johnny und Lisa. Dieses junge Mädchen wirkt
auf die amerikanische Sängerin sehr hübsch, was sie aber eher bewundert, als sich davon eingeschüchtert zu fühlen. Die Musik
klingt in Kathryns Ohren fantastisch, mit einem guten Beat, mit
Drive, aber sehr soulig und voller vielschichtiger Klangteppiche.

– Was ist das?

Johnny gibt ihr die CD-Hülle. Sie liest:

N-SIGN: Departures

– N Kumpel von Terry hier, sagt Johnny, was er sofort bereut, als
er ihr Interesse bemerkt. – Von ganz früher, fügt er hinzu und legt
eine verführerische, unkonventionelle Tanzbewegung hin, die
zu seiner Erleichterung sowohl von Kathryn als auch von Lisa
aufgegriffen wird.

Rab Birrell sitzt Händchen haltend mit Charlene da und zeigt
auf Arthur's Seat. – Das ist ein wunderschöner Anblick, sagt sie.

– Du bist ein wunderschöner Anblick, sagt er zu ihr.

– Und du auch, erwidert sie.

Terry, missmutig auf seinem Sitzsack, hört das. Birrell hat ne
neue Freundin. Jetzt sind wir alle gezwungen, eine Ekel erregen-
de Zurschaustellung von ecstasybedingtem, sentimentalem Ge-

schleime anzusehen, weil er zum ersten Mal seit Ewigkeiten einen versenken kann. Beck. Wer zum Henker war das? Irgendne amerikanische Schwuchtel. Er hätte sich in den Arsch beißen können. Die falschen Sachen zu kennen war mancherorts ein unverzeihliches Verbrechen, schlimmer noch als überhaupt nix zu kennen. Und der Ort auf der großen, weiten Welt, an dem am schärfsten verurteilt wurde, war die anale Studentenbude von dieser Fotze Birrell. Das entwickelt sich zügig zu nem Alptraum, dachte Terry, als er die Lines von dem Koks klein hackte, das anscheinend niemand außer ihm wollte. Catarrh hat zwei Torten, die ihn anhimmeln, und Rab Birrell spielt hier den Mister Weichzeichner, weil er total auf E ist. Terry machte gnadenlos Inventur in Rabs Studentenbude. Diese Tapete. Die Sitzsäcke. Die Pflanzen. Zwei beknackte Typen in ner Wohnung mit *Pflanzen*! Rab Birrell, auch noch einer der so genannten Hibs-Boys. Aber die Fotze war schon immer mehr CC Blooms als CCS. Auf seinem inneren Bezirksgericht, vor dem Rab Birrell sich dafür verantworten musste, ne tuntige Studentenfotze zu sein, präsentierte Terry erdrückende Beweise gegen ihn. Dann entdeckt er es: das Artefakt, das ihn in ungekanntem Maße, weit über bloße Verärgerung hinaus, aufbringt und in fassungslose Empörung versetzt. Es ist ein Poster mit einem Soldaten, der gerade erschossen wird, und dem Wort »WHY«, gefolgt von einem Fragezeichen. Für Terry bringt das die Fotze Birrell genau auf den Punkt: seine Weltanschauung, seine Affektiertheit, sein dämlicher Studentenscheiß. Er kann förmlich hören, wie er gerade zu dem doofen kleinen Clubber-Mädchen sagt, aye, das macht einen nachdenklich, nicht wahr, und dann einen seiner bescheuerten Vorträge über irgendwelchen Müll hält, über den er und seine neuen Collegekumpels halt grade so labern. Stevenson-College-Birrell, Stevenson College.

Und dann Rabs Bruder. Billy. Sein ehemals bester Freund. Terry musste an das eine Mal, das einzige Mal denken, dass er in die Business Bar gegangen war; okay, er hatte n paar intus gehabt, und er war im Overall gewesen, weil er grad n bisschen schwarz als Anstreicher gearbeitet hatte. Aber »Business« hatte praktisch durch ihn hindurchgesehn, ihm ein verächtliches: – Terry, zugeworfen, gefolgt von so nem »Komm-wieder-wenn-du-dir-was-Anständiges-angezogen-hast«-Blick, worauf sich Terry vor den ganzen schicken George-Street-Wichsern, die da einen tranken, wie das letzte Stück Scheiße vorgekommen war. Durch den Nachhall der Droge und N-SIGNs Musik bildete er sich ein, sie zu hören: »Tatsächlich kenne ich recht viele eher zwielichtige Existenzen in dieser Stadt. Haben Sie schon Billy Birrell kennen gelernt? Den Ex-Boxer? Der die Business Bar betreibt? Sie müssen mal mitkommen und Billy kennen lernen. Das ist vielleicht ne Type.« Und da stände dann »Business« Birrell, Rembrandt Kid, und würd mit gedämpfter Stimme zu einem der kleinen Mädchen, die er beschäftigt, um ihnen an die Wäsche gehen zu können, sagen: »Kümmer dich um Brendan Halsey. Ein großes Tier bei Standard Life. Oh, schau, da ist Gavin Hastings! Gavin!«

Birrell. Macht sich zum Arsch. Er würde nie einer von ihnen sein, und sie würden ihn nie wirklich akzeptieren. Und er steht da rum und lässt sich von ihnen herablassend behandeln und merkt das nicht mal, oder er merkt es und schreibt das unter »Business« ab.

Die Birrells und ihre Scheißanmaßungen.

Rab sah das Poster an, an dem Charlene Gefallen gefunden hatte. – Das drückt wirklich viel aus, dieses Poster, was? sagt sie, und drängte auf seine Zustimmung.

– Aye, erwiderte Rab mit weniger Begeisterung, als sie von ihm zu erhoffen schien. Er hasste dieses Poster mit Inbrunst. Sein Mitbewohner Andrew hatte es aufgehängt. Rab machte eh immer Witze über diesen nervigen, linken Studentenkitsch, aber das hier fand er wirklich blöde. Für Rab verkörperte es dieses ganze selbstgefällige Gutmenschentum. Lass uns so doofe kleine Statements von uns geben, um zu beweisen, wie nachdenklich und oberschlau wir sind. Das war alles ein Haufen Mist. Andrew war okay, aber Krieg ging ihm absolut am Arsch vorbei. Es war bloß eine billige Masche, um politisches Bewusstsein zu simulieren.

Er wandte sich um und sah, wie Terry das Poster mit zutiefst angewidertem Gesichtsausdruck betrachtete; er wusste, was Juice jetzt dachte, und spürte den drängenden Wunsch, ihm zu-

zuschreien: »Der Scheiß gehört mir nich, kapiert?«Aber Charlene zerrte an seiner Hand, und sie verzogen sich ins Schlafzimmer, um sich aneinander zu kuscheln, zu knutschen und sich süße Geheimnisse zuzuflüstern, und wenn es dazu führte, dass sie sich irgendwann gegenseitig erforschten und Körperflüssigkeiten austauschten, dann fand ein Robert Stephen Birrell das voll okay. Rab Birrell genoss es, passiv und damit von der Bürde befreit zu sein, bei dem Vorgang die uncoole Fotze zu sein, die immerzu drängte. Manchmal brauchen wir halt doch immer noch eine gute Pille, die unser anerzogenes Verhalten ausschaltet, uns locker macht, uns von der ganzen verklemmten Scheiße befreit.

Was Terry empfand, als sie ins Schlafzimmer gingen, grenzte schon an nackte Verzweiflung. Nicht allein, dass Birrell und Catarrh seinen Abend mit Kathryn gekapert hatten, sie hatten es ihm auch noch richtig unter die Nase gerieben, indem sie deutlich machten, dass dieser Preis, den er begehrte, bloß Tinneff war, den man links liegen lassen konnte, sobald was Attraktiveres in Sicht kam. Catarrh würde noch mit beiden nach Haus gehn, wenn er nicht aufpasste. Catarrh kriegt nen Dreier und Terry guckt in die Röhre. Catarrh! Die Alarmglocken steigerten sich in Terrys Kopf zu einem Crescendo. Erst zog er die eine Line, dann noch eine, fühlte sein Herz rasen und sein Rückgrat sich zu einer Eisenstange verdichten. Er stand auf, ging zur Tür und trat in die Diele. Kurz darauf kam er in eine weiße Steppdecke gehüllt zurück, die in Farbe und Material Johnnys Hemd ähnelte. Mit großen Schritten mogelte sich Terry langsam hinter Johnny und begann Catarrhs eleganten Tanzstil nachzuäffen.

– Terry, was machst du denn da, lachte Kathryn, während Terry sich wiegte und Johnny verlegen über seine Schulter guckte. Lisa kicherte laut los, wie eine Waschmaschine im Schleudergang. Dieser Terry war schon ein Irrer.

– Ich klau nur n bisschen was von deinem Tanzstil, John Boy, grinste Terry Johnny an, der spürte, wie sich unwillkürlich seine Unterlippe vorschob.

Catarrh hatte schon immer ein Problem mit Terrys rabiater Art gehabt und bedauerte sofort, dass er sich so leicht in die Rolle des

Unterlegenen hatte drängen lassen. Er spürte, wie sein Selbstvertrauen mit den Ecstasy-Schüben dünner wurde. Alles, was er tun konnte, war weiterzutanzen und über sein Dilemma nachzudenken. Kathryn oder Lisa, Kathryn oder Lisa ... Ein altes Suppenhuhn, aber ne Karriere, oder ein knackiges junges Mädchen und n geiler Fick ... diese weltumspannende Bühne mit Elton und George rückte weiter in die Ferne. Aber er brauchte keine Showbiz-Schwuchteln im Schlepptau. Diese Art von Umgang wär seiner Karriere eher schädlich als nützlich. Der Schwerpunkt lag auf dem Teenager-Markt, ein Grund, aus dem auch so viele Mitglieder von Boy Groups auf ihr Coming-out verzichteten. Scheiß drauf. Lisa oder Kathryn ... Diese Lisa war ein echter Schuss. Okay, er würd Kathryn durchaus einen verlöten, aber die hatte definitiv die besten Jahre hinter sich. Allerdings wirkte Lisa, als könnte sie zicken, wenn's ernst wurde. Scheiß drauf. Sich für Kathryn zu entscheiden, wär eine Investition in die berufliche Zukunft und hatte den zusätzlichen Reiz, diesem fetten Sack Juice Terry einen extrem frustrierenden Abend zu bereiten.

Aber Lisa musterte Terry mit viel mehr Interesse, als Johnny geschnallt hatte. Er war ganz schön fett, aber die Nase-Hände-Füße-Faustregel, die sie bei solchen Kalkulationen anwendete, lief auf eine gut gefüllte Lunchbox hinaus.

Kathryn war sehr von Johnny angetan. Johnny war wunderbar.
– Johnny ist wunderbar, erklärte sie Terry gebieterisch, während Johnny etwas Schleim hochzog. Sie legte ihre Arme um ihn, und beide nahmen nicht wahr, wie Terrys Zähne aufeinander klapperten. – Wollen wir zusammen sein?
– Hä? erwiderte Catarrh. Wovon zum Teufel redete sie?
– Ich glaub, ich will mit dir schlafen.
– Klasse ... eh, aber dann im Hotel, oder? schlug Catarrh vor, eifrig bedacht, sie vom Rest der Bande zu trennen. Diese Lisa war appetitlich, aber das führte zu nichts. Die würd immer noch warten, wenn er von seiner ersten Tour in den Staaten zurückkam. Er würd versuchen, sie dazwischenzuschieben. Letztendlich kam die Karriere zuerst.
– Nein ... da will ich nicht hin, sagte Kathryn. – Gibt's hier ein freies Zimmer?

– Aye … Rab seinem Kumpel Andy sein Zimmer … dachte Catarrh ohne große Begeisterung. Welcher Mensch, der bei klarem Verstand war, würde lieber auf ner durchgelegenen Matratze unter ner spermafleckigen Steppdecke in einem Studentenwichserzimmer ficken als in ner todschicken Suite in Balmoral? Darauf gab's bloß eine mögliche Antwort: ne reiche Kuh, die sich unters gemeine Volk begibt. Johnny hatte gehört, dass manche Zimmer im Balmoral Spiegel unter der Decke hätten. Aber, wie die Amis sagen würden, es war ihre Beerdigung. Sie verschwanden im Flur und ließen Terry im Zustand heftiger Erregung zurück.

Lisa sah ihn an. – Dann sind wohl nur noch wir beide übrig, hm?

Terry starrte auf ihren Schmollmund und ihr weißes Top und die schwarze Hose darunter. Er hatte einen Frosch im Hals. Terry hasste es, Mädchen anzubaggern, wenn er auf E war. Das »Knuff, knuff, zwinker, zwinker und hopp in die Kiste« der britischen Schule des Anbaggerns fiel ihm leicht, und er hasste es, wenn deren unbeschwerte Platitüden durch Ecstasy unterlaufen und zersetzt wurden. Sein altes Band mit hohlen Sprüchen hatte ihm immer gute Dienste geleistet, und er war noch nicht bereit, es zu löschen. Ohne wusste er nicht, was er sagen sollte. – Früher hab ich auf den Getränkewagen gearbeitet, erklärte er, – aber das ist verdammt lange her …

Johnny und Kathryn schauten aus dem Fenster in die tintenschwarze Nacht. Ein wunderschöner Sternenhimmel war zu sehen. Johnny zog an seiner Regal, während er das Funkeln der Sterne betrachtete. Kathryn sah Johnny an, dann die Zigarette, dann die Sterne. – Das hier ist irgendwie wie eine Szene aus einem existenzialistischen Autorenfilm, Johnny, sagte sie versonnen.

Johnny nickte langsam und blickte nicht zu Kathryn hinab, die sich an seine Seite geschmiegt hatte. Die Sterne schimmerten und sendeten sich durch das ganze Universum geheimnisvolle Signale zu. – Meinst du nicht auch, es gibt noch mehr? fragte Kathryn.

– Ich hab schon versucht, es dranzugeben, aber so richtig ernsthaft noch nich, eh, nee.

Kathryn hörte ihn nicht. – Ich glaub einfach … der Raum, sagte sie verträumt.

Johnny sah in den Himmel und dann auf seine Kippe. – Zigaretten, sagte er nüchtern, wie zu sich selbst. Natürlich schätzte Johnny die schimmernde Anordnung sternenfunkelnder Weite und die Möglichkeiten, die sie zu eröffnen schien, aber das wollte er Kathryn gegenüber nicht eingestehen. Es wäre zu umständlich, ihr zu erklären, dass sie sich in einem Teil Schottlands befand, wo Träume mit anderen zu teilen in etwa so war, wie sich ne Spritze zu teilen; erst hält man's vielleicht für ne gute Idee, aber letztendlich gibt's einem den Rest. Abgesehen davon wollte er ficken. Er drehte sich zu ihr um, und ihre Lippen trafen sich. Es war nur ein kurzes Stolpern bis zur Matratze und Decke, und Catarrh hoffte, dass ihn die Leidenschaft, wenn sie dort ankamen, so gepackt hätte, dass es ihm nichts mehr ausmachen würde, sich in die vertrockneten Krümel und Spermaflecken eines Studentenwichsers zu betten.

# Anflug
## 4.00 Uhr

Die Stewardess starrt mich mit notdürftig verhülltem Entsetzen an. Ich bin eine Katastrophe: die schmutzigen, stinkenden Klamotten, der rasierte Schädel (zu viel Staub und Schmutz in der Wüste für Locken) und dann mein Geruch: ranzige chemische Absonderungen gemischt mit der Erde der Neuen Welt. Schweiß- und Dreckstriemen in meinem Gesicht. Die Stewardess schaut einen tipptopp manikürten Bordsteward an, der zu mir hinsieht und die Augen verdreht. Der arme Kerl neben mir biegt seinen Körper so weit von mir weg, wie er kann. Ich bin nicht in der besten Verfassung zum Fliegen. Ich bin in keiner guten Verfassung für überhaupt irgendwas.

Das Flugzeug schießt heulend nach vorn; ich werd in meinen Sitz gedrückt, dann sind wir im freien Raum.

– Wir hatten doch genug Raum, Helena, hör ich mich selbst mehrere Male sagen, als das Flugzeug seine Reisehöhe erreicht. Der Typ neben mir kriecht noch tiefer in seinen Sitz. Eine andere Stewardess kommt an meinen Platz. – Alles in Ordnung mit Ihnen?

– Ja.

– Seien Sie bitte still. Sie stören die anderen Fluggäste.

– Tut mir Leid.

Ich versuch die Augen offen zu halten, obwohl ich dringend Schlaf brauche. Sobald sie sich schließen, befinde ich mich in einer Welt von verficktem Wahnwitz; Dämonen und Schlangen umzingeln mich, die Gesichter der Vergessenen und Toten drängen heran, und ich fang an zu zetern, bevor ich mich wieder zu einem Wachzustand zwinge, den ich unmöglich aufrechterhalten kann.

Unwissend und erleuchtet.

Der Unwissende wird den Erleuchteten niemals davon abhalten, Drogen zu nehmen. Da stimm ich mit dem alten Immanuel Cunt and the Last Cannibals überein; Phänomen und Noumenon sind dasselbe, aber nur das Phänomen ist für den Einzelnen sinnlich zu erfassen.

Deswegen erinnere ich mich an den besten Ratschlag, den ich je von meinem alten Herrn bekommen hab: Trau nie nem Abstinenzler. Im Klartext heißt das: Ich bin ein ahnungsloser, engstirniger Wichser. In Ordnung, wenn sie den Mangel an Drogen mit ner brillanten Vorstellungsgabe kompensieren. Aber falls ihnen die gegeben ist, lassen sie sich nichts davon anmerken. Wa...

WAS ... ein Schatten an meiner Seite.

– Was möchten Sie trinken? fragt der Steward.

Was?

Die Auswahl des Konsumenten im Gegensatz zu echter Wahlfreiheit.

Durst ist das Problem, Trinken ist das Bedürfnis. Was trinken: Kaffee, Tee, Coke, Pepsi, Virgin, Sprite, zuckerfrei, entkoffeiniert, mit chemischen Zusatzstoffen? Bis man diese so genannte Wahl getroffen hat, hat man schon nen fetteren Batzen der einem zugeteilten siebzig Jahre aufgezehrt, als es jede Droge könnte. Sie wollen dir weismachen, du müsstest tagein tagaus zwischen so was wählen können, um dich frei oder lebendig oder selbstverwirklicht zu fühlen. Aber das ist Quatsch, etwas, woran wir uns klammern, damit wir nicht alle total durchdrehn angesichts des Wahnsinns dieser verkorksten Welt, die wir ihnen erlaubt haben, um uns rum zu erschaffen.

Freiheit der sinnlosen Wahl: – Wasser ... *sans gas* ... huste ich.

Zuerst glaube ich, ich sei wieder dort, und ich spüre den beißenden Staub in meiner Nasenhöhle, auf Lippen, Gesicht und Händen, die seltsame, kühle Luft und von weiter weg das Dröhnen des Basses und die Stimmen: Rufe, schrille Schreie und Flüstern.

WHOOP BONG

Aber ich bin im Flugzeug mit den kleinen bösen Bären

Versuche, mein Bewusstsein mit Drogen auszulöschen. Nun kommen sie wieder, die Übelkeit, die Schmerzen, die Krämpfe und das Frösteln, die es mit allem aufnehmen können, was die Dämonen ersonnen haben.

Aber sie versuchen's weiter, diese kleinen Bären. Einer, der auf dem Sitz mir gegenüber hockt, ist besonders hartnäckig.

JETZT GEHÖRST DU UNS, DU KLEINE FOTZE

DU WARST NIE ZU WAS GUT, CARL, NIE FÜR IRGEND- WEN ZU WAS GUT

UNS MACHSTE NICHTS VOR, FREUNDCHEN, WIR KEN- NEN DICH. WIR KÖNNEN DEINE ANGST RIECHEN, DEI- NE ANGST SCHMECKEN

WIR WISSEN WAS FÜR N NUTZLOSES BESCHISSENES FEIGES STÜCK SCHEISSE DU BIST

DU WOLLTEST NICH ARBEITEN, DEIN KOMMUNIS- TENVATER WOLLT NICH ARBEITEN

Oh, mein Gott...

Und einer der kleinen Bären zwickt mich in die Hand, beißt rein, aber ich bin's selbst, mit dem Feuerzeug, ich hab es aus Nervosität ein paarmal angeknipst; keine Kippe zum Anzünden da, bloß meine Hand mit der Flamme verbrannt. – Keine Kippen? Wo sind die Kippen...

– Stimmt was nicht? fragt die Stewardess.

– Ham Sie ne Zigarette?

– Rauchen verboten! Das verstößt gegen die Bestimmungen der Zivilluftfahrt, sagt sie kurz angebunden und wendet sich ab.

Heilige Scheiße, ich sterbe. Diesmal werd ich wirklich sterben. Ich kann mir einfach nicht vorstellen, wie ich das durchstehn soll. Ohhh...

Nein.

Du stirbst nicht.

Wir sterben nicht. Wir sind unsterblich.

Von wegen; das ham wir früher gedacht.

Nee, und ob wir sterben. Es geht nicht immer weiter. Es ist irgendwann vorbei.

Gally.

# Edinburgh, Schottland
## 8.26 Uhr

**UNSERE GERN GESEHENEN GÄSTE**
Lisa war angenehm überrascht gewesen, als sie festgestellt hatte, dass Terry ein genialer Ficker war. Sie hatten fast die ganze Nacht gebumst, aber weil sie viel gekokst hatten, waren sie kaum fähig, lange postkoitale Zärtlichkeit zu genießen, wenn sie sich mit pochendem Herz zuckend und schwitzend in den Armen hielten. Aber dieser Terry wusste, wie man's machte, und wenn er keine Lust mehr hatte, einfallsreich zu sein, konnte er einen mit seinem dicken Knüppel durchficken, bis einem das Blut aus den Ohren trat.

Jetzt saß sie auf ihm drauf, und zugegeben, er war schon ein abartiger Fettsack, der immer an ihren Arsch wollte. Sie kannte die Sorte, aber den Schwengel würd sie auf keinen Fall in ihre Kackröhre lassen. Sie rammte einen Finger in sein Loch, um zu testen, was passierte. Sie machte das bei den meisten Typen, die sie arschficken wollten, danach wurden sie ruckzuck manierlich und behandelten sie wie eine Dame.

Terry stieß einen gequälten Schrei aus, weitab von Verlangen oder Ekstase, und sein Schwanz sank in sich zusammen, während er sie mit von Schmerz gezeichnetem Gesicht von sich weg stieß.

– Ich hab dich gar nich für so zart besaitet gehalten. Dachte, du wärst so richtig schön versaut. Ist was anderes, wenn's die eigene Rosette ist, was, mein Junge?

Terry japste nach Luft, und seine Augen tränten.

– Aye, gar nich mehr so schön, was? schloss Lisa daraus.

– Das isses nich, stieß er zwischen zusammengebissenen Zähnen hervor, – es sind die Fisteln, die foltern mich schon seit n paar Tagen. Terry musste aufstehen und irgendwas suchen, was er sich auf die Hämorrhoiden schmieren konnte. Nach ner Weile gab er sich mit Lisas Nivea-Handcreme zufrieden. Es half, aber er konnte sich nicht setzen. Sie zogen noch ne Line Koks.

Terry fing an rumzustöbern, wie er es gerne in fremder Leute Wohnungen tat. Da er das Zuhause anderer Menschen in der Regel ohne Einladung und in Post Alecs Gesellschaft betrat, war er darauf konditioniert, sich auch in den Fällen, in denen er ein gern gesehener Gast war, so zu verhalten. Zu seinem Entzücken fand er nen Essay, den Rab Birrell fürs College geschrieben hatte. Er begann darin zu lesen. Das war so daneben, das musste man einfach mit anderen teilen. Terry entschied sich, an jede Tür zu klopfen und die Leute unter dem Vorwand, es gäb Frühstück, aus den Betten zu scheuchen.

Zuerst hämmerte er bei Johnny und Kathryn an die Tür. – John Boy! Kath! Kommt mal raus, gucken!

Johnny war über Terrys Störung gleichermaßen verärgert wie erfreut. Aye, er war grad erst eingeschlafen und verfluchte darum die lästige, fette Nervensäge. Aber andererseits hatte ihm Kathryn die ganze Nacht keine Ruhe gelassen, und er brachte es nicht über sich, sie nochmal zu ficken. Er hielt den Atem an, als sie sich räkelte und dann mit großen Augen und feuchten Lippen zu ihm umdrehte.

– Johnny ... du bist ein Schlimmer ... sagte sie und schloss ihre Hand um seinen schlaffen Schwanz.

– Ehm, ich glaub, wir sollten mal langsam aufstehn ...

– Wie wär's mit einem Quickie? fragte sie und grinste breit.

Ein bisschen einfallendes Licht erhellte ihren beinahe durchsichtigen, knochigen Körper. Johnny verkrampfte sich vor Entsetzen und zog etwas Rotze hoch. Es war viel, und er konnte ihn nicht ausspucken, darum musste er ihn schlucken. Er ging seine Kehle runter wie ein Kieselstein, ließ seine Augen tränen und drehte ihm den Magen um. – Ein Quickie ... das kommt in meinem Wörterbuch nicht vor, sagte er und wappnete sich. – Entweder richtig oder gar nich.

Kathryn erlaubte sich ein ermutigendes Lächeln, sah auf die Uhr und fragte: – Es ist verdammt früh ... was will Terry bloß?

Johnny durchwühlte mit seinem Fuß das untere Ende des Bettes. Er fand seine Unterhose, sprang aus dem Bett und zog sie an.
– Wird ein schöner Beschiss sein, wie ich Terry kenn, vermutete er.

Kathryn machte es nichts aus, schon wieder aufzustehn. Sie gierte danach, ihr Abenteuer fortzusetzen. Dieses siffige Bett war voll mit kratzigen Krümeln und von ihrem Schweiß und ihren Körperflüssigkeiten durchtränkt. Sie zog sich langsam an und überlegte, ob sie nach der Dusche fragen sollte. Aber vielleicht wäre das ungehörig. Wuschen die sich hier in Schottland? Sie hatte so Geschichten gehört, aber die bezogen sich auf Glasgow. Vielleicht war es in Edinburgh anders. – Weißt du, Johnny, dieser Ausflug war ganz schön lehrreich. Ich hab gelernt, dass ihr Jungs in eurer ganz eigenen Welt lebt. Es kommt mir irgendwie vor ... als wär das, was dir und deinen Freunden passiert, wichtiger und erwähnenswerter als alles, was Leuten passiert wie ... sie spürte, wie ihr das Wort »mir« im Hals stecken blieb.

Johnny hatte das Gefühl, er müsste entweder wegwerfend lachen oder beleidigt sein. Er machte keins von beiden, sondern starrte sie mit offenem Mund an, während er seine Jeans hochzog.

– Es ist nur so, dass du, wenn du das Gleiche gemacht hast wie ich, wenn du dein ganzes Leben lang ... nun ja, dann ist das schwer zu verkraften ... sagte Kathryn verwirrt.

– Ich möchte einfach alles so angenehm wie möglich für dich machen, Kathryn, sagte Johnny, und es bereitete ihm selbst Gänsehaut, wie nichts sagend aufrichtig er klang.

– Das ist das Netteste, was man je zu mir gesagt hat, lächelte sie und küsste ihn auf den Mund. Johnny ignorierte seinen steif werdenden Schwanz und war froh, dass Terry zum zweitenmal laut an die Tür klopfte.

Rab und Charlene lagen ineinander verschlungen und vollständig bekleidet auf dem Bett, als Terry aufgekratzt reinkam.
– Hopp, hopp, auf, auf! rief er. – Frühstück ist fertig! Terry konnte sein Entzücken nicht verhehlen, Birrell komplett angezogen zu sehen. Die Fotze war nich zum Schuss gekommen! Hat das Mädchen wahrscheinlich mit seinen Collegegeschichten einge-

schläfert. Das akustische Äquivalent zu dieser beschissenen Date-Rape-Droge, obwohl sie bestimmt schnell genug aufwachen würde, sobald Birrell versuchte, ihr an die Wäsche zu gehn! Aufgedreht vom Koks, steckte Terry seine Hand in seine Jeans und Boxershorts, um sein eigenes verschwitztes Gemächt zu befingern, das, dachte er, nicht mal ne totale Koksorgie hatte schrumpfen können. Das ist n anderes Kaliber, Birrell, n völlig anderes Kaliber!

Das erste Gesicht, das Rab sehen wollte, als er die Augen aufschlug, war das der schlummernden Charlene. Sie war wunderschön. Das letzte Gesicht, das er sehen wollte, war gleich das nächste, das ihn erwartete, die fette Visage von Juice Terry, der ihm zubrüllte: – Hopp, hopp, auf, auf!

Terry schritt auf dem Korridor auf und ab wie ein Schauspieler, der seinen Text probt, während Lisa lachte und sich voller Vorfreude die Hände rieb, als die anderen nach und nach auftauchten.

– Was liegt an? fragte Johnny.

Terry wartete, bis sich alle in schlaftrunkener Verwirrung um ihn versammelt hatten, holte dann den Essay hervor und begann ihn laut vorzulesen.

– Hört euch das an. Stevenson College, Medien- und Kulturwissenschaften, Robert S. Birrell. *Ma, He's Making Eyes at Me* von Lena Zavaroni aus neo-feministischer Sicht. Ha ha ha ha … hört mal die Stelle hier …

trotz ihrer wachsenden Erregung angesichts der zunehmenden Aufmerksamkeiten des Anwärters auf ihre Liebe, behält Ms. Zavaroni ihre Mutter als stetigen Referenzpunkt bei.

> *Every minute he gets bolder*
> *Now he's leanin on my shoulder*
> *Mama! He's kissin me!*

Diese Erklärung demonstriert auf eindringliche Weise, dass alle Frauen Schwestern sind, und illustriert eine Bindung, die weit über das Generationen übergreifende Mutter-Tochter-Verhältnis hinausgeht. Wir erfahren an dieser Stelle, dass die Zavaroni-Figur, genauer gesagt -*Stimme*, ihrer Mutter als Vertraute in Situ…

– Ist ja gut, Terry. Rab riss Terry die Seiten aus der Hand. Lisa lachte fröhlich, aber widerwillig, als sie Charlenes bewundernden Blick auf Rab ruhen sah. Das war ja widerwärtig.

– Ein A plus auch noch! Booh! spottete Terry. – Ein goldenes Sternchen für Rab!

– Das war doch echt gut, sagte Charlene zu Rab.

– Ich schätze, ich hab vorher noch nie so intensiv über die Bedeutung des Texts von diesem Song nachgedacht, sagte Kathryn. Das hatte gar nicht sarkastisch klingen sollen, aber Terrys Gelächter und Rabs gereizter Gesichtsausdruck zeigten ihr, dass es mit Sicherheit so angekommen war.

Rab wechselte schnell das Thema, während er noch Charlene mit verlegener Dankbarkeit ansah, und schlug vor, alle sollten zum Frühstück ins Café und dann ein Bier trinken gehen. Terry hatte den Kühlschrank und die Schränke in Rabs Küche bereits einer systematischen Durchsuchung unterzogen. – Wenn wir was zu futtern wolln, müssen wir schon ins Café gehn. Ich hab mal n Blick auf das Zeug geworfen, was ihr da drin habt. Das ist ja die reinste Lesbenvorratshaltung hier, Rab, anders kammans nich sagen. Zwei Typen, die zusammenwohnen, und dann so n Essen? Uääh.

– Willst du den ganzen Tag Scheiße labern, oder gehn wir jetzt ins Café? fauchte Rab.

– Ich glaube, Terry schafft beides gleichzeitig, warf Kathryn unter Johnnys Gelächter ein.

– Scheiß doch auf das Café, Birrell, mein Appetit ist von den Pillen und dem Koks total zerschossen. Genehmigen wir uns n paar Bier, sagte Terry und lächelte Kathryn kalt an. Die freche Scheiß-Amifotze fing an zu sticheln. Tja, das sollte sie lieber nich zu oft auf seine Kosten machen, wenn sie's nich zehnfach zurückkriegen wollte. Keine verfickte Sonderbehandlung für Prominente hier.

Lisa und Charlene nickten einverstanden, Kathryn und Johnny auch. Terry sonnte sich in der allgemeinen Zustimmung.

– Schinken, Eier, Würstchen, Tomaten, Pilze ... protestierte Rab.

– Hör doch auf, Birrell, meinte Terry verächtlich, – wir ham immer noch total die Lampe an, zumindest die Schwergewichte unter uns, was, Leez, zwinkerte er Lisa zu, die Rab unerbittlich anstarrte, –... wird Monate dauern, bis wir wieder feste Nahrung zu uns nehmen können.

Kathryn war besonders froh, weitertrinken zu können. Sie legte einen Arm um Johnny. Der Junge konnte ficken. Jedes Mal, wenn sie in der Nacht die Hand auf seinen Schwanz gelegt hatte, hatte er gestanden wie ne Eins. Dann war sie gleich über ihm, umfing ihn, saugte ihn in sich hinein, und er besorgte es ihr, als hinge seine Zukunft davon ab.

– Äh, du hast ja den Auftritt heut Abend, vielleicht brauchst du noch n bisschen Schlaf, im Hotel und so, wagte Johnny anzumerken.

Kathryn durchlief es innerlich kalt. Sie wollte weitermachen.

– Ich hab noch reichlich Zeit, vorher ein gottverdammtes Bier zu trinken. Sei nicht so ein Spielverderber, Johnny, zog sie ihn auf.

– Ich mein ja nur, sagte Johnny griesgrämig. Er gestand sich ein, dass er erst die Batterien neu aufladen musste, bevor er wieder mit ihr in die Kiste konnte. Die verdammte, geile Kuh hat mir die ganze Nacht keine Ruhe gelassen, überlegte er. Wenn sie ständig Sex auf dem Niveau wollte, na ja, ganz zu schweigen von allem anderen, wär er nie imstande, mit der Gitarre noch hinterher zu kommen. Die Verträge müssten schon schnellstens aufgesetzt werden, bevor er völlig in Grund und Boden gefickt war.

– Stell dich nich so blöd an, Johnny. Das Mädchen hat ja wohl Anrecht auf n Bier, wenn sie schon mal in Schottland ist, stimmt's Kath? Terry hätte am liebsten hinzugefügt: Besonders nachdem sie die Nacht mit ner dämlichen kleinen Fotze wie dir verbracht hat, aber das verkniff er sich. Außerdem war er selbst ganz gut zum Zug gekommen. Lisa stand auf und nahm seine Hand. – Na los, Sexprotz, lachte sie. Terry plusterte sich auf wie ein Gockel und ging rüber zum Couchtisch.

Rab Birrell drehte sich beinah der Magen um. Dieses stinkende, fette, versoffene Arschloch schien immer zu seinem Fick zu kommen. Er wusste noch, wie ihm Joanne, seine Ex-Freundin, mal erzählt hatte, dass ihre Freundin Alison Brogan gesagt hätte, Terry wär der beste Fick gewesen, den sie je gehabt hätte. Ausgerechnet Juice Terry! Das war doch nicht zu fassen. – Eine Erektion wie zwei Dosen Irn Bru übernander, hatte Alison Joanne erzählt, die diese Geschichte übermütig Rab weitererzählt hatte. Das Komische war, Rab wusste noch, dass er sich damals für seinen Freund gefreut hatte. Jetzt freute er sich kein bisschen.

– Das Problem ist, Rab, grinste Terry, zog eine Braue hoch und drückte Lisas Hand, – ich muss Alec Bescheid sagen, dass ich nicht mit am Hotel arbeiten kann. Die Fenster, weißte. Haste noch Bier hier?

– Aye ... Rab hatte mit dem Sechserpack andere Pläne gehabt, aber er schätzte, dass es nutzlos wäre zu lügen, da Terry ja wohl längst jeden Schrank in der Wohnung durchsucht hatte, – ... aber, äh ... es gehört Andrew ...

– Scheiße, dann bringen wir ihm halt neues mit, Rab. Kath hat genug Asche! schnauzte Terry in bühnenreifer Empörung.

– Yeah, das ist cool. Ich kann dir das Bier abkaufen, schlug Kathryn vor.

– Nee, das hab ich nich gemeint ... protestierte Rab vergeblich. Der Saftarsch hatte ihn wieder drangekriegt und ließ ihn als kleinlich dastehen. Rab Birrell drehte sich gerade im rechten Moment um, um Terrys schadenfrohes, sadistisches Grinsen zu sehen. Er hatte wirklich ins Café gewollt, oder was zu Essen von der Tanke holen und in die Pfanne hauen. Er war auch nicht hungrig, aber sein Magen hatte die Angewohnheit, alles wieder von sich zu geben, was er trank, wenn er keine feste Grundlage hatte. Jetzt setzten sie ihre Sauftour fort, auf direktem Weg zu Post Alec, und tranken sein Bier. Er würd versuchen, sich *en route* irgendwo n Brötchen zu krallen. Aber das Vorhaben löste sich in Luft auf, nachdem er sich eine der von Terry vorbereiteten Killerlines reingezogen hatte.

Kathryn war erleichtert darüber. Ihre Essstörung, für die die Pillen und Pülverchen hilfreich gewesen waren, hatte sich wieder eingestellt, und der Gedanke an Gebratenes war zu viel für sie. Rab Birrells Versuche, sie mit der Aufzählung eines schottischen Frühstücks zu ködern, hatte lediglich ihr Grauen vor fester Nahrung wieder hergestellt.

– Alec wird nich davon begeistert sein. Ihn so früh morgens aufzuwecken und ihm zu erzählen, dass er allein arbeiten muss … argumentierte Johnny, während das Lager in der Mülltüte, die er trug, klirrte, – vor allem, weil wir kein Purple Tin haben. Alec wird diesen kontinentalen Scheiß nich mögen.

– Den ne gewisse Studentenschwuchtel namens Robert S. Birrell eingekauft hat! lachte Terry und wurde dann ernst, als sie zwei aus einer sich nähernden Kolonne von Taxen ranwinkten.

– Wir ham Alkohol dabei, Terry, das ist das Einzige, was ihn interessieren wird, sagte Rab mehr zu sich selbst.

Es war schon lange her, dass Terry in der Stadt gewesen war. Er kam normalerweise nie über Haymarket raus, und auch dahin nur in stark umnebeltem Zustand. Die Luxussanierung und Kommerzialisierung seiner Stadt brachten ihn völlig durcheinander. Er schaute über das neue Bankenviertel hinweg und die Earl Grey Street runter. – Wo zum Henker ist Tollcross hin?

Niemand antwortete ihm, und kurz darauf trafen alle vor Alecs Wohnung in der Dalry-Siedlung ein.

– Jamboland, sagte Rab, als er aus dem Taxi stieg.

– Hübsch, entgegnete Kathryn.

– Nicht wirklich.

Terry warf Rab nen missbilligenden Blick zu. – Halt mal n Moment die Fresse von Fußball, du Langweilerfotze. Immer heißt es bei dir Hibees hier, Jambos da. Das interessiert Kathryn nicht.

– Woher weißt du das? Du kannst nicht für sie sprechen.

Terry ließ ein langes, verärgertes Schnauben hören und schüttelte dann den Kopf. Diese Fotze von Birrell war wohl Masochist. Er wusste nie, wann er besser aufgab. Na ja, auch egal, denn Juice Terry konnte die Fotze den ganzen Tag lang runterputzen, wenn er musste. Indem er einem Anflug von unangebrachter, patriarchalischer Zuneigung nachgab, sah Terry abwechselnd Rab Birrell und Kathryn an. Als er dann sprach, tat er es in kurz angebundenem, aber nachsichtigem Tonfall. – Okay, Kath. Hibernian Football Club. Heart of Midlothian Football Club. Was sagen dir diese Namen? fragte er.

– Weiß nich genau … begann sie.

– Gar nichts, sagt er knapp und wandte sich dann an Rab, der nun recht unbehaglich dreinschaute. – Also halt den Rand, Rab. Wenn du so nett sein könntest.

Rab Birrell hatte es über. Diese Fotze von Terry! Dieser verfickte …

– Na ja, mir ist aufgefallen, dass auf Rabs Logo da Hibernian steht, sagte sie und zeigte auf das Wappen von Birrells Auswärtstrikot.

Rab sah einen winzigen Lichtstreif und stürzte sich rücksichtslos darauf. – Siehste, sagte er. Das war Terrys geniale, aber unangenehme Gabe. Wenn man ihn ignorierte, schikanierte er einen einfach. Wenn man sich auf ihn einließ, erniedrigte man sich selbst, indem man sich auf das Niveau dieser Fotze hinabließ. Und es gelang ihm immer ausgezeichnet, seine Erbärmlichkeit als irgendwas Höheres zu tarnen.

– Ich muss dich um Verzeihung bitten, Roberto. Kathryn hat tatsächlich das Wappen auf deinem farbenprächtigen, wenn auch nicht unbedingt modischen Trikot bemerkt, das du die ganze Nacht getragen hast, also sei ruhig so frei, uns eine, wie würdet ihr Studenten das nennen? … eine rückwirkende Analyse der Fußballsaison von Neunzehnhunderteinundneunzig zu geben. Oder wir könnten als Alternative, er machte ein übertrieben fröhliches Gesicht, – vielleicht einfach hochgehen, Alec besuchen und nen Schluck trinken.

Sie stiegen die Treppe zu Alecs Wohnung hoch, Terry klopfte an die Tür, Rab sprachlos und stumm hinter ihm.

Kathryn stand immer noch ziemlich neben sich. Das Essen, das Trinken, die Pillen, das Koks und das Ficken mit Catarrh hatten sie in einen orientierungslosen, leicht gestörten Zustand versetzt. Nun öffnete sich am Ende mehrerer Treppen eine Tür, und ein rotgesichtiger Mann stand vor ihnen. Kathryn war sich vage bewusst, dass es derselbe Mann war, der gestern mit Terry bei ihr die Fenster geputzt hatte. Er trug ein gelbes T-Shirt, auf das in verschrumpeltem Plastik eine Cartoon-Männergestalt aufgedruckt war. Dieser Mann trug eine Sonnenbrille, saß in einem Angeberschlitten, und eine Frau mit unwahrscheinlich großen Brüsten schmiegte sich in seinen Arm. Eine seiner Hände hielt ein Glas schäumendes Bier, die andere lag auf dem Lenkrad. Darunter stand ein verblasster Spruch: ICH MAG SCHNELLE AUTOS, HEISSE BRÄUTE UND KALTES BIER. Post Alec starrte ungläubig auf den bunt gemischten Haufen und gab ein kehliges, unverständliches Geräusch von sich. – Ahy ... yay ... Kathryn konnte nicht feststellen, ob das ein Gruß oder eine Drohung war.

– Halt den Rand, du scheiß-jammernde Säuferfotze, wir ham was zu trinken dabei, Terry schwenkte die Flaschen vor Alec hin und her. Er wies mit dem Kopf auf Kathryn. – Kathryn Joyner, du Sack!

Alec sah Kathryn an, und seine blauen Augen glitzerten in seinem verwüsteten, mennigeroten Gesicht. Dann schwenkte er zu den anderen ... die übliche Versammlung jüngerer Tagediebe mit doofen kleinen Mädchen im Schlepptau. Was zum Teufel wollten die? Seine Augen blieben an der klirrenden Mülltüte kleben. Die Fotzen hatten was zu trinken ...

– Alec, sagte Catarrh kraftlos, bevor er etwas Schleim über die Balkonbrüstung rotzte.

Post Alec ignorierte Johnny, er ignorierte sie alle. Er war clever genug, zur Quelle allen Ärgers zu gehen und wusste, wer diese Quelle war. Er sah seinen Kumpel fest an und sagte leise nörgelnd: – Das geht nich, Terry, aber dabei ging er bereits zurück in die Wohnung, und Terry folgte ihm, – nich zu so ner unchristlichen Zeit am Morgen. Stell das Bier da rein, sagte er und zeigte auf den Kühlschrank.

– Ich sagte, hör auf mit dem Scheißgequengel, lachte Terry und reichte ihm eine Flasche Bier. Er begann das Bier auszuteilen und die anderen vorzustellen.

– Hör mal, was ist mit den Fenstern? fragte Alec.

– Noch massig Zeit dafür. Der Knabe wird noch lang genug im Krankenhaus liegen, Alec. Da können wir uns ruhig mal nen Tag zum Abfeiern freinehmen.

– Wir müssen diesen Job gut machen, Terry. Hör doch auf mich.

– Ein popeliger Tag wird schon nich so ne Rolle spielen. Ein Tag für die Demokratie, Alec, ein Tag für den einfachen Mann.

– Norries Lebensunterhalt!

– Einen Tag, Alec, dann machen wir den Job ruckzuck zu Ende. Genieß die Festival-Atmosphäre! Sei nicht so beschissen vergrätzt! Gönn dir mal n bisschen Kultur, Alec, das kannste brauchen. Du bist zu sehr in der Welt des schnöden Mammons gefangen, das ist dein Problem. Ein bisschen zweckfreie Schönheit, Herrgott nochmal!

Alec hatte bereits ein Bier aufgemacht und sich um die Marke gar nicht gekümmert. Rab Birrell setzte sich an den großen Tisch und zog Charlene auf seinen Schoß. Er wollte sich von Terry bestätigen lassen, dass Alec das Bier überhaupt nicht als kontinentales Lager identifiziert hatte, aber Terry achtete nicht darauf.

Lisa setzte sich auf einen wackligen Küchenstuhl und sah zu, wie Charlene mit Birell rumschmuste. Sie fraß ihm aus der Hand. Dieses Mädchen konnte echt würdelos sein. Das war n Weichei, dieser Rab. Nicht so wie Terry. Der war ein Tier. Das war genial. Außerdem hatte er ne tolle Persönlichkeit, nicht so wie manche jungen Typen, die man kennen lernte. Lisa setzte sich nach vorn und presste beide Beine fest zusammen. Sie konnte es pochen spüren, wo er sie gefickt hatte. Dick und hart. Ja. Ja. Ja. Das Koks prickelte noch in ihr, als sie an ihrem Bier nippte und ein saures Gesicht schnitt. Es war scheiße, aber sie spülte sich damit die letzten Koksreste aus dem Rachen. Lisa wollte ein paar Cocktails kippen und dann mit Terry nochmal zu ner weiteren Runde zurückgehen. Allerdings stand er auf diese Kathryn Joyner, das merkte man. Sie war in Ordnung, aber sie war ne alte Henne und klapperdürr. Magerkeit sah bescheuert aus an ner Frau in dem Alter. Wie n Knochengestell.

Kathryn betrachtete die beiden jungen schottischen Mädchen und musste zuerst an Marleen Watts denken, die blonde Cheerleaderin auf der Schule daheim in Omaha. Dann wurde Marlene nicht zu einer, sondern zwei Blondinen, den beiden, die zur Rechten und zur Linken von Lawrence Nettleworth von Love Syndicate im Bett gelegen und sie groß angesehen hatten. Neben dem Mann, der ihr Verlobter war. Dann verblasste dieses Bild vor ihrem inneren Auge, und die beiden Mädchen aus Edinburgh wurden zu einer Vision all dessen, was sie verloren hatte. Auf E letzte Nacht hatte sie ihre Jugend bewundert, nun begehrte sie sie. Sie wollte alles erbrechen, was sie konsumiert hatte. Und doch

Und doch war die letzte Nacht so gut gewesen, es schien alles einfach unwichtig geworden zu sein. Es überkam Kathryn wie eine Erleuchtung: Sie musste mehr ausgehen.

Nun sprach sie mit Lisa über etwas, worüber sie vorher noch nie gesprochen hatte. Das Gespräch war vom Thema Musik auf die Fans gekommen, auf obsessive Fans. – Dich hat also einer verfolgt, Kathryn? Das muss ja tierisch unheimlich gewesen sein, sagte Lisa.

– Yeah, ich schätze, das war schon ziemlich grässlich damals.

– Das muss ein verdammt armes Würstchen gewesen sein, sagte Charlene mit echter Verbitterung.

– In gewisser Hinsicht war er arm dran, ich hab viel darüber gelesen, als er mir nachgestellt hat. Es ist eine Schande, die brauchen wirklich Hilfe, sagte Kathryn.

Terry kommentierte diese Bemerkung mit einem geringschätzigen Schnauben. – Aye, und ich weiß auch, was ihnen hilft: n Schlag in die Fresse. Jämmerliche Scheißfotzen. Das ist die Scheißhilfe, die ich diesen Fotzen anbieten würde.

– Sie können nichts dafür, Terry, sie steigern sich da einfach rein, wiederholte Kathryn.

Terry zischte wegwerfend. – Das ist n Haufen amerikanische Scheiße. Ich steiger mich auch schon mal in was rein, er schlug sich vor die Brust. – Jeder macht das. Na und? Du brauchst doch nich mehr als dir einen auf die Alte abzukeulen, und dann kannste dich wieder in was anderes reinsteigern. Was für ne Art von Schwachkopf hat denn Lust, auf ner kalten Straße vor Häusern rumzustehen und drauf zu warten, dass da jemand rauskommt, den er gar nicht kennt? Das erklärt mir mal, wenn ihr könnt, er sah sich herausfordernd am Tisch um. – Ja, könnt ihr nich. Diese Fotzen ham bloß kein eigenes Leben, sagte er verächtlich und kippte sich Bier in den Hals. Er wandte sich Alec zu, der Rab gerade irgendwas über eine Invalidenrente erzählte, auf die er einen Anspruch hatte. – Hat dir schon mal einer nachgestellt, Alec?

– Red kein Quatsch, erwiderte Alec verdrießlich.

– Ein paar beschissene Wirte stellen dir nach, die so blöd gewesen sind, dir n Deckel zu machen, was, Alec? sagte Rab nassforsch.

Alec schüttelte den Kopf und wedelte mit seinem Bier herum, um seine Worte zu unterstreichen: – Dieser ganze Kram ist was Amerikanisches, meinte er, dann fiel ihm plötzlich etwas ein und er sagte zu Kathryn: – War nich beleidigend gemeint, Herzchen.

Kathryn grinste sparsam. – Kam auch nicht so an.

Terry ließ sich das Argument durch den Kopf gehen. – Aber damit liegt Alec nich so falsch, Kath, es sind die Scheiß-Amis, die heutzutage den ganzen Ärger auf der Welt verursachen. Das geht jetzt nich gegen dich oder so, aber was wahr ist, muss wahr bleiben. Ich mein, die ganzen beschissenen Serienkiller, die sie da drüben haben: Wie sind die denn drauf? meinte Terry herausfordernd. – Ein paar publicitygeile Nullen, die ihren Namen in der Zeitung lesen wollen.

Lisa grinste und guckte Rab an, der aussah, als wollte er etwas sagen, stattdessen aber lieber versuchte, einen Fleck aus seinem Trikot zu entfernen.

– Das würd in Schottland nie passieren, behauptete Terry.

– Von wegen, warf Rab ein, – dieser Dennis Nilsen war Schotte, und der war der schlimmste Serienkiller aller Zeiten in Großbritannien.

– Kein bisschen war der Schotte … begann Terry, aber seine Zuversicht sank, als die Erinnerung wiederkam.

– Aye, war er wohl, er kam aus Aberdeen, erklärte Rab.

Sie sahen in die Runde. – War er, stimmte Johnny zu, und Charlene, Lisa und Alec nickten bestätigend.

Terry wollte sich nicht geschlagen geben. – Na schön, aber ihr müsst auch berücksichtigen, dass er in Schottland keinen einzigen umgebracht hat, erst als er nach London gezogen war, hatter damit angefangen, grinste Terry.

– Das heißt? fragte Lisa, setzte sich gerade hin und starrte ihn an.

– Das heißt, dass ihn die Engländer verdorben haben. Schottland hatte nichts damit zu tun.

– Ich versteh nicht, wie du das sagen kannst, wo der Knabe doch in Aberdeen aufgewachsen ist, Johnny schüttelte den Kopf und zog ein paar Schnotten hoch. Das Koks ruinierte ihm total die Nase. Vorne lief es nur so raus, und hinten war sie verstopft. Wie war das möglich? Diese verfickte Scheißnase.

– Aberdeen eben, meinte Terry verächtlich. – Was ist von den Fotzen anderes zu erwarten? Die ficken ihr Vieh da oben, da werden sie vor Menschen auch keinen Respekt haben, oder nich?

Johnny hatte Probleme mit dem Luftholen und mit Terrys Logik. – Was willst du damit sagen?

– Na, denk doch mal nach: So ne Fotze kommt nach London, wo es keine Schafe gibt, die man missbrauchen könnte, also verlegt er sich einfach auf Menschen und fängt an, die zu missbrauchen. Das ist die moderne Gesellschaft, argumentierte Terry, – wenn man die Fotzen reisen lässt, sie aus ihrem angestammten Lebensraum entfernt, verwirrt sie das nur, meinte er achselzuckend, brach dann ab und nickte Lisa zu. – Wie auch immer, das Gespräch wird mir langsam zu deprimierend. Ich denke, da wird's Zeit für n neues Pudelbein, sagte er und zog ein Briefchen Koks aus der Tasche.

Rab und Johnny fingen an, das Gitarrenriff von *The Eye of the Tiger* zu summen, als Terry begann, den Koks zu neuen Lines zu verarbeiten. In diesem Moment klapperte der Briefkasten, und alle am Tisch sahen sich paranoid an, besonders Alec. – Tu das Dreckzeug weg! Ich will keine Drogen in meiner Wohnung! flüsterte er drängend.

Terry schüttelte den Kopf und fuhr sich durch sein lockiges Haar. Es war schwer von Schweiß. – Da ist bloß die beschissene Post, du blöde Fotze. Das sollteste doch kennen. Das hier, stellte er mit Blick auf die Lines fest, – is bloß ne winzige Prise Eigenbedarf. Geh mit der Zeit, Alec, sei nicht so n Dinosaurier!

Es war tatsächlich die Post, und Alec ging sie murrend holen: – Glaubt bloß nich, dass ich den Scheiß anrühr, das wird euch noch umbringen, keuchte er beim Rausgehen, während die andern lachten, sich anstupsten und mit einem Nicken auf die Dosen und Flaschen zeigten, die überall in der Küche rumstanden. Sie verstummten wie freche Kinder in Gegenwart eines Lehrers, als Alec mit einer schwarz umrandeten Lesebrille auf der Nase zurückkam und genau seine Telefonmahnung prüfte. – Ich muss diesen Job für Norrie zu Ende bringen, Terry, jammerte er.

– Bald, Alexis, bald.

Sie zogen sich alle noch eine Line Koks rein, alle außer Alec. Das Kokain schien die Dimensionen der Küche zu verändern. Zuerst hatte sie vertraut und einladend gewirkt, selbst in ihrem verdreckten Zustand, aber nun schienen sich ihre Wände zusammenzuziehen, während sie selbst sich auszudehnen schienen. Alle redeten in lärmender Kakophonie durcheinander. Das schmutzige, ungespülte Geschirr, der Gestank nach altem Frittenfett, das alles wurde aufdringlich und beunruhigend. Sie beschlossen, im Fly's ein Bier trinken zu gehen.

# Flughafen Bangkok, Thailand
## 16.10 Uhr

Bangkok. Das Schlimmste hab ich noch vor mir, ein beängstigender Gedanke. Die Mädchen im Geschenkeshop des Flughafens sehen fantastisch aus, besser als alle Huren in Downtown zusammen. Ich frag mich, was sie dafür bezahlt bekommen. Ihre frisch gewaschene, adrette Erscheinung. Wie sie die ganze Zeit lächeln. Sind sie glücklich, oder ist hier nur Der-Kunde-ist-König-Schmus nach amerikanischem Vorbild am Werk? Emotionale Arbeit, all das findet man in der Dienstleistungsgesellschaft, in der wir leben. Lächeln, auch wenn dir das Herz bricht. Wir sind alle wie die Sklaven auf den Baumwollfeldern, nach außen zeigen wir die »Alles klar, Boss«-Maske und wissen dabei kaum, wie wir über die Runden kommen sollen.

Man kommt aus Australien, reist Nord-West, dann West-West, und alles wird hässlicher. Ich hab das Mädchen diesen Bowie-Refrain singen lassen, »*draw the blinds on yesterday and it's all so much scarier*«, für den Track, den ich hatte aufnehmen wollen. Aber er ist scheiße. Meine Musik ist scheiße. Ich fühl sie nicht mehr. Das ist der klarste Gedanke, den ich seit Ewigkeiten hatte, was bedeutet, dass ich's langsam wieder auf die Reihe krieg. Wir sind Heart of Midlothian, der HMFC. Wir ham den Scheißpott gewonnen, und ich hab's verpasst.

Sydney allerdings, eine ganz andere Welt. Scheiß auf den Scottish Cup; ich hab da genau mittenreingehauen und das Letzte aus den Decks rausgeprügelt. *Mixmag,* vielleicht auch *DJ* brachte den Artikel HAT N-SIGN DIE ORIENTIERUNG VERLOREN?

Die Orientierung?

Ja, wenn ich je eine gehabt hätte.

Als ob das irgendeine Sau kratzt. Das ist das Schöne am DJ-Dasein, du hast vielleicht deine Anhänger, aber du bist ausgesprochen austauschbar. Im Grunde unterdrückst du bloß die, die mehr zu sagen haben, aber so ist es auch bei Künstlern, Schriftstellern, Musikern, Fernsehstars, Schauspielern, Geschäftsleuten, Politikern ... man meißelt sich seine eigene kleine Nische, in der man dann einfach drinhockt und die sozialen und kulturellen Pipelines verstopft.

N-SIGN versumpft auf Ibiza. N-SIGN, das Drogentier. Blöde Scheiße. Die ganzen Dance-Blätter: verdammte Scheiß-Mythenmache. Ich hab das Ganze auch noch geliebt, das hab ich wirklich.

Helena hat das hier für mich geregelt.

Helena, ich kann nicht aufhören, an sie zu denken, jetzt, wo es zu spät ist. Die Geschichte meines Lebens. Aus der Ferne gern haben. Sich von weit weg sehnen. All die Dinge hoch und heilig versprechen, die ich ihr sagen will, bis sie mit mir im selben Zimmer ist, wo mir nur noch Banalitäten einfallen. Ich muss ihr sagen, dass ich sie liebe. Ich brauch ein verdammtes Telefon. Da sind immer noch die Dämonenfratze und die kleinen Bären, die mit ihren Akkordeons herumtanzen, und ich versuche ihnen zu erklären, dass ich mein Handy brauche, um meine Freundin anzurufen und ihr zu sagen, dass ich sie liebe.

Eine Frau, die gegenübersitzt und ein Kind auf dem Schoß hat, beugt sich zu mir rüber und schüttelt mich. – Bitte seien Sie still ... Sie machen ihm Angst ... Sie wendet sich an die herbeieilende Stewardess.

Ich bin fünfunddreißig und schon *persona non grata*: im Arsch, Schnee von gestern, eine Unperson. Meine Bedürfnisse gelten nichts. Dieses Kind da, das ist die Zukunft. Und warum auch nicht? – Tut mir Leid, sage ich flehentlich, – ich bin ein Feigling. Ich bin vor der Liebe weggelaufen. Ich muss meine Freundin anrufen, ich muss ihr sagen, dass ich sie liebe ... Ich blicke in all die entsetzten Gesichter um mich herum und auf das O des Mundes der Stewardess. Ich bin überzeugt, wenn das hier ein amerikanischer Film wär, würden jetzt alle applaudieren und hurra rufen. Im wirklichen Leben denken sie bloß, Höhenkoller, ein Irrer an Bord, der ohne weiteres all unsere beschissenen Existenzen gefährden könnte, auch wenn das möglicherweise nur daran liegt, dass wir hier hinten wie Sardinen zusammengequetscht sind und pro Jahr zehn Fuß von der zweiten Klasse an die erste Klasse verlieren. Wenn ich nen Crash herbeiführen und »einige der führenden Businesskoryphäen« vorne töten würde, würde dadurch der Kapitalismus in seinen Grundfesten erschüttert, würden die Multis zusammenbrechen? Klar doch, genauso wie es nach dem Dahinscheiden von N-SIGN Ewart keine Dance-Musik mehr geben wird.

Ein Mädchen spricht mit mir. – Wenn Sie nicht still sind, Ihren Sicherheitsgurt anbehalten und ruhig sitzen bleiben, sind wir gezwungen, physische Gewalt anzuwenden, sagt sie, glaub ich. Ich glaube, das hat sie gesagt.

Vielleicht bild ich mir das aber auch nur ein.

Noch ein beschissenes Bordessen, noch ne Bloody Mary gegen das Zittern. Die Stimmen in meinem Kopf sind immer noch da, aber nicht mehr so bedrohlich, wie Freunde auf Acid, auf Speed, die sich im Nebenzimmer unterhalten und vielleicht ein oder zwei gedankenlose, aber nicht wirklich bös gemeinte Bemerkungen machen. Diese Art von Irresein stört mich nicht, die kann sogar ganz gemütlich sein.

Ich bin wieder im Flieger. Unterwegs nach Haus.

All diese Leichen. Nein, nicht noch ne Beerdigung. *Deine Mutter scheint das Schlimmste zu befürchten.*

Das Schlimmste. Vom Schlimmsten hab ich keine Ahnung. Doch, hab ich wohl.

Gally ist gestorben.

Dann kam der zweite Schock, er hätte weniger groß sein sollen, war er aber nicht. Es hieß, dass am Tag vor Gallys Tod Polmont in seiner eigenen Wohnung brutal überfallen worden sei. Er hatte so grade eben überlebt. Das wusste ich zu der Zeit aber nicht. Aye, das hätte höchstens ein gelinder Schock sein dürfen, denn was hatten wir schon mit Polmont zu tun, aber es war irgendwie so untrennbar mit Gallys Ableben verknüpft.

Jede Menge Gerüchte machten die Runde. Es waren einige seltsame Tage vor Gallys Beerdigung. Irgendwie schien es, als wollten wir glauben, dass Gally nichts und gleichzeitig alles mit dem Angriff auf Polmont zu tun hatte. Es war so, als wär beides nötig, um sein Leben, oder vielmehr seinen Tod, in unseren Augen zu rechtfertigen. Natürlich konnte man nicht beides haben, man konnte nur die Wahrheit haben.

Niemand schien in diesen chaotischen Tagen zu wissen, was genau mit Polmont passiert war. Die einen sagten, er wär ins Genick geschossen worden, andere sagten, ihm wär die Kehle durchgeschnitten worden. Was immer es auch war, er überlebte den Angriff und war ziemlich lange im Krankenhaus. Die Wunde war definitiv an der Kehle gewesen, denn sein Kehlkopf war zerstört worden, und um wieder sprechen zu können, hatte man ihm eins dieser komischen Dinger eingebaut, die man drücken muss. Den Dalek nannten wir ihn.

Natürlich wurde das Gally angelastet, aber ich wusste, dass der kleine Mann so was nie fertiggebracht hätte. Ich tippte auf einen von Doyles Mob. Die Fotzen waren unberechenbar, und egal, für wie hart man sich hält, es reicht schon, sich in dieser Gesellschaft aufzuhalten, um einer der verwundbarsten Menschen auf Erden zu sein, wenn die Zeit gekommen ist. Und die kommt immer irgendwann. Polmont könnte einen von denen durch ne x-beliebige Sache in Rage gebracht haben; durch Verpfeifen, durch Abzocken, durch Kneifen, nach deren Verständnis alles triftige Gründe für ne drastische Strafe.

Kurz vor der Beerdigung rief Gail mich an. Ich war verblüfft, als sie sagte, sie wolle mich sehen. Sie bat mich inständig, und ich brachte es nicht übers Herz, nein zu sagen. Ich wär doch Gallys Trauzeuge gewesen, sagte sie. Dann packte sie mich bei meiner Eitelkeit und meinem Selbstwertgefühl, indem sie sagte, ich wär immer fair und würd andere Leute nicht verurteilen. Das war offensichtlicher Quatsch, aber wir hören ja immer gern, was wir hören wollen. Gail war ne erstklassige Strippenzieherin, sie machte das perfekt, ohne es selbst zu merken.

Ich erinnere mich noch an die Hochzeit. Ich war ein bisschen unerfahren, um als Trauzeuge ne Rede zu halten, aber die älteren

Fotzen ließen mich gewähren. Es gab einen fiesen, unausgesprochenen Konsens – vielleicht war das auch nur meine Paranoia –, dass Terry der Beste für diese Aufgabe gewesen wär. Selbstsicherer, erfahrener, eine Idee älter, ein verheirateter Mann mit nem Kind unterwegs. Weiß der Henker, was ich gesagt hab, ich kann mich nicht erinnern.

Gail sah umwerfend aus, sie sah aus wie eine richtige Frau. Gally dagegen schien in dieser Jacke und in dem lächerlichen Kilt dazu noch mehr zu schrumpfen. Er sah aus, als wär er zwölf, nicht achtzehn, als fiele er noch unters Jugendstrafgesetz. Die Hochzeitsfotos sagten alles, selten ein Paar gesehen, das schlechter zueinander passte. Da waren ein paar sehr zweifelhafte Gestalten unter ihrer Hälfte der Gäste, so ne Doyle-Schwester und n paar Fotzen, die ich nicht kannte, die aber mit Dozo rumhingen. Ich hab immer noch ein paar von den Hochzeitsfotos. Die Doyle-Schwester und Maggie Orr waren die Brautjungfern. Ich seh wie vierzehn aus, passend zu Gallys zwölf, kleine Jungs, die mit ihren Mas oder zumindest ihren großen Schwestern da sind.

Ich war bester Laune, denn ich war mit Amy von der Schule da. Ich war zwei Jahre lang auf dieses Mädchen scharf gewesen, und als ich dann mit ihr ging – ich glaub, die Hochzeit war unser zweites Date –, musste ich unentwegt nach Haaren in der Suppe suchen. Nachdem ich sie dann gebumst hatte, war's gelaufen. Aber da war ich nun und produzierte mich mit der ganzen nassforschen Arroganz des kleinen Hab-grad-ficken-dürfen-Jungen, als hätt ich den Sex erfunden.

Gail stahl allen die Show. Sie war sexy. Ich beneidete Gally. Gerade erst aus dem Bau und ging jede Nacht mit nem Mädchen ins Bett, das achtzehn war und wie einundzwanzig aussah. Auch wenn man den Abdruck des Pistolenlaufs förmlich an seiner Schläfe sehen konnte, merkte man Gail noch nichts an. Terrys Frau Lucy war zur selben Zeit schwanger. Ich erinnere mich noch, dass Terry und sie nen wüsten Streit hatten, worauf sie mit einem Taxi nach Haus fuhr. Ich glaube, Terry ging später mit der Doyle-Schwester weg.

Ich wollte Gail in einer Bar treffen, aber sie sagte, sie müsse mich wirklich unter vier Augen sprechen, und kam in meine

Wohnung. Ich war beunruhigt. Ich machte mir Sorgen, dass ich nicht fähig sein könnte, nein zu sagen, wenn sie von mir gefickt werden wollte.

Wie sich rausstellte, hätte ich mir meine Sorgen sparen können. Gail war völlig aufgelöst. Sie sah schrecklich aus. All ihre Lebhaftigkeit und aggressive Sexualität waren verschwunden. Ihre Haare waren strähnig, sie hatte tiefe Ringe unter den Augen. Ihr Gesicht war aufgedunsen und verquollen, und ihr Körper wirkte in dem ausgebeulten, weiten, billigen Jogginganzug formlos. Es war natürlich kein Wunder: Sie hatte den Vater ihres Kindes verloren, und nun war auch noch ihr Freund in den Hals geschossen worden. – Ich weiß, du musst mich hassen, Carl, sagte sie.

Ich sagte nichts. Es wäre sinnlos gewesen, das abzustreiten, selbst wenn ich in der Stimmung gwesen wär, es zu versuchen. Es stand mir groß und deutlich ins Gesicht geschrieben. Alles was ich sah, war mein bester Freund, der reglos am Boden lag.

– Andrew war kein Heiliger, Carl, sagte sie flehentlich. – Ich weiß, du warst sein Freund, aber in Beziehungen haben Menschen manchmal Seiten ...

– Wir sind alle keine Heiligen, sagte ich.

– Er hat die kleine Jacqueline damals schwer verletzt ... er ist an dem Abend völlig durchgedreht, blubberte es aus ihr heraus.

Ich starrte sie kalt an. – Und wessen Schuld war das wohl?

Sie hatte das gar nicht gehört, und wenn doch, ignorierte sie es geflissentlich. – Ich und McMurray ... das war vorbei. Das ist ja das Blöde daran. Es war vorbei. Andrew hätte das nich zu tun brauchen ... ihm in die Kehle schießen ...

Ich spürte einen trockenen Würgereiz in meiner *eigenen* Kehle. – Andrew hat überhaupt nichts gemacht, schnarrte ich, – und selbst wenn, bild dir bloß nicht ein, er hätt es deinetwegen getan. Er hat es *seinetwegen* getan, wegen der Art, wie Murray ihm das Leben versaut hat!

Gail sah mich an, Enttäuschung zeichnete sich in ihrem Gesicht ab. Sie hatte offenkundig auf eine andere Reaktion gehofft, aber es kotzte mich an, dass sie überhaupt irgendwelche beschissenen Erwartungen in mich gesetzt hatte. Die Regal, die sie sich angezündet hatte, schien sie mit zwei Zügen aufgeraucht zu haben, und sie holte ne neue raus. Sie bot mir eine an, und ich hätte wirklich ne Kippe gewollt, aber ich lehnte ab, denn es wär ne Beleidigung Gallys gewesen, wenn ich von der beschissenen Kuh was angenommen hätte. Ich saß da und konnte nicht fassen, dass ich geglaubt hatte, ich könnte mit diesem scheißmonströsen Wesen im Bett landen. Ich dachte über sie und McMurray nach, Polmont, den Dalek. – Den hast du also abserviert. Dann fickst du jetzt wohl ne andere armselige Fotze, was? Einen von den Doyles, nich? Hast du den dazu gebracht, Polmont fertig zu machen?

– Ich hätt nich herkommen sollen … sagte sie und stand auf.

– Aye, stimmt, hättest du nicht. Sieh zu, dass du dich verpisst, du dreckige, mordende Nutte, höhnte ich, als sie ging.

Ich hörte die Eingangstür zufallen, fühlte eine Woge des Bedauerns und sprang auf. Vom Treppenabsatz aus sah ich sie unten, ihr Kopf verschwand gerade um die nächste Biegung. – Gail, rief ich, – na gut, es tut mir Leid. Ich hörte ihre Absätze auf den steinernen Treppenstufen klappern. Dann für eine Sekunde innehalten, dann weitergehen.

Das war alles, was sie bekam.

# Edinburgh, Schottland
## 10.17 Uhr

### JUNGE FOTZEN

Beim Betreten des Fly's Ointment Pub entdeckte Alec einen seiner Saufkumpane an der Theke. – Alec, nickte Gerry Dow mit nem leichten Stirnrunzeln, als er das Grüppchen hinter seinem Freund sah. Gerry war derart old-school, dass er sich über die Anwesenheit junger Fotzen in einem Pub ärgerte. Seine Definition von »junge Fotzen« schloss alle ein, die jünger waren als er selbst: d. h. unter siebenundfünfzig. Sie hatten einfach nich seine langen Lehrjahre im Konsumieren von Alkohol hinter sich, daher konnte man sich nich drauf verlassen, dass sie nen Vollrausch mit Würde trugen. Nicht dass Gerry oder Alec das taten, aber darum ging's ja nich.

Rab Birrell und Juice Terry waren die ersten am Tresen, das Geldsäckel des Letztgenannten durch ein weiteres Darlehen von Kathryn prall gefüllt.

– Hier, Scheißbatman und Robin ham mich heut Morgen rausgeholt, informierte Alec Gerry und wies mit dem Daumen auf Rab und Terry.

– Tja, dann wärste ja der Joker, Alec, oder diese Fotze von Two-Face, lachte Terry.

– Wenn ich so ne Visage hätte wie du, Alec, würd ich auch ein zweites Gesicht wollen, kicherte Rab, und Terry fing schallend an zu lachen.

– Na schön, ihr vorlauten Fotzen, holt mal n Scheißbier für mich und Gerry, nuschelte Alec, denn die paar Bier, die er bereits getrunken hatte, hatten den Pegelstand in der Alkohol zu Urin verarbeitenden Fabrik, die Alec schon seit dem 28. August 1959 war, bereits aufgefüllt.

– Kann dich gar nich verstehn, Alec. Biste jetzt der Riddler? prustete Terry.

– Du bist der Scheiß-Riddler, Söhnchen. Also lös dieses Rätsel. Zwei Halbe Special und zwei Whiskys. Grouse, befahl Alec. Terry amüsierte sich immer noch. – Also, wenn ich der Riddler bin – dann bist du die Fotze von Mr. Freeze, Alec.

Rab schaltete sich ein: – Mr. Anti-Freeze vielmehr, denn das würd er sich doch sofort in den Hals kippen, wenn er die Gelegenheit hätte.

Als Terry wieder losprustete, genoss Rab das Gefühl der Einigkeit mit ihm, auch wenn es auf Alecs Kosten ging. Das erinnerte ihn daran, dass er und Terry schließlich trotz allem immer noch Freunde waren. Aber was bedeutete das? Bestimmt bedeutete es »Freunde« in Terrys Sinne, also Leute, die man noch ungestrafter beschimpfen konnte als gewöhnliche Leute auf der Straße.

Terry hatte sich neben Lisa und Kathryn gedrängt und brachte so einen weiteren Körper zwischen Rab und Charlene. – Wir gehn heut zum Karaoke. Unten im Gauntlet. Du und ich. *Islands in the Stream.*

– Ich kann nicht … ich hab doch dieses Scheißkonzert … Die Aussicht quälte Kathryn. Sie wollte gar nicht daran denken.

– Haste, aber unten im Gauntlet. *Islands in the Stream*, eh.

– Ich kann nicht einfach ein verdammtes Konzert in Ingliston absagen, Terry. Sie haben schon dreitausend Eintrittskarten verkauft.

Terry guckte sie zweifelnd an und schüttelte den Kopf. – Wer sagt das? Du musst dich einfach vom Vibe treiben lassen. Diese Fotzen, die dich managen, das sind nich deine Freunde, keine wahren Freunde. Du solltest ne Fotze wie mich als Manager haben. Denk an die Publicity, die das bringen würde, wenn du verschwindest! Du könntest ne Zeit lang bei mir bleiben. Kein Aas würd drauf kommen, in ner Sozialwohnung nach dir zu suchen. Ich mein, in dem freien Zimmer, das früher meine Ma hatte, und du könntest … äh, dich einfach ausruhen. Terry wollte schon sagen, dass er jemand zum Kochen und Putzen brauchte, konnte sich aber gerade noch auf die Zunge beißen.

– Ich weiß nicht, Terry … ich vermute, ich weiß nicht, was ich will …

– Keine Sau wird dich bei mir finden. Es ist ne gute Siedlung, nicht so was wie Niddrie oder Wester Hailes. Graeme Souness kommt von da, gar nich weit von mir. Der weiß, wie man sich anzieht, Designeranzüge und so. Viele Leute da ham ihre Wohnungen gekauft. Aye, aus der Siedlung kommt mehr so n unternehmerischer Menschenschlag. Nimm *moi* zum Beispiel.

– Wie?

– Ich erwart ja nich von dir, dasste dir da jetzt schon drüber klar wirst, aber das Angebot steht, erklärte ihr Terry. Aus dem Augenwinkel sah er, wie Johnny einzunicken begann, sein Kopf sackte nach vorn und schreckte dann wieder hoch. Catarrh war hinüber. Verdammtes Fliegengewicht. Jetzt galt es, in Bewegung zu bleiben, sich mit neuen Drogen zu versorgen: Speed oder auch noch mehr Koks. Er hatte einen Einfall, den er laut am Tisch verkündete und der besonders an Rabs Adresse gerichtet war. – Das hier ist n bisschen sehr armselig für unsern amerikanischen Gast. Wie wär's, wenn wir noch einen in der Business Bar nehmen?

Rab war alarmiert. Kathryn bemerkte es, hatte jedoch keine Ahnung, wieso. – Was ist die Business Bar?

– Seinem Bruder seine.

Lisa sah Rab erstaunt an. Sie hatte ihn für so nen kleinen Wichser gehalten, die Art von ehrlichem, blauäugigem Studententyp, auf den Char anscheinend immer abfuhr. – Du bist Billy Birrells Bruder?

– Aye, sagte Rab, fühlte sich geschmeichelt und hasste sich dafür.

– Ne Freundin von mir hat in der Bar gearbeitet, informierte Lisa Rab. – Gina Caldwell. Kennst du die? Sie hätte beinah hinzugefügt, dass Gina mit Business gefickt hatte, verkniff es sich dann aber. Das wäre mehr Information gewesen, als sie brauchten. Eine ihrer Schwächen, dachte sie belustigt.

– Nee, ich geh da eigentlich nie hin, sagte Rab.

– Ich bleib gern hier, sagte Charlene, zu schnell für Lisa, um ihr nicht nen kurzen Blick zuzuwerfen. Sie hatte es schon wieder gemacht.

Rab wandte sich an Lisa. Sie war n cooles Mädchen, aber irgendwie empfing er von ihr ungute Vibes. Durch eine Welle von
Müdigkeit dachte er, wie gern er sich mit ihr vertragen würde,
schon, weil sie Charlenes Freundin war. – Ich trag dieses Shirt
nur, weil meine Ma ne Hysterektomie gehabt hat ... murmelte er,
aber sie bekam nur mit, dass er die Lippen bewegte.

Terry warf sich ins Zeug. – Ich bin sicher, dass mein alter
Freund »Business« sehr, sehr verletzt wär, wenn er rausfände,
dass wir mit Kath Joyner in der Stadt unterwegs sind und das
Mädchen nicht zum Guten-Tag-Sagen mit zu ihm bringen. Ich
denke, n kleines spätes Frühstück in der Business Bar wär genau
das Richtige, grinste er und weidete sich an Rabs Unbehagen.
Selbst hackebreit und mit Post Alec im Schlepptau müssten sie da
eigentlich reinkommen. Es warn schließlich sein Bruder und
Kathryn Joyner.

– Die Bar gehört Billy nich allein, er hat Gillfillan als Partner.
Er muss sich in Acht nehmen ... es ist nicht nur Billy ... bat Rab
niemand im Besonderen, und folglich hörte auch niemand zu. Er
war richtig ängstlich. Terry genoss das. Catarrh kam zwischendurch immer mal wieder lange genug aus dem Koma, um Terry
beipflichtend zuzunicken und das eigenartige Mantra »Business
Bar« zu wiederholen. Und wenn schon, überlegte Rab, er war mit
Charlene zusammen und mit sonst keinem. Soll Terry doch Alec
und Johnny mitnehmen. Aber warum zum Teufel sollte es Alec
versagt sein, in nem Pub in seiner eigenen Stadt n Bier zu trinken? Besonders wo sie für die ganzen Festival-Snobs, die bloß
zu ner Stippvisite hier waren, den roten Teppich ausgerollt hatten. Die beschissene Gesichtskontrolle. Ein stilvolles Café. Stil-
faschismus war auch bloß ein Weg, das Klassensystem hinten-
rum wieder einzuführen. Und wenn schon. Sein eigener Bruder
konnte doch unmöglich so ne Fotze sein!

Bestimmt nicht.

Lisa gefiel der Pub nicht. Sie hatte einen ihrer künstlichen Fingernägel verloren und einen Bierfleck auf ihr weißes Top bekommen. Sie behielt Charlene im Auge. Sie hätte sie nicht mit diesem
Rab gehn lassen dürfen, mit niemanden, wenn man's recht bedachte. Jetzt wirkte sie ja ganz okay, aber der Moralische danach

kam bestimmt. Der Pub hier war nicht grad der ideale Ort dafür. Die Business Bar hörte sich besser an.

The Fly's Ointment kam ihr wie die zentrale Sammelstelle für verlorene Seelen vor. Lisa bildete sich ein, sie könnte die Dramen kommender Verzweifelung im Vorstadium sehen: Der Vergewaltiger plaudert mit seinem Opfer; der Gauner trinkt gelassen mit dem Typen, der ihn demnächst verpfeifen wird; die bezechten Busenfreunde in der Ecke, die nur darauf warten, dass der Alkohol endlich ihr Gehirn überlädt und überhitzt, um einander dann aus Zorn oder Paranoia die Faust oder ein Glas ins Gesicht zu rammen, lange vor der Sperrstunde. Aber das Fieseste und Unheimlichste bei all dem war, dachte sie, während sie sich ihre eigene Gesellschaft ansah, dass man sich nicht selbstgefällig zurücklehnen und von diesem Kreis ausschließen konnte.

Lisa sah eine ausgemergelte Frau dasitzen, die einen gequälten Eindruck machte, zu früh gealtert, und neben ihr einen fetten, selbstsicheren, rotgesichtigen Mann, der in halb lachendem, halb höhnischem Tonfall laut auf sie einredete, Worte, die sie nicht verstehen konnte. Kein Zweifel, wer da das Sagen hatte. Noch so eine Frau in ner Männerwelt, immer verletzlich, dachte sie. Sie spürte, wie ihre Hand sich fester um die von Charlene schloss, wollte sie fragen, ob sie okay sei, ob sie schon runterkam, ob die Dämonen schon mit ihrem unbarmherzigen Tanz begonnen hatten, aber nein, sie lachte und ihre Augen waren immer noch geweitet und lebhaft. Immer noch aufgekratzt, immer noch ungebrochen. Aber das könnte noch kommen. Ach, Scheiße, wen will ich hier verarschen? Es *wird* kommen, für jeden. Berufsrisiko bei solchen harten Nächten. Also gut auf sie aufpassen.

Aber es passte noch jemand auf sie auf. Und nein, Lisa traute ihm immer noch nicht. Sie hätte Rab Birrell jede andere ihrer Freundinnen anvertraut, das wär gar kein Thema, ginge sie nichts an, aber nicht Char, nicht jetzt. Und gerade jetzt nahm er sie bei der Hand und führte sie zur Theke, und Lisa stand instinktiv auch auf und folgte ihnen. Terry packte ihre Hand, als sie an ihm vorbeihuschte. Er zwinkerte ihr zu. Sie erwiderte das Lächeln, wies mit dem Kopf Richtung Theke und nahm ihre Überwachung wieder auf.

Sie sah Rab mit Charlene, er hatte zwei Pints Wasser bestellt und füllte jetzt den Inhalt eines Tütchens hinein, das er aus der Jackentasche gezogen hatte, wodurch sich die Flüssigkeit eintrübte; der Bodensatz löste sich nicht ganz auf. – Trink das, sagte er lächelnd, hob ein Glas und nahm große Schlucke daraus.

Charlene zögerte. Es sah scheußlich aus. – Soll das ein Witz sein? lachte sie, – was ist das?

– Elektrolyte. Nimm eins davon, und es ersetzt die Flüssigkeit und das Salz, die das Bier und die Drogen dir entzogen haben. Mindert die Härte des Katers um rund 50 Prozent. Früher fand ich das doof, n bisschen verweichlicht, aber nach so Exzessen wie heute mach ich das immer. Bringt doch nichts, tagelang im Bett zu liegen und sich krank zu fühlen und jedes Mal aus der Haut zu fahren, wenn das Telefon klingelt, wenn's gar nicht sein muss ... naja, jedenfalls nicht so heftig, grinste er und hob sein Glas.

Das hörte sich gut an. Sie würgte es runter, als Lisa entsetzt dazukam, Bilder von Rohypnol und GHB im Kopf. Auf keinen Fall nahm er sie mit nach Haus. – Was hast du ihr da gegeben? fing sie an, stockte aber, als er den Rest runterschluckte, bevor er es ihr erklärte.

Bei ihrem zweiten Glas stimmten Alec und Gerry an der Theke ein Lied an. – *You-coaxed-the-bluesss-right-out-of-the-horn-mae-ae-ae* ...

– Nich ganz so laut, Jungs, warnte der Barkeeper.

– Ham hier wohl genug getrunken ... singen bloß n beschissenes kleines Liedchen, moserte Post Alec und platzte mit einer plötzlichen Eingebung heraus: – *Eyamalinesman from the counteee* ...

Alec kam nicht mehr dazu, zu erwähnen, dass er die mainline guidete. – Okay, Alec, das reicht, raus, fuhr ihn der Barkeeper an. Ihm reichte es; gestern, vorgestern. Alec hatte mehr letzte Warnungen geschafft, als Frank Sinatra, einer seiner Helden, Abschiedskonzerte gegeben hatte. Jetzt reichte es.

Terry stand auf. – Okay, alle miteinander, gehn wir. Er wandte sich an den Barkeeper. – Wir gehn in n ansprechenderes Lokal, in die Business Bar, sagte er hochmütig.

– Aye, da ham sie auf euch gewartet, spottete der Barkeeper.

– Was soll n das heißen? fragte Terry.

– Aye … Scheißtyp, giftete Catarrh und stärkte seinem Freund den Rücken.

– Ihr werdet da gar nich bedient, und ich sag euch noch was, wenn ihr nicht bald verschwindet, ruf ich die Polizei.

– Kathryn Joyner hier, lallte Terry und zeigte auf Kathryn, die versuchte, die Tatsache zu verbergen, dass ihr das alles äußerst peinlich war.

– Yeah, es war klasse. Kommt, gehen wir, drängte sie die anderen.

Als sie aufbrachen, entdeckte Charlene ihn, er saß da einfach so rum.

## DONG

**Dieses beschissene Vieh**                        **ist dein Vater**

Und dann sah er sie und lächelte breit. – Da is mein kleines Mädchen, sagte er, ein bisschen angeheitert, mit seinen Freunden beim Dominospielen.

**Sie sollen es erfahren, sie sollen es erfahren**
                      **nicht dein eigener Vater**

## SIE SOLLEN ES ERFAHREN

– Kleines Mädchen, nee, jetzt bin ich kein kleines Mädchen mehr. Das war ich, als du dich an mir vergriffen hast, sagte sie ganz ruhig. – Kein Schweigen mehr, keine Lügen mehr, sie sah ihm direkt in die Augen. Sah zu, wie das abartige, süßliche Glänzen daraus verschwand, während seine Freunde sich im Sitzen drohend aufrichteten.

– Was?

Charlene spürte, wie der Griff von Rabs Hand auf ihrer Schulter fester wurde, und sie wand und duckte sich, um sie abzuschütteln. Lisa hatte Charlenes Vater ebenfalls erkannt. Sie stellte sich neben ihre Freundin und Rab. Charlene hörte, wie Rab Lisa fragte: – Ist er das? Diese nickte darauf grimmig.

Dann dachte Lisa, dass sie es ihm, dass sie es Rab erzählt haben musste.

Rab zeigte auf den Mann und sagte mit fester Stimme: – Sie sind echt ne Beleidigung für die menschliche Rasse. Er sah die anderen Männer neben ihm an. Ein oder zwei von ihnen hatten harte Gesichter, ein oder zwei hatten einen schlechten Ruf. – Und für euch ist es ne verfickte Schande, mit so nem Stück Dreck zu trinken, sagte er kopfschüttelnd.

Die Männer wurden starr, sie waren es nicht gewohnt, dass man so mit ihnen sprach. Einer von ihnen sah Rab an, das Gesicht auf Töten eingestellt. Wer waren diese Fotzen, dieser junge Kerl und die Mädchen, und warum pöbelten sie die gesellige Runde an?

Charlene spürte, dass sie den Ball auf dem Fuß hatte. Aber wie ihn spielen, aber wie ihn spielen.

**Es ist dein Vater**              **dreckiges beschissenes abartiges**
                                   **Schwanzgesicht**

**das ist weder die Zeit noch der Ort**   **wann denn dann, das**
                                          **dreckige beschissene**
                                          **abartige Schwanz-**
                                          **gesicht**

**peinlich für alle Beteiligten**         **sag es allen, sag es allen,**
                                          **dass eine Bestie in**
                                          **dieser Kneipe sitzt**

**lass ihn in Ruh, geh weg, er ist es nicht wert**
                                   **sag dem Drecksack, was für**
                                   **ein Haufen Scheiße er ist**

Sie atmete tief ein und sah die Männer am Tisch an. – Er hat immer gesagt, ich wär ›komisch‹, weil ich's nicht mochte, wenn er mich befingert, sagte sie mit kaltem Lachen und sprach dann ihren Vater an. – Ich hab mehr richtigen Sex gehabt, besseren Sex, als so n jämmerlicher Scheißkerl wie du je haben wird. Was hast du getan? Du hast deinen Schwanz in ne unsichere, dumme Frau gesteckt und deinen Finger in ein Kind, das früher mal deine Tochter war ... aber heute nich mehr. Das ist der einzige Sex, den du je hattest, du erbärmliches kaputtes Stück Scheiße. Sie wandte sich an die anderen Männer am Tisch. – Was für n Hengst, was?

Ihr Vater blieb stumm. Seine Freunde sahen ihn an. Einer ergriff für ihn Partei. Das Mädchen musste verrückt sein, verdreht, von Drogen übergeschnappt, wusste nich, was sie da redete. – Du bist ja nich ganz dicht. Pass bloß auf, was du sagst, Kleine.

Rab schluckte heftig. Außer beim Fußball war er noch nie in Schlägereien verwickelt worden, das schien nie irgendwo zur Debatte gestanden zu haben. Jetzt war er drauf und dran, zuzuschlagen. – Nee, schnauzte er, und zeigte direkt auf ihn, – du bist nich ganz dicht, mit dem perversen Schwein hier zu trinken.

Der abgebrühtere Typ ignorierte Rab und wandte seine Aufmerksamkeit stattdessen seinem Freund zu. Seinem Saufkumpel, dem Mann namens Keith Liddell. Aber wer war er? Bloß einer, mit dem er gemeinsam was trinken ging. Pornohefte und Videos getauscht hatte. Nur so zum Spaß, ein bisschen Entspannung für nen allein stehenden Mann. Das war alles, was er über ihn wusste. Aber jetzt sah er es, sah etwas Unheimliches, Abartiges, Krankhaftes an ihm. Er selbst war nicht wie dieser Mann, er war nicht so wie Keith Liddell. Er trank mit ihm, aber dieser Mann ging ihn nichts an. Der Mann betrachtete Keith Liddell prüfend. – Ist das deine Tochter?

– Aye ... aber ...

– Stimmt das, was sie sagt?

– Nee ... sagte Keith Liddell mit tränenden Augen, – es ... es is nich ... er kreischte wie ein waidwundes Tier.

Mit einer einzigen, blitzschnellen Bewegung krachte die mächtige tätowierte Faust seines Kumpels in sein Gesicht. LOVE. Keith Liddell hockte da, beinahe zu geschockt, um den Schlag richtig zu spüren. – Tu mir n Gefallen, und tu vor allem dir selbst n Gefallen, und verpiss dich hier, sagte sein ehemaliger Freund. Keith Liddell sah sich am Tisch um, aber sie starrten ihn entweder zornig an oder wandten den Blick ab. Er stand mit hängendem Kopf auf, während Charlene nicht von der Stelle wich, ihre Blicke sich in seinen Hinterkopf bohrten, als er wie ein Geist zur Seitentür am anderen Ende des Raums schwebte.

Rab wollte ihm folgen, aber Lisa zog ihn am Arm. – Wir gehen in die andere Richtung.

Für eine Sekunde war Rab wie versessen darauf, loszuprügeln, er stand so unter Dampf, dass sein Kopf und Körper förmlich vor Adrenalin rotierten. Johnnys Gesicht kam in sein Blickfeld, drauf eingestellt, einem Kumpel zu helfen, verzerrt und spitz. Rab hatte den Eindruck, fast kichern zu müssen, als die Anspannung von ihm abfiel. Er nahm Charlenes Hand.

Charlenes Schock dauerte nur eine Sekunde lang. Als sie zur Tür ging, schoss ihr eine Flut von Bildern durch den Kopf, Bilder eines liebevollen, pflichtbewussten, zärtlichen Vaters. Das war nicht ihrer, es war der von jemand anderem. Vielleicht der, als den sie sich ihn gewünscht hätte. Wenigstens war er schon immer n Dreckschwein gewesen und hatte ihr keine widersprüchlichen Gefühle hinterlassen, mit denen sie fertig werden musste. Abschaum konnte man nicht betrauern. Charlene dachte, sie würde weinen, aber nein, sie würde tapfer sein. Lisa begleitete sie zur Toilette, Rab entließ sie nur ungerne aus seinem Griff.

Lisa nahm ihre Freundin fest in den Arm und drängte: – Komm, wir bringen dich nach Haus.

– Kommt nicht in Frage. Ich will weiter ausgehen.

– Komm schon, Charlene, na ...?

– Ich hab doch gesagt, ich will weiter ausgehn. Ich hab nichts falsch gemacht.

– Ich weiß, aber du hast ein tierisch beschissenes Erlebnis gehabt ...

– Nee, sagte sie plötzlich härter, als Lisa sie je erlebt hatte. – Ich hab nichts falsch gemacht. Ich hab bloß nen Furunkel aufgestochen. Ich kann mir darüber keinen Kopf mehr machen: mich damit auseinander setzen, was er getan hat und was sie ihn hat tun lassen. Das steht mir einfach bis hier, Lisa. Das langweilt mich jetzt. Solln die ne Lösung dafür finden, die da draußen! Sie gestikulierte ungestüm Richtung Tür.

Lisa zog Charlene näher an sich heran. – Okay, aber ich pass auf dich auf, Süße.

Sie frischten ihr Make-up ein bisschen auf und kamen gerade raus, als Terry rüberkam, irritiert, weil er was verpasst hatte. – Was war denn hier los? fragte er.

Lisa grinste: – Bloß ne Fotze, die unverschämt werden wollte, sie hakte ihren Arm bei Charlene ein. – Rab hat das geregelt, sagte sie, zog Rab zu sich heran und küsste ihn auf die Wange, wobei sie bemerkte, dass er so auf Charlene konzentriert war, dass er das nicht mal registrierte. Dann zwickte sie Terry in den Hintern. – Komm, haun wir hier ab.

Sie gingen raus und schlingerten in Zweier- und Dreiergrüppchen Richtung Stadt, in die Sonne blinzelnd, um die Touristen herumkurvend, während sie Richtung West End bummelten. – Also ich weiß nich, jammerte Alec. Er zog es vor, in Gegenden zu trinken, in denen der Abstand zwischen den Pubs allerhöchstens in Metern gemessen wurde.

– Da mach dir mal keine Sorgen, Alexis, sagte Terry, während er Lisas Schulter drückte, – mein guter Freund William »Business« Birrell wird uns überschwänglich in seinem charmanten kleinen Etablissement willkommen heißen, behauptete er geziert, bevor er sich Rab zuwandte. – Stimmt's nich, Roberto?

– Aye ... stimmt, sagte Rab mit nem gewissen Vorbehalt. Er hatte gerade versucht, Charlene etwas zu erklären, ohne wie ein gönnerhafter Saftarsch zu klingen. Die letzte Nacht war ja katastrophal gewesen. Das Mädchen sah in ihm nen Sozialarbeiter, wo er doch einfach bloß ficken wollte ... na ja, auch ein bisschen Liebe und Romantik, aber am Schluss musste ne Nummer rausspringen. Darauf kam es an. Aber letzte Nacht hatte sie, nachdem sie bis auf Reinstecken alles gemacht hatten, von Kondomen angefangen, bevor die widerliche Wahrheit ans Licht gekommen war. Aber sie war toll damit fertig geworden, er hatte sie bestärkt, und sie waren sich näher denn je. Sogar Lisa hatte er jetzt auf seiner Seite.

– Es wird bald so weit sein, Rab, sagte sie zu ihm.

– Schau mal, ich will nur mit dir zusammen sein. Belassen wir es vorerst nur dabei, dann können wir uns immer noch entscheiden. Ich bin morgen auch noch da, sagte Rab und überraschte sich selbst, wie edel er klang, wie *rein* seine Empfindungen waren.

Scheiße, ich hab mich doch glatt verliebt, dachte Rab. Ich geh raus was trinken und hoffe auf ein Nümmerchen und verliebe mich doch glatt. Und er kam sich vor wie ein törichter Gott.

Selbst vom West End aus, hackedicht und ohne seine Brille, bildete Alec sich ein, die Fensterputzer-Plattform am Balmoral Hotel sehen zu können. Als sie näher kamen, bevor sie in die George Street einbogen, sah Terry nach oben und schauderte. Er würde, er *könnte* nicht nochmal da oben raufgehen. Es war zu hoch. Da konnte man allzu leicht abstürzen.

**WICHSEN**

Franklin war die ganze Nacht wach gewesen, weil er nicht zur Ruhe gekommen war. Sein Magen rumorte, und er konnte nicht schlafen. Erst tobte er innerlich, geschissen auf die selbstsüchtige Nutte, ist doch nicht mein Problem? Minuten später war er dann krank vor Sorge, telefonierte mit Clubs und Late-Night-Bars und sah in Kathryns Zimmer nach.

Zur Entspannung wollte er sich vor dem Pornokanal einen runterholen. So beunruhigt, wie er war, brauchte er ewig, um zu einem Orgasmus zu kommen, und als er dann kam, fühlte er sich elend und leer. Dann fiel ihm, du großer Gott, die Scheißbrieftasche ein! Die verdammten Karten! Als er sich den Zeitunterschied zu New York klar machte, rief er einige Nummern an, um sie sperren zu lassen. Es dauerte ewig, bis er durchkam. Als es endlich klappte, hatte das Arschloch, das ihn beklaut hatte, schon Waren im Wert von rund zweitausend Pfund eingesackt.

Schließlich sank er in einen ungesunden Schlummer. Als er abrupt aufwachte, war es schon fast Mittag. Aus Verzweiflung wurde Galgenhumor. Alles ist hin, sagte er sich. Es ist vorbei.

Das hat sie noch nie getan, am Vorabend eines Auftritts zu verschwinden.

Alles ist hin.

Er dachte an Taylor.

Franklin ging aus. Scheiß auf die Schlampe; wenn sie das konnte, konnte er das auch. Er würde sich in jeder einzelnen Bar in diesem gottverlassenen Dreckskaff einen genehmigen.

# Flughafen Heathrow, London, England
## 18.30 Uhr

Großbritannien. Nein, es ist England. Es ist nicht Schottland. Großbritannien hat es in Wirklichkeit nie gegeben. Das war alles ein PR-Schwindel im Dienste des Empire. Heute dienen wir anderen Empires, darum erzählen sie uns, wir wären was anderes. Europa oder der einundfünfzigste Bundesstaat der USA oder die Atlantischen Inseln oder ähnlicher Scheiß. Alles dreckige Lügen. In Wirklichkeit hat es immer Schottland, Irland, England und Wales gegeben. Raus aus dem Flugzeug, rein ins Flugzeug. Ab nach Schottland. Nicht viel mehr als eine Stunde entfernt.

Ich krieg keine Maschine nach Edinburgh. Die nächste geht nach Glasgow. Ich will hier nicht wartend rumsitzen, auch wenn der nächste Flug nach Edinburgh mich fast genauso schnell nach Hause bringen würde, als wenn ich fürs letzte Stück den Zug nehme. Aber es ist mir irgendwie wichtig, dass ich in Bewegung bleibe, also kauf ich ein Ticket nach Glasgow.

Ich ruf meine Mutter an.

Es tut gut, mit ihr zu reden. Sie wirkt gefasst, ist aber ein bisschen abwesend, als wär sie auf Valium oder so was. Meine Tante Avril kommt ans Telefon und sagt mir, dass sie sich tapfer hält. Um den alten Herrn steht's unverändert. – Sie warten jetzt nur noch ab, Junge, sagt sie.

Es ist die Art, wie sie es sagt. Sie warten nur noch ab. Ich geh aufs Klo und setze mich dort von Schmerz und Angst gelähmt hin. Es kommen keine Tränen, und sie wären auch sinnlos, als versuchte man einen Stausee von Schmerz durch einen Infusionsschlauch auslaufen zu lassen. Ich bin ja bescheuert. Mein alter Herr wird wieder in Ordnung kommen. Er ist unbesiegbar, und die Ärzte sind beschissene Wichser. Sollte er tatsächlich sterben, dann deswegen, weil sie ihn mit nem Dutzend weiterer nicht so finanzstarker Patienten auf dem beschissenen Parkplatz bei den Mülltonnen stehen gelassen haben, statt ihm ein vernünftiges Krankenhausbett zu geben, wo er die Behandlung bekommt, für die er sein Leben lang mit seinen Stempeln und seinen Steuern wohl mehr als ausreichend bezahlt hat.

Ich kann an nichts anderes denken als an die Wohnung meiner Ma. Pennen, rasieren, duschen und den äußerlichen Staub und Schmutz abwaschen, dann werd ich sie alle wiedersehen. Vielleicht sogar hören, was ein paar von den Jungs machen. Tja, vielleicht, vielleicht auch nicht. Ich bin zu fertig, um jetzt, nur noch eine Stunde entfernt, irgendwas für Schottland zu empfinden. Ich will bloß ins Bett.

Lügen.

Es waren alles Lügen. Wir gingen uns aus dem Weg, weil wir uns gegenseitig an unser Versagen als Freunde erinnerten. Trotz all unserer großen Reden war unser Freund allein gestorben.

Es waren alles Lügen.

Ich ging Terry und Billy aus dem Weg.

Gally hatte mir erzählt, dass er den Virus hat. Er hatte sich ein paarmal in Leith zusammen mit nem Typ namens Matty Connell nen Druck gesetzt. Nur zwei- oder dreimal, weil er so deprimiert war, wie das mit seinem Kind lief. Der Spinner, mit dem seine Perle zusammen war, der, den das Kind Dad nannte.

Mark McMurray hieß der Knabe. Gails Stecher. Doyles Kumpel. Zweimal hatte er Gally was weggenommen.

Polmont nannten wir ihn. Den Dalek.

Armer Polmont. Armer Gally.

Gallys erster Sex brachte ihm gleich ne Schwangerschaft und ne lieblose Zwangsehe ein.

Sein erster oder zweiter Druck brachte ihm den Virus ein.

Er erzählte mir, dass er das Hospiz nicht ertragen konnte, niemanden ertragen konnte, seine Ma und so, im Bewusstsein, dass Drogen daran Schuld waren; Heroin und AIDS. Er dachte, er hätte seiner Mutter schon beinah alles abverlangt, mehr ginge nicht.

Wahrscheinlich dachte er, Tod durch nen Unfall im Suff klänge besser als Tod durch AIDS. Als hätte sie es so sehen können. Gally war ein anständiger Junge, trotz allem. Aber er hat uns verlassen.

Er hat uns verlassen, ich sah das Ganze, sah, wie er so stur geradeaus starrte, als wir ihm zuriefen, er soll nicht so bescheuert sein und sofort wieder zurück über das Geländer kommen. Gally war schon immer ein Kletterkünstler gewesen, aber er war über das Geländer der George-IV-Brücke gestiegen und sah aufs Cowgate runter. Es war die Art, wie er da runtersah, in einer seltsamen Trance. Und ich sah alles, ich stand am dichtesten bei ihm. Billy und Terry waren Richtung Forrest Road weitergelaufen und zeigten ihm so, dass sein Buhlen um Aufmerksamkeit sie ungerührt ließ.

Aber ich war direkt neben ihm. Ich hätte ihn berühren können. Ich hätte den Arm ausstrecken und ihn packen können.

Nein.

Gally riss sich kurz aus seinem hypnotisierten Zustand, und ich sah, wie er sich auf die Unterlippe biss und die Hand zum Ohrläppchen wanderte und an seinem Ohrring drehte. Es schien selbst nach den vielen Jahren immer noch verschorft zu sein und zu nässen. Dann schloss er die Augen und schritt oder fiel, nein, er *schritt* von der Brücke, fiel sechzig Fuß tief und schlug unten auf die Straße auf.

Ich brüllte: – GALLY! WAS ZUM ... SCHEISSE ... GALLY!

Terry drehte sich um, erstarrte für eine Sekunde, schrie irgendwas, dann packte er sich in die Haare und begann mit den Füßen aufzustampfen, als stünde er in Flammen und versuchte sie auszutreten. Es war ein verrückter Veitstanz, es war, als würde etwas, dass mit ihm verbunden war, absterben, von ihm weggerissen.

Billy lief sofort den kleinen, gekrümmten Weg runter, der nach unten zur Straße führte.

Ich blickte über die Brüstung und sah Gally auf der Straße unten liegen, beinah, als würde er sich nur tot stellen. Ich weiß noch, dass ich dachte, das wär irgendwie ein Witz, eine Verarsche. So als hätte er es auf rätselhafte Weise geschafft, zu der Straße run-

terzuklettern, und sich hingelegt, um uns an der Nase rumzu-
führen, so wie damals, als wir klein waren und uns gegenseitig
bei Japse und Commandos»erschossen«. Der eigene Augenschein
schien auf verrückte Weise im Widerspruch zu der entsetzlichen
Hoffnung zu stehen, so stark, dass einem übel davon wurde, es
wäre alles nur ein bizarres, abgekartetes Spiel. Dann sah Terry
mich an und brüllte: – Jetzt komm doch, und ich folgte ihm den
engen Weg zur Hauptstraße runter, wo Gally lag.

Meine Schläfen pochten und die Sehnen im Nacken fühlten
sich wie Messer an. Es war immer noch möglich, dass gleich alles
wieder so sein würde wie vorher: ein paar Fotzen auf Sauftour.
Aber dieser Wunschgedanke, diese Hoffnung wurde zerstört, als
ich sah, wie Billy Gallys Körper an sich drückte.

Ich erinnere mich noch an diese betrunkene, zugekiffte Kuh,
die ständig sagte: – Was ist passiert? Was ist passiert? Wie eine
Geisteskranke wiederholte sie das immer und immer wieder. Ich
wollte, dass sie an seiner Stelle tot wär. – Was ist passiert? Was ist
passiert? Heute weiß ich, dass das arme Mädchen unter Schock
gestanden haben muss. Aber ich wollte, dass sie an seiner Stelle
wär. Nur für ein, zwei Sekunden, dann wollte ich, dass nie wieder jemand sterben muss.

Die meisten Leute, die sich versammelten, kamen aus den
Pubs und hielten nach dem Auto Ausschau, das Gally überfahren
hatte, versuchten festzustellen, wohin es verschwunden war.
Niemand dachte daran, zur Brücke hochzuschauen.

Dann stehe ich da, schweigend, wie ich glaube, aber sie starren
mich alle an, als wäre ich verletzt, als würd ich furchtbar bluten,
und dann kommt Terry und schüttelt mich, als wär ich n kleiner
Junge, und erst da wird mir klar, dass ich geschrien hab.

Billy hält Gally und sagt sanft, mit einer traurigen Zärtlichkeit,
die ich noch nie zuvor und auch nie wieder von jemandem gehört
habe: – Warum hast du das getan, Andy? Warum? Es war doch
bestimmt nicht so schlimm. Wir hätten das regeln können,
Kumpel. Die Jungs. Aber warum so was, Kleiner? Warum?

Das war das letzte Mal, dass es was Besonderes war. Danach
gingen wir einander aus dem Weg. Es war, als hätten wir zu jung
einen Verlust erfahren und wollten uns jeder von dem anderen

fern halten, bevor einer dem anderen zuvorkam. Auch wenn wir in Wirklichkeit nicht so weit voneinander entfernt waren, lagen nach dieser Nacht Welten zwischen mir, Billy, Terry und, tja, wohl auch Gally.

Nun komm ich zurück.

Der Coroner erkannte auf Anklage gegen Unbekannt. Terry weigerte sich, auch nur die Möglichkeit eines Selbstmords in Betracht zu ziehen. Ich glaube aber, Billy vermutete es.

Ich ging nach London und schlug dort meine Zelte auf. Ein festes Engagement in nem kleinen, angesagten Club, der in größere Räumlichkeiten umzog. Dann weiter zu nem großen, wie n Konzern geführten Superclub. Ich machte ein paar eigene Stücke, dann ein paar Mixes. Dann ein Album, dann noch eins. Im Grunde lebte ich den alten Snap-Traum vom Erfolg, während ich Bass zu spielen versuchte. Aber ich war nie n Bassist; kein Manni, Wobble, Hooky oder Lemmy, nicht mal n beschissener Sting. Ich bekam nie ein *Gefühl* für den Bass bei meinen wurstfingerigen Versuchen, die nie mit meinen inneren Vibes synchron waren, aber ich bekam ein *Ohr* für den Bass. Das war ne große Hilfe, wenn es darum ging, Platten zu mixen. Die Sache entwickelte sich langsam, aber stetig. Eine erfolgreiche Dance-Platte, *Groovy Sex Doll*, die es sogar in die Mainstream-Charts schaffte. Die brachte mich groß raus. Sie spielten sie bei *Top of the Pops*, wobei ich so tat, als würd ich Keyboards spielen, während ein paar in Lycra gekleidete Models von ner Agentur dazu tanzten. Ich ging auf ne Wodka-und-Koks-Tour, bumste eins der Models, hing in der Met Bar und ein paar Clubs in Soho ab, führte tief schürfende und wahnsinnig wichtige Diskussionen mit Popstars, Schauspielern, Schrifstellern, Models, TV-Moderatoren, Künstlern, Herausgebern von Zeitungen und Magazinen und tauschte massenhaft Telefonnummern aus. Konnte hören, wie sich auf dem Anrufbeantworter der Dialekt änderte. Was eigentlich zwei interessante Monate hatten werden sollen, einen Sommer lang, wurden satte sechs Jahre.

Ich bedaure das nicht. Du musst mitschwimmen, wenn deine Zeit gekommen ist, sonst bereust du's später. Was ich bedaure, ist, dass ich zu lang dabei geblieben bin und zugelassen hab, dass der traurige, ekelhafte, destruktive Prozess mich zermürbte. Im Flugzeug auf dem Rückweg von New York und einem exzellenten Gig im Twilo traf ich eine Karriereentscheidung: Ich wollte keine Karriere mehr haben.

Ich hatte einen Fuß in beiden Lagern, weil ich stets die House-Heads bewunderte, die auf dem Boden blieben: Dave the Drummer, die Liberator-Jungs, solche Leute eben. Im Grunde war *das* meine Zeit, die Underground-Partys, sich mit den Tribes zusammentun. Die schlichte Wahrheit ist, das ist einfach besser. Es macht mehr Spaß, ist witziger. Von daher war es ne rein berechnende, von Geldgier bestimmte Entscheidung meinerseits, das hochtrabende, unechte Umfeld der Promi-Welt zu verlassen.

Also legte ich auf den Old-School-Raves und Partys auf, die Dance-Presse fragte: HAT N-SIGN DIE ORIENTIERUNG VERLOREN?, und für mich begann die glücklichste und ausgefüllteste Zeit meines Lebens. Dann begann die Criminal Justice Bill Wirkung zu zeigen, und hinter dem Zahnpastalächeln blieb das UK weiterhin ein Unterdrückungsregime für alle, die nicht nach deren Bedingungen Party machen wollten. Und deren Parties, die Cool-Britannia-Partys, waren für den Arsch.

Also zogen wir um; erst nach Paris, dann nach Berlin, dann nach Sydney. Spirals, Mutoids, alle schienen sie in Sydney angespült zu werden. In letzter Zeit bin ich oft völlig im Arsch gewesen. Das ist für mich immer das Zeichen, weiterzuziehen. Manche Menschen verbringen Jahre in Therapie, um mit dem Im-Arsch-Sein zurechtzukommen. Ich zieh einfach weiter. Das Im-Arsch-Sein verschwindet dann immer. Nach landläufiger Ansicht ist das ein Davonlaufen, man soll sich dem Im-Arsch-Sein stellen. Das seh ich anders. Das Leben ist nicht statisch, sondern ein dynamischer Prozess, und wenn wir uns nicht ändern, bringt uns das um. Das ist kein Weglaufen, das ist ein Weitergehen.

Ja. Jetzt fühl ich mich besser. Es ist doch immer wieder schön, sich rechtfertigen zu können. Ich renne nicht weg, ich bewege mich weiter.

Weitergehen.

Das letzte Mal, dass ich sie gesehen hab, war bei der Beerdigung, vor neun Jahren. Das Komische bei Billy, Terry, Topsy und Konsorten ist, dass ich nie so viel an sie gedacht hab, wie ich es erwartet hatte. Das kommt erst jetzt, jetzt wo ich so nah an Zu Haus bin.

Der Anschlussflug nach Glasgow, ich sitz drin und hab sogar ein Gratisexemplar vom *Herald*. Die Glasgower. Ich liebe die Fotzen. Sie enttäuschen einen einfach nie. Wieder zu Haus. Ich krieg immer so ein merkwürdiges Kribbeln, wenn ich nach Schottland zurückkomme. Trotz der Angst wird mir klar, dass es schon lange her ist und ich mich wirklich darauf freue. Ich hoffe, dass noch ein Vater da sein wird, den ich besuchen kann, wenn ich ankomme.

Aber ein Gally wird nicht da sein.

Ich hab den kleinen Gally geliebt, die kleine Fotze, den selbstsüchtigen, kleinen Scheißkerl. Heute wahrscheinlich mehr denn je, weil er eingekuhlt ist. Jetzt enttäuscht er keinen mehr, das hat er nur ein Mal gemacht. Den Anblick seines zerschmetterten Körpers auf dieser Straße werd ich nie vergessen.

Das Mädchen damals in München, Jahre her, neunzig, einundneunzig, neunundachtzig, in dem Dreh, Elsa hieß sie. Gally ging mit ihrer Freundin mit. – Dein Freund ist komisch, sagte sie, – er hat nicht, mit Gretchen ... sie haben nicht ... sie mochte ihn, aber sie hatten keinen richtigen Sex.

Ich fragte mich damals, was er sich dabei gedacht hat. Jetzt wusste ich es, so wie er es wusste. Er war ein viel zu lieber Kerl, um trotz AIDS mit jemandem zu ficken.

Durch ihn lernten wir alle, was Verlust bedeutet.

Wenn er sich selbst nur so geliebt hätte wie den Rest der Welt.

Er ist tot und darum leichter zu lieben als Terry oder Billy. Ich mag sie trotzdem noch; zu sehr sogar, um zuzulassen, dass sie in meine Nähe kommen und meine Gefühle für sie kaputtmachen. Mir gefällt die *Vorstellung*, die ich von ihnen hab. Aber wir können nie das zurückholen, was wir mal hatten; das ist alles vorbei: die Unschuld, das Bier, die Pillen, die Vereinsfahnen, die Reisen, die Siedlung ... das ist alles so weit weg von mir.

Wie ging nochmal der Bowie-Refrain, den wir gesampled haben: *Draw the blinds on yesterday* ...

Der Bus ins Stadtzentrum rein. Ich bin im Arsch. Genau gesagt, mehr als im Arsch. Manchmal glaub ich, ich seh mit den Ohren statt mit den Augen. Busbahnhof Buchanan Street.

# Edinburgh, Schottland
## 14.02 Uhr

**DIE BUSINESS BAR**

Die Business Bar war rappelvoll. Festivalbesucher und Büroangestellte mischten sich in blasierter, aber wahrscheinlich nicht gerechtfertigter Komplizenschaft und wähnten sich dort, wo für diese drei Wochen im Jahr der Mittelpunkt der Welt war. Billy Birrell stand an der Bar, hielt Hof und trank ein Perrier. Er blickte überrascht, aber nicht verstimmt auf, als er seinen Bruder entdeckte. Ein peinliches Hibs-Auswärtstrikot. Zumindest ein weiterer Beweis dafür, dass er nicht mehr mit irgendwelchen Krawalltypen rumhing. Dann sah Billy Terry und bekam ein unverkennbar langes Gesicht. Aber Terry hatte jemanden dabei ... so ein Mädchen ... das war doch Kathryn Joyner! Hier in der Business Bar! Sie zog auch gleich einige Blicke auf sich, aber was hatte sie boß mit denen zu schaffen?

– Billy! Wie geht's? Juice Terry streckte eine Hand aus, die Billy Birrell zögernd ergriff. Terry sah schlecht aus. Übergewichtig. Er hatte sich wirklich gehen lassen.

– Prima, Terry, sagte Billy Birrell. Er warf seinem Bruder Rab einen Blick zu. Rab zuckte verlegen die Achseln. Lisa musterte Billy Birrell von Kopf bis Fuß. Ihre abschätzenden Augen glänzten wie die von Don King.

Terry schob Kathryn auf Billy zu. – Vilhelm, ich möchte dir ne gute Freundin von mir vorstellen. Das ist Kathryn Joyner, Terry fühlte, wie seine Schultern zitterten, als er hinzufügte, – sie singt gelegentlich, hast du vielleicht schon gehört. Kathryn, das ist ein alter Weggefährte von mir. Roberts Bruder Billy ... oder »Business«, wie wir Einheimischen ihn zu nennen pflegen.

Billy Birrell wusste, dass Terry breit war und bloß wieder den Lauten machen wollte. Der ändert sich wirklich nie, dachte Billy mit so grimmiger Verachtung, dass es ihm im Magen brannte und ihn beinahe schüttelte. Billy wandte seine Aufmerksamkeit der amerikanischen Sängerin zu und konnte nicht anders, als zu denken, mein Gott, sieht die Frau mitgenommen aus. – Kathryn, lächelte er und streckte die Hand aus. Er wandte sich an ein Mädchen hinter der Bar. – Lena, könnten wir Champagner bekommen; eine Magnum Dom Perignon würde ich sagen.

Terry starrte auf ein Foto an der Wand, das Business Birrell neben dem Footballspieler Mo Johnston zeigte. – Mo Johnston: ne echte Type, was, Billy?

– Aye ... sagte Billy argwöhnisch.

Terry sah sich ein paar weitere Bilder hinter der Bar an. – Darren Jackson. John Robertson. Gordon Hunter. Ally McCoist. Gavin Hastings. Sandy Lyle. Stephen Hendry. Echte Typen, was, Billy?

Business Birrell biss sich auf die Unterlippe und warf seinem Bruder einen Blick zu. Ein vorwurfsvoller Ausdruck trat in seine kantigen Gesichtszüge.

Während sich alle noch vorsichtig beschnüffelten, hatte Post Alec bereits die halbe Flasche Champagner runtergespült und redete auf zwei gestylte, affige Festival-Touristinnen ein. – ... klar kann ich wegen meinem Rücken nich arbeiten ... aber ich mach jetzt Fensterreinigung für n Kumpel ... Dann dämmerte ihm langsam die Widersprüchlichkeit dieser Bemerkung, und er stand einen Moment wie ertappt und von Alkohol betäubt da. Schließlich schüttelte er diese Benommenheit ab, indem er ein Lied anstimmte. – Ein kleines Lied! *Cause you're mine ... me oh my ... spe-shil lay-dee ...*

Lisa grinste, nahm sich ungeduldig ein Glas Champagner und reichte Rab und Charlene auch welche.

Terry lachte. – Schluckspechtalarm! Dann wandte er sich Kathryn zu und legte einen Arm um ihre Taille und den anderen um Billy Birrells Schultern. – Mein alter Kumpel Billy Birrell, Kath. Wir waren schon Freunde, lange, lange bevor ich mich mit Rab angefreundet hab, erklärte er. – Natürlich wird er jetzt nich mehr gern an diese Zeiten erinnert. Oder nich, Billy?

– Ich muss da nich dran erinnert werden, Terry. Ich erinnere mich noch gut genug, beschied Billy ihm frostig.

Für Terry wirkte dieser nüchterne Billy Birrell so unnachgiebig, als wär er in Bronze gegossen. Die Fotze sah gut aus, aber warum auch nicht? Er machte wahrscheinlich jeden Fitnesstrend, jede Gesundkostmode und jeden Bloß-keine-Exzesse-bitte-Lifestyle mit, den man sich vorstellen konnte. Natürlich war auch er ein bisschen gealtert; sein Haar war dünner geworden, und sein Gesicht zeigte erste Falten. Birrell. Wie hatte der Spacken es geschafft, *überhaupt* Falten im Gesicht zu kriegen, wo er doch nie nen Muskel darin rührte? Aber es *war* Billy, er sah gut aus, und Terry verspürte ein Zwicken von Wehmut. – Ich weiß noch, wie wir zum National nach Aintree gefahren sind. Zur Weltmeisterschaft '90 in Italien. Zum Oktoberfest in München, was, Billy?

– Aye, sagte Billy reservierter, als er beabsichtigt hatte.

– Siehste, ich hab was von der Welt gesehn. Eigentlich isses überall gleich, was Kath? sagte Terry. Ohne eine Antwort abzuwarten, fügte er hinzu: – Hat früher geboxt, unser Billy Boy, Kath. Konnte aber kein Blut sehen, Terry ballte eine Faust und drückte sie sanft gegen Billys Kinn. – Hättest nen Titel holen können, was, Champ? Billy stieß Terrys Hand weg. Instinktiv verstärkte Terry den Griff um Kathryns Taille. Falls Business Terry umnietete, würde sie mit zu Boden gehen. Mal sehen, wie das dem imagebewussten Arschloch gefallen würde. Was die *Evening News* draus machen würde:

Die weltberühmte amerikanische Sängerin Kathryn Joyner wurde gestern bei einem Zwischenfall in einem Pub in der City niedergeschlagen. Wie verlautet, soll die berühmte Sportgröße Billy»Business«Birrell darin verwickelt gewesen sein.

Billy Birrell. Sein Freund. Terry dachte an früher, er und Billy mit ihren Sportbeuteln, gestreiften Schlabberpullovern, Naytex-Jeans und Parkas. Dann Ben Shermans und Sta-Prest und schließlich T-Shirts mit angeschnittenen Ärmeln, Adidas und Fred Perry. Plötzlich fühlte er einen Stich schmerzhafter Bitterkeit, die sich sofort in Melancholie verwandelte. – Ich bin damals ja mit dir zu Leith Victoria gegangen, Billy ... ich hätt durchhalten sollen. Weißte noch, Billy … weißte … Terrys Stimme wurde leise und verzweifelt und versagte ihm beinah, als er an Andy Galloway dachte, leblos auf dem Asphalt, an N-SIGN Ewart drüben in Australien oder wo immer der steckte, an seine Mutter, Lucy, seinen Sohn Jason, ein Fremder, an Vivian … dann presste er sich enger an Kathryn.

Jason. Er hatte den Namen ausgesucht. Und das war's gewesen. Er hatte Lucy versprochen, nie so zu werden wie das alte Schwein, wie der Dreckskerl, der ihn und Yvonne verlassen hatte, dass er n guter Vater sein würde. Es war ihm so zur Besessenheit geworden, sich von diesem Wichser zu unterscheiden, dass er nicht bemerkte, dass alles, womit er sich befasste, kosmetische Korrekturen waren und sie sich am Ende wie ein Ei dem anderen gleichen würden.

Terry erinnerte sich, wie er versucht hatte, an Jasons Leben teilzuhaben. Er hatte ihn bei Lucy abgeholt und war mit ihm zu einem Spiel im Easter-Road-Stadion gegangen. Der Junge langweilte sich, und man musste ihm jedes Wort aus der Nase ziehen. Einmal, in einem überschwenglichen Moment, hatte er versucht, Jason zu umarmen. Das Kind reagierte so verkrampft und peinlich berührt wie jetzt Birrell. Sein eigener Sohn hatte Terry das Gefühl gegeben, er käm aus dem Kinderfickerblock in Saughton.

Am nächsten Sonntag hatte er überlegt, dass er mit Jason in den Zoo gehen könnte. Er hatte akzeptiert, dass das Kind vielleicht Gesellschaft in seinem eigenen Alter brauchte. Er hatte gehört, dass Gallys Mutter die kleine Jacqueline an manchen Wochenenden bei sich hatte, und die war nicht viel jünger als Jason.

Er klingelte bei Mrs. Galloway. – Was willst du? fragte sie ihn mit gespenstischer Kälte, ihre großen Augen – Augen genau wie die von ihrem Sohn – weiteten sich und sogen einen förmlich auf.

Terry konnte ihren Blick nicht ertragen, er traf ihn tief ins Mark. Unter diesem Blick kam er sich wie ein gestellter Ausbrecher aus einem Konzentrationslager vor, der vom Licht der Suchscheinwerfer geblendet wird. Er hustete nervös. – Äh … ich hab gehört, dass Sie manchmal am Wochenende die Kleine da haben

... äh, ich dachte bloß, wo ich doch mit dem Kleinen am Sonntag in den Zoo geh ... wenn Sie also mal ne Pause haben möchten, könnt ich die kleine Jacqueline mitnehmen und so ...

– Du machst ja wohl Witze, sagte sie eisig, – ich soll meine Enkelin mit dir weglassen?

Sie musste gar nicht erst hinzufügen, »nach dem, was mit meinem Sohn passiert ist«; das stand ihr ins Gesicht geschrieben.

Terry wollte etwas erwidern und fühlte, wie ihm die Worte im Hals stecken blieben, als ihn die Gefühle zu überwältigen drohten. Er zwang sich, Susan Galloway offen anzusehen, trotz seiner Gekränktheit verstand er ihren Schmerz. Wenn er doch nur die Kränkung überwinden und dem Blick standhalten könnte, dann würde sie es sich vielleicht anders überlegen, und sie könnten vernünftig miteinander reden, den Schmerz teilen. So wie es Billy Scheiß-Birrell gemacht hätte. Einmal hatte er Billy mit seinem dicken Schlitten beobachtet, als Mrs. Galloway ausstieg und Billy ihr mit den Einkäufen half. Klar, Birrells praktische kleine Hilfe wurde natürlich gern akzeptiert, die war jederzeit willkommen. Aber Birrell war ja auch eine »berühmte Sportgröße« und jetzt auch noch ein erfolgreicher Geschäftsmann. Selbst Ewart, dieses Drogenwrack, war ein Top-DJ und Gerüchten zufolge Millionär. Nee, man brauchte nen Sündenbock, und in diesen Zeiten bot sich ein Typ, der in der Siedlung hängen geblieben war, am ehesten für die Rolle an. Da dämmerte ihm, dass dieses Los ihm bestimmt war. Dabei hatte er Gally doch genauso geliebt wie die anderen. Terry wandte sich von der Mutter seines toten Freunds ab und wankte, obwohl nüchtern, davon, ganz so, wie sie es von dem unverbesserlichen, erbärmlichen Säufer erwartete, für den sie ihn hielt.

Jetzt war er noch unsicherer auf den Beinen. Er klammerte sich noch fester an Kathryn und sah zu Lisa, die ihm ein strahlendes Lächeln schenkte. Sie war ein Klassemädchen, ne hübsche, sexy Braut, die Cocktails und Ficken liebte. Könnte nicht mehr nach seinem Geschmack sein, echt ein wahr gewordener Traum. Im Lauf der Jahre hatte er seine Ansprüche runtergeschraubt, aber jetzt war er mit Lisa zusammen. Mehr brauchte er doch nicht ... und so stärkte Juice Terry sein Ego und fand sein Gleichgewicht wieder. Er musste sich mehr ins Zeug legen. Öfter ausgehen. Sich für etwas interessieren. Er jammerte einem Goldenen Zeitalter nach, das nie existiert hatte, und das Leben lief an ihm vorbei. Billy hatte ihn mittlerweile satt bekommen. Er hatte genug von dieser Witzfigur, die in einer imaginären Brise schwankte und Kathryn Joyner herumzerrte, als wär die Frau eine Flickenpuppe. – Terry, du hast genug, Kumpel. Ich ruf dir n Taxi.

– Ich brauch kein Taxi, Birrell, sagte Juice Terry Lawson gereizt, nahm sein Glas Champagner und nippte vornehm daran, – ich nehm bloß noch n Glas Schampus, und dann geh ich.

Billy sah Terry mit stoischer Miene an. In seinem Blick lag keine Freundschaft, keine gemeinsame Vergangenheit, und dabei überlief Terry ein Frösteln. Er wurde lediglich als ein potenziell lästiger Betrunkener betrachtet. Keine Vergangenheit. Kein Andrew Galloway. Als wär das nie passiert. Als hätte der Junge nie gelebt. Oh, sicher, sie hatten bei der Beerdigung n paar Worte gewechselt, aber da hatten sie beide noch unter Schock gestanden. Danach hatte Billy nie wieder ein beschissenes Wort darüber verloren. Nachdem das passiert war, hatte er sich einfach auf seinen Kampf konzentriert. Tatsache war, dass Terry vor diesem Kampf richtig stolz auf Billy gewesen war. Business war ein Name, den er gerne und häufig benutzte, ohne jede Verarsche und Ironie. Sein Freund würd Weltmeister werden. Billy war ne Kampfmaschine. Aber später, nachdem ihn der Knabe aus Wales besiegt hatte, hatte Terry in seinem verletzten Stolz boshafte Genugtuung verspürt.

Billy wandte sich ab. Terry war ein Heckenpenner. Er hatte abgebaut. Oh, sicher, er verarschte einen immer noch nach Strich und Faden, aber nun schwang darin Verbitterung mit. Er wünschte, er hätte Terry nicht so abserviert vor all den Jahren, aber der Mann war eine Plage. Viele Leute sagten, dass er nie mit Gallys Tod fertig geworden wär. Aber er, Billy Birrell, war über das, was geschehen war, genauso bestürzt gewesen wie alle anderen. Und trotzdem musste man darüber wegkommen, musste man nach vorne blicken. Gally hätte das auch so gewollt, er liebte das Leben und hätte gewollt, dass die anderen ihr Leben lebten und das Beste daraus machten. Terry tat so, als wäre er der Einzige, den das

Geschehene getroffen hatte, als gäb ihm das einen Freibrief, allen gegenüber das Arschloch raushängen zu lassen. Der Verdacht lag nahe, dass er irgendne andere Rechtfertigung gefunden hätte, sich danebenzubenehmen, wenn Gally nicht gewesen wär.

Natürlich hätte er Terry gern erzählt, dass er, Billy Birrell, als er mit Steve Morgan aus Port Talbot in den Ring stieg, bereit gewesen war, den Jungen auseinander zu nehmen. Irgendwer musste für das zahlen, was mit Gally passiert war.

Aber als er in den Ring gestiegen war, konnte er sich einfach nicht rühren.

Man schob es dann auf die Sache mit der Schilddrüse, was zwar auch ein Faktor gewesen war, aber Billy wusste, dass er Morgan auch noch vom Sterbebett aus hätte fertig machen können. In der ersten Runde stießen sie mit den Köpfen zusammen, das Blut aus Morgans Nase. Dann passierte es. Irgendwas an Morgan wirkte so vertraut. Er hatte es vorher nie bemerkt, doch nun sah er es in schmerzhafter Deutlichkeit. Das kurz geschnittene schwarze Haar, die großen braunen Augen, die käsige Haut und diese Hakennase. Die ruckartigen Bewegungen und der beunruhigte, argwöhnische Gesichtsausdruck. Und das Blut, das langsam aus dieser Nase heraustropfte. Schlagartig wurde Billy klar, dass dieser Boxer aus Wales das Ebenbild von Gally war.

Nein, Billy konnte sich nicht rühren.

Er konnte keinen Schlag anbringen.

Billy hatte gewusst, dass was nicht in Ordnung war. Zum ersten Mal gespürt hatte er es direkt vor der Fahrt nach München. Er hatte versucht, es vor Ronnie zu verbergen, der es wiederum vor den Sponsoren zu verbergen suchte. Fitness war alles. Billy sagte sich, dass man, wenn man nicht fit war, nicht das tun konnte, was man in jeder Zweikampf-Sportart – sei es Boxen oder Tennis oder Squash – tun muss, um zu gewinnen, nämlich das Tempo diktieren. In einer Mann-gegen-Mann-Sportart ist es demoralisierend und auf Dauer tödlich, wenn der Gegner das Tempo bestimmt. Deswegen glaubte Billy, dass der Kampfsport für ihn gestorben wäre, wenn er aufhörte, nach vorn zu gehen. Aber da war dieser spezielle Kampf gegen Morgan. Der war so wichtig für seine weitere Karriere. Blanker Hochmut trieb einen ausgelaugten Billy Birrell in den Ring. Das Tempo vorzugeben stand ganz außer Frage; die einzige Chance, die Billy nun hatte, war die, einen Glückstreffer zu landen … Und als der Geist von Galloway auf ihn zugetänzelt kam, war auch diese Chance zunichte gemacht.

Aber er war zu stolz, um das Terry oder sonst irgendwem zu erzählen, zu stolz zuzugeben, dass er noch immer wie gelähmt war vom Tod des Freundes. Wie lahm und erbärmlich hätte sich das auch angehört? Ein Boxer, ein Profi musste sich von so was frei machen können. Aber nein. Die Schilddrüse und die Trauer hatten sich verschworen, und Billys Körper ließ ihn im Stich und wollte sich nicht für ihn bewegen. Das war sein letzter Auftritt im Ring. Er bewies ihm, dass er nicht fürs Boxen geschaffen war. Wahrscheinlich war er sich selbst gegenüber zu streng, aber Billy Birrell war ein Perfektionist, ein Mensch, bei dem es alles oder nichts hieß.

Als der Arzt die Schilddrüsenunterfunktion feststellte und erklärte, es sei ein Wunder, dass Billy es überhaupt geschafft hatte, in den Ring zu steigen, wurde er über Nacht zum Helden. Dennoch konnte das British Board of Boxing Control ihm nicht gestatten zu kämpfen, solange er Thyroxin nahm. Sie wurden zu Buhmännern gemacht. Auf öffentlichen Druck hin und nach einer Kampagne der *Evening News* gab es einen offiziellen Empfang im Rathaus. Davie Power und weitere Sponsoren begriffen, wie tief die Neigung, ruhmreiche Niederlagen zu adeln, in der schottischen Psyche verwurzelt war. Mit der Business Bar ging es aufwärts.

Billy sah sich in der großzügig angelegten, weitläufigen Bar und unter seinen überwiegend solventen Gästen um. Während er über seine damalige Lähmung nachdachte, wurde Johnny Catarrh plötzlich aktiv. Johnny hatte einige nach Giftgas riechende Fürze fahren lassen, die in der belebten Bar schon peinlich genug waren. Nun hatte er den Verdacht, dass seine Unterhose was abbekommen hatte, und stürzte hastig Richtung Toilette, um das zu überprüfen.

Billy hatte bislang noch nicht mit Johnny gesprochen und hatte gerade hallo sagen wollen, als Catarrh schon an ihm vorbeieilte. Beschränkter Idiot, völlig durch den Wind. Was zum Teufel dachte sich Rab dabei, diese Bagage hier anzuschleppen? Besonders Lawson. Billy schaute sich Terry an, sein vom Alkohol aufgedunsenes Gesicht, seine arrogante Koksermiene, und wie der sich an der Bar aufspielte; zahlende Stammgäste sahen sich schon unbehaglich um. Da stand er und schlürfte Billys kostspieligen Champagner. Die Fotze musste verschwinden. Er war ... Billys Überlegungen wurden unterbrochen, als er einen Mann durch die Bar stürmen und Kathryn am Arm packen sah. – Was in Dreiteufelsnamen hast du angestellt? verlangte er mit amerikanischem Akzent zu wissen.

Billy und Terry traten vor wie ein Mann.

– Franklin ... nimm dir einen Schluck Champagner! quiekte Kathryn glücklich. Billy hielt inne. Sie kannte den Kerl.

– Ich will keinen Champagner ... ich war verrückt vor Sorge ... du verdammte, egoistische ... du ... du bist betrunken! Verdammt nochmal, du musst heute Abend singen!

– Nimm die Flossen von ihr, Fotzengesicht! Keiner singt heut Abend! knurrte Terry.

– Wer zum Teufel ist das? fragte Franklin mit empörter Geringschätzung.

– Das ist die Fotze, die dir gleich die Fresse poliert, du Arschgeige! blaffte Terry, während er Franklin aufs Kinn schlug. Der Amerikaner taumelte zurück und fiel hin. Terry sprang vor, um ihn zu stiefeln, doch Billy stand zwischen ihm und seinem Opfer. – Du hast sie wohl nicht mehr alle, Terry! Mach, dass du hier wegkommst!

– Die Fotze da hat sie nicht alle ...

Kathryn zog Franklin hoch. Er rieb sich das Kinn und stand unsicher auf den Beinen. Dann begann er sich zu übergeben. Ein bierseliges Trüppchen von Rugbytypen johlte aus der Ecke.

Billy packte Terry am Arm. – Darüber müssen wir reden, Alter ... Er führte ihn zum Hinterausgang des Pubs. Sie traten zusammen auf den kleinen, mit Fässern und Bierkisten voll gestellten Hof. Von oben fiel blendendes Sonnenlicht aus einem makellos blauen Himmel. – Du und ich müssen mal ein vernünftiges Wörtchen miteinander reden, Terry ...

– Scheiße, dafür ist es jetzt zu spät, Birrell ... Terry schlug nach Billy, der ihm mühelos auswich und ihn mit einem sauberen linken Haken zu Boden schickte.

Während Terry sich am Boden lang machte, rieb sich Billy die Knöchel. Er hatte sich verletzt. Dieses fette Arschgesicht!

Rab, Charlene, Kathryn, Lisa und Post Alec folgten ihnen nach draußen. Alec taumelte betrunken auf Billy zu. – Alles im Lack, Champ? Er nahm Kampfhaltung ein und machte ein bisschen Sparring, zielte mit kurz angesetzten Schlägen auf einen stoisch ruhigen Billy. Dann wurde er von einer heftigen Hustenattacke gepackt und lehnte sich Auswurf hochröchelnd an die Wand. Unterdessen kümmerten sich Kathryn und die anderen um Terry. Franklin kam dazu und schrie Kathryn an. – Wenn du jetzt nicht sofort mit ins Hotel kommst, bist du erledigt!

Kathryn drehte sich um und kreischte ihn an wie eine Furie. – Sag du mir nicht, ich wär erledigt! Du hast mir gar nichts zu sagen, Arschloch! Betrachte deinen fetten, verschwitzten Scheißarsch als gefeuert!

– Aye, da hörstes, und jetzt verpiss dich! fuhr ihn Lisa an und zeigte mit dem Daumen zur Tür.

Franklin rührte sich nicht und starrte sie eine Weile nur an. Diese verrückte Nutte war von ein paar schottischen Pennern einer Gehirnwäsche unterzogen worden ... das mussten Mitglieder irgendeiner bekloppten Sekte sein. Er hatte geahnt, dass das irgendwann so kommen würde. Er betrachtete den Aufnäher auf Rabs Trikot. Was zum Henker war das für eine Scheiße, irgendeine keltische Scientologen-Hirnwäschen-Scheiße? Die würden ihn kennen lernen!

– Zieh ab, sagte Billy Birrell frostig.

Franklin drehte sich auf dem Absatz um und stürmte davon.

– Nimm's nich persönlich, Rab, sagte Billy und sah erst ihn, dann Kathryn an, – aber vielleicht solltet ihr besser Feierabend machen und euch n bisschen Schlaf gönnen.

Sie guckten erst sich und dann Billy an. Rab nickte, und sie lasen Terry auf. Lisa rief Billy, der sie unverwandt ansah, irgendwas zu. Er sah zu, wie sie davonwankten, sein Bruder und einer seiner ältesten Freunde, und schüttelte langsam den Kopf. Billy sann über den Unterschied zwischen Leuten wie ihnen und sich selbst nach. Sie sahen den Wagen, die Anzüge und das hübsche Mädchen in deinem Arm. Sie sahen niemals die Schufterei, stellten sich nie dem Risiko, spürten nie Existenzangst. Manchmal beneidete er sie darum, einfach mal loslassen und sich so zumörteln zu können. Es war schon lange her, dass er sich diesen Luxus gestattet hatte. Aber er bereute nicht, was er tat. Man musste sich Respekt verschaffen, und die einzige Art, wie einem das in Großbritannien gelingen konnte, wenn man nicht mit nem silbernen Löffel im Mund geboren wurde oder den richtigen Akzent hatte, war, Geld zu machen. Früher hatte man sich auch auf andere Weise den Respekt seiner Mitmenschen erwerben können, so wie sein alter Herr oder Duncan Ewart, Carls Dad. Aber heute nicht mehr. Du siehst die Verachtung, mit der solche Leute heute behandelt werden, sogar von ihren eigenen Leuten. Sie sagen, alles hätte sich geändert, aber von wegen. Nicht wirklich. Alles, was passiert war, war … ach, scheiß drauf.

Was wär aus Gally geworden, wenn er noch am Leben wär?

Gallys Augen verfolgten Billy häufig. Meistens sah er sie, wenn er alleine schlief, wenn Fabienne wieder in Frankreich war, eine Auszeit in ihrer Rein-und-Raus-Beziehung, und er noch nicht dazu gekommen war, sie durch eine einheimische Version zu ersetzen. Die großen Augen vom kleinen Andy Galloway; nie die lebhaften, unsteten, sondern die leeren und vom Tod geschwärzten Augen. Und seinen Mund, geöffnet zu einem lautlosen Schrei, aus dem das Blut lief und Flecken auf seinen großen, weißen Zähnen hinterließ. Noch mehr war aus seinem Ohr geflossen, vorbei an dem goldenen Ohrstecker in seinem Ohrläppchen. Der metallische Geruch davon an Billys Händen und Kleidung, als er den leblosen Kopf anhob. Und sein Gewicht. Gally, der im Leben so klein und zierlich war, wirkte im Tod so schwer.

Billys eigener Mund schien sich mit dem metallischen Geschmack des Bluts gefüllt zu haben, so als hätte er an einem alten Two-Pence-Stück geleckt. Später hatte er versucht, ihn wegzubürsten, aber er kam immer wieder. Und jetzt nach all diesen Jahren schien er wieder da zu sein, hier in seiner Bar. Verlust und Trauma hinterließen ihren eigenen Phantom-Nachgeschmack;

sein Magen drehte sich um und verkrampfte sich, als hätte er etwas verschluckt, das hart wie ein Marmorblock war.

Und dann die Art, wie das Blut aus Gallys Mund sprudelte, als würde er für eine Sekunde wieder atmen, einen letzten Atemzug tun. Aber Billy gestattete sich diese Illusion nicht, er wusste, dass Gally tot war und das nur Luft war, die seinen Lungen entwich.

Er erinnerte sich daran, wie Carl schrie und Terry sich die Haare raufte. Billy hätte am liebsten beide geschlagen und ihnen befohlen, still zu sein. Das Maul halten, Gally zuliebe. Dem Jungen ein wenig verdammten Respekt zollen. Nach ner Weile traf sich sein Blick mit dem von Terry. Sie nickten einander zu. Terry klatschte Carl eine. Nein, Jungs in Schottland klatschten sich keine. Cockneys klatschten ihrer Alten eine, daher stammt das, eine rechts und eine links. Das war voll in die Fresse, ein Pfund. Terry hielt das Handgelenk gerade, das war kein Klaps wie von nem Mädchen oder ner Schwuchtel. Daran erinnerte sich Billy noch. Damals schien das irrsinnig wichtig zu sein. Heute war es für ihn weder traurig noch abartig, nur noch völlig bizarr. Es waren nicht unsere schlechten Angewohnheiten, die uns wirklich ängstigten; an die haben wir uns nur zu gut gewöhnt, die bereiten nur anderen Sorgen. Es war der sonderbare, unvorhersehbare, brutale Impuls, den man unterdrücken musste, der, den die übrigen niemals sahen und hoffentlich auch nie sehen würden.

Aber bei Gally hatten sie ihn gesehen.

Manchmal konnte Billy überhaupt nicht begreifen, wie er das alles für sich behielt. Er wusste, dass man landläufig eher das Handeln und weniger die Worte und Gedanken als Ausdruck der Persönlichkeit betrachtet. Lang bevor er mit dem Boxen angefangen hatte, hatte er gelernt, dass Furcht und Zweifel Emotionen waren, die man besser nicht durchblicken ließ. Wenn sie unterdrückt wurden, schmerzten sie umso schlimmer, aber er konnte das aushalten. Er hatte keine Zeit für die Selbstquälerei der Bekenntnisgesellschaft; wenn solche Empfindungen drohten, knackte er sie mit den Zähnen, als wären sie eine Pille, und schluckte die dadurch frei gesetzte Energie. Besser so, als irgendeiner Fotze die Macht zu geben, deinen Kopf auseinander zu nehmen. Normalerweise klappte es, aber ein Mal hatte es nicht funktioniert.

Damals, als Gallys Geist zu ihm in den Ring schwebte.

Und erst vor kurzem war das alles mit Macht zurückgekommen. Billy musste über Fabienne und seine Partnerschaft mit Gillfillan und Powers nachdenken und machte einen Spaziergang auf dem Friedhof, auf dem Gally lag. Er näherte sich dem Grab und sah daneben einen Kerl, der vor sich hinmurmelte. Als er näher kam, hörte es sich an, als würd der Typ mit Gally reden. Verlegen ging Billy weiter und verscheuchte den Gedanken. Der Knabe war wahrscheinlich nur einer aus dem Pennerheim, der irgendwelchen Quatsch vor sich hin laberte. Er sah allerdings nicht wie einer aus; er hatte nen Schlips um, und es schien, als trüge er ne Uniform unter seinem Mantel.

Etwas daran verwirrte Billy. Er war sich fast sicher, dass der Mann »Andrew« gesagt hatte. Aller Wahrscheinlichkeit nach bloß das Phantombild seines alten Schmerzes, aber es drehte und wand sich in ihm wie das Unkraut und die Kletterpflanzen auf dem Friedhof.

### ISLANDS IN THE STREAM

Obwohl er einen dumpfen Schmerz in seinem Unterkiefer spürte, strotzte Juice Terry vor Siegesgefühl, als er sich mit einem von Kathryns Koffern auf der Princes Street abmühte. Er würde sie ins Gauntlet mitnehmen, und alle würden sehen, dass er, Juice Terry, immer noch DER BRINGER war, wenn es um, naja, egal um was ging. Birrell anzugreifen, gestand er sich ein, war jedoch ein Fehler gewesen. Das war ein guter, sauberer Schlag gewesen, dachte Terry voll widerwilliger Bewunderung. Es heißt, dass seine Gerade das Letzte ist, was ein Boxer verlernt. Birrells Reflexe hatten ihn allerdings auch beeindruckt. Aber ich war ja auch blau, dachte Terry, und man konnte meinen Schlag wahrscheinlich vom andern Ende der Princes Street kommen sehen.

Jetzt war Terry Teil eines ausgelaugten Convoys, der Kathryns Gepäck schleppte. Auch Johnny und Rab trugen jeder einen Koffer, Lisa und Charlene trugen leichtere Taschen. Kathryn trug nichts. – Ich sollte euch helfen … protestierte sie halbherzig. – Vielleicht sollten wir ein Taxi nehmen …

Terry schwirrte der Kopf. Sie waren alle da drin, Lucy, Vivian, Jason, seine Mutter, alle rangelten um ihre Position.

Die andern waren aussichtslose Fälle, aber Jason auf keinen Fall. Wieso hatte er keine Beziehung zu Jason? Er hatte der kleinen Fotze jeden Gefallen getan. Leck mich, der Zoo, ich hätt ihn überreden sollen, zum Fußball zu gehn, dachte er. Allerdings verfickt nochmal zu teuer dieser Tage, abgesehen davon hatte der Kurze keinerlei Interesse in der Richtung gezeigt. Terry musste einräumen, dass er das nachvollziehen konnte, schließlich begann er selbst gerade erst einen Bezug zu seinem Vater aufzubauen, den er immer gehasst hatte. Vorher hatte er immer nur das Verhalten des Bastards gesehen, seinen grausamen, pflichtvergessenen Egoismus, und nicht den tiefer liegenden Grund für dieses Verhalten. Jetzt lernte er vor dem Hintergrund seiner eigenen Beweggründe langsam, ihn zu verstehen. Die alte Fotze wollte bloß ne gepflegte Bumsnummer, ein stressfreies Leben, leicht verdientes Geld und ein bisschen Respekt. Ja, zugegeben, daraus folgte, dass er Frau und Kinder mies behandelt hatte. Aber der arme Sack war in Verhältnisse hineingeboren worden, in denen er nicht die finanziellen und sozialen Mittel hatte anhäufen können, um alles mit Geld zu regeln. Reiche Männer behandelten ihre Partnerinnen genauso gut oder mies wie Leute aus der Siedlung. Der Unterschied war der, dass diese Fotzen sie durch finanzielle Zuwendungen bei Laune halten konnten, wenn Hängen im Schacht war. Das war's. Und sie konnten das unpersönlich über Rechtsanwälte tun.

Terry musste zugeben, dass die Aussicht, der Kleine könnte sich anders entwickeln, vielleicht nicht die schlechteste war. Würde er wie Terry werden? Terry versuchte zwanzig Jahre in die Zukunft zu schauen und sah zwei knackige, blonde Perlen ein lesbisches Sexritual vor den Augen eines erwachsenen Jason vollziehen, der Terry wie aus dem Gesicht geschnitten war. Dann gesellte er (Jason/Terry) sich dazu und fickte eine nach der anderen in unterschiedlichsten Positionen, bevor er seine Suppe verspritzte. Anschließend nahm er die Virtual-Reality-Brille und das Headset ab und hockte mit nem schlaffen, tröpfelnden Schwanz in ner schäbigen Bruchbude voller Takeaway-Kartons, vollen Aschenbechern, schmutzigem Geschirr und leeren Bierdosen. Terry konnte es gar nicht abwarten, dass das einundzwanzigste Jahrhundert richtig anlief.

So würd's aussehen, wenn's nach der Vererbungstheorie ging. Wenn's nach der Milieutheorie ging, sähe er den Kleinen als bebrillte Fotze mit ner langweiligen Frau und ein paar kleinen Endkonsumenten als Kinder in einem Barratt-Schuhkarton in der Vorstadt. Und sie wär auch da, Lucy, mit dem Lulatsch zu Besuch zum Sonntagsbraten. Es wär alles grad so hübsch und idyllisch, da sähen sie nen runtergekommenen, voll gepissten Säufer durchs Fenster starren. Das wär dann Post … Juice Terry … nein, scheiß drauf. Eines Tages würd er es allen noch zeigen. Er fuhr sich durch das immer noch kräftige Korkenzieherhaar und fand es schade, dass er nicht mehr als Selbstmitleid und penetrante Rührseligkeit empfinden konnte.

Er hatte sich mit zahllosen Rachephantasien getragen, die selbst ihn schockiert und abgestoßen hatten. Lucy in einem Hearts-Trikot mit der Nummer 69 SCHLAMPE auf dem Rücken und er, wie er ihr einen ohne Gleitcreme in den Arsch verlötete. Aber sie war kein Jambo, sie hasste Fußball. Wahrscheinlich war es sein alter Herr, an den er dachte; tatsächlich, wenn Terry in Gedanken so richtig loslegte, dann schnitt er Bilder von seinem Vater in die Szene, wie er bei einem Hearts-Rangers Scottish-Cup-Endspiel in den Siebzigern ne lächerliche rotbraune Rosette trägt. Scheiß drauf, man sollte seine eigenen Perversionen nie zu sehr analysieren, das verschlimmerte sie nur.

Wenn irgendeine Fotze was auf die Fresse verdient hatte, dann dieser lange Lulatsch, der Scheißlabortechniker, der sie jetzt fickte. Hätte er auch gekriegt, hätte Terry nicht zur gleichen Zeit mit Vivian gefickt und das Eingreifen des Knaben ihnen die Gelegenheit gegeben, was miteinander anzufangen. Aber diese beschissene Bohnenstange mit den langen Haaren, der Akne und dem vorstehenden Adamsapfel. Sah aus wie eine von diesen Heavy-Metal-Klemmschwuchteln von Bonnyrigg oder Konsorten, die Platten voller männlicher Allmachtsphantasien aufnahmen, aber schon stotterten und Zuckungen kriegten, wenn sie nur mit nem Mädchen sprachen. Tatsächlich hatte Terry später erfahren, dass Lucy *ihn* angequatscht hatte, unter der Woche in Kirkcaldy, im Almabowl.

Terry hätte fast laut losgelacht, als sie vorbeikam und diese Fotze dabei hatte, die Arme an den Seiten runterhängend und die Fäuste auf- und zumachend, als würd ausgerechnet der irgendwas anfangen wollen. Sie packte und machte das Kind fertig zum Weggehen. Er hätte den Typ zu Brei schlagen sollen, weil er ihm Frau und Kind wegnahm. Aber er konnte nicht, er konnte nur an Vivian denken, wie er es drauf angelegt hatte, dass Lucy ihn verließ und die Verantwortung für das Kind übernahm, damit er den Verletzten, Verlassenen und Beiseitegeschobenen spielen konnte. Und sie hatten ihm direkt in die Hände gespielt. Nun war er befreit von den Mahnungen, den Mietschulden, dem kalten Schweigen, das zu wüsten Streitereien aufloderte, dem Gejammer, ihrem Wunsch nach einem Haus in den Vororten und einem Garten für den Kleinen, damit er nicht wie Terry auf den Straßen der Siedlung spielen musste. Oh, wie er die Befreiung von all den hässlichen Lügen genoss. Ja, als sich die Tür schloss, sann er über seinen Verlust nach und gönnte sich ein bisschen Gejammer, dann packte er seine eigenen Sachen und zog zu deren äußerstem Entsetzen direkt wieder bei seiner Mutter ein.

Johnnys Gequengel riss ihn aus seinen Gedanken. Ja, der beschissene Spargeltarzan schleppte sich echt einen ab. – Ich versteh nicht, wieso du nicht einfach n anderes Zimmer im Balmoral nehmen konntest, sagte er klagend zu Kathryn.

– Ich will auf keinen Fall irgendwo in der Nähe von dem Arschloch Franklin sein, sagte Kathryn sauer. Es hatte ewig gedauert, ein Zimmer in nem Hotel in der Innenstadt zu finden, selbst für Kathryn Joyner. Nun zogen sie die Princes Street runter zum Haymarket und in eine kleinere, aber komfortable Unterkunft.

Als sie Kathryn eincheckten, sagte Terry nachdenklich: – Du hättest problemlos bei mir wohnen können, ohne jeden Hintergedanken.

– Terry, du bist ein Kerl. Da sind immer Hintergedanken. Die Amibraut war nich so doof, wie sie aussah. – Ich sag ja bloß, meinte Terry, – es ist echt nah beim Gauntlet. Für das Karaoke, weißte?

– Ich muss nach Ingliston und dieses Konzert geben, erklärte ihm Kathryn.

– Aber du hast den Knaben doch gefeuert … blökte Terry.

– Ich muss das einfach tun, erwiderte sie knapp.

Rab Birrell begann nen Koffer die Treppe hochzuwuchten, während der Portier Kathryn den Schlüssel gab. – Jetzt sieh's endlich ein, Terry, das ist Kathryns Sache, sagte er.

– Aye, mit ner Taxe schaffen wir's nach dem Konzert noch zur letzten Runde ins Gauntlet, sagte Johnny und fragte sich, warum er Terry alles nachplapperte, wo er doch total im Arsch war und sich nur noch hinhauen wollte.

Nachdem sie gewartet hatten, dass Kathryn sich umzog, kletterten sie alle in die Stretch-Limo, die Rab telefonisch vom Balmoral hierhin umgeleitet hatte, und fuhren nach Ingliston. Johnny streckte sich auf einer Sitzbank aus und ratzte weg. Er hatte sich drauf gefreut, in so ner Karre zu fahren, nun zog dieses Erlebnis genauso unbemerkt an ihm vorbei wie die geschäftige Stadt draußen vor den Fenstern des Wagens.

Charlene hatte sich an Rab gekuschelt und ließ es sich gut gehen. Lisa und Terry bedienten sich aus der Bar. Lisa roch sich schon, ihr Top war schmutzig und ihre Poren waren wahrscheinlich verstopft, aber das war ihr egal. Terry quasselte in Kathryns Ohr, und sie merkte, dass die amerikanische Sängerin dankbar war, als sie sich einschaltete. – Lass Kathryn in Ruhe, Terry, sie muss sich vorbereiten. Halt einfach den Rand.

Terry machte den Mund auf, um Einwand zu erheben.

– Ich sagte, Klappe zu, sagte sie eindringlich.

Terry lachte und drückte ihre Hand. Er mochte dieses Mädchen. Manchmal war es ganz lustig, von nem Mädchen rumkommandiert zu werden. Für etwa fünf Minuten.

Die Mietshäuser der Innenstadt wichen großzügigen Villen, die dann von faden Vororten und Autobahnauffahrten abgelöst wurden. Dann heulte ein Flugzeug über sie hinweg, und sie bogen in den Parkplatz der Ingliston Showgrounds ein. Sie hatten Mühe, Johnny wachzubekommen, und Kathryns Security war nicht besonders begeistert, als sie ihr Gefolge sahen, dafür aber so erleichtert, sie zu sehen, dass sie ohne zu fragen jedem Mitglied der Gesellschaft einen Backstage-Pass ausstellten.

Backstage stürzten sie sich auf das Gratisessen und die freien Getränke, während sich Kathryn in der Toilette einschloss, auskotzte und hochputschte.

Kathryn Joyner betrat auf wackligen Beinen die Bühne in Ingliston. Es war der längste Weg zum Mikrophon, den sie je zurückgelegt hatte; na ja, vielleicht nicht ganz so schlimm wie damals, als sie in Kopenhagen auf die Bühne stolperte, nachdem sie auf dem Umweg übers Krankenhaus, wo sie ihr rasch die Pillen aus dem Magen gepumpt hatten, aus diesem Hotelzimmer gekommen war. Aber hier war es schlimm genug: Sie dachte, sie würde in der Hitze der Scheinwerfer ohnmächtig und war sich jedes Quentchens der schmerzenden, grimmigen Qual bewusst, die die Drogen in ihrem unterernährten Körper hinterlassen hatten.

Den Musikern zunickend, ließ sie die Band mit *Mystery Woman* einsetzen. Als sie sang, war ihre Stimme während der ersten Hälfte der ersten Nummer kaum zu hören. Dann geschah etwas vollkommen Alltägliches und zugleich zauberhaft Mystisches: Kathryn Joyner fühlte die Musik, und es machte einfach klick. In Wahrheit war die Darbietung gerade mal ausreichend, aber das war einiges mehr als das, woran sie und ihr Publikum sich gewöhnt hatten, und vor diesem Hintergrund war es ein kleiner Triumph. Am wichtigsten war: Ein nostalgisch gestimmtes, dankbares und ziemlich betrunkenes Publikum hörte begierig zu.

Am Ende des Sets holten sie sie für eine Zugabe zurück. Kath dachte an das Hotelzimmer in Kopenhagen. Zeit, loszulassen, dachte sie. Sie wandte sich an Denny, ihren Gitarristen, einen altgedienten Sessionmusiker. – *Sincere Love*, sagte sie. Denny nickte dem Rest der Band zu. Kathryn trat unter frenetischem Applaus nach vorne und ergriff das Mikrophon. Terry tanzte in der Seitenkulisse.

– Ich hatte eine tolle Zeit in Edinboro' City. Diese Nummer ist Terry, Reb und Jahnny aus Edinboro' gewidmet: »Sincere Love«.

Das war ein passender Höhepunkt, auch wenn Terry etwas verstimmt war, dass sie ihn nicht mit dem korrekten Titel Juice Terry angesprochen hatte. – Dann wär's für die ganzen Fotzen aus der Siedlung da draußen deutlicher gewesen, erklärte er Rab. Franklin Delaney versuchte sie anzusprechen, als sie von der Bühne trat, wurde aber von Terry gestoppt. – Wir ham noch nen Auftritt, sagte er, als er ihren ehemaligen Manager wegschubste. Kathryn wedelte die Security-Leute beiseite, die sich einmischen wollten.

Terry wies den Weg und marschierte mit großen Schritten über den Parkplatz zu den Taxen, die bereitstanden, sie zum Public House The Gauntlet in Broomhouse zu befördern. Kathryn sah die Dinge in eindrucksvoller Klarheit auf sich zu kommen, wenn auch nicht auf einer intellektuellen Ebene – sie war so fertig, dass sie kaum einen klaren Gedanken fassen konnte –, aber das hier war er nun, ihr letzter Auftritt für lange Zeit.

Für Außenstehende hatte sie eine phänomenale Karriere gemacht, für Kathryn Joyner aber waren die Jahre ihrer Jugend in einer endlosen Folge von Tourneen, Hotelzimmern, Aufnahmestudios, voll klimatisierten Villen und unbefriedigenden Beziehungen verflogen. Seit der lähmenden Langeweile in der Kleinstadt irgendwo bei Omaha hatte sie ein Leben nach einem Plan gelebt, der ihr von anderen diktiert worden war, umgeben von Freunden, die alle ein persönliches Interesse an ihrem anhaltenden kommerziellen Erfolg hatten. Ihr Vater war ihr erster Manager gewesen, vor ihrem erbitterten Zerwürfnis. Kathryn dachte daran, wie Elvis gestorben war, nicht in einem Kostüm in einem Hotel in Las Vegas, sondern zu Haus auf seiner Toilette in Memphis, umgeben von Familie und Freunden. Es ist genauso wahrscheinlich, dass die Menschen, die dich lieben, dein Ableben beschleunigen, wie die neue Gefolgschaft. Weniger wahrscheinlich ist es, dass sie deinen schrittweisen Niedergang bemerken.

Aber ihr war es Recht gewesen. Für eine gewisse Zeit. Sie hatte erst bemerkt, dass sie auf einem Karussell saß, als sie nicht mehr abspringen konnte. Dieser Hungerscheiß, das war nur der

Versuch, Kontrolle auszuüben. Natürlich hatten sie ihr das alle gesagt, aber nun spürte sie es, und sie hatte vor, etwas dagegen zu tun. Und sie würde es ohne die herbeigeträumte Rettergestalt schaffen, die immer dann wie auf Stichwort auftauchte, wenn ihr alles zu viel wurde, und ihr ein neues Date empfehlen konnte, einen neuen Look oder langlebige Konsumgüter oder eine Immobilie, ein Selbsthilfebuch, eine revolutionäre Diät, Vitamine, einen Psychodoktor, Guru oder Mentor, eine Religion, einen Rechtsanwalt, kurz jeden oder alles, was die Risse übertünchen würde, damit Kathryn Joyner wieder ins Studio und auf Tournee gehen konnte. Wieder ihre Rolle als Goldesel spielte, der die Infrastruktur ihres Anhangs finanzierte.

Terry, Johnny und sogar Rab, diesen Typen konnte sie auch nicht mehr trauen als den anderen. Sie waren genauso, sie konnte nichts dafür, sie waren infiziert von dieser Krankheit, die sich jeden Tag mehr auszubreiten schien, dem zwanghaften Bedürfnis, Schwächere auszunutzen. Sie waren so weit ganz nett, aber das waren sie immer, das war ja das Problem; jetzt aber musste Schluss sein mit ihrer Abhängigkeit von anderen und deren Abhängigkeit von ihr. Allerdings hatten sie ihr während der letzten Tage des drogenumnebelten Nonsens etwas beigebracht, das nützlich und bedeutsam war. So seltsam es auch war, sie hatten etwas, das ihnen wichtig war. Sie waren nicht lebensüberdrüssig oder blasiert. Ihnen waren bestimmte Dinge wichtig; oft dumme, triviale Dinge, aber sie waren ihnen wichtig. Sie waren ihnen deshalb wichtig, weil sie in einer Welt außerhalb der Scheinwelt der Medien und des Showbiz lebten. In dieser Welt konnte einem nichts wichtig sein, denn es war nicht die eigene und würde es nie sein können. Kultur war nun mal eine Ware, und das würde auch immer so bleiben.

Sie würde ein paar Tage schlafen, dann nach Hause fahren und das Telefon abschalten. Anschließend würde sie sich irgendwo ein bescheidenes Apartment mieten. Aber erst würde sie noch ein Mal vor Publikum singen. Nur ein einziges Mal noch.

Und so kam es, dass Juice Terry Lawson und Kathryn Joyner im Duett *Don't go breaking my heart* sangen. Als sie zu den Gewinnern des Preises, einem von Betterware gestifteten Sortiment von Küchenaccessoires, gekürt wurden, sangen sie als Zugabe *Islands in the Stream*. Louise Malcolmson war ihnen gegenüber feindselig eingestellt, besonders da sie und Brian Turvey bei *You're All I Need to Get By* alles gegeben hatten. – Scheiße, kriecht der der dämlichen, reichen Amifotze innen Arsch, krakeelte sie betrunken.

Lisas Miene verhärtete sich, aber sie sagte nichts. Terry sprach ein Wörtchen mit Brian Turvey, der Louise daraufhin nach Haus brachte.

In späteren Zeiten würde es heißen, dass Kathryn Joyner ihr letztes Konzert in Edinburgh gegeben hätte, und das stimmte auch. Allerdings würden nur sehr wenige wissen, dass es nicht in Ingliston, sondern im Gauntlet in Broomhouse stattgefunden hatte.

Wenn der Gig in Ingliston ein Wendepunkt für Kathryn war, war der im Gauntlet einer für Terry. Als sie abhauten, ließ er absichtlich seine Jacke im Pub über ner Stuhllehne hängen. Er würd nicht noch länger junge, coole Mädchen wie Lisa ficken können, wenn er angezogen wär wie n Spacken. Er war fest entschlossen, was für sich zu tun, abzuspecken, das Häagen-Dazs, die Tellergerichte aus der Frittenbude und die Wichspartien sausen zu lassen. Irgendwann, wurde ihm klar, hatte er aufgehört, auf sein Äußeres zu achten. Dabei bedeutete das ja nicht mal, sich wie ne Schwuchtel anzuziehen, denn Ben Sherman war wieder angesagt. Er hatte sein erstes Ben-Sherman-Hemd mit zehn bekommen. Vielleicht war das ein Hinweis auf n Juice-Terry-Revival in mittleren Jahren. Haare könnt er auch mal schneiden lassen. Sie wuchsen sehr schnell, aber n Schnitt mit nem Einer- oder Zweieraufsatz jeden zweiten Samstag wär cool, wenn er abnehmen könnte. Ein paar Ben Shermans kaufen und ne neue Jeans. Scheiße, ja, nen Klamottenladen abziehn! Vielleicht so ne lederne Pilotenjacke wie die von Birrell. Er musste einräumen, dass die smart aussah. Ein neuer Terry, neue Klamotten.

Aye, da würd er über kurz oder lang in der Fotze Tony Blair seinem Kabinett sitzen! Der Knabe hatte es raus: Es kommt nicht drauf an, was man tut, solang man seiner Rolle entsprechend angezogen ist und redet. Mehr wollten die Menschen in Großbritannien nicht, n mitfühlenden, gut gekleideten Zuhörer, der n gutes Englisch spricht. Einer, der ihnen erzählt, dass es auf jeden Einzelnen von ihnen ankommt. Danach konnte man sich zufrieden zurücksinken lassen, während die da oben dich nach Strich und Faden beschissen und dir vorführten, dass du ne absolute Null bist. Es kam nur auf die richtige Masche an. Hinterher wollten sie alle zu Terry gehen und ne Party feiern. Kathryn war erschöpft und wollte sich in ihrem Hotelzimmer hinhauen. – Ich muss in dieses verdammte Hotel... murmelte sie ständig wie im Delirium. Johnny lag im Koma. Auf keinen Fall pennt diese dreckige, kleine Fotze heute Nacht mit ihr, dachte Terry, steckte Lisa und Charlene seine Schlüssel zu und wies sie an, Johnny ins Bett zu schaffen. Rab und er würden Kathryn ins Hotel bringen und dann direkt weiter zu ihm nach Haus fahren.

Rab war nicht eben begeistert, aber Terry hielt ein Taxi an, und damit war es ein *fait accompli*. Lisa und Charlene hatten Johnny bereits in ein anderes verfrachtet.

Als sie in die Siedlung kamen, fiel Lisa ein, dass sie eine Tante und einen Cousin hatte, die hier wohnten. Sie kannte sie nicht sehr gut. Sie erinnerte sich allerdings, wie sie als Kind zu Besuch gewesen war und Spaghetti-Nester auf Toast bekommen hatte. Einer ihrer Vettern war schon vor Jahren gestorben, er war von ner Brücke gestürzt, als er betrunken war. Noch so n junger Kerl, der voller Leben zum Ausgehen in der Stadt war und kalt und tot zurückkehrte. Ihre Mum und ihr Dad waren zur Beerdigung gegangen.

Seit ihrem letzten Besuch hatte ein Ausschlag von Satellitenschüsseln die Häuser befallen. Neben dem Haken für den Eimer war so oft gegen die Wand gepisst worden, dass der Verputz ganz fleckig geworden war und sich stellenweise aufzulösen schien. Sie wusste nicht, ob ihre Tante Susan in diesem oder dem dahinter wohnte. Vielleicht kannte Terry sie.

Lisa sah, dass Charlene total im Arsch war und wollte, dass sie ins Bett kam. Und dieses Bürschchen Johnny hatte es auch hinter sich.

# Glasgow, Schottland
**17.27 Uhr**

Buchanan Street; der Gestank von Dieselabgasen und Glasgow allgemein erfüllte die Luft, vereinzelte Tendenzen einer Verrohung, die von den neuen Einkaufspassagen und Designerboutiquen komischerweise eher herausgehoben als dezent überspielt wird.

Ich kann mich nicht mal erinnern, wo von hier aus der Bahnhof Queen Street ist, so lang ist das her. Natürlich ist er bloß ein Stück die Straße runter. Mein Handy funktioniert nicht, also ruf ich meine Mutter von nem Münztelefon an. Sandra Birrell geht dran. Meine Ma ist im Krankenhaus. Zusammen mit meiner Tante Avril.

Sie erzählt mir, wie die Dinge stehen. Ich murmle für nen Augenblick irgendwelchen Scheiß und geh dann, den Zug erwischen, wobei mir bewusst wird, dass ich mich nach niemandem erkundigt habe, ich hab nicht mal nach Billy gefragt.

Billy Birrell, die ganzen Spitznamen; manche gefielen ihm, andere machten ihn stinksauer. Silly Girl (Grundschule). Secret Squirrel (Realschule). Biro (Gangname in der Siedlung, Brandstifter und Schläger). Business Birrell (Boxer). Lang ist's her. Der beste Typ, den ich je gekannt hab. Billy Birrell.

Jetzt muss ich dahin zurück. Ich geh um die Ecke zur Queen Street und steig in den Zug.

Im Zug erkenn ich nen Typ wieder. Ich glaub, er ist n Deejay oder hat was mit Clubs zu tun. Ein Promoter? Hat er n Label? Wer weiß. Ich nicke ihm zu. Er nickt zurück. Renton heißt er, glaub ich. Bruder in der Armee, der umgekommen ist, ein Typ, der früher immer zu Tynecastle ging. Kein übler Kerl, dem Typ sein Bruder, mein ich. Von dem Typ selbst hab ich nie viel gehalten, ich hab gehört, er hätte seine Kumpels abgezogen. Aber ich schätze, wir müssen den Mut haben, mit der Tatsache zu leben, dass die, die uns am nächsten stehen, uns von Zeit zu Zeit enttäuschen.

Gallys Beerdingung war das Traurigste, was ich je erlebt hab. Das Einzige, was daran seltsam tröstlich war, waren Susan und Sheena. Sie klammerten sich neben dem Grab wie Kletten aneinander. Es schien, als hätte sich das Mauerwerk von Männlichkeit um sie herum, Mr. G. und Gally, als Stroh entpuppt und sei einfach weggepustet worden. Jetzt hatten sie nur noch sich. Und doch wirkten sie in all ihrer blanken und tiefen Verzweiflung auch stark und rechtschaffen.

Sie hatten ein Familiengrab. Ich war einer der Sargträger und half mit, Gally in die Erde hinabzulassen. Billy war auch dabei, aber Terry war nicht gebeten worden. Wie sie angekündigt hatte, kam Gail nicht und hielt auch Jacqueline fern. Es war am besten so. Gallys alter Herr fehlte, wahrscheinlich saß er wieder.

Meine Mutter und mein Vater und die Birrells waren da, einschließlich Rab Birrell und ein paar von Gallys Fußballkumpels. Terrys Ma und Walter waren auch da. Topsy kam. Die größte Überraschung gab es im Hotel, wo Billy mir erzählte, dass Blackie von der Schule da gewesen wär. Er war jetzt Rektor und hatte gehört, dass einer seiner ehemaligen Schüler gestorben war. Ich hatte ihn weder in der Kapelle noch am Grab gesehen, und er war auch nicht mit ins Hotel gekommen, doch Billy versicherte mir, dass er es gewesen sei, feierlich ernst im Regen neben dem Grab, die Hände vor dem Bauch gefaltet.

Der Schotter vom Friedhofsweg blieb im Profil meiner Schuhe stecken, und ich weiß noch, dass ich mich damals darüber geärgert hatte. Ich wollte irgendwem eine knallen, bloß wegen dem Scheißschotter unter meinem Schuh.

Es war ein ekelhafter, kalter Morgen, der Wind von der Nordsee schlug uns entgegen und spie uns Eisregen ins Gesicht. Gott sei Dank fasste sich der Pfarrer kurz, und wir zogen schlotternd in ein Hotel um, wo es Tee, Kuchen und Alkohol gab.

Bei der Feier schüttelte Billy unentwegt den Kopf und murmelte immer noch geschockt vor sich hin. Ich machte mir damals

Sorgen um ihn. Das war gar nicht der alte Billy Birrell. Er sah aus wie immer, aber es war, als hätte er sein inneres Gleichgewicht und seine unterschwellige Kraft verloren. Die Batterien waren rausgenommen worden. Billy war immer ein Fels in der Brandung gewesen, und mir gefiel es nicht, ihn so zu sehen. Yvonne Lawson, die weinte, hielt erschüttert seine Hand. Billy war am Boden, dabei stand ein Boxkampf an.

Ich hielt mit beiden Händen Susans Hand und sagte das übliche Zeug: – Wenn ich irgendwas tun kann … egal was … und ihre müden, glasigen Augen lächelten mich an, wie bei ihrem Sohn, während sie mir erklärte, es wär schon gut und sie und Sheena kämen schon zurecht.

Als ich mal zum Strullen aufs Klo ging, kam Billy mir nach und begann mir zögernd was über Doyle zu erzählen, das ich durch den Schleier von Alkohol und Trauer nur undeutlich mitbekam.

Doyle war nach dem Training zu Billys Boxclub gekommen. Er passte Billy ab. – Ich dachte, erzählte er und befühlte seine Narbe, – das ist krass, geht das schon wieder los? Also mach ich mich auf was gefasst. Aber anscheinend war er allein da. Er sagte, er wüsste, dass ich mit Powers und so zusammenhing, er wollte keinen Ärger, er wollte nur was wissen. Dann fragte er mich, warst du in dieser Nacht mit Gally bei Polmont?

Aber damals, bei der Beerdigung, wollte ich echt nichts davon hören. Ich hatte die Nase voll und dachte nur an mich selbst. Nach München, nach dem ganzen Scheiß, das war, als hätte ich nen Schlussstrich unter diesen Teil meines Lebens gezogen, den Teil meines Lebens in meiner Heimatstadt. Ich wollte nur noch meinen Freund begraben und dann weiterziehen. Die Nacht, in der wir in der Stadt waren, die Nacht, in der Gally gesprungen war, das hatte ich bloß der alten Zeiten wegen gemacht, bevor ich nach London zog.

Billy vergrub seine Hände tief in den Taschen und wurde ganz starr und steif. Ich weiß noch, dass mir das mehr auffiel, als das, was er damals tatsächlich sagte, denn es war nicht die Körpersprache, die man mit Billy in Zusammenhang brachte. Normalerweise bewegte sich Billy auf eine fließende, elegante und lässige

Art. – Ich sagte zu ihm, was hat das mit dir zu tun? Doyle sagte, Polmont hätt gesagt, es wär sonst keiner da gewesen, bloß Gally. Er wollte nur wissen, ob das stimmt.

– Tja, ich war jedenfalls nicht da, erklärte ich ihm. – Also, sagte Billy und guckte mich an, – wenn da noch wer gewesen ist, tja, dann hat Polmont ihn offensichtlich nich an Doyle verpfiffen.

– So? fragte ich, schüttelte meinen Schwanz und steckte ihn zurück hinter den Reißverschluss. Wie gesagt, es interessierte mich nicht. Ich vermute, ich war immer noch sauer auf Gally, weil er so egoistisch gewesen war, wie es mir schien. Jetzt dachte ich in erster Linie an Susan und Sheena; soweit es mich anbelangte, war das ihr Tag. Ich hatte bestimmt keine Lust, mich über den beschissenen Doyle oder diesen Polmont zu unterhalten.

Billy rieb sich über sein kurz geschorenes Haar. – Pass auf, was ich Doyle nicht erzählt hab, war, dass Gally mich angerufen und gefragt hat, ob ich mit ihm zusammen Polmont nen Besuch abstatten geh. Billy atmete schwer aus. – Na ja, ich wusste, was er mit *Besuch* meinte. Ich sagte ihm, er soll das lassen, ich sagte ihm, wir hätten alle schon genug Ärger wegen dem Wichser gehabt.

Ich konnte den Blick nicht von Billys Narbe wenden, die von damals herrührte, wo ihm Doyle sein Anglermesser durchs Gesicht gezogen hatte. Ich verstand seinen Standpunkt, er konnte diesen Scheiß nicht schon wieder brauchen; ihm stand ein Kampf bevor. Ich denke, Billy war genauso begierig, ein neues Kapitel aufzuschlagen, wie ich.

– Ich hätt mir mehr Mühe geben sollen, ihm das auszureden, Carl. Wär ich doch bloß zu ihm hingegangen ...

Zu diesem Zeitpunkt stand ich kurz davor, Billy zu erzählen, was Gally mir erzählt hatte: dass er HIV-positiv war. Für mich war das der Grund, aus dem Gally gesprungen war. Aber ich hatte es Gally versprochen. Ich dachte an Sheena und Susan hinten in der Lounge Bar, daran, dass ein Mensch, dem man so was erzählt, es für gewöhnlich weitererzählt ... bis es irgendwann alle wissen. Ich wollte ihnen den zusätzlichen Kummer ersparen, zu erfahren, dass der kleine Mann gesprungen war, weil er nicht an AIDS sterben wollte. Ich konnte bloß sagen: – Es gab nichts, was du oder sonst einer hätte tun können, Billy. Er war fest entschlossen.

Und damit gingen wir wieder nach vorn und schlossen uns den restlichen Trauernden an.

Terry, der große, fette und laute Terry, schien in diesem Raum zusammenzuschrumpfen, kleiner zu werden. In noch stärkerem Maße als Billy war er nicht er selbst. Er war nicht Juice Terry. Die stumme, mächtige Feindseligkeit, die ihm von Susan Galloway entgegenschlug, war beinahe greifbar. Es war, als wären wir wieder Kinder und Terry trüge als Ältester die Schuld an dem, was ihrem Jungen passiert war. Billy und mich schien sie von ihrem Zorn über den Tod ihres Sohns auszunehmen. Gegen Terry hegte sie einen grundlegenden Hass, als sei er die große, Verderben bringende Kraft in Andrew Galloways Leben gewesen. Es war, als wär Terry für sie zu Mr. Galloway geworden, zu Polmont, den Doyles, Gail, die sie hassen konnte.

Jetzt sitz ich im Zug und guck aus dem Fenster. Er hat an einem Bahnhof gehalten. Ich werf nen Blick auf das Schild am Bahnsteig.

### POLMONT

Ich widme mich wieder meinem *Herald*, den ich schon ungefähr dreimal von vorn bis hinten durchgelesen hab.

# Edinburgh, Schottland
### 18.21 Uhr

**RUNTER MIT IHREN SCHUHEN!**
**RUNTER MIT IHRER HOSE!**

Im Taxi hörte Rab Terry irgendwas über Andy Galloway murmeln, den Freund seines Bruders. Rab hatte Gally gut gekannt; er war ein netter Kerl gewesen. Sein Selbstmord hatte lange einen Schatten auf sie alle geworfen, besonders auf Terry, Billy und, so vermutete er, Carl Ewart. Carl ging's jetzt allerdings gut oder ihm war's zumindest gut gegangen, und vermutlich verschwendete er an keinen von ihnen nen zweiten Gedanken.

Gallys Beerdigung war merkwürdig gewesen. Es waren Leute gekommen, von denen man gar nicht gedacht hätte, dass sie Gally kannten. Gareth war da. Er hatte mit Gally im Sportstätten- und Bäderamt gearbeitet. Rab erinnerte sich noch an Gareths Worte.

– Wir sind oft ziemlich trübe, kleine Teiche, in denen viele Schichten Schlamm und Sediment abgelagert sind, und unsere tiefsten Tiefen werden von den seltsamsten Strömungen aufgewühlt.

Auf die Art, sinnierte Rab, wollte einem die Fotze sagen, dass man einander nie wirklich kennt.

Oben im Hotelzimmer plumpste eine müde Kathryn aufs Bett und war sofort weggetreten. – Okay, Rab, hilf mir, sie ins Bett zu packen, sagte Terry. – Zieh ihr die Schuhe aus.

Lustlos, aber folgsam zog ihr Rab flink und behutsam einen Schuh aus, während Terry den anderen so grob von Kathryns Fuß rupfte, dass sie bei geschlossenen Augen zusammenzuckte.

– Hilf mir, ihr die Hose auszuziehn ...

Aus irgendeinem Grund stieg in Rabs Brust etwas hoch. – Du wirst dem Mädchen nich die Hose ausziehn, Terry, leg einfach die Decke über sie drüber.

– Verdammt, ich will sie ja nich vergewaltigen, Rab, sie soll's nur bequemer haben. *Ich* hab so was nich nötig, um mal einen wegstecken zu können, schnaubte Terry verächtlich.

Rab hielt abrupt inne und fixierte Terry. – Was zum Teufel soll das jetzt heißen?

Kopfschüttelnd erwiderte Terry den Blick und grinste. – Du und diese kleine Charlene. Was sollte das denn, Rab? Ich mein, was soll das Ganze? Verrat mir das mal.

– Kümmer du dich um deinen eigenen Scheiß …

– Aye. Und du willst mich dazu zwingen?

Rab machte einen Schritt auf ihn zu und gab Terry einen Stoß vor die Brust, der ihn gegen das Bett drückte und auf die betäubte Kathryn fallen ließ, die unter seinem Gewicht aufstöhnte. Terry sprang auf. Er war fuchsteufelswild. Ein Birrell hatte ihm heute schon eine eingescheppt, und diese Fotze würd's jetzt für zwei zurückkriegen. Rab erkannte die Zeichen und verzog sich schnell, Terry hinter ihm her. Rab Birrell stürzte zur Tür raus und rannte die Hoteltreppe rauf statt runter. Kathryn rief ihnen benommen nach: – Was macht ihr Jungs da? Was ist los?

Terry würde die Fotze von Birrell platt machen. Das hätte er schon vor Jahren tun sollen. In seiner Raserei verschmolzen die beiden Birrell-Brüder untrennbar zu einem, als er hinter Rab die Treppe hochstürmte. Als sein Opfer um einen Treppenabsatz lief, machte Terry einen Satz, um sich auf ihn zu stürzen, aber dabei verlor er das Gleichgewicht, strauchelte und kippte mit dem Kopf voran über das Treppengeländer. Im Vornüberfallen griff Terry panisch nach dem Geländer. Glücklicherweise war der Treppenschacht eng, und er blieb mit seiner Bierpocke darin stecken.

SCHEISSE, JETZT ISSES SO WEIT

SO ENDET ALLES

Kopfüber zwischen den Geländern eingekeilt und mit wild schlagendem Herzen, konnte Terry den gebohnerten Holzboden der Hotellobby sehen, gute fünfzig Fuß unter seinem Kopf.

DAS ISSES

SO ENDET ALLES

In einer blitzartigen Vision sah Terry unten auf dem Boden Kreidemarkierungen um einen kleineren, schlankeren Körper vor sich, der ihm zeigte, wohin er fallen musste, wo die optimale Position war, um zu Tode zu kommen. Es war Gallys Silhouette.

ICH WERD DER FOTZE FOLGEN

MICH HÄTT ES DAMALS TREFFEN SOLLEN

Rab Birrell traute sich wieder die Treppe runter und blieb stehen, um das ganze Ausmaß von Juice Terrys Notlage zu begutachten: Das Gesicht seines Freunds war kopfüber gegen die hölzernen Stangen des Geländers gequetscht. – Rab ... keuchte Terry, – hilf mir!

Während er Terry kalt betrachtete, konnte Rab nur seinen eigenen Zorn spüren, der durch den Brennpunkt von zehn Jahren kleinlicher Demütigungen drängte, und dieser Brennpunkt war Terrys verschwitztes, lockenumranktes Gesicht. Und Charlene, ein junges Mädchen, das Besseres verdient hatte, das Verständnis brauchte; ihr Schicksal würde es sein, dass ihre Probleme von bigotten Fotzen wie dem da verhöhnt wurden, die ne Frau ausschließlich danach beurteilten, wie schnell sie die Beine breit machte. Ihm helfen? Scheiß-Lawson helfen? – Du brauchst Hilfe? Ich werd dir helfen. Hier hast du ne helfende Hand, Rab streckte eine Hand aus.

Aus seiner verdrehten Perspektive über Kopf sah Terry verwirrt zu, wie Rabs Hand näher kam. Seine Arme steckten doch fest. Wie sollte er sie zu fassen bekommen? Wie sollte er ... Terry wollte gerade ansetzen, seine missliche Lage zu erklären, als er zu seinem Entsetzten begriff, dass die Hand sich zu einer Faust ballte, die mit beachtlicher Geschwindigkeit durch die Sprossen des Geländers auf sein von ihnen eingerahmtes Gesicht zukam.

– DA HAST DU DEINE HILFE, DU FOTZE! WILLSTE NOCH MEHR? brüllte Rab.

– SCHEISSE ... DU BESCHISSENER ...

– Wofür steht Birrell? Birrell heißt Business. Erinnerst du dich? Schön, und zwar das Business hier! Rab knallte seine Faust in Terrys wie für ihn zurechtgelegtes Gesicht.

Terry fühlte, dass seine Nase aufplatzte, und ein Übelkeit erregendes Schwindelgefühl erfüllte seinen Kopf. Er übergab sich, und sein Erbrochenes fiel das Treppenhaus hinunter und klatschte auf den Fußboden. – Rab ... hör auf ... ich bin's doch ... ich rutsch ab, Rab . . . ich fall gleich runter . . . keuchte und japste Terry flehentlich.

– OH MEIN GOTT, WAS IST MIT IHM PASSIERT? WAS MACHST DU DA MIT TERRY? schrie Kathryn von der unteren Treppe herauf.

Kathryns offenkundiges Entsetzen und Terrys hilflose, flehende Laute brachten Rab wieder zur Vernunft. In plötzlicher Panik packte er Terrys Hüfte und Taille und zog. Kathryn kam hinzu und umklammerte seine Beine, sowohl um sich selbst aufrecht zu halten wie um ihn abzusichern. Terry schaffte es, seine Arme gegen die Stufen der Treppe zu stemmen und begann sich an ihnen hochzuarbeiten. Mit größter Vorsicht wand und strampelte er sich frei. Er rettete sich mühsam hinüber, richtete sich auf und fand sich schwer atmend auf der richtigen Seite des Geländers wieder.

Terry dankte innerlich für die langen Jahre mit exzessivem Bierkonsum und Imbissbudenernährung. Ohne die wäre er gewiss zu Tode gestürzt. Ein geringerer Mann, dessen Körper eher durch Sport und Diät geformt war als durch Faulheit, Trägheit und Exzess, wär jetzt tot, überlegte er. Ein geringerer Mann.

Rab Birrell stand tatenlos daneben, zugleich erleichtert und beschämt, als er seinen schweißnassen, blutenden Freund betrachtete, dessen Gesicht zuschwoll. – Alles in Ordnung, Tez?

Terry packte Rab Birrells Haare, riss seinen Kopf runter und knallte ihm das Knie ins Gesicht. – Spitze! Jetzt sehn wir mal, wer hier Business erledigt, Birrell! Terry gab ihm einen zweiten harten Tritt mit dem Stiefel ins Gesicht. Erst hörte man das Gemüse-Hack-Geräusch eines aufplatzenden Munds, denn das stete Tröpfeln von Blut auf den dicken Teppich des Treppenhauses.

Kathryn sprang Terry ins Kreuz und riss an seiner Zottelmähne. – Hör auf! Hört beide auf, verdammt nochmal! Lass ihn los! Terry versuchte seine Augen nach hinten zu verdrehen und hoffte beinahe, dass Kathryn sie sehen und erkennen würde, dass er die Situation unter Kontrolle hatte, doch er konnte keinen Blickkontakt mit ihr herstellen. Als er sah, wie zwei uniformierte Männer, von denen ihm einer vage bekannt vorkam, zwei Stufen auf einmal nehmend die Treppe hochkamen, gab er nach und ließ Rab frei, dessen Auge bereits anschwoll, wo ihn Terrys Stiefel getroffen hatte, während er versuchte, das Blut zu stillen, das ihm aus dem Mund kam. Rab hob den Kopf, als Terrys Wampe in sein Blickfeld kam. Als er gerade zuschlagen wollte, wurde er von den beiden Portiers, die dem Tumult auf den Grund gehen wollten und von denen Terry einen als ziemlich kräftige Fotze aus Niddrie erkannt hatte, gepackt und auf einen Treppenabsatz geschubst.

## BABERTON MAINS

Es war ihm wie Stunden vorgekommen, so lange hatte er an dem Münzfernsprecher an der fast menschleeren Haltestelle Haymarket gestanden. Mittlerweile war er durch den Zeitunterschied und das Runterkommen von den Drogen praktisch total hinüber. Seine Nase war komplett verstopft, was ihn dazu zwang, durch den Mund zu atmen, und jeder Atemzug, den er tat, bohrte und drehte sich wie zerbrochenes Glas in seine ausgetrocknete, schwärende Kehle.

Der Taxistand war leer. Keins der vorbeifahrenden Taxis war frei. Das Festival.

Die Taxifirmen hielten ihn offenbar für einen Scherzbold, der ihnen am Telefon einen Bären aufbinden wollte. Erschöpft begann Carl Ewart das nervtötende Ritual, seine Taschen die Treppe hinaufzuwuchten. Aus dem Augenwinkel sah er, wie ein kräftiger, sonnengebräunter Arm eine seiner Taschen packte. Ein Scheißdieb: Das fehlte ihm grade noch!

– Heben Sie sich keinen Bruch, Mr. Ewart, sagte der Dieb. Es war Billy Birrell.

Carl wollte nichts anderes mehr, als sich ein paar Stunden zu erholen, bevor er sich dem Grauen aussetzte, seiner verzweifelten Mutter und seinem leidgeprüften Vater gegenüberzutreten. Aber es gab keine Taxis, also war Billy ein Gottesgeschenk. – Ich bin kaputt, Billy, der Jetlag. Ich war grad auf nem Rave am Auflegen, als ich hörte …

– Sag nichts mehr, meinte Billy. Carl erinnerte sich, wie gut Billy mit Schweigen zurechtkam.

– Nette Karre, stellte er fest, als er sich in die bequemen Polster von Billys BMW sinken ließ.

– Ja, ist ganz nett. Vorher hatte ich nen Jaguar.

Vor dem Clifton Hotel auf der anderen Straßenseite war irgendwas los. Carl hörte Geschrei auf der Straße.

– Betrunkene, sagte Billy und konzentrierte sich aufs Fahren.

Aber es waren vertraute Gestalten.

Es war ...

*Scheiße nee, das gibt's doch nicht*

Es war Billy Birrells Bruder Rab, der von einem Polizisten verwarnt wurde. Carl und Billy saßen abgekapselt im Auto, nur etwa zwanzig Fuß vom Schauplatz des Geschehens entfernt.

Billys Bruder hatte ein merkwürdiges gelblichgrünes Hemd an, das über und über mit Blut bespritzt war. Carl war drauf und dran, »Rab« zu rufen, doch er war zu fertig, zu ausgelaugt. Er musste jetzt erst mal nach Hause. Er guckte wieder hin, und da war eine Frau, die ihm vage bekannt vorkam ... aber er kannte auch diesen Lockenkopf mit dem verschwitzten Gesicht, der wie üblich unflätig rumschrie. Es war Terry. Diese fette Fotze von Juice Terry! Die Frau schien lautstark zu reden, und sie verteidigte Terry und Rab. Selbst dieser humorlos blickende Korinthenacker von Polizist schien sich ihr zu fügen.

Dann fuhr der BMW bei Gelb durch auf die Schleife an der Haymarket Street und zurück auf die Dalry Road.

Indem er sich in Billys Beifahrersitz zurücklehnte, kam sich Carl wie das letzte Arschloch vor, weil er seinem alten Freund verschwieg, dass sein Bruder in Schwierigkeiten steckte, aber er durfte keine weitere Zeit verlieren. Nach Haus, umziehen, ins Krankenhaus. Er dachte an Terrys raue Stimme, die das Wort EWART brüllte. Nein. Zuerst Baberton und dann die Royal Infirmary.

Baberton.

Es war nicht sein altes Zuhause, es war das Haus seiner Mutter. Er hatte es schon immer gehasst und eigentlich nur ein Jahr dort gewohnt, bis er in seine eigene Wohnung gezogen war.

Terry.

Toll zu wissen, dass er immer noch genug Leidenschaft für gewisse Dinge aufbringt, um sich zum kompletten Arschloch zu machen.

Bekloppte, doofe Fotze.

Billy.

Direkt neben ihm und fährt ihn ins Krankenhaus; Terry draußen auf der Straße, hat Ärger mit den Cops. Der abgegriffene Spruch »Je mehr die Dinge sich ändern, desto mehr bleiben sie gleich« zog durch Carls erschöpften Verstand. Terry. Wann hatte er den zum letzten Mal gesehen? Nach der Beerdigung. Bei Billys Kampf. Carl war mit Topsy und Kenny Muirhead da gewesen. Terry war mit Post Alec und ein paar anderen Typen gekommen.

Billys Kampf, Billys Nicht-Kampf, dachte er, während er das Profil seines Freundes studierte. Die brutale Narbe, die Doyle ihm beigebracht hatte, war über die Jahre verblasst. Aber Carl hatte schon immer vermutet, dass das damals in der Leith Town Hall mehr gewesen war als die Schilddrüse. Billy wirkte, als hätte er einen Geist gesehen; alle Zweifel, die er je in seinem Leben gehegt hatte, schienen in diesem Augenblick sein Bewusstsein zu überfluten und ihn vollständig zu lähmen.

Er erinnerte sich noch, wie Terry hämisch lachte und spottete, als er aufbrach und die Ferry Road runterging. Draußen gab's ne Keilerei, als ein paar Jungs auf Fans von Morgan losgingen, die mit nem Reisebus gekommen waren. Ein Typ aus Wales wurde mit nem Flaschenhals übel zugerichtet.

Und er hörte, wie Terry Lawson, diese fette Fotze, sich nochmal zur Town Hall umdrehte und Billys Bruder Rab, der gerade auf der Treppe war, zubrüllte: – So macht man das, Birrell, und da wusste er, dass er den Wichser nie wieder sehen wollte.

Billy wartete unten mit Sandra, seiner Mutter, während Carl nach oben flitzte, um schnell zu duschen. Am liebsten wäre er ewig unter den behaglichen Wasserstrahlen stehen geblieben und dann einfach ins Bett geplumpst, aber die Umstände ließen ihm keine Ruhe, und er kam hastig wieder hervor und zog sich frische Sachen an.

– Du hast ja kaum noch Fleisch auf den Knochen, Jungchen, sagte Sandra und drückte ihn, als er sie küsste, dann machte er das gleiche bei Avril, der Schwester seiner Mutter. Es war gut, sie wiederzusehen.

Billy und Carl fuhren im Wagen zum Krankenhaus rauf. Carl redete ununterbrochen auf Billy ein. – Ich hab überhaupt nicht gesehn, wie die Hearts den Pokal geholt haben, Billy, ich wusste nicht mal, dass sie ihn gewonnen hatten, hab's erst n paar Monate später gehört ... Jetzt hörte es sich bizarr für ihn an, dass es ihn nicht gekümmert hatte. Wo zum Henker war er da mit seinen Gedanken gewesen? – Und wie lang haben die Hibs ihn eigentlich nicht gewonnen, Birrell? Hm?

Billy grinste, holte ein Handy raus und wählte eine Nummer. Es ging niemand dran. – Fahren wir rauf ins Krankenhaus, sagte er.

Carl starb noch einige weitere Tode im Wagen. Er konnte es nicht ertragen, seinen Dad zu sehen, jedenfalls nicht in dem Zustand, in dem er den alten Herrn anzutreffen erwartete. Avril und Sandra waren große, korpulente Karikaturen der Frauen, die er als Kind gekannt hatte. Wie würde da sein *Dad* aussehen, oder gar seine Mutter? Wieso machte ihm das so viel aus? Weil er verliebt in die Jugend war, überlegte er deprimiert. Er verbrachte seine Zeit in Gesellschaft von Mädchen, die halb so alt waren wie er, hätschelte sein Ego, verdrängte den Gedanken ans Älterwerden und seine ganz persönliche Flucht vor der Verantwortung. Aber musste das unbedingt etwas Böses sein? Bis jetzt nicht; aber jetzt war es das verfickt nochmal hundertprozentig, weil er seine Mutter und seinen Vater liebte und für sie da sein musste. Es hatte ihn nicht auf solche Momente vorbereitet.

Carls Gedanken überschlugen sich. Wenn er sie nur in Einklang mit seinem ausgepowerten Körper bringen könnte. Das war die eigentliche Qual eines Alkohol- und Drogenkaters: wie er den Körper und den Verstand in entgegengesetzte Richtungen trieb. Im Augenblick sann Carl über die Illusion der Romantik nach, die sich mit dem Vergehen der Jugend in nichts auflöst. Die Hässlichkeit von Pragmatismus und Verantwortlichkeit kann einen auswaschen wie die Wellen einen Felsen, wenn man sie lässt. Wenn man sie im Fernsehen sah, wo einem vorgeschrieben wurde, wie man zu sein hatte, was man zu tun und zu kaufen hatte, während man verwirrt, abgestumpft, müde und furchtsam davor hockte, dann wusste man, dass sie gewonnen hatten. Der große Sinn war abhanden gekommen, jetzt drehte sich alles nur noch darum, mehr Produkte zu verkaufen und die zu kontrollieren, die keine Kaufkraft hatten. Keine Utopien, keine Helden. Es *war* nicht die aufregende Zeit, als die sie einem immerzu verkauft wurde, sie war langweilig und nervtötend und inhaltsleer.

Die Krankheit seines alten Herrn brachte einen wieder auf den Boden zurück.

### LOSLASSEN

Sie hatten ihn verlegt. Er lag jetzt in einem Raum mit drei anderen Betten, aber sie hatte ihn sofort ausgemacht. Maria achtete nicht auf die Leute in den anderen Betten, sie ging auf ihren Mann zu. Als sie bei Duncan ankam, hörte sie seinen flachen, abgerissenen Atem. Sie sah, wie seine kräftigen, blauen Venen am Handgelenk in seiner Hand verschwanden. Die Hand, die sie schon so oft gehalten hatte, seit er ihr den Verlobungsring über ihren Finger gestreift hatte, als sie zusammen im Botanischen Garten in Inverleith saßen. Sie war wie berauscht zu Fuß zurück zur Arbeit im Rechtsanwaltsbüro gelaufen und hatte jedes Mal weiche Knie bekommen, wenn sie den Ring betrachtete. Er fuhr mit dem Bus in die Fabrik zurück. Er sagte ihr, welche Songs in seinem Kopf spielten.

Nun war er an ein EKG angeschlossen, der Herzschlag wurde mit einer grünen, leuchtenden Linie vom Kathodenstrahl nachgezeichnet. Auf dem Schränkchen lagen ein paar Karten, die sie öffnete und neben ihn stellte:

GUTE BESSERUNG

SCHADE, DASS DU ANGESCHLAGEN BIST

und eine mit einer drallen Krankenschwester in kurzem Rock und Strapsen. Sie beugt sich über einen schwitzenden, sabbernden Mann im Bett, dessen Erektion eine deutlich sichtbare Zeltstange unter dem Laken bildet. Ein kleiner Doktor mit Brille sagt: HMM, TEMPERATUR IMMER NOCH ETWAS ERHÖHT, MR. JONES, nur ist Jones ausgestrichen und EWART daneben gekritzelt worden. Innendrin steht die Widmung: »Von der Trottelbrigade, Gerry, Alfie, Craigy und Monty«.

Die Jungs aus der alten, längst geschlossenen Fabrik. Die Banalität dieser Karte – sie wirkte mehr als lächerlich. Bestimmt wussten sie nicht, wie ernst es war, ahnten die Tragweite nicht. Die Ärzte hatten ihr geraten, auf das Schlimmste gefasst zu sein.

Es war auch eine passendere Karte von Wullie und Sandra Birrell dabei: WIR DENKEN AN DICH.

Und Billy hatte angerufen, gefragt, ob er etwas tun könne. Er war ein lieber Junge, er verdiente gut, aber vergaß nie die Menschen, die er kannte.

Da war er. Billy. Er war hier. Mit Sandra. Und Avril. Und Carl! Carl war da.

Maria Ewart drückte ihren Sohn an sich und war einen Moment besorgt, dass er so mager war. Er war dünner denn je.

Carl betrachtete seine Mutter. Sie war älter geworden und sah ganz erschlagen aus, was nicht überraschte. Er schaute auf das Bündel von verwelktem Fleisch und Knochen hinab, das sein Vater war. – Er ist noch in der Narkose, er schläft noch, erklärte sie.

– Wir leisten ihm ein bisschen Gesellschaft, wenn ihr zwei reden wollt, sagte Sandra. – Na los, geht mal nen Kaffee trinken, drängte sie Maria.

Maria und Carl gingen Arm in Arm hinaus. Carl wusste nicht, wer hier wen stützte: Er war komplett alle. Er wollte bei seinem Dad bleiben, aber er wollte auch mit seiner Mum reden. Sie gingen rüber zum Getränkeautomaten.

– Steht es so schlecht? fragte Carl.

– Er stirbt, Junge. Ich kann es nicht glauben, aber er stirbt, schluchzte sie.

– Mein Gott, sagte er, während er sie fest umarmte. – Es tut mir Leid, dass ich so egoistisch war. Ich war auf nem Gig, ich hab mich sofort auf den Weg gemacht, als Helena mir Bescheid gesagt hatte.

– Sie scheint nett zu sein, sagte seine Mutter. – Warum hab ich nicht vorher schon mal mit ihr gesprochen? Warum hast du sie aus unserem Leben ausgeschlossen, Junge? Warum hast du dich selber daraus ausgeschlossen?

Carl sah seine Mutter an und versuchte zu erkennen, ob er Enttäuschung oder bloßes Unverständnis in ihren Augen sah. Dann sah er es zum ersten Mal *mit* ihren Augen: Sie verhielt sich, als habe *sie* etwas falsch gemacht, als sei sie in irgendeiner Weise für alles verantwortlich, was er verbockte. Niemals; er konnte sich selbst in die Augen sehen und was das anbelangte sagen, dass er ein Selfmade-Wichser war. – Ich wollte bloß … ich wollte bloß … Ich weiß es nicht. Ich weiß es nicht. Es tut mir so Leid. Er hat von mir als Sohn nicht viel gehabt … oder du, sagte er wehleidig, es verblüffte ihn selbst, wie tief sein Selbstmitleid, sein Selbstekel ging.

In den Augen seiner Mutter sah er, dass sie aufrichtig meinte, was sie sagte. – Nein. Du bist der beste Sohn, den wir uns hätten wünschen können. Wir hatten unser eigenes Leben und haben dich ermutigt, dein Leben zu führen. Wir hätten uns nur gewünscht, dass du dich ein bisschen öfter bei uns meldest.

– … Ich weiß. Ich hab gedacht … man denkt immer, dafür wär später noch Zeit genug. Und wenn dann so was passiert, kapiert man, dass es so nicht läuft. Ich hätte mehr für euch da sein müssen.

Maria betrachtete ihren Sohn, der stammelnd und zuckend vor ihr stand. Er war in schrecklicher Verfassung. Alles, was sie sich gewünscht hatte, war ab und zu ein Anruf, damit sie wusste, dass es ihm gut ging, und jetzt steigerte er sich wegen einer Nichtigkeit in diese Aufregung und Selbstzerfleischung. – Hör auf, Junge. Hör auf! sagte sie und nahm seinen Kopf zwischen ihre Hände. – Du hast genug getan. Du hast verhindert, dass wir unser Haus wieder hergeben mussten, du hast verhindert, dass man uns auf die Straße gesetzt hat.

– Aber ich hatte das Geld … ich konnte es mir leisten, begann er.

Seine Mutter schüttelte erneut seinen Kopf und ließ dann los. – Nein. Mach dich nicht so klein. Du weißt ja gar nicht, wie viel uns das bedeutet hat. Du hast uns in die Staaten mitgenommen, lächelte sie. – Oh, ich weiß, für dich war das gar nichts, aber für *uns* war es der Urlaub unseres Lebens. Deinem Dad hat das so viel bedeutet.

Carls Schläfen pochten vor Erleichterung bei den Worten seiner Mutter. Er war sich selbst gegenüber zu streng gewesen. Heilige Scheiße, gut, dass ich sie in die Staaten eingeladen hab, mit dem alten Jungen in Graceland war. Ich hab Tränen in seinen Augen gesehen, als er am Grab von Elvis stand.

Aber das Merkwürdigste, das, was ihn wirklich von den Socken gehauen hatte, war, wie er ihn mal in ne Bar in Leeds mitgenommen hatte, ins Mojo. Als sie kurz vor Schluss die Live-Version von *American Trilogy* spielten, überall in der Bar die Feuerzeuge aufflammten und alle Hab-Acht-Stellung einnahmen. Sein Vater konnte es nicht fassen. Bis dahin hätte Duncan nie geglaubt, dass junge Leute aus dieser Generation, der Acid-House-Generation, so viel für Elvis übrig haben könnten. Dann schleifte Carl ihn mit ins Basic und ließ ihn Ecstasy ausprobieren. Und er begriff es. Er wusste, dass es ihm niemals das bedeuten würde, was es seinem Sohn bedeutete, aber er begriff es.

Carl fragte sich, ob er seiner Mutter davon erzählen sollte. Sie und Avril waren damals übers Wochenende in St. Andrews gewesen. Er hatte Duncan erst zum Spiel Liverpool gegen Man United mitgenommen, dann nach Leeds ins Mojo und dann weiter ins Basics. Er hatte ihr alles erzählt, bis auf das mit dem Ecstasy. Nein, jetzt war vielleicht nicht der rechte Zeitpunkt dafür.

Maria sah ihren Sohn an und nippte an ihrem Kaffee. Was war nur mit ihm los? Er hatte alles, was sie und Duncan sich ihr Leben lang gewünscht hatten, er war dem Achtstundentag entkommen, aber er schien das gar nicht würdigen zu können. Vielleicht tat er es auf seine eigene Weise. Maria verstand ihren Sohn nicht und würde ihn womöglich nie verstehen. Aber vielleicht musste das so sein. Sie wusste nur, dass sie ihn liebte, und das war genug.

– Gehen wir wieder rein.

Sie lösten Sandra und Billy an der Seite von Duncans hinfälligem Körper ab. Carl sah wieder auf seinen Vater hinunter, und eine beinahe unerträgliche Spannung schnürte ihm den Brustkorb zusammen. Er wartete darauf, dass ihre Intensität nachließ, aber das tat sie nicht; ein konstantes, unaufhörliches Druckgefühl blieb.

Dann öffnete Duncan mit flatternden Lidern die Augen, und Maria sah in ihnen das verrückte Licht, das seine Lebenskraft ausmachte. Sie hörte einen tollen Song, sah einen glorreichen Sieg von Kilmarnock, obwohl sie in ihrem ganzen Leben noch bei keinem Fußballspiel gewesen war, und vor allem sah sie ihn, den Blick, den er immer hatte, wenn er sie ansah. Die welke, sterbliche Haut um sein Gesicht schien zu verblassen, als sie in diese Augen hineingesogen wurde.

Carl sah, was in diesem Moment zwischen ihnen vorging, und fühlte sich kurz in dieses Überflüssigsein der Kindheit zurückversetzt, das Gefühl, selbst mehr zu sein, als die beiden zu ihrem Glück brauchten. Er rutschte vorsichtig wieder auf seinem Stuhl zurück. Dieser Augenblick gehörte ihnen.

Aber Duncan versuchte zu sprechen. Maria sah krank vor Angst, wie die grüne Linie auf dem Monitor unregelmäßig auf und ab zu zucken begann. Er quälte sich. Maria ergriff seine Hand und beugte sich über ihn, um ihn mit einem schwachen Atemhauch eindringlich röcheln zu hören: – Carl ... wo ist Carl?

– Hier bin ich, Dad, sagte er, beugte sich vor und drückte die Hand seines Vaters.

– Wie ist Australien? sagte Duncan mit pfeifendem Atem.

– Ganz toll, war alles, was er sagen konnte. Das war ja kompletter Irrsinn. Wie ist Australien? Australien ist ganz toll.

– Du solltest dich öfter melden. Deine Mutter ... manchmal machst du deiner Mutter ziemlichen Kummer. Egal ... schön dich hier zu sehen ... seine Augen leuchteten warm.

Carl nickte. – Dich auch, lächelte er. Die Schlichtheit des Ganzen wirkte plötzlich gar nicht mehr banal. Es waren eher der hochgestochene, intellektuelle Anspruch, die ganze Verbrämung und Schönfärberei, die permanente Suche nach einem tieferen Sinn, die nun wie triviale Heuchelei erschienen. Ihnen genügte es, einfach zusammen zu sein.

## GEFICKT UND UNSITTLICH ANGEMACHT

Juice Terry drehte den Kopf und guckte rasch zur anderen Seite der Dalry Road. Rab Birrell folgte ihm immer noch, auch wenn er diskreten Abstand hielt. Hochnäsig drehte Terry ihm den Rücken zu und trabte weiter die Straße runter. Ein Taxi sauste vorbei und ignorierte ihn, als er seine Hand hob.

Wenigstens war er diese amerikanische Kuh losgeworden, dachte Terry. Sie hatte sich im Hotel erschöpft hingehauen und gesagt, sie würd ihn am Morgen anrufen. Der ganze Scheiß, dass sie ne Weile in Edinburgh bleiben wollte: Die würd den ersten Flieger nehmen, sobald es hell war.

Vereinzelte Betrunkene torkelten in Schlangenlinien an ihnen vorbei. Terry bemerkte mit Schadenfreude zwei kräftig gebaute Jungs, die Birrell auf seiner Straßenseite entgegenkamen, gradewegs auf die Studentenfotze zu. Vielleicht würd er von denen schön grundlos zusammengeschlagen werden, wie es männlichen Proletariern auf Schottlands Straßen unverhältnismäßig häufig von anderen männlichen Proletariern widerfuhr. Nicht um daraus Profit oder auch nur Bestätigung für ihr Macho-Ego zu ziehen, sondern aus fast so was wie einem bizarren Anstandsgefühl heraus. Aber wenn sie die Fotze in die Mangel nähmen, was würde er dann tun? Er würd dem Mistkerl beistehen müssen. Allerdings sollten sie ihn erst mal tüchtig vermoppen. Aber nee, Birrell kennt die Typen. Hat sie sogar mit Handschlag begrüßt. Sie stehen n Weilchen konferierend zusammen und gehen dann getrennte Wege, und Rab nimmt Terrys Verfolgung wieder auf.

Rab Birrell griff nach dem Handy in der Tasche seiner braunen Pilotenlederjacke und stellte es an. Er wählte die Nummern von zwei Taxifirmen, die er auswendig kannte. Bei beiden war besetzt. Er steckte das Handy wieder ein. Rab konnte nie lange sauer sein, und er begann das Lächerliche an der Situation zu sehen, das seine Wut auf Terry verdrängte. Er ging zur Straßenmitte und stand auf der weißen Linie im Niemandsland. – Terry, komm schon, Alter ...

Terry blieb stehen, drehte sich um und zeigte mit dem Finger auf Rab. – Denk bloß nich, ich lass dich bei mir rein. Du kannst genauso gut gleich nach Haus gehn, Birrell!

Rab stand mit den Füßen scharrend mitten auf der Straße. – Ich hab's dir doch erklärt, verdammt, ich hab gesagt, ich nehm Charlene und dann geh ich.

Für wen zum Henker hält der sich, fragte sich Terry. Die Fotze von Birrell dachte doch, er könnte wieder angekrochen kommen, nachdem er mich beinah umgebracht hat. – Hmmmmph. Zurück auf deine eigene Straßenseite, blaffte Juice Terry Lawson und fuhr sich mit der Hand durchs Haar.

– Terry, das ist doch einfach lächerlich! Komm schon! Rab trat einen Schritt vor.

– AUF DEINE EIGENE BESCHISSENE SEITE, BIRRELL! brüllte Terry und nahm Kampfhaltung ein. – Verpiss dich bloß wieder da rüber!

Rab schnalzte genervt mit der Zunge und drehte die Augen zum Himmel, bevor er wieder auf die andere Straßenseite ging. Zwei Männer kamen näher, diesmal auf Terrys Seite der Straße. Sie trugen Lederjacken und enge Hosen. Sie hatten kurz geschnittene Haare, und einer trug einen markanten Schnäuzer. Terry bemerkte sie erst, als sie nur noch wenige Schritte vor ihm waren.

– Kleiner Krach unter Verliebten, was? lispelte der ohne Schnauz. – Der hier ist auch ein Schlimmer, zeigte er auf seinen Freund.

– Waaas?

– Oh, sorry, da hab ich wohl was missverstanden.

– Aye, darauf kannste dich verlassen, schnauzte Terry, als sie vorbeigingen, aber dann lachte er über sich selbst. Wie das auch aussehen musste, er und Rab sich zankend auf zwei verschiedenen Seiten der Straße. Er benahm sich albern, aber er war immer noch etwas davon mitgenommen, mit dem Kopf nach unten hängend dem Tod ins Angesicht gesehen zu haben. Und Birrell erwartete, dass er so tat, als wär scheißnochmal nix passiert.

Ein weiteres Taxi zischte vorbei. Das schlecht gelaunte Gesicht des Taxifahrers, der miesepetrig den Kopf schüttelte, als er an Terry vorbeifuhr. Dann hörte Terry, wie ein Wagen auf der anderen Straßenseite anhielt. Es war ein anderes Taxi, und Birrell stieg gerade ein. Terry wollte schon quer über die Straße gehen, da schoss das Taxi davon und ließ ihn stehen. Er sah Rab auf dem

Rücksitz, der ihm mit frechem Zwinkern den erhobenen Daumen zeigte, während er davonfuhr.

– VERDAMMTE BIRRELL-SCHWEINE!! kreischte Terry zum Himmel, als wolle er eine höhere Macht anrufen.

Rab kicherte auf dem Rücksitz des Taxis vor sich hin, bevor er den Fahrer anwies, kehrtzumachen. Sie hielten an, und er öffnete die Tür vor Terry, der ihn verbittert anstarrte. – Kommst du mit?

Terry kletterte müde ins Taxi und schwieg entschlossen für den größten Teil der Strecke raus in die Siedlung. Als sie am Cross vorbeifuhren, begann Rab zu lachen. Terry versuchte erst, es zu unterdrücken, konnte aber nicht dagegen an, mitzulachen.

Als sie zu Hause waren, fanden sie Lisa vor dem Fernseher. Charlene schlief auf der Couch. – Habt ihr Kath heil ins Bett gebracht?

– Aye, sagte Terry.

Lisa sah ihre lädierten Gesichter an. Terrys zugeschwollenes Auge, das Blut auf Rabs Jacke, an seinem Mund. – Habt ihr euch gekloppt?

Terry und Rab sahen einander an. – Äh, bloß n paar Jungs, die auf m Nachhauseweg frech werden wollten, sagte Terry.

Sie ging zu Terry. – Du siehst ja scheußlich aus, sagte sie und legte ihm die Arme um den Hals.

– Da sollteste mal den anderen sehn, sagte Terry mit einem verstohlenen Seitenblick auf Rab.

Rab wollte Charlene nicht aufwecken, doch er legte sich zu ihr auf die Couch und in ihre Arme. Sie öffnete gerade lange genug die Augen, um ihn wahrzunehmen, machte: – Mmmm, und schlummerte wieder ein und schloss ihren Arm enger um ihn. Rab ließ sich von der Erschöpfung in den Schlaf tragen.

Terry und Liza spürten immer noch die Restwirkung vom Koks, obwohl sie vor dem Kamin immer wieder wegnickten. Bald darauf waren sie auch eingeschlafen.

Ein durchdringendes, munteres und hartnäckiges Summen im Zimmer weckte sie einen nach dem anderen wieder auf. Es war Rabs Handy.

Terry war stinksauer. Konnte die Fotze nicht das Scheiß-Proletenspielzeug abstellen? Rab versuchte das Handy aus seiner Tasche zu angeln, ohne Charlene zu stören. Das erwies sich als unmöglich, und das Handy rutschte raus und fiel auf den Boden. Rab krabbelte hinterher und griff danach. – Hallo ... Billy ... Was? ... Echt? ... Du machst Witze.

Terry wollte Rab gerade anmeckern, weil er das Handy angelassen hatte, wurde aber hellhörig, weil Billy dran war. – Wenn er anruft, um sich für sein Benehmen heut Morgen zu entschuldigen, sag ihm, er soll sich verpissen!

Rab ignorierte Terry, während er seinem Bruder zuhörte. – Aha ... sagte Rab ein paarmal und beendete schließlich das Gespräch. Er sah Terry an. – Du wirst es nicht glauben. Carl Ewart ist wieder da, und sein alter Herr ist im Krankenhaus.

– Duncan? fragte Terry aufrichtig besorgt. Er hatte Carls Dad schon immer gemocht.

Sein Kopf pochte. Carl war zurück. Heilige Scheiße. Carl. Ein Gedanke zuckte durch seinen Brummschädel. Er fühlte, dass irgend ne ungute Sache im Anzug war und sein Kumpel ihn brauchte. Carl. Terry stand auf und ließ die gerädert Lisa auf dem Boden zurück. Es war nicht die feine Art, ein Mädchen auf die Art zu verlassen, vor allem, weil sie ein unerlässlicher Bestandteil von Terrys »Sechs-Komponenten-Kater-Kur« war, über die er eines Tages ein Buch zu schreiben gedachte. Sie umfasste in dieser Reihenfolge: Ficken, Scheißen, Rasieren, Duschen, Hemd und Alsterwasser. Letzteres war das Pint Lager mit Schuss im Pub, dieser eine Eichstrich Limonade im ersten Bier, der nie die folgenden Runden überlebte. Aber er ging ins Badezimmer, nahm ein schnelles Bad und zog sich frische Sachen an.

Als Terry mit erhitztem Gesicht wieder aus dem Bad auftauchte, schaute Lisa von ihrem Platz auf dem Kaminvorleger hoch. Rab und Charlene lagen wieder weggetreten auf dem Sofa.

– Wo gehst du hin? fragte Lisa.

– Muss meinen Kumpel treffen, sagte Terry und zog die Vorhänge zurück, um Licht reinzulassen. Die Straßen waren menschenleer, aber vor dem Fenster sangen die Vögel in den Bäumen. Er drehte sich wieder zu Lisa um. – Dauert nich lang. Oben ist

auch n richtiges Bett, wenn du dich hinhauen willst, lächelte er.
– Ich meld mich nachher bei euch. Rab! rief Terry.
Rab drehte sich um und stöhnte: – Was …
– Kümmer dich um die Ladies. Ich ruf dich auf dem Handy an.

## DAS ENDE

Billy Birrell war überrascht, einen frisch gewaschenen Juice Terry Lawson in sauberen Klamotten über den Flur auf sich zukommen zu sehen. Terrys Auge war zugeschwollen. Das war ich nicht, dachte er, ich hab der Fotze aufs Kinn gehauen. Vielleicht ist er danach draufgefallen. Etwas schuldbewusst sagte Billy: – Terry, in versöhnlichem Tonfall.

– Sie sind da drin, aye? Terry sah in das Krankenzimmer.

– Aye. Aber ich würd sie in Ruhe lassen. Duncan macht's nicht mehr lang. Meine Ma ist grad weg, aber ich wart hier auf die beiden, erklärte Billy. – Es gibt nich viel, was du tun kannst, Kumpel.

Schon klar, dachte Terry, und was zum Henker willst *du* hier tun, die arme, alte Fotze von den Toten zurückholen? Dieser Wichtigtuer Birrell spielte doch immer noch den großen Tugendhaften. – Ich werd auch auf sie warten, meinte Terry naserümpfend. – Carl ist mein Kumpel und so.

Billy zuckte die Schultern, als wollte er sagen, tu, was du nicht lassen kannst.

Terry erinnerte sich daran, dass Billy weitaus weniger sensibel war als sein Bruder und man es nie schaffte, ihn auf dieselbe Art zu verarschen oder Schuldgefühle bei ihm zu wecken. Die einzige Möglichkeit, die Fotze aus der Ruhe zu bringen, war ne direkte Beleidigung, und dabei riskierte man, vermöbelt zu werden, wie ihm kürzlich erst wieder unsanft in Erinnerung gebracht worden war.

Billy, der in ähnlichen Bahnen dachte, sagte: – Tut mir Leid, dass ich dich eben schlagen musste, aber du hast es drauf angelegt. Du hast mir keine andere Wahl gelassen.

*Du hast mir keine andere Wahl gelassen.* Hört euch die Fotze an, dachte Terry, was glaubt er, wo er ist, in Hollywood, oder was? Aber scheiß drauf, Carls alter Herr stirbt. Das war nicht der Zeitpunkt, sich völlig blöd zu benehmen. Terry streckte seine Hand aus. – Geht klar, Billy, tut mir Leid, dass ich mich unbeliebt gemacht hab, war keine böse Absicht.

Billy glaubte kein Wort davon, aber im Moment konnte man sich mit so nem Scheiß nicht lange aufhalten. Er nahm Terrys Hand und drückte sie fest. Als sie losließen, entstand ein verlegenes Schweigen. – Irgendwelche hübschen Krankenschwestern gesehn? fragte Terry.

– Gleich mehrere.

Terry reckte den Hals und guckte ins Krankenzimmer. – Ist das Ewart da? Immer noch verdammt mager, die Fotze.

– Er hat sich nicht groß verändert, stimmte Billy zu.

Über die Schulter ihres Sohnes hinweg sah Maria Ewart Billy Birrell und Terry Lawson, seine alten Freunde, im Flur vor der Tür des Krankensaals stehen.

Maria und Carl beugten sich tiefer hinunter, als Duncan wieder versuchte zu sprechen. – Denk an die zehn Regeln, sagte er mit dünner Stimme zu seinem Sohn und drückte ihm die Hand.

Carl Ewart sah auf die gebrochene Parodie seines Vaters, ausgestreckt unter dem Bettlaken. Aye, dich haben sie ja wirklich weit gebracht, dachte er. Aber gerade als sich dieser Gedanke in seinem Kopf formte, überkam ihn eine Welle der Zuneigung, die aus seinem Herzen aufstieg, mitten durch ihn hindurch, bis sie am Gewölbe seines Gaumens stehen blieb. Worte strömten aus ihm heraus wie glänzende, goldene Lichtkugeln und sagten: – Natürlich werd ich das, Dad.

Als Duncan starb, umarmten sie abwechselnd seinen Leichnam, weinten und seufzten leise, vollkommen beherrscht von dem unglaublichen Schmerz und der Unfassbarkeit ihres Verlustes, den nur die Erleichterung milderte, dass sein Leiden nun vorüber war.

Terry und Billy standen in bedrücktem Schweigen draußen und warteten einfach darauf, dass sie von Nutzen sein konnten.

Da war eine Krankenschwester mit roten Haaren, und Terry merkte, wie sein fiebriges Hirn sich besessen mit ihrem Schamhaar zu beschäftigen begann. Vor seinem inneren Auge sah er ein

Stück grauer Zellen in seinem eigenen Schädel, von denen seidige, kupferrote Locken herabhingen. Die Frau hatte ein hübsches, sommersprossiges Gesicht und lächelte ihn an, und er spürte, dass sein Herz zu tröpfeln begann wie Honig, der aus einem Glas vergossen wurde. Das war es, was er brauchte, dachte er, eine exklusive kleine Perle wie die, die sich um ihn kümmerte. So eine und dann noch eine wie Lisa, n bisschen lebendiger und bereitwilliger. Mit einer allein würde er nie auskommen. Zwei Perlen, die beide scharf auf ihn, aber auch aufeinander waren. Er wär dann wie die Fotze in dieser alten Sitcom, *Man About The House*. Aber die Perlen müssten auch lesbische Neigungen haben. Allerdings nicht ganz so starke, damit man nicht am Ende außen vor blieb, arbeitete er in Gedanken an der Feinabstimmung seiner Phantasie.

– Wie geht's Yvonne? fragte Billy.

– Immer noch mit diesem Knaben aus Perth verheiratet. Großer St.-Johnstone-Fan. Fährt ihnen überallhin nach. Die Kinder werden groß.

– Gehst du mit einer?

– Tja, du weißt ja, wie das ist, oder? Terry grinste, während Billy ausdruckslos nickte. – Und selbst?

– War n paar Jahre mit ner Französin zusammen, aber sie ist Weihnachten wieder nach Nizza gezogen. Solche Fernbeziehungen bringen es nie, sagte er.

Sie machten so noch eine Weile weiter, bis sie es angemessen fanden, hineinzugehen und nach Maria und Carl zu sehen. Billy legte Maria die Hand auf die Schulter, und Terry kopierte die Geste bei Carl. – Carl, sagte er.

– Terry.

Billy flüsterte Maria zu: – Sagen Sie mir einfach, was Sie möchten. Okay? Wir können gehen oder noch ein bisschen hier bleiben.

– Geh du ruhig nach Hause, Junge, ich möchte noch etwas bleiben, sagte sie.

Carl war ein bisschen eifersüchtig. Billy tat das, was er eigentlich tun sollte, und sagte das, was er eigentlich sagen sollte. Nicht dass Billy viel redete, aber wenn er es tat, war es immer genau das

Richtige. Zu wissen, wann man die Klappe halten musste, war eine wunderbare und unterbewertete Gabe. Carl konnte endlos leeres Gerede absondern, aber manchmal, erst recht in Momenten wie diesem, stieß man an die Grenzen des Blablas. Leute wie Billy, die sich im richtigen Moment einschalteten, die hatten es richtig raus. – Nee, wir bleiben in der Nähe. Bis Sie so weit sind. Kein Grund zur Eile, erklärte er Carls Mutter.

Sie blieben noch lange, nachdem der Oszillograph die Nulllinie angezeigt hatte. Sie wussten, dass Duncan nicht mehr bei ihnen war. Aber sie blieben noch eine Weile, nur für den Fall, dass er zurückkam.

Billy rief Marias Schwester Avril und Sandra, seine Mutter, an. Dann fuhr er sie alle zu Sandra. Die Frauen blieben mit Maria im Haus, während die Jungs rausgingen, ziellos herumwanderten und schließlich irgendwann im Park landeten.

Carl sah in den trüben Himmel und begann sich in einem tränenlosen, heftigen Schluchzen zu krümmen, das seinen mageren Körper schüttelte. Billy und Terry wechselten einen Blick. Es brachte sie in Verlegenheit, weniger wegen Carl als stellvertretend für ihn. Schließlich war er ja trotz allem ein Kerl.

Aber durch Duncans Tod hing etwas zwischen ihnen in der Luft. Da war *irgendetwas*, so was wie eine zweite Chance, und selbst Carl schien es irgendwie trotz seiner Trauer zu spüren. Er wirkte, als versuchte er sich zu fassen, tief Luft zu holen und etwas zu sagen.

Sie sahen ein paar kleine Jungs, sie mussten so um die zehn Jahre alt sein, beim Fußballspielen. Billy dachte daran zurück, wie sie früher das Gleiche getan hatten. Er dachte über die Zeit nach, wie sie aus den Menschen erst den Mumm herauspresste, um sie dann versteinern zu lassen und nur ganz langsam an ihnen zu nagen. Das frisch geschnittene Sommergras hatte diesen süßsauren Geruch. Die Rasenmäher schienen mindestens genauso viel Hundescheiße aufgewühlt wie verkrustete Erdklumpen aufgerissen zu haben. Die Kinder balgten sich mit Gras, stopften es sich gegenseitig in den Kragen, genau so, wie sie es früher getan hatten, ohne sich Gedanken darum zu machen, dass sie sich dabei mit Hundescheiße beschmierten.

Billy sah hinüber zu der Ecke des Parks neben der Mauer, wo alle immer hingingen, um sich zu schlagen, um Streitereien beizulegen, die auf dem Spielplatz oder in der Siedlung ausgebrochen waren. Da drüben hatte er Brian Turvey ein paarmal vermöbelt. Topsy, Carls Freund. Ein tapferer Junge, allerdings wusste er nie, wann er geschlagen war. Kam immer wieder zurück. Oft funktionierte diese Taktik: Er hatte ein paar Typen erlebt, die Topsy verkloppt hatten, aber durch seine Hartnäckigkeit zermürbt worden waren und beim zweiten oder dritten Mal einfach kapitulierten, um ihre Ruhe zu haben. Denny Frost war so ein Beispiel. Hatte Topsy n paarmal fast umgebracht, wurde es dann aber so leid, angegriffen oder angehalten zu werden, dass er vor dem Knaben kuschte, nur damit er es endlich hinter sich hatte.

Billy hatte das allerdings nie gekümmert, er hätte Topsy jeden Tag der Woche für den Rest seines Lebens in den Arsch getreten, wenn die Fotze das unbedingt wollte. Nach dem dritten Mal war Topsy schlau genug einzusehen, dass der Einfluss von Doctor-Martin-Stiefeln auf die Gehirnzellen sich langfristig nachteilig auf zukünftige ökonomische und soziale Chancen auswirken konnte. Aber er war n mutiger Kerl gewesen, überlegte Billy mit einer seltsamen Mischung aus Anerkennung und Geringschätzung.

Terry atmete die feuchte, unangenehm riechende Luft ein, ihre muffigen Dünste reizten seine Kehle und lagerten sich in seinen Lungenflügeln ab. Durch die Alkohol- und Koksexzesse lief sein Immunsystem auf niedrigem T-Zellen-Titer, und er bildete sich ein, *fühlen* zu können, wie die Tuberkulose in seiner Lunge heranreifte.

Das Grau setzt sich fest, hatte Gally ihm mal erzählt. Nicht nach dem ersten, aber nach dem zweiten Mal, als er die achtzehn Monate in Saughton abgesessen hatte. Als Gally rauskam, hatte er gesagt, er würd spüren, wie sich ein Teil seiner Gehirnzellen zu nem Ytongblock verhärtete. Terry dachte an sich selbst; ja, da warn jetzt n paar graue Haare an den Schläfen seines braunen Lockenkopfs.

Das Grau setzt sich fest.

Die Siedlung, die Beschäftigungsprogramme der Regierung,

das Arbeitsamt, die Fabrik, das Gefängnis. Zusammen erzeugten sie den elenden Gestank runtergeschraubter Erwartungen, der einen ersticken konnte, wenn man es zuließ. Es gab eine Zeit, da hatte Terry geglaubt, er könnte sich das alles vom Hals halten, als die Waffen in seinem sozialen Waffenarsenal noch stark genug waren, einfach große Technicolor-Löcher in alles reinzuballern. Das war, als er Juice Terry war, Draufgänger und Frauenheld, und als er so elegant über dünnes Eis gleiten konnte wie Torvill und Dean. Aber Kampf, Überlebenskampf, das war das Spiel der jungen Fotzen. Er kannte ein paar von denen, von der jungen Truppe, und wusste, dass sie ihn mit der gleichen liebevollen Geringschätzung betrachteten, mit der er einst Post Alec betrachtet hatte.

Das Eis schmolz unter ihm weg, und er versank schnell.

Eins werden mit dem Grau.

Lucy hatte ihm von den Problemen erzählt, die ihr Sohn in der Schule hatte. Wie der Vater … das lag ihr unausgesprochen auf der Zunge. Er dachte an seinen eigenen Vater, der ihm so entfremdet war wie er jetzt seinem eigenen Sohn. Terry kam zu der niederschmetternden, erwachsenen Einsicht, dass er nicht die geringste Möglichkeit hatte, positiveren Einfluss auf das Leben seines Kindes zu nehmen.

Und trotzdem musste er es versuchen.

Wenigstens hatte Jason ihn, der arme Bastard. Jacqueline hatte keinen Gally.

Carl bekam seine Atmung wieder unter Kontrolle. Die Luft roch süß und seltsam und vertrug sich doch mit seiner Erinnerung. Der Park wirkte vertraut und fremd zugleich.

Terrys Blick war ein Flehen um Bestätigung. Billy war in Gedanken, aber es schien, als würde er nach etwas suchen. Er sah Carl an, der ihm zunickte.

Billy begann langsam und bedächtig zu sprechen und sah dabei auf die Glasscherben und Tennents-Dosen zu seinen Füßen. – Merkwürdig, begann er, als ob er ein Rechtsanwalt wäre, – nachdem alles an den Tag gekommen war, kam Doyle runter zum Sportstudio. Ich setzte mich zu ihm in den Wagen. Er sagte zu mir, mein Kumpel klingt wie n Dalek. Dein Freund hat Glück,

dass er tot ist. Das braucht jetzt nich so weiterzugehn. Billys Augen blitzten erst Carl, dann Terry und dann wieder Carl an.
– Sag mal, Carl, du warst nicht zufällig an dem Abend dabei, bei McMurray, oder?
– Du meinst zusammen mit Gally? fragte Carl. Er erinnerte sich an die Beerdigung. Billy hatte davon gesprochen.

Billy nickte.

– Nee. Ich wusste nicht, dass irgendwer McMurray an dem Wochenende fertig gemacht hatte. Ich dachte, wir wärn auf ner kleinen Sauftour. Ich wusste nicht, dass Gally das gemacht hatte.

Terry überlief es innerlich kalt. Er hatte nie daran geglaubt, dass Beichten gut für die Seele wäre. In den Befragungsräumen der Polizei aufzuwachsen, hatte ihn gelehrt, dass immer schön den Mund zu halten die beste Taktik war. Die Würfel waren zu deinen Ungunsten manipuliert, wenn's um die Bürokratie ging. Da hieß es, ihnen einen Scheißdreck zu erzählen, und selbst den nur, wenn sie ihn aus dir rausprügelten.

Aber irgendwas geschah nun, die Puzzlesteinchen der Umstände von Gallys Tod fügten sich zusammen. Terry dröhnte der Schädel.

Er sah Carl und Billy an und sagte leise: – Ich bin an dem Abend mit Gally zu Polmont gegangen.

Billy warf Carl einen Blick zu, und beide schauten Terry an. Terry räusperte sich und fuhr fort: – Ich wusste nich, dass er dich zuerst gefragt hat, Billy. Es muss gewesen sein, nachdem du ihm gesagt hast, er soll's lassen. Wir waren was trinken, und ich hab versucht ihm auszureden, irgendwas zu unternehmen. Wir hatten nur n paar Bier unten im Wheatsheaf getrunken, aber ich wusste, dass Gally entschlossen war, sich McMurray vorzunehmen. Ich wollte dabei sein, weil ...

– Du deinem Freund beistehen wolltest, beendete Carl für ihn den Satz und sah Billy kühl an.

– Meinem Freund beistehen? Ha! Terry lachte bitter, und Tränen traten ihm in die Augen. – Ich hab meinen Freund nach Strich und Faden beschissen!

– Wovon redest du, Terry? schrie Carl, – du bist mitgegangen, um ihm beizustehen!

– Ach halt's Maul, Carl, komm mal ins wirkliche Leben! Ich ging mit, weil ich hören wollte, was zwischen den beiden gesagt wurde, weil … weil es Sachen gab, von denen ich nich wollte, dass Polmont sie Gally erzählt … wenn er das Gally erzählt hätte … das konnt ich nich zulassen.

– Du verdammter … du verdammter … keuchte Billy. Carl legte ihm die Hand auf die Schulter.

– Beruhig dich wieder, Billy, lass Terry ausreden.

– Da war was zwischen Gail und mir, sagte Terry hustend, – McMurray und sie hatten sich getrennt, weil ich … aber das lief schon Jahre. Ich wollte nich, dass Gally das erfährt. Gally war mein Freund!

– Daran hätteste vielleicht denken sollen, als du seine Frau gefickt hast, sobald er euch den Rücken zudrehte, du Fotze, stieß Billy hervor.

Terry legte den Kopf in den Nacken. Es schien ihm verdammt weh zu tun.

– Lass ihn doch wenigstens ausreden, bat Carl Billy. – Terry, drängte er.

Aber Terry war jetzt sowieso nicht mehr zu stoppen. Das war so, als würde man versuchen, Zahncreme zurück in die Tube zu drücken. – Gally nahm die Armbrust, eingewickelt in nen schwarzen Müllsack. Er wollte McMurray fertig machen. Ich mein, die Fotze richtig fertig machen. Es war, als wäre ihm sonst alles egal. Es war, als hätt er nichts zu verlieren.

Carl schluckte schwer. Er hatte Gally versprochen, nie jemandem etwas von der HIV-Infektion zu sagen.

– Aye, räusperte sich Terry. – Mit Gally stimmte was nicht. Irgendwas in ihm war zerbrochen. Wisst ihr noch, wie er in München war? An diesem Abend war er noch schlimmer, total von der Rolle war die Fotze, er tippte sich an den Kopf. – So wie er das sah, hatte McMurray ihm seine Freiheit, seine Frau und sein Kind gestohlen. War Schuld, dass er das Kind verletzt hat. Ich hab versucht, ihn davon abzubringen, sagte Terry, jetzt winselnd, – aber wisst ihr was? Wisst ihr, was ich für ne Fotze bin? Ein Teil von mir dachte, wenn er hingeht und McMurray allemacht, dann geht das in Ordnung. Da bin ich nochmal gut weggekommen.

Billy wandte den Blick ab.

Terry biss die Zähne zusammen. Seine Fingernägel gruben sich in die grüne Farbe der Parkbank und kratzten sie auf. – Wisst ihr, in was für ner Verfassung er da war? Erinnert ihr euch noch, in welchem Zustand die er war? Wir Doofköppe saufen und lachen, während die arme Fotze verrückt wird ... meinetwegen.

Carl schloss die Augen und hob die Hand. – Wegen Polmont, Terry. Sie hat ihn nicht deinetwegen verlassen, sondern wegen Polmont. Vergiss das nicht. Was du getan hast, war nicht richtig von dir, aber sie hat ihn nicht verlassen, weil sie mit dir bumste. Sie hat ihn wegen Polmont verlassen.

– Das stimmt, Terry, bleib mal auf m Teppich, sagte Billy, streckte die Hand aus, zog an seinem Ärmel und fragte mit abgewandtem Gesicht: – Was ist da passiert, Alter?

– Das Komische war, begann Terry, – dass wir dachten, wir müssten die Tür eintreten. Aber gar nich, Polmont machte einfach auf und ließ uns rein. Er ging wieder in die Wohnung, als hätt er uns erwartet. ›Ach, ihr seid's‹, sagte er. ›Kommt doch rein.‹ Ich mein, wir glotzten uns bloß an. Ich hatte damit gerechnet, dass die Doyles da wärn, ich hatte irgendne Falle erwartet. So nen richtig schönen fetten, beschissenen Hinterhalt. Gally wurd irgendwie ganz starr. Ich nahm ihm den Müllsack ab. Gib mir das, hab ich zu ihm gesagt.

– Polmont ... äh, McMurray stand allein in der Küche und machte Kaffee. Cool wie nur was; nein, nich mal cool, eher gleichgültig. ›Ich bin froh, dass ihr gekommen seid‹, erklärte er uns. ›Es wird Zeit, dass wir alles mal klarstellen‹, sagte er, aber er guckte eher mich an statt Gally.

– Gally guckte mich ganz verwirrt an. Das war nich das, was er erwartet hatte. War auch nich das, was *ich* erwartet hatte. Mir ging echt die Pumpe. Es warn Schuldgefühle, aber auch noch mehr als das. Es war die Vorstellung, Gally würd mich hassen, dass wir dann keine Freunde mehr wären. Er begann zu peilen, dass da was nich stimmte.

– Dann sah ihn McMurray an. ›Du hast für was gesessen, was ich getan hab, und du hast mich nicht verpfiffen‹, sagte er zu Gally. ›Dann hab ich was mit deiner Perle angefangen ...‹

– Gally guckte ihn an, stand nur da und starrte ihn völlig geschockt an. Es war, als hätte die Fotze dem armen Sack sämtliche Worte aus m Mund genommen, ihm seine ganze schöne Scheißansprache geklaut.

– Aber Polmont hat sich damit nich gebrüstet, es war eher, als ob er versuchte, es zu erklären. Aber ich, ich wollte nicht, dass er was erklärt. Ich wollte, dass er den Mund hält. Aber er erzählte weiter von seiner Ma, erzählte Gally von der Nacht damals vor m Clouds. Seine Mutter wär vorher in dem Jahr gestorben, sagte er. An Krebs. Sie war erst achtunddreißig. Ich mein, sagte Terry, – nächstes Jahr bin ich so alt. Aber er redete immer weiter. Er erklärte uns, dass er völlig neben der Kappe gewesen wär. Dass er durchgedreht wär. Alle anderen wärn ihm scheißegal gewesen … er war ja noch n junger Kerl …

– Und dann sagte Gally schließlich was, er meinte: ›Ich war für dich im Knast. Und meine Frau und mein Kind sind bei dir!‹, schreit er ganz verzweifelt.

– ›Deine Perle ist nicht bei mir. Sie ist weg. Hat das Kind mitgenommen‹, sagt er und guckt mich direkt an.

– Gally meint: ›Was quatschst du da …?‹

– Ich schüttel den Müllsack. ›Der verarscht dich, Gally‹, sag ich zu ihm. ›Der verarscht dich! Mach die Fotze fertig!‹

– Polmont ignoriert mich und sagt zu Gally: ›Ich hab sie geliebt. Sie war ne blöde Kuh, aber ich hab sie geliebt. Tu ich immer noch. Ich liebe das kleine Mädchen und so, sie ist n tolles Kind. Ich liebe sie, als wär's meine eigene …‹

– Da wird Gally wild. ›Sie ist nich deine eigene!‹ Er machte nen Schritt vorwärts.

Terry unterbrach sich und schluckte schwer. Carl begann zu zittern und legte die Hände vors Gesicht. Billy sah Terry nicht an, sondern mehr in ihn hinein, versuchte seine Seele zu sehen, die Wahrheit zu entdecken.

Terry holte tief Luft. Seine ausgestreckten Hände zitterten.

– Polmont wollte es da sagen, ich wusste, was er Gally da vor meinen Augen sagen wollte. Oder vielleicht auch nich, ich hatte keine Ahnung! Ich hatte keine Ahnung! Ich weiß nich, ob ich ihn nur erschrecken oder zum Schweigen bringen wollte oder ob's nur n Unfall war, aber ich hab mit der Armbrust auf ihn gezielt, und mein Finger lag am Abzug. Sie ging von selbst los, oder ich hab abgedrückt, das weiß ich bis heute nich, ob ich es wollte oder nich, ich hab bloß diesen winzigen, kleinen Widerstand gespürt.

Billy versuchte, aus dem Ganzen schlau zu werden. Was hatte McMurray Gally sagen wollen? Doch bestimmt, dass Terry McMurray Gail ausgespannt hatte. Das musste es gewesen sein. Oder dass Terry Gail schon seit Jahren fickte. Als sie heirateten, war Carl Trauzeuge. Billy erinnerte sich an seine Rede. Er sagte, eigentlich hätte Terry der Trauzeuge sein müssen, weil er es war, der Gail und Gally zusammengebracht hatte. Terry.

In seinen Worten hatte es geheißen: Terry hat Amor gespielt.

– Ach, verdammte Scheiße, sagte Terry, holte tief Luft und fuhr mit leiser, belegter Stimme fort. – Es gab so n zischendes Geräusch, und der Bolzen riss die Tüte auf. Er traf ihn direkt in den Hals. Er schrie nich, er taumelte bloß nach hinten und machte n gurgelndes Geräusch. Gally wich zurück. Polmont hatte die Hände an der Kehle, dann fiel er auf die Knie, und das Blut kam raus und lief auf den Küchenfußboden.

– Gally stand unter Schock. Ich hab ihn am Arm gepackt und zur Tür rausgezogen. Ich hab die Armbrust abgewischt, durchgebrochen und draußen in Gullane weggeworfen.

Juice Terry Lawson brach ab, spürte, wie beim Gedanken an Gullane ein kleines Lächeln seine Lippen umspielte, und sah flüchtig zu Billy hinüber, der keine Miene verzog. Also redete Terry weiter. – Auf dem Weg dahin blieb Gally stehn und rief für Polmont n Krankenwagen. Das hat der Fotze das Leben gerettet. Das hat Gally getan! Gally hat ihm das Leben gerettet! Alle dachten, er hätt auf Polmont geschossen, aber ich war das! Ich war's! Er war es, der der Fotze das Leben gerettet hat. Ich hätte den Wichser verbluten lassen. Der Bolzen traf seinen Adamsapfel; hat die Wirbelsäule, die Halsschlagader und die Drosselvene verfehlt. Aber er wär an seinem eigenen Blut erstickt! Wenn's nach mir gegangen wär! Der Rettungswagen kam, sie rollten ihn rein und machten ne Notoperation. Sein Kehlkopf war zertrümmert, jetzt hat er eins von diesen Roboterdingern, das er an seine Kehle drückt. Aber er hat nie was verraten, der Typ hat mich nie verpfiffen. Nach Gallys Tod dachte ich, er würd's tun.

Carl sah Terry an. – Die Fotze hat's ja auch schwer, irgendwen zu verpfeifen, wenn er nicht mal reden kann. Er lachte seltsam gezwungen.

Aber Terrys Laune besserte das nicht. – Gally ist gesprungen, weil er das von mir und Gail wusste … und als er starb, nahm er die Schuld auf sich, und dadurch hat er mir Typen wie die Doyles von der Pelle gehalten … Ich hab Polmont angeschossen und ich hab Gally umgebracht!

Carl war der Einzige, der wusste, dass Gally HIV-positiv war. Gally hatte ihm das Versprechen abgenommen, es nie weiterzuerzählen. Aber Gally würde es verstehen. Er war ganz sicher, dass Gally es verstehen würde. – Hör zu, Terry, und du auch, Billy. Ich muss euch was Wichtiges sagen. Gally war HIV-positiv. Vom H. Er drückte immer mit Matty Connell und den ganzen Fotzen drüben in Leith, n paar Typen, die schon seit Jahren tot sind.

– Das ist ja krass, das ist … sagte Billy, der versuchte, das in den Kopf zu kriegen.

Terry schwieg.

– Er hat damit nur angefangen, weil er so fertig war wegen Gail und Polmont und der Kleinen, Terry, sagte Carl. Er sagte etwas lauter: – Terry! Scheiße, hör mir doch zu!

– Aye, sagte Terry kleinlaut.

– Also war's *doch* Polmont, der ihn fertig gemacht hat, weil er der armen kleinen Fotze die Freiheit geraubt hat, sagte er mit geröteten Augen. – Ich mein, tut mir Leid, das mit der Ma von dem Typ, wirklich, schließlich hab ich selbst grad … mein Vater. Aber Unrecht und Unrecht ergibt noch kein Recht, und er hatte kein Recht, Gally das anzutun.

Billy zerzauste Terrys Locken. – Tut mir Leid, dass ich so sauer auf dich war. Das war ein Schock für Terry, trotz seiner Niedergeschlagenheit. Andererseits, überlegte Terry, kannte er den Jungen ja auch gar nicht mehr richtig. War schon Ewigkeiten her. Wie stark veränderte man sich? – Du hast das Richtige getan, Terry, fügte Billy hinzu. – Vielleicht hastes aus den falschen

Gründen getan, aber du hast trotzdem das Richtige getan, du hast ihm beigestanden, wie ich es hätte machen sollen.

– Nee, schüttelte Terry den Kopf. – Wenn ich ihn davon abgehalten hätte, da hinzugehen, wär er heute noch bei uns ...

– Oder ich, mich hat er ja als Ersten gefragt, sagte Billy.

– Das ist doch gequirlte Scheiße, sagte Carl, – das hätte auch nichts geändert. Er hat sich umgebracht, weil er wegen dem fertig war, was ihm mit Polmont und Gail passiert ist. Von dir und Gail hat er nie was gewusst, und du warst Freund genug, ihm das zu ersparen. Du hast ne harte Abreibung von den Doyles riskiert und ne lange Haftstrafe wegen Körperverletzung oder noch Schlimmeres, bloß damit Gally nichts erfährt. Aber das HIV war der Tropfen, der das Fass für ihn zum Überlaufen brachte. Er hätte sich eh umgebracht.

– Alles fing damit an, dass Polmont diesen Jungen mit dem Messer verletzt hat, sagte Billy.

– Wie weit willste noch zurückgehen? Hätte Gally vor m Clouds das Messer ziehen sollen?

– Ich bin schuld. Hat alles mit mir angefangen, weil ich meinen verdammten Schwanz nich in der Hose lassen kann, sagte Terry kläglich.

Carl grinste. – Guck mal, Terry, du und Gail, das war ne Fickgeschichte. Und wenn schon? Man wird die Leute nie vom Ficken abhalten können. So war es schon immer, so wird es bleiben. Das ist nicht zu vermeiden. Mit nem Messer bewaffnet rumzurennen, das kann man vermeiden. Er hat sich umgebracht, weil er den Virus hatte. Es war seine Entscheidung. Meine wär's nicht gewesen, aber es war seine.

Polmont war es, überlegte Carl. Er dachte an seinen Vater und den Einfluss, den er auf Gallys Entwicklung gehabt hatte. Die Regeln: Nie jemanden verpfeifen. Nein, weg mit dem Gedanken. Aber das war das Problem bei allen Wertesystemen: Jeder muss sich demselben verpflichten, damit es funktioniert. Wenn ein paar Leute darauf schissen und damit durchkamen, brach alles in sich zusammen.

Billy dachte zurück an die Zeit mit den Doyles in der Kabelfabrik. Wie Doyle Gally n paar Samstage später wegen dem Fußball gefragt hatte, und wie erpicht der kleine Mann drauf war, Eindruck zu machen. Wie das dann zu der Sache am Clouds geführt hatte, wo Doyle sich mit diesem Jungen prügelte. Was war daraus entstanden? Das alles? Doch wohl kaum, oder? Das Leben muss mehr sein als eine Abfolge unlösbarer Geheimnisse. Wir haben doch bestimmt ein Anrecht auf n paar verdammte Antworten.

Carl Ewart erschien die Welt so brutal und ungewiss wie eh und je. Zivilisation merzte Brutalität und Grausamkeit nicht aus, sie ließ sie nur weniger scheußlich und dramatisch aussehen. Die großen Ungerechtigkeiten blieben, und alles, was die Gesellschaft dagegen zu tun schien, war, die Beziehung von Ursache und Wirkung zu verschleiern, einen Deckmantel aus blödem Gequatsche und Tand darüber zu breiten. Gedanken, die zwischen Unklarheit und Klarheit schwankten, rasten durch seinen übermüdeten Verstand.

Billy musste Fabienne in Nizza anrufen. Er würde nächste Woche hinfahren, sich ein bisschen an der Cote d'Azur entspannen. Er hatte zu viel gearbeitet, sich zu viel aufgehalst. Eines Tages würd er von Gillfillan und Power unabhängig sein, das war schon immer sein Ziel gewesen, und er hatte es nie aus den Augen verloren. Aber wenn er sich Menschen wie Duncan Ewart ansah, oder auch nur, wie das Altern seine eigenen Eltern immer mehr zusammenschrumpfen ließ, tja, das Leben war zu kurz.

– Wie geht's … äh, deiner Schilddrüse, Billy? fragte Carl.

– Gut, meinte Billy, – aber ich brauch das Thyroxin. Manchmal nehm ich versehentlich zu viel, und dann ist das, als wär ich auf Speed.

Terry wollte sich noch weiter unterhalten. Billy hatte eine französische Freundin, hatte Rab erzählt. Carl hatte eine Freundin in Australien, eine Neuseeländerin. Er wollte mehr über sie wissen. Es gab noch so viel Gesprächsstoff. Er würde sich später mit Lisa treffen. Es war toll, Carl wiederzusehen, selbst unter diesen schrecklichen Umständen mit dem armen, alten Duncan.

Wenn er daran dachte, wie er Carl nach Gallys Tod schikaniert hatte. Er hatte das missverstanden, er hatte gedacht, Carl wollte mit so was anfangen wie »nehmen wir doch alle ne Ecky und erzählen uns gegenseitig, wie doll wir Gally lieben und vermissen«;

hatte gedacht, er wollte bloß die Erinnerung an ihn verwässern. Aber so war das gar nicht. So war das nie gewesen.

Carl musste auch daran denken. Die Erinnerung an Gally schien in die Realität rein- und wieder rauszugleiten, ganz so wie er selbst im Flugzeug. Er fasste das düster als sicheres Zeichen auf, dass der Tod bedrohlich näher rückte. Er hatte es in den Augen seines Vaters gesehen. Er würde sich mit den Drogen n bisschen vorsehen und erst mal wieder auf die Beine kommen. Er war ein Mann in mittleren Jahren, der die Hälfte seines Erdendaseins hinter sich hatte, kein kleiner Junge mehr.

– Kann ich euch auf n Bier einladen? fragte Terry.

Billy guckte Carl an und hob leicht seine Brauen.

– Ich könnt ein Bier vertragen, aber nur ein, zwei, Jungs. Ich bin mehr als im Arsch und sollte eigentlich nach Haus zu meiner Ma gehen, sagte Carl.

– Meine alte Dame ist bei ihr, Carl, und deine Tante Avril und so. Sie ist für ne Weile gut versorgt, sagte Billy.

– Wheatsheaf? schlug Terry vor. Sie nickten. Er sah Billy an.

– Weißte was, Billy? Du sagst gar nich mehr »die Härte«. Früher hast du das andauernd gesagt.

Billy ließ sich das durch den Kopf gehen und schüttelte verneinend den Kopf. – Ich kann mich nich erinnern, das je gesagt zu haben. Ich hab früher oft »krass« gesagt. Mach ich immer noch.

Terry sah Carl um Unterstützung heischend an. Carl zuckte mit den Schultern. – Ich kann mich nicht erinnern, dass irgendwer von uns »die Härte« gesagt hat. Ich weiß noch, dass Billy oft »heftig« gesagt hat.

– Vielleicht mein ich das, nickte Terry.

Sie gingen durch den Park, drei Männer, drei Männer in mittleren Jahren. Einer sah etwas schwammig aus, der andere muskulös und durchtrainiert, und der Letzte war dünn und trug Klamotten, die manche wohl etwas zu jugendlich für ihn gefunden hätten. Sie sagten nicht viel zueinander, aber sie vermittelten den Eindruck, dass sie sich nahe standen.

# Reprise 2002: Das Goldene Zeitalter

Carl zog den Auszug unter dem Mischpult raus, und das Keyboard kam zum Vorschein. Seine Finger huschten darüber hinweg, einmal, zweimal, dreimal, und nahmen jedes Mal kleinere, aber entscheidende Veränderungen vor. Er registrierte, dass Helena in den Raum kam. Wäre er nicht so vertieft gewesen, hätte er zu seinem Schrecken bemerkt, dass Juice Terry ihr folgte. Terry ließ sich schwer auf die große Couch in der Ecke fallen, räkelte sich laut und hemmungslos ächzend, stieß ein Röhren aus, das sich zu orgasmischen Ausmaßen steigerte, als sein Körper seine maximale Spannweite erreichte. Zufrieden begann er, eine Auswahl von Zeitungen und Musikmagazinen durchzublättern. – Ich werd dich nich störn, Boss, sagte er mit einem Augenzwinkern.

Carl fing Helenas entschuldigenden Blick auf, als sie mit katzenhafter Heimlichkeit wieder den Raum verließ. Das war der Nachteil daran, wieder in Edinburgh zu sein und das Studio im eigenen Haus zu haben. Da konnte es zugehen wie auf dem Bahnhof Waverley, und besonders Terry schien sich auf der Scheißcouch häuslich niederlassen zu wollen.

– Will sagen, fuhr Terry fort, – die kreativen Säfte und so weiter. Es kann ja kaum was Schlimmeres geben, als wenn irgendeine Fotze reinkommt und dir n Ohr abkaut, wenn's gerade gut flutscht.

– Aye, meinte Carl, sah zu, dass er weiterkam, und loopte das Keyboard-Riff.

– Aber lass dir eins sagen, Carl, von dieser Sonja werd ich fertig gemacht ohne Ende. Mal hü, mal hott: vertrackt. Da mach ich mich lieber n bisschen rar. SWAT-Team-Ficken: Du gehst rein, erledigst den Job und verpisst dich dann so schnell es geht. SAS-mäßig, erklärte er und fügte dann in einem schrecklich gestochenen Akzent hinzu, – so viele tapfere Kameraden haben es nicht wieder rausgeschafft.

– Hmmm, schnurrte Carl, fast ganz in die Musik versunken und sich nur vage bewusst, wovon Terry da redete.

Für manche mag Schweigen Gold sein, doch für Terry bedeuteten ungenutzte Frequenzen Verschwendung. Während er im Scotsman blätterte, verkündete er: – Eins kann ich dir sagen, Carl, dieses beschissene Goldene Thronjubiläum der Queen geht mir auf die Eier, man hört nix anderes mehr.

– Aye, sagte Carl zerstreut. Er stemmte seine Hacken in den Teppich und schob sich und seinen rollbaren Stuhl zum Plattenspieler, wo er eine alte Northern-Soul-Single auflegte. Dann verrenkte er sich zurück zu seinem riesigen Mischpult und Computer, wo das eben entstandene Sample als Endlosschleife lief. Er klickte flink mit der Maus und plünderte eine Bassline.

Das wurde von einem schrillen, stoßweisen Klingeln übertönt. Terrys Handy. – Sonia! Wie geht's, Süße! Is ja komisch, ich wollt dich auch grad anrufen. Große Geister denken das Gleiche, er sah Carl an und verdrehte die Augen. – Acht ist in Ordnung für mich. Klar werd ich da sein! Aye, verstanden. Zweiundvierzig Eier. Sieht aber auch nach was aus. Bis heut Abend. Ciao, Süße!

Terry las eine Rezension in einer der Musikzeitschriften.

## N-SIGN: Gimme Love (Last Furlong)

Nach seiner dramatischen Wiederauferstehung scheint N-SIGN nichts mehr falsch machen zu können. Im letzten Jahr gab es die bizarre Zusammenarbeit mit dem MOR-Star Kathryn Joyner, aus der die Ibiza-Hymne des Jahrhunderts, *Legs on Sex*, hervorging, gefolgt von dem No.-1-Album *Cannin It*. Die neue Single zeigt ihn in souligerer Stimmung, aber es ist eine unwiderstehliche Vorstellung von der Totgesagte-leben-länger-Größe des Groove. Mehr als geil; folgt euren Füßen und eurem Herzen auf diese Tanzfläche. 9/10

Das Beste, was Carl passieren konnte, dachte Terry, und er war gerade im Begriff, diesen Gedanken zu veröffentlichen, da ging wieder sein Handy. – Vilhelm! Aye, ich bin hier bei Mr. Ewart. Die kreativen Säfte fließen nur so, hörst du's nich, fragte er und hielt das Handy kurz in Carls Richtung und machte Orgasmusgeräusche. – Oooohhh … aaagghhhh … oooh la la … Aye, ihm geht's gut. Das ist also abgemacht? Gut, ich erzähl es dem Meister persönlich, er wandte sich an Carl. – Rabs Junggesellenausstand ist an dem Wochenende um den Fünfzehnten, in Amsterdam. Das ist definitiv. Passt dir das?

– Müsste, erwiderte Carl.

– Hey! Sag nich, müsste! Schreib's dir auf, befahl Terry und zeigte auf Carls großen, schwarzen Tischkalender.

Carl ging zu dem Buch und nahm einen Kuli. – Fünfzehnter, sagtest du …

– Aye, für vier Tage.

– Ich muss den einen Track hier noch fertig machen … stöhnte Carl, schrieb aber trotzdem: RABS JUNGGESELLENAUS-STAND A'DAM in vier Felder.

– Hör auf zu jammern. Wer arbeitet, braucht auch Freizeit, du weißt, was darüber gesagt wird. Wenn sich Billy hier vier Tage von der Bar freinehmen kann … Billy? Billy! BIRRELL, DU FOT-ZE! brüllte Terry in das tote Telefon. – Die dumme Fotze hat schon wieder einfach eingehängt!

Carl grinste ein wenig. Terrys neu entdeckte Begeisterung fürs Handy hatte sich als Fluch für all seine Freunde erwiesen. Aber Billy hatte die beste Technik, damit umzugehen. Er gab einfach die erforderliche Nachricht durch und legte dann sofort auf.

– Jetzt guck mal, Carl, eins musst du doch zugeben, machte Terry geltend, indem er an einen früheren Gedankengang anknüpfte, – ich war's, der dich mit Kathryn Joyner zusammengebracht hat, dadurch dass ich sie im Balmoral getroffen, sie ausgeführt und mich mit ihr angefreundet hab.

– Aye, räumte Carl ein.

– Mehr sag ich ja gar nicht, Carl.

Carl stülpte sich einen Kopfhörer über ein Ohr. Mehr sagt Terry gar nicht? Das würd man mal erleben wollen.

Terry rieb sich seinen kurz geschorenen Kopf. – Tatsache ist aber, dass du damit wieder ganz groß rausgekommen bist ... ich mein, nach dem Hit war klar, dass das Album gut läuft ...

Carl legte den Kopfhörer hin und klickte ein paarmal mit der Maus, um das Programm zu schließen. Er schwirrte mit dem Stuhl herum. – Ist ja gut, Terry, ich weiß, dass ich dir nen Gefallen schulde, Alter.

– Na ja, begann Terry, – da wär ne winzige Kleinigkeit ...

Carl wappnete sich und holte tief Luft. Eine winzige Kleinigkeit. Da war immer ne winzige Kleinigkeit. Und das war auch verdammt gut so.